明开夜合 著

[上 册]

十二年夏至。

中信出版集团 | 北京

目录

第一卷　回忆之夏　001

第二卷　永恒之夏　179

第一眼见你，我就有种奇异的感觉，好像有一天我在窗边写作业，窗外的树梢上忽然飞过一只雨朝的鸟，那么轻盈而迅速，我连它的影子都捕捉不及。

第一卷 回忆之夏

第一章
我喜我生,独丁斯时

(一)

> 第一眼我便知晓,丫少年不属于这里,就像北地飞来的云雀,不属于夏天。
>
> ——雪莉酒实验室《经过梦的第九年》

2008年的夏至那天是周六,夏漓的生日。

她父母说好了周五晚上回来,周六陪她过生日,结果当晚下暴雨,石膏厂里要做防汛工作,两人一晚没能脱身。

生日当天早上,夏妈妈姜虹打来电话,问夏漓能不能给他们送一套新的床单、被罩。

夏漓和同学约好了下午去唱歌,要送东西只能趁上午。

打开衣柜,樟脑丸的味道混合着一股霉味冲进脑仁里。夏漓拣了床单、被罩,拿一个塑料袋子套上。黑色的垃圾袋不结实,一下子破了个口。她猛地把所有东西往床上一掼,深呼吸一阵,片刻后找来一个纸袋重新收拾,心里多少觉得委屈。

石膏厂在聚树镇上,从楚城开发区坐公交车过去,颠颠簸簸要一个半小时。厂子附近没设站点,得她自己盯着,到了以后喊司机停车。

那天又逢楚城中考,全城交通管制,几条线路封了,公交要绕路,花了两小时才到达聚树镇。

石膏厂一旁原本是备用土地的地方,正在建二期工程,蓝色铁皮围成围墙，工地上竖着巨大的龙门吊。大卡车进出时抛撒下泥沙，道路被车轮碾得坑坑洼洼，泥泞不堪。

她父亲夏建阳在石膏厂保卫科工作，母亲姜虹在后勤部当烧饭阿姨。工厂有宿舍，两人申请了一间，一般没事的时候都会住在厂里。

夏漓没进宿舍门，把东西递给姜虹，自己站在门口的台阶上刮鞋底的泥，姜虹在屋里和她说话。

母女两人体己话很少，说来说去都是姜虹叮嘱她：一个人在家要注意安全，少看书早点睡，关好水电……

夏漓"嗯"了一声，想到什么："煤气罐里好像没气了。"

"你给送气的打个电话。"

姜虹翻手机通讯录，撕下烟盒纸壳的一角，抄了个电话号码递给她："我做饭去了，你等会儿自己去食堂找我，吃了饭再回去吧。"

"不吃了，我下午要跟徐宁她们去唱歌。"

姜虹就说："那不要玩到太晚啊。"

"嗯。"

父母对夏漓管得少，因为她一向乖巧懂事，让人省心，留宿在朋友家里都会跟家长报备，不会无故夜不归宿。

姜虹走到门口，脚步一顿，又折回来，打开衣柜，从提包里拿出五十块钱，想了想又换了张一百的递给夏漓。"那你自己去买点好吃的。生日想要什么礼物自己买。"

"不用，我有钱。"

"你自己存的是你的。拿着吧。"

夏漓不说什么了，接了纸币，装进书包的内袋里。

出大门的时候，一辆黑色的奔驰小轿车驶进来。夏漓往旁边避让，哪知道那车就在她面前停下。车窗降下，里头坐着的人夏漓认识，赶紧打招呼："罗叔叔好。"

罗卫国笑道："本来中午要跟你爸爸吃饭，临时有点事。等下回我请你们吃饭。"

夏漓露出乖巧礼貌的笑容："罗叔叔,你先忙你自己的事,不用着急。"

罗卫国点头："行,那我先进去了。"

车窗升起,一晃而过,夏漓留意到后座上似乎还坐了一个人。

夏漓走出大门,给父亲夏建阳发了条短信,说自己来过了。夏建阳给她打了个电话,问她缺不缺钱用,她说不缺,妈妈给过,夏建阳就让她自己买点好吃的。

回开发区的公交车发车时间不定,快的时候十分钟,慢的时候,四十分钟都不一定有一趟。夏漓今天运气不好,等了快半小时,也不见车的影子。她有些着急,给好朋友发了短信打预防针,说自己可能会晚到一些。在树荫下站得累了,夏漓换成蹲姿,好在昨天下过雨,天气还算凉爽。

她耳朵里塞着耳机,用 MP3 听歌。那时候杂牌的 MP3 很便宜,质量也不差,但她做梦也想要一台新上市的 MP4,蓝色机身,背面是拉丝工艺,触屏菜单,没有多余的按键,显示界面是漂亮的紫色,歌词的字体都纤细优雅。好朋友徐宁有一台,她有时候借来听歌,爱不释手,觉得它的工业设计完美极了。

忽听一声笛鸣,夏漓抬眼看去,罗卫国的车又从大门开出来。

罗卫国降下车窗笑问："在等公交?"

夏漓一把摘下耳机,点头。她看见罗卫国回头,跟坐在后座的不知道什么人说了句话,然后对她说："上车一块儿走吧。"

"谢谢罗叔叔,不过公交应该一会儿就来了……"

"上来吧。"

夏漓不想显得自己不识抬举,罗卫国对他们一家人一贯特别热心照拂。

夏家和罗家是同乡,罗卫国的妻子也姓夏,跟夏家往上数几代还是同宗。夏建阳拖家带口来楚城发展,都是仰仗罗卫国安排,才在石膏厂里谋得一份差事。夏漓当时读初中要转户口过来,也是罗卫国帮忙找的关系。

夏漓走过去,拉开了后方的车门,往里看一眼,才发现左边座位有人。是一个陌生男生,即便是坐着也能看出个子很高,白衣黑裤,骨架清瘦,气质又冷又出尘，简直不像是这个世界的人。

夏漓不由自主地愣了一下，就那么自然而然地想到了苏轼的词："临江一见，谪仙风采，无言心许。"

她顿生局促，不知该不该上车，往副驾驶座上看，那上面被一只手提公文包占了位置。后方有车鸣笛催促，她不能多想，还是弯腰上了车。落座后，她将卸下的书包抱在自己膝头，余光瞥向男生的脸，觉得似乎应该打声招呼，但不知道如何称呼。

罗卫国倒是及时："这位是霍董的外孙。"

可这介绍让夏漓依然无从称呼，想了想，最终只说："你好……"

男生看过来，微冷的一双眼，声音有点儿像风吹过积雪的树梢："你好。"

车开出去没一会儿，罗卫国回头看了一眼坐在夏漓旁边的男生，满脸堆笑："您要是累了就先休息一会儿，餐厅已经订好了，到了就能吃饭。"

男生声音平淡地说："好。谢谢罗总。"

"副总，副总。"罗卫国笑着纠正。

罗卫国对男生的态度十分谄媚，这让夏漓有些尴尬，好像无意间窥探到了一个人的另一面——通常情况，只有她父亲夏建阳对罗卫国小心翼翼、讨好谄媚的份儿。

安静不到半分钟，罗卫国又笑问男生："您热不热？要不要把空调温度调低点儿？"

男生还是那副没有波澜的神情："不用。"

罗卫国笑道："我经常帮您外公办事，对楚城都熟悉，您要有什么需要，也只管吩咐，我一定尽心尽力，保管叫您来这儿住得顺心……"

夏漓作为旁人，都已为这过度的热情感到脸酸，男生却只是微微地蹙了一下眉头，依旧教养很好地说："谢谢。"

罗卫国的电话响了。他赶紧接起来，对那头笑道："已经在路上了……对，对……霍董您放心，保证毫发无损……昨晚防汛工作也没什么闪失，今天正常开工……您不是身体不好吗？这些小事让我们操劳就行……"

"你在听歌？"夏漓忽听见身边男生轻声问。

她转头，看见他目光微垂，看的是她手里耳机线绞缠的MP3。夏漓下意识攥紧，不想叫他看见那山寨的品牌。

"可以借我听吗？我的没电了。"

少年的皮肤有种薄霜般的白，睫毛长而薄，垂眼时浅灰色的阴影落下，不知怎的就让她想到冬日栖息在树梢的灰雀的羽毛。

明章中学其实不乏帅气的男生，但夏漓觉得他们的帅气是一种可想象的具体，看久了就觉得也就那样。他不一样，气质干净得不真实，似乎理应只存在于抽象的概念之中。

男生补充："借我一只耳机就行。"

夏漓呼吸都轻了，摘下了耳机，两只都递过去。

男生的目光落在她手上，顿了顿。

她解释道："你听吧，我正好要睡一下。"

男生接过："谢谢。"

理应将MP3也递过去，但是夏漓怕露怯，只拿在自己手里，问他："需要听什么歌？"

"都可以。"

"那我随机播放了……"

男生点头。

夏漓低头拨弄菜单栏，调出来一首她常听又没那么烂大街的歌。MP3显示屏幕上沾了来自她手指的微薄汗水。

男生将两只耳机塞进耳朵里，身体往后靠，转头看向窗外。

罗卫国打完电话，准备继续对男生嘘寒问暖，回头看了一眼，这才终于住声。

夏漓意识到，男生不是真的要听歌，他是懒得再应付罗卫国。

夏漓并没有睡着，倒是男生抱着手臂，脑袋朝左侧一偏，不一会儿便闭上了眼睛。她时不时瞥一眼MP3显示屏上的电量，有些担心它没电关机。但不得不说山寨货也有优点，有一块比什么品牌机都耐用的电池。

那种心情很奇怪,她从未有过。阳光投进来,晒得她朝阳的那一侧皮肤渐渐升温,心脏里也似乎有微热的潮水灌入。她不动声色地往少年那儿看去一眼,那明翳驳杂的光斑落在他身上,也似她的心情,像什么时候被人点亮了一支蜡烛,微小的火苗在风里倒伏,明明灭灭。

返程那么快,一定不单单是坐小轿车的缘故。夏漓回过神的时候,车已到了开发区附近,罗卫国转头来问夏漓是不是要回家。

"我要去天星街——罗叔叔,你在前面把我放下来就行,我自己坐车过去。"

罗卫国说:"我们也往市中心去,正好顺路。"

二十分钟后,车开到了天星街的路口,罗卫国将车靠边停下。夏漓转头看向男生,不待她开口,男生已经睁开眼睛,摘下两只耳机递给她,用那样清冷干净的声线对她说:"谢谢。"

夏漓按了播放暂停键,将耳机线缠在 MP3 上。她拉开车门,对罗卫国道谢,下车前看了男生一眼,犹豫之后还是没有开口问他的名字。

她不让自己继续做不可能的梦,他们应该不会再有机会见面了。

(二)

> 仿佛,我喜欢上丫少年之前,先喜欢上了他的名字。
> ——雪莉酒实验室《经过梦的第九年》

夏漓循着包间号找去,推开了门。

是个小包,空间不大,好朋友徐宁和林清晓都已经到了。

夏漓的这两个朋友,性格正好一冷一热。徐宁是个资深"二次元",宅、懒、怕麻烦,比起社交更喜欢跟纸片人打交道。而林清晓天然有种招人喜欢的魔力,跟任何人都能轻易打成一片。夏漓似乎正好处于她们性格光谱的中间位置,温和、慢热、相对内向,跟谁都能成为泛泛之交,但真正称得上是好朋友的，也就她们两个。

夏漓进门时，林清晓在唱歌，徐宁则歪靠着沙发，正在端着 MP4 看动画。

林清晓招呼："快点歌。"

夏漓："你先唱，我吃点儿东西再点。"

夏漓没吃中饭，进 KTV 前，在旁边肯德基买了一份套餐。父母给的零用钱绰绰有余，但她一贯节俭，如无特殊情况，三餐都在食堂解决，只允许自己在特别的日子稍稍奢侈——一份肯德基套餐的价格，对于那时候的她而言，算不得太便宜。

夏漓将餐盒铺在茶几上，招呼大家过来吃小食。林清晓唱完了这首歌，切成原唱，放下话筒坐过来，把生日礼物递给夏漓。她蘸着番茄酱吃薯条："下个学期学校要开个国际班，你们听说了吗？"

夏漓和徐宁齐齐摇头。

"有个杰出校友赞助了一大笔钱，支持明中搞国际班试点。"林清晓说。

"你们要去吗？"夏漓问。

"国际班是小班制教学，专门聘请最好的外教，除了学费，还要交建校费。"林清晓耸耸肩，"我家没这个条件。"

徐宁也说："而且出国读本科，每年的学费和生活费才是真正的大头。"

林清晓是双职工家庭，徐宁的母亲是公务员，父亲自己在做生意，她们的家庭条件都不足以负担国际班的开销，更何况家境更为普通的夏漓。去国外读书，是她想都不敢想的事。

"我觉得陶诗悦肯定会去。"林清晓说。

"我记得她爸是在市委工作？"夏漓问。

林清晓点头："官还不小。她妈是市一医的外科主任，当时老庄的爸爸做手术，还是她妈安排的。"老庄是她们班的班主任。

林清晓之所以了解得这么清楚，是因为她和陶诗悦初中在一个班，那时候关系还挺不错。后来因为一些大大小小的事情闹掰了，过程很不愉快，因此林清晓一直不怎么喜欢她这个人。

班里有些同学也不怎么喜欢陶诗悦，因为她待人接物时常让人感到一种微妙的优越感。

"话说校草不是还追过陶诗悦吗？"林清晓又说，"不过我听说他最近可能跟钟茜茜在一起了。"

她们念的是文科实验班。明章中学文科统共只有一个实验班，高一下学期分班时，按成绩择优录取，文科年级前五十名才有资格。班主任老庄不苟言笑，治班严谨，班里很少有早恋的事，只敢私下眉来眼去。

其他班则不然，尤其艺术班。林清晓跟艺术班的一个女生关系很好，一栋楼里长大的，常从她那里批发来第一手新鲜八卦，谁与谁恋爱，谁与谁劈腿……

徐宁问："元旦晚会跳爵士舞的那个钟茜茜？"

林清晓点头。

夏漓则问："我们学校有公认的校草吗？"

"陈宇啊。"

徐宁说："我以为你说的是沈杨，还在想沈杨什么时候追过陶诗悦。校草怎么会是陈宇？明显沈杨帅一些吧。"

"沈杨哪里帅了，流里流气的。"

"你夸陈宇帅，聂楚航知道吗？"

聂楚航是林清晓喜欢的男生。

"对于聂楚航这种学霸，怎么能用帅不帅这种肤浅的评价方式？"

两人没辩出结果，于是齐齐看向夏漓，让她来做一个裁决。夏漓咬着吸管犹豫，突然明确理解了"除却巫山不是云"这句话。不知该不该提，她今天碰见了一个像是从少女漫画里走出来的男生，经他以后，其他男生在她眼里都成了"庸脂俗粉"。这可真是个艰难的选择，最后夏漓说："陈宇吧。"

陈宇毕竟是理科实验班的。而沈杨在普通班，成绩差、风评差，换女朋友比变天还勤，大家都说他痞里痞气的，很有味道，夏漓却很无感。她喜欢的类型是成绩优秀、不可亵玩的高岭之花。

徐宁不服气地打了她一下，笑道："什么审美。"

那年暑假的主旋律是北京奥运会。

奥运会赛程全部结束时,学校也快开学了。

升入高二,文科实验班没换教室,仍然在三楼楼梯左手边第一间。但班上的学生有了变动——林清晓猜得没错,陶诗悦和班里的另外三个同学真去了国际班。

陶诗悦一大早来七班收拾东西,叫了班里两个好朋友帮她搬书。

有人凑过去问她国际班相关的事,她笑道:"都是我爸妈安排的,其实我自己是真的不想去。"

"真羡慕你。不用经历高考,多好啊。"有同学说。

她说:"我还羡慕你们呢!可以经历真正完整的青春。"

这句话说得周围一圈人不约而同地沉默了。

陶诗悦倒似一点没察觉自己这番话有多微妙,抱着一摞书在门口挥手,笑道:"我走啦!国际班在一楼,大家有空去找我玩!"

七班到底是文科实验班,同学们素质都很高,大家纷纷出声应和,祝陶诗悦到了新班级一切顺利。

陶诗悦回道:"也祝大家前程似锦!"

开学第一天没老师坐镇,所有课都是自习。林清晓跟夏漓的同桌换了位置,这会儿就坐在她旁边。

林清晓此时轻嗤一声:"走了都还要炫耀一番。"

夏漓笑道:"换成我,我也想炫耀。"

"我们是不是有点吃不到葡萄说葡萄酸?"

"好像有点哦。"

两人一阵笑。

按理说,国际班的成立是个大新闻,但班上氛围微妙,大家似乎心照不宣,有意对这个话题保持沉默。

在楚城这个小地方,明章中学就是莘莘学子的灯塔。学校历史悠久,在楚城排名第一,前身是明章书院,创办于乾隆年间。明中每年固定输送相当数量的清北生，实验班的一本过线率同样十分可观。明中一贯以成绩论英雄，当然，学校也不介意多赚一笔建校费，每届都有一定名额留给富裕家庭的子弟，但学校从来没在明面上张扬过此事。而这一次的国际班不一样，它的设立，似乎让人第一次那么明确地感知到了"阶层差异"的存在。有人悬梁刺股，争屈指可数的几个清北复交的名额；有人顺风顺水，直通美本英本。大多数普通的学生，在这一瞬间都能感觉到一种刺痛感，或轻或重。

在班主任老庄的威严之下，仅仅开学第二天，七班的节奏就步入正轨，从早读到晚自习，朝七晚十，运转规律。

下午天气转阴，天光一瞬收敛，那天色像锅底似的，一看就要下雨。按照新排的值日表，夏滴这天要负责七班的户外清洁区。她还担任着校广播台台长的工作，于是下午最后一节课结束，赶紧跑过去跟同天值日的肖宇龙打招呼。

"我要先去趟广播室，能不能拜托你先过去，我一会儿就来。"

"那请我吃晚饭。"肖宇龙说。

"可以可以！"

"开玩笑的！你快去吧，我帮你拿扫帚。"肖宇龙笑道。

"谢谢，帮我大忙了。"

夏滴匆忙赶到广播台，确认负责今天广播栏目的编导和播音员已经就位，便赶去值日区。

肖宇龙已经在打扫了，旁边放着他帮忙拿过来的另一把扫帚。夏滴赶忙跑过去，拿起扫帚："这边你扫了吗？"

"扫了——你去扫那边吧。"

没一会儿，天就开始落雨。两人加快动作，囫囵地扫了几下，将灰尘和枯枝败叶聚成一堆，用撮箕倒入一旁的垃圾桶。赶在雨彻底浇湿地面之前，两人飞快跑进教学楼前的连廊躲雨。

差一点撞上人，夏滴急忙刹住脚步，然后便愣住了。

她跑得气喘吁吁，手里还拿着撮箕和两把扫帚，头发被雨水打得半潮，刘海都耷拉在额头上。最狼狈的时候，偏偏碰见了以为此生再也不会见到的人。

好在男生并没有注意到她。他穿着白色T恤，背上斜挎一只黑色双肩包，神情倦怠地站在一位老人身旁。那老人看着已年逾六旬，两鬓斑白，脸上挂着和气的笑容。在两人对面，站着同样笑容和气的教导主任。

老人笑道："明中治学严谨，我是放心的。这孩子也懂事，不会给郑老师您添麻烦，以后就拜托您多看顾点儿。"

郑主任笑道："您放心，所有学生我们都会负责……"

夏漓怔怔地，心情竟似失而复得般喜悦。怎么会，怎么竟然还能再见……

肖宇龙已经走到前面，这时候催了一声，夏漓这才回神跟上去。

她走远之后才敢回头，看见廊下飘雨，男生的身形清瘦而挺拔，像白鹤般孤标清绝，个子那么高，比郑主任都要高出一个头。

肖宇龙自己去倒垃圾，让夏漓先回教室。

穿过一楼走廊，会经过国际班的教室。

国际班的班号是二十，此刻，二十班门口走廊靠窗处，围着陶诗悦站了四五个人。

陶诗悦眉眼间有几分骄矜，虽然没到"优越感"这样露骨的程度，但细看确实容易让人有这种感觉。

夏漓对她其实没什么太大的恶感，因为陶诗悦就是班上从小到大都会有的那种小公主型的女生，家境优越，长相漂亮，人缘和成绩俱佳，这样的条件凭什么不可以有优越感。

"诗悦，你跟他怎么认识的？"

夏漓经过时，听见有人问。

"他外婆退休以前也在一医工作，我妈跟她一个科室的，算是她的半个学生。"陶诗悦说。

夏漓脚步一顿。她不知道她们在聊谁，但有种莫名的直觉：是不是在说那个男生？

有人"哇"了一声,又问:"他从什么学校转过来的?"

"北城那边。"

"从北城转来我们楚城这么一个小地方干吗?"

"所以才设了国际班啊。"陶诗悦说,"成立国际班的钱大部分都是他外公捐的。不过他应该只是在我们这儿借读,到时候申请学校、递材料什么的,还是会回北城。"

这时候陶诗悦注意到夏漓了,主动挥手打了声招呼:"嗨!"

夏漓腾不出手来,就也微笑着说声"嗨"。

虽有满腹好奇,但毕竟是在别人班级门口,夏漓不好围拢过去旁听,跟陶诗悦打过招呼以后就走了。

夏漓放了扫帚和撮箕,去走廊尽头的洗手间洗了个手。

回教室没一会儿,林清晓从食堂回来了,手里拎着给夏漓带的一碗炒面。

夏漓道谢。林清晓在夏漓同桌的位置上坐下,一边喝着光明酸奶一边说:"你刚刚去值日了没看见,二十班来了个特别帅的男生。"

夏漓掰开一次性筷子的动作停了一下。"我刚刚上来的时候,听见陶诗悦她们好像在讨论。她好像跟那个男生是认识的。"

林清晓说:"那她不得抓紧机会显摆。"

这时候走进来三个女生,也正兴奋地聊着同样的话题。

有个女生说:"听说人还没走,在办公楼那边。"

"要不去看看?"

"不了吧,好刻意啊。"

"到底有多帅啊?比沈杨还帅?"

"沈杨跟他比也就一般般。"

从她们的交谈中,夏漓知道了更多细节。男生是下午最后一节课快下课时来的,主要是来放书。他进教室时没跟任何人打招呼,倒是陶诗悦主动叫了他的名字,但他的反应很冷淡。之后一下课,男生就走了,再被人碰见就是在办公楼那儿。

夏漓有种奇妙的感觉。后来2013年火了一首歌，歌词说："你才不是一个没有故事的女同学。"但夏漓就是一个"没有故事的女同学"，温和，乖巧，按部就班，从不逾矩。而此时此刻，她却离一个故事那么近。

她有种冲动，想向世界宣告：你们说的这个人，曾经借我的耳机听了两小时的歌。

可是不行，一定有人质疑真实性。那真的发生过吗？她自己都有些怀疑。

如果那时候勇敢问了他的名字就好了。知道了名字，他似乎就不再像是她在车里做的一场白日梦。

夏漓问林清晓："他叫什么？"

"晏斯时。"

"怎么写？"

林清晓拿过她的笔和草稿纸。

晏斯时。

海晏河清，我喜我生，独丁斯时。

第二章
谁能凭爱意要富士山私有

（一）

　　毕业六年还是会梦见他。那时候最讨厌地理，但是当了两年的地理课代表。因为去文科组办公室会经过他的教室。抱着一摞书，心里又沉又轻盈，像怀揣一个巨大的秘密。后来穿梭在办公园区灰色的写字楼间，时常想起往事。我不会再有那样纯粹的心事，在那年，在十六岁，在那个少年到来的夏天。

——雪莉酒实验室《经过梦的第九年》

　　周三开班会，一共两件事。一件是换座位，一件是选班委。

　　每学期七班的座位都是班主任老庄亲自排的，不是按照成绩，也不是经典的"一对一帮扶"，究竟按什么规律，可能只有老庄自己清楚。不过有一点很明确，老庄跟其他的传统班主任一样，绝不允许男女同桌。

　　但班上一共十一个男生，排来排去都一定会有个男生得跟女生坐。男生们把这人称为"天选之子"。这学期的"天选之子"，恰好是之前跟夏滴一块儿值日的肖宇龙。

　　肖宇龙这人的成绩在班里只排在中下游，但人缘好得不行，性格有点儿吊儿郎当的，很能插科打诨、活跃气氛。

　　老庄贴了座次表，全班开始行动。肖宇龙一边搬桌子，一边嘚瑟地唱着："速度七十迈，心情是自由自在……"气得他好哥们儿劳动委员踹了他一脚。

二十分钟后，座位换完。夏漓把歪倒的几本书摆正，调整两端哆啦A梦形状的书挡。坐下以后，后背被人轻戳了一下。夏漓回头，迎上的是肖宇龙的笑容。

肖宇龙笑问："你们座位空间还够不？我们能不能再往前挪点儿？"

"可以。"夏漓将自己的凳子朝前挪了挪。

过了一会儿，老庄回到教室，大家顿时安静下来。

老庄喊道："班长。"

班长站起来。

"这学期还想不想继续做？"

"我都可以。"

老庄点头："那你继续为同学服务吧。组织一下选班委的事，选完了大家就自习，保持安静。"说完便离开了教室。

班长上台，将所有职位写在黑板上。大部分班委顺延了上学期的安排，除了纪律委员和地理课代表。原本的纪律委员是陶诗悦，转去了国际班；上学期的地理课代表则表示不想再当了。

七班的大部分人，按照后来的流行语来说，比较"佛系"，大家一心向着985，对班上的职务都不怎么热衷。况且明中不评虚头巴脑的"三好学生"，只有每学期的奖学金名额，唯一评选标准就是成绩，班委不加分，属于纯服务性质。

班长号召了好几次，才有个女生举手顶了纪律委员的位置。

"地理课代表呢？有没有人愿意当？"

夏漓的心脏忽然猛跳了一下，那鼓动的心情生得突然。她在班里是个很没存在感的女生，成绩十一二名，才艺一无所长，性情温和无争，与出风头或是为同学服务的精神没半点关系。她只是骤然意识到，去办公楼的文科组办公室每次都能经过一楼的二十班。

夏漓暗暗呼了口气，随即举起手："我试试吧。"

没人与她竞争，班长在"地理课代表"那一行字下面写上了她的名字。

次日下午有节地理课，下课以后，吴老师叫夏滴跟她去趟办公室。

吴老师性格随和，在所有任教老师里面是最好说话的。但夏滴文综三科中地理最差，最怕的就是她。

夏滴跟在吴老师身旁，心里忐忑。

吴老师边走边笑问："怎么想到要当我的课代表的？"

夏滴搬出了那套早就想好的冠冕堂皇的说辞："我的地理拖了文综的后腿，想补上来。"

吴老师很是认可地点点头，笑道："有这个进取的想法是好的。不过课代表得起到表率作用，你要加油啊。"

夏滴觉得压力好大："老师，我会努力的……"

"地理分析比历史和政治要灵活些，课上没消化的要多问，死做题肯定是不行的。"

夏滴忙不迭地点头。

说话间已到了一楼，夏滴飞快往二十班的教室里看了一眼。匆匆一瞥的视野里，没有晏斯时的身影。她不敢明目张胆地窥探，迅速收回视线。

到了办公室，吴老师拿了一套针对今日课程知识点的高考真题练习卷，让夏滴发下去，明天地理晚自习讲。

夏滴抱着试卷，穿过连廊，再度经过了二十班教室。这一回，扫过的这一眼叫她惊喜。

国际班统共只有二十几人，单人单座，教室显得宽敞明亮。少年的座位，在最里面那一排的倒数第三个。他正站起身，一手撑着课桌，一手将窗户推开到最大。

外头是棵高大的皂荚树，开窗的瞬间，白色书页翻卷，那风里似乎都浸染了葱郁微凉的绿意。

明章中学的校服是黑白配色，夏季是 polo 领的短袖，稍显呆板的配色与样式，穿在他身上却有种旁人无匹的清爽。

夏滴的心跳漏了一拍。她飞速收回目光往前走，脚步快得似在小跑，上了楼梯才发觉。

倒也不是第一次远远看见晏斯时，毕竟他转来也有好几天了。

第二节课课间，除高三以外，全体出动做广播体操，国际班也没有豁免权。有一回下课及时，夏漓跟林清晓她们一块儿下楼，走到一楼和二楼中间的平台那儿，正好瞧见晏斯时从楼梯最下方的出口出去。好几个人围在他身旁，但他的背影却有茕然之感。

但做广播体操时碰见的机会并不多，因为七班在三楼，下楼的那会儿工夫，一楼教室的人早已在操场就位了。做操时，七班和二十班也不挨着，夏漓每每将视线投往二十班的方向，只看见人头攒动。

还有一回是上体育课。明中的体育课都很水，统一跑圈之后，大家自由活动。那时她正跟几个女生躲在篮球场旁边的樟树阴影下乘凉，就听有人低呼："晏斯时！"大家齐齐转头。运动场拦网外的那条林荫道，是从教室到食堂小卖部的必经之路，晏斯时正从那儿走过，手里拿着一瓶矿泉水。他旁边还有个戴黑框眼镜的男生，在跟他说些什么，他偶尔点头或开口回应。

无论第几次看见，夏漓都会暗暗感叹。他皮肤真白，整个人干净得跟霜雪一样。

此刻，夏漓为自己做了当地理课代表这个决定高兴。往后，当她往返于教学楼和办公楼之间时，常常会想：

我有秘密了。

回到教室，夏漓将试卷按人数分成四份，递给每组第一排的同学，叫他们帮忙传下去，自己捡了支白色粉笔，在黑板右侧课程表下方固定布置作业的区域写了一行"地理试卷周五晚讲题"，字迹清秀工整。

她拍了拍手上的粉笔灰，回座位坐下。

"地理课代表。"后排有人喊。

夏漓回头。

肖宇龙笑道："周六我过生日，请你们唱K，去不去？"

彼时小地方娱乐活动有限，唱K是最普遍的选择。夏漓有些意外，她跟肖宇龙真算不上熟。

018

"还有谁去吗?"夏漓问。

"班长啊,劳动委员啊……"

"班委团建?"

肖宇龙被逗笑了。"反正请了挺多人的——哦,你跟徐宁和林清晓关系挺好吧,她们也去。"

这样一说,夏漓就不犹豫了:"好啊,那我也去。"

升高二以后,实验班每周只休一天半,周日下午就要返校上课,周六算是唯一可以放开胆子玩的时间。

夏漓家在开发区,离学校远,十点半才下晚自习,父母又常常住在厂里,不放心让夏漓走读。高一上学期夏漓是住校的,但明中的住宿环境只能用"一言难尽"来形容:八人间,公共卫浴,半层楼抢三个厕所位,每天有限的洗漱时间都在打仗。这些夏漓都能克服,唯独她的睡眠浅,稍有风吹草动就会醒,宿舍里有个女生打鼾震天动地,夏漓只能每晚戴耳塞睡觉,长期戴导致耳朵痛、耳鸣,又患了外耳炎,后来实在没办法,才跟父母提这事儿。

姜虹怪她怎么不早说,每天统共就那么点休息时间,还睡不好,身体怎么撑得住。

经打听,学校附近有专门租给学生的公寓——说是公寓,实则是一个退休的老师拿老房子隔出来的群租房,每间面积非常小,只放得下一张1.2米的床和一张书桌。但有公共客厅,有洗衣机,热水也24小时供应。最小的一间,每月租金230元,一年总计2760元。在2008年,每年2760元对夏漓的家庭而言算是一笔不小的额外开销。但姜虹力劝夏建阳,最终还是给夏漓租了一间。

夏漓从不怨怼自己出身平凡,她知道父母已经竭尽全力给了自己最好的条件。

住学生公寓相对于住校要自由得多,夏漓逢周五会给姜虹打电话,假如他们周末不回家的话,她也就不回去了。

周六下午,夏漓去KTV之前先去了趟书店。肖宇龙过生日,她总不能空手去。但实在不熟,不知道送什么,想来想去还是送书最稳妥。

离学校一个路口远的洋丰路上,有家洋丰书店,品类比较多,夏漓常去逛。

她在书店里绕了一圈,最后停在中国文学那排书架前,挑了本梁实秋的《雅舍小品》。这是不会出错的选择。

临走前,她看见书架高处有本白先勇的书,踮了踮脚,捏着书脊抽出来。书有塑封,不知里头的内容。她正低头看腰封上的文字,听见身旁有脚步声靠近,下意识往旁边让了让。

片刻后,忽有一道清淡的声音落下:"你好。"

夏漓睫毛微颤,猛然转头。

因在校外,少年没穿校服,上身是一件略显宽松的白色衬衫,一边肩头挎着黑色双肩包的一只肩带,白色耳机线从背包的侧方口袋里牵出。

他只戴了一只耳机,另一只拿在手里,似是刚摘下的。

夏漓呼吸都停了一瞬:"你好……你来买书?"她自觉语言中枢已经失灵,不然怎么会说出这么蠢的话。来书店不买书做什么?

晏斯时"嗯"了一声。

夏漓一万个不想让话题落地,绞尽脑汁只想跟他多说两句话。"你转来我们学校了是吗?有天课间操的时候我好像看到你了。"

晏斯时看了她一眼:"你在明中?"

"嗯,我在七班。"

"二十班。"

我知道。夏漓在心里说。

"上次谢谢你。"晏斯时说。

夏漓摇摇头:"很高兴能帮上你的忙。"

"我叫晏斯时。还不知道你的名字。"

"夏漓。夏天的夏,漓江的漓。"

晏斯时点了一下头,目光在她手里拿的书上停留一瞬,又问:"附近还有其他书店吗?"

"天星街上还有家新华书店。你需要买什么类型的书？"

"漫画。这边书店好像没有。"

夏漓一阵失重般的眩晕，她在此刻无比感谢徐宁带她成了一个半吊子的"二次元"。

"有的，在前面路口……"夏漓忽地停下，而后又说，"那个店铺很小，不好找，要我带你过去吗？"

"如果不麻烦你的话。"

"不会……那你稍等我一下，我结个账。"

夏漓将两本书拿到柜台付账，晏斯时先一步出了书店。他站在门口，黄昏给他的轮廓镀了一层薄如蝉翼的绒光。夏漓把书装进背包里，三步迈下台阶："可以走了。"

天知道她要多么用力才能显得若无其事，心脏跳动得比刚跑完 800 米还要剧烈，连那种缺氧感都如出一辙。

晏斯时点头，随即顿了一下，将另一只耳机也摘下，掏出书包侧袋的银色便携音乐播放器，将耳机线整齐地绕上去，往黑色长裤的口袋里一揣。

夏漓两手轻抓着书包肩带，只敢以余光打量晏斯时。不知该说些什么，问他"为什么从北城转来"这种话题，似乎显得很唐突。

她能感觉到，晏斯时其实是个很不好接近的人。虽然他并不会对人爱搭不理，就像对罗卫国，即使那么尴尬他也会客气应对。他的客气其实已经反映了他的态度：一视同仁的礼貌里藏着一视同仁的冷淡。

沉默间，他们已走到了前方路口。经过拐角时，一阵香味飘来，夏漓脚步一停。圆筒状烤炉前，一个戴红色面巾的女人手里拿着一把火钳，动作利落地从炉里夹出一个个带叶的玉米。旁边那人可能是她老公，戴着手套，两三下剥除玉米叶，将烤好的玉米拿个袋子一装，递给顾客。小小的摊点前却大排长龙，一个铁皮饼干盒里装着满满当当的零票，大家自觉给钱，自助找零。

夏漓指了指这玉米摊："他家的玉米特别好吃……可以试试。"

她越说越心虚，因为想象不出眼前这样一个人啃玉米的样子。

晏斯时却说："有机会的话。"虽然语气一如既往的清淡。

拐进去是条小巷，两侧梧桐树浓荫匝地，沿街店铺鳞次栉比，卖什么的都有。那家书店就夹在这些店铺之间，旧招牌上写着"尚智书店"四个字，毫不起眼。

店铺可能只有十来平方米，逼仄得转身都难，书架空间不够，有些书就直接成捆摞在地上，随意得像论斤卖的废品，但扒拉一下全是宝藏。

新华书店、洋丰书店和学校附近书报摊上没有的那些冷门的科幻、漫画、悬疑等等，这里全都有。客人不多，这里更像是小众爱好者心照不宣的秘密基地。店铺老板是个冷着脸的阿姨，从不主动跟顾客说话，就坐在单人柜台后面，自顾自地看书。

夏漓自觉地担起招待任务，放低声音对晏斯时说："这里热门的漫画都有……冷门的也有，在里面那几排，要自己找。"

晏斯时点头："谢谢。我看看。"

书店里有股尘味，混了油墨的气息，像雨天坐在窗台边写日记，打翻了一只碳素墨水瓶。

夏漓没有跟在晏斯时身后，否则像个导购似的很不礼貌，于是立在书架前，挑选自己感兴趣的。她听见晏斯时的脚步声绕过书架，去了另一侧。有书被抽出，书页翻开的细微声响像蜻蜓窸窣振翅。这轻微的动静让夏漓都不敢大声呼吸。

外头夕阳更斜几分，落到了对街建筑的后方，天色几乎一瞬便暗了，店里晦暝起来。这一刻夏漓觉得天地寂静。

脚步声近了又远，十来分钟后，晏斯时挑好了书，从书架后方走出来。

夏漓去看他抱着的那摞书，是全套《虫师》单行本。

"你也追漫画吗？"夏漓问。

"偶尔会看。同学推荐的，打发时间。"

"《虫师》确实不错的。"

"那我一定看完。"

晏斯时将整套漫画放在柜台上，往门口的杂志架上扫一眼，又顺手拿了本最新的《看电影》和《大众软件》。

夏漓又有种刮刮乐中奖般的欣喜：《看电影》也是她每期不落的心头好。

晏斯时将两本杂志放在柜台上，往她手里扫了一眼，说："一起付吧。"

夏漓将这句话理解得很单纯，因此直接递了手里的《噬魂者》新一册单行本过去。店主阿姨拿计算器统一算了个数，抹去零头。晏斯时付账，接了找零，将夏漓的书递给她。

两人一块儿往外走，夏漓卸下书包，背到胸前，将漫画丢进去，拿出包里的钱包，从里面掏出十块钱递给晏斯时。

晏斯时微微一愣："我的意思是，当我送你的。谢谢你带我来这家书店。"

"我……只是举手之劳而已。"夏漓结巴了一下。

"收下吧。"

夏漓讷讷地说："谢谢。"没有再推辞。

她承认这是她的私心作祟。至少，她拥有了一件来自晏斯时的"礼物"。

诺基亚的经典铃声忽然响起。晏斯时将漫画放进书包，从口袋里掏出手机。他稍背过身，接通电话后看了眼前方路牌，对那端报了此处地址。

挂了电话，晏斯时看向夏漓："我在这儿等车。要送你吗？"

夏漓相信，换成任何一个二十班的同学，晏斯时都会这样客套地多问一句。但她并不想消费他单纯出于教养的客气，给他添麻烦。

"不用。我跟同学约好了，就在天星街，很近。"

晏斯时没再说什么。

夏漓说："那我先走了，拜拜。"

"拜拜。"

夏漓转身，快步走到巷口才回头看了一眼。

少年戴上了耳机，低头站在树下等车。

有风吹过，天已经彻底暗了，路灯在他身后亮起。

（二）

　　我常常从不同的人那里"听说"丫少年。都说暗恋是一个人的独角戏。仅仅只是听说，就足够让我在心里演完一出出的跌宕起伏。

　　　　　　　　　　　——雪莉酒实验室《经过梦的第九年》

　　包间里喧嚷沸腾，有人在鬼哭狼嚎地唱《为爱而生》。

　　夏漓进去时没引起谁的注意，她在角落里找到林清晓和徐宁的身影，过去跟她们会合。

　　"怎么才来？"徐宁问。

　　"去了趟书店。"

　　夏漓拉开背包，徐宁瞥了一眼："《噬魂者》新单行本出了？"

　　"嗯。"

　　"看完了借我。"

　　"好。"

　　夏漓想着是否应该给肖宇龙写张贺卡，翻遍书包，只翻到文具袋里的便利贴，就拿笔写了句"生日快乐"，画个笑脸，落款。

　　"你们送的什么？"夏漓问。

　　"书。"徐宁和林清晓异口同声。

　　林清晓补充："我送的余秋雨，徐宁送的汪国真。"

　　夏漓举起自己的梁实秋，三人都笑起来。

　　林清晓说："够他做一学期的摘抄了。"

　　头顶闪烁的彩球灯光叫人忍不住遮挡。

　　肖宇龙凑了过来，笑问："笑什么呢？"

　　夏漓将贴了便利贴的书递过去："生日快乐。"

　　"又是书啊……你们能不能有点新意啊。"虽这样说，肖宇龙收下以后还是郑重地道了声谢。

肖宇龙手机响了一声,他接了个电话,而后对三人说:"叫人去买零食去了,一会儿就送到,你们先玩,我去接个同学。"

茶几上有果盘,夏漓拿了块哈密瓜,咬一口,转头打量林清晓:"你化妆了?"

"哪有化妆,只涂了唇彩好吧。"

"头发也卷了。"

"就试了试新夹板。"

人多的KTV场合实则很索然,尤其碰到麦霸,好在三人聚在一起还可以聊天。

没过一会儿,又有两三人推门进来。

林清晓往门口看了一眼,忽地一下坐正,理了理头发。夏漓和徐宁异口同声地拉长声音"哦"了一声。

"我说你怎么会答应过来,你跟肖宇龙又不熟,原来是因为聂楚航。"夏漓揶揄道。

"闭嘴啦……"林清晓难得不好意思。

楚城这个小地方,学校少,好学校更少。明中随便两个学生拎出来,都能扯上关系,要么是幼儿园伙伴,要么是小学同学,要么是初中校友。肖宇龙跟聂楚航初中的时候是一个班的;而在文理分科之前,聂楚航和林清晓又是一个班的。

聂楚航长相斯文,个头高高的,是个很有书卷气的男生。他跟林清晓具体是什么关系,不好说,两人一直遮遮掩掩、虚虚实实的。

林清晓观察着聂楚航那边的情况,过了一会儿,站起身说:"我过去打声招呼。"

"去吧,少女。不用回来了。"徐宁笑眯眯地道。

十来分钟后,林清晓回来,问道:"聂楚航和他同学要请我们喝奶茶,去吗?"

"是不是有点不给肖宇龙面子?"夏漓问。

"去一会儿就回来嘛。"

徐宁则说："不去。不熟。"

"那……"

徐宁说："你们去吧，我一个人看会儿动画。"她晃了晃手里的MP4。

林清晓将夏漓的手一挽："你得陪我去，不然我一个人太尴尬了。"

夏漓拿上手机，将背包放到徐宁身旁。"帮我看下包包，我等会儿就回来。"

天星街并不长，两个商厦，几家森马、美邦、真维斯的快消店，其余便是各类餐饮，而奶茶店就在KTV旁边。

彼时的奶茶店不似后来那样五花八门，基本只有丝袜、鸳鸯、珍珠、抹绿、柠七、柠乐几种可选。奶茶都是拿奶茶粉冲调出来的，味道甜腻。夏漓不爱喝，点了一杯冻柠七。

店铺有供堂食的地方，四人找了一张小桌坐下。夏漓的任务就是给林清晓打掩护，她跟聂楚航及其同学不熟，因此并不怎么参与话题，全程心不在焉的。

直到不知道谁提了一句"二十班的晏斯时"，夏漓瞬间竖起耳朵。

说话的是聂楚航："前几天学校组织集训，为全国物理竞赛复试做准备，也请了晏斯时过来。"

"他不是国际班的吗？"林清晓问。

"是啊。我本来也以为国际班的人……你们懂的。但老师说，他去年就得了物理竞赛的冠军。"

"高一就得冠军？"夏漓惊讶地插了一句。

聂楚航点头："老师喊他过来给我们分享经验，顺便切磋。"

"那结果呢？"

"他最快交卷的。全对。"聂楚航语气中很是叹服。

聂楚航的物理成绩很好，基本保持单科年级前二，由他说出的评价很有可信度。

"有点厉害。"林清晓说。

"集训后我们跟他交流了几句，他在原来的学校一直是年级第一，物理

026

和数学基本每次都是满分。"

夏漓忍不住问："这么好的成绩，为什么要转来我们这个十八线城市？在北城高考和出国不都更简单吗？"

"那就不知道了。"聂楚航耸耸肩，"感觉他这个人不是很容易跟别人交心，我们跟他聊的话题都特浅。"

"那他今年也要参赛吗？"夏漓又问。

"他没在我们省报名，参加不了。"

"挺可惜……"夏漓意识到自己这句感叹似乎有些太殷切，忙补充一句，"学校少了个获奖名额。"

聂楚航也深以为然："他参加一定能拿奖。"

夏漓第一次体会这种心情。原来喜欢一个人，单是听见旁人提到他，都有种隐秘的喜悦。

在奶茶店里坐了三四十分钟，四人折返。聂楚航在的缘故，林清晓比平常积极，唱了两首苏打绿的歌，获得满堂彩。

散场后，聂楚航跟林清晓一块儿走了，徐宁有家里人来接。夏漓就住在学校附近的学生公寓，与天星街仅隔两个路口，步行十分钟的事。三人在路口告别。

夏漓没直接回学生公寓，而是拐去了尚智书店，多买了一本《噬魂者》。

回到公寓，夏漓洗完澡，将换下的衣服洗了，晾晒在公共阳台上，然后回到独属于自己的几平方米的小天地。

地方虽小，却被她布置得井然有序。床单被套是她自己亲自挑选的，白底鹅黄碎花，书桌也铺了桌布，靠墙摆着她最喜欢的课外书。

她将门后挂着的背包拿过来，掏出两本同样的《噬魂者》。

因为怕弄混，自己买的那本塑封当场就拆了。她拿出一支笔，在自己这本上写了名字，再去拆晏斯时送的那一本。明明两本一模一样，可晏斯时那一本，她总觉得更沉，又似乎更轻。

夏漓拉开抽屉，拿出里面卷成筒的包书纸和美工刀，比照着书的尺寸，裁下一截。她有包书皮的习惯，而这次，比往常的每一次都更细致耐心。

包好，拿出一支同色的彩色纤维笔，在书封上写下：

  From Y.

  巴掌大的一册漫画，拿在手里，一页也不舍得翻开。
  她盯着自己写的那行字看了好久，才珍而重之地放回抽屉，和日记本放在一起。

  国庆放假，夏漓回了趟家。
  连下几天雨，徐宁和林清晓都不乐意出门，宁愿待在家里上网。
  夏漓家里没电脑，要上网得去附近的网吧。那时候小城市管得还不严，未成年人可以拿网吧的虚拟身份证上机。
  夏漓用心经营着一个博客，放假有空就会登录打理，更新日志、更换皮肤。博客的名称叫"雪莉酒实验室"，因为她给自己起的英文名是Sherry，念起来像是自己名字的直接音译。
  更新完博客，又看了一部电影，将MP3的歌曲换新。她下歌的时候想到了晏斯时的那部银色音乐播放器，怔怔地想："他会喜欢听谁的歌？"
  大人的过节是无止境的饭局和麻将。夏漓无可避免地被卷进应酬——夏建阳和姜虹文化程度不高，一生都过得灰扑扑，毫无存在感，夏漓是他们最拿得出手的作品。和那些同事朋友聚餐时，夏建阳免不了炫耀几句："我闺女在明中读书，文科实验班的！"
  这天是跟罗卫国吃饭。家里太简陋，夏建阳又怕姜虹手艺不够好，怠慢了客人，就在餐馆里订了个包间。夏漓讨厌这种场合，但不得不去。
  包间里酒过三巡，大人们开始吞云吐雾。罗卫国叼着烟，看向夏漓，笑道："上回跟你坐一个车的，霍董的外孙，你还记得吧？"
  "嗯……罗叔叔，你现在还经常跟他打交道吗？"
  罗卫国摆手："那可轮不到我，他家里请了专门的保姆，出入也都有司机接送。我那回是去江城办事，顺便接人。哦，他这学期开始也在明中读书，你没碰到过他？"

"碰到过……没怎么说过话。"

罗卫国瞅了眼夏建阳："你这闺女，就是太乖巧，不会来事。都认识了，就殷勤点、热情点嘛！人家什么身份？霍董的外孙。霍董就这么一个外孙，为了他读书，花那么大一笔钱，特意给明中捐了个国际部。你跟人家处得熟了，以后不就能多条门路？人家一句话，不比我这个只管厂里闲事的副总有分量？你说是吧，老夏？"

夏建阳连连笑道："是，是！"

夏漓像吞了一只苍蝇，她从来没有这么讨厌过罗卫国。好像她不为人知的单纯心事，被污蔑成了精巧的算计。大人的功利心真令人作呕。

然而哪里想得到，散席以后回到家里，喝得半醉的夏建阳一边泡脚一边问："闺女，你真认识那个霍董的外孙？"

夏漓没吭声。

"认识的话以后多接触接触，也没坏处。"

夏漓忍不住顶了一句："要接触你们自己去接触。"

她几步走回自己房间，"砰"一声摔上门。

夏建阳和姜虹面面相觑。

夏漓一贯乖巧温顺，什么时候这样冲家长发过火。

（三）

"为了拥抱你，我拥抱了全班。"我是会做这种傻事的人。

——雪莉酒实验室《经过梦的第九年》

月考接踵而至。

升上高二以后，每学期算上期中、期末，一共四次大考，都按高考的作息与标准，全年级打乱，按名次排考场。

国际班不参与月考，他们有另外一套考试流程。林清晓跟夏漓说，聂楚航对此非常遗憾——他原本还想在月考中跟晏斯时一较高下呢。

文科在第一考场，恰好在一楼。每门课程考完，夏漓交完卷离开考场，都会习惯性地往二十班那儿看一眼。

明明是饭点，可一次也没见晏斯时从教室里出来跟谁一块儿去食堂。是时间不对吗？还是他这个人根本不吃饭，靠喝露水修仙？

第二天最后一门英语考完，夏漓收拾完东西，林清晓走过来，问她和徐宁要不要去外面吃点东西。

徐宁说："你们去吧，我爸等下要来接我。"

夏漓跟林清晓走出考场，林清晓忽然将她手臂一拽，抬了抬下巴。

夏漓顺着她的眼神看过去，却见二十班第二扇窗户那儿，聂楚航正跟晏斯时站在一起。

心脏像是枚被掷在桌上的乒乓球，轻快地弹跳。夏漓装模作样地问："你要跟聂楚航打声招呼吗？"

"那当然。"

林清晓走过去，拍了拍聂楚航的肩膀。

聂楚航回头，晏斯时也跟着转头看了一眼。

林清晓："嗨。"

聂楚航："嗨！"

夏漓看向晏斯时："你好……"

晏斯时："你好。"

林清晓愣了一下："你们认识啊？"

夏漓微点了一下头，而后偷偷轻掐林清晓手臂一下，她会意，没有当场追问。

林清晓问聂楚航："考得怎么样？"

聂楚航："物理最后一道大题拿不准，正在问学霸呢。你怎么样？"

"就那样——吃晚饭吗？我们打算出去吃个炒菜。"

聂楚航的神色有些为难，一边是物理，一边是妹子，难以抉择。

想了想，他问晏斯时："学霸，你吃饭了吗？跟我们一起吧，我们再探讨探讨。这道题我要是不搞清楚，今天都睡不着觉。"

夏漓以为晏斯时不会答应。据她观察，晏斯时多数时候都是独来独往，课间也不凑热闹，每次她抱着地理练习册经过二十班，总是看见他就坐在自己座位上，不是看书，就是听歌，或者睡觉。他唯一的朋友，可能就是上次那个一起去小卖部买水的"黑框眼镜"。

没想到晏斯时竟点了点头，而后说道："我再叫个朋友。"

他推开窗户，朝里喊了声："王琛。"

回应的正是"黑框眼镜"。

晏斯时："出去吃饭吗？"

王琛点头："可以。"

他话音刚落下，教室里一道女声响起："晏斯时，你们要出去吃饭？我们也一起呗！"

说话的是陶诗悦，她正跟一个女生凑在一块儿聊天，听见晏斯时跟王琛说话，便倏然回头问了一句。

晏斯时说："抱歉，今天不太方便。下次吧。"

他的语气一贯淡得没有多余情绪。

夏漓像无端咽下了半枚青橙。倒不是为晏斯时说的"下次"，而是为陶诗悦与晏斯时互动时的熟稔态度。

陶诗悦这时候往窗外瞟了一眼："哦，那下次吧。"她应该是看见了林清晓。

林清晓用只有夏漓能听见的声音轻嗤了一下。

一行五人，向校外走去。林清晓跟聂楚航并肩走在最前面，聊他们两人自己的话题。紧跟其后的是王琛，他连走路都手不释卷，端着本封面全是英文的大部头，全程没抬眼。

于是莫名其妙地，夏漓就跟晏斯时一起走在了最后。

晏斯时穿着明中的秋季校服外套，拉链敞开着，里面一件白色衬衫，衬出少年颀长而清薄的身形。

教学楼出口人来人往。有两个学生不知是不是为了赶时间，迎面疯跑过来。晏斯时为了避让，往夏漓的方向靠了半步。

夏漓几乎心脏骤停。这瞬间，她在呼吸中捕捉到一阵清冷香气。那气息像冬天推开窗，整个世界白雪皑皑。

夏漓胡思乱想时，走在前方的王琛忽然脚步一停，转过头来，问晏斯时："这句怎么翻译？"

晏斯时低眼往书页上瞧去："The Maori invaders came from a dense population of farmers chronically engaged in ferocious wars, equipped with more-advanced technology and weapons, and operating under strong leadership."

似是为了便于理解，他将原文低声念了出来。他的声线微沉清冷，英文发音流畅标准，至少在夏漓听来，比七班的英语老师标准得多。

晏斯时念完，随即翻译："毛利人入侵者是人口稠密的农民，他们长期进行残酷战争，装备较先进的技术和武器，并且在强有力的领导之下进行运转。"

王琛点头，推了推眼镜："这本书你真看完了？"

"嗯，无聊的时候随便翻完了。"

"我怎么看起来就这么费力？"王琛嘟囔。

"语法结构你肯定没问题，只是词汇量可能稍微欠缺。"

夏漓对晏斯时的认知似乎又有所加深。他看着这样冷淡，原来跟熟人相处时挺温和耐心的。这样优秀，但在他身上却看不到半点优越感。

校门外有好几家餐厅，针对学生群体，价格公道。他们去了一家之前吃过的，叫聚福餐馆，店面不大，但很干净。

四人桌，聂楚航从旁边桌搬了张凳子，放在侧方，正好挨着晏斯时。他叫林清晓帮忙点菜，然后便迫不及待掏出试卷，拉着晏斯时，开始继续讨论最后一道大题。

一会儿，王琛也放下书加入讨论。

趁着这机会，夏漓往封面上瞥了一眼，Guns, Germs, and Steel（《枪

032

炮、病菌与钢铁》)。她飞快在心里默记了几遍。

聂楚航和王琛各执一词,最后晏斯时拿了聂楚航手里的铅笔,唰唰几笔画出受力分析,列出式子,拨云见日地平息了争端。

聂楚航很是高兴:"还好我做对了。"

王琛则挠挠头:"好久没月考,手都生了。"

聂楚航说:"学霸,下次还能找你讨论吗?"

晏斯时说:"不行。"

聂楚航愣了一下,还没出声,晏斯时又说:"除非你别叫我学霸。叫我名字就行。"

聂楚航笑道:"成。"

夏漓这一刻竟然有些嫉妒聂楚航。分科之前,夏漓的生物、化学和数学都不算差,物理则学得有些吃力。不是没考虑过学理,但稳妥起见,还是选了文科。普通人的人生经不起试错。

一会儿,点的几道菜端上来,大家边吃边聊。

聂楚航问起国际班的课程安排是不是很不一样。回答的是王琛:"我们主要上 AP 课程,分自然科学、数学与计算机科学,还有人文社科,三个方向。不像晏斯时,他高一就开始准备了,我们高二才开始,其实已经有点来不及了,英语跟不上本土学生,所以大家基本都报自然科学或者数学与计算机科学。"

林清晓问:"除了这个,还要参加其他考试吧?托福什么的?"

"托福是必须的。而且有的学校还要看 SAT 成绩。SAT 考试在内地没考场,到时候还得跑去香港或者新加坡,还挺麻烦的。"他推了推眼镜,"早知道这么折腾,我还不如继续待在理科实验班得了。"

林清晓说:"那大家都误解了,都觉得国际班还挺闲的。"

"哪有!"王琛很是不平,"我们只是不上早自习,晚自习下得早一点,其他都一样的。"

"你们晚自习都上什么?"

"主要是英语会话与写作。"

聊天的时候，夏漓会不动声色地偷偷打量对面的晏斯时。

楚城人口味较重，虽比不上云贵川湘赣这几省，但也很能吃辣。夏漓注意到，晏斯时吃过两口之后，再提筷就有些踌躇，鼻尖和额头上也隐约冒出细微的汗珠。他皮肤白，耳朵一泛红就很明显。

夏漓轻咬了一下筷子尖，想了想，放下碗筷起身。

靠近柜台那儿有个冷藏柜，她走过去拉开柜门，拿了三瓶冰水，回到餐桌，第一瓶递给林清晓："我觉得菜好像有点辣。你们喝冰水吗？"

"辣吗？没觉得啊。"林清晓说，"我要雪碧吧。"

夏漓点头，转而将冰水递给了晏斯时。

晏斯时接过时顿了一下："谢谢。"

三瓶水分给了三个男生，夏漓又去冷藏柜里拿了两罐雪碧，跟林清晓一人一罐。

"我再加个素菜可以吗？"夏漓又说。

大家都没什么意见。

夏漓便叫来服务员："麻烦帮忙再加个清炒小白菜，不要放辣。"

林清晓疑惑地嘀咕一声："你平常不是挺能吃辣吗？"夏漓当作没听见。

吃完饭，聂楚航统一付了账，大家AA制，各自将自己那份给他。

在餐馆门口，林清晓说要去旁边超市买杯酸奶。聂楚航忙说："我跟你一起去。"

夏漓不想做电灯泡，就说先回教室。

王琛、晏斯时和夏漓三人一起往回走。夏漓一向不是善于交际的人，这下单独面对这两人，完全不知道该说什么。好在王琛又端上了那本书，边走边看。

不知不觉间，又剩下了夏漓与晏斯时并排同行。这样的机会不会太多，夏漓知道。她余光里闪过少年被风撩起的外套一角，心情也好似随风鼓动起来。

"《虫师》你有看吗？"夏漓出声。

晏斯时似乎没听清，微微朝她这一侧低了一下头："嗯？"

这瞬间夏漓的心脏差点从嗓子眼里蹦出来："我说……《虫师》你看了吗？"

"看了三册，第四册刚开始。"

"还可以吗？"

"嗯，设定很新颖。"

夏漓微微扬起嘴角。明明向他推荐的人不是她，她却无端放下心来。

更多的话题，却不知道该如何展开了。但哪怕只是沉默并行，已足够让她觉得眩晕且不真实。

不长的一段连廊，此刻更觉得短，不知不觉就到了二十班门口。

王琛捧着书，径直走了进去。晏斯时则顿了一下："我进教室了。"

夏漓将语气拿捏得随意一些，点头道："拜拜。"

月考后的晚自习，一般都是自习。坐下没一会儿，班长就过来叫几科的课代表去办公室，帮忙阅卷和登分。晚自习快结束时，夏漓才回到教室。

下课铃响，收拾好东西的林清晓和徐宁立即凑了过来。

徐宁出声："我听晓晓说，你认识……"

"嘘！"夏漓不想引起多余的关注，"我们出去边走边说吧。"

三人一起往校门口走，林清晓早就憋不住了："赶快交代！"

"你们都不关注月考成绩吗？我刚刚在办公室……"夏漓试图岔开话题。

"你先说你跟晏斯时的事。"林清晓哪里会让她得逞。

夏漓只简单交代自己父母在石膏厂工作，那石膏厂所在集团公司的董事长恰好是晏斯时的外公，因此自己在开学之前就跟他有过一面之缘，后面又在书店碰到过一次。

徐宁回想："肖宇龙过生日那天。"

"嗯。"

"深藏不露啊。"

"真没有……跟他也不算熟。"

"已经比我们熟多了。"

林清晓也说："真的。晏斯时真挺难接近的，欧阳婧不是喜欢他吗？情书递了好几次，没一次有下落。还主动约他出去唱K，他都是：谢谢，不好意思，没空。"

"欧阳婧喜欢他？"欧阳婧就是林清晓在艺术班的那个朋友，学古典舞的，长得非常漂亮。

"不稀奇啊，喜欢他的女生多着呢，陶诗悦不也是吗？"

夏滴一时没作声。

林清晓瞥她，笑道："你不会也暗恋他吧？"

"没有。"夏滴否认得非常平静。

她知道，遇到恋爱问题，闺密间习惯互相出谋划策，可她似乎做不到。尤其是在听说那么多女生喜欢他，且都在采取行动之后，她更不想让第二人知晓。

晏斯时，是她一个人的兵荒马乱。

夏滴喜欢前两年的那首歌。她有个歌词本，喜欢的歌词，一定要亲手一字一句抄下来。后来这首歌火了好多年，尤其那句歌词：

"谁能凭爱意要富士山私有。"

此后，夏滴会反反复复地想：

晏斯时，那么多人喜欢你，谁能凭爱意要富士山私有？

第三章
像影子追着光梦游

（一）

我要把每一次费尽心思的相逢，都伪装成偶遇。

——雪莉酒实验室《经过梦的第九年》

十一月，楚城进入真正的秋季。

月考过后是运动会。明中这种以升学为中心的重点高中，平常真没多少文体活动，运动会是难得的放松机会。

夏漓没报项目，她是广播台台长，届时要负责运动会的广播工作。

运动会开始的时间定于周四上午八点。

广播站就架设在观众席间，靠近入口的位置。三张长桌拼在一起，安置了调音台、麦克风等器材。广播台派出六人，两人负责筛选稿件，三人负责播音，夏漓负责统筹和后勤。

运动会开始之前，夏漓最后一次跟广播台的指导老师确认工作流程。指导老师强调："三个播音员要分工，得有个人专门负责播报比赛安排和检录通知。"

夏漓点头："我们有人负责。"

"多买几箱水吧，润喉糖也备点儿。"

"都已经准备好了。"

指导老师点头："那没什么了，都打起精神，好好加油。"

临近八点，夏漓同几个播音员嘱咐了一遍注意事项，悄悄地蹲到长桌后方的后勤区去了。

她在台阶上坐下，从背包里拿出出门前灌好的保温杯和热水袋。今天很不巧，是她生理期第一天。那时候她还没有吃止痛药的概念，遇到痛经只能自己扛过去。她弓着背，小口咽着开水，将热水袋披到小腹和膝盖之间。

运动会正式开始。简短的开场结束，第一个环节是运动员入场。

明中领导不鼓励什么花里胡哨的装扮，运动员方阵一水的校服，口号也中规中矩的，没什么出格的地方。每一年的方阵入场，唯一的用处只剩下了满足各种隐秘躁动的心情。男生互相讨论哪个班举牌的女生最漂亮；女生在暗恋对象的班级经过时按捺尖叫，偷偷掐一把身旁的闺密。

"迎面向我们走来的，是最后一个方阵，高二（二十）班的运动员们，他们虽人数最少，但勠力同心……"

夏漓急忙盖上保温杯，连同热水袋往身旁一放，站起身。

国际班可能是今天所有方阵里——用入场词中最常出现的那个形容来说——"最亮丽的风景线"，他们没穿校服，都是统一的一身白色运动服。

二十班举牌的是陶诗悦。

天气怪冷的，她却穿的是白色网球裙，梳一条高马尾，整个人显得高挑轻盈，青春得叫人无法忽视。

夏漓目光扫过，在最后一排看见了晏斯时的身影。

他真是班里个子最高的，卓然鹤立，叫人一眼望见。分明都是白色，在他那儿却似披了一身霜雪，他脸上依然没什么表情，步伐迈得有些提不起劲儿。就是这种散漫感特别吸引人。

夏漓看了看就在广播站前方主席台站立的校领导，生平第一次这么大胆，从包里摸出手机，对准晏斯时，偷偷拍了张照。

她用的是一部很便宜的国产手机，像素极低。拍出来的画面模糊，每一个噪点都是她的遗憾。即便这样，她仍然如获至宝。

所有班级在田赛场上排好队，二十班远在场地边缘，再怎么努力，也只能看见一片笼统的白色，分不清具体谁是谁了。夏漓这才收回目光。

领导、总裁判员和运动员代表分别讲话之后,比赛终于开始。

夏漓提前看过运动会筹备组提交上来的赛程安排和全部运动员名单,知道晏斯时统共报了四个项目,男子100米、男子800米、跳高和接力。国际班是真缺人,才会这样逮着同一只羊反复薅吧。

第一个项目就是100米短跑。

播报完检录信息没一会儿,就有各班宣传委员陆陆续续地送来广播稿。

工作一开始,夏漓就不能再偷懒了。

正帮着审稿,忽听一道清脆的女声喊:"夏漓!"

转头看去,却是陶诗悦跟二十班的几个女生过来了。陶诗悦已经换下那条网球裙,换成了运动长裤。

"广播稿是交到这儿吗?"陶诗悦问。

"是的。"

陶诗悦递上厚厚一沓广播稿,笑问:"能不能多念几篇我们班的呀?"

"那不行的,要一视同仁。"夏漓笑道。

"你不是台长嘛,你可以偷偷地帮帮忙呀,回头请你吃饭?"

"台长更要以身作则了。"夏漓虽态度坚决,语气却是温和的,半点儿也不会让人感觉到不适。

"那插个队行吗?我们班一会儿就有项目要开始了。"

"我们审稿的时候会根据项目进度酌情选择的。"

陶诗悦也没为难夏漓:"那好吧……尽量多选两篇,拜托拜托。"

运动会刚开始,大家热情高涨,一批批稿子接二连三地送过来。

负责审稿的同学筛过一遍,交给播音员。过了的稿子,审稿员都会记录是哪个班的,尽量"雨露均沾"。

审稿员逮着夏漓一通吐槽:"刚刚收上来的这波稿件,80%都是写给二十班的那个晏斯时的。她们当这是表白墙吗?"

夏漓笑起来:"那你选用了吗?"

"选了篇没那么肉麻的。"

那篇没那么肉麻的稿子,已经交到了播音员手里。

广播里响起字正腔圆的播报，回荡于整个操场："马上将在百米短跑项目登场的高二（二十）班的晏斯时同学，萧瑟秋风，挡不住你锐意的步伐；灼热烈阳，拦不住你进取的勇气！你将乘风，肆意飞扬，预祝你取得第一名，加油！"

夏漓往起点处看去。完成检录了的运动员已经陆续站上了起跑线。

她还没细看，后背被人一拍。是林清晓、徐宁和肖宇龙。

肖宇龙晃一晃手里的塑料袋："给我们辛苦的台长送点零食。"

夏漓受宠若惊："谢谢！你买的吗？太破费了。"

"就几袋薯片而已。"肖宇龙挠挠头。

而徐宁则拍上来两本漫画，让她无聊的时候可以打发时间。

怕围在一旁干扰到播音员工作，夏漓将他们带到了后面几排的后勤区。

林清晓凑到夏漓耳旁低声问："你还好吗？"早上夏漓去了趟教室，跟林清晓提了一句自己痛经的事。

夏漓说："还好，能忍。"

"你一整天都要在这儿？"

"嗯。"

"那要是不舒服，及时跟我们说。"

"好。"

忽听发令枪震响，四人齐齐转过头去，便看见红色塑胶跑道上，一道白色身影如离弦之箭，倏然从主席台前经过。仿佛只一个眨眼，就到了终点。

肖宇龙："天哪！这谁啊？这么快。"

夏漓的心脏怦怦乱跳，好像第一个撞线的是她本人一样。

她想到那不知谁写的广播稿：你将乘风，肆意飞扬。

身旁肖宇龙和林清晓他们说了什么，夏漓没仔细听。只看见终点线那儿围了一圈人，纷纷朝晏斯时递上水瓶。然而他似乎谁的也没接，拨开了人群，闷头就走了。

男子100米预赛之后，是女子100米预赛，之后才是决赛。

林清晓接了个电话，说宣传委员要她过去帮忙，三人便一块儿回七班了。

不知是不是因为广播站没什么遮挡，位高风冷，夏漓喝下去的热水不顶用，腹痛有愈演愈烈之势。审稿和播音工作都没什么纰漏，倒不需要她一直盯着，就跟几人打了声招呼，让他们有事找她，然后自己回到后勤区坐了下来。她将校服外套拉起，抱紧了双膝，将腹部紧紧地压向校服内兜着的热水袋。

不知道多久，听见广播里播报男子100米决赛检录通知。发令枪响的瞬间，夏漓赶紧站起身，向跑道眺望。仿佛预赛重演，那道白色身影轻盈而迅捷地抵达了终点，没有一丝悬念。

终点处围了更多的人，几乎将晏斯时的身影淹没。一会儿，他从人群中走出来了，手里只拿着他自己的白色运动外套。

他沿着跑道边沿，一路无视了混进田赛场上打算跟他搭讪的人，往体育场和教学区之间的通道走来。

这通道就在广播站的下方。

夏漓心跳加速，没有给自己更多犹豫的时间，她从一旁的纸箱子里捞了瓶矿泉水，掏出校服里的热水袋丢在一旁，飞快朝通往下方通道的台阶跑去。迈下最后一级台阶的同时，晏斯时也正走进通道。

夏漓镇定自若地打声招呼："嗨。"

晏斯时脚步一顿。

"你没报项目吗？"夏漓故意问。她不想让晏斯时察觉到她是特意冲他来的。

"刚跑完。"

"什么项目？"

"100米决赛。"

"那喝水吗？"她很自然地将水瓶递过去。

晏斯时顿了一下，伸手接过："谢谢。"

通道里灌入穿堂风，墙根处青草瑟瑟。少年的白色上衣被风吹得微微鼓起，又垂落下去。

身旁有人经过,而那些说笑打闹声显得那么远。她的眼里只有他一个人。

她想,她应该会把这个场景记好久。

风,微暗通道,白衣少年。还有她潮起潮落的心跳。

夏漓有点怕破坏这一霎的安静,再说话时声音都放轻了:"你回教室?"

"嗯。"

"我在这里等同学。"

晏斯时点点头,稍稍停顿,似在确认她还有没有别的事,随即说道:"那我先走了。"

夏漓说"嗯"。

看着晏斯时的背影消失在通道尽头,夏漓立即靠墙蹲了下来,双臂抱住膝盖。一方面因为心脏急跳,一方面腹部疼痛难当,迫切地需要缓一缓。

片刻,有轻缓的脚步声靠近,停在了她的跟前。夏漓抬头愕然。

是晏斯时。他低着头,垂眼看着她:"怎么了?"

在落下的阴影里,夏漓近距离地与他对视,背光的缘故,那双眼睛比平日看起来要深,像栖着暮色的湖泊。

她怔怔地,不知道他为什么会折返。

最终她说:"没事……可能有点冷。"

"这里风大,可以换个地方等。"晏斯时的声音淡得没有多余的起伏。然而下一瞬,有什么东西落了下来。

夏漓下意识伸手去接,待拥住了才反应过来,是他的运动外套。

"你拿去披一下吧。"晏斯时说。

"你自己不穿吗?"

"我回教室拿校服。"

夏漓站了起来,双臂抱着他的衣服,复杂的情绪涌上来,好像堵得她听不清自己说话的声音了。"谢谢……我怎么还给你?"

"你经过我们班有空的时候给我就行。"

晏斯时又看她一眼,似在确定她没事,而后说道:"那我先走了。"

夏漓点点头。

他身影是往操场方向去的。

"你不回教室吗？"

"先去找王琛拿手机。"

所以他才折返。

夏漓目送着晏斯时走上了通道侧方的楼梯。外套拥在臂间，她好像有些不知拿它怎么办。那上面沾染了冷冷的香气，是她那次闻到的、白雪皑皑的气息。

夏漓将双臂伸进袖管，穿上了外套。衣服很大，仿佛再罩一个她都绰绰有余。于是，她又将外套脱了下来，揪住衣领去看领后的标。尺码是加大号的185。而她是一米六三的身高，骨架也小。

夏漓上楼梯回到了广播站。她没穿那外套，只是叠好了抱在怀里。这明显是男生的外套，在彼时的明中，一个女生穿男生外套，其意味绝对禁得起细想。她不想因此成为焦点。

她在台阶上坐下，抱着热水袋和晏斯时的外套。

那清冷的气息包围着她。这一刻，她竟有死而无憾的感觉。

（二）

> 喜欢他时，连他的影子也会羡慕。
>
> ——雪莉酒实验室《经过梦的第九年》

第一天比赛结束。

傍晚风更大了，橘红透明的夕阳照在身上，只有一股清萧的寒意。

因为怕晚上下雨，器材设备都要搬回广播台保存。

夏漓背着书包，和唯一的男播音员一块儿抬起了调音台，另外几个台里的成员则分别拿上了麦克风、监听耳机、声卡等其他设备。调音台倒是不重，就怕磕碰，台阶不算宽敞，两人一前一后，下得小心翼翼。

在通道前方，恰好碰见了跟劳动委员勾肩搭背往教室走的肖宇龙。

肖宇龙热情地迎上来："要抬哪儿去？要帮忙吗？"

"不用不用，我自己搬比较放心。"夏漓笑道。

"那我帮你拿包吧，你包看着挺重的。"

肖宇龙没给夏漓拒绝的机会，直接伸手抓住了她的书包带子。夏漓怕拉拽失手摔了器材，只好腾出手卸了书包："谢谢。"

肖宇龙接过："嚯，装啥了这么重——帮你带回教室？"

"能帮忙送到广播台吗？我等下要先回去一趟。"

"那我跟你们一块儿过去呗！"

劳动委员拿胳膊撞了肖宇龙一下，挤眉弄眼道："不去食堂啦？"

"你饿你先去吃，又不差这一会儿。"

虽这样说，劳动委员还是没丢下肖宇龙一个人。

两人跟在夏漓身旁，肖宇龙边走边问："你关注七班今天的比赛成绩了吗？"

"没有太注意，怎么啦？"

肖宇龙挑眉："我投铅球投了个第二。"

"哇，那你力气蛮大的。"

"你这话让我没法接啊……"肖宇龙挠了挠头。

广播台位于校园东北角钟楼的三楼。

器材归位，夏漓接回自己的背包，向肖宇龙道谢。

肖宇龙环顾四周："你们平常就是在这儿工作？"

"嗯。"

"那我们下回要想点歌，直接来这儿找你，你给开个后门？"

夏漓笑道："可以呀。"

校园广播台一周五天，五档栏目，分别是新闻播报、美文鉴赏、文娱资讯、影音书推荐和青春絮语。每档栏目之间，会穿插播放学生点播的歌曲和寄语。钟楼一楼有个信箱，就是点歌专用的。这一环节广受欢迎，所有平日无法宣之于口的隐晦心思，都能借由歌曲表达出来。

肖宇龙离开之后，夏漓简单检查器材状况，锁好门，离开广播台。

运动会期间的晚自习，都改成了自习，班主任几乎不来巡查，基本等于默许大家可以稍微放松。

夏漓先回了趟公寓换卫生巾，顺便把重得要死的热水袋放回去。

回教室时经过二十班，往里看了一眼。

她原本还在纠结要怎么喊晏斯时出来，当众还衣服会不会引人围观，没想到晏斯时并不在教室里。

踌躇片刻，正准备走，看见"黑框眼镜"王琛走了出来，她迎过去问道："请问晏斯时在吗？"

王琛推了一下眼镜，看她，脸上现出真诚的疑惑："我们是不是见过？"

"一起在聚福餐馆吃过晚饭的。"

"哦哦。"王琛点头，仿佛是想起来了，"他不在，已经回去了。"

夏漓下意识地问："回哪儿？北城吗？"

"回北城干啥？"王琛比她还震惊，"他跟你说了要回北城？"

"不是不是，我瞎说的……"夏漓总觉得和王琛交流起来好像有点困难，哪里的弦没搭上的感觉。

难得轻松的晚自习结束，夏漓回到公寓，犹豫了很久，还是决定将外套洗了再还给晏斯时。翻了翻水洗标，可以机洗。下水前掏口袋，掏出来两样东西。一样是耳机，另一样，是一枚银色的打火机。

打火机这种东西，似乎不该属于晏斯时。将其翻开，滑动小砂轮，一朵莹蓝色火苗喷出。这确实是一枚打火机，而不是U盘或者其他东西。

临睡前，夏漓去洗衣机里捞出已经脱了水的白色运动外套，晾晒在阳台上。

夜里风大，到明天应该就干透了。

第二天，所有比赛接连决出成绩。

最后一场接力赛，各班像是比拼气势似的，把"加油"喊得山呼海啸，几乎盖过了播音员念广播稿的嘶哑声音。

在一种狂欢般的氛围中,这届秋季运动会落下帷幕。

七班奖牌榜第三,得了个奖杯。

夏漓没空参与班级的庆祝,忙着搬运设备、收拾场地。

回到广播室等指导老师检查过设备,回教学楼的时候,天已经黑透。走廊里都是学生,正端着椅子鱼贯而出。

夏漓逆行上楼,到班里才知道,高二年级要去小操场上看电影,接受爱国主义教育。她只得急匆匆地回座位,搬着椅子跟上大部队。

操场上已然黑压压地坐满了人。

电影开场前,夏漓听见旁边班上有几个女生正在讨论今天运动会的赛果,聊到最后都绕不过一个名字:晏斯时。

有个女生说:"四个项目,两金两银,真的有点离谱。"

"接力赛不能算他一个人的功劳吧。"

"但他的第三棒逆转乾坤啊。"

"跳高你们看了吗?"

"看了看了!他怎么跳得那么轻松。要是让我背跃,我肯定像个铅球砸地上。"

"倒也不必这么说自己。"

"他真的好厉害,有什么是他不擅长的吗?"

"生孩子?"

"要死!"

她们笑着打闹起来。夏漓听着也不禁莞尔。

十来分钟后,电影开始。各班班主任初时还待着,没多久就离开了,交由各自班长维持秩序。陆续有人离场,去小卖部,或是窜班去其他班级。

这时候,夏漓被坐在身旁的林清晓戳了一下手臂。

林清晓低声说:"我去趟十八班。"

夏漓猜到她一定会去找聂楚航,便点了点头:"去吧。"

林清晓走了以后,夏漓也有些坐不住了。她转头,伸手在徐宁面前晃了晃，徐宁摘下耳机。

夏滴打声招呼："我回趟教室。"

徐宁没看电影，正拿校服外套罩着 MP4 看动画，闻言点了点头。

夏滴拿上背包，弯下腰，穿梭于两班之间的空隙，悄无声息地离开了班级。到后方绕去二十班的位置看了一眼，好几个座位空着，晏斯时也不在。

夏滴准备再去二十班教室看看，刚走进教学楼往二十班方向瞥去，就见有三人从教室门口走出来。她一眼看见晏斯时，无由地慌乱，赶紧两步上了面前的楼梯。走到一楼半的平台那儿，往下方瞟了一眼，三人就停在了出口处。她往后躲了躲，偷偷看去。

晏斯时、陶诗悦，还有个中年女人，气质温和，看不大出实际年龄，与陶诗悦的眉目有几分相似。这人夏滴在高一下学期刚分班时的家长会上见过，是陶诗悦的妈妈，因为长相漂亮，让人印象深刻。

他们正在交谈。

陶诗悦妈妈笑道："我上周刚从国外培训回来，一堆的事情，忙起来就没个头，不然早该请你外公外婆吃饭了——小晏，戴老师最近身体还好吧？"

"还好。劳您挂心。"

晏斯时说话的语气，跟夏滴初回见他时他应对罗卫国的一模一样，一种叫人挑不出任何错处的礼貌。

"陶诗悦还说呢，上回她和她爸跟你们一块儿吃饭，看戴老师精神矍铄，看着也就五十出头的样子，哪里像是外婆辈的人。"

晏斯时没有作声。

"我跟戴老师也有大半年没见了，下周六吃饭，小晏你也去？陶诗悦我也带去，正好你们同班同学，一起聊天也不会无聊。"

晏斯时的语气很是平淡："我听外公外婆安排。"

陶妈妈笑道："那就这么说定了。"

夏滴想到那时候听人说的，陶诗悦妈妈是外科医生，晏斯时外婆退休前也是同一科室的。陶妈妈称呼的"戴老师"，应当就是指晏斯时的外婆。

陶诗悦这时候出声："妈，你吃饭订的哪儿？"

"国际大酒店啊。"

"他们家菜味道怪老套的，晏斯时一定吃不惯。你定晶港城呗，这半年新开的，我跟爸去吃过，菜式很新，海鲜都是空运过来的。"

陶妈妈伸手搂了搂陶诗悦的肩膀，笑道："那行，听你的。还是你们年轻人会玩，跟得上时代。"

晏斯时一直没说话。

陶妈妈又看向晏斯时："对了小晏……我听说，你妈妈也回楚城了？"

夏漓看见晏斯时有两分迟疑地点了点头。

"上回陶诗悦爸爸跟你们吃饭，倒是没见着她？"

"嗯……"

"我上回见她，还是你初中暑假，她带你回来探亲的时候。这回聚餐要是她也能去就好了，还能叙叙旧——你不知道吧，我跟你妈妈还是小学同学呢。"

"可能要抱歉了。她身体不大好，医生建议静养。"

夏漓难得从晏斯时的语气里听出了几分讳莫如深，仿佛他有些排斥聊这话题。

陶妈妈似乎还想说点什么，这时候电话响了。

她接通说了句"马上就来"，而后对晏斯时说："陶诗悦他爸在催了，我先带她出去。下回聚餐再见啊！"

晏斯时点了一下头。

陶诗悦和她妈妈离开了，晏斯时在出口站了片刻，没回教室，从出口出去向右拐。

那边是食堂、废弃老教学楼和高三年级所在的方向。夏漓只犹豫了半秒钟就跟了上去。

她已经偷听了那么多，根本不在乎自己再越界一些。她有种隐约的感觉，最后陶诗悦妈妈提到晏斯时妈妈的那几句话，让晏斯时很不高兴。

夏漓走在阴影里，与晏斯时隔了段距离，不远不近。

他脚步很快,似携了一阵风,沿路几盏不甚明亮的路灯将影子拉长又变短。那身影经过食堂,逐渐慢了下来,到了老教学楼那儿一停,随即右转。

一段石阶向上延伸,高处立着明章中学第一任校长的雕塑。晏斯时一步一步走上石阶,坐了下来。黑暗里,那身影似是摸了一下长裤的口袋,然后便不动了。

他一定心情不好吧。夏漓躲在教学楼墙体投下的阴影里,遥遥地看着。她好羡慕他的影子,至少它就在他身旁。

晏斯时长久地坐在那儿,没有要离开的意思。远处操场上播放电影的声音隐约传来,倒显得此处更加安静。夏漓的皮肤都被吹得发凉。也就在此刻,她下定了决心,要是什么都不做,往后她回忆起来,一定会觉得懊悔。思考片刻,夏漓将手机从口袋里掏出来,给姜虹打了个电话。

姜虹显然对这个时间接到她的电话很是意外:"怎么了漓漓?没上晚自习?"

"今天运动会,晚上看电影。"

夏漓一边说着话,一边从墙根处走了出去,低头走向前方的石阶。

"哦?怎么样?你参加了什么项目?"姜虹问。

"我没参加,在帮忙。"

"哦……"

夏漓低头踱步,像她平常跟姜虹打电话时那样,全程未曾抬头。她演不了那么逼真,此刻假装没有注意到石阶上有人,已然用尽她毕生演技。

她们母女交谈,一贯是这样,内容匮乏。像是不知道还能说什么,姜虹在那边问:"缺不缺钱?"

"不缺,够用。"

"天冷了,你平常自己注意啊,多穿点衣服。"

"嗯。"

这时,装作意识到了前方有人,夏漓倏然抬头,又愣了一下,对着手机说道:"妈,你跟爸爸也注意身体……我先不说了,晚上回去再打给你。"

"你也要劳逸结合啊。"

"嗯。"

夏滴挂了电话，看向此刻已经抬起了头的晏斯时："抱歉……没注意到这里有人。是不是打扰到你了？"

晏斯时向她投来的一眼分外疏淡："没有。"

夏滴顿时惴然，她是不是演技太拙劣，已被他看穿自己是个变态跟踪狂？

她没法多想，硬着头皮说："哦……正好，你的外套。"

她卸下书包，从中拿出那清洗晾晒后叠得整齐的运动外套，走近递过去，顿了一下——

少年两只手臂搭在膝盖上，而手里捏着的，竟然是一包香烟。

"谢谢你的衣服。"

晏斯时伸手接过："不用。"

"还有这个……"夏滴从自己背包侧面口袋里摸出耳机和打火机，解释道："衣服我洗过了，洗之前拿出来的……"

晏斯时伸手，从她手掌里抓起耳机和打火机。

他手指竟比那枚银色的打火机还要凉，那瞬间触到了她的掌心，她像是被什么轻轻地啄了一下。

"谢谢。"晏斯时说。

夏滴顷刻间无法出声，手垂落下去，她悄悄捏住了手指，不知是想将那一下的触感抹去，还是长久留存。

"这里平时经常有情侣约会，老师也会时不时过来巡查。我知道有个地方……"她出声，却似乎有些听不见自己的声音，"钟楼的四楼，是个堆放桌椅的空教室，基本没人去，适合需要安静的时候，一个人待着。"

她作为广播台台长，经常出入钟楼，那是她偶然发现的秘密基地。如果他需要的话，她乐意分享。

晏斯时看向她，脸上浮现淡淡的讶异，片刻后说："谢谢。"

夏滴沉默了一霎，不知道还能说些什么："操场在放电影，你不去看吗？"

"不去了。"

"那我先回操场了。"

晏斯时点了一下头。

夏漓不再打扰,转身离开。将要拐弯时,她回头看了一眼,只能看见黑暗里一点似在飘浮的红色火星。

回到班里,林清晓也已经回来了。

"你去哪儿了?老庄刚刚来查岗,我说你上厕所去了。"林清晓凑过来低声问。

"随便去逛了一下。"

"我跟你讲,我刚刚吓死了。"林清晓小声吐槽,"教导主任刚才领着几个纪律组的满学校巡查,我差点被逮住……"

夏漓手臂撑着前方同学的座椅靠背,将额头靠在了手臂上。

林清晓声音一顿,关切地凑过来:"怎么了?"

"没事,有点胃痛。可能是饿的。"她轻声说。

刚刚的事,仿佛榨干了她所有的勇气与力气。

第四章
和雨秘密谈话

（一）

> 感谢天气预报只有 30% 的准确率。不然世界上一定少了很多故事，很多惊喜。
>
> ——雪莉酒实验室《经过梦的第九年》

元旦将至，校元旦晚会开始筹备。

老庄不喜欢大家把多余的心思放在课外活动上，对这种学校组织的非强制性活动，一般持不反对也不鼓励的态度。虽这样说，大家都很识趣，这态度其实就等同于不让参加。

这天上英语课，英语课代表通知大家去阶梯教室。

阶梯教室在办公楼那边，经过二十班时，夏滴习惯性地往里瞥了一眼，教室是空的。

等到了阶梯教室一看，前三排赫然坐着二十班的学生。第三排最里面靠窗的位置，坐着晏斯时。他总耀眼得叫人能一眼看见，可又安静疏冷得游离于人群之外。

七班女生纷纷将视线投向晏斯时，低声交头接耳起来。

英语老师出声，让大家赶快找位置坐下。夏滴看见几个大胆的女生立即互相推搡着占了晏斯时后排的位置。

等教室安静下来，英语老师笑眯眯地问道："老庄是不是不让你们参与元旦晚会？"

"是！"七班有几个学生怨气颇大。

"所以我们替你们争取到机会了。"

底下欢呼。

英语老师平常就会采取些灵活多样的教学方式。比如在班里办个小型英语唱歌比赛，要求人人参与；比如让大家选一部自己最喜欢的英语动画，挑个几分钟的片段进行配音。

她算是明中这个环境里难得没那么强应试风格的老师。

英语老师抬手压了压："先别忙着高兴，我说完你们再决定参不参加。"

她介绍了一下讲台上的另外两位老师，二十班的两名外教。"我们商量了一下，打算让你们两个班一起排一出话剧。要求你们听好：你们自己写中文剧本——本子要给庄老师审的，要是不合格他第一个就给你们打回去了。庄老师那儿通过以后呢，两班合力把剧本翻译成英文，最后交给我们三个老师修改。"

七班班长朱璇提问："意思是最后要全英文演出？"

"不然庄老师怎么会答应？"英语老师轻敲了一下桌子，"我先说好了啊，到时候主演可不能全推给二十班。七班人多，出的演员也得多，两班至少一比三的比例吧。"

底下已经讨论开了。

"朱璇，陶诗悦，你们两个班长上台来主持，把分工安排一下。"

七班班长朱璇一边往讲台上走，一边说："我怕我们没时间排练，庄老师肯定不准我们耽误上课。"

"那就只能你们自己克服，看看能不能牺牲中饭和晚饭时间了。我会酌情给你们几节英语课。"

英语老师说完，同两个外教走到一旁，将讲台位置让给了朱璇和陶诗悦。

朱璇和陶诗悦沟通了几分钟，随后朱璇说道："徐宁，你是全班作文写得最好的，你来负责中文剧本可以吗？"

徐宁严重偏科。数学150分的总分，她却只能在100到110分之间挣扎。与之相对的，语文却长期保持无可撼动的霸主地位，作文每回都被打印出来当范文，"传谕"全年级。

老庄作为语文老师，对这样的学生又爱又恨，不知道找徐宁谈话了多少回，让她多把心思放在瘸腿的科目上。甚至给她特权，在他的语文课上，她不听讲做数学题都行。

徐宁说："就我一个人肯定不行啊。"

"那你让林清晓和夏漓帮你吧，就先想几个大概的题材和方向，确定下来以后写本子，到时候需要什么帮助我们再给你提供。"

徐宁说："那好吧。"

"然后是英文翻译……"

朱璇点了几个七班英语好的学生，大家都答应下来。

陶诗悦说："翻译这块，二十班的话……"

她目光转向晏斯时："晏斯时，到时候你可以帮忙吗？"

夏漓只觉得教室静了一瞬。就在这安静里，晏斯时听不大出情绪地"嗯"了一声。

几乎人人都听说过晏斯时这个人，但跟他打过交道的人屈指可数。大家一致的印象里，都觉得他这人高冷，难以接近。很难想象这样的人会愿意参与校园活动。

朱璇总结道："那剧本方面，就你们几个人负责了。然后是服装、音乐和舞美……"

朱璇做事爽利，各项职能安排一项一项梳理得清清楚楚，还当场粗略地制订了一个时间表。按时间表的规划，留给徐宁确定题材和完成剧本的时间加起来只有两周。

下课以后，徐宁立即拉着夏漓和林清晓开始讨论。夏漓有些心不在焉，注意力全落在走廊前方不远处的晏斯时身上。陶诗悦跟他并行，隔了喧闹人声，听不见他们在交谈什么。

晚饭时间，徐宁让夏漓和林清晓陪她去二十班教室讨论选题方向。讨论地点是陶诗悦定的，说二十班宽敞。

林清晓和陶诗悦不对付，跟徐宁说自己都是为了她才忍辱负重，徐宁笑着说等元旦晚会结束了一定请她吃饭，吃顿好的。

夏漓先去了趟广播台，等她匆匆赶到的时候，大家已经讨论一会儿了。

二十班教室里，四张课桌拼成了一张大桌，桌上摆满了肯德基的小吃。

夏漓走过去为自己的晚到道了句歉。还剩最后一个空位，在晏斯时的斜对角，离他最远。

夏漓坐下，顺势瞥了晏斯时一眼。他今天没穿校服，上身是一件鸽子灰的连帽卫衣，那青灰的颜色也衬他，整个人有种清清朗朗的少年气。

讨论继续。夏漓听了一会儿，徐宁一共有三个选题方向。一个是《茶馆》和《雷雨》这一类的，本来就是话剧，只用做翻译，比较省事；一个是《威尼斯商人》或者《哈姆雷特》这种经典西方剧目，但这些本就是英文，英翻中再翻英似乎有些多此一举。还有一个方向，就是原创。

朱璇说："徐宁你先说说你的想法？"

"我比较倾向于第一个方向。"

"原创来不及吗？"

"非要原创也不是不行。"

大家纷纷发表看法，最后觉得改编《茶馆》或是《雷雨》可能更稳妥。

"那个……"夏漓出声。

大家齐齐朝她看去。

夏漓说："宁宁，你有没有考虑过历史改编剧这个方向？比如'火烧赤壁''西安事变'这些……算是半原创，发挥起来没那么难。"

文综三科里夏漓最喜欢历史，历史单科成绩也能排进班级前三。别的她也许不擅长，但记性还算不错，给她一张白纸一支笔，能把历史课本上一些重要年份和事件基本不错地默写下来。因此第一个想到历史改编剧也算是惯性思维。

徐宁似是受到启发："这个角度好像也挺有意思的。"

大家便借此讨论起来。

有个女生说："我觉得'火烧赤壁'可以，三国是大家都挺喜闻乐见的题材。'草船借箭''三顾茅庐'也都可以。"

徐宁将大家的想法都记了下来。

夏漓这时候举了一下手："我可以说一下我的想法吗？"

徐宁点点头。

"其实我觉得'西安事变'是不是更好一些？出场人物比较多，除了张学良、杨虎城、蒋介石之外，还有周恩来等，以及宋美龄、宋子文这些角色……主要是，假如再加一场学生游行要求蒋停止内战、一致抗日的戏份的话，那所有同学都可以上场了。"

这时她觉察到，实则一直有些游离在讨论之外的晏斯时，忽朝她看了一眼。她顿时卡壳，磕巴了一下，才继续说道："明年升高三，明年的元旦晚会老庄肯定不会再松口了，那时候大家要准备高考，可能也没那个玩的心情。今年就是最后一次能好好玩的机会，还是希望大家都能参与进来。"

朱璇猛点头："是的，要是变成就少数几个人玩还挺没意思的。徐宁你觉得呢？"

"我是没问题，就看翻译……"

七班作为文科实验班，全班英语水平在年级肯定算是拔尖的，但能不能翻译文学剧本是两码事。大家讨论了一会儿，最后目光都看向晏斯时，把最终决定权交给了他。

夏漓听说过，晏斯时从小就是双语教育。

晏斯时平声说："你们定，我都可以。"

于是大家稍作讨论，定下了"西安事变"。

这时候陶诗悦见那些小吃都还没动，拆开了推到大家面前："再不吃就冷啦！"

夏漓吃着薯条，不动声色地观察着晏斯时。

他手里拿了杯可乐，身体稍往后靠着，那神情瞧着有几分百无聊赖。

她还在反复回想方才她在说话时他投来的那一眼，有什么深意吗，还是仅仅只是不经意？

周六，夏漓乘公交车前往楚城市新图书馆。

徐宁的剧本已经完成了，交由历史老师和老庄分别审核过，七班的几个学生完成了翻译，把文本交给了晏斯时，由他最后把关。

今天大家定了去图书馆讨论。

夏漓出门时忘了带伞。一周来的天气预报都说要下雨，但都这样阴了好多天了，一次没下过，她便以为今天同样不会。然而上车没多久，那雨就落下来，敲在窗户玻璃上，汇成小股水流，蜿蜒滑下。

图书馆离公交车站还有段距离，夏漓下了车，将尼龙布的背包往头顶上一挡，闷头跑进雨中。

一到冬天刮风下雨的天气，楚城就冷得要命，那阴冷感好似能直接钻进人的骨头缝里。雨似乎又大了两分，夏漓缩着脖子，赶紧加快脚步。

市新图书馆今年刚建好，是为迎接几年后省运动会的门面工程之一，因此修得气派极了。主馆前面建了好几十级的台阶，统一的灰白色岩板路面，宽敞、庄严，让去图书馆之路宛如朝圣。

夏漓刚爬了几级台阶，忽听身后一道清冷声线："夏漓？"

隔了风雨声的缘故，听来缥缈得不真实。她愣了一下，以为是幻听，但还是回头看去。

路边停了辆黑色轿车，晏斯时站在车门旁，手里撑着一柄黑伞。他反手轻轻关上了门，那车打亮了左转向灯，拖着两道被湿漉漉空气模糊的红色车灯尾迹，在雨中无声地开走了。

晏斯时迈上台阶。他穿了一件黑色套头毛衣，长裤也是同样颜色，深色在他身上一点不显得沉闷，反而衬得皮肤更白。

夏漓怔怔地站在原地，还在为方才他第一次喊她的名字而心悸不已。

晏斯时走到她身旁，轻声问："没带伞？"

她还没出声，黑色伞面已倾斜过来。那阴影落下的瞬间，她只觉得心脏从嗓子眼里跳了出来。

"以为不会下雨，就没带。"夏漓的声音低得自己都快听不见了。

雨水就敲在头顶的雨伞布上，近得仿佛直接灌入耳中。

市图书馆不在市中心，今日又是下雨天，来者寥寥无几。

雨雾迷城，天地岑寂。

夏漓双臂抱着书包，全身僵硬，像是关节被雨水淋得锈蚀的机器人。

伞很大，但伞下空间毕竟有限，那样近，她能轻易嗅到混在潮润气息中的一股清冷香味，好像稍不注意，就会挨上晏斯时的手臂。再不出声说点什么，恐怕要心动过速，夏漓从发哑的嗓子里挤出一句话："你已经翻译完了吗？"

自己的声音被心跳声盖过，听来好像有些失真。

"差不多。"晏斯时说。

"好快。是不是才用了两天时间？"

"我只做了修改，不是从零开始。你们给我的文本已经很好了。"

好像越了解他，就会越喜欢他，他这样优秀，还这样谦逊。

夏漓低声说："不包括我。我只提供了一些事件细节的参考资料，还是从网上搜的。"

"资料搜集也是共同创作的一部分。"

夏漓怔了一下，心脏仿佛被温热潮水托举。她很难为此刻的感觉找到一个合适的形容词。

不知不觉间，已经走到了主馆门口。

晏斯时将伞举到另一侧，收了起来，放到门口伞架上，夏漓也拍了拍发丝和书包上的雨水。

从主馆门口进去，通往副馆的是一段宽敞明亮的走廊，安静极了。

新市图除了藏书阅读区，还在副馆设了文化活动区，很适合拿来做小组讨论。这里离三本院校楚城文理学院很近，大抵在建设的时候将大学生的需求也纳入了考虑。

剧本创作和翻译小组的其他组员都已经到了，占了个视野开阔的靠窗位置。

是陶诗悦先发现了他们，招了招手道："这边！"

夏漓和晏斯时走过去。大家坐得靠拢了些，让出位置。夏漓挨着林清晓坐下，晏斯时在一个男生旁边坐了下来。

陶诗悦偏头看了一眼跟她同坐一侧的晏斯时，又将目光投向夏漓，笑问："你们一起来的吗？"

"门口恰好碰到了。"夏漓说。

陶诗悦没再说什么，组织起今日的讨论。

晏斯时拉开黑色背包，从里面掏出几份打印、装订好的剧本，放在茶桌上。

林清晓拿了一本，夏漓凑过去一起看。剧本一排中文一排英文，双语对照，排版清晰又工整，好似他这个人一样。

晏斯时让他们把看完以后觉得翻译得不合适的地方提出来，一起讨论。他从背包里拿出一支自动铅笔，拿在手里，似是习惯性地转了一下笔。

夏漓的目光已全然不在剧本上，被那只手给吸引了。他的肤色冷白，手背上青色的血管很是明显，腕骨与指节分明，手指修长。

混着雨声，是纸张窸窣翻动的声音。大家都没有说话。

无论语法还是词汇，晏斯时修改的这一版，都比他们翻译的版本要精准、地道得多。七班一个负责翻译的女生笑道："我水平有限，没有看出来有什么不合适的地方。"

徐宁也点点头："真的蛮好的。"

作为剧本的原创者，她的认可很有分量。

晏斯时握着的那支铅笔，笔尖在面前剧本上轻顿了一下。夏漓本能地觉得，他可能其实是希望大家提点意见的。但他也没多说什么，松了手，铅笔轻轻地落下去。

这讨论会开得太顺利，大家冒雨过来，总不能这样就散了。陶诗悦和朱璇决定，可以趁机再讨论一下角色分配、后续时间安排和道具需求等等。

陶诗悦仿佛早就有了定夺，迫不及待地道："看了一下剧本，张学良作为主角，台词是最多的。要在很短的时间里把英语台词练得流畅标准，还挺难的……"铺垫到这儿，她看向晏斯时，笑着说，"我觉得，主角要不就晏斯时你来吧？"

实话讲，夏漓其实也挺期待看晏斯时演张学良。高中历史课本上，有好几个人单看照片她便觉得英姿绝代，周翔宇、张学良和蔡锷便在其中。

晏斯时抬了抬眼，神情和语气都很是平和："抱歉，我不太有兴趣出演。"

这结果倒不出夏漓所料，所以她并不失望。倒是陶诗悦，闻言笑容都淡了两分。

"那好吧……"她说，"到时候再看看主角定谁——你们有感兴趣的角色吗？"

大家纷纷发言。朱璇认领了领头游行运动的学生代表，因为她很喜欢那句台词："偌大的中国，竟容不下一张平静的书桌。"陶诗悦自告奋勇先申请了宋美龄的角色。徐宁剑走偏锋，想反串杨虎城。剩下的几个同学，包括夏漓，态度是都可以，到时候分配完剩下的，有什么演什么。

讨论结束时不到下午四点钟，外头雨还没停，大家商量着散场后的去处。夏漓看向林清晓和徐宁。

林清晓："我约了人一起吃晚饭、看电影。"

夏漓笑问："谁？"

"哎呀，不要明知故问嘛。"

夏漓问徐宁："宁宁你呢？"

"我打算去主馆那边逛逛，借几本书。"

"那我跟你一起去，我也要借书。"

另外那边，七班几个同学有的要去逛街，有的直接回家，有的也打算留在图书馆里看会儿书。

陶诗悦走到晏斯时面前，声音比方才讨论时低了两分："我妈妈让我问你，今天晚上愿不愿意去我家里吃晚饭？"

晏斯时神情疏淡："晚上有安排了。"

陶诗悦有些失望："那你现在走吗？"

"我去主馆自习。"

"好吧……那我就先走了。"

最后，剩下夏漓、徐宁、晏斯时和另一个七班的女生，四人一起前往主馆。

于夏漓而言，这真是意外之喜。

她和徐宁以及七班那个女生走在前，晏斯时走在后。

那脚步声不疾不徐的，走廊中传来空旷的回响。

（二）

喜欢雨天，是因为雨天也沾了你的光。
———雪莉酒实验室《经过梦的第九年》

几人都是第一次来，需要先办卡，工作人员让他们出示身份证。夏漓预先想到可能需要，出门时就顺手带上了，但其他三人都没带。

徐宁问："报身份证号可以吗？"

工作人员："可以。"

夏漓有身份证，第一个办好，退到一旁等他们。

徐宁和七班女生依次办完，最后晏斯时走上前，先报上自己的名字。

工作人员："哪几个字？"

台上有纸和笔，晏斯时拿了过来，写下名字，递给工作人员。夏漓趁机瞥了一眼。他的字真好看，敧正相生，清新飘逸。一定是从小练过。

工作人员："身份证号？"

"11010119920219XXXX……"

夏漓心里一动。0219，她在心里将这日期默念了两遍。

办完卡，刷卡进了藏书阅读区。里面更静，落针可闻。大家进去以后，就各自去了自己感兴趣的区域。

夏漓装模作样地从书架里抽出一本书，随意翻开，目光追随晏斯时身影而去。他在靠窗处找了张无人的桌子，拉开椅子坐了下来，随即从背包里拿出一台笔记本电脑。在 2008 年的楚城，夏漓是第一次见有人用笔记本电脑。

晏斯时翻开电脑，点开一个文档，看了会儿，随即开始轻敲键盘。

夏漓注视许久才回神，想起自己今天也是带着"任务"而来的。她将方才随便抽出的书塞回书架，放轻脚步，在偌大空间里逛了一圈，找到了原版书籍区。书架照着字母排序，夏漓在"G"这一排停下，挨着扫过去，陡然眼前一亮。

Guns, Germs, and Steel。

她并不指望会有，已经做好了拜托尚智书店的那位店主阿姨帮忙网购的准备，没想到市图给了她一个惊喜。她踮了踮脚，捏着书脊将其抽出。书新得像是一次都还没有被借阅过，翻开瞧了一眼，那密密麻麻的英文差点让她眼前一黑。但她下定了决心，晏斯时能看完的，她也一定要看完。

夏漓到人文科学区又拿了几本历史相关的书籍，便往回走。桌上笔记本电脑还开着，晏斯时却不在座位上了。夏漓犹豫了几秒，去后方的那张桌子前坐了下来。

没一会儿，她听见身旁有脚步声经过。转头一看，是晏斯时，手里拿了瓶没拧开的矿泉水。晏斯时往她所在的方向看了一眼，微微点了点头作为打招呼。她也赶紧点了点头。其实并没有怎样，却觉得面颊都热起来。

晏斯时回位上坐下了。夏漓翻开了书，又不自觉地朝前方看去。

她并不是没礼貌的人，不会有意窥探晏斯时的电脑屏幕。但她视力 5.2，越过他的肩膀，轻易看见了那打开的文档，似乎是程序代码一样的东西。他手边的几本书，也是计算机编程类的专业书籍。

夏漓看一会儿书，就会忍不住抬头看一眼就坐在自己正前方的人，效率极低。而且全英文的书，时不时碰见一个从来没见过的生词，阅读起来磕磕巴巴。

夏漓低头查阅笔记本，那上面已经让自己记了整列的生词。她有两分沮丧地合上书本，往桌面上一趴，谁知笔被手臂扫到了，骨碌碌往前一滚。她吓得赶紧伸手去拦，幸好赶在它掉下去之前拦住了。

这动静不算小，前方的晏斯时回过头来。

夏漓小声道："抱歉……"

晏斯时没说什么。看着晏斯时又要转回身去，夏漓鬼使神差般地出声："那个……"

晏斯时一顿，看向她。

夏漓声音很轻："你有带词典吗？"

晏斯时摇头。他当然不需要带词典，她知道。

夏漓怕打扰图书馆的宁静，音量一直放得很低，几如气声："有几个单词不知道意思，可以问你一下吗？"

"嗯。"

夏漓递过自己记了生词的笔记本。

晏斯时伸手，手指压住了纸面，也顺势朝着她正在看的书扫了一眼。

她以迅雷不及掩耳之势抬起袖子，将那本 *Guns, Germs, and Steel* 的封面盖得严严实实，藏在头发下的耳朵迅速烧起来。

晏斯时目光落回到夏漓的笔记本上，扫了一眼，刚准备开口，似又顾及这是在图书馆，转身从自己桌上拿了支铅笔。

夏漓一直低头注视，他好看的手指捏着铅笔，在她誊写下来的那些生词后面一一写下中文释义，甚至还标注了"n.""vi.""vt."等词性。

阴雨的午后，天光暗淡。少年垂眼，眉目清寂。她想不到比这更叫人怦然心动的场景。

自动铅笔的笔尖在纸页上划出沙沙声响，仿佛唱针走过唱片的沟壑，在她心里循环一首歌，比烟花炸开还要欢快。

好像并没有过去多久，笔停了，晏斯时推过她的笔记本。夏漓回神，忙说谢谢。

晏斯时低声问："还有其他问题吗？"

夏漓摇头："没有了……"

待晏斯时转身以后，夏漓挪开了衣袖，拿另外两本书盖住 *Guns, Germs, and Steel* 的封面，手指捏了捏自己的耳垂，烫得惊人。

她低头，去瞧笔记本上晏斯时写的释义。和在办卡处那儿他拿中性笔随意写的名字相比，铅笔的字迹又要再多两分筋骨。

他的字适宜收藏，不适宜阅读。太好看，会叫人走神。

（三）

> 后来，我加班到深夜，被雨困在那大排长龙的打车序列中时，总会想起那时的雨夜。城市很小，路也很短，心事长长长长了一路。
>
> ——雪莉酒实验室《经过梦的第九年》

空旷空间里响起放缓的脚步声，是徐宁和七班另一个女生一块儿过来了。

徐宁抱了一大摞的书，放下时夏漓觉得桌子都震动了一下。徐宁拿的这些书杂得很，克苏鲁、《山海经》、北欧神话、犯罪心理学……夏漓知道，她看这些书就为了搞一些奇奇怪怪的世界观，写她喜欢的动漫CP的平行时空同人文。

老庄说得对，但凡徐宁把一半的心思放在数学上，她早不至于被数学成绩拖累得只能在班级二十五名之后挣扎。

空间安静下来，大家各自看自己的书。直到天色一阵暗过一阵，图书馆里亮起了灯，一看时间，五点钟过了。夏漓往前方扫了一眼，晏斯时合上了笔记本电脑，似是准备走了。

她转头悄声问徐宁："快要吃晚饭了，我们要不要回去？"

"啊……几点了？"徐宁合上书。

"五点多了。"

"那走吧。"

再问七班的那个女生，她表示他们走的话她也就跟着一起。

晏斯时先一步收拾好东西去了借书台，夏漓她们紧随其后。晏斯时拿着已经登记出库的书，走到一旁站定，那样子看着似要等她们一块儿走。他一贯是个极有教养的人，有学校同龄人都没有的一种绅士风度。

夏漓往晏斯时那儿瞥了一眼，见他没有留意这边，才放心大胆地递上自己那几本书。

工作人员扫条形码登记，强调："三个月内归还。"

办完借书登记，大家一起往外走。外头雨还没停，但小了许多。徐宁带了伞，夏漓跟她共撑一把。

几人走下台阶到了路边。那个七班女生的家离这儿近，公交两站路不到，就说要去前方等公交，撑着伞先一步走了。

徐宁向夏漓提议："我们要不打个出租车吧？"

夏漓没带伞，出租车能直接开到学生公寓门口，自然是最方便的。彼时楚城的出租车起步价是2公里5元，多1公里就加收1元钱，车费平摊下来，花不了太多钱。然而下雨天出租车并不好等，又逢即将交班，拦了几辆，要么有客，要么拒载。

夏漓倒并不着急，因为晏斯时也在等车。隔着冬日的灰蒙雨雾，她望着不远处黑伞下的那道身影，宁愿车永远不来。

但没过多久，两束暖黄车灯破开了晦暝天色，一辆黑色奔驰车驶近，在晏斯时身旁停了下来。晏斯时拉开了后座车门，却没立即上去，顿了顿，向着夏漓和徐宁所在的方向看了一眼，而后平声说："送你们一程。"

他语气和声音都很淡然，这话自然并无多少情绪，只是同学之间应有的礼貌。

徐宁愣了一下，转头用口型对夏漓道："我没听错吧？"

这个问题夏漓同样想问徐宁。

而晏斯时手撑着后座车门，明显就是在等她们上去。夏漓按捺住自己因激动而有几分急切的心情，伸手拽了拽徐宁的手臂，语气倒是平静："走吗？"

"走吧。不知道等出租还要等多久。"

两人走过去收了伞，依次上了后座。晏斯时为她们关上后座车门，拉开副驾驶车门上车。

车里暖气开得很足，空气里有一股清暖香味，很是好闻。夏漓在冷雨中待了好一会儿，多少会觉得冷，这时候被暖气包围，好似骨头缝里的凉意被温水熬了出来，只觉得舒适熨帖。

开车的人夏漓不认识，应当就是罗卫国提过的"专门的司机"。司机问她们住在哪儿，她们分别报了地点。夏漓在心里算了一下，按照行车方向，她会比徐宁晚下车。这意味着，她又能与晏斯时单独相处片刻，仅仅只是预想这场景，已让她不自觉地捏紧了手指。

途中，徐宁和晏斯时聊了两句剧本的事，就无人再说话了。说到底，她们跟晏斯时还是不大熟，目前为止，交集寥寥。而晏斯时这样的性格，也实在让人不知道如何才能跟他熟稔起来。他就像天上的那轮冷月，人人都瞧得见，人人都够不着。

司机非常尽责，小路也愿意绕进去，一直将徐宁送到了小区门口。

而从小街出来后，车厢里愈发安静。不过五点多，天已经黑透，玻璃窗上的水迹将路灯和霓虹灯光扭曲，散射模糊的光。只剩下夏漓和晏斯时，她越发觉得这有限的空间里，空气都稀薄了几分，让她紧张得坐立不安。抬眼瞧了瞧坐在前方的晏斯时，在这只闻引擎运转的静默中，她连呼吸都不自觉地放得更轻更缓。

楚城市区面积很小，从徐宁家到学生公寓，开车不过十分钟。她还是想多跟他说两句话。

夏漓攥紧了放在膝盖上的手指："剧本……"

"嗯？"晏斯时回头。

夏漓瞧他一眼，车厢昏暗，她没看清他的脸，又迅速地移开了视线。"剧本有个地方的翻译，我觉得或许可以斟酌一下。"

"哪里？"

"学生游行喊的口号，直接意译喊出来好像缺一点气势，如果再简短一点、对仗押韵的话，或许会更好。"

她说完忐忑极了。她的英语成绩在班里算不上靠前，拿不准向晏斯时提这样的建议是否班门弄斧。然而，晏斯时却点了点头："好。我回去再想想。"

夏漓舒了一口气。这建议方才讨论的时候夏漓就想说了，但大家都觉得没问题，她一个人提出来，在那种氛围之下可能不太好。

"还有其他地方吗？"晏斯时又问。

"没……"

晏斯时不再说什么，转回头去。车内再度陷入沉默。

没让夏漓来得及酝酿出下一个话题，车已经开到了学校附近。

这时候司机开口了，问她具体停在哪儿。夏漓忙说："前面，那个华兴超市旁边。"

车往前滑行一段，靠路边停下，打起双闪灯。夏漓拿上书包，向晏斯时说道："谢谢你送我们回家，不知道有没有耽误你的时间？"

"没事。正好顺路。"

夏漓伸手拉开了车门。

"稍等。"晏斯时忽然出声。

夏漓一下停住。晏斯时微微躬身，拿起了那把黑色的折叠伞，从前方递来。夏漓一愣，伸手去接时，那伞面上还有未干的雨水洒落下来，微凉地沾在她手背上。

"谢谢……我周一拿去还给你。"

晏斯时似是无可无不可地"嗯"了一声。

夏漓拉开车门，最后说了句"拜拜"。关上车门后，她撑开了伞，再度向着车窗摆了摆手。

那车打了左转灯，起步，开去前方掉了个头。夏漓紧握着伞柄站在路灯下，看着对面车子驶过，直到车尾灯消失于黑沉的雨幕之中，她转身往里走。经过树下，叶片上滴落的雨水敲在头顶雨伞布上，滴滴答答的像一首歌。

回到公寓，夏漓将雨伞撑在阳台上晾干。

她冲了个热水澡，穿上一身暖和的棉质睡衣，将换下的衣服丢进洗衣机。

　　回到自己房间，她在睡衣外披了件开衫毛衣，拉开书桌前的椅子坐下，从抽屉里拿出日记本，把书包里的笔记本也掏了出来，翻到晏斯时写字的那一页。

　　她盯着看了好久，从文具袋里拿出尺子，压在装订线附近，将那张纸沿着尺子边沿整齐撕下，裁去多余的部分，夹到了今天的日记里。

第五章
你是无意穿堂风

（一）

> 回头想想，我的高中时代未免过于无趣。丫少年是那些灰扑扑的年景里，我的忐忑、期待、辗转反侧、患得患失，是我所有的光。
>
> ——雪莉酒实验室《经过梦的第九年》

隔天早上，夏漓收起晾干的伞，一折一折仔细抚平，叠得整整齐齐。

周一一早，夏漓特意在校外买了早餐，早自习后没跟林清晓她们一块儿去吃，待赶着去食堂的第一拨学生离开教室，她拿上伞下楼。然而晏斯时不在教室。听二十班的人说，他应该是去外教的办公室送剧本去了。

一早上期待见到他的心情，像个充盈的气球"啪"的一下被戳破。夏漓有些不甘心，没将伞交给旁人转交，准备再找个时间过来一次。

她回到教室吃早餐，没一会儿，林清晓从食堂回来，手里拿着花卷和豆浆，在她旁边空位上坐下。林清晓将吸管插进豆浆杯子里："聂楚航下下周就要过生日了，你快帮我想想送他什么。"

夏漓的第一反应是："书？"

"他又不是肖宇龙，送书也太敷衍了。"

"肖宇龙就在你背后。"

林清晓吓得赶紧回头去瞧，瞧见空着的座位，伸手打了她一下。

夏漓直笑。思索片刻后，她还是认真回答道："钱包、球鞋、背包、腕带、文具袋……"

"背包好像可以。周六你陪我去天星街逛逛？"

"好啊。"

"他生日那天要去唱K，你去吗？"林清晓又说，"我问了徐宁，徐宁说她那天有事。"

"又唱K啊……"

"也没什么可玩的啊，天气冷得要死，总不能逛公园吧。"

在那个狼人杀、剧本杀、桌游等聚会游戏尚未出现的岁月，高中生聚会，除了去KTV，还真没什么可玩的。

"你需要我去吗？需要我就去。"

"需要需要。"

这时候，门口有人来找林清晓。是林清晓那个叫欧阳婧的艺术班朋友。

欧阳婧往里探身，冲着林清晓招招手："晓晓你出来一下，跟你说个事情。"

林清晓说："你进来吧。"

"可以吗？"

"没事没事，老师又不在。"

欧阳婧走进来，在林清晓前面的空位上坐下，跟夏漓打了声招呼。作为朋友的朋友，夏漓跟欧阳婧是认识的，只是没深交过。夏漓吃着东西，忍不住打量欧阳婧。她真是生得漂亮又耐看，说话也慢条斯理的，有种电视女主播的温婉气质，无怪乎常年在校花的提名名单里。

"什么事？"林清晓问。

欧阳婧说："聂楚航过生日……"

"怎么，你不能去啦？"

"不是不是，我是想问……"欧阳婧看了一眼夏漓，似是有第三人在场让她有些难以启齿，"聂楚航跟晏斯时有一些交情是吗？"

"他们一起参加过物理竞赛集训，勉强算是吧。"

"我听说，上回聂楚航喊晏斯时一起出去吃饭，他答应了的。"

"你消息真灵通。"

欧阳婧不好意思地笑了笑："晓晓你能不能拜托聂楚航，问问他过生日能不能也请一下晏斯时？"

夏漓忍不住看了眼欧阳婧。欧阳婧也喜欢晏斯时，这她是知道的，但切切实实面对，又是另外一回事。

林清晓说："可以是可以，不过晏斯时会不会答应很难说。"

"没关系，我有心理准备的……真羡慕你们，可以跟二十班一起演话剧。"

"羡慕什么？羡慕我老跟陶诗悦打交道？"

欧阳婧笑了："对了，晏斯时要演什么角色？主角？"

"他说他没兴趣也没时间，估计不会演吧。"

"你们排的是《西安事变》吧，好可惜啊，他穿军装一定很帅。"

"你没救了。"

"晓晓你演什么？"

"我懒得演，可能就帮文艺委员管管妆发这一块。"

"需要我帮忙吗？我可以帮你们化妆。"

"你自己不表演节目？"

"我是单人的，不耽误时间。"

"那到时候看情况吧。"

欧阳婧心满意足，站起身道："那我走啦，就拜托你跟聂楚航了。"

林清晓点点头。

夏漓拿一次性筷子挑着米线，微微的热气扑到脸颊上，心里却有一股如同咽下加冰柠檬汁的微酸凉意。

上第一节课时，外面又开始下雨，一上午没停。今日广播体操取消，夏漓拿上伞又下楼了一趟。站在二十班教室门口，透过玻璃窗往里看去，最里面靠窗倒数第三排的位置上，晏斯时正在趴着睡觉。夏漓犹豫了一下，还是没让人叫他，怕打扰。

一直到下午最后一节课下了课，夏漓要赶去广播台，顺道拿上了伞。她下楼梯拐弯，避过迎面走来的几个学生，走到二十班门口，差点跟里头正走出来的人撞上。

夏漓刹住脚步,抬眼一看,是王琛和晏斯时。她吓得差点话都不会说了,直不愣登地将伞递过去:"谢……谢谢。"

"还用吗?"晏斯时低声问。

面对面站着的时候,夏漓发觉他比自己印象中的还要高,而她甚至不敢抬头去看他一眼。

"不用了……我今天自己带了伞。"

晏斯时这才接过。

王琛盯着她看:"哎,我们是不是见过?"

"上回聚福餐馆一起吃过饭的。"夏漓哭笑不得,又提醒一次。

"哦哦哦。"王琛仿佛这才想起来,"我好像上次问过你同样的问题。"

感谢王琛,让她因紧张而剧跳的心脏缓了口气。"你们去吃饭?"

晏斯时"嗯"了一声。

夏漓后退两步,不再打扰,道了声"拜拜",自己往广播台去。

这天她一整晚心情都好得不行,连带最让人昏昏欲睡的政治课晚自习都变得可爱起来。

（二）

> 他是一场穿堂风。经年未歇,自南向北。
> ——雪莉酒实验室《经过梦的第九年》

话剧的演员定了下来,几个戏份多的主演开始没日没夜地背台词。

课程紧凑,没那么多时间合练,朱璇要求大家第一次合练的时候就能脱稿,尽量不要耽误时间,因此第一次全员大排练的时间定在了两周后。

这之前,聂楚航的生日到了。

聚会的那家 KTV 不在天星街上——楚城文理学院那边新开了一家,开业酬宾,十分划算,各时段只要其他店里一半的价格。夏漓跟林清晓碰头,一起出发过去。

到达时人已经很多了,夏漓第一时间在昏暗灯光下寻找晏斯时——她从林清晓那儿听说了,晏斯时答应了会来参加聚会。但没看见他的身影,倒是一眼看见了欧阳婧。

那时候明中大部分女生都不会化妆,唯独艺术班的女孩子有条件也有需要——学舞蹈、表演和播音主持的常常参加各种考试、演出和比赛。大家灰头土脸、素面朝天的时候,她们已经早早学着《瑞丽》《伊周》等杂志装扮自己。

欧阳婧坐在点播台那儿,穿了件白色的高领上衣,外面搭一条酒红羊绒背带裙,头发微卷。灯光忽明的那一瞬,夏漓瞧见她脸上妆容清淡,好似只扫了一点淡淡的腮红,很自然,像被这室内的温度熏出来的。真的很漂亮,夏漓一个女生都看得有些呆了。

林清晓挽着夏漓走过去:"晏斯时还没来?"

欧阳婧回头:"没呢。"

"你今天好漂亮。"

欧阳婧腼腆地笑笑,问林清晓:"点歌吗?"

"我看看已经点了什么。"

夏漓拿了罐可乐在手里,坐在长沙发上听林清晓和欧阳婧唱歌,始终有些坐立难安,她心不在焉,目光频频瞥向门口。她也不知在期待什么,明明知道即使晏斯时来了,她可能最多也只能跟他打声招呼。

一直过了八点,晏斯时还没出现。欧阳婧坐不住了,将聂楚航叫过来,问他能不能给人打个电话,问一下他还来不来。

聂楚航说:"我没他电话——你们谁有?"

一圈问下来,都是摇头。

聂楚航不多的细腻心思可能都花费在林清晓身上了,一点也体会不到旁人的焦急心情,反而火上浇油:"他平常一直挺独来独往的,临时不来了也正常吧。他就跟他们班的王琛关系好点。"

林清晓看了看欧阳婧，喝他："你别说了。"

聂楚航有点莫名其妙。

欧阳婧神情黯然地笑了笑。而这一刻，失落的又岂止一个人。包间里空气太闷，夏漓有点坐不住了，当然，她知道绝不是因为空气闷。

趁林清晓和欧阳婧合唱《如果的事》时，夏漓拿上外套和手机，悄悄出了包间。推开楼下KTV大门，一阵凛冽寒风劈头盖脸地吹来。楚城四季分明，冬天冷得绝不含糊。她结结实实地打了个冷战，忙将羽绒服穿上，两手都揣进口袋里。

她顶着寒风，正要往前走，一抬眼，路边一道身影映入眼帘。好像心里放飞了一只脱线的气球，夏漓差点失声叫出来。定睛细看，确认那人就是晏斯时，她方按捺住冲上云霄的激动心情，走过去。

"晏斯时。"

男生正站在路肩上，面前停了辆出租车，他闻声回头看了一眼，转过身来。

他身上穿着黑色的长款羽绒服和黑色长裤，内搭一件灰色卫衣。深色衬得他皮肤冷白，夜色里眸色也显得幽邃，整个人就似乎更难接近。

"刚到吗？"夏漓问。

"嗯……"

出租车司机这时候问了声："还走不走？"

晏斯时说："不走了。不好意思师傅。"

司机嘟囔了一句，一踩油门开走了。

夏漓不解："你准备走了吗？不上去打声招呼吗？"

"不知道具体是哪个包间。忘了问聂楚航的联系方式。"晏斯时淡淡解释一句。

所以，他是来了，但没找着地方，于是就准备原路返回？

夏漓没有控制住，抿唇笑了一下。

晏斯时这时候看了她一眼。很难说那么淡的一瞥里能有什么意味，夏漓却瞬间耳根烧透，忙说："我带你上去？"

晏斯时点头："谢谢。"

两人转身往回走。

夏漓相信，运气多少有一点眷顾自己，如果她没心血来潮要下来透透气，是不是今晚就只能失望而返。

她不会化妆，但出门前特意洗过头发，穿的也是自己最喜欢的那件白色毛衣和白色羽绒服。她皮肤白净，白色是最衬她的颜色。

再无人知晓的心情，也不愿被辜负。

夜里安静极了，枯叶落在地上的声音都能听清。出声的是晏斯时，声音似呼出又消散的白色雾气一样，在寒风里听着总有些缥缈感。"大家都已经到了？"

夏漓当然知道那缥缈感是因为什么，她的心跳声快要盖过所有声音。

她"嗯"了一声。

到了门口，夏漓伸手要去拉门，晏斯时却先了一步。他撑住门，示意她先进去。

夏漓脚下虚浮，像在下陷。

进门的那瞬间，她又嗅到他身上皑皑白雪的气息，而他温热的呼吸近得似乎就在她头顶。

她一霎屏住呼吸。进门前最后一眼的视线里，是男生稳稳握着把手的手，腕骨嶙峋分明。

KTV装修得浮夸，从大厅进去，一路都是霓蓝艳炽的LED灯，进了电梯也是如此。

夏漓站在里面，和晏斯时并排而立，有种不真实感，上升瞬间的超重让她眩晕，空气也好似被挤压，无法顺利地泵入心肺。她一眼也不敢看他，揣在外套口袋里的手手心冒汗，低着头，视线一遍一遍扫过他脚上黑色的马丁靴。空气怎么会这么热？

终于，电梯门开了。晏斯时先一步出去，然后虚虚地拦住了电梯门，等她出去。

他可能是她迄今为止遇到过的教养最好的男孩子。这些细节甚至她自己都想不到,而他自然而然得像是本该如此。

可这一刻她却隐隐感到失落。因为他的教养,必然也是一视同仁的吧。

穿过一条浮光艳丽的走廊,夏滴推开包间门,随室内温热空气涌出的还有几道齐齐望来的视线。

欧阳婧原本是坐在沙发上的,此刻霍地站起身,似乎有些手足无措地抓住了林清晓的手臂,惊喜就明晃晃地写在她脸上。

聂楚航迎上来问道:"你们怎么一起上来了?"

夏滴说:"刚想下去透透气,走到大门口正好碰到了。"她没有说晏斯时不知道包间号,差点原地折返这件事。

聂楚航招呼晏斯时进了包间。

聂楚航请来的朋友里,有两个人当时也参加过物理竞赛的集训,跟晏斯时也算认识,就跟他打招呼,问他要不要一块儿打牌。

晏斯时让他们先玩,自己刚到,先坐会儿。他扫了一眼,在长沙发最里端坐了下来。

夏滴看见欧阳婧不断地望向晏斯时所在的方向,很是踌躇,然而最终似乎还是没有勇气挨过去,隔了三四个空位,才拉着林清晓坐下。

夏滴在林清晓的另一侧坐下。林清晓笑着逗欧阳婧:"好不容易把人盼来了,一句话都不说?"

她这样一讲,欧阳婧就好似坐不住了。她理了理头发与长裙,转头问林清晓:"我状态可以吗?"

"完全可以。"

她伸臂从茶几上拿了罐可乐,深吸一口气,霍地起身,朝晏斯时走去。

明明不是自己的事,可夏滴竟也无端紧张起来,咬紧了下嘴唇,双眼一眨不眨地盯住了他们。

欧阳婧递过可乐,笑问:"要喝点东西吗?"

晏斯时只是微微抬了抬眼,看了那可乐罐一眼,没有去接。

欧阳婧的手就这样僵在了半空中。

僵持得有点太久了，欧阳婧脸上的笑容也一分一分地僵掉。

这时，晏斯时终于伸手。

"谢谢。"那声音似冷泉水、夏凉风，并不显得冰冷，但毫无情绪。

接过以后，他就径直将那易拉罐又放回了茶几上。这架势表明了，他绝不会开这罐可乐。

欧阳婧咬了咬唇，神情难堪得似要哭了。然而，她捋了一下头发，笑了笑又问："你需要点歌吗？"

"暂时不用。谢谢。"和方才一样的语气。

夏漓作为旁观者，心里隐约生出物伤其类的失落。她想，应该不会有人可以承受得住晏斯时这样的拒绝，哪怕是欧阳婧这样优秀而自信的人。而假如没有当时借给晏斯时耳机的一点点人情，恐怕她也会这样吧。

欧阳婧再也没说什么，转身回到林清晓身旁坐下，她将脸埋在林清晓的肩膀上，久久地没再抬起来。

她哭了吗？夏漓不知道。

晏斯时始终没有融入这热闹的气氛，他一贯游离于喧嚣之外。

包间里有人唱歌，有人打牌，有人在聊着天。而晏斯时始终坐在长沙发的最角落。

他从羽绒服口袋里摸出便携音乐播放器，插上耳机，低头摁了几下按键，而后脱掉了羽绒服放在身旁，将便携音乐播放器揣进了卫衣口袋里。像构建了一重无形结界，再也不会有人能靠近他。

欧阳婧受了挫，一直坐在那儿，林清晓喊她唱歌，她也没心情。她这样盛装而来，又有可以参加"校园十大歌手比赛"的好歌喉，可在今晚没有发挥一点用处。

欧阳婧父母管得严，家里有门禁，待到快九点钟，不得不走了。

"不再唱一会儿吗？"林清晓起身，准备送她。

欧阳婧摇摇头，又往晏斯时那儿瞥了一眼，半是不甘半是遗憾："我爸的车快到楼下了。"

"那我送你下去吧。"

林清晓送完欧阳婧之后，回到了包间，在夏漓身旁坐下，从袋子里挑拣了一包零食拆开。她似是感叹地说："还好，我喜欢的不是什么风云人物，不然我也得委屈死。"

夏漓不知道该说什么。

喜欢很多人喜欢的人，一旦有委屈的心情，那不就是输了吗？

她好像从来不觉得委屈，因为从始至终，她就不抱对方会有所回应的期待。

"说实话……"林清晓转头往晏斯时那儿看了一眼，其实离得挺远，但她还是稍稍压低了声音，"他在北城那样的大城市里不知道见过多少优秀的女生，我们眀中的这些，他真的看得上眼吗？"

"我觉得他应该不是这样傲慢的人，不会用看不看得上这种标准去衡量别人。"夏漓认真地说，"我感觉他只是单纯的不感兴趣而已。"

林清晓看她，笑道："怎么说得好像你很了解他一样？"

"我旁观者清嘛。"夏漓"大言不惭"地说。

今天的主角毕竟是聂楚航，一个人的铩羽而归没影响大局。而既然是主角，免不了被起哄，连带着林清晓也被开玩笑。不知谁点了首《只对你有感觉》，前奏声一响，大家特别上道地将两支话筒分别塞进聂楚航和林清晓手里。

林清晓让他们别闹，没人听，反而更来劲，两人毫无抵抗之力地被推到了包间正中。

聂楚航还在试图做最后的挣扎："我唱歌很难听……"

"快唱！屁话真多！"

学霸真不是谦虚，那一嗓子出来，没一个音在调上，大家哄堂大笑。林清晓唱歌是好听的，然而她也带不回来，合唱部分甚至差点被拐跑。

他们起哄的时候，夏漓就默默看着晏斯时。他低垂着头，脸隐在一片阴影之中，一动不动，似乎是睡着了。真让人费解，既然不社交，他为什么答应要来，来了又一个人待在角落里睡觉。

林清晓和聂楚航唱完了歌，放了话筒走过来。夏漓往晏斯时那儿看了一眼，心脏突然跳了一下，就趁着他俩坐下的时机，起身往那边挪了两个座位，自然得像是给人让位，没有引起任何人的察觉。当然，此刻他俩还沉浸在刚刚被人起哄的隐秘喜悦当中，估计也没什么心思注意到旁人。

来的人当中，还有一对儿正在暧昧。坐了一会儿，林清晓和聂楚航打算"以其人之道，还治其人之身"。又一轮起哄，气氛越吵越热，夏漓也似乎随着这狂热气氛变得越发大胆。

晏斯时依然没什么动静，她确定他是睡着了。于是，趁着无人关注的时候，她又往他所坐的方向，挪了两个位置。这下，与他仅隔了一人不到的距离。

夏漓心跳如擂鼓，生怕他突然醒来。所幸没有。

好像回到了第一次见面的车里，也是与他隔得这样近。

夏漓不想用"英俊"这个词，总觉得它应该属于再稍稍成熟的人，理应更有棱角与锋芒。她想，或许十年后，这个词才会真正适合晏斯时。而此时的他，更多是一种少年感的惊艳。即便用雪来形容，他也一定是初冬下的第一场雪。

正在胡思乱想时，晏斯时忽然动了一下，她吓得心脏快从嗓子眼里跳出来。

还好，他没有醒，只是身体微微侧倒。放在卫衣口袋里的音乐播放器随之滑了出来，落在了沙发上。

夏漓被这一下的动静吓得好半天没敢动，待回神之时，"贼心"又起。

她好奇这个问题好久了，此时机会就在眼前。纠结半晌，最终她还是稍稍探出身体，往播放器的屏幕看去。正在播放的是首英文歌。她掏出自己的手机，调出短信界面，将歌名和歌手记在了草稿箱里。

包间似是分成了两个世界，一边热闹喧哗，一边是她与晏斯时两人的角落。

她盯住了那界面，记录得比做英语听力还要认真，一首接一首。

不知多久过去，林清晓走了过来，夏漓忙将手机息屏，藏好自己偷窥得来的秘密。

"你怎么一个人待在这儿啊？"林清晓坐下，开了瓶水，咕噜喝下大半。

"没……我跟徐宁聊QQ呢。"夏漓心里余悸未平，像刚刚经历了一场大考。

这包间定到了十点，差不多快要结束了。林清晓还有首歌在排队，她等不及了，起身去点歌台那儿将其置顶。

夏漓看了看身旁还在睡觉的人，犹豫片刻，伸手轻轻碰了碰他手臂。

男生缓慢睁眼，摘下了一只耳机。

"他们好像准备散场了。"夏漓轻声说。

晏斯时点了点头，随即收起了音乐播放器。

赶在点歌系统关闭之前，有人点了首《情歌王》置顶，切歌。十二分钟的时长，一人一句，誓要将商家唱破产。

有几个男生没凑着热闹，先行离开了。然而没一会儿，他们又兴冲冲地跑回了包间："外面下雪了！"

这下再没人唱歌，大家拿衣服、收东西，留下一室狼藉，鱼贯而出。

室外，马路边和花坛里的灌木球都覆了薄薄一层白，这雪应该下了有一会儿了。

路灯下，细雪落无声。晏斯时就站在斜前方，两手抄在黑色羽绒服的口袋里，微仰着头，空气里是他呼出的小团白气。

"北城冬天是不是经常下雪？"夏漓看着他的身影，忽然出声。

她都不知道自己为什么突然问出这样一个无头无尾的问题。北方，对她而言是一个好遥远的概念，长到这样大，因为家庭的关系，她还从来没有出过省，不知道外面的世界是怎样的。

晏斯时转头来看了她一眼，似在确定她是在对他说话。

他点头："喜欢下雪？"

"嗯……"

"有机会可以去北城看看。"

也许晏斯时只是顺着这话题随口一说，但这句话却在此后成了她长久的夙愿。

去北城看看。

后来2016年有一首大热的歌，有人在歌曲的评论区里写："你是无意穿堂风，偏偏孤倨引山洪。"

有雪落在晏斯时墨色头发上，久未消融。连雪似乎都更偏爱他。

夏漓感到心脏一阵难以形容的微微隐痛。

红尘一点白，浮世万盏灯。

2008年只剩下一截尾巴。那天，她与喜欢的男孩，同看过一场雪。

第六章
在你遥远的附近

（一）

我不是没有过妄想。在偶尔交集的时候。在梦里。

——雪莉酒实验室《经过梦的第九年》

周五下午,《西安事变》话剧第一次合练,借了老教学楼那边的一个空教室。

因为涉及人数多,学生游行这场戏放在了最前。夏漓就在这场戏里演个学生,没什么戏份和台词,跟着大家一起喊口号就行。这场排了两遍,跟演张学良的演员合了台词和节奏,差不多通过了,大部分同学就先撤了。剩下的演员戏份较多,得一场一场排,一场一场发现问题。

徐宁是编剧兼导演,全程把关。夏漓和林清晓一起去了趟食堂,帮徐宁买来晚餐,再留下来帮忙。

正在排杨虎城和张学良秘密商量是否兵谏蒋介石的那场戏时,有人推门进来。

夏漓正坐在教室窗边,和林清晓一起吃着从食堂带来的炒面。她饿了,有些狼吞虎咽。听见动静,她抬眼往门口一看,差点呛住——演宋子文的王琛姗姗来迟,与他一起进来的还有晏斯时。

王琛演宋子文是被陶诗悦硬塞的,因为他也戴眼镜,刘海往上一掀,梳个背头,跟宋子文的形象还挺接近。

王琛问演宋美龄的陶诗悦："还没轮到我那场吧？"

"没有。"陶诗悦随意应了一声，目光却落在晏斯时身上，她捋了捋耳畔头发，明显喜不自胜，"晏斯时怎么也来啦？"

王琛说："我请他来帮我纠正发音。"

小小插曲过后，"杨虎城"和"张学良"继续排练。演张学良的男生台词节奏差得要死，跟背课文一样毫无起伏，但没办法，他是七班最帅最高的，是从十一个男生里挑选出来的"班草"。为了这形象，徐宁只能忍痛妥协。

演杨虎城的是肖宇龙，为这角色他跟徐宁和朱璇求了好久，甚至提前将台词背得滚瓜烂熟。徐宁不肯徇私，搞了个"选角会"，叫几个男生"试戏"，最后一听，肖宇龙确实口条最好，这才定了他。

此刻，两人仍旧在对戏，迟到的王琛带着晏斯时绕到了一旁坐下。

为了方便排练，教室中间都空了出来，沿窗户摆了一排的椅子。夏滴和林清晓就坐在那儿。而王琛和晏斯时，隔了一个空位，坐在了她们旁边。

夏滴偷瞥了旁边一眼，一改方才风卷残云的吃相，明明知道晏斯时不可能留意她这边，她还是不由自主地"端"了起来，拿筷子小口小口地挑着炒面，好似个得了厌食症的深闺淑女。她自己都觉得好像有点做作，抿唇自嘲地笑了笑。

这时肖宇龙和"班草"对完了台词。徐宁将这次合练的目标定得比较低，能脱稿就行，因此没抠得太严格，就叫下一场戏的演员登场。

肖宇龙捏着台本，下台找座位。他好似不经意地从夏滴和林清晓面前晃过，笑问："你们作为徐导的助理，觉得我演得还行吗？"

夏滴很明确他这话是在问她，因为他的目光是朝向她的。

"呃……台词你都背得很熟练，蛮好的。"夏滴不好意思说她刚刚全程只在注意那跟她隔了两个位置的晏斯时，根本没有认真听。

"那就好那就好！"肖宇龙笑着摸了一下鼻子，拐个弯到一旁的空位上坐下了。

过了几场，到了王琛演的宋子文、陶诗悦演的宋美龄和"蒋介石"三人商议是否与共方代表谈判的戏份。

夏漓的晚饭已经吃完了,趁着空当将垃圾丢了出去,这会儿就拿着剧本,假模假式地观看排练。

她从右侧眼角余光里,看见晏斯时稍有两分懒散地坐着,神色有些倦怠。他跷着腿,台本放在腿上,手里拿着一支红色的签字笔,在王琛说台词时,时不时地往台本上记上一笔。他今天穿的是件白色的羽绒服,内搭毛衣同样是白色,那衣服反射灯光映照在他清隽的脸上,有种雪光般的明净。

一演完,王琛便去找晏斯时:"我刚刚发音有没有哪儿不对?"

晏斯时指着台本的某处:"昨天强调过,重读在这儿。"

"我又读错了?"王琛挠挠头。

"嗯。"

"还有吗?"

"所有的 feel 你都读成了 fill。"

"我怎么好像听不出区别?"

"音标不同,分别是这样……"晏斯时拿笔在纸上标注,王琛凑近去看。

等标注完了,晏斯时又将两词的元音部分重点做了区分讲解。

这边渐渐变成了发音小课堂,其他同学也留意到了,肖宇龙是第一个围过来的。"晏同学,能不能帮我听听这句的连读对不对?"

有肖宇龙起头,好几个同学接二连三地靠过来,问语句重读的,问"th"这个辅音到底怎么发音才标准的,问如何短时间内减弱"Chinglish"(中式英语)味的……

这让夏漓很意外。晏斯时这样一个懒得出演话剧,一贯不爱参与热闹,连 KTV 这样的场合都游离其外的人,在面对蜂拥而至的问询时,却没有表现出任何的不耐烦情绪,基本有问必答。虽然他毫不热情,也明显跟"诲人不倦"不沾边,只对相熟的王琛,他才会层层剖析,穷纤入微。

夏漓捏着台本踌躇良久,纸张一角被她揉卷了边,手心里泛出微微潮热的薄汗。然而最终,她也没能鼓起勇气去凑这热闹。好似源于一种微妙的自尊心和羞耻心——她不想让喜欢的人听见自己不标准的英文发音。就像是沾了泥浆的白球鞋、犯懒迟洗一天而微微溢出油的刘海、吃太饱没控制住从嘴里逸出的一个嗝……都是要在喜欢的男生面前藏起来的小小难堪。

后面几次合练，晏斯时有时候会跟王琛一起来，有时候不会。

但凡他来，大家都会抓紧时间找他纠正台词发音。虽说很难短时间内提升口语水平，但再笨的人，也能鹦鹉学舌地将几句台词练得八九不离十。

排练如火如荼地进行时，另一边，林清晓和文娱委员也在准备妆发的事。

夏漓的自我定位是块砖，徐宁和林清晓谁需要帮忙，她就搬去哪边。

一晃就到了12月29日，周五，元旦晚会当天。

老师难得慷慨，把下午最后一节课让了出来，让大家去准备晚会。

之前用于排练的空教室，成了化妆间和后台。林清晓和文娱委员拼了三张桌子，支上化妆镜，开始挨个给大家化妆。

林清晓抽空喊来夏漓，请她帮忙问问，劳动委员他们派去领戏服的人到了没有。

那戏服是提前跟出租店订好的。楚城地方小，租这类戏服的店铺少得可怜，林清晓和文娱委员跑完了仅有的几家，才勉强凑齐。而民国制式的军装，实在没地方租，就支出了班费，在网上买了几套。

夏漓给劳动委员打了个电话，得知人已经到校门口了。

林清晓说："夏夏，麻烦你等会儿帮忙点一点衣服都齐了没有，再帮忙做一下登记。别人我不放心。"

夏漓比个"OK"的手势："你只管化妆，交给我吧。"

一会儿，劳动委员他们取完衣服回来了。夏漓过去帮忙清点，结果发现民国女学生服少了六套，连忙问是什么情况，劳动委员说："店主说职校那边有六个女生昨天租去拍照了，说是今天中午之前就会还回来，但她们还没还。"

旁边男生帮腔："我们还跟店长吵了一架，哪有这样的，都订给我们了，还借给别人，一点都不讲信用……"

夏漓打断男生此刻毫无意义的情绪输出，直接问："有店主电话吗？"

劳动委员挠挠头。

"那缺的是哪家的?"夏漓无语。

"雨格格那家。"

夏漓特意将登记领取戏服的事交给了班上一个以心细著称的女生,而后跑去找林清晓,要来了"雨格格"店主的电话,再给店主打了电话,要到了职校那六个女生登记的电话号码,联系到了人。

职校那几个女生不愿意送过来,说马上就要一块儿出门去看电影,聊了半天,她们只答应将六套衣服留在舍管那儿,让夏漓自己去取。

夏漓不想让林清晓分心,就只去找班长朱璇说明了一下情况。

朱璇看了看时间:"你打车过去?现在肯定特别堵,来得及吗?"

"我先过去看看。"夏漓也看了看时间,"实在来不及,就只能有六个人不上了。"

但她不希望这样的事情发生。这或许是高三之前最后一次全班同学都参与的集体回忆,不能上的六个女生该有多遗憾。

朱璇说:"那行吧。你随时电话联系啊,赶不回来我再协调。"

"好。"

夏漓跑来跑去出了一身汗,这时候折返去角落物品堆放处那儿,拿上了自己的羽绒服,披上以后飞快跑出门。下楼梯时,跟一个人迎面撞上。她忙说"对不起",慌张站定了,才发现是跟王琛一块儿上楼的晏斯时,她一时更慌了,又连说了两句"对不起"。

晏斯时一手撑着栏杆,看着她:"怎么了?"大抵是看出她急得出了一头的汗。

夏漓简单解释:"缺了六套衣服,我现在去取……"

"来得及吗?"

"不知道……"哪怕面前站的是晏斯时,夏漓也没空寒暄了,一边往下走一边说,"我先走了!王琛你快去楼上化妆试衣服吧……"

"等一下。"晏斯时出声。

夏漓脚步一顿。晏斯时往下迈了两步,与她站在同一级台阶上,问道:

"你们班没人帮你?"

"他们都要化妆候场……我一个人去去就来,不会耽误什么。"

晏斯时沉吟数秒:"家里有人来送东西,车刚走没多久。你需要的话,我打电话叫人开回来,送你过去。"

老教学楼天花板上是一盏浅白暗淡的灯,那灯光有种旧电影的质感。身高差的缘故,晏斯时说话时微微低着头看她,眉目笼在淡灰色的阴影里。这一幕简直是故事里才有的场景,要深深刻进人心里一样。

夏漓很难形容这一刻的心情,她虽为了不让林清晓不安,努力保持镇定,但心底实则又急又慌。晏斯时的话,仿佛雪中送炭。

"那麻烦你了……"她喉咙微微哽咽发酸。

晏斯时掏出手机,稍稍背身,拨了个电话。打完,他对王琛说:"你先上去吧。"

王琛推一推眼镜,点点头,上楼去了。晏斯时转身面向夏漓:"走吧,我陪你去一趟。"

分明还是那样清淡的语气,但此刻夏漓却觉得这话温柔极了。

简直是一种残忍。

(二)

暗恋是,我一万次自作主张地溺死于你的目光,又一万次重生。

——雪莉酒实验室《经过梦的第九年》

在校门口等了不到十分钟,那车就到了。晏斯时拉开后座车门,夏漓坐进去,说了声"谢谢"。晏斯时点了点头,示意她往里坐一点。夏漓一愣,赶紧往左边挪个位置,晏斯时随即微一躬身上了车,轻甩上门。

夏漓没空去想晏斯时怎么不坐副驾驶,司机转头来问她去哪儿,她忙说:"楚城职业技术学院,新校区。"

职校新校区在开发区和主城区交界处,开车过去二十分钟左右。

事实上,这一路夏漓根本没心思浮想联翩,哪怕晏斯时就坐在她旁边。电话一个接一个打进来,先是朱璇的,后是徐宁的,询问她打没打到车,路上堵不堵。甚至还有个电话是肖宇龙打的,替他的好哥们儿劳动委员向她道歉,说人办事儿不靠谱,给她添麻烦了。

就这样一路接电话,一路关注路况,车开到了职校。

车进校门,夏漓降下车窗,喊住途经行人问了两次路,车顺利开到了那六个女生住的宿舍楼前。

她急忙拉开左侧车门,对晏斯时说了句:"麻烦等我一下!"

那六套衣服叠都没叠,被胡乱地塞进了一个纸袋子里,塞得鼓鼓囊囊,夏漓怕袋子破了,直接抱在怀里。

上车以后,车一边往外开,夏漓一边将袋子里的衣服拿出来,清点数量,顺便一套一套叠整齐。还好衣服没有弄脏,只有一件的领子上好似沾上了什么。她摁亮了手机屏幕,照着那一处凑近去看。

忽觉一阵清冷的气息靠近,她呼吸一滞,眼皮微跳着抬眼。是晏斯时稍侧身,手臂伸过来,按了按车厢顶的一处按钮。阅读灯亮起,洒落一片人造月光。

"谢谢。"夏漓没敢抬头,脸微微发烫。

他会不会觉得自己没见过世面,连车顶有灯都不知道?

晏斯时收回手臂,夏漓这才垂下眼,有几分慌乱地去瞧那处污渍。

小拇指指甲盖大小,好像是沾上的口红。怕还回去时店主要赖在她们身上,她拿出手机,准备拍个照存证。但她那部早该淘汰的手机,在光线不足时拍的照片糊得根本没法看。

夏漓抬头看向晏斯时:"能不能借用一下你的手机拍个照?"

晏斯时点头,从黑色羽绒服外套口袋里摸出手机,向上滑盖解锁,点开相机功能,递给她。

那时候明中最受欢迎的手机是诺基亚5300,红白配色,工艺设计漂亮,娱乐功能强大，男女咸宜。林清晓用的就是这台。晏斯时的手机是诺基亚N96，2008年刚出的，黑色机身，分外简约，与他气质相契合。

夏漓拿着晏斯时的手机，对准那块口红印拍了两张。递还时，只觉得掌心微微起了一层薄汗："可以麻烦你把照片发给我吗？"

"怎么发？"

"短信吧。我的手机号码是139……"

是可以蓝牙传输的，夏漓没忘记。她就是故意的。

她余光瞥见晏斯时修长的手指轻按手机键盘，片刻，她的手机振了一下。点开短信收件箱，那两张照片已经发了过来。她把照片存储之后发给了"雨格格"的店主，告知她衣服是职校的那几个女生搞脏的。刚发完短信，朱璇的电话又来了。

"怎么样？拿到没有？"朱璇的声音着急得不行。

"拿到了。已经在回来的路上了。"

"那就好。"朱璇长舒一口气，"我让已经准备好的直接去礼堂那边候场了，你到了以后，跟她们化完妆就一起过去。找不到人给我打电话。"

夏漓说"好"。

挂断电话，夏漓看向晏斯时："谢谢……没你帮忙我肯定赶不上。"

"举手之劳的事。"

夏漓抬手，摁灭了阅读灯。她一手抱着衣服，一手捏着手机，在再度昏暗下去的车厢里忍不住勾起唇角。

危机顺利解除，她还弄到了晏斯时的电话号码。不会有比这更完美的一天。

车停在校门口，晏斯时先一步拉开车门下了车。

夏漓撑着座椅挪到车门口，晏斯时伸手，要帮忙拿她抱在怀里的那袋衣服。

她忙说："没事没事，不重，我自己抱着就行。"该怎么向他形容，她觉得这寒酸的纸袋，对他是一种唐突。

然而，晏斯时却二话不说地伸手，拎住了纸袋的手提绳，怀里一下轻了。夏漓赶忙下车，晏斯时另一只手关上了门，语气依然平淡："走吧。"

晏斯时走路其实不算快，但个子优势在那儿，夏漓要稍稍加快脚步才能与他并行。一路上她都在祈祷，那纸袋可千万别破。

穿过校园到了老教学楼，二楼用作化妆室的空教室里，还剩了林清晓和五个女生。进门的那一瞬间，五个女生站在一块儿眼巴巴看向门口的场景，让夏漓不由得联想到了盼望家长回家的留守儿童。

她忍不住笑了："衣服拿到了！"

林清晓催促："赶紧赶紧，你们先去换衣服，换完马上过来化妆。"

晏斯时递过纸袋，夏漓接住抱在怀里，再度对他道谢。

晏斯时说没事，让她快去换衣服。

没空多说什么，夏漓把衣服拿出来，大家按照尺码分了分，尺码实在对不上的，便就大不就小。领子沾了口红的那件，夏漓留给自己了。

六人一同去了走廊尽处的洗手间换好衣服，裹上厚羽绒服，哆哆嗦嗦地跑回教室。那戏服是蓝衣黑裙的民国女学生制服，虽然是春秋款，穿在身上还是很冷。

等再回到教室，全副神经稍稍放松的夏漓这才留意到，林清晓的朋友欧阳婧也在。欧阳婧的白色长款羽绒服里穿的是条跳民族舞的竹青色连衣裙，妆发也已经完成了，盘发，露出漂亮饱满的额头。林清晓跟欧阳婧分工，一人负责三人，夏漓被分给了欧阳婧。

在化妆镜前坐下之前，夏漓扫视一眼。晏斯时已经不在教室了，大抵是到礼堂那儿跟王琛会合去了。

夏漓在椅子上坐下，欧阳婧拿了几个发卡，将她的刘海别上，露出额头。

"你刚刚洗过脸了？"欧阳婧问。

"嗯。跑了一路有点出汗。"

"稍微有一点点干，我给你扑点爽肤水，我自己用的，可以吗？"

"嗯嗯，你看着来就好。"

扑了爽肤水，欧阳婧又给她抹了一点乳液保湿，然后上妆前乳。

"你皮肤好好。"欧阳婧说，"是不怎么长痘痘吗？一点痘印都没有。"

"好像是不怎么长。"

欧阳婧压了一小泵粉底液，分区域点在她脸上："脸也好小，好省化妆品。"

没有谁被美女夸会不高兴，夏漓忍不住笑了笑。虽然欧阳婧算是"情敌"，但夏漓好像没有一丝想要与她一较高低的意思，每次看见她，只会在心里感叹：好漂亮。

作为群演，妆容无须太过精雕细琢，只补了补眉毛和唇彩，以阴影和高光突出五官，舞台灯光下看着不是一片模糊就行。至于发型，夏漓头发长度到锁骨，自然分出八字刘海，发质柔软，显得轻盈而蓬松。发色并不太深，充足的光线下瞧着是栗色。由于长度不够，无法像其他女生一样编成辫子，欧阳婧就拿了个宽发箍一别，活脱脱就是一个民国进步女学生的模样。

六人都化好妆了，连同林清晓和欧阳婧，一齐赶往礼堂。

演话剧的学生全挤在走廊里，闹哄哄的场景下，夏漓艰难地与朱璇和徐宁会合。

徐宁上来一把抱住夏漓："呜呜呜，今天没你可怎么办。"

夏漓笑笑，拍她的背："能圆满演出就好。"

会合之后，夏漓进了第一场游行学生的队伍里，她踮了踮脚，努力越过攒动的人头四下眺望。她找到了王琛，但没看见晏斯时的身影。王琛穿着三件套呢子西装，梳着抹了油的后背头，很不符合他一贯有些呆里呆气的形象，看着有几分滑稽。都快上台了，他还拿着台本不断默念诵读，相当认真。

没一会儿，就轮到排在第五的《西安事变》，夏漓紧张得不行，再没空操心其他。

游行这场戏是第一场，在朱璇的指挥下，大家举起横幅排队上场，将口号喊得气势如虹。班草演的张学良随即上场，与学生协商，承诺一定会给出一个满意的答复。夏漓对这场戏的记忆十分模糊，好像没一会儿就结束了，只有那紧张出汗和脚底发软的感觉是真实的。

大家下了场,回到后台。夏漓一眼看见后台通往走廊门口处的晏斯时。

他单手抄在羽绒服口袋里,背靠着门框站在那儿,身后是走廊的煌煌明亮,身前是后台的冥冥昏暗。他在边界处,那身影叫人觉得疏离极了。

她呆呆地看了他好久。

排了很久的戏,真演起来仿佛一眨眼就结束了。鼓掌声中,所有主要演员上去谢幕,而后大家一块儿浩浩荡荡地离开了后台。

朱璇这时候高声提议:"我们找个地方照张相吧!"大家纷纷赞同。

一行人到了礼堂进口处灯火通明的大厅里。按照身高排列,夏漓站在了第一排稍微靠边的位置。依次往后,大家插空站,一共四排,男生站在最后一排。

朱璇将相机交给了其他班的一个朋友,那人试拍了一张,朱璇看了不满意,说:"男生还是到第一排前面来蹲着吧!"

夏漓无法控制心脏狂跳。本在最后一排的王琛和晏斯时这时候绕到了前面,就在她斜前方的位置蹲了下来。她微微低了眼去瞧,看见他墨色的头发,以及从羽绒服衣领里露出少许的白皙后颈,又飞快地收回了目光。

朱璇稍作调整之后,回到了队列里。

拍照的人:"准备,三、二、一……"

大家齐喊:"元旦快乐!"

夏漓眼睛睁得好大,一秒钟也不敢眨眼。这样的合影的机会,于她,也许是一生一次。

"咔嚓"一声,有什么也随着照片定格在了她心里。

之后,英语老师和两个外教加入,跟他们拍了几张大合照。

合照结束,大家又各自组成三三两两的小团体合影,夏漓跟徐宁和林清晓也单独拍了一张。

这期间,夏漓注意到,好几个女生鼓起勇气去找晏斯时,提出能不能跟他合张影,晏斯时一个都没答应。也许是嫌烦,后来他跟王琛打了声招呼,说自己去趟洗手间,先行离开了。

大家拍完照，便准备回去换衣服，进场看剩下的演出。林清晓说要去后台瞧瞧欧阳婧，先走了。徐宁原本要跟夏漓一起走的，临时被班主任老庄叫走，于是让夏漓先去换衣服，一会儿在教室会合。

夏漓去了趟洗手间，准备走时，却看见第一场戏用过的长横幅在大门口台阶上，不知道被谁扔在了那里，乱糟糟的一团。她弯腰捡起，拍了拍灰尘，抱在怀里，一边往老教学楼走，一边抖开，从一头开始卷起横幅。

身后有道清冽声线喊她的名字，夏漓一顿。不管多少次，听见晏斯时的声音她都会心跳漏拍。

晏斯时走过来："王琛已经走了？"

"好像跟我们班几个男生一起换衣服去了。"夏漓抬眼飞速看他一眼，"你要去老教学楼找他吗？"

晏斯时点点头。两人并肩往前走。夏漓没说话，只继续卷着那横幅。觉察到晏斯时往她手里看了一眼，夏漓便解释说："扔了好像有点可惜，我想收藏起来。"

晏斯时这时转头，微微垂眼看向她。这一眼停顿的时间，与以往和他对话时他随意掠过的目光相比，似乎要久得多。夜色里，男生的目光清冽深邃，难以探究。

她垂下眼，瞬间呼吸都乱了，一下深一下浅。他为什么这样打量她？是觉得她这行为有些做作吗？

终于，晏斯时移开了目光，语气还是跟平常没什么两样："你好像很喜欢这话剧。"

夏漓暗暗呼了口气："主要还是喜欢一起排话剧的人。"

然而一说出口，就觉得这话听起来好像不对，心里顿时又慌了一下，她分明不带任何指向性，于是赶紧补充一句："我很珍惜跟七班同学的友谊……他们都很好。"

夏漓没唱什么高调，这是她最真实的想法。

她初中的时候没什么朋友，真正的好朋友都是来七班的时候交到的。初一她从老家小镇转到了楚城，可能因为那时候她有点土，可能因为她说话还带点儿口音,也可能因为她稍显慢热的性格被理解成了高傲,还有可能因为这样的她却每次考试成绩都在前三……总之,她被一个女生针对了。那女生在宿舍传谣,说她是乡下人不讲卫生,用完姨妈巾乱扔;说她的胸罩是穿的她妈妈剩下的;还说她在背后跟其他宿舍的人说整个宿舍的坏话……于是连带着,整个宿舍也开始孤立她。后来她考上了重点高中明章中学,针对她的那个女生去了普高一中。宿舍其他几个女生去了哪儿,她没兴趣,没打听过。来明中以后,尤其分班以后,她才明白什么叫"如鱼得水"。班上每个人都很好,尤其是女生,尤其是林清晓和徐宁。

晏斯时没有再说什么,只是"嗯"了一声。夏漓也不再作声。

不知不觉间,已经走回到老教学楼。教室里,王琛换好了衣服,站在镜子前面,跟头发上的发胶较劲儿。

夏漓将卷好的横幅塞进背包,去卫生间换下了戏服。再回教室,晏斯时和王琛已经走了。夏漓找了张椅子坐下,给徐宁发了条消息,徐宁回复说一会儿就到。她捏着手机,从收件箱里调出今天车上收到的那条短信,将那个电话号码存了下来。给号码备注时,夏漓有种丝毫不愿同任何人分享的隐秘的喜悦。她甚至害怕手机被人看到,被人问及,全名都不敢存,只存了一个"Y"。

这时候,外面突然喧闹起来。夏漓茫然抬头,有个女生冲进教室,激动地通知:"楼下有人要跟晏斯时表白!"

夏漓忙将手机锁屏,揣进外套口袋,站起身,跟看热闹的人一块儿走出教室。她站在户外黑暗的走廊里,扶着栏杆探身往下看去。晏斯时就在明中第一任校长雕像下方的空地上站着,对面是个穿白色长款羽绒服的女生,梳着盘发。是欧阳婧。

明中不常发生这样的事。大家倒没有围拢过去,只隔了些距离好奇地围观。

夏漓就站在楼上走廊里,没有下去。

夜色里,只见欧阳婧往前走了半步,身体稍稍前倾,是几分急切和诚恳的姿态。听不清她说了什么,但似乎应该是挺长的一段内容。对面的晏斯时则沉默着，等她说完了，他开口，是不怎么长的几句话。欧阳婧抬起手臂挡住脸，转身跑开了。一直跑到了空地旁的林荫道，路边树底下走出一人，一把拦住她，拥住了她的肩膀。是林清晓。

夏漓再去看晏斯时。他没留在原地，转身朝着林荫道走去。从林清晓和欧阳婧身旁经过时，甚至一瞬都不曾错目。黑暗里看不清他脸上的表情，只觉得那身影矜冷孑然。

夏漓很难形容自己此刻的心情。她盯着林清晓和欧阳婧看了片刻，转身下楼。

树影下，欧阳婧把脸埋在林清晓肩膀上，低声哽咽。她穿的那件羽绒服带毛领，寒风吹得绒毛瑟瑟颤抖，好像她本人一样。林清晓拍着她肩膀轻声安慰。夏漓从口袋里掏出一包手帕纸，抽出一张，默默地递了过去。林清晓接过，塞进欧阳婧手里。

陆续有人经过，往这边瞥上两眼。夏漓将林清晓和欧阳婧往树影深处推了推，自己往前站，挡住了窥探的视线。

这时候，陶诗悦和二十班的两个女生走了过来。她们应当也正在讨论方才的事，陶诗悦对那两个女生说："都没打过交道就表白，跟自杀有什么区别。"

陶诗悦的声音其实并不算大，但林清晓霍地抬头："你说谁呢？！"

陶诗悦脚步一停，倒吓了一跳，大抵是真没注意到树影下还有人。

她耸耸肩："又没说你，你激动什么？"

"背后嚼人舌根算什么本事？"

"当着面我也敢说啊。我说得有错吗？"

林清晓冷笑："你跟人打过交道，你熟得很，那你怎么没勇气跟人表白？"

这下陶诗悦倒被噎住了。两人原本就不对付，林清晓又是个直爽脾气，完全是针尖对麦芒的局面。欧阳婧这时候拽了拽林清晓，低声说："晓晓，算了，别说了……"

林清晓气不过，替朋友打抱不平："不就长得帅点，有什么了不起。你这么漂亮，哪一点配不上他。就他们这种眼睛长在头顶上的人……"

"别这么说他……"欧阳婧的声音好似要破碎了。

林清晓冲着陶诗悦翻了个白眼，懒得再理她，只低声安慰欧阳婧。陶诗悦"嗤"了一声，跟她的朋友一块儿走了。

过了好一会儿，欧阳婧的情绪终于稍稍平复。她脸上的妆都花了，却还是朝林清晓和夏漓露出一个笑容，耸耸肩说道："其实这样也好，不然我总会想着这件事，没有办法好好训练和学习。现在被拒绝啦，就可以放下了。"

"他说了什么？有没有说特别难听的话？"林清晓的架势，分明是假如欧阳婧说"有"，她下一步就要去找晏斯时本人算账。

"没有。"欧阳婧忙说，"他说很感谢我对他的欣赏，他本人其实很糟糕，没我说得那么好。他目前还有更重要的事情操心，所以没有心思去考虑那件事情之外的事……"

夏漓听着，心底好似灌入了今夜的寒风。那感觉，如同自己也被拒绝了一次一样难过。

是晏斯时的风格，这样得体，又这样冰冷得无可逾越。

林清晓问："什么更重要的事？不就是出国吗？"

"我感觉应该不是。他挺真诚的。"欧阳婧长舒了一口气，如释重负，"我回一趟教室，晓晓，你们呢？"

林清晓说："可能还得去整理一下我们班的戏服。等下我去你们班找你，我请你吃雪糕。"

"好啊。"欧阳婧冲她们摆摆手，"拜拜。"

夏漓望着欧阳婧脚步轻快的背影，一时间心里只有羡慕。羡慕她的勇气，羡慕她往后的回忆里还有这样浓墨重彩的一笔。

青春不就是这样，哪有那么多的权衡计算、深思熟虑？无论多难过的事，只要蒙被哭上一场，第二天照样可以顶着肿成核桃的眼睛准时上早自习。

夏漓回到楼上教室里，陶诗悦正在组织大家通宵唱 K，庆祝演出成功，正好明天放假，机会难得。有人应和，也有人表示家里管得严，不让。换成平时，林清晓一定会拉上聂楚航一块儿去，但她刚刚跟陶诗悦吵过架。她悄声对夏漓说："夏夏你想去就去，不用顾忌我。"

夏漓摇头："我不去，想直接回去睡觉了。"晏斯时已经走了，夏漓意兴阑珊，不想参与这场热闹。

所有人都换下了戏服，清点无误之后，由有家长来接的劳动委员带了回去，明天林清晓、文艺委员跟他一块儿去还。

林清晓跟欧阳婧一起走了；徐宁对唱歌这类的活动一贯兴趣匮乏，没参与陶诗悦组织的活动，准备直接回家。夏漓跟她一道往外走。

在楼底下，夏漓被王琛拦住。他好像还在状况外："你看见晏斯时了吗？怎么我去上个厕所的工夫，他人就不见了，现在都没回来。"

夏漓有意逗他："你认识我啊？"

这一问叫王琛茫然了，特意推了推眼镜，仔细地盯着她看："我认错了？你不是一起吃过晚饭的那个……"

夏漓明明心情低落，这下却笑出了声："晏斯时已经走了。"

"太没义气了！都不跟我说一声。"

"陶诗悦他们要去唱歌，你不去吗？"

王琛："不去。这种娱乐活动有什么建设性？无聊。"

夏漓跟王琛道别以后，和徐宁一起走到校门口。徐宁的父亲开车来接，先走了。夏漓在校门口还未关门的书店里逛了逛，买了几支新的中性笔芯。

出门时，正好看见陶诗悦他们一行人浩浩荡荡地往天星街方向去了，夜色里笑声回荡。

她走在路上，掏出手机，找出通讯录里的"Y"。只是看着那字母，没再有进一步行动。

她捏着手机抬头，望着树梢上方那镰刀似的黄色月亮，呼出一口白雾，心里有种潮湿的失落感，像是意犹未尽，或是狂欢落幕后的无所适从。

这一晚，有人欢乐，有人难过，有人下落不明，有人怅然若失。

只属于十六岁的 2008 年，就这样结束。

第七章
男孩看见野玫瑰

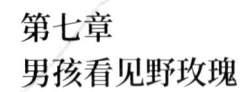

（一）

早安、午安、晚安，以及生日快乐。

——雪莉酒实验室《经过梦的第九年》

这学期的期末考试，夏漓头一次进了班级前十，排名第八。她因为帮着阅卷和统计，早早知道了自己的成绩和排名。

班主任老庄过来看分数，地理老师吴老师特意抽出她的试卷跟老庄炫耀："我这个课代表，这学期地理这一门的进步那可真是肉眼可见。"

老庄点点头："不错。那这课代表是做对了。"

老庄这人不爱笑，表扬人时都绷着一张脸，看得夏漓心里发毛，心说您还不如批评两句呢。

吴老师说："保持这状态，再接再厉啊。"

班上很多学生能跟老师处得像朋友一样，比如班长，比如肖宇龙，要换成是他们，这会儿怎么都能跟老师开两句玩笑。她就不大行，总是局促难安，只说得出一句："我会继续加油的。"

一回到教室，林清晓和徐宁的小纸条就传过来了，都是找她打听成绩的。

林清晓每天找姐妹聊八卦，跟聂楚航搞暧昧，还要追剧、追星、看课外书……她的心思根本无法全然放在学习上。但她特别聪明，玩玩闹闹的，每次考试成绩也能维持在一个说得过去的名次。这回林清晓十四名，徐宁二十二名，跟往常几次月考排名差别不大。才高二，大家也没太大的紧迫感，况且寒假在即，心思都有点涣散。

夏滴不知道自己是不是唯一不盼望放假的人。一旦离开了学校，她就彻底跟晏斯时没交集了。

夏滴的老家在小县城的镇上，因爷爷奶奶、外公外婆还健在，每一年都会回去过年。

她小学在老家念的，初一转到楚城以后，跟县里的小学同学渐行渐远，回老家找不到人玩，无聊得要命，唯一的娱乐，就剩下了拿手机跟林清晓和徐宁她们聊QQ。那时候QQ还是JAVA程序的，小地方信号不好，动不动就掉线。流量资费高，上网也只敢开无图模式。网络不好，无事可做的时候，她就啃那本英文原版书，像是跟自己较劲似的，誓要在三个月内把它啃完。

待到初六回楚城，夏滴又要陪着父母挨个去给同事和领导拜年。

罗卫国家住在市中心，去年夏天装修完的新房子，春节刚搬进去。三室两厅，宽敞明亮，瞧得夏建阳艳羡不已。罗卫国说，过几年楚城要办省运会，到时候房价肯定猛涨，假如要买房的话，就得趁现在。夏建阳讪讪笑着说"是"。夏滴每回看见这场景都有种刺痛感，心想有什么了不起。

饭桌上，罗卫国问夏滴期末考试的成绩。夏滴还没开口，夏建阳先开口说了："这回班级第八。"

罗卫国听完，一掌朝着一旁啃鸡腿的他儿子揉去："你什么时候能考个这样的成绩？！"

罗威的脸差点埋饭碗里去，抬头翻了一个白眼："干吗？"

罗卫国别的方面都风风光光的，唯独这个读初三的儿子罗威是他的一块心病：谈恋爱、抽烟、打架、泡网吧、跟社会上的人来往……除了学习，什么都玩得溜。即便这样，罗卫国对于夏建阳仍然极有一种没有直白宣告的优越感：你女儿成绩再好又怎样，那也只是个女的。

夏滴对那种流里流气的男生的厌恶，最初就来源于罗威。她真是讨厌死了这个人。她初一刚转来楚城,还在读小学的罗威就羞辱过她,嘲笑她是个乡下土妞。

罗卫国知道她成绩好,要她给罗威补课。那时候罗卫国刚刚帮夏滴解决了转户口的事儿,她根本无从拒绝。那个小升初的暑假,简直是她毕生的噩梦。

吃完饭回客厅坐着,夏滴拿出手机回徐宁的消息。罗威在一旁斜着眼瞥她,他的刘海盖住了眼睛,那眼神瞧着特阴沉:"还用你这破手机呢?"

夏滴懒得理他。

"跟谁聊天呢?你男朋友?"

"关你屁事。"夏滴小声但强势地顶了一句。

罗威冷哼一声,朝她翻个白眼:"乡巴佬。"

好歹,上了初中的罗威不再像小学那会儿那样幼稚,不会再把蟑螂偷偷塞进她后颈衣领里。

高二下学期,开学没多久就是情人节。

林清晓送了聂楚航巧克力,自己拿模具隔水加热,融化后再凝固成心形。由于过于少女情怀,被夏滴和徐宁嘲笑了一番。

夏滴自己没做什么准备,不想对这种浪费行为助纣为虐——那天晏斯时的桌子抽屉里塞满了情书和巧克力,归宿无一例外是垃圾桶。

而等过了开学那一阵的兵荒马乱,广播台就要准备换届了。

那天夏滴翻自己日记本前面的日历,看见2月19日被自己画了一个圈,标了个"Y"。2月19日,是晏斯时的生日。她盘算着换届的时间,突然间有了个大胆的想法。

2月19日那天是周四,最后一节课结束,老师离开以后,夏滴立即拿上自己的MP3和一早买好的晚餐,头一个冲出教室。到了广播台,开门,调试设备。片刻之后,负责今天节目的播音员到了。

播音员是个高一的学妹,看见夏滴有几分疑惑:"学姐你是今天的编导吗?"

夏漓解释："我跟人换了。明天晚上就开会换届了，今天应该是我最后一次在广播台工作了。"

小学妹点头："我今天一定认真播，让学姐有个圆满的结尾。"

夏漓笑道："那就麻烦你啦。"

夏漓接上自己的 MP3，点开那里面单独建立的名为"Y"的文件夹，待播音员播完片头，她便将音量键上推。外面广播里音乐响起，是晏斯时歌单里的歌。

晏斯时喜欢的歌手和乐队都好冷门，找资源下载费了她不少工夫。这文件夹里的歌，她不知道反反复复听过多少遍了，尤其过年待在老家无事可做的那一阵。到最后每一首都会唱，连粤语歌词都能模仿得肖似。而她最喜欢的一首，她特意将其留到了这期节目的最后。

外头暮色四合。音乐声响起，夏漓不再说话，走到窗边，手臂撑住了窗框，在微冷暮光里安静地听歌。

此刻在校园某一角落，晏斯时一定也在听着。

"蔷薇原来有万枝，但我知他永远愿意历遍三番四次被刺，找对一枝……"

晏斯时。

祝你，寻得一枝野玫瑰。

生日快乐。

节目结束以后，夏漓让播音员学妹稍等片刻，她去趟洗手间，马上回来收拾东西锁门。

夏漓去负一楼用完洗手间，回到广播室，学妹兴奋地凑上来："学姐，你猜刚才谁来过了？"

"谁？"

"晏斯时！"

晏斯时不止在高二很有名，像这样好看得一骑绝尘的男生，整个明中绝无仅有，稍稍关注些校园八卦的人，都很难避得开他的名字。

夏漓愣了一下："他来做什么？"

"问我们节目的歌曲是谁选的。"

夏漓心脏都吊起来了："那你怎么说的？"

"我说都是学生点的歌，点歌信箱就在一楼外面，他想点的话也可以投稿。"

"然后呢？"

"然后他就走啦。"学妹复盘时才发现自己似乎没发挥好，几分懊恼地道，"我是不是应该多跟他介绍一下我们的点歌机制啊……"

夏漓没说话，心脏狂跳。学妹还在说，近看才发现晏斯时比大家描述的还要好看，她怎么就没把握住机会，多跟他聊上几句呢……夏漓心不在焉地应着，心情矛盾得要命。明明害怕被发现，才这样偷偷摸摸的；可真当离被发现仅一步之遥时，她又有些失望。

学妹先走了，夏漓在广播室里多逗留了一会儿。诚然，她今天是假公济私，但跟学妹说的话，也不全是唬人。她在广播台一年半，做台长一年，对这间播音室多多少少有些感情。职业生涯的最后一次节目，作为礼物送给喜欢的男生，这是最完美的句号。

检查设备，关好电源，环视广播室最后一眼，夏漓退出去，锁好门。

离开钟楼，穿过连廊，走到了二十班的教室外。夏漓出于习惯往里瞥了一眼，没看见晏斯时的身影，倒是王琛被好几个女生堵在了门口。

王琛怀里抱着一堆明显是被硬塞过去的礼物，一脸的生无可恋："你们能不能直接给他啊？我又不是传话筒！"

女生说："他人又不在！拜托你帮忙放他桌子上就行。"

王琛长叹一口气。叫他一个沉迷书籍的书呆子应付这些，真是有些难为他了。

那几个女生走了之后，夏漓走上前跟王琛打了声招呼。

王琛盯着她："你不会也是来送礼物的吧？跟你说别白费功夫了，他不会收的，都是直接扔垃圾桶里，拆都懒得拆。"

夏漓摇头。她知道会这样，所以根本一开始就没费这个心思。"他人不在教室吗?"

"一下课就有女生过来找他,他嫌烦,说去找个没人的地方躲躲清静。"

没人的地方。

夏漓心口突跳,看了一眼二十班教室里悬挂的钟,离上晚自习还有二十多分钟。她没有犹豫,转身往回跑。

此时,东北角的校园已经没什么人了,钟楼里更是寂寂。夏漓一口气爬上四楼,稍稍平顺呼吸,伸手握住门把手,顿了顿,往里一推。

里面亮着灯,淡白的一盏。站在窗边的男生听见动静,倏然回头。

夏漓的呼吸一下子就轻了。她的秘密基地,她分享给晏斯时的地方。他果然在这儿。

方才她为他放歌的时候,他就在她的楼上。这认知让夏漓有种不真实的眩晕感。

"啊……你好。我以为这里没人,想过来单独待一会儿……是不是打扰到你了?"

"没有。"晏斯时摇头,"借用一下你的地方。"

夏漓笑了一下:"不是我的地方,只是我发现的地方。"

外头吹进来的风尚且料峭,晏斯时穿的是校服外套,里面一件白色衬衫,看起来总觉得有些单薄。不过很衬他,那样清朗明净,像落霜的月光一样。

"你吃饭了吗?"夏漓问。

"没有。"

夏漓走过去,递过自己还没拆开的红豆馅面包:"那请你吃。学校小卖部最好吃的面包。"

晏斯时双臂撑在窗台上,这时候顿了一下,伸出一只手接过:"谢谢。"

他手指去拆那塑料包装,发出窸窣声响。夏漓就站在他身旁,一时没作声。晏斯时吃东西很慢条斯理,不像食堂里赶上正饭点的学生,一个个狼吞虎咽、风卷残云。

"你刚刚过来,经过二十班教室了吗?"晏斯时撕下一块面包,忽然问。

"嗯。"

"还有人堵着王琛？"

"我没太注意。好像有吧。"不知是因为撒谎，还是因为就站在他身旁这么近的位置，夏漓藏在头发下的耳朵烫得要命，让她恨不得一头扎进冷风里，好让那热度退去。

晏斯时"嗯"了一声。

夏漓不再说话。只这样安静地共处于同一空间，已让她心里情绪满涨得难以轻易开口，害怕露馅。

晏斯时也不说话，只安静吃着东西。直到快吃完，他拿出手机来看了看时间。

夏漓恍然回神，问："几点了？"

"快上晚自习了。"

"啊，我得回教室了……"

晏斯时说："那走吧。"

夏漓点点头，看着晏斯时转过身，她跟上前去。开关在门边，夏漓按了一下，走出教室门时忽然想到什么："那个……"

"嗯？"晏斯时扶着门，让她先走。

"如果是晚自习时间来这儿，一定不要开灯，有老师从外面看见亮灯了，会过来查的。"

"被查过？"

"嗯……有一回逃了晚自习。"

楼梯是声控灯，晏斯时拍了一下掌，灯亮起时他说："你不像会逃课的人。"

"你也不像会抽烟的人啊。"

"是吗？"

夏漓总觉得晏斯时今天说话的语气和状态比平时要轻快两分，"是吗"这一句，更是几乎能让她脑补出他淡笑了一下的样子。可她从来没见他笑过。

心脏像在烧开水，近于临界点地鼓噪着。她很想回头去看一眼以作确认，但没敢，那太刻意了。

他们一起走到楼下。钟楼旁的围墙上攀了一丛迎春花，鹅黄的花开得很是漂亮。

夏漓往教室方向走，看一眼晏斯时，他却似乎要去校门口方向。

"你不回教室吗？"

"我直接回家。"

夏漓猜想他可能懒得回去处理那堆了一桌子的情书和礼物，到了晚自习课间，多半还会有人去门口堵他，索性逃课。

夏漓说："那我回教室了。拜拜。"

"谢谢你的面包。"

这样郑重的道谢，倒让夏漓有点不知道该说什么了。她有两分呆愣地点了点头，又说了一遍"拜拜"。

刚要迈开脚步，夏漓却犹豫起来。她看着面前沐浴在薄薄灯光中的少年："那个……"

"嗯？"

她还是很在意，以至于冒险试探——

"你今天好像心情还不错。"

"今天生日。"晏斯时说，"听了首喜欢的歌。"

夏漓笑起来。心里一万只白色鸽子振翅，呼啦啦迎风冲向天空。

"生日快乐。"

终于，可以当面对他说。

（二）

> 当你看向我，月亮吞没了云，山峦笼罩了雾，孤舟倾覆了海。整个世界都乱了套。
>
> ——雪莉酒实验室《经过梦的第九年》

四月的明章中学有件大事——百年校庆。学校重视程度非同小可，拟邀多位杰出校友回校参加，听说其中还有个前几届艺术班走出去的青年演员。

实则这些与他们普通学生没多大关系。根据过往经验，这一类校级活动，他们多是做苦力：全校大扫除、搬凳子布置场地、在寒风烈阳里当领导们讲话的背景板。艺术班则有得忙，需要出节目做晚会。欧阳婧就难以幸免。

吃早饭时，她来七班窜班，跟林清晓和夏漓吐槽，说平常学校拿他们艺术班的当伤风败俗的洪水猛兽，遇到活动了用起来倒是不客气。

林清晓："你要出节目？"

"我们舞蹈生要一起排一个舞，要求端庄大气，突出明中百年精神。"一贯温柔的欧阳婧都差点翻白眼。夏漓和林清晓笑出了声。

"哦对了，陶诗悦要作为学生代表讲话，你们知道吗？"欧阳婧说。

林清晓一脸无语。

夏漓问："就她一个学生代表？"

"不是。文科、理科和国际班各出一个。听说国际班的代表原本定的晏斯时，他不愿意，才让陶诗悦捡了漏。"

"你不是说你已经放下了吗？还对他这么关注。"林清晓一针见血。

"哎呀。"欧阳婧不好意思地笑了笑，"有个过程的嘛。"

夏漓问："那你们艺术班呢？"

"所以我说呀。"欧阳婧耸耸肩，"学生代表这样光荣的事情没我们的份，我们只配表演献艺。"

这天是周五，逢清明节放假，不用上晚自习。最后一节课结束，不到半刻钟校园里便空了一大半。

夏漓还不能走,今天轮到她值日。很巧,她这学期值日又是跟肖宇龙一起,负责的还是户外区域。

上学期她因为广播台台长的工作,每次值日都得麻烦肖宇龙。这学期卸任以后,晚饭活动时间倒是变多了,但相应地,从二十班经过的机会却变少了。没了排练话剧这样的联合活动作为契机,夏漓接近晏斯时的机会少得可怜。顶多有时候在走廊或者去往食堂的路上碰到,与他打声招呼——不过至少,她已经可以随意跟他打招呼了。

这时候她就很羡慕其他高中,合唱比赛、文化节、戏剧节……各类活动花样百出。

校庆在即,学校对卫生督查这块抓得很严,尤其公共区域,犄角旮旯里发现一片垃圾都要扣分,影响每月的文明班级评选。

文明班级的旗子,自高二挂在七班以来就没摘过。老庄好面子,又有实验班班主任的"偶像包袱",这种时候更不许大家掉链子。往常随意扫扫,敷衍过去就得了,现在却不行。

等和肖宇龙把七班负责的公共区域犁地似的仔细清扫过一遍,已是半小时以后。

天色将暝,玫瑰色烟霞散了满天。校园里一片寂静,偶尔响起一阵邈远的笑声,或是篮球场上传来的"砰砰"撞击地面的声音,空气里一股阳光晒过的塑胶跑道的气息。

肖宇龙说:"我去倒垃圾,你把扫把、撮箕拿回教室?"

夏漓:"OK。"

他俩一直这样分工。夏漓拿着扫除工具,往教学楼方向走去,途经篮球场时,脚步一顿——篮球场靠外这半场,有两人正在打球,是晏斯时和王琛。原来那"砰砰砰"的声音就是从这儿发出的。

他们并没有打一对一,夏漓不怎么懂篮球,但看了会儿也能看出,应该是晏斯时在教王琛怎么贴身防守——她不知道篮球术语,大抵是这个意思。

很难理解王琛这样一个人居然会对篮球感兴趣,他的动作笨拙得有些搞笑,但学得十分认真。至于晏斯时,他一点也不嫌对方菜,哪怕每每用不到三秒钟就能突破王琛的防线将球切走,他依然会扔回去,说:"再来!"

晏斯时身上穿着一件宽松的白色短袖 T 恤,不是专业篮球服,大抵是临时起意。

夏漓去年运动会那会儿就见识过他的运动能力,此刻依然难以错目。那弹跳跑动的身姿,几如白鹤振翅渡水一样轻盈矫捷。

她看得忘了时间,直到王琛运球错身,赶在晏斯时拦抢之前直接跳起,朝篮筐扔去。

那球偏了十万八千里,擦过篮板飞远,径直朝着她飞来。她吓得急忙偏头去躲,球从耳畔擦过去,落地,弹跳。

球场上,晏斯时和王琛齐齐望了过来。晏斯时率先反应,王琛紧随其后,两人几步跑到她跟前。

"砸到了吗?"晏斯时低头,看着她问道。

夏漓手里还拿着扫把和撮箕,她都不敢想象自己此刻的样子有多傻。隔得近了,感觉到晏斯时身上运动过后微微蒸腾的热气,让她有些无法思考:"没砸到……"

王琛夸张地拍拍胸脯:"那就好。我说呢,我也没那么准啊。"

夏漓哭笑不得。她好懊悔,她为什么要躲,还躲得这么敏捷迅速。就让那球砸中好了,料想也不会疼到哪里去。偶像剧不都是这么演的吗?砸得流鼻血或是轻微脑震荡了,被送到医务室,才有以后的故事。其他女生身上也不是没发生过。看来,她果真不是故事的女主角。

晏斯时又盯着她看了两秒钟,似乎确定了她确实没被砸中,这才稍稍往后退了一步。王琛跑过去捡球。

夏漓问晏斯时:"怎么就你们两个在打球?"

"王琛说想学。随便玩玩。"

他白皙皮肤上有一层薄汗,额前头发也沾了汗,微微湿润。夏漓有几分难以呼吸,只抬眼看了一秒钟,就垂下了目光。

这时,楼上忽然传来一声:"夏漓!"

夏漓回头望去，肖宇龙双臂撑在三楼走廊的栏杆上，正望着此处。

肖宇龙笑道："东西快拿上来！要锁门了！"

"马上来！"

王琛捡完球走过来，看了眼钟楼上大钟的时间，问夏漓："你吃晚饭了吗？"

"没有。"

"那我请你吃饭吧。"

"不用啊，又没砸到。"

"那总是吓到了。"

"真的不用。"夏漓笑笑，"我还得回教室收拾东西。你们继续吧。"

王琛却是不由分说："那请你喝水。我们不打了，你先去，一会儿在一楼门口碰头。"

夏漓没再拒绝，这自然是因为还能再跟晏斯时相处一会儿。

放了扫把和撮箕，夏漓去趟洗手间洗手洗脸，然后回到教室，开始收拾东西。晚上要回家，她得将东西带齐，又记挂着楼下，怕人等得太久失去耐心，因此动作罕见地忙忙乱乱。

教室里就她跟肖宇龙两人，肖宇龙也在收拾东西。她收好的时候，肖宇龙也收好了。他站在教室门口，等她走过来了才关上灯。锁上门以后，两人一起下楼。

肖宇龙笑问："一起去天星街吃晚饭？"

"我要先回住的地方一趟，拿点东西，然后赶回家的公交车，下次吧。"

"你住开发区是吧？"

"嗯。"

"那还挺远的。"

"嗯。"

说着话，已到了一楼。出口处，王琛和晏斯时等在那儿。肖宇龙打了声招呼，王琛有些茫然。

夏漓提醒："他是演杨虎城的。"

王琛:"哦哦哦!"

说话时,夏漓不动声色地瞥了晏斯时一眼。觉察到他额前墨色的头发更湿润了两分,可能是刚刚洗过脸,眉目也有种洗净的矜冷明澈。

四人一起往外走,王琛和晏斯时在前,夏漓和肖宇龙在后。夏漓不记得一路跟肖宇龙聊了些什么,全程心不在焉,只在关注前方的晏斯时。

他们好像在聊 SAT 考试的事。

晏斯时只背了双肩包的一侧包带,外套没穿,拿在手里,身上那件宽松的白色 T 恤被黄昏的风吹得微微鼓起,风停时,便又勾勒出平直后背上分明的肩胛骨形状。

很快到了校门口,王琛带头,停在文具店门口的冰柜那儿。

"喝什么?"王琛问夏漓。

"绿茶吧。"

"康师傅还是统一?"

"统一。"

王琛打开了冰柜门,在里头掏来掏去。晏斯时瞥了一眼,伸臂稳稳地捞出来一瓶统一绿茶,侧过身,递给了一旁站着的夏漓。男生自小臂至手腕这一段线条清瘦而有力,捏着塑料瓶身的修长手指沾上了淡淡的冰雾。

"谢谢。"夏漓接过。

她手指捏住了晏斯时捏过的位置,微微收紧。瓶身是冰凉的,她却觉得指尖发烫。那种慌乱,像是她心里莺飞草长。

肖宇龙和晏斯时也各自拿了水,王琛帮忙付了夏漓的那一瓶。

肖宇龙笑问:"你们还去哪儿吗?回家?"

夏漓说:"我回住的地方。"

王琛说:"我跟晏斯时去尚智书店买两本科幻小说。"

肖宇龙:"尚智书店?没听说过啊?"

"一个小地方,不好找。你要一起去吗?"

"不去。去年生日收的书都还没看完呢。"肖宇龙笑着摸摸鼻尖,瞥了夏漓一眼。

而夏漓在听见王琛说到"尚智书店"这四个字的时候,便条件反射地看向了晏斯时。晏斯时也看向她,似乎完全了然她这一眼的意思,微微低了头,声音也一并放低:"不介意跟人分享?"

夏漓摇头:"跟王琛的话,不介意。别人……"

别人的话……她设想了一下,假如"别人"是陶诗悦……她无法想象那是陶诗悦,或是其他她完全不熟的人,仅仅只是设想都觉得心梗。

天将暮,在绀青的天色里,她抬头看他一眼,又飞快别开。

她底气不足。那只是个只要能找到就能去的书店,又不是她私人所有。然而,晏斯时却点了点头,那声音更低,像沾了一点傍晚薄雾的微凉,他跟她保证:"那我不再跟其他人说了。"

第八章
云朵太远太轻

（一）

> 你始终是一个谜。到最后，我也没有找到故事的谜底。
>
> ——雪莉酒实验室《经过梦的第九年》

清明节过后便是校庆。

一轮大扫除后，沿路绿化树彩旗招展，明中少有这样干净规整、隆重肃穆的时刻。

校庆当日不必上课，早自习还是照旧。夏漓早自习时收到一条姜虹发来的消息，叫她有空回个电话。她担心是有急事，便拿上手机偷偷去了趟洗手间。

电话回过去，姜虹说："没什么急事，你爸想在宿舍这儿配台电脑。他又不懂，怕被人坑了，想问问你买什么样的。"

买电脑一事，之前夏建阳就提过一嘴，最开始说是放在家里，但夏漓住学校附近，他们又住在厂子的宿舍里，放家里使用机会很少。两人在宿舍里没什么娱乐活动，姜虹想看看电视剧，夏建阳想下下象棋，有空也学学打字、聊聊QQ，不至于完全跟不上时代。

夏漓当然是支持的，就说："我问问我同学，到时候再告诉你们。"

"我让你爸直接把钱打过来，你五一的时候帮忙买了，找人送过来安装吧。"

夏漓答应了。

挂断电话,夏漓顺便上了个厕所。洗手的时候,忽听身后隔间有人敲门:"同学。"

夏漓吓了一跳,转身问:"怎么了?"

"你带那个了吗?"

这声音有些耳熟,夏漓想了想:"陶诗悦?"

"你是?"

"夏漓。"

隔间里沉默了。

夏漓说:"我没带。你稍等一下,我回班上帮你问问。"

"好……"

走前,夏漓顿了顿,又多问一句:"除了卫生巾,你还需要别的什么吗?"

"止痛药吧。"

"哪种?"

"布洛芬。"

"这个可能不好借,我尽量帮你问问看。"

夏漓回了趟班上,问了问同桌和前桌,前桌又问前前桌……没一会儿就借到了一片卫生巾。班里有个同学感冒,布洛芬也借到了。她将其揣在校服外套口袋里,拿上自己的水杯,回到洗手间。

她敲一敲隔间门,递过卫生巾,那门开了一条缝,陶诗悦伸出手臂:"谢谢。"

在洗手台等了片刻,陶诗悦从隔间里走出来。夏漓递上布洛芬和自己的水杯:"你不介意的话,可以用我的杯子吃药。"

陶诗悦穿着校服,梳着一把高马尾,脸上化了淡妆,但冷汗涔涔,看着十分虚弱。她接了药,掰出一粒,接过夏漓的水杯:"谢谢。"

和水喝下,递回水杯和剩下的药,陶诗悦看她:"为什么要帮我?你不是跟林清晓关系好吗?也不怕她生气?"

113

"啊……"夏漓反倒是被问住了,"一码归一码吧,这种情况,你问林清晓借,她也会借啊。"

陶诗悦没说什么,那表情似是不以为然。夏漓也不在意:"你等下要作为学生代表发言吧,快回教室休息吧,多喝点热水——还有什么需要吗?没有我回教室了。"

陶诗悦摇摇头,又说:"谢谢了。"

"没事儿。"

夏漓快走到洗手间门口,身后的陶诗悦忽然低声说了句:"你也喜欢晏斯时吧?"

夏漓脚步稍顿,当作没听到似的,飞快走了。一直回到教室,她都还有种仿佛考试作弊被抓的惊恐和羞耻感。

这次校庆,学校非常看重,音响设备这一块都让学校专业的老师负责。那老师就是广播台的指导老师,他一人忙不过来,点名了现任台长去帮忙。现任台长是一个高一的学妹,二月份换届上去的,担心自己经验不够,私底下联系夏漓,请她过去帮忙。

日头越升越高,明中渐渐热闹起来。陆陆续续有校友赶到,前往操场签到处签字。

夏漓往操场舞台方向去时,跟一行人碰上。她因为脚步匆匆,没太注意,是有人喊住了她。

她下意识回头,便看见了一行六人,晏斯时、罗卫国、罗威、一对鬓发斑白的老人,以及一个拎着公文包的陌生男人,看似秘书模样。夏漓全身都僵硬了,硬着头皮先跟叫住她的罗卫国打了声招呼:"罗叔叔。"

罗卫国笑呵呵地开始向晏斯时身旁的那两位老人介绍:"这是咱们厂里保卫科老夏的女儿小夏,夏漓——哪个漓来着?"

夏漓尴尬无比,声音小得刚够听清:"漓江的漓……"

罗卫国点点头,又示意夏漓打招呼:"这两位是霍董和戴老师。"

夏漓只想逃,却也知道这是基本礼数,只好露出笑容:"霍董好,戴老

114

师好。"

她不敢去看一旁的晏斯时,因为淡淡的难堪,她整张脸都在发热。

哪里想到,晏斯时的外公和外婆却这样慈祥温和。晏斯时外婆笑看着她:"是跟小晏一个班的?"

"不是,我是七班的。"夏漓小声回答。

"那多接触几次就认识了,小晏来这儿也没什么朋友。"

罗卫国适时地将今日打扮得"人模狗样"的罗威往前一推,笑道:"罗威下半年升高一,小晏总有什么需要帮忙的,到时候只管使唤罗威。"

小晏总。夏漓目光捕捉到,晏斯时听见这三个字时眉头微微皱起。他一定讨厌死了这样的社交场合,而她这次,也成了这场合里的一环。夏漓不想再让罗卫国把控局面,这时候看向晏斯时的外公外婆,问了一句:"二位是作为校友回来参加校庆的吗?"

晏斯时外婆点点头。夏漓指了指操场入口处:"签到处是在那边,签到以后可以领取一份为校友专门定制的纪念品。"又指了指食堂方向的老教学楼,"那边是休息处,校庆要一会儿才开始,二位签到以后可以去那边稍作休息——逛逛校园也可以,明章书院的砚心堂改成校史馆了,里面展览了很多珍贵的老照片。要是找不到路,随意找个同学问问都可以。"

晏斯时外公这时候笑道:"你们还专门培训过啊?"

"每个班都开班会稍微介绍过的。"

"那要不就小夏你带我们逛逛?"

夏漓刚要开口,晏斯时出声了:"我带你们去逛吧,夏漓她还有自己的事。"

晏斯时外婆笑眯眯地点点头:"好,谢谢你了,小夏,你自己忙去吧。"

夏漓有几分意外地看向晏斯时。晏斯时依然没什么表情,瞥了她一眼,眼神很淡。

夏漓就说自己先走了。和他们错身时,夏漓低声跟晏斯时说了句:"谢谢。"她不知道他有没有听见,但真的很感谢他,最后一句话一锤定音,将她解救出这叫人无所适从的社交。

九点，校庆正式开始。

上午的安排基本全是讲话，教育局领导、校长、主任、杰出校友代表……全校同学坐在操场上，顶着越升越高的日头，听着冗长的讲话，生无可恋。

夏滴不在班级，她去舞台后方向现任台长传授一些处理突发情况的经验时，被指导老师留了下来，也跟着一块儿帮忙。设备都是调试好了，有指导老师亲自操作，实则没其他人什么事。夏滴坐在后方，感到有些百无聊赖。

晏斯时的外婆这时候上台了。手边桌上有份校友资料，夏滴拿过来翻了翻，记住了她的名字：戴树芳。

晏斯时外婆演讲完，鞠躬，放回了话筒。掌声雷动之中，她朝台下走去。而就在这时，之前同行的那个可能是晏斯时外公助理或是秘书的拎包男人，已迫不及待地冲到舞台边缘，凑拢到晏斯时外婆耳畔，低声嘀咕着什么。夏滴在后台坐得不算远，因此能够看清，在秘书说完话以后，晏斯时外婆的脸色瞬间变了。两人往台下的人群里眺望，似是在搜寻晏斯时的身影。

夏滴犹豫了片刻，还是起身凑上前去。她原不该多管闲事，可这是晏斯时的亲人。

晏斯时外婆却似抓到救星，问夏滴："小夏，你们这班级是按照什么顺序排的？小晏他们国际班在哪儿？"

"您找晏斯时？"

"对。有急事！给他打电话也不接，这孩子……"

"您稍等，我去帮您把他叫过来。"

夏滴跟指导老师打了声招呼，就从一旁的行道绕了一大圈，绕到了观众席的最后一排，尽量不打扰到其他人，矮身穿梭于缝隙间，找到了二十班的所在。

晏斯时跟王琛坐在一起，他腿上放了本书，书上垫着空白纸张，手里捏着笔，似在演算什么题目。王琛把脑袋凑过来，一眨不眨地瞧着，好似他会变魔术一样。

夏滴蹲下身，伸手轻轻地拍了拍晏斯时肩膀。晏斯时倏然回头，这样近的距离,她几乎能看清阳光底下他较平日更浅的瞳色。夏漓瞬间有些无法顺畅呼吸,小声说:"那个……你外婆在找你,很着急,可能是有什么要紧的事。"

晏斯时将手里东西递给王琛:"我去一趟。"

夏漓在前,晏斯时在后,两人离开队列,从后方绕回到了步道上。晏斯时脚步很快,渐渐地走到了夏漓前头,夏漓一路小跑才能跟上。

到了舞台后方,晏斯时外公和罗卫国父子也都到了。晏斯时外婆迎上来,一脸焦急:"小晏,你妈妈……"

她只说了五个字,就被晏斯时径直打断:"外婆,我们回去再说。"

而晏斯时的外公对罗卫国说道:"家里有事,我们先回去一趟。后面的捐款仪式,你替我们出席。"

罗卫国:"霍董,您只管放心去,保证完成任务!"

交代完,三人连同秘书便急匆匆走了。晏斯时从夏漓身旁经过时,夏漓抬头看了他一眼。她从没在他脸上看见过如此凝重的表情,仿佛天已经塌陷了一角。

(二)

我是个胆小鬼,连写下你的名字都怕露出马脚。

——雪莉酒实验室《经过梦的第九年》

那天之后,两周多的时间,夏漓没在校园里碰见过晏斯时。

偶遇王琛,找他打听,王琛说晏斯时请假了,具体什么时候会回学校,他也不知道。问请假原因,王琛就更茫然。他本人对同学的私事完全不感兴趣,何况晏斯时又是那样一个疏离的性格。

正是最明媚晴朗的四月天,夏漓却提不起一点精神。她本是很少会发痘痘的体质,这段时间额头和嘴角旁边莫名冒了两颗痘,又肿又痛又痒。

她知道自己毫无立场，但还是会忍不住担心。想起去年偷听到晏斯时与陶诗悦妈妈的对话，以及校庆那天晏斯时外婆所说的话，她合理猜测，可能是晏斯时妈妈生病了。

在萦绕不去的愁云惨淡里，四月份月考结束了。出分很快，考完试第二天排名便公布了。实验班竞争激烈，名次之间分差很小。夏漓排班里第九，跟最近几次基本无甚差别。

中午，午休结束，夏漓离开学生公寓，前往学校。经过学校门口的文具店，她在外面摊子上拿了一期《看电影·午夜场》，又顺便进屋去挑一挑新的本子和笔。

正在试晨光的新笔芯，忽听外面一道清冷声线，询问老板新一期的《看电影·午夜场》是不是卖完了。

夏漓一怔，迅速抬头看去。外面书报摊前，那微微低头挑拣杂志的，正是两周多没见的晏斯时。

他穿了件黑色抽绳连帽卫衣，显得好像清瘦了两分。神情依然淡漠，但瞧着总觉得比之前更冷，那生人勿近般的气质尤为明显。

老板说："没了，最后一本刚刚卖了。"

夏漓正准备打声招呼，晏斯时已经收回目光，转身走了。夏漓赶紧将自己拿的东西结了账，跟上前去。

晏斯时脚步很快，夏漓想要跟上非得小跑不可，但这样势必会引起他的注意。她就不近不远地跟着，穿过了连廊，在拐弯处，看见他的身影走进了二十班的教室。

从二十班经过，透过窗户往里看，大家似乎都在好奇地打量晏斯时，但无一人上前。只有王琛走到了他桌边，听不见在说什么，但大抵是问这几天请假的事。

夏漓说不清自己的心情。看见他出现，她好像是放心了；但看见他的状态，却又更加担心。

下午的课，老师讲解月考试卷。夏漓拿教科书遮挡住中午买的杂志，花了两节课时间，基本将整本杂志看完。下午最后一节课结束，徐宁喊她一块儿吃晚饭，她说暂时不饿，等等再去。

等教室里人走了大半，夏滴抱着杂志出门，一路上心情宛如做贼。

到了一楼，先看了看二十班教室里的情况。晏斯时和王琛不在，可能吃晚饭去了，陶诗悦也不在。教室里没什么人，只有两三个学生，正一边吃东西，一边拿MP4看电影。夏滴鼓足勇气，从后门偷偷溜了进去。

走到晏斯时的座位旁，她往桌上扫了一眼，看见三本整齐叠放的书，一只黑色文具袋，还有放得随意的一副耳机。她没敢细看，翻开杂志第一页，确定自己写的便笺没弄丢，便将杂志放在了他的桌上，又从后门飞快地溜走了。便利贴上的字是她拿左手写的，写了半节课，歪歪扭扭的。

换作以前，她可能会尝试当面给晏斯时，可今天在文具店门口所见的晏斯时态度疏冷，将她试探的蜗牛触角又狠狠按了回去。要是当面被拒绝，她不知道自己还有没有下次处心积虑靠近的勇气。不如匿名，多些转圜余地。

晏同学：

  刚刚在校门口无意听见你跟文具店老板的对话。是我买走了最后一本杂志。

  我已经看完了，借给你看。

  只是同好之间的互相分享，希望不会引起你的误解。如果你不需要的话，烦请送到学校失物招领处，我会择日去取。

  PS.

  电影是生活的解药。

  天气不错，祝你心情愉快。

落款一个"S"，"Sherry"的"S"。

（三）

  记忆总有美化效应，而你不需要。你总是那么好。而有时候，我宁愿你没有那么好。

——雪莉酒实验室《经过梦的第九年》

  这天，夏漓一直到晚自习都心不在焉的，担心那杂志会不会被晏斯时送到失物招领处，或者他懒得送去，干脆直接扔垃圾桶了。

  此外，还有另一件事让她操心，马上就到五一假期，她得去趟电脑城给父母配一台电脑。这事儿她先问过关系比较好的女生，大家都不太懂，只给她推荐了自己家里用的品牌。又拜托林清晓问过聂楚航，聂楚航对这块一知半解，不敢随意提供建议。

  晚自习中途休息时，夏漓去问了问男生里她比较熟的肖宇龙。

  "电脑配置？"肖宇龙挠挠头，"我家是直接买的联想的一整套——新手自己攒机的话很容易被坑吧。要不我去找我理科班的同学帮你问问？"

  "没……我就随便问一下，暂时不用麻烦。"

  肖宇龙笑道："那有需要的话跟我说。"

  夏漓点头。

  眼看着休息时间还够，夏漓又往楼下跑了一趟。刚走到二十班教室门口，恰好与从洗手间方向过来的王琛碰上。

  "王琛！"

  王琛这人走路时都常常沉浸在自己的世界，听到有人叫，方才停步转头。

  "可以麻烦你一件事吗？"

  王琛点点头。经过好几次打交道，王琛总算已经记住了她。

  "你懂电脑配置这块吗？我准备配一台电脑，想麻烦你推荐一下主机、内存和显卡什么的。"

  王琛说："不怎么懂。"

"啊……"夏漓很意外,"我以为你会比较在行。"

"为什么?我这么说过吗?"

"不……不是。"夏漓哭笑不得。她没说出来的是,你长得就是一副对这块了如指掌的样子啊。

王琛推推眼镜:"你问我干吗?晏斯时对这些在行啊,你应该问他……"

夏漓甚至来不及阻止,王琛已朝着教室里喊了一声晏斯时的名字。夏漓便看见靠窗坐着的晏斯时摘下了耳机,朝门口投来一眼。随即,他站起身,随手合上了手里的杂志——夏漓视力极好,一霎便看出那应当就是自己"借"给他的那一本。

晏斯时朝门口走来,夏漓只觉心脏雀跃不已。

晏斯时停在门口,看她一眼,再看向王琛:"什么事?"

"夏同学想配电脑,这块你懂,你帮个忙呗。"

实话说,要说夏漓没想过要请晏斯时帮忙,那是假的。他常看《大众软件》,自己写代码,又看了一堆计算机编程相关的专业书籍,他懂这些的可能性很大。但喜欢一个人,总会下意识地避免直奔主题,总要绕上一个大圈子,好似这样才可以撇清自己是别有所图。

晏斯时微微低下头,问夏漓:"功能有要求吗?"

"休闲为主,看剧、玩小游戏什么的。"

近距离看,夏漓察觉到他确实比之前清减几分。要照顾病人的缘故吗?他眼下淡淡一圈黑眼圈,似是缺乏睡眠。

"预算呢?"

夏漓回答:"三……三千多,不超过三千五。"

说出口只觉得底气不足。这预算不算高,拿去买品牌的套机,必然只能买低端系列。

晏斯时却点点头:"什么时候买?"

"五一。电脑城应该会趁假期做活动……"

"我回去列个单子,明天……"

王琛打断他:"后天就放假,直接去电脑城看看吧。正好我也要换个鼠标，你帮我把把关。"

晏斯时说："行。"

夏漓愣了一下，像被突如其来的馅饼砸蒙了："那太麻烦了……"

王琛已经探讨起了具体的时间。

"后天上午或者下午我都可以的，看你们时间。"夏漓佯装镇定，实则还未消化这份巨大的惊喜。

晏斯时说："上午？"

王琛说："我上午可以。"

夏漓便说："上午九点，电脑城门口见？"

"好。"晏斯时说。

一路如踩在云端，夏漓踩着点飘回了自己班级。

数学老师继续讲解试卷，根据题目出了道类似的题让大家算。夏漓提笔，在稿纸上抄下题目，写下一个"解"字。等回神，那好好的三角函数，不知怎的变成了几排"晏斯时"，她赶紧提笔划掉。

五一当天，夏漓醒得很早。

她昨晚睡得也晚，明明担心熬夜会有黑眼圈，但躺在床上怎么也睡不着。好不容易睡着了，凌晨四点就醒了一次。手机闹钟她已经检查过无数遍，却还是担心该响的时候闹钟失灵。这一夜被期待和忐忑拉得格外漫长。

七点起床，洗漱、换衣服……七点半准时出门，吃了个早饭，乘公交车。到电脑城门口时还不到八点半。

这等待的半小时也只觉得一晃而过。没多久，约莫八点五十，视野里一辆黑色奔驰停在了路边。

夏漓两步走下台阶，看见晏斯时从车上下来。

"早！"夏漓打招呼。

晏斯时抬眼："早。"

他一边走过来，一边拿手机看了眼时间，似在确定自己是不是来迟了。待他走到跟前，夏漓递过自己方才买的水："你吃过早饭了吗？"

"嗯。"晏斯时接过了水瓶，另一只手从长裤口袋里拿出张纸，递给夏漓。

夏漓接住时，飞快地看他一眼。清透的橘色阳光里，只觉得他眉目间有种薄雪初霁的清爽。

手里是张A4纸，整齐地折了四折。展开来，那上面是晏斯时列的配置清单，一共两套方案，一套三千出头，一套接近三千五，每一套都细致到连鼠标的价格都算了进去。

晏斯时拧开水瓶，喝了一口："有些配件不一定有货，实际价格也可能有所浮动。做个参考吧。"

"谢谢……你一定花了不少功夫吧。"

"还好。"

夏漓再偷偷看他一眼，心里有种"何德何能"之感。

"中午我请你和王琛吃饭吧。"夏漓说。她捏着那A4纸，紧张得手心里微微冒汗。

晏斯时刚要说话，夏漓又说："如果不是没时间的话，不要拒绝，不然我会很过意不去的。"

晏斯时顿了一下，便说："好。"

九点一到，王琛也到了，准时得只有三十秒误差。夏漓同样递过一瓶水，王琛接过道谢，问道："进去吧？"

由于刚刚开始营业，电脑城里人还不多，处处张贴着"节日大促"的海报。彼时电脑城、手机通讯广场这一类的3C设备商场很不规范，店家常常利用信息差以次充好、以旧代新，或是夸大功能，推销低性价比产品。这里头水很深，没点专业知识的，只有挨宰的份儿。

夏漓相信，大部分人来这儿都会被商家牵着鼻子走。但晏斯时却十分坚定明确，他让商家就照着他列的单子拿货，没有就换下一家。商家试图说服他另一个型号更好，他两句话就能一针见血地反驳回去。

王琛悄声对夏漓说："以后我买东西都找他帮忙，一定很省钱。"夏漓笑了。

因已经有了清单，不是漫无目的地瞎逛，只花了不到两小时，一台电脑就配齐了。

为了方便配送，所有设备都尽量选在了同一家店里。那店主还算爽快厚道，晏斯时要什么他拿什么，最后还趁着节日给打了个折，让夏漓以三千二的价格拿下三千五的那一套配置。聚树镇远，店主额外收了五十的配送安装费，跟夏漓定好了明天上午派人送过去。

付完账，店主开提货单和发票的时候，夏漓说："你们送过去的东西，到时候不会调包吧？"

店主哭笑不得："放心，给你送去的都是全新的，当着你的面再拆包装。你要是还不信任，到时候全程拍照，让你这位男同学帮忙验货，假一赔十好吧？"

从电脑城离开，刚到十一点。夏漓说："去天星街吧，我请你们吃中饭。"

王琛说："也包括我？"

"对啊。"

"为啥啊？我又没帮你的忙。"

夏漓有时候真希望他不要这样实诚。好在王琛这人有个优点就是不会过分寻根究底，夏漓说他今天也算是帮忙镇了场，让店主不敢随便宰她。他觉得有道理，欣然接受。

电脑城离天星街不算远，步行只用十五分钟。走过去的这一路，王琛领先了一步，夏漓与晏斯时并排，走在他后面。

他们三人不是一个班的，平常接触的人和事都有不同，关系也不算太熟，一起走的时候，夏漓真不知道该聊什么。好在王琛在自己喜欢的领域十分有分享欲，夏漓听说他喜欢科幻电影，就让他推荐几部。于是，王琛打开了话匣子，从《黑客帝国》说到《2001太空漫游》，让去天星街的这一路几乎没有冷场。夏漓和晏斯时倒是都没怎么说话，只顺着王琛的介绍适时插上两句话。

并肩而行时，夏漓一只手不自觉地抓住了一侧双肩包的背带，手心里满是薄汗，神情却若无其事。那路不总是平顺，路肩上时有自行车或是商家的店招挡道，他们走下路肩，绕过了这一段，再走上去。上上下下，时而直行，时而迂回……恰如她这一路曲折婉转的心情。

她好希望这条路就这么走下去，永远没有终点。

到了天星街，夏漓问晏斯时和王琛想吃点什么。平常同学聚餐，多是肯德基和麦当劳，再加一个叫"豪客来"的牛排店。

"客随主便。"晏斯时说，"你决定吧。"

夏漓又问王琛。王琛说："不是新开了一家味千拉面吗？我还没去吃过。"

"那去试试？"夏漓看向晏斯时。晏斯时点点头。

进入店里坐下，服务员送来菜单。夏漓看了眼那上面的价格，放下心来。既然做好了请客的准备，她倒不会心疼钱，只是担心自己带的现金是否会不够。

三人各自点了单。王琛说了一路的话，这会儿可能是觉得累了，瘫在座位上，眼睛直愣愣地发了会儿呆。

片刻，他像是回过神，问晏斯时："到时候去新加坡，你准备几号出发？从江城走，还是先回北城？"

晏斯时说："3号。从江城去香港转机。"

"江城没有直飞新加坡的航班？"

"嗯。"

王琛说："那我到时候跟你买同一班飞机吧。"

晏斯时点点头。

夏漓问："你们是去考试吗？"

王琛说："对，SAT。上半年就安排了三场，6月6日是最后一场。我其实没什么信心，就想先去试试，感受一下氛围。"

夏漓喝着柠檬水，一时没有说话。这些事情其实离她很远，对于此时的她而言，远得就像是另一个世界的事。当然，或许，原本晏斯时就是另一个世界的人。

快吃完时，晏斯时起身去洗手间，让夏漓和王琛先聊着。没多久他回到座位。夏漓见吃得差不多了，就先起身去前台买单。

前台服务员查看了一下系统："你们那桌已经买过了哦。"

夏漓一愣，反应过来。

回到位子上，三人拿上包，从店里离开。夏漓落后了半步，与晏斯时并排，低声说："说好了我请客的。"

那可能是他的教养所致，不让女生买单。但她并不觉得受用，甚至有些受挫。

晏斯时低下头来看她。片刻，他说："抱歉——那你请我喝饮料吧。"

夏漓忙点头，心情好似坠地的风筝又一下乘风飞了起来。

街对面就有家奶茶店。夏漓一如往常点了冻柠七。王琛挨个看过菜单上的内容，都觉得太甜，就说不喝了，喝水就行。晏斯时也有些踌躇，最终他说："冻柠七。"

夏漓眼睫一颤，克制住了才没去看晏斯时。她知道男生普遍不怎么喜欢喝甜的，这里面柠七本就是最清爽的选择，没什么大惊小怪。她知道，但还是克制不住心脏狂跳。

点单员说道："两杯冻柠七，一共是……"

夏漓打开钱夹，掏出一张二十元纸币递过去。接了找零，她掏出包里另一个西瓜图案的小钱包，将硬币装进去。

等了会儿，两杯冻柠七从取餐处递了过来。夏漓拿了一杯，抽了两支吸管，递给晏斯时一支。

晏斯时说"谢谢"，接过，手指按住了白色吸管顶端，往下一插。

透明七喜，浅绿色青柠檬片，汩汩的气泡往上涌。

这一杯在他手里，就是夏漓记忆中 2009 年的那个初夏。

下午大家都有安排，因此到这儿便散场了。天星街是步行街，机动车无法进来，三人一块儿往前方主干道走去。王琛要去前方坐公交车，到了路口先走了。夏漓回学校附近的公寓，晏斯时等人来接，都要往对面去。绿灯亮起，两人一块儿过马路。

在楚城这种小地方，车道的红灯只约束得了五座以上的机动车，他们刚走到一半，便有一辆三轮摩托车"嗡嗡嗡"地直冲过来。晏斯时空出来的那只手捉着她的手肘，轻轻往前一拽："小心。"随即自己退后半步，绕到了她的右侧——来车的方向。三轮摩托车开过，留下一阵轰鸣和刺鼻尾气。

到了马路对面，夏漓瞥了晏斯时一眼，又飞快收回目光："你就在这里等车吗？"

"嗯。"

"那我先走了……拜拜。"

"拜拜。"

夏漓一秒钟也没有回头，就顺着路肩往前走，一直走到了前方拐角处才停下。她站在树荫下，转头望去，晏斯时正拉开车门上了车。这时候她终于忍不住了，在路肩上蹲了下来，脸埋进双臂之间，用手按住了自己手肘处的皮肤。

以前跟班里同学出去玩，稍有意识的男生都会主动走靠车那一侧，并不算什么特别的事。可这是晏斯时。

她双颊烧开水似的烫起来，心里也发出久久无法平息的沸腾的尖啸。

第二天上午，夏漓直接坐车去了聚树镇上。

差不多到中午，店主派人将电脑送了过来，当着夏漓的面，拆包、安装、试机……夏漓自然不会再去麻烦晏斯时帮忙验货，但还是全程拍照做了存证。

下午，夏漓又联系电信服务商过来帮忙接了网络，一直到晚饭时间，电脑终于接上网，可以正常使用。

第二天，夏漓又去了一趟，帮忙下载了一些必要的软件，帮姜虹和夏建阳都申请了QQ号，又教给他们一些单击、双击之类的最基本操作。然后就用那台电脑建了一个文档，针对父母的理解水平，撰写各个软件的使用

127

教程。

这教程写起来才知道多麻烦,不知不觉就花去了她一整天的时间。

五一期间工人放假,厂里吃饭的人不多。姜虹在食堂忙完以后,顺道给夏漓打了几个菜。回到宿舍,见夏漓还在忙,就说:"先吃饭吧,不急这一时,你有空就再过来教我们。"

夏漓没离开电脑:"马上好了——你们这里哪里有打印机吗?"

"你爸他们保卫科就有,你吃完饭拿去给他打吧。"

夏漓保存了文档,拷进了自己的U盘里。

吃饭时,姜虹不免例行问问她的学习和生活情况。夏漓都说还好。

"你罗叔叔的小孩下个月就要中考了。"姜虹闲谈般说道。

"他能考上吗?"

"罗卫国早就准备好了建校费。考不上就塞钱呗。"

"我们学校?"

"嗯。"

"那他可真有钱。"夏漓撇撇嘴。

"我们厂的霍董不是给你们学校捐了一大笔钱吗?他只要打声招呼,罗卫国也花不了几个钱。"

夏漓没说话。

姜虹感叹:"只能说各人有各人的命。你罗叔叔会来事,就是比我们家混得好一些。"

"您羡慕哦?"

姜虹笑了:"羡慕什么?有你这么一个懂事听话的女儿,我一点也不羡慕别人。你看罗卫国,他混得那么好,罗威却那么不成器,跟个讨债的一样。霍董事长有钱吧?找了个北城的女婿,比霍家还有钱。但有什么用,他闺女还不是病了……"

夏漓眼皮一跳:"什么病?"

霍董的女儿,那不就是晏斯时的……

"那就不知道了。霍董的那个外孙不是也回来读书了吗?估计也就是为

128

了这个事。"

夏漓陡然不安极了："您是从哪里听说的？"

"厂里哪有秘密，我们很多人都晓得。有些老员工是看着霍董闺女长大的，对霍家也是知根知底。当年霍家在楚城办婚宴，他们还见过霍董的那个女婿，说真的是一表人才……"

夏漓继续刨根问底，然而姜虹也不知道更多细节了。

吃完饭，夏漓去了趟保卫科，将自己弄的教程打印了出来，交给夏建阳以后，乘公交车回家。

车开到中途，夏漓掏出手机打开。黑暗里，屏幕发出的暗淡白光照在她脸上。她点开通讯录，一直拖到了快最后，停在那个"Y"上。

自要到了电话号码之后，夏漓一次没给他发过消息。打开短信界面，她按着手机键盘，踌躇良久，一个字一个字地输入："电脑已经安装好了，运转正常。谢谢你的帮忙。"

她发完才意识到自己没落款，又忙发第二条："我是夏漓。"

紧跟着她又想到，这第二条纯属多此一举，就第一条内容而言，除了她还能是谁？人一紧张就容易犯蠢。

片刻，手机一振，"Y"回复了消息："我知道。不客气。"

夏漓从文字里都能轻易想象晏斯时说这句话时淡漠的语气和表情，就像他一直给人的印象。清冷岭上雪，够不着的白月光。

沿路分外荒凉，路灯昏昏暗暗的，车也哐哐当当。夏漓脑袋靠着车窗，像行驶在一个荒诞的梦里。

不知道为什么，她觉得悲伤极了。

（四）

  那年，我一直在单曲循环一首歌，有句歌词是："而云朵太远太轻，辗转之后各安天命。"回头想想，我对海洋抽象的迷恋，也是源于丫少年。

——雪莉酒实验室《经过梦的第九年》

  五月月考，夏漓的名次往前蹿了几名，班级第六。究其原因，是这次英语考得不错。

  这回的英语试卷，完形填空出得很难，有几道题考一些生僻的介词搭配，平常成绩好的好几个同学也纷纷折戟于此。英语课上，英语老师讲评试卷，讲到这几题时，让做对了的举手，统计一下正确率。夏漓以往的英语成绩在120—125这个分段徘徊，偶尔能到130。这分数只能说是马马虎虎，所以平常她并没有给英语老师留下过太深的印象。而这一回，夏漓频频举手，引起了英语老师的注意。其中有道题，全班只有两个人做对，一个是一直以来的英语单科第一，另一个就是夏漓。

  英语老师饶有兴趣地点了夏漓，问她："这道题是怎么选对的？跟我们分享一下？"

  夏漓说："做题的时候看到过类似的用法，当时做了一下笔记。"

  英语老师笑道："看来平时多做题还是有用的。"

  夏漓坐下没一会儿，后排的同学轻戳了一下她的后背，传来一个小纸条。她手伸到背后接过，拿到前面来展开一看，是肖宇龙传来的："你这次英语考这么好，是不是就因为平常一直看的那本英语书？能推荐一下吗？"

  肖宇龙说的这本书，就是夏漓去年在市图借的 *Guns, Germs, and Steel*。

  三个月到期时她没看完，又去续借了一次，每天课间零零散散地啃一点，这学期总算啃完了。开始看得很慢，后来词汇量渐渐积累，越来越顺利，有时候碰到生词，不再第一时间查字典，连蒙带猜地也能理解意思。这一本大部头啃下来,别的不说,做阅读理解的效率大为提高。

夏漓有些纠结要不要告诉肖宇龙书名。

想了想,同学间互帮互助是应该的,这种事没有必要藏私,就回了纸条:"*Guns, Germs, and Steel*。市图借的。"

隔了两天,肖宇龙课间从她座位旁经过时笑问:"那书你看完了吗?"

夏漓说:"看完了。"

"佩服。全是不认识的词,怎么看得下去的?"

"就……硬看?"

肖宇龙比个大拇指:"确实该你考得这么好。"

后来,夏漓问过一次肖宇龙看完没有,肖宇龙打个哈哈,说就坚持了三天,看得直打瞌睡,有天经过了图书馆,就拿去还掉了。

六月高考,放假三天。

明中要做高考考场,高一、高二的教室都得清理出来,麻烦得要命。他们书多,课桌上放不下,都装进塑料箱子里,齐齐摆在桌旁过道里。这些塑料箱子也得收走。

夏漓放假之前,就有意分批次地每天带一部分书回公寓,给自己减轻负担,这样到5号上完课放假,箱子里只剩几本书,轻轻松松就能搬走。

三天假期,父母不回家,夏漓也就懒得回去。

7号那天,几个同学约好了晚上一起去电影院看《星际迷航》。下午出门,夏漓从公寓去往天星街时,经过了明章中学,校门口全是在焦灼中等待的送考家长。那场景莫名地让她也有几分焦虑。

夏漓先跟林清晓和徐宁碰头,一起吃了个饭,再去电影院门口跟其他同学会合。到了才发现,欧阳婧、聂楚航和肖宇龙都在,除此之外还有几个艺术班和理科实验班的人。

肖宇龙这时候凑过来,问夏漓她们:"吃爆米花吗?"

林清晓说:"你请客啊?"

肖宇龙说:"有什么不行的。"他看向夏漓,笑问,"给你们买个大

131

桶的?"

夏漓说:"刚吃完饭不太饿,买大桶太浪费了。你请晓晓吃就可以了。"

肖宇龙挠挠头,也没多说什么,跟他一个朋友去了柜台那儿。没一会儿,拿了大桶爆米花和三杯可乐回来,递给她们三人。

夏漓接了,忙说谢谢:"多少钱?我给你吧……"

"不用不用!"肖宇龙阻止她,"说了我请客的。"

"那我下次请你喝水。"

"也行。"肖宇龙笑着说。

这时候,聂楚航一手拿着小桶爆米花,一手端着一杯可乐走了过来。他看了看林清晓手里:"你自己买了?"

"没有!这肖宇龙的,我帮他拿的!"

林清晓飞速地将爆米花桶和可乐塞给了肖宇龙,喜滋滋地接过了聂楚航手里的。

肖宇龙:"什么世道?请个客还被人嫌弃。"

电影散场后,大家一边讨论剧情,一边讨论要不要再去吃顿夜宵。在高三学生苦兮兮高考的这天出来玩,总让他们这些马上也将升高三的预备役,有种"吃完最后一顿好上路"的末路狂欢之感。

一行人又去找了家烧烤摊。在这种人特别多的场合,夏漓反倒是最安静的那个。话题太多,就不知道应该参与哪一个。况且,她还记挂着晏斯时那边,不知道他昨天 SAT 考试考得怎么样。

大家热火朝天吃东西时,夏漓拿出手机来。然而,停留在短信界面好久,她也没能敲下一个字。她叹口气,收起手机,默默地吃起了东西。

这时候,旁边的欧阳婧突然将手机递给了林清晓:"你看……"

"这哪儿?新加坡?"

这三个字叫夏漓耳朵竖了起来,她凑近问:"怎么了?"

林清晓将手机递给她看。那是陶诗悦的 QQ 空间,下午发的动态,背景是新加坡的地标建筑鱼尾狮公园。四人合影,晏斯时、王琛、陶诗悦和另一个二十班的学生。

林清晓："他们几个一起去旅游了？"

欧阳婧："是去考 SAT 吧。"

夏漓没说话，她目光扫到了陶诗悦给这张合影的配文："新加坡好晒！祈祷 SAT 分数一次达标，但愿下次再来是因为环球影城开业！"

欧阳婧："评价一下？"

林清晓一脸无语："无法评价。"

夏漓食不下咽地吃完了这顿夜宵。

大家散场，各自回家。夏漓回到公寓，卸了书包扔在书桌上，躺倒在床。她拿过手机，打开 QQ，进入陶诗悦的空间——陶诗悦在七班的时候加过她的 QQ 号，只是从来没聊过天。

一进去就看见那张照片。夏漓将其点开，默默盯着照片上笑容明媚的女生。说不上有什么羡慕嫉妒，当差距过于明显的时候，实在很难有这种心情。

照片里，另外三人都笑得灿烂，唯独晏斯时，脸上神情依然很淡。他和王琛站在一起，穿着一身白色，在赤道附近那么热烈的阳光下，也有种霜雪似的清冷。

夏漓将这张照片保存下来，而后存进了自己加密的空间相册。那相册里，存着运动会上的偷拍照片，和从徐宁那里拷贝来的元旦晚会的大合影。除此之外，她害怕弄丢，所以拍照备份了他写了中文释义的那一页单词，以及他列的电脑配置清单。

数点一下，少得可怜，但已是她所有的宝藏。

假后复课，夏漓在广播体操时看见了晏斯时的身影，知道他已经回来了。课间碰到过一两次，打了声招呼，问过他考得怎么样，他说还好。除此之外，没有更多交集。她好像在打一个没有攻略、无法通关的游戏，但依然乐此不疲。

2009 年 6 月 21 日，依然是夏至，又逢父亲节。

这天是夏漓的十七岁生日。

实验班每周放一天半，父母让她周六去聚树镇，给她过生日，她嫌远没去。父母就让她自己买点好吃的，下次放假再把礼物补上。

生日当天是周日，下午要返校上课。到校以后，相熟的同学纷纷送上生日礼物。林清晓送了条手链，徐宁送的是她喜欢的一个漫画家的画集。欧阳婧也送了礼物，一个可爱精巧的钥匙扣。

晚自习时，夏漓收到了一条短信。是肖宇龙发来的："祝夏同学生日快乐！我今天在医院挂水，请了假不能来学校。你的生日礼物我明天给你。"

夏漓回复："谢谢！挂水怎么回事？生病了吗？"

肖宇龙："没事儿，感冒发烧了。"

夏漓："好好休息啊。"

肖宇龙："谢了。再次祝你生日快乐，记得吃蛋糕啊。"

第二天早上，夏漓穿过连廊去往教学楼时，被身后一道声音叫住了。是肖宇龙，手里提着个礼品袋。肖宇龙三步并作两步走上前，将那礼品袋递给夏漓："生日快乐。"

"谢谢。"夏漓笑着掂了掂，"不会是书吧？"

肖宇龙表情很无奈。两人一起往教室走，夏漓问："你感冒好了？"

"好了。"肖宇龙的表情有点扭捏，好似对这个季节感冒严重到需要去挂水挺不好意思。

到教室上早自习，一切按部就班。肖宇龙送的礼物夏漓拆了，是个拼图相框，凡·高的《向日葵》。

下了早自习，夏漓跟林清晓她们一起去食堂吃早餐。走到一楼处，走廊里有人叫住她："夏漓。"

这声音夏漓绝不会听错。她愣了一下，转头看去，晏斯时正从二十班那边走过来，手里拿了一只黑色信封。

晏斯时走到她们跟前，看了眼夏漓："占用你一点时间？"

夏漓忙对林清晓和徐宁说："你们先去食堂吧。"

早上的食堂，晚去两分钟就会大排长龙。

林清晓："帮你带早餐？"

"好……"

"花卷和豆浆？"

"可以。麻烦了。"

两人走了之后，晏斯时看了看过道的窗户，示意她到那边去。那窗户对着外面的操场，跑道上已有学生晨练。空气里有股夏日清晨独有的潮湿气息，混了一股青草的味道。

晏斯时看她："今天是你生日？"

夏漓愣了一下："是昨天。"

"撞见你们班男生送你生日礼物，我以为……"

夏漓一怔。在连廊那里吗？晏斯时看见了？他当时也在那儿？她怎么没发现。

夏漓解释："他昨天请假了没有来，所以……"

晏斯时将那只黑色信封递给她："那就当是迟到的生日礼物。"

夏漓几乎难以置信："给我的？"

"不然呢？"晏斯时很淡地笑了笑。

夏漓不知道是因为这礼物，还是因为晏斯时那比风过轻雪更难以捕捉的笑容，让她的心脏几乎完全停跳。她目光在他眉眼间一落，便如触电般收回，怔忡着接过了信封："谢谢……"

"不客气。"晏斯时说，"就当红豆面包的回礼。"

夏漓快说不出话来："那个……那个很便宜的。"

"这个也不贵。"晏斯时拿出手机看了眼时间，"我先回教室了。"

"嗯……谢谢。"

夏漓捏着那信封，几乎一路小跑地上了楼，回到座位上，趴在桌上缓了好一会儿，还是没法让剧烈的心跳减缓。

去年生日，她第一次遇见晏斯时。今年生日，她收到一件来自晏斯时的礼物。自那之后，夏至日于她，再不是一个普通的节气。

那黑色信封上没有任何内容，打开来，里面是一张明信片。

蔚蓝海水，斑斓热带鱼。

似乎能闻见清咸海潮，就要从指尖漾出。

背面盖了好多的邮戳："新加坡海底世界"、"Dolphin Lagoon"（海豚乐园）、"Turtle Pool"（龟池）等等。应当是特意收集的。

空白处，写着几行字——

Life is like a major sea through.

生日快乐。

晏
2009.6.22

第九章
风涌向风,夜逃向夜

(一)

> 我时常觉得,能和丫少年成为朋友,已然挥霍掉了半生的幸运。
>
> ——雪莉酒实验室《经过梦的第九年》

高三是个什么概念。在没经历之前,所有的感知都是抽象的、道听途说的。

升高三搬了教室,在操场的另一端,离老校门——西门更近,但夏漓回公寓却变得远了,每次都得穿过整个校园。

也有好消息:国际班也一并跟着搬了过来,跟他们七班都在二楼,近得中间只隔了一个教室和一个楼梯。而且,洗手间在靠近七班的这一端,晏斯时要去洗手间,必得经过七班。

暑假只放了两周就返校补课,年级的教学规划,是在暑假期间学完剩下的所有新课程,正式开学就立马开始第一轮复习。早晚自习各提前、延后了二十分钟,管控也收紧:课外书、电子设备、早恋……一经发现绝不姑息,轻则去办公室喝茶,重则请家长三方会谈。

高三统一换了新的出入证,晚饭时间,学校不准走读生再外出就餐,都跟住读生一样吃食堂。

以后每次月考,全年级张布排名,评选进步奖。

多管齐下,饶是最迟钝的学生,也能觉察到整个年级的氛围一夕改变:

大家纷纷收敛了尚有几分散漫的做派，一种无形的焦灼与紧张弥漫于空气中，像有达摩克利斯之剑悬于头顶。

这个暑假热得要命，日光白灼，蝉鸣叫破天。空调的"嗡嗡嗡"从早到晚，课间趴着睡一会儿，起来时身上就盖满了刚发下来的各科试卷。与困顿一样永无止境的，是漫无边际的题海。

国际班暑假不补课，夏漓每次抱着地理试卷经过二十班空荡荡的教室，都是匆匆跑过。她现在已不大敢分心去想晏斯时，每天被题海淹没，回公寓之后只想睡觉，日记都写得短了。

晏斯时，就只存在于她每晚临睡前，写三两行日记的那十分钟里。那张明信片她就夹在日记本里，合上之前总要看一眼。似是成了某种抽象的精神寄托。

假期补课结束，全年级月考。夏漓的排名没有太大变化，这一回是班级第七名，年级第十名，好像已经到了一个瓶颈，虽不至于下滑，但想再往上就得寸土必争。

九月，新一批高一学生入校。

罗威毫不意外中考考得稀烂，但罗卫国凭借关系和一笔数额不小的建校费，还是成功把他塞进了明中。

开学那天，罗卫国送罗威来报到，给夏漓打了个电话，非要中午一块儿吃个饭。为了照顾夏漓这个高三学生，罗卫国还特意选了学校附近的一个饭馆。

下了课，夏漓很不情愿地前去赴约。罗威那头非主流的头发剪掉了，剃了个平头，穿上一身阿迪达斯，还挺人模狗样，但阴沉的眼神还跟以前一样。

吃饭时，罗卫国笑道："以后罗威就是你学弟了，还得仰仗小夏你在学校里多多照顾啊。"

大人总是过分迷信人脉，走到哪儿都不忘托关系。

夏漓笑得很客气："我们高三跟他们高一不在同一栋楼，作息也不一样，平常都不一定能碰到。"

"那是，你升高三了，学业为重。反正假如碰到了，你就多多担待。"

夏漓说"好"，终归不能不给罗卫国面子。这种客套话，她应下来也没什么损失。倒是罗威，很是看她不惯地翻了个白眼。

吃饭的时候，罗卫国最关心的便是夏漓的成绩，听说她年级能排进前十，羡慕得不得了。"你这成绩，去个985没问题吧？"

"平时成绩不作数，要看高考成绩。"

罗卫国便又批评上了罗威，说他不成器，按现在这成绩，怕是高中毕业了只能进厂挖石膏。

夏漓便问："罗叔叔怎么不让罗威去读国际班？出国读大学也是一条出路。"

罗卫国苦笑："送出国一年花费得多少钱？我可没这么大本事。"

罗威这时候插话了："澳大利亚和新加坡又不贵。"

"贵不贵花的也是老子的钱！就你这德行，把你送出去怕不是天天吃喝嫖赌。"

罗威"嘁"了一声，低头玩手机："送不起就送不起，找那么多借口。"

罗卫国一掌拍过去。罗威嘟囔一句"有病"。

吃完饭，罗卫国去取车。罗威趁这机会发作，冷声问夏漓："我家里送不送我去国际班，要你嚼什么舌根？"夏漓不想理他。

罗威"嗤"了一声，瞧她的目光里含着深深鄙夷："成绩好了不起？成绩好你爸爸还不是要巴结我们罗家。"

开学以后，国际班也复课了。

夏漓去办公室或是课间去走廊透气，偶尔瞧见二十班教室外晏斯时的身影，那发誓要更认真复习的念头就越发坚定。

她要远离沟渠。

她还想碰一碰月光。

升上高三以后，林清晓可能是最不适应的那个，往常玩玩闹闹的习惯了，现在全副精力都得投入学习。有时候想摸摸鱼，身旁朋友个个都在悬梁刺股，让她也不大好意思打扰。

　　林清晓的生日在9月23日，那天是周三，前后不着的一个日子。大家都送了礼物，但想像往常一样大肆庆祝，现在这个环境下实属有心无力。

　　一整天，林清晓都有些无精打采。夏漓便跟徐宁私底下商量，偷偷给她订个小蛋糕，晚饭时间小小地庆祝一下。

　　但那边送过来慢得要命，离晚自习还有半小时不到，才打来电话，说刚到校门口。这个时间，班里大部分人都已经吃完饭，回自己座位开始自习，教室里十分安静。

　　夏漓将手机藏在桌斗里给徐宁发了短信，两人无声地离开了教室。在校门口拿了蛋糕，一阵小跑回教学楼。刚爬上二楼，跟一人迎面撞上。

　　夏漓刹住脚步，退了一步，看清是晏斯时，磕巴地打了声招呼。

　　走廊的白色灯光下，她瞧见晏斯时的脸颊和额发上还沾着水，似是刚洗了一把脸，从卫生间那边过来的。

　　夏漓没空多说什么，眼下马上要上晚自习了。她正准备继续往前走，晏斯时却伸手将她拦了一下："先别过去。你们班主任在逮人。"

　　徐宁说："不是还没上晚自习？"

　　晏斯时便解释说，他只是经过，也没细听，似乎是最近很多人偷偷混出校外吃晚饭，老庄发火了，准备拿这时候还没到教室的人开刀。现在七班门口已经罚站了两个人，叫他们交代这么晚回教室的理由。

　　夏漓倒不在乎被训两句，她看向徐宁："老庄会不会没收蛋糕……"

　　晏斯时低头，向她手里看了一眼："谁过生日？"

　　"我们朋友，林清晓。"

　　晏斯时伸手："给我吧，帮你保管。"

　　夏漓愣了一下，将装蛋糕的纸袋递过去："麻烦了……"

　　晏斯时接过提手时，手指与她的轻挨了一下。

　　"方便了过来拿。"晏斯时说。

　　夏漓道声谢，拉着徐宁赶紧走了。

　　果不其然，老庄面沉如水地站在教室门口。然而夏漓竟没有一点害怕的感觉，再怎样的惊涛骇浪，好似也比不过刚刚那一瞬，与晏斯时手指轻触而过时心里的惊天动地。她捏住了手指。那根手指似乎还在发烫。

夏漓跟老庄说徐宁痛经，陪她去医务室泡了杯热葡萄糖水。一个是班里前十，一个是自己的单科第一，且两人平常表现还挺乖巧，老庄终究没为难，让她们把弦再绷紧点儿，就放了行。

夏漓回到座位上，长舒一口气，从桌斗里拿出份试卷，深呼吸几下，平静下来，开始做题。

这晚是数学晚自习，两小时的考试，中途不休息。考完以后，老师只给了十分钟时间让大家去洗手间，而后便让组与组之间交换试卷，当场边讲题边阅卷、批分。节奏紧凑得几乎没有空闲，一直到下晚自习，夏漓都没找到"方便"的时间去晏斯时那儿拿蛋糕。

国际班虽然也上晚自习，但只上到九点半。夏漓有些担心，这个时间是不是人都已经走了。

终于熬到下晚自习，夏漓让徐宁先把林清晓拖去洗手间，自己飞快地跑到了二十班门口。教室里还亮着灯，剩了三四个人。晏斯时还在。他安静坐着，正在看书。淡白灯光落在他身上，有种清霜的微冷感。

夏漓朝里探身，抑制着心口那微微鼓噪的情绪："晏斯时。"

他戴着耳机，没有听见。坐他前排的王琛转身，敲了敲他的桌子，朝门口扬了扬下巴。

晏斯时朝门口看了一眼，摘下耳机，合上手边的书，随即拎起放在桌上的纸袋，起身朝门口走来。

夏漓接过纸袋，急忙道歉："不好意思，晚上数学考试，中间一直没休息。是不是耽误你回家了？"

"没事。回家一样是看书。"

"谢谢……"夏漓好像说不出更多的什么话，"我先把蛋糕拿回去了。"

"嗯。"

刚要走，夏漓又想起什么，低声说："那个……可以借一下你的打火机吗？"

晏斯时伸手，从长裤口袋里摸出那枚银色打火机递给她。夏漓捏在手中，再次道谢。

七班教室里，也只剩下了寥寥几人。夏漓将蛋糕放在靠近门口的书桌上，拆了包装，插上蜡烛，点火。那金属质地的打火机上似乎还残留一点余温。

这时候，教室还剩下另外两个人，夏漓跟他们提前打了声招呼，给徐宁发短信。

她站在教室门口，等徐宁和林清晓将要走到时，抬手，按下了教室照明的开关。一霎，黑暗里烛光摇曳。

林清晓被徐宁推进门，顿时愣住了。夏漓跟徐宁拍手唱了两句生日快乐歌，催促道："快点吹蜡烛，万一老庄还没走就完了！"

林清晓慌里慌张地许了愿，一口气吹灭了蜡烛。夏漓拔下还冒着青烟的蜡烛，拿起塑料餐刀，特意将写了"生日快乐"的巧克力牌完整切下，递给林清晓。

林清晓吃了一口，好似终于忍不住了，抬手捂住嘴，哽咽了一下："你们好烦啊……明明知道我最讨厌煽情了。"

徐宁拍她肩膀，特敷衍地安慰："哎呀哎呀，生日嘛……"夏漓笑着，继续切蛋糕。

还留在教室里的两个同学，也给他们一人分了一块，最后，恰好还剩了两块。征得林清晓同意以后，夏漓端上纸盘："你们先吃，我出去还一下打火机。"

走出教室门，往二十班门口看去，晏斯时和王琛正走出来，都背着书包，似是准备回家了。夏漓快步上前，将两块蛋糕递给他们。

王琛："你过生日？"

"林清晓过生日。"

王琛一脸茫然："我认识的？"

夏漓已经不想解释了："认识，你认识。"

"哦。行吧。"

夏漓这才看向晏斯时,手伸进校服长裤的口袋里,手指捏了捏那打火机,拿出来递给他,感觉自己掌心有汗。"谢谢。"

"不客气。"晏斯时接过,随意地一揣。

"蛋糕……订的不是太甜的那种,可以尝一口。"

"好,替我说声生日快乐。"

夏漓点头。

王琛说:"我们先走了啊。"

走廊外吹过一阵微凉的风,夏漓捋了一下贴上脸颊的发丝:"嗯,拜拜。"

夏漓听着脚步声在楼道里的回声渐息,走回七班教室。

她端起自己的那一块蛋糕,走去走廊,两臂撑在栏杆上,低头往下看。夜色里,晏斯时颀长的身影正从门口那棵玉兰树下经过。风吹过展阔的墨绿色叶片,发出簌簌声响。

夏漓忍不住微笑,又起一口蛋糕,咽下这个清甜的夜晚。

(二)

> 青春里的人渺小得似一粒烟尘,遇到再小的事也有种天将塌了的惊慌失措。我有个秘密基地,盛装了我所有天将塌陷的瞬间。此外,还有丫少年。
>
> ——雪莉酒实验室《经过梦的第九年》

吃完蛋糕,留在最后的三人收拾残局,关了教室灯,一同下楼。林清晓跟徐宁商量着等会儿一块儿打个出租车回去。夏漓意识到什么,问林清晓:"你最近好像都不跟聂楚航一起回家了?"

"别提了。"林清晓耸耸肩,"他现在被家里当珍稀动物保护起来了,他妈每天晚上带着夜宵亲自开车来接他,让他在路上吃完夜宵,回去还能抓紧时间背半个小时单词。"

"不至于吧，他成绩也不差啊。"

"他父母觉得他英语再突破一下有望冲击清北。"

"疯了吧。"徐宁说，"回去都几点钟了还要背单词，不睡觉了？"

"所以说学霸的世界我们不懂。"

"那你今天生日，他送什么了？"夏漓问。

"喏。"林清晓从领口捞出一条细金锁骨链。

"一箭穿心……"夏漓看了眼那吊坠的造型，没忍住笑。

林清晓嫌弃又认命般道："他也就这个审美了。"

到楼下，夏漓跟两人告别，独自穿过校园，自北边正大门出去，回到住的地方。洗完澡回到房间，拿起扔在床上的手机看一眼，发现有来自姜虹的短信，问她睡了没有。夏漓将明天要穿的衣服、要带去教室的书都提前整理好，给手机充上电，关了灯，在床上躺好以后，给姜虹回了电话。

夏漓："你们还没睡啊？"

姜虹："你爸今晚值夜班，我正准备睡了。一周没给你打电话了，就想问问你怎么样。"

"我还好呀，下周月考。"

"国庆放几天？"

"两天。要补课。"

"哦……"

夏漓总觉得姜虹的语气中有些欲言又止的犹豫，便问："怎么了？"

"也没什么……"姜虹在电话里笑了笑，"就想问问你，别人不知道QQ号密码能登得了吗？"

"您被盗号了？"

"没有……比方说，你爸不知道我的密码，那能登我的号吗？"

"那肯定登不了的呀，除非你们电脑上选自动登录了。"

姜虹便说知道了，又问她："你爸说电脑好像开机越来越慢了，问你什么时候放假有空，能不能过来帮忙看看。"

"国庆吧。"

又闲聊几句，夏漓挂断电话。

国庆前，年级大月考，依然是跟高考一模一样的作息。试卷明显升了难度，考完出分，哀鸿遍野。夏漓这回在自己老大难的地理上重新栽了个跟头，根据日出时间定位区域位置的题目分析错误，导致最后一道大题分数全丢，名次掉到了第十。

那天晚饭时间，地理课吴老师将夏漓叫到办公室，手把手地给她讲解这道题的解题思路。夏漓很有些无地自容。

吴老师讲完，笑着说："日出时间确实是个难点，做错很正常。现在错了不要紧，只要高考做对了就行。正好月考也暴露出了问题，我之后有针对性地做个专题复习。"

夏漓默默点头。她对于这样温柔的鼓励反而会有些无所适从。

"还有好几轮复习呢，不着急。"吴老师拍拍她的肩膀，"回教室去吧。"

夏漓拿着试卷下楼，穿过走廊回到七班。在门口被一位女家长叫住。

"同学，"女家长笑问，"麻烦问问你啊，林清晓是不是在这个班？"

"是的。您找她吗？我帮您叫她出来？"

夏漓进教室喊了声林清晓的名字："外面有人找你。"

林清晓有几分疑惑地自书堆后面抬起头来，往外看了一眼，丢下手里的东西走了出去。

林清晓这一去，过了二十多分钟才回。彼时学生已经陆续自食堂回来了，大家都自觉做自己的事儿，教室里只有很轻微的交谈声。

夏漓在林清晓进来时扫了一眼，却见她耷拉着脑袋，那样子像是要哭了。她回到自己座位上，往桌上一趴，紧跟着肩膀颤动起伏。夏漓急忙放了手里的笔，穿过过道到林清晓座位旁边，蹲下身，搂住她肩膀："晓晓，怎么了？"

林清晓摇头，也不肯抬起头，只是闷声哭泣。

夏漓从校服裤子口袋里拿出手帕纸，抽出一张塞进林清晓手里，也不再追问什么，只默默陪着她。

林清晓哭了好一会儿，才抬起头，展开那手帕纸，擤了一下鼻涕。夏漓直接将整包纸都给她。

林清晓拿纸遮住眼睛，哽咽着说：“找我的人是聂楚航妈妈……”

夏漓微感惊讶：“她找你做什么？”

“聂楚航这次也没考好。他不是一直班级前三嘛，这次只考了班级第七。他妈妈话里话外的意思，是我耽误了聂楚航学习……”林清晓委屈极了。

“那她也应该找聂楚航啊，这跟你有什么关系——晓晓你是怎么回应的？”

“我说我现在跟聂楚航一整天都不一定能碰得到一次，不清楚所谓的耽误是什么意思。她说，那我脖子上的项链，是什么时候收的……”

“好离谱……”

说到这儿，林清晓仿佛气不过，伸手直接抓住那锁骨链狠狠一拽。

夏漓没来得及阻止。

链子很细，一下便被拽了下来。林清晓递给夏漓："夏夏，你帮我扔了吧。"

夏漓不接："确定吗？"

"嗯……"

夏漓一看她的表情便知道她并不确定："你要是不想要了，还是直接还给聂楚航吧。我相信他妈妈应该是自作主张来找你的，他本人肯定不知道。"

"管他知不知道，我不会再见他了。就这么点小事就能耽误他考清北，那说明他本身就考不上清北。"

林清晓一贯是爱憎分明的直爽性格，她将链子往夏漓手中一塞："帮我扔了吧。以后我跟他没关系了。"

夏漓还是犹豫。

"那我自己扔……"

夏漓赶忙抢过来："好，我帮你扔。但你不许再伤心了。"

"我才不伤心，我只是觉得被羞辱了。"林清晓从桌斗里掏出套试卷，

"不就是清北吗！说得谁考不上一样。"

见林清晓真是打算化悲愤为力量，夏漓起身拍了拍她肩膀，回自己座位了。她从桌斗里翻出一个之前送贺卡没用完的信封，将那已经被拽断的项链放进去。

看一眼黑板上方的时钟，离上晚自习还有一会儿。夏漓抓紧时间去了趟十八班，将正在埋头做题的聂楚航叫了出来。

聂楚航接过信封，打开看了看里面的东西，顿时有点慌了："这是什么意思？"

夏漓说了他妈妈找过林清晓的事。

"我妈也太离谱了。"聂楚航脸色都变了，"那清晓现在什么态度？"

"她说她不会再见你了，项链也让我帮忙丢掉。我觉得丢掉还是不好，所以拿来给你，看你自己怎么处理吧。"

聂楚航还要说什么，夏漓径直打断他："这是你们两个自己的事，还是你们自己解决吧，我没有那么闲，不会一直在中间做传话人的。有什么话，你最好自己去找她解释。"

聂楚航垂头丧气的："谢谢你。我知道了。"

夏漓说完便走了。

当天晚自习之后，聂楚航来七班找林清晓，很强硬地要跟她一块儿回家。林清晓拒绝的态度更强硬，直接让他离她远点儿。聂楚航站在原地叹气。那之后，他们一直僵持着，直到国庆放假。

假期，夏漓去了趟聚树镇的石膏厂，一为拿生活费，二为替父母看看他们的电脑。

果真如她所料，那电脑早就不是装机时的简洁模样，被捆绑着下载了一堆垃圾软件，乱七八糟的弹窗广告简直按下葫芦浮起瓢。她花了点时间清理流氓软件，又准备整理一下存储空间。用电脑管家类的软件深度扫描之后，按照大小将文件正序罗列，夏漓挨个点进去查看、清理。

她在清理一个没下载完的压缩包时，不知怎的，点进了QQ用户的默认存储文件夹。那文件夹是以每个用户的 QQ 号单独建立的，现在点进去的，是夏建阳号下的。文件夹里有一堆保卫科发来的各种通知文档，以及乱七八糟的诸如"为我们的友谊干杯"的表情包……

夏漓匆匆扫了一眼，正要退出时，瞥见了几张照片。那照片让她面红耳赤、如坐针毡。

照片画质不高，明显是拿手机对着镜子的自拍。镜子映照出的环境，似是个简陋的出租屋，床铺上堆满了衣服。镜中一个拿手机的女人，很寻常的中年女人，长发，化着很不精致的浓妆。关键是，她只穿着内衣和内裤。

类似的照片，一共有四张。夏漓的脑子好似停止运转了，她分析不出来这种照片是从哪里来的，也很抗拒去分析。最后她想，可能是从某些网站上下载下来的吧。这没什么大惊小怪的。

匆匆清理完了存储盘，夏漓关掉了电脑。

中午，姜虹打了几个菜回来，夏建阳也从保卫科赶回宿舍。一家三口难得聚在一起，吃饭时，夏漓汇报了自己的月考成绩。

夏建阳说："前十名已经很不错了，你也别给自己太大压力，要劳逸结合。"

"嗯。"夏漓小口嚼着米饭，打量着父亲。

他在所有人，包括她眼里，都是木讷、不善言辞的，真诚、勤恳、善良，又带有一点懦弱。他本事不大，挣得不多，但从没亏待过妻女，所赚工资基本全数交给姜虹保管，自己每月只留下一点买烟钱。

夏漓为自己有一瞬间曾怀疑过这样的父亲，而感到些许惭愧。

三号下午返校上课。

晚饭时间，去食堂吃过饭，林清晓让夏漓陪她去操场走走。场上满是正在活动的高一、高二的学生，那种悠闲好似离她们已经很远了。

林清晓咬着酸奶的吸管，轻声说："国庆的时候，我跟聂楚航聊过了。"

"怎么说？"

"我的态度没变，我暂时不会跟他来往了。"

夏漓沉默。

"我真的真的很讨厌被人瞧不起的感觉,我现在只要想到他妈妈当时看害虫一样的眼神,我就咽不下这口气……这也是一个契机吧,我要认真学习了。"

"那你跟聂楚航……"

"再说吧。"

所有人都明白,"再说"的意思是,高考完再说。然而,她们都听说过太多高考以后就各奔东西、渐行渐远的故事了。好像青春就是这样,热情、张扬、单纯、自信……可以配得上一切美好的形容词,可又比什么都更易碎。

夏漓看了林清晓一眼。暮色里,她垂着眼睛,那忧伤的神情,夏漓很少从她脸上看见。

时间在上课、复习、考试的枯燥循环中一晃而过。每日唯一能让夏漓从这种沉闷中探出头呼一口气的,只有晏斯时偶尔从七班窗外经过的身影,或是她抱着地理试卷,跟他在走廊中只来得及说声"嗨"的匆匆偶遇。

一到十一月,天就开始冷了。听说今年楚城会是个寒冬。

周五那天正逢第一轮降温,连下了两天的雨,天却没有转晴,持续阴沉,北风呼号着卷扯天边铅灰色的絮云。

与天气一样糟糕的,还有心情。下午两节数学课连上,数学老师占用了课间和晚饭时间,凑齐两个小时,考了张试卷。八校联考的卷子,难得要命,简直是给正因为长期备战而疲累得有所懈怠的他们一记闷棍。

夏漓自然也没考好。除了题目难,还因为她生理期突然提前了三天。选择题连蒙带猜,填空题和大题大片空白。她数学一贯不差的,这一下有种被打得措手不及的慌乱和挫败感。

交完卷,大家匆匆赶去食堂。夏漓却不得不回一趟公寓——她临时只借到了一片日用卫生巾,坐了两个小时,裤子弄脏了。她拿校服围在腰上,去办公室跟老庄打了请假条,便一路小跑着穿过校园,出校门回到住处。

换完衣服跑回来时,经过高一、高二的教学楼的拐角处,直直地撞上了一个男生。那男生手指上顶着个篮球，边走边转，这一撞，球直接飞出去。

夏滴道歉，小跑两步，弯腰正要去捡球，一只脚踩住了那篮球。夏滴抬眼一看，这才发现，男生是一行三人。这三人中有一个她认识，罗威，也正是踩着那篮球的人。

罗威吊着眼瞧她："没长眼睛啊？"

夏滴懒得理，冲掉球的男生又道了声歉，便绕过他们准备走。

罗威一把拽住她的胳膊："球捡起来了吗，就走？"

"你不正踩着不让我捡吗？"夏滴一点儿也不怵他，只觉得像被蟑螂黏上似的烦人得很。晚自习时间要到了，真懒得跟他耗。

罗威瞧出她又打算走，又猛将她一拽。

夏滴趔趄了一下，怒了："你有病吗？"

"我让你把球捡起来。"罗威似乎有些不依不饶的架势。

被撞掉球的那个男生说："算了罗威，人也道歉了，一个女生没必要。"

罗威松了手。夏滴正了正自己被扯歪的校服，往旁边一绕。刚走两步，身后罗威冷笑一声："你装什么清高？你爸就会给我们家添乱。我告诉你，你爸这回算是摊上事儿了，求爷爷告奶奶都没用。"

夏滴顿住脚步。

罗威瞥她："哦，你还不知道？你爸跟后勤部一男的老婆通奸，被那男的给打了……"

"你放屁。"

"我放屁？"罗威冷笑，"他俩 QQ 聊天记录传得到处都是，你不信自己问你爸去。他也不嫌丢人，闹成这样，还得我爸给你们家擦屁股……"

夏滴不想再听下去。她朝着教学楼方向小跑几步，又停下来，只觉得胸口堵得喘不过气。她想起姜虹那时候找她旁敲侧击，问她没密码能不能登别人的 QQ，还有她整理文件夹时，自己发现的那几张照片……罗威说的，也许真不是捕风捉影。

站了会儿，她冷静了一些，掏出手机来，一边给姜虹打电话，一边朝着东北角的钟楼走去。

电话响了几声，接通。姜虹声音沙哑："喂……"

夏漓开门见山："妈，我听说我爸被人打了，是吗？"

姜虹没作声。而沉默已是一种回答。

"是真的吗？"

姜虹似在哽咽："他俩只在QQ上聊，没、没真的发展到那一步……"

"我爸是这么说的？"

姜虹沉默。

"你信吗？"

"我信……他没那个时间，他不是在值班就是待在宿舍，厂里这么多双眼睛盯着呢，他哪有机会……他可能就是一时糊涂，一时无聊，跟人在QQ上多聊了几句……"

"你们在医院？"

"镇上医院……你要不要跟你爸说两句？"

"不要。"夏漓拒绝得干脆极了，"你们先休息吧，我上晚自习了。"

"漓漓，这事儿跟你没关系，你别影响到学习……"

夏漓挂了电话。不知不觉间，她已走到了钟楼下方。她没有犹豫地推门，一直爬上四楼，推了推那空教室的门，没锁。

她走进去，拿手机照明，拐到后方，推开了最后面那扇窗。她用手掌随意抹了一把灰，就在窗边的椅子上坐下，往面前的旧课桌上一趴。

她一直觉得，自己的生活虽普通，但充满希望，父母平凡，但相爱。她被取名为"漓"，是因为那年父母刚结婚，去广西打工找门路，顺道去了趟漓江。那可能是他们去过的为数不多的旅游景点，以至于这么多年都挂在嘴边，念念不忘。他们说那漓江的水清澈又漂亮，生的闺女以后肯定也这样。

现在，夏建阳一把撕碎了那些她内心深处隐隐引以为傲的温情脉脉的东西。

外头的风刮进来，像个巴掌扇在脸上，冷极了。

打断她压抑哭声的是一阵模糊的脚步声。夏漓顿住，霎时屏住呼吸。却听那脚步声是从门外传来，渐渐靠近，停在门口，顿了一瞬，门被推开了。

一道清冷声线同时响起,似在跟谁讲电话:"您不必搬出爷爷来压我,现在这情况是谁造成的,我们都心知肚明。您不道歉,不改变做法,我不会回去。"

是晏斯时。这是夏漓绝不会听错的音色,然而这说话的语气夏漓从未听过。印象中的晏斯时虽然疏冷,跟人讲话也从来无所谓热情,但语气总是客气礼貌,不会不留一丝情面。不知道电话那端是谁,他的声音冷硬无比,甚至带一股隐隐的怒气:"既然如此,我跟您没什么可说的。"

电话挂断了。

夏漓一直没出声。直到一阵风灌进来,她没忍住喉咙里被挠出的一阵痒,轻咳了一声。她急忙捂住嘴。

"谁?"晏斯时抬眼一望。

"是我……"

晏斯时闻声朝着角落走了过来。外头有灯光,这房间里并不全然黑暗,适应以后,能在晦暗里分辨物体轮廓,况且夏漓还坐在窗边。

夏漓低声开口,声音带一些鼻音:"抱歉,我刚刚以为是老师过来巡查,所以没有第一时间出声,不是有意偷听你讲电话……"

晏斯时没有出声。他停在她面前的书桌前,一只手臂撑住了桌沿,朝着她坐的方向微微探身,低下头打量着。片刻,他问:"怎么哭过了?"

这个人声音清冷,语气却这样温柔。温柔得让夏漓原本被突然的脚步声吓回去的眼泪,又要涌出。可她已经够狼狈了,不能继续在喜欢的人面前哭。

"嗯……"她忍了又忍,半刻才找到自己的声音,清了清嗓子,挑了个没那么严重的理由,"数学考得好差。"

"多差?"

"不能及格吧。"

"嗯……"晏斯时摆出思索的语调,"确实是我没有考过的分数。"

夏漓一下就笑了。也只有他,说出这种话也不会让人觉得臭屁或是炫耀。

"你好像心情也不好。"夏漓说。

晏斯时语气很淡:"接了个不想接的电话。"

他永远有他讳莫如深的界线,而夏滴不会去触碰。

这时候,楼顶上大钟突然敲响。他们同时安静下来。很少在钟楼内部听敲钟,整座建筑都似在微微震荡,有种旷远的恢宏。

大钟敲过七下,静止。晏斯时问:"不回去上晚自习?"

"不想回去。"

"那出去吗?"

"嗯?"

"喝点东西。"

由晏斯时这样的优等生讲出来,翘课都好像成了一种天经地义的浪漫。

"好啊。"她若无其事地说,心脏却在战栗。她怎么可能会拒绝与他成为"共犯"的可能性?

(三)

> 2012年12月21日,传闻中的世界末日。那一天我在通宵营业的咖啡馆里熬夜赶课题作业,零点倒数时,发了一会儿呆,因为想到了丫少年:"嗨,你看,世界末日真的没有降临。"
>
> ——雪莉酒实验室《经过梦的第九年》

夏滴从外套口袋里拿出手机,让晏斯时稍等,她给班主任打个电话请假。拨通那一瞬,又一阵风灌进来,她伸手捂住了另一侧耳朵,怕听不清。而晏斯时往窗台方向靠近一步,熄灭了那燃了没多久的烟,又顺手关上了窗。

这窗不常开关,发出钝涩的吱呀声。风声被阻隔在外,夏滴在突然的安静里,听见自己的声音微微颤抖。

她跟老庄说,自己身体不舒服,要晚点去上晚自习。有先前批请假条的铺垫，老庄没怀疑什么，叫她好好休息。文科班女生多，作为班主任，类似的请假原因老庄见得多了，一般都会准允。

挂断电话，夏漓看向晏斯时："我们走吧。"

晏斯时点头。两人离开钟楼，一起往校门口走去。

夏漓方才出校门时，拿的是让老庄签了字的请假条。那时候门口人来人往，保安查得不甚仔细，看过以后就放了行，没有收了请假条，夏漓就将其随手揣回了校服口袋。谁能想到，还能再次发挥作用。至于晏斯时，国际班的出入证颜色与其他班级不同，一眼就能识别。

离开得如此顺利，超出夏漓的想象。她深深呼吸，校门外的空气泵入肺里，新鲜又凛冽。她下定决心今晚就暂且将罪恶感抛诸脑后，等回去之后，再做回那个悬梁刺股的乖学生、乖女儿。

没人问要喝点什么，他们自然而然地一道往天星街方向走去。夏漓两手抄在校服外套口袋里，因为寒风而稍稍缩着脖子，她在风声里辨认他们的脚步声，稍轻的是自己，稍重的是晏斯时。

走过了校门口亮灯的文具店，夏漓出声："你们是不是要开始申请国外的学校了？"

"嗯。"

"什么时候可以拿到 offer（录取通知）？"

"三月或者六月之前。"

"有确定要去哪所学校吗？"夏漓问这句话时只盯着脚下，不敢去看晏斯时。她斟酌过语气，尽量使其听起来只是普通同学或是朋友间的寒暄。

"申了好几所，哪所录取了就去哪所。要是都没录上，就参加高考。"

夏漓笑了："你一定没问题的，还是不要跟我们抢这几个可怜巴巴的过独木桥的名额了。"

她说完这句话时不合时宜地想，如果高考是千军万马过独木桥，靠近晏斯时又何尝不是呢？

晏斯时说："借你吉言。"

夏漓在昏黄的路灯光里瞥一眼晏斯时，恰好没有漏过他也随之淡笑的一瞬。她心脏不安分地跳动，带几分痒，像风吹散一朵蒲公英。

在前方路口拐弯时，穿堂风汹涌扑面。夏漓没忍住，别过头去，捂嘴打了个响亮的喷嚏。

"冷吗？"

夏漓还没回答，下一瞬，晏斯时已脱了外套递过来。

她不接，忙说："我不冷……"

晏斯时径直将外套往她头顶上一扔。秋款的灰色运动外套，料子有些沉，落下那瞬间她条件反射地闭眼，嗅到清冷如冬日般的气息，去年运动会的记忆重演。

再看晏斯时，他身上只剩一件白色连帽卫衣。

"外套给我你不会冷吗？"夏漓暗暗地深呼吸了一下，才终于能够出声。

晏斯时摇头："你穿着吧，别感冒了。"

"谢谢……"于是她不再扭捏，穿上了外套。

晏斯时的衣服哪怕是套在校服外套之外，也大了好多，整个将她笼住。她两手揣进外套的口袋里，那里面似乎还残留着晏斯时的体温。她摸到了打火机的轮廓，收拢手指，捏紧。

右转，经过一座天桥，天星街路口近在咫尺。夜市开起来了，卖便宜的衣服、零散的小玩意儿，小摊上挂几串彩色小灯泡，一亮起来，使街道有种不同于白天的流光溢彩。

在这闹嚷中，他们没再说话，一直走到了奶茶店门口。

"喝什么？"晏斯时抬眼看招牌。

夏漓沉吟后说："红豆奶茶吧。"

走了一路，她并不觉得冷，反而因为多穿一件外套而发热。但心情低落时，需要又热又甜的东西。晏斯时则仍然点了一杯冻柠七。

两人拿上饮料，顺着天星街继续往下走，到了前面路口处拐弯，进了条小巷，依然是步行街，但狭窄得多，卖的东西也更五花八门。

这里人流较少，有种闹中取静感。

这时他们经过了一家音像店。夏漓脚步一顿，突然想到了话题，转头去问晏斯时:"最近刚出的《2012》,你看了吗?"

"王琛看的时候我跟着看了两眼。"

"你相信2012年会是世界末日吗?"

晏斯时沉默。夏漓抬眼去看,音像店的霓虹灯招牌闪烁着浮蓝的光,落在他脸上,他双目低垂,目光隐于一片淡淡阴影中,却是深晦不明的。

"我希望是。"晏斯时说,那语气淡得叫她品出一丝厌倦感。

我希望是。这是什么回答?

她不知道为什么,心脏骤然像是被打湿揉成一团的纸巾,又皱又潮湿。好像这众人眼中像光一样的天之骄子,并不是大家以为的那样值得羡慕。

夏漓觉得自己似乎提起了一个很糟糕的话题。她吸了一口红豆奶茶,那温热黏腻的甜巴在嗓子眼里,都有些泛苦了。她在微微的自责中沉默。

这样走了一小会儿,却是晏斯时又主动续上了那话题,问她:"那你相信吗?"

夏漓摇头:"世界在玛雅文明的预言中,已经有无数次末日了。不过,就像我那时候看完《遗愿清单》,也列过一份自己的遗愿清单。假如2012年真的是世界末日,这也是个下定决心完成心愿的好时机吧。"

晏斯时低头看了她一眼:"你的心愿是?"

"还没想好。"

夏漓说完,脸却忽地烧起来。因为她突然想到,在世界末日之前,有件事她必须去做,就是跟晏斯时告白。最好,让她知道世界毁灭的准确时间,就让她卡在那最后三秒钟告诉他,这样她也不必面对他的回答了。

"你呢?"夏漓问。

晏斯时说:"我没有什么心愿。"

夏漓微怔:"什么都没有吗?必须去做的事?"

晏斯时神情和语气都非常淡:"我的心愿不以我的意志为转移。"

气氛好似变得更低沉。夏漓轻咬了一下吸管,不知道该说什么。还是怪她,不该提这个话题。她不好再贸然说什么,沉默了好一会儿,不知不觉间,就到了十字路口。再往前走,就是尚智书店所在的那条小巷。

夏漓忙问："要去挑两本书吗？"

晏斯时点了点头。

书店没有其他顾客，店主阿姨自顾自地看书。他们就在这巴掌大小的书店里各自挑拣，像是从巨大矿山挖出自己最感兴趣的宝藏。

外头偶有汽车驶过，呼啸一声，除此之外，安静极了。夏漓时而偷偷转过目光，看一眼书架另一端，淡白灯光下，晏斯时的身影清寂，他低着头，仔细阅读着腰封上的文字。

没有考试，没有复习，没有高三的压力，没有家里的那一地鸡毛……此刻的狭小天地，只有她和他。

她突然就难过起来，因为发现自己有些贪心。她怎么敢贪心？她明明是最务实不过的一个人，怎么会在这一刻，妄想自己可以抓住风，抓住月光？

时间流逝得不知不觉，直到店主阿姨来了一通电话，那突兀的铃声骤然打破寂静，夏漓才如梦方醒。她摸出手机看一眼时间，已经九点多了。

"好像该回去了。"夏漓轻声说。

"那走吧。"

两人将挑好的书拿去店主那儿结了账。走出书店，夏漓问晏斯时还回不回教室。

晏斯时说："不回了。"夏漓便赶紧准备脱下他的外套。

晏斯时问："你住在学校附近？"

这一句似乎并不是疑问，而是跟她确认，因为上一回晏斯时家里的车送过她。

夏漓点头。

"先穿着吧。"

夏漓闻言动作一顿。下一句，晏斯时说："我送你过去。"

回去路上，他们交流了几句各自买的书，好像并没有说太多的话，短短的一程，顷刻间就到头了。

晏斯时将夏漓送到了华兴超市门口。夏漓脱下外套时，好似还没回过味来，将外套递给他："谢谢。"

可能穿得久了，习惯了那温度，这时候一起风，就觉得有几分冷。晏斯时接了外套，没穿着，就拿在手里："我回去了。"

夏滴像是下意识地轻轻"哎"了一声。

晏斯时停步："嗯？"

"你心情有变好一点吗？"她抬眼，却不敢去看他的眼睛，目光在他脸上蜻蜓点水地落了一瞬，就收回了。

"嗯。"

"那就好。"

晏斯时看向她，顿了一下，似还要说句什么，然而前方有辆亮着绿色"空车"灯牌的出租车正驶过来。晏斯时抬手一招，退后一步："走了。早点休息。"

夏滴挥了一下手："拜拜。"她退后转身，犹豫着又回头去看，看见晏斯时已经拉开车门上去，这才收回目光往里走。

绕过华兴超市，走到居民楼的背面，从铁门里进去，就是学生公寓。这一段路很昏暗，正好让她可以妥善整理自己的心事。走进铁门，夏滴跺了一下脚，那声控灯没亮。她索性身体往后靠，挨住了冰凉的墙体。

她闭上眼，等待心跳和甜涩交织的复杂情绪慢慢平复。

多年以后，夏滴听到一首歌。"我可以跟在你身后，像影子追着光梦游。"那首歌这样唱。这歌词总会直接让她回想起这个逃课的夜晚。

到后来时间久了，很多细节都湮灭于记忆，却还记得黑暗里，那不断陷落的心情：

风涌向风，夜逃向夜。

我奔向你。

第十章
我也很想他

（一）

有一年新年，我陪朋友又去了一趟母校附近的千年古刹。但我只进了三炷香，什么也没做。好像我始终不愿将愿望寄托于神明。神明也有难以企及的地方。如果可以，我依然想把这些年的愿望都送给你。我想你喜乐无忧，一生顺遂。

——雪莉酒实验室《经过梦的第九年》

十一月月考结束后的假期，夏漓终究是回了家里一趟。

夏建阳出院之后就在家里休养，出于对他的"保护"，厂里的工作，罗卫国先帮他停了。姜虹一是为了照顾夏建阳，二是受不了厂里同事的冷嘲热讽，也暂且告了假。

发生了这些事，家里低沉的氛围可想而知。两人知道夏漓是在高三的关键时期，闹出这档子事儿，很有些心虚，因此同她说话都带着几分唯唯诺诺。这让夏漓更觉得难受。

三人都没有主动聊起那件事。吃过饭，夏漓就回到自己房间写假期作业。夏建阳在客厅里看电视，夏漓听见姜虹轻斥："声音关小点！"隔了一扇门，那电视的声音渐小，直至微不可闻。

这长租的房子没装空调，朝向又正迎着风向，墙体薄，不保温，坐一会儿就觉得手脚冰凉。夏漓去厨房倒了两次开水，用以焐手，汲取点儿温暖。

没一会儿，姜虹来敲门。

"进。"

姜虹手里提了个取暖器，站在门口，笑得有两分小心翼翼："把这个插上吧，免得脚冷。"

"不是冬天才用吗，怎么现在就找出来了？"

"你爸翻出来的，说今年冷得早。"

夏漓抿了一下唇，没说话。姜虹就走进来，将取暖器插上，打开以后，待那发热管亮了方才离开，出去时又替她带上了门。

姜虹和夏建阳一般睡得早，晚上十点半，叮嘱夏漓让她早睡，就回自己房间休息去了。夏漓写试卷写到十一点，简单洗漱过，回房间床上躺下，摁亮台灯，翻一翻杂志放松。

这时又响起敲门声。还是姜虹，手里拿了个充电式的热水袋。她走进来，掀开被子，将已经充好电的热水袋掖到夏漓脚边："早点睡。"

夏漓目光越过杂志，见姜虹起身要走，说道："他已经睡了？"

"嗯。"

"那您关上门，我想跟您说两句话。"

姜虹依言把门关上了。夏漓将杂志放下，手指无意识地卷着纸页一角。

"你们还回厂里工作吗？"

"罗卫国的意思是，把我们调去另外一个工地。那边开年以后就开工，你爸过去做保安，我还是烧饭，条件比现在肯定是要差一点儿，而且……"姜虹抬头看她一眼，很有些愧疚，"不在楚城，在鱼塘县里。"

鱼塘县是楚城下辖的一个县城，车程三个小时。

"就一定要罗叔叔安排工作吗？你们自己找不可以吗？"

"我们没文化，又没门路……"

夏漓不说什么了。她用着父母辛苦挣来的钱，没什么资格置喙他们的工作。当下，她更想讨论的是别的问题。"您跟我爸……就这样吗？"

姜虹看她："就这样是什么意思？"

"您没想过跟他离婚？"

姜虹愣了一下，这表情显然说明她一秒钟都没考虑过这事儿。

夏漓一点都不感到意外，从姜虹对她愧疚的态度可以看出，姜虹明显是将这件事视为夫妻两人共同的"劫难"，而非夏建阳单方面的不负责任。

"他背叛你，做出这种事，你一点都不生气？"

姜虹嗫嚅道："你爸他……他毕竟跟那女的没有真的发生什么，就QQ上聊得过火了，我骂过他了，他也说是一时糊涂，以后绝对不会再犯。他平常也没别的毛病，也挺知冷知热的，不像其他男的不顾家，喝酒、赌博、打人……再说，我们离婚了，漓漓你怎么办啊……"

夏漓有股想哭的冲动，但努力忍了下来，她打断姜虹："你们是夫妻，我只是做子女的。如果您要原谅他，我没资格说什么。但如果说不离婚是为了我，我不想认。我马上就去读大学了，不会一直留在楚城，你们离不离婚对我没区别。如果是担心钱的问题，离了婚他也得付抚养费，而且我可以申请助学贷款，还可以自己打工……"

姜虹最冠冕堂皇的幌子被戳破了，一时间有些难堪，眼眶都红了。

夏漓住了声，姜虹这个样子，让她觉得自己是不是理智得有些残忍。如果这事儿刚发生，她做不到这么冷静，这是一周多来她反复思考后的反应。

夏漓不再说什么，不忍心继续用言辞伤害姜虹："我准备睡了。"

姜虹抹了一把眼睛，起身往外走。

夏漓关掉台灯躺下，拉高被子蒙住脸。黑暗里她抬手揉了揉眼，揉出一点水雾。她心里清楚地知道，她再也不会像从前那样信任和依赖夏建阳了。以前，父母是她心目中渺小的一尊神明，她愿意以优秀、乖巧加以供奉。现在，她很清楚，以后她做任何事的动机都只会是为了自己，为了自己的梦想、野心、虚荣与妄想。

她觉得自己好像一夕之间长大了，最后那一点精神脐带也已然被自己亲手斩断。

今年果真是个寒冬。

圣诞节那天是周五，但紧随其后的周末并不放假，月考安排在了下个周一，考完之后，月假会跟元旦假期一起放。

下午的英语课上，大家正在做英语听力，朝着操场那一侧窗外有人高喊："下雪了！"

大家纷纷朝窗外看去，又意识到此刻不该分神，急忙收回心思。

英语老师将收音机按下暂停，笑眯眯地说道："看看雪？"

大家刚要欢呼，她"嘘"道："别吵！把年级主任和老庄引来可就麻烦了。休息十分钟，可以出教室，就在走廊活动，别跑远，别大声喧哗啊。"

夏滴的座位离教室门近，先一步出去。林清晓和徐宁出来之后，挤到了她身边。

雪并不算大，飘落无声，落在楼前的水泥地上，即刻化成了水。照现在这样，如果雪不停，怕是到晚自习才有可能堆得起来。夏滴伸出手背去接，一朵不算标准的雪花落在她皮肤上，挨了一会儿才融化。

大家遵守英语老师定下的规则，都尽量保持安静，即便要说话也将声音压得很低。但大半个教室的人都挤在走廊里，还是引起了楼上办公室里年级主任的注意，他从那头楼梯上下来："七班的！在干什么呢？"

这会儿跟大家都待在走廊的英语老师笑道："叫他们取材，一会儿写作文呢！"

年级主任："这还在上课时间。"

"就耽误十分钟。"英语老师笑道，"哪儿抽不出这十分钟呢？您说是吧。"

年级主任当然不好再说什么："保持安静，别打扰其他班级啊。"

七班没有打扰到其他班级，倒是年级主任的这一嗓子，将走廊最顶端的文科普通班都喊了出来。他们也跟七班一样，保持默契不说话。

紧接着，国际班的人也出来了。晏斯时穿着黑色长款羽绒服，萧萧肃肃地站在那儿，手臂随意搭在栏杆上，安静又疏离。

夏滴两臂搭着冰凉的围栏，下巴靠在手臂上，偏着脑袋，就那么肆无忌惮地看着走廊那一端。她怔怔地看了好一会儿，没料到晏斯时忽然转头，似是不经意间与她的视线撞上。

隔了一段距离也能瞧见，灰迷天光下他眼神清邃，隐隐有幽淡的光。夏漓吓得心跳一停，慌不择路地收回了目光，转回头朝栏杆外看去。

下雪的清寒天气里，唯独她一人的脖颈到耳后一片发烫。一直到休息时间结束，她都没有勇气再转头去瞧。

大家回到教室坐下。

英语老师笑问："浪漫吧？"

圣诞节看雪，还是占了上课时间，当然浪漫。

英语老师："浪漫完了，写篇英语作文啊，按高考要求来。"

对于浪漫的这一点代价，大家欣然接受。

高三这一年，自然无所谓圣诞晚会或是元旦晚会。隔了一个操场，对面高一、高二教学楼的窗户上挂上了彩灯，拿喷雪罐涂了硕大的"HAPPY NEW YEAR"（新年快乐）。这一边的高三，却是按部就班上晚自习，一刻也不得放松。

直到月考结束，元旦假期将至，大家才稍得松一口气。

夏漓不回家，打算元旦就待在学生公寓看看漫画，或是跟林清晓她们去逛逛街。

正在收拾东西准备离校，已经背上了书包的林清晓走过来说："1号我们去福安古寺上香祈福吧，去吗？"

福安古寺在学校附近的半山腰上，是一个挺小的寺，但据说是自唐朝时就建立的千年古刹。

夏漓没去过，也不知灵不灵。

"都有谁去？"

林清晓："还挺多人的，你、我、宁宁、欧阳婧……肖宇龙和他哥们儿也说要去。"

"好啊。"

"那1号见。"

"1号见。"

收拾完东西，夏漓抱着几本没装下的习题册，离开了教室。走到楼梯那儿时，晏斯时和王琛正从二十班教室前门走了出来。

她放慢脚步，打了声招呼："嗨。"

王琛也回一句"嗨"。

三人自然而然地一起下楼。

夏漓问道："你们元旦要去福安古寺烧香吗？"

走在前面的王琛说："唯物主义战士还信这些？"

"单纯祈福而已，图个心理安慰。"她抱着习题册的手指不自觉地微微收紧，转头看了一眼稍落后她一级台阶的晏斯时。

"据说是明中高三的传统。"她瞎诌道。

晏斯时抬抬眼："好。去看看。"

王琛说："行吧。那我也去。"

夏漓不敢将高兴表现得太明显："1号上午，差不多九点钟。再晚可能人会很多。"

晏斯时说："好。"

到楼下，夏漓要往北门去，就跟两人道别："那后天见。"

晏斯时："后天见。"

1号上午，去福安古寺的人远比夏漓以为的多。除了林清晓提到的那些，还有大家各自带的朋友。聂楚航也来了，跟林清晓打了声招呼，林清晓看了看他，不理，他就不近不远地跟在她旁边。

他们在大殿广场前的大香炉里上了香，林清晓要去殿里拜一拜。夏漓说不去，就在外面等，林清晓就和徐宁一块儿进去了。

前一周下过雪，此后天也一直阴沉，半山风大，空气寒冷。夏漓在殿前青灰色的石板地上踱步，闻着香炉里飘过来的好闻的香灰味，时不时看向寺院大门。不知道是第几次转头，她忽然眼前一亮，扬手挥了一下。

晏斯时和王琛看见她了，走了过来。两人手里都拿着门口派发的清香，走到香炉那儿，就着蜡烛点燃了，找一处空位，将三炷香插进去。

夏漓指了指殿内："你们要去拜一下吗？"

王琛说："来都来了。"

夏漓没跟过去，看着他们的身影进了大殿。逆光瞧去，晏斯时站在暗处，于殿内佛像前低头默立。那背影静肃，尤为虔诚。

夏漓忽然想到那晚晏斯时说，他的心愿不以他的意志为转移。她不觉得他是唯心主义的人，但或许是有什么他如何努力也办不到的事，才叫他只能祈愿，求助于一些抽象的力量。这让她莫名觉得难过。

不远处千年古柏下，有人往树枝上系红色布条。夏漓环视去找，看见那请布条的桌前排了一小列队伍。她于是一时兴起，排到了队末。

排了好一会儿，终于轮到她。十元一条，夏漓将纸币丢入功德箱里，拿起笔，将布条在桌子上铺展。

"愿"字写完，第二个字刚起笔写完"日"字头，身后忽然传来一道清冷微沉的声音："你朋友在找你。"

夏漓吓了一跳，只觉得那呼吸近得似乎就在头顶，藏在发里的耳朵轰燃起来。她下意识拿手掌去遮自己写的字，用黑色油性笔两下涂掉了那个"日"字头。

"我马上过去……"夏漓说。心脏剧烈跳动，让她手指也跟着微微颤抖。

写完，她看了一眼。

"愿所愿得偿。"

念起来有点像个病句。

夏漓盖上笔帽，拿着红布条走到树下，寻到一处还没被占的树枝。踮脚去系时，晏斯时走了过来："我帮你？"

夏漓递给他："那你系高一点。"兴许高一点更能被看到。

晏斯时点头。夏漓往旁边让了一步，看着晏斯时抓住了高处的一根墨绿枝条，将红色布条绕个圈，打结。

他退后，转头问她："可以吗？"

风起，那醒目的红色布条在高处翻飞，比所有人都高，高得她跳起来都似乎够不着。高得一定能叫菩萨瞧见。

夏漓点头："可以。"

愿晏斯时所愿得偿。

她在心里补全了这句祈福。

（二）

"而夏天还是那么短，思念却很长。"

——雪莉酒实验室《经过梦的第九年》

2010年这一年的农历新年过得比较晚，初七复课时，已然是二月下旬。2月27日便是高考倒计时一百天。

节奏如此紧凑，大家压根没时间做节后调整，像一群只训练了大半年的新兵水手，还没通过验收，就直接被一股脑地塞进了节节加速的航船，头昏脑涨地直奔终点而去。

学校要办百日誓师大会，七班也有自己的仪式，那也是老庄每带一届高三学生的传统。

老庄是北师大毕业的，作为班主任固然严肃古板，但作为语文老师，私底下常会写几句仿古七律，挂在自己的博客里。这样的人绝不会毫无浪漫情怀。

老庄让大家写一封信，可以给自己，给家人，给朋友……

这信写完了就封存好，自己保管，等高考结束，或是出分那天再拆开。

老庄说："但愿那时候你们不会愧对自己信里的内容。"

为了增强仪式感，信纸和信封都是老庄统一发的，白底蓝条的信纸，顶上正中印着明章中学的校名和校徽。

信纸和信封发完以后，教室便安静下来，只有纸张翻动和笔尖沙沙的摩擦声。

不一会儿，这些声响里又混杂了谁低低的哭泣声。

新学期刚排的座位，夏漓的位置靠窗。此刻，她手托着腮，看看窗外的篮球场，怔忡着构思自己的信。

最终，她在微寒的春风里落笔——

晏斯时：

　　你好呀，我是夏漓。

　　我们已经认识快两年了，希望你收到这封信的时候，不会太惊讶。

　　……

自落下第一个字之后，思绪便没有断过，她有太多的话想对他说。自相遇以来，每一次远观，每一次偶遇，每一次相处，那些千回百转的心事，她都想告诉他。

在这么严肃的信纸上写情书的，不知道是不是只有她一个？

写完，夏漓将信纸折了三折，装入信封，拿固体胶封上开口。信封上写下：晏斯时亲启。

她决定在高考结束之后，当面将这封信交到晏斯时手里。

百日誓师大会，学校相当重视，启用了重大活动才会开启的大礼堂。全体高三学生聚在大礼堂里，老师、家长、学生代表挨个发言，大家齐声宣誓，许多人被这氛围感染得热情澎湃，热泪盈眶。

夏漓跟徐宁站在同一排。她的衣袖被徐宁偷偷地扯了一下，徐宁悄声说："是不是只有我一个人觉得有点尴尬，鸡皮疙瘩都起来了？"

夏漓小声说："其实我也有点……"

"是不是有点像……'李阳疯狂英语'？"

夏漓差点没憋住笑。那是高一下学期的时候，李阳来学校卖课，高一全年级坐在操场上，顶着烈日，听着广播里播放《烛光里的妈妈》，哭得稀里哗啦。夏漓那时候也是跟徐宁坐在一排。

结束之后，学生以班级为单位陆续离开礼堂。礼堂离食堂近，离上课还有一会儿，夏漓三人决定顺便去小卖部买点零食。

他们七班是离开得比较早的班级，大部队还在后面。这时候去小卖部的人少，因此，夏漓一眼便看见了正在冰柜那儿拿水的晏斯时和王琛。

"嗨。"夏漓很自然地打了声招呼。

两个男生回过头来。

晏斯时："结束了？"

夏漓："嗯。"

林清晓："你们没去？"

王琛："我们又不高考。"

夏漓三人凑过去，从冰柜里挑饮料。晏斯时手里拿着一瓶矿泉水，往旁边让了让。

他往夏漓手里拿着的学校统一发的"百日冲刺规划书"上瞟了一眼："想考人大？"

那规划书的封面上，班级、姓名的下方那一栏，是目标大学。夏漓耳根一热："嗯……"

"加油。"

"谢谢。"

夏漓她们挑完了饮料，走到收银台那儿。这时候，站在一旁的晏斯时将自己的矿泉水往台面上一放，对收银员说："一起结。"

夏漓愣了一下。

林清晓说："请我们的？"

晏斯时"嗯"了一声。

林清晓说："哇，谢了！"

王琛不乐意了："你怎么不早说！我的自己付了。"

晏斯时："平常请你不少了吧？"

王琛没话可说了。

五人离开食堂，一起往教学楼走去。路上，晏斯时的手机响了。他从长裤口袋里拿出来看了一眼，对大家说："你们先回，我接个电话。"

他一手拿着水，一手拿着手机，避开了此刻相向而来的人群，朝着那立有明中第一任校长雕塑的小广场走去。

夏漓越过人群看向他，见他背身站在台阶边，低着头。午后的太阳将他影子长长地投在水泥地上，那身影让人觉得孤子。他在跟谁讲电话呢？她听不见。

喧闹的人声隔开了他们。

从那之后，夏漓有整整一周没有碰见过晏斯时。

起初她没有特别在意，因为上课忙着闷头复习，下课抓紧时间补觉，她不常有精力盯着窗外看晏斯时是否会经过。而走廊的偶遇，也并不会时时发生。

但一天、两天……直至一周过去，夏漓意识到了不对劲，于是她找了个时间去了趟二十班。

往里看，晏斯时的座位是空的，桌面上也干干净净，好似那个座位从来没坐过人一样。她心里咯噔了一下。

夏漓把正在伏案看书的王琛叫了出来，开门见山道："好像好几天没有看见晏斯时了，他是请假了吗？"

"班主任说他回北城了。"

"班主任说？"

王琛挠挠头："就誓师大会那天，他接完电话，回教室拿了包就走了，然后就一直没来学校。前天早上我一到教室，发现他桌子也清空了。问了班主任，班主任说他家里人来帮忙把东西收走的，说是准备回北城。"

"你联系过他吗？"

"联系不上啊，电话打过去一直关机。"

"那他……还会来学校吗？"

"不知道啊。"

夏漓不知道自己是怎么回教室的，一路上心情惶惑。好似明明好端端地走在路上，那路口的道标却突然被谁摘了，远近又起了雾，剩下的只有茫然。

下一个课间,她偷偷拿上手机去了趟洗手间,在隔间里,试着拨了晏斯时的电话号码。如王琛所言,电话里提示关机。她又发了条短信:"嗨。碰到王琛,他说你要回北城了?"这条短信没有意外地石沉大海。

高考迫在眉睫,夏漓没空分心,只在每天晚上睡觉之前,习惯性地尝试拨一次那电话号码。回应她的永远只有机械的"您拨打的电话已关机"。

一个月后,那提示音变成了"您呼叫的号码已停机",那已是四月的一天。

大课间,夏漓去文科组办公室拿试卷,下楼时碰见了陶诗悦。两人只如普通同学那样互相打了声招呼。错身时,夏漓心念陡转:"可以跟你聊两句吗?"

陶诗悦脚步一顿:"关于晏斯时?"

夏漓点头。

两人走到了二十班门口的走廊。陶诗悦两臂撑在栏杆上,面朝着教学楼前那栽种了白玉兰树的中庭。"如果你是想问我有没有他的消息,那不用问了,我也联系不上他。我妈倒是联系过他外婆,他外婆说他已经回北城了,在准备出国。"

夏漓沉默了一霎:"那你知道他为什么会突然回北城吗?"

陶诗悦转头看了她一眼,似有犹豫。然而她最终还是说道:"他妈妈去世了。"

夏漓一怔。

"就我们开完誓师大会之后吧,具体哪天不知道。我也是听我妈说的。他们没办公开的追悼会,好像就晏家和霍家两家人参加了葬礼。"陶诗悦声音很低,"别跟其他人说这件事。"

"我不会。"心底有潮水漫上来,将夏漓慢慢淹没,"他妈妈是因为生病吗?"

"应该是吧。晏斯时会来楚城,就是为了他妈妈。"

"你知道他去了哪个学校吗?"

陶诗悦摇头:"他走之前就收到好几个学校的 offer 了,具体会去哪儿,他没提过。"

夏漓没什么可问的了，那潮水一样的情绪已经要漫过她的眼睛。"谢谢你告诉我这些……"

陶诗悦脸上也蒙上一层淡淡的悲伤。"没什么。我也想……找人说说他。"

夏漓懂这种感觉。哪怕，哪怕是只找人提一提他的名字，不然，那样一个活生生的人忽然间便下落不明的虚无感，会逼得她怀疑自己是不是真的只做了一场梦。

她们都不再说话。明明是情敌的两个人，在这一刻的沉默里，共振了某种难过。像有海洋远远地在心口倾倒，自岬角那方，遥远传来海鸥忧伤的鸣啼。她没有想到，那个下午，竟会是她在明中和晏斯时见的最后一面。

"加油。"

那是他单独跟她说的最后一句话。

高考前三天。

早自习和晚自习都取消了，为了让他们好好休息，提前适应高考作息。所有的课程都改成自习，老师留在教室，随时单对单地为大家答疑。有时候遇到有价值的问题，也会全班共同讲解。

这天课间休息时，不知道谁的 MP3 没插好耳机，忽有歌声响起："终于还是走到了这一天，要奔向各自的世界，没人能取代，记忆中的你，和那段青春岁月……"原本有几分喧闹的教室，顷刻便安静了下来。

夏漓正在做英语阅读理解保持手感，这时候也停了笔，托腮怔怔地听着。

大家都不说话，就听那歌继续播放。

"放心去飞，勇敢地去追，追一切我们未完成的梦。放心去飞，勇敢地挥别，说好了这一次不掉眼泪……"

有女生已经趴在桌上抽泣，让这沉默的氛围更加伤感。

肖宇龙此时出声了："喂！陈涛你耳机没插好！别放了！还没毕业呢！

搞我们心态是吧！"

那叫陈涛的男生这才反应过来，急急忙忙地插上了耳机。

肖宇龙说："得亏你听的是歌，要放的什么见不得人的东西……"

陈涛："滚！你才见不得人！"

大家哄堂大笑，夏漓也跟着莞尔。

高考这天终于到了。天公作美地下了雨，让气温比平时低了几度，也似将考生焦躁的情绪抚平了几分。

夏漓的考场在一中。远在鱼塘县的夏建阳和姜虹赶了回来，但夏漓没让他们送考，也没回家住，怕贸然改变环境反而影响休息。

学校安排了统一的大巴车，往返于各个考点。车上，老师还会一再提醒大家检查自己的身份证、准考证、2B铅笔等等。夏漓就自己乘大巴车去考试，中午和晚上，姜虹从家里做了饭，用保温桶给她送过来。

紧凑的两天就这么过去。坐在考场上的夏漓，反而没有自己预想的紧张。她也说不上自己考得究竟好不好，反正能做的题目都做出来了。

8号下午考完，夏漓回公寓放了东西，吃过晚饭之后，去了趟学校。果不其然，高三教学楼前，白花花的纸张散了一地，连个下脚的地方都没有。伴随着发泄式的吼叫，楼上源源不断地有人往底下扔课本和考卷。所有科目的参考答案已经出来，效率高得惊人。

夏漓回教室时，已经有人估完了分，大抵不是很理想，正抱着朋友痛哭。夏漓回到座位上，趁着刚考完印象深刻，对照着报纸上的参考答案，给自己估了一个分。

老庄来教室了。他走过来，挨个打听大家的估分情况。到了夏漓这儿，夏漓说："作文和文综大题估不了太准，理想情况是585分以上。"

老庄说："我们评估今年录取分数线跟前年差不多，535左右，你高了一本线50分，这成绩可以了，很多学校都能去。"

高考结束后的老庄，也仿佛终于卸下了重担，整个人都透出一种让人很不习惯的"慈祥"。

夏滴看了眼自己汇总在草稿纸上的那个分数：585。她脑海里闪过了一串可以报的学校，但是，那里面不包括她的高考目标——人大。照历年的录取分数线来看，人大在他们省的录取分数线从来没有低于过595，有些热门专业更得在600以上。

估分的结果，自然是几家欢喜几家愁。林清晓和徐宁到了之后，也分别估了分，都过了老庄预估的一本线，不过徐宁的分数比较险，就高了10分左右，这分差选择余地不大。

徐宁的心态倒是好得很："管他的，反正已经考完了，去哪儿的事等25号再说。我今晚回去得通宵看动画。"

三人坐在一堆，商量着等会儿要不要出去吃点什么犒劳自己。这时候肖宇龙走了过来，问她们估分情况怎么样。夏滴报了自己的，肖宇龙神情一亮，然而下一瞬目光又暗淡下去："考得真好，恭喜。"

夏滴："你呢？"

"我啊……可能得走二本了。"肖宇龙耸耸肩，好似尽量想使这句话显得轻松几分。

林清晓问："不复读？"

他们文科实验班，没考上一本的很多都会选择复读。

"不了吧，感觉心态已经很浮躁了，没法再待一年。明年压力更大了，说不定考得还不如今年呢。"

几人都沉默了，也不知道该不该安慰他。最后夏滴开口："可以去了学校再考研，或者考公。"

肖宇龙笑道："我也是这么想的。"

又聊了几句，前排有个女生喊："林清晓，有人找你！"

林清晓往外瞥了一眼，是聂楚航。她收回目光，装作没看到。

聂楚航在门口徘徊了好一会儿，大抵是终于意识到，这都高考完了，没那么多顾忌，便直接踏进了七班教室。

这时候站在讲台附近的老庄问他："考得怎么样啊，聂楚航？能去清华吗？"

聂楚航:"庄老师您认识我?"

"能不认识吗?老往我们班跑的。"

聂楚航瞟了林清晓一眼,很不好意思地说:"应该是去不了了。"

"那能去哪儿?复旦?上交?"

"差不多吧。"

见老庄还要问,聂楚航说:"庄老师,我先借一下你们班林清晓……"

老庄喊了声:"林清晓!"

这下,林清晓无法继续装作这人不存在了。她不情不愿地起身,不情不愿地走到了聂楚航跟前。

聂楚航结结巴巴地:"出去说两句话?"

他们出去没到三分钟,走廊里骤然响起起哄般的欢呼声。大家纷纷跑出去,徐宁也赶紧拉上夏滴跑出去看热闹。却见前方那铺了一地试卷的走廊里,聂楚航一把将林清晓抱在了怀里。口哨声、鼓掌声不绝,林清晓整张脸死死地埋在聂楚航胸前。

徐宁感慨:"青春啊……"

过了片刻,聂楚航说:"大家能不能先撤一下?不然我女朋友不好意思抬头了。"

"噫——!"

夏滴和徐宁回到教室,收拾东西准备撤了。刚要走,林清晓回来了,整张脸依然是红透的状态。夏滴笑道:"还跟我们去吃东西吗?"

"下次?"

徐宁:"重色轻友的女人。"

夏滴和徐宁结伴离开了学校,去天星街逛了会儿夜市,又溜达到尚智书店,报复性地买了一堆漫画。之后,夏滴回到了学生公寓。她将在这里住最后一天,明天姜虹会来帮忙把东西都搬回家去。

夏滴在书桌前坐下,拧开了台灯,打开抽屉,拿出自己的日记本,抽出夹在里面的信封。

晏斯时亲启。

那时，写下这封信的时候，她没有想过这封信根本送不出去。
她的暗恋下落不明，无疾而终。

高考出分，夏漓总分 589，比她预估的高了 4 分。本省一批录取分数线 530 分，她这分数走人大无望，老庄建议她第一志愿填报南城大学。他们省今年将开始实行平行志愿，只要不乱填，掉档的可能性很小。夏漓很理性，不会拿一个根本不够的分数，去赌人大今年录取分数线爆冷门的可能性，也就听从的老庄的建议，填报了南城大学。

填完志愿之后，大大小小的聚会，包括谢师宴便组织了起来。

那天的主题又是唱 K。不知道是谁攒的局，定了一个超大包间的通宵，七班的人几乎全到了，还包括已经去了国际班的两位同学。

林清晓看不惯陶诗悦，这种场合直接当她不存在，跟聂楚航两人找了个角落卿卿我我去了。夏漓倒没特意回避，她听见陶诗悦跟人聊天，说申请上了哥伦比亚大学，出国的时间定在了七月下旬，准备在开学之前留出一点时间先适应一下环境。

她正默默喝着饮料，肖宇龙走了过来，在她身旁坐下。他一只手撑着长沙发的边缘，微微侧身看她，笑着问："不唱歌吗？"

夏漓微笑着摇摇头。肖宇龙一时没再说话，仍然这样看着她，而后像是情不自禁地道："夏漓……"

"嗯？"夏漓抬头看他。

肖宇龙有几分严肃地盯住了她的眼睛，这让她有些不自在，笑了笑问道："怎么了？"

这微妙的氛围让夏漓莫名紧张，她捏紧了可乐的杯子，只觉得掌心处的冰雾都化成了薄汗。然而，肖宇龙下一瞬便别过了目光，呵呵笑了两声："没事儿！你要吃东西吗？我去拿点小食……"

"不用……"

肖宇龙却霍地起身走了。他刚要出包间门,他的好哥们劳动委员却叫住他:"老肖!你的歌!"

叫人意外,平常看着那么不着四六的一个人,唱歌还挺好听,深情得有种反差感。

"如果我爱上你的笑容,该怎么收藏,该怎么拥有……"

肖宇龙搬个圆凳,坐得离屏幕很近,一直盯着歌词。直到整首唱完,他在还没结束的伴奏声中忽然回头,在明灭的灯光里径直看向夏漓。那目光里像有万语千言。

夏漓愣了一下,后知后觉地若有所感。

而肖宇龙关了麦扔给劳动委员,自己霍然起身,朝着门口走去。他拉开了门,在一阵回旋的微风里,头也不回地走了出去。那天,直到散场,肖宇龙也没回来。

不知过了多久,音响里响起一首歌的前奏。

陶诗悦立马站了起来:"我的我的!我统共就唱两首,麻烦不要跟我抢,也不要跟我合唱!"

她拿上麦克风,站到了包间中央。一首是《隐形人》,一首是《我也很想他》。

夏漓一下便听出她是唱给谁的。满场喧嚣,她却唱给一个不在场的人。

> 我也很想他,
> 我们都一样,
> 在他的身上,
> 曾找到翅膀……

浮靡灯光里,夏漓听着那歌声,像是被末日的火山灰落了一身,浮云蔽日,她的心脏十分沉重。仿佛那年夏天和晏斯初见时,那场心上地震的余震,一直延续到了今天。接连而至的连锁反应,是命里避无可避的劫难。

而夏天还是那么短，

思念却很长……

那细听似乎带了几分哽咽的歌声，还在继续。夏漓泪眼朦胧地掏出手机，按亮屏幕，点开短信发件箱。

那里面是一封封下落不明的问候：

嗨。最后一次模拟考试，题目简单得要命。我们都说，这场考试就是学校为了让我们找信心用的。

嗨。今天天气不错，我整理了自己的"to do list"（计划清单），发现高考完之后，有好多的电影要看。

嗨。新一期《看电影》上市了。

嗨。你现在还好吗？是不是已经在国外了？

嗨。你考试会紧张吗？有什么克服紧张的方法吗？

嗨，明天就是高考了。你可以……祝我高考顺利吗？

……

嗨，晏斯时。

怪我声音太短促。

我漫长的喜欢，飞不过你的万水千山。

第二卷
永恒之夏

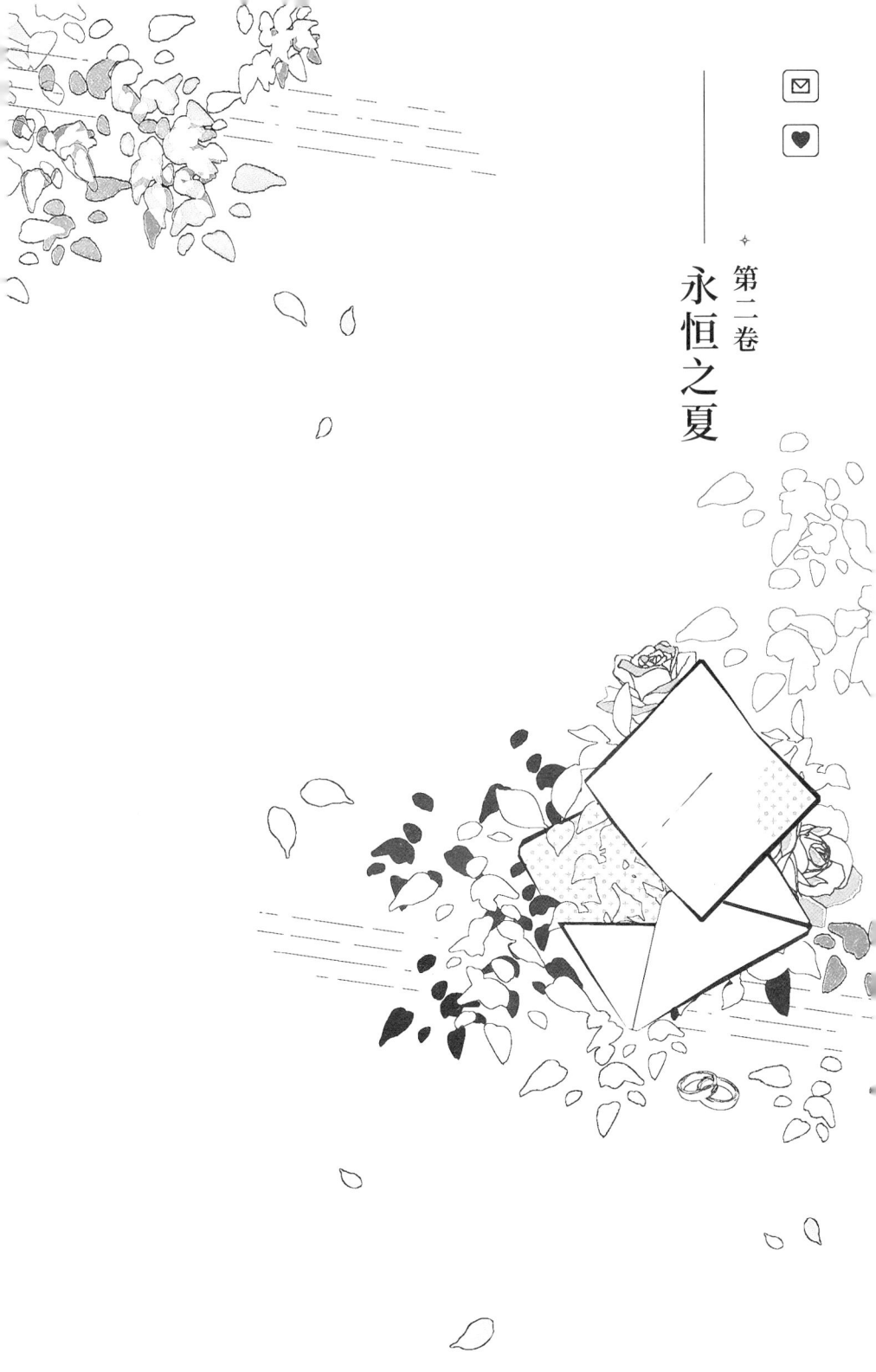

第十一章
经过梦的第九年

2017 年 2 月。

已过八点,整栋写字楼依然灯火通明。

夏漓还在公司加班。高浓度咖啡代谢殆尽,头脑彻底跌入疲惫深渊。她起身去茶水间为自己冲泡一杯热茶解乏,沿路穿过办公区,大片区域已经熄了灯,只余几片孤岛式的白光,属于同病相怜的打工人。室外寒风呼啸,巨大的玻璃窗将其隔绝,安静空间里只有偶尔敲击键盘的声响。

夏漓回到工位,瞥见任务栏里微信图标闪烁,她落座后滑动座椅,喝一口茶,腾出手点击图标。

  徐宁:夏夏,你上回给我看的那半截稿子,后面你还打算继续写吗?

这消息没头没尾的,有些突然。

  夏漓:最近没空。
  徐宁:剩的也不多了吧?你抽时间一口气写完给我嘛,最近缺质量高的稿子。
  夏漓:我看看周末有没有时间吧。
  徐宁:今天也得加班?

夏漓：在等纽约那边的同事上班。太晚了的话你就先睡，不要等我。

徐宁：我今晚通宵写稿呢。

和徐宁聊完，夏漓捧杯陷入片刻沉思，任由袅袅热雾扑面。片刻后，她放下马克杯，打开网盘，从中翻出徐宁说的那"半截稿子"——《经过梦的第九年》——点开。

事情还得从去年秋天说起。

2016年的秋天，夏漓患了一场重感冒，烧了整整一晚。断续的梦里，全是高中时期的片段。退烧后，夏漓整个人莫名有种"四大皆空"的超脱感。徐宁来给她测体温时，她说："宁宁，你那个公众号，我能投稿吗？"

自南城大学毕业以后，夏漓通过校招被北城一家科技公司录用，做产品品牌国际运营。徐宁本科就在北城，毕业以后顺理成章地留下，经人介绍，做了编剧这一行。两人排除万难，合租住到了一起。

作为入行不久的新编剧，徐宁接手的都是小项目，别人定好大纲，她只需按照大纲填充内容，报酬按集计数，算是"计件工作"，吃了上顿没下顿。

好在2013年起，徐宁就开始经营一个叫作"冥王星邮局"的微信公众号，主打情感故事。这号一开始半死不活，纯靠徐宁用爱发电，直到2015年下半年，公众号这东西突然进入高速发展的黄金期。

"冥王星邮局"有一期头条是徐宁的一位学姐撰写的真实故事：爱情长跑八年，备婚时却发现未婚夫出轨。文章感情真挚、文笔晓畅，又因当事人疑似某高校曾经的一对风云人物，充分满足了读者的吃瓜欲望，一时间被北城当地几个高校圈子纷纷转载，那一期推文的阅读量如坐火箭般噌噌上涨。徐宁趁热打铁，后续又推出几篇小爆款，说是真人真事，实则都是她自己胡编乱造。她本来就是从事编剧这行，对此完全驾轻就熟。借此东风，"冥王星邮局"吃到一拨红利，靠着接广告的收入，徐宁总算不必再喝西北风。

夏漓想要投稿的就是这个公众号。

她那时休完病假，又请了两天年假，就窝在出租屋里写"回忆录"。两天后，稿子终究还是没写完，凭意志力吊着的那口气突然一泄而空。她将半成品的故事发给徐宁，叫她先看看，觉得还行她就抽时间收尾。

稿件的很多内容摘自于她自己的博客，而后做了整理润色。她忘记自己之前在哪儿看过一个叫作《经过梦的第九年》的短篇，觉得这标题很贴自己的故事，暂且借用了，笔名是随手打下的博客的名字，"雪莉酒实验室"。

徐宁看完之后，惊叹不已。倒不为文笔或者故事有多么惊世骇俗，而是故事的男主角"Y少年"，她根本就是认识的。

徐宁评价夏漓："在我跟晓晓眼皮底下搞了两年的暗恋，夏老师，您可真是个干大事的人。"

夏漓："不敢不敢，承让承让。"

后面公司开始筹备大型宣传活动，结束以后又是年关，夏漓忙得要命，稿件一事彻底被抛诸脑后。徐宁那公众号也不缺投稿，排期足够排到三个月以后。

直到今天，旧事重提。

夏漓滑动鼠标，将《经过梦的第九年》快速浏览一遍。

那没写完的"回忆录"被搁置前的最后一段话是：

从楚城到南城，从南城到北城，从北城到洛杉矶。

为了靠近你，我跨越三千昼夜，一万公里。

不过你不必知道，因为我就要忘记你了。

夏漓回忆彼时自己写这文档时的魔怔心情，笑了笑，自觉以目前似乎已然时过境迁的心境，这故事多半续不下去了，便关闭文档，继续投入工作。

晚上十点钟左右，通信软件提示纽约那边运营部门对接工作的同事杰里上线了。双方针对下个月宣传活动的排期进行了几番争论，效率极低，于是改成电话会议。争执了半个多小时，勉强达成统一。夏漓收拾东西撤离，准备明天一早过来，将今天沟通的结果汇总成文。

刚到楼下大厅就收到徐宁的新消息："夏老师下班回来的时候，能顺便

帮忙在便利店带份便当吗?"附带一个可怜巴巴的表情包。

  夏漓:要什么?
  徐宁:有什么吃什么,夏老师你自己看着办吧!周末请你吃烧肉。

  已过二月,晚风依然凛冽。
  在北城待了近三年,夏漓还是不怎么适应这里的气候。每一年真正舒适的时间不足三个月,其余时候不是太热就是太冷,尤其秋冬季节,从十一月一直冷到春三月,漫长得没有尽头。天气干冷不说,时不时产生的静电更是烦得要命。
  夏漓灌了一肚子寒风,拉开便利店门时手指又被电了一下,被打得很有些痛。她拿了一份鸡肉便当,结账之后丢入微波炉,等待定时结束。手机上纽约的同事杰里发来一串消息。夏漓匆匆扫过,是方才电话会议沟通确定过的某项内容,杰里再度质疑。她没耐心打字,直接拨打语音电话。
  没等杰里开口,夏漓先声夺人:"方才的沟通中我们已经达成了共识,现在你单方面想要推翻,只是徒增沟通成本。恕我这边不再接受你的质疑,我想我们都应该将精力放在后续的执行层面——如果你对我的做法有异议,可以直接去找我的上司投诉。"
  杰里那边的态度便软化下来。
  微波炉"叮"的一声。夏漓打开微波炉,拿出便当,有些烫,她暂且将其放在了台面上。她回应着杰里,拿过装了其他东西的塑料袋,摆正东倒西歪的饮料瓶,给便当腾出位置。
  她转头去拿便当时,视线不经意扫过前方。两排货架之间的过道尽头横列着的冷饮柜前,似乎有人在看她。她微微抬眼,以作确认,却在视线停驻时,骤然愣在当场。
  全世界的声音倏然消逝,周遭一切都失去焦点。一瞬间,从记忆深处泛出了茫茫的冷雾,她近乎恍惚地凝视对岸,呼吸也静止了,生怕一点声响就会惊扰得那人消失。

他沐浴在如同薄霜的冷白灯光里,像一帧黑白色调的银盐照片。

时光漫长,足以湮灭多数细节。过往与现今的异同无从准确判断,夏漓只觉得他仿佛比记忆中更高一些,依然是那样高挑清薄的身架,着一件黑色的薄毛衣和近似颜色的长裤。

人被深色衣物衬得肤色冷白,五官脱离了少年感的清稚,更显得轮廓分明而深邃。终于可以拿"清峻"这般有锋芒的词语来形容。

最觉得陌生的,是他的气质。他已不是一场初雪,而是终年不化的长冬深雪。像是世界尽头的无人之境,冷得遥不可及。

一个"晏"字的发音已到嘴边,又被夏漓咽回。比起不敢认,更多是怕认错。

自踏足北城以来,她不止一次幻想过他们的偶遇。人潮往来的广场,摩肩接踵的地铁口,或是寂然无声的图书馆,他曾经的高中校园……哪里都可以,然而,一次也没有。

此刻的他凭空出现,就像他当年凭空蒸发一样。那真是他吗?还是世界上另一个长相相似的陌生人……

夏漓兀自怔忡,对面的人却轻轻关上了冷饮柜门,径直朝着她走了过来。

手机那端杰里没有听见回应,疑惑地问了一句。夏漓心不在焉地道声"抱歉",说一会儿再打过去。她将挂断的手机捏在手里,不觉屏住呼吸,看着他一步一步靠近。直到清冷的气息已近在咫尺,夏漓在他身影遮落的阴影里无法自控地眨了一下眼,还未开口,对方已出声:

"好久不见。"

似乎声音的记忆更显可靠。一如记忆中的清冷声线。

是他。是晏斯时。

夏漓微微张口,然而并未第一时间发出声音,情绪来势汹汹,撞击心口。

那时,徐宁看过了她未完成的"回忆录",她们探讨过一个问题。她问

徐宁，一个人真的会彻底消失于另一个人的生命中吗？徐宁说，你看我们毕业六年，高中同学你还保持联系的有几个人？微信群里倒是都在，但你会去主动联系吗？

她沉默。

徐宁说，我们和很多人的上一次见面，就是最后一次见面，这才是人生大部分时间的常态。

她说，我知道，我耿耿于怀只是因为没有道别。

就像一首词不能只有上半阕。

这种执念将她困在静止的时间里，不断徘徊，固执地追寻那故事的下半阕。哪怕文不对题，哪怕画蛇添足，哪怕狗尾续貂。

这一场漫长的叩问，终于得到答复。好像那落了满身的末日火山灰一瞬散尽，她停摆的时钟，重新开始走动。

此刻是 2017 年的 2 月，元宵刚过，风仍料峭。北城的春天尚有一段时间才会来。

夏漓微笑，隔着轻薄的雾气去看眼前的人，落落大方地道："晏斯时？好久不见。"

晏斯时是年前回的国。

彼时他已拿到麻省理工学院的计算科学与工程学硕士学位，收到了波士顿一家研究型科技公司的 offer。与此同时，他接到消息，外婆戴树芳要来北城的医院做一个肿瘤手术。他请假回国，陪同手术。

手术虽有难度，但很成功。晏斯时让外婆留在北城，暂作休养。

陪同照顾的那段时间，国内不少科技公司抛出橄榄枝，邀请他回国工作。其中有一家工作室背景资深，母公司在硅谷，刚刚组建完成了中国的研发团队。晏斯时与他们面谈数次，最终决定接受 offer，成为团队核心算法的负责人之一，领导人工智能算法模型的相关研究工作。

外婆初愈，返回楚城，晏斯时则飞回波士顿，拒绝了那边的 offer，处理完剩余事宜，正式回国。

房子是发小闻疏白帮忙找的，科技园区附近的一处公寓，距工作室开车大约十分钟。

归国那天，闻疏白亲自去机场接人，先去提前订好的餐厅接风洗尘，再给送到住处。一条龙服务，周到细心，关怀备至。晏斯时跟他认识二十年，头一次见他这么靠谱。

"那是。怕你不满意，一扭头又跑回美利坚。"闻疏白输入门锁密码，像个资深房产中介般将晏斯时迎进门，"我家老头可说了，你这样的人才，流失到国外是个损失。我这一回也算是为国家做贡献。"

意料之中，晏斯时没有回应他的玩笑。闻疏白早已习惯，不做计较，指一指公寓各处，一一介绍。

"这房子我实习时住过的，不顺意的地方叫人改过，最近也刚刚检修过，没什么大毛病。"

晏斯时道了声谢。

闻疏白借公寓厨房给自己倒了杯水喝，便准备撤了，叫晏斯时早些休息，有空别忘修改门锁密码。

和闻疏白那奢靡公子哥作风不同，公寓的装修风格倒是意外的简洁。不过这对于晏斯时而言没有区别。只是一处栖身之所罢了。

休息一周，晏斯时正式入职。团队刚刚组建完成，前期都是磨合工作。直到过完年，项目研发工作才正式进入轨道。工作室沿袭美国母公司那边的传统，一周双休，到点打卡走人，轻易不加班。晏斯时却习惯等人去楼空之后，在自己独立的办公室里多留一会儿。对他而言，回不回公寓差别不大。

他在精神上过着一种离群索居的生活。

今天，晏斯时留在办公室，尝试精简目前的算法结构。一直待到晚上十一点，他离开工作室，到地下停车场取车，驶出科技园区。

园区外有家24小时便利店，晏斯时将车停在路边，打算进去买几瓶水。深夜的科技园，便是另外一派阒无人声的景象，只有少数楼层还亮着灯。便利店里同样安静，除他以外，便只有另一个顾客，站在角落处的微波炉前。他扫过一眼，不甚在意，径直往后方冷饮柜走去。

他习惯喝一种生茶，只有日系便利店才有贩售。茶饮放在冷饮柜的固定位置，他拉开柜门，刚伸出手臂，便听见角落那处传来打电话的声音。

他动作一顿。这声音音量并不大，讲一口流利的美式英语，只有个别词句发音不甚地道。这园区里多的是外企公司，讲英语不足为奇。引起他注意的，是那一把凉柔的音色，好似与尘封记忆中的某人重叠。

他抬眼看去。是一个年轻女人，穿一件筋骨垂柔的烟灰色大衣，内搭黑色毛衣。长发过肩，轻盈蓬松，冷白亮光下，发梢显出自然的栗色。似乎是工作电话，她声调始终不高，但阐述观点、维护立场的语气里有种绵里藏针的坚决。那份稍露锋芒的强硬，与她的音色以及清柔的长相形成极强的反差。

晏斯时凝视数秒，依旧不能完全确定，因为高中时期她总穿校服，留着齐锁骨的中长发。直到那微波炉"叮"的一声，她转身时抬了一下眼。澄净的眼睛，分毫无差地与记忆里的重叠。

小时候晏斯时上过很多兴趣班，围棋学得最久，因为他偏爱那种思维与运算的搏杀。他在某些方面有洁癖，譬如总要洗过手之后才会执子。但他的规则只用来律己，不会强求他人。每次和人下过棋之后，将棋子丢进盛了清水的白瓷盆里。清洗过三遍，阳光照得水面一层浅浅的粼光，净水下方沉着分明的黑与白。

高中那年第一次看清她的眼睛，就让他联想到了这一幕，连名字都像。夏天微光粼粼的江水。

对面的人拿出加热过的便当盒，打算放进塑料袋，一转头时，似乎觉察到了他的注视，倏然抬头看来。

晏斯时轻轻关上冷饮柜门，没有犹豫地朝她走过去。

"好久不见。"他说。

"晏斯时？好久不见。"

她也认出他来了。

他实则并无太多情绪，但她叫出他名字的一瞬，他却莫名地隐约有种落地之感。

晏斯时的目光在她脸上停留须臾："才下班？"

"嗯。"夏漓好像尚不能习惯这么近距离与他说话，总有种还在做梦般的恍惚。

判断做梦的依据之一是能否回想起前因后果，而当下晏斯时出现得如此突然，过分像是没头没尾的梦境片段。

顿了一瞬，夏漓笑问："你是……在这园区里工作？"这周围没有民居，偶然路过的可能性就更小了。

晏斯时点头。

"什么时候回国的？"

"去年十一月正式回来。"

两人在同一个园区上班，三个多月来，今天第一次偶遇，如此一算，好像也算不得多巧了。

夏漓边说话边将便当放进塑料袋子里："是决定回国发展了？"

"嗯。"

夏漓设想过，和晏斯时重逢时自己会是什么状态，她觉得自己一定会被满满当当的情绪堵塞喉咙，以至于一个字也说不出。然而此刻，心里却更多是唏嘘与感慨，除此以外，是浅淡得似乎不可捕捉的微微隐痛。原来她可以像对待其他老同学一样正常地与他寒暄，不知为何，这种发现让她怅然若失。

夏漓将塑料袋拎在手里，有两分踟蹰，时间不算早了，徐宁还等着她投喂。

晏斯时往她手里瞥了一眼："住在附近？"

"附近贵呀，住不起。"夏漓笑道，"住在XX小区。"

"送你。"

夏漓没空考虑婉拒不婉拒的问题，因为晏斯时已干脆利落地转身往便利店门口走去了。她注意到他手里空空，什么也没买。

便利店门口停了辆黑色SUV（运动型多功能车），晏斯时按车钥匙，车灯闪烁。他走到副驾驶座旁，拉开副驾车门，一手撑住。凛冽寒风让夏漓只

犹豫了一秒钟，便走过去，一弯腰上了车。

自他面前错身时，那被寒风送入呼吸的清冷气息，有种久违的熟悉感。据说，嗅觉的记忆最长久。

晏斯时轻甩上门，自车头绕去另一侧。

夏漓卸了提包放在膝盖上，拉安全带扣上。

晏斯时上了车，点火发动汽车，按下"SYNC"键同步两侧温度，将空调调至28摄氏度，这才起步。

夏漓问："你知道怎么走吗？不知道的话我开个导航。"

"什么路？"

夏漓说了路名。"要导航吗？"

"不用。"

之后，无人说话，沉默持续了好长时间。

晏斯时看一眼副驾的夏漓，她似乎有两分失神，不知正在想什么。

他倒是想到第一次跟她见面，也是在车上。他借了她的耳机，佯装睡着地听歌，有时在颠簸时睁眼，瞥见坐在旁边的她正紧张兮兮地盯着手里紧攥的MP3的屏幕。时至今日他也不知道，那时的她究竟是在盯着什么。

手机微信提示音响起，夏漓回过神。

是徐宁发来的语音消息，她贴耳播放，听完按住语音按钮，回复道："在路上啦，二十分钟内到。"语音"咻"的一声发送出去。

晏斯时问道："室友？"

"徐宁——你还记得她吗？"

"七班的？"

"写《西安事变》剧本的。"

晏斯时略作思索，点头，又问："还有谁在北城？"

"还有两个七班的，你应该不认识。哦，欧阳婧也在，她舞蹈学院毕业之后去舞剧团上班了。"

夏漓这般他理应认识的语气，倒是让晏斯时犹疑了一秒钟："欧阳婧是？"

"你不记得了?"夏漓总不能说,是跟你表白被拒绝,被你弄哭的那个女生,"艺术班的一个女生。"

"抱歉,没印象了。"

"那王琛呢?你还有联系吗?"

"去年上半年联系上了。"

夏漓以为他会就此多聊两句关于王琛的事,然而并没有。至此,她终于察觉,目前这些浅得如同浮光掠影的话题,晏斯时似乎都不感兴趣,包括他主动问及的那些。

她转头看去。

绝不能说他冷淡,实则他基本有问有答。然而,和高中时的他不一样,那时候他可能只是单纯嫌烦,所以拒绝了许多多余的社交,但不管是给聂楚航讲题,教王琛打篮球,抑或是翻译话剧,都不乏人情味。而今天这一路聊下来,她只觉得他对所有的人和事都有一种绝对的、事不关己的漠然,好似他是全世界的一个过客。

夏漓沉默下来。好像,那个问题也变得不再合时宜——晏斯时,你当时为什么不告而别?

静默片刻之后,倒是晏斯时又开口了:"本科来的北城?"

"没。"夏漓笑笑,"在南城念的大学,毕业了过来的。你呢?当时去了哪所学校?"

"麻省理工。"

"啊……"

这一声的语气,似乎有种恍然的惊讶,晏斯时不由地看向她。

夏漓摇头笑道:"没事。当时在北城碰见过一个二十班的同学,闲聊时说到大家的去向,他说你去了加州理工。"

加州理工在洛杉矶,而麻省理工在波士顿。那位同学究竟是记错了,还是搞错了,已经无法求证。总之,是一个南辕北辙的误会。

晏斯时一时没作声,因为听见她话音落下后,空气里紧跟着拂过一声怅然若失的轻叹,轻得难以捕捉。而余光里,他只看见她脸上闪过钴黄的路灯

光,又在下一瞬跌入夜色,她垂下了眼,神情匿入阴影,彻底无法分辨。

这一次的沉默持续了许久。不知不觉间,车已经开到了小区所在的路上。

夏漓回过神:"前面,再开一百米。"

车行至小区门口停下。夏漓解开安全带,挎上提包,笑道:"我到了。谢谢你送我回来。"

"不客气。"

很熟悉的回答,夏漓有片刻恍然。她伸手去拉车门,再度道了声谢。

门开一线,寒风乘隙而入,她正要用力推开,晏斯时出声了:"不加个微信吗?"

夏漓一松手,"嘭"的一声,风一下就将门顶得关上了。

双闪灯有节律地跳动。

晏斯时伸手,拿起了一旁排挡储物格里的手机。递过来时,那被点亮的屏幕里是一张名片二维码:

YAN

头像是一片沉郁深蓝的海。

推开门,屋内暖气扑面而来,混杂一股无火香薰的甜橙香气。

夏漓蹬掉短靴,换上拖鞋,脱下大衣挂在门口衣帽架上,朝徐宁半掩的房间门喊了一声。里面音乐声暂停,徐宁趿拉着拖鞋走出来,接过便当盒夸张地道谢:"夏老师,你就是我的救命恩人!"

夏漓笑着回自己房间,换了身家居服出来,去小厨房冰箱里拿出一颗苹果,洗净、切牙,装在盘子里端出来。她在徐宁对面坐下,自己拿了一牙苹果,将盘子推至餐桌正中。

"我今天遇到晏斯时了。"

徐宁扒饭的动作骤停,差点儿一口噎着:"谁?"

"晏斯时啊。"

"哪个晏斯时？"

"不然还有第二个？"

"在哪儿？"

"我们科技园门口便利店里。我坐他车回来的。"

"你就是这个反应？"

"哦……"夏漓笑了，"我好像是该表现得更激动一点。"

她似乎从来都是内心戏的丰富程度超过外在表现。和晏斯时重逢之前，那跌宕起伏的心路历程她就已排演过无数遍，什么台词，做何表情，甚至细致到语气助词，都一一作过设想。可真当应验时，所有预习过的反应都被忘诸脑后，她预想过的最坏情况——激动到失能的情景也没发生，因为不真实的感知超过所有。夏漓此刻犹觉得自己是从梦境中逃逸而出。

"他回国了？"

"嗯。跟我在一个园区上班，好像是做人工智能算法那块的。"

"他现在怎么样？"

"老样子吧。比以前更难接触了。"

"那他有女朋友了吗？"

"这就没问了……谁一见面就问这个啊。"

"不好奇？"徐宁要笑不笑地看她。

"徐老师，你以前没这么爱八卦的。"

"谁让我看了你的那篇少女心事，现在莫名很有参与感。"

"别说……我已经后悔了。"夏漓后知后觉地有种羞耻感。

"加微信了吗？"

"加了。"

徐宁怂恿她："看看朋友圈。"

说不好奇那肯定是假的。夏漓拿出手机，在置顶的"文件传输助手"下方的第一个对话框，就是跟晏斯时的。

我通过了你的好友验证请求,现在我们可以开始聊天了。

夏漓点他头像进朋友圈,徐宁凑过来一起看。

封面同样是一片海,夜幕下的深海,暗蓝,近于一种黑色。头像下方,一排两道灰色横线,中间一个点。

"关闭了。"

"挺符合他的性格。"徐宁倒是乐观,"不过反正加上微信了,又在一个地方上班,以后机会多的是。"

"什么机会?"夏漓笑了笑,"我也没打算追他啊。"

"不喜欢了?"

"放下了。那么羞耻的内容,没放下怎么好意思给你看。"

"真的?"徐宁明显不是很相信的语气。

夏漓再度将目光投向那灰色横线下的一片空白。

这就是她对目前的晏斯时了解到的全部,和空白没两样。

"真的。"她答道。

说出口的一瞬,却觉心口空了一下。像是多年负重一朝卸除,那骤然的轻松感,反倒叫人无所适从。

或许,这么多年,单向靠近的这一程,已然耗尽了她所有心力。她没有任何从头开始的计划,单是想想都觉得无能为力。她更不认为自己还有少女时的那一腔孤勇。

那时候多纯粹。一粒微末火种也敢恋上狂风,不怕烧尽之后一无所有。

第十二章
久违的温暖

晏斯时洗漱之后,在床上躺下,如平常一样翻开一册杂志,然而文字仿佛变成无法解译的乱码。他丢了书躺倒,抬手搭在额头上。方才便利店里的灯光,似乎还亮在眼前。

失眠至后半夜,晏斯时才睡着。他不确定这是回忆起一些往事,大脑皮层过度活跃所致,还是一个值得警惕的信号,因此果断联系了自己的心理医生。

医生姓孟,是他在波士顿那边的心理医生迈拉介绍的。

离开波士顿之前,晏斯时曾最后一次拜访迈拉。迈拉说孟医生是她的博士生同学,是国内最优秀的心理治疗师之一,如果他愿意,她会将他一直以来的情况和资料转交给孟医生。"如果你觉得需要,可以去找她聊一聊。"迈拉强调,"这不是强制性的,一切以你自己的实际感受出发。"

晏斯时之所以能够跟迈拉保持长期的咨询关系,就是因为她从不勉强他做任何事情。

孟医生与迈拉有如出一辙的职业素养。晏斯时第一次拜访孟医生,是在决定是否该正式回国发展之前。专业的心理治疗师只分析,不帮忙做决定,但聊过之后,基于种种原因,晏斯时下定决心接受国内的 offer。

虽是临时预约,孟医生还是尽量调整日程,为晏斯时准备了一段充足的时间。

清晨,晏斯时抵达之时,孟医生已将室内环境布置为他最能放松的状

况：遮光帘半合，开一盏小灯，室内稍为昏朦，但不是绝对黑暗。

孟医生将一杯冰水放到他面前的茶几上，在他对面沙发上坐下，微笑问道："最近怎么样？"

晏斯时双手交握，略微低头，平静地说："昨晚碰到了一个高中同学。"

孟医生看着他，不插话，耐心等他继续。但他却陷入沉默。

片刻后，孟医生引导："那是个什么样的人？你们以前关系还不错吗？"

那似轻雾般凉柔的声音，顷刻回响于耳畔。昨晚与夏滴的意外重逢，如同从干涸已久的枯井掘出第一线清水，之后，许多记忆纷纷涌现：那个薄如蝉翼的黄昏，小城巷陌里散发着尘埃与油墨气息的书店；在与露天电影遥遥相隔的台阶上，与他分享的秘密基地；黑暗中的钟楼教室，两个都不太开心的人……

他原本以为，那口枯井已经彻底干涸。

孟医生见他依旧沉默，并不追问，笑道："你失眠是因为这件事？"

晏斯时说："或许，我不确定。"

"你需要听听我的建议吗？"

"你说。"

"我想，你之所以愿意回国，是因为你内心深处判断，自己已经在渐渐恢复与人建立联结的能力。有时候责任意味着压力，但是这一次，为了你的外婆，你主动选择了压力。这是一个积极的信号。国内应当有很多你过去的朋友，你不妨适当地与他们接触，不必深入，一切在你觉得没有负担的前提下。如果你觉得行有余力，我也会建议你更进一步。"

最后，孟医生说："我们作为心理治疗师，能提供的只是最低限度的支撑。能够成为一个人精神内核的东西是多种多样的，人际关系也是其中一种——当然，一切以你自己自愿为前提，如果你感觉到了压力，一定及时暂停，或者来找我聊一聊。失眠的问题也是，如果后续没能得到解决，再过来找我咨询。"

今天是情人节。

对夏漓而言就是个寻常的工作日，开会时，自己拟定的宣传资源置换方案被直接领导驳回，让她有几分心烦意乱。

离开会议室，夏漓拿上工牌，准备下楼买杯咖啡提提神。关门时，身后有人喊："等等！"

她的直接领导、负责这项目的组长宋峤安两步走近，伸臂将玻璃门一挡，跟着走了出来，笑道："买咖啡去？"

"嗯。"

"我请你。"

"不用。"

"这就有脾气了？"宋峤安笑着瞧她。

"没有。工作归工作。"

两人一同下楼，宋峤安边走边打算跟她详细拆解自己驳回的理由。

"既然已经定下来了，就不用再聊了吧，宋老师，我回去会按照你说的修改，出一版新方案，我们再讨论。现在这是我的休息时间，我就想安安静静喝杯咖啡。"

宋峤安低头仔细打量她，笑道："还说没脾气？"

夏漓平声道："真没有。你跟我共事也挺久了，知道我就是这个性格。"

两人走进园区外的星巴克，夏漓点了杯冰美式。宋峤安抢在她之前递过了付款码，替她买了单。夏漓也没跟他争，低头在手机上给他发了相应数额的转账过去。

宋峤安几分无语："你猜我会不会收？"

"反正我转了。"

宋峤安无奈："作为你的领导，请你喝杯咖啡，还要跟我算得这么清。"

两人去出餐区等待。夏漓两手抄在大衣的口袋里，百无聊赖地瞧着一旁桌子上星巴克季节限定的马克杯。宋峤安则在看她，手指在台面上点了点，用挺随意的语气问道："今晚不加班，出去吃个饭？我朋友推荐了一家日料店。"

"我跟我室友约好了一起去吃烧肉。"

"把她也叫上。"

"不太好。她不认识,到时候会挺尴尬的。"夏漓婉拒,"下次吧。"

宋峤安笑了一声,没勉强。

片刻,轮到他们取餐。两人走到门口,宋峤安将自己的那杯递给她,让她帮忙拿一下:"等我会儿,落了东西。"

夏漓端着两杯咖啡,往楼体避风处躲了躲。她出来时没系围巾,大衣是敞开的,此刻被风吹得有点冷,又腾不出手去扣,只能低头,微微缩着肩膀。

就在这时,她瞥见前方一道身影走了过来。

他穿了件黑色长款大衣,那板型衬得身形如同鹤立,极有一种清标之感。像是初春下午的天色,是水里研墨的灰,他的出现,很难不让人觉得眼前一亮。

晏斯时也看见她了,目光稍作停顿,打了声招呼,走近。

"来买咖啡?"夏漓笑问。

"嗯。"

昨晚没休息好,晏斯时今日不甚有精神。下午技术组开了个会,分外冗长。结束之后,他便下楼透气,顺便买杯咖啡提神,没想到这样巧。

夏漓仍穿着昨天那件大衣,内搭换成了白色毛衣,映衬得皮肤有种雪光融融的白皙。他还没问是不是在等人,后方玻璃门被人拉开,一个男的走了出来,手里提着星巴克的购物袋。

夏漓转头。宋峤安走近,接过她手里自己的咖啡,看向晏斯时,笑问:"这位是?"

"我高中校友。"夏漓瞥了瞥晏斯时,觉得他多半不感兴趣,就没向他介绍宋峤安。

"幸会——"宋峤安打量晏斯时,笑问,"也在园区工作?"

晏斯时神色淡漠地瞥过一眼作为应答。

夏漓冷得不行了,伸手将大衣裹了裹,对晏斯时笑道:"我先上去啦,还得继续干活。"

晏斯时点点头。走到门口，晏斯时拉开门走进去，回头瞥了一眼。那男的将星巴克的袋子递到夏漓空着的那只手里。

夏漓问："这什么？"

"你刚不是看那个杯子吗？我看你好像喜欢。"

"我只是盯着发呆而已……"

"那买都买了，总不能退。"

"可以退啊。"

"懒得退。要不你扔了吧……"

后面晏斯时没再听了，他松手，玻璃门在身后合上。

晏斯时拿着冰咖啡回到楼上办公室。他的办公室在最靠里的位置，窗外是银灰色写字楼，楼顶之上，天色青灰。

北城的冬天漫长得令人生厌。

晏斯时合上百叶帘，回座位上坐下。他咽下一口咖啡，无端想起孟医生的建议，余光瞥见电脑旁的手机，伸手拿过，点开微信。

微信名是 Sherry，头像是条简笔画的鱼，像是在备忘录上拿画笔随手画的那样，很简陋，又意外的可爱。

他点进对话框。

你已经添加了 Sherry，现在可以开始聊天了。

回到办公室，夏漓将杯子的钱转账发给宋峤安，坚决要求他必须收下，不然她就直接转支付宝了。

宋峤安很有些无奈，只得收下，并回复："下次可不能这样啊。"

夏漓烦得要命，心说可千万别再有下次了。她拿出杯子细看，越看越来气，又一下塞回袋子，眼不见心不烦。不好看，纯粹是白花一笔冤枉钱。

后面几天夏漓忙得晕头转向，按照宋峤安的意思改出新方案，开会通过以后，跟杰里同步，随后依次与各部门对接。

这次的品牌宣传活动，是跟美国那边的市场部门共同发起的，旨在进一

步突出宣传公司去年秋季发布的运动相机旗舰机型的定位："随时随地，无远弗届。"活动内容是跟某运动饮料品牌合作，作为运动员的主要手持拍摄器材，全程参与见证今年的极限运动挑战赛事。

这是今年上半年的重点项目，与她的 KPI 和年终奖直接挂钩。

夏漓一直忙到周五晚上。吃过外卖之后，她去茶水间泡了杯热茶，回工位接着干活。

她解锁电脑桌面，发现有新的微信消息。竟是晏斯时发来的。这是他们加上微信之后的第一次聊天。

  YAN：周日加班吗？
  YAN：有个聚会，有时间过来玩。

周日。夏漓点开日历看了一眼，微微一怔。周日是 2 月 19 日。

  Sherry：周日晚上？
  YAN：嗯。
  Sherry：那我 OK 的。
  YAN：也可以叫上徐宁。
  Sherry：应该都是你那边的朋友？她可能不会去，她不是很喜欢陌生人太多的场合。
  YAN：周日晚上七点。我去接你。

聚会自然是闻疏白自发替晏斯时张罗的。闻疏白起初提议的时候，晏斯时没答应。他也不意外，因为晏斯时这人打小就不是爱热闹的性格。经过这些年的这些事，变得更为孤僻也属正常。但过了半天，晏斯时又给他发来消息，改变主意了。问他为什么，他说北城有挺多老朋友，见一见也好。

闻疏白一直算是他们圈子里的核心人物，自然一呼百应。有些人还不知道晏斯时回国了，听说消息以后都要来看看。闻疏白倒是有意控制了参与人数,知道以晏斯时的性格,给他整一个百人大"轰趴",他非得当场走人。最后筛选了又筛选,就七八个人,都是从小就有往来的几位老朋友。

周日,晏斯时从公寓出发,开车到夏漓的住处接人。

到约定时间,微信上来了消息。

  Sherry:麻烦再等我十分钟可以吗?临时要跟同事对接一个事情。
  YAN:好。不着急。

车打着双闪灯,停在路旁,枝丫的影子落下,投在前窗玻璃上,如水底暗色的藻荇。晏斯时坐在晦暝的车厢里,手臂搭着方向盘,偶尔看一眼腕上的手表。他心情分外平静。过去的经历,已经让他习惯了熬过一些漫长枯燥而无目的的时间。

十五分钟过去,晏斯时从车窗看见小区门口出现一道匆匆小跑而来的身影。副驾车门被拉开,夏漓弯腰上车,一边道歉:"抱歉抱歉,久等了!"声音中带着小跑后几分急促的喘息。

晏斯时:"没事。没等多久。"

她进来的一瞬间,晏斯时嗅到整个空间里弥散开一阵微潮而清新的香气,像是清苦茶香混杂某种柑橘的味道。抬眼去看,发现她头发微湿,似是洗过,但没有完全吹干。她穿了一件浅驼色的大衣,和前两次见面一样只化了淡妆,并不刻意修饰。像是夏日山阴,又像白瓷清水中浸一粒青梅,漂亮得很清灵。

落座之后,夏漓将拿在手里的一只小号黑色礼品袋递给他。

"生日快乐。"

晏斯时微感惊讶,接了礼物,目光从礼品袋移至她的脸上:"你记得?"

很难不生出两分探究的意图。他没跟她提过生日的事,跟闻疏白也强调过,生日蛋糕和一切仪式都免除。他是跟她说过自己的生日是2月19日,不过那已经是……八年前了?

夏漓眨了一下眼，笑道："你微信号上就有啊。"

他的微信号是"yan0219"。

晏斯时盯她看了片刻，没再说什么。记忆中，她一直是个周到熨帖的人，就像那时候排话剧，她一个人去取演出服，又在合影之后，一个人默默拾起了被人丢弃的横幅。

一旦开始回忆，又有许多记忆碎片跳进脑海。雨天图书馆、深夜下雪天、红豆面包、冻柠七、世界末日与《遗愿清单》、挂在柏枝高处的红布条……

这些前尘往事是一粒种子，只是那时的他，自己都已然完全干涸，无力让它萌发了。

回忆的最后一幕，是一起逃课的那天晚上。她站在路灯下，眼睛像是清水琉璃那样漂亮。她眼神有些闪躲，那神情多少让他看出一些隐而未宣的期慕。当然也可能只是错觉。她问："你心情有变好一些吗？"

启动车子，晏斯时看一眼此刻坐在副驾驶座的女孩。

当然。

当然。

夏漓以为会是十分喧闹的场合，可进门时一眼扫去，那灯光稍暗的包间里应当不超过十个人。

里面的动静停了一瞬，大家齐齐转头望过来，语气惊喜地同晏斯时打招呼。有两人走到门口来迎接，一男一女，夏漓猜测应当是晏斯时关系最好的朋友。

男的先一步伸手，笑道："你好。闻疏白，晏斯时的发小。"

"你好。"夏漓与他握手，"我叫夏漓，晏斯时的高中同学。"

这时另外那个年轻女人插话了："楚城那边的高中？"

夏漓笑道："是。"

年轻女人打量了她一眼，并不做自我介绍，只看向晏斯时，说："好久不见。"

晏斯时淡淡地"嗯"了一声。

没等年轻女人进一步说什么,闻疏白招呼道:"进来再聊,别一直堵在门口了。"

包间很大,长沙发上还有许多空位,那上面坐着的人却都纷纷站起来给晏斯时让座。晏斯时并没有往中间坐,他从来不喜欢被众星拱月,就随意找了一处挨着门、最方便进出的地方坐下。

夏滴还在踌躇,却见晏斯时抬眼看向她,拿目光示意她跟他坐一块儿。她犹豫了一霎,便走过去在他身旁坐下。

晏斯时脱下了身上的大衣,随即看她一眼,问她需不需要脱:"别弄脏了。"

夏滴取下链条包放在一旁,脱了大衣,抱在手里四下环视。这时,晏斯时手臂伸过来,捏着她大衣的衣领,拿了过去,抱着两件衣服起身。

闻疏白真将自己定位为了东道主,照顾得无微不至,这时候注意到了,立即两步迎上来接了衣服,笑道:"我帮你们挂,你们坐着吧,看喝点什么。"

长形的玻璃茶几上有酒水单,晏斯时拿起来递给夏滴。

夏滴正低头看菜单时,方才那个跟闻疏白一同去门口迎接的年轻女人走了过来,就在他们斜对面的茶几边上坐下。

她个头高挑,五官明艳,气质却很清冽,穿一身黑色,高领毛衣、皮质长裤与高帮的马丁靴,领口挂一条银质的链子,吊坠是个骷髅头的样式,漂亮之外又有种旁若无人的酷飒。她手里捏着一罐可乐,稍稍侧身看向晏斯时:"我前几天碰到了伯父,他说你现在回国发展,我的工作室离你公司挺近,以后中午可以一块儿吃饭。"

夏滴自菜单上微微抬眼,看向晏斯时。

他原本便没什么表情,此时更有种冷淡的厌倦感:"再说吧。"

下一瞬,夏滴便觉一阵清冷的香气靠近,一只手伸过来,修长手指轻轻捏住了她手里菜单的一角。是晏斯时靠了过来。

"看好了吗?想喝点什么?"他低声问。

夏漓微微屏了一下呼吸，似乎有一种被他身上的气息包围的错觉："啤酒就行。"

对面的年轻女人表情倒没什么变化，只转向夏漓，饶有兴致地多看了两眼。"晏斯时，她是不是你外婆那个外科主任学生的女儿？"

夏漓这时候抬眼，笑看向她："你知道陶诗悦？这种问题你其实可以直接问我。我不是。"

她怎么会察觉不到她隐约的敌意，只是觉得没有必要。

年轻女人笑了笑。这笑容夏漓没有品出太多的意味，但她没再说什么，起身走了。

夏漓点了啤酒，晏斯时只喝冰水。

今天来的这些人都跟晏斯时多年未见，陆陆续续地围拢过来，与他寒暄，互通近况。晏斯时则与那天晚上送她回家在车上闲聊时的态度一样，不热情，不冷淡，有问有答，言简意赅。但也就到此为止了。

夏漓全程旁听，倒是从他们的对话里知道了更多信息——在场的多是晏斯时初中和高中的同学，都是一个圈子的。

"圈子"这概念，夏漓离开校园之后才渐渐明晰。和高中时期大家凭兴趣和性格自发形成的小圈子完全不同。那时候大家家境虽有差别，但穿上同样的校服，谁又知道谁的父母是做什么的。上大学以后，同学之间已经明显出现了圈层的分别，就像他们班，港澳台学生只跟港澳台学生玩，本地人跟本地人更易结成同盟。出社会以后，这种圈层就更明显了。家庭背景、籍贯、成长经历、教育背景……人被贴上各式各样的标签，并依照标签标定自己的同温层。

她以前只知道晏斯时家境优越，但从未去想过，他身份证号的前六位可以解读出什么信息。直到此刻听他们闲谈，她才知道她或许远远低估了晏家的背景。现在在场的这些人，一般情况下绝不会与她产生什么交集。

夏漓暗暗自嘲地一笑，莫名有些羡慕读书时候的自己。那时候的她从来不会分析这些东西，她的喜欢干净纯粹，仅仅是"喜欢"本身。

都聊过一轮之后，晏斯时稍得片刻清静。杯子里冰块已经化了，他不爱那种温暾的口感，只喝了一小口便放下杯子。转头去看，夏漓捏着那暗蓝的啤酒瓶，手指有一下没一下地轻点着瓶身，似乎有些百无聊赖。

其实他也是。听从医生建议的心血来潮，没有让他从与这些旧日朋友的浅层社交中获得太多乐趣，反而觉得是对情绪的一种消耗。

晏斯时出声："出去吃点东西？"

夏漓回过神："这里好像就能点吃的。"

晏斯时却站起身，伸手拿了她手里的啤酒瓶，往茶几上一放："走吧。"

闻疏白留意到了："这就走了？"

晏斯时："出去逛逛，一会儿回来。"

走到一旁的柜子那儿，晏斯时开柜门取下两人的大衣，将夏漓的递给她。

两人走出包间，穿过走廊，到了楼下。夏漓穿上大衣，斜背上自己的链条包。

"啊……"

晏斯时看过来。夏漓有一缕头发夹进了链条里，她没注意，牵扯得头皮一痛。

"别动。"晏斯时靠近半步，伸手。

夏漓的手拎着包悬在半空，真就一动也不敢动。人其实真的很难对自己的内心绝对坦诚——毕竟她曾经对他有过那么多个心动的瞬间。

就像此刻。

晏斯时正专心致志地解救她的头发。离得这样近，她目光稍一抬起，就能看见他颈项至下颌一线的轮廓、似冷玉质感的皮肤，以及分明的喉结。只要一呼吸，便是他身上清冽的气息。像置于天地皆白的清晨，四面八方都逃不过。

"好了。"

在夏漓行将无法呼吸之前，晏斯时总算退后。夏漓轻声说"谢谢"，拿着链条包的手臂落下来，又伸手捋了一把右侧头发，掖至耳后，免得悲剧重演。

"想吃点什么？"晏斯时问。

夏滴笑道："问我吗？我以为是你想吃东西。"

"吃晚饭了吗？"

"没有。"

"那找地方吃饭。"

晏斯时拿出手机，给闻疏白拨了一个电话，问他这附近有没有什么不错的餐馆。他多年没待在北城了，对日新月异的新店铺全然不了解。闻疏白倒是吃喝玩乐这方面的行家，品位高，人又挑剔，他推荐的总没有错。

闻疏白报了四五家餐厅名，晏斯时记下来，挂断电话之后，问夏滴的意见。

"我都可以。"

晏斯时点开手机上的地图 App（软件），输入几家店名，查询距离，挑了家最近的，就在步行范围之内。他两指扩展地图，看一眼记了路，将手机锁定，往大衣口袋里一揣，说："走吧。"

夏滴发现晏斯时做决定总是很快，好像他有一套自己的决策流程，很少会在琐事上纠结。做决定快，执行力也强，行事干脆利落，毫不拖沓。也许这就是他是学霸的原因吧。

那餐馆在灯火通明的步行街拐进去的一条小巷中，不怎么好找，有些闹中取静的意思。

过去的路上，两人没怎么交谈。

夏滴听着重叠的脚步声，倏然想到高中那年，她与晏斯时和王琛自电脑城步行至天星街，沿着路肩时上时下。那深深浅浅的心事，遥远得像是上一世的事，却又清晰得如在昨日。

不知不觉间，到了餐馆门口，他们进去看了菜单才知是川菜。夏滴随手翻了翻，辣子鸡、夫妻肺片、水煮牛肉……一眼看去都是火辣辣、红艳艳的菜式。

"要不要换一家？"夏滴说，"菜好像都挺辣的……"

"不能吃辣？"

"我还好，不过你不是不能……"夏滴蓦地噤声。

晏斯时倏然抬眼。

夏漓心里一慌，支吾道："你不是北城人吗？我同事中北城本地人都不是特别能吃辣，至少不怎么能吃川菜。"

明显是往回找补的解释。

晏斯时看着她，忽然想到那时候的一件事。

具体是高二上学期还是下学期，记不太清了。只记得当时有王琛、夏漓、夏漓七班的一个朋友，以及一个理科班的男生。那男生物理很好，应该是姓聂……他努力思索了一下，没想起他的名字。他们一行几人，去学校对面一个小餐馆吃饭。楚城人很能吃辣，那几道家常菜让他无从动筷。那时候，夏漓适时地起来给他们每人都拿了冰水，之后又加了一道不加辣的青菜。他跟她吃饭的次数很少，涉及能不能吃辣的，也就那一次了。

难道……晏斯时不知该不该去深想。至少，那时候的他，没有觉察到夏漓对他有什么额外的企图心。总觉得过度解读会显得自以为是，而自以为是，是他们男人身上常有的劣根性。

晏斯时说："没关系。你点你想吃的。"

夏漓没再推辞，翻着菜单，斟酌良久，最终点了陈皮灯影黄牛肉、芙蓉鸡片、甜烧白和一道时蔬。除了第一道，其余都是不辣的。

服务员收走菜单之后，气氛陷入一段短暂的沉默。夏漓托着腮，望一眼对面的晏斯时，又收回目光，不知该聊什么。她还在思索，晏斯时却开口了："你和二十班的人都有联系？"

"就加了陶诗悦、王琛，还有之前从我们七班转过去的那个男生的微信。不过只跟陶诗悦联系得比较多，她假期回国的时候，我跟她一起吃过饭。跟王琛加上好友以后，基本没说过话——他还在美国是吧？"

年少时的友谊太纯真，也太容易消散，毕业之后各有轨迹，很容易就变成通讯录里只剩下回忆的陌生人。

"我碰到他的时候是在美国。"晏斯时说。

夏漓抬眼看他，将探问的意图藏匿在平静的语气之下："王琛那时候……还是很担心你的，没有你的消息，也没有你家里的联系方式。他说你

的手机好像一直是关机状态。"

晏斯时神情平淡地解释:"手机丢了。后来回了北城,号码就没再用。"

夏漓总觉得,横亘于她面前的是一条黑沉的河流,她要涉过它,才可能真正触及晏斯时的内心。她问这问题当然不单单只是关心手机为什么关机。手机丢了就没有其他办法联系吗?只要有心。而这个问题真正的核心,就这样被晏斯时避过去了。

夏漓倒没什么受挫的情绪,也不觉得意外。可能聊这个问题,以他们之间的关系,还是交浅言深了。而晏斯时一直是个界限感很强的人。

点的四道菜没有吃完。夏漓没想到晏斯时的食量能差成这样,他好像就吃了点鸡片和时蔬,牛肉和甜烧白完全没动筷子。

晏斯时去买单时,夏漓叫服务员将剩菜打包。

一会儿,晏斯时从前台那儿走回来,拎起黑色大衣穿上,而后朝她伸出手。夏漓反应了两秒钟,递过装了打包盒的纸袋。

两人一块儿往外走,夏漓掏出手机,边走边捣鼓。她落后了半步,没料到晏斯时突然转身,差一点没刹住脚步直接撞上去。

晏斯时低头看她一眼:"你在给我转账?"

"啊……"

夏漓手指悬停,指尖下方就是绿色的"转账"按钮,转账金额已经输好。

她很确信晏斯时没看她的手机。他是怎么猜到的?

晏斯时说:"我不喜欢跟人 AA。你可以下回请我。"

下回……夏漓品着这个词。

晏斯时伸臂推开了门,握着把手,等她先出去。

或许刚吃过饭的缘故,步行回去的一路上,夏漓觉得空气都没那么冷了。

到了门口,晏斯时问夏漓:"打包盒先放车里?"

"好。"

两人绕行到后方停车场,晏斯时将车子解锁,把袋子放在后座上。

一去一回，花去快一个半小时。闻疏白见他俩又出现，笑道："难得。我以为就这么放我鸽子了。"

其实有没有晏斯时，也不怎么影响聚会大局，他从来不是那个带动气氛的人。

闻疏白问夏漓："要不要唱歌？我帮你点去。"

夏漓笑笑，摇头："不用。我不太会唱歌。"

"什么程度的不太会？五音不全？"

"那倒没有……"

"那唱着玩嘛。你看都没人唱。"

夏漓依旧婉拒。

"好吧。"闻疏白看向晏斯时，"你唱一首？"

晏斯时说："KTV老板给你提成了？"

闻疏白笑着骂了一句："要不是因为你唱得好听，你以为我肯赏脸问你？"

夏漓就没听过晏斯时唱歌。没想到他这样一个会在KTV里戴耳机睡觉的选手，原来唱歌很好听。

他俩坐下以后，便有人围过来问晏斯时要不要玩牌。晏斯时婉拒。

闻疏白挨着茶几坐下："又不唱歌又不玩，你俩就干坐着？"

晏斯时说："你可以唱两首助兴。"

夏漓看出来，这所有人当中，晏斯时跟闻疏白的关系应该是最好的，他很少拿这样有几分调侃的语气跟人说话。

闻疏白无奈放弃："算了，是我多管闲事。"他拎了瓶啤酒，起身走了。

夏漓开了瓶水，喝了几口，一边问晏斯时："闻疏白就是给你推荐《虫师》的那位朋友吗？"

晏斯时闻言微微一怔。她带他去尚智书店买漫画这事儿他是记得的，但对有没有提过那是朋友推荐如此细节的内容，则完全没了印象。

晏斯时点头。

夏漓笑道："那他品味不错。"

晏斯时向闻疏白瞥去一眼。除了吃喝玩乐,也不知他品味不错在哪儿。

夏漓没再待太久,因为次日还要上班。晏斯时自然提出送她回去。这聚会,他俩就似游客参与灯会,走马观花一般逛了一圈,根本没深度参与。

闻疏白说自己今回这个组织者当得很失败。他送两人下楼,抽空单独揶揄晏斯时两句:"下回可别拿我当幌子,想约人就单独约。你当我召集这么多人不花时间?"

晏斯时淡淡地说:"不是你想的这样。"

他约夏漓出来玩,其实真没有什么目的性。最初的动机,仅仅只是因为倘若要社交,夏漓是他绝对的舒适区,就像高中时那样。不过撇开初衷不谈,结果确实莫名其妙就变成了他与夏漓的两人相处。

闻疏白轻"嗤"了一声,明显不信。晏斯时懒得再多做解释。

夏漓的住处离聚会地点并不远,返程途中,他们不过浅浅地聊了两个话题,车就开到了。

车子靠边停下。夏漓解开安全带,道了声谢。她拉开车门,笑着说:"那我回去啦。拜拜。"

晏斯时点点头,看她下了车,又冲他挥了挥手,而后将门往回一推。轻轻的"嘭"一声,外头的风声立即被隔绝。明明没有开窗,也没有风,晏斯时却觉得车厢内那清苦茶香与柑橘的气息一瞬间便消散了。他的世界,又只剩下一种枯寂的静默。

夏漓将要走到小区门口,手机响起语音电话的提示音。她急忙从包里将手机拿出来,以为会是姜虹,因为只有她才会直接拨打语音电话,却没想到是晏斯时打过来的。她愣了一下,一边接通,一边转头往停车处看去。

电话里,晏斯时说:"你有东西忘了。"

路灯下,晏斯时甩上了后座车门,手里提着那装着打包盒的纸袋朝她走了过来。临时下车,他没穿外套,只穿着黑色毛衣。夏漓赶紧往前走了几步,伸手去接纸袋:"谢谢,我完全忘了。"

晏斯时没有作声。夏漓看他一眼,觉得他是不是有什么话要说,但等了等,他并没有开口。他只是看着她。

这一刻的寂静，让她莫名地心头微颤，如同野鹤掠过黑夜中平静的湖水。

一阵料峭寒风拂过。他单穿着毛衣，总显得有些单薄。

夏漓回过神，笑道："我上去啦？"

"嗯。"晏斯时说。

此刻，夏漓才意识到他们还没挂断语音通话。耳畔听来，现实与手机中晏斯时的两重声音交叠，像清冷山谷中，紧随其后的一声回响。这感觉很是奇妙。

"那晚安啦。"夏漓退后一步，挂断通话。

"晚安。"

夏漓提着袋子，转身往小区门口走去。进门时她回头眺望一眼，晏斯时已经上车了。

黑色礼品袋静静躺在中控台上。

晏斯时抬手，拿了下来。那里头装着一只黑色的盒子，揭开盒盖，才露出礼物的真身。

是枚打火机。和某个博物馆的联名款式，银色机身，印刻海浪的浮雕。

他倏然想到高中时的一天晚上，他一个人坐在明中校长的雕塑下发呆，夏漓递还他的打火机。那时候他没问，那打火机她应当是握了许久吧——他接过时，那金属的材质有一层薄薄的热度。

晏斯时按开眼前这打火机的盖子，滑燃一朵蓝色火焰。松手，火焰顷刻熄灭。

他并不经常抽烟，这时候自储物盒中拿出那包买来以后长久搁置的香烟，敲出一支衔在嘴里，再度滑燃打火机，偏头，手指虚拢，凑近点燃。他只吸了一口，手臂搭在方向盘上，盯着那一点持续燃烧的火星，另一只手将打火机盖子按开，咔嗒一声又扣上。

按开，又扣上……

那火光让他久违地感到温暖。

第十三章
斯卡利特与耳机

翻过三月,天气渐渐暖和。

晚饭夏漓没点外卖,去了附近一家食其家。在店里,恰巧碰见她熟悉的一个猎头。猎头叫周玮,当初夏漓进公司时,她负责公司的人事工作,后来离职去了猎头公司。两人同属南城大学毕业,有同校之谊,因此周玮离职之后,夏漓也没与她断了联系。前一阵周玮还问过她有没有跳槽意向,她回答说暂且不考虑。

周玮是跟两个同事一起来的,这时撇下同事,选择与夏漓拼桌。

点单以后,两人闲聊起来。周玮询问夏漓近况。

夏漓笑道:"跟以前差不多。"

"你还没升组长啊?"

夏漓耸耸肩。

周玮笑问:"组长还是宋峤安?"

"嗯。"

"那你在这儿干着有什么前途?真不考虑跳槽?树挪死,人挪活。"

"没有合适的机会呀。"

"我帮你留意着?"

"好啊。"

周玮却笑道:"一听你这语气就不是认真的,我就不白费工夫了。"

夏漓笑道:"我真想走的时候,一定请玮姐你帮忙。"

两人吃过饭，步行回园区。经过园区外的便利店，忽听身后有人打招呼。夏漓一下顿住脚步，回身。

这是晏斯时生日那天之后，两人第一次偶遇。晏斯时穿了件黑色风衣，手里拿着一瓶茶，那茶应当是冰镇过的，瓶身上薄薄的一层淡白色冷雾。夏漓有种他本人比他手中的茶饮更加冰冷的错觉。

夏漓微笑着说了声"嗨"。

晏斯时看着她："下班了？"

"没。还得回去加班。"夏漓反问他，"你下班了？"

"嗯。"

夏漓常有种自己与晏斯时难以展开话题的感觉，此刻也是如此。这一霎的寂静，让她想到晏斯时生日当晚，他送她回家时，横亘于两人之间的微妙的沉默。她无端地不自在，顿了顿就说："那我先回去了。"

晏斯时点了点头。待走远几步，周玮忙问夏漓："你跟晏斯时认识？"

夏漓比她更惊讶："你认识他？"

"在我们人才库里。我联系过他，刚说明来意，他就说不感兴趣，直接挂了。"周玮追问，"你俩怎么认识的？"

"我们是高中同学。"

"这么巧？他的资料没更新，他现在在哪儿工作你知道吗？"

夏漓说了公司名。

"确实是国内比较好的做人工智能的公司了。"周玮略作思索，看向夏漓，"能麻烦你一件事吗？"

夏漓知道周玮要说什么，笑道："虽然是高中同学，其实我跟他不熟。可能帮不了你，而且……"

"而且？"

毕竟是曾经那样喜欢过的少年。唯独晏斯时，她不想将他作为维系人脉的一种资源。

夏漓摇了摇头："抱歉，可能真的帮不了你。"

周玮却还坚持："就让他加我一个微信行不行？"

"你们没有加微信？你不是有他的电话吗？"

"两回事。微信好友我申请了，但他没通过。"

夏漓还是说道："不好意思玮姐，真的没办法。我跟他确实不熟。"

周玮有些失望，倒没勉强："好吧。"

夏漓加班到九点左右，刷卡离开办公室。在电梯里准备叫车时，微信上来了两条新消息，竟是晏斯时发来的。一条是一张截图，一条是问她："你的朋友找我是否因为工作上的事？"

夏漓点开那截图一看，是周玮发送给晏斯时的好友申请，验证消息填写的是："夏漓的朋友。"

她顿生几分怒气，又觉尴尬和愧怍，急忙打字回复："抱歉，给你造成困扰了。"

她看见那"对方正在输入"的提示闪了又闪，片刻后跳出来的回复让她有些惊讶。

YAN：方便语音吗？

夏漓忙回复道："我正在叫车，等我上了车以后可以吗？"

YAN：还在公司？
Sherry：刚下班，正准备走了。
YAN：我送你。
Sherry：你不是已经下班了吗？
YAN：有点事耽误了。
YAN：园区门口等我？

夏漓回复了一个"好"字。

穿过中庭抵达园区出口，夏漓在路边站定，掏出手机点开周玮的微信，想了想又忍下了一时的怒意。不在情绪上头的时候跟有利益纠葛的人聊天，是她不长不短的职业生涯里总结出来的经验。

没让她等得太久,两束车灯裁开黑暗,黑色SUV分毫无差地停在她跟前。夏漓拉开车门上车,无心多作寒暄,开门见山地道歉:"不好意思,周玮是我的大学校友,现在在猎头公司工作。"

晏斯时声音平静:"没关系,不用道歉。我只是找你确认,如果是你的朋友,我就通过验证。"

夏漓却一时哑然,不知如何回答。她不好跟晏斯时说那是周玮的自作主张,这样总有点背后诋毁他人的嫌疑。周玮这人只是在工作上比较不择手段,而这也无可指摘,毕竟是做猎头的人,需要抓紧一切机会和资源。而在私底下,周玮实则很照顾她,不管是在公司里还是离职之后。

自重逢以来,夏漓是第一次面对晏斯时有这样不知所措的心情,她不再对他有额外的心思,但也不愿意叫他误会。

"晏斯时。"夏漓转头看向他,认真地说道,"请你相信我,我没有把你当作可以交换的人脉资源,以前不会,以后也不会……"

晏斯时持握方向盘的手稍顿,微微侧过目光端详副驾驶座上的女孩。她自己知道吗?她的神情有几分急切,好像十分担心他会对她产生误会。

重逢以来,她对他的态度都好似只将他当作寻常的高中同学,稍作照拂的举动也似乎只是她的本性使然。这是第一次,他在她脸上看到这般更本真的情绪流露。他想,不管是谁,面对这种急切,都会错会自己在她心目中的重要性吧。

他收回目光:"我知道。我没有误会。"

夏漓微怔,看向晏斯时。他语气里有一种笃定的信任感。

她还没出声,晏斯时继续说道:"或许你知道她找我什么事?"

"应该是替别的公司挖你。"

晏斯时说:"好。我会跟她聊聊。"

"不,你不用……"夏漓有几分难堪。

"没关系。你别为难。"

"我没有……"

"没有就好。"那声音微沉而清冷，但语气却不叫人觉得冰冷。

难以言明的情绪涌上心口。她好像再度窥见了晏斯时疏离外表之下的温柔底色。

夏漓轻轻地呼一口气："你稍微敷衍一下她就好……"

"认真听听也无妨。万一真有更好的机会。"

夏漓多少了解，目前国内比晏斯时现在的公司更好的机会屈指可数，大公司开得出高价，却未必能提供同等的研发环境。以她对晏斯时的了解，薪资绝对不会是他的第一考量。她想，无须她明说，晏斯时也已猜到了那是周玮在打着她的幌子行事。而他这样一个连旧日朋友都懒得多两分热情敷衍的人，却愿意在此事上进行周全。

"谢谢你。"

"不客气。"晏斯时说，"谢谢你的礼物。"

夏漓舒了口气。晏斯时将此事划入"投桃报李"的范畴，极大地缓解了她的尴尬。

这话题告一段落，车内陷入片刻的沉默。

隔窗的微薄风声里，晏斯时再度开口："你似乎经常加班。"

"嗯。我们公司在纽约那边有分公司，时差关系，跟他们同步需求经常需要等他们上班。"

"具体是什么职位？"

夏漓没有从晏斯时的清淡语气里品出强烈的好奇心，或许他只是为了让氛围不至于过分尴尬吧，她想。

她还是认真回答："国际品牌运营。"

这时手机一震，来了新消息，是杰里询问一些方案落地相关的细节。

夏漓说："不好意思，我回个消息。"

一来一去，等她与杰里快要聊完时，抬头一看，车已经开到小区门口了。这一路她都只埋首于手机屏幕，显得晏斯时成了专车司机一样。夏漓十分不好意思："抱歉，工作上的消息，那边等着做确认，所以有些着急。"

晏斯时说没关系，车速放慢，随即停于路边。

夏漓按下安全带锁扣，同他道谢："谢谢你送我回家。"

"不客气。"

夏漓拉开车门下了车，关门之前对他说："那你回去注意安全。"

晏斯时稍点了点头。

进小区门的身影有两分匆忙，晏斯时一边打方向盘，一边收回目光。

对不起。没关系。谢谢。不客气。

太客气也太生疏了。

夏漓到家时，气也基本消了，给周玮发了一条微信。

> 夏漓：玮姐你联系了晏斯时？
>
> 周玮：是的。他告诉你了？你还说你们关系不好。
>
> 夏漓：怎么不能告诉我呀？是怕你替人挖脚成功，我要找你请客哦？
>
> 周玮：怎么会！成功不成功我都请你吃饭！

半认真半玩笑，点到为止。都是成年人，一些说大不大、说小不小的冒犯，想要正儿八经地"兴师问罪"，倒显得她情商低了。职场就是这样，很多事，最终只能归为一句"没必要"。

公司历年都有校企合作的项目，今年也不例外。今年的主题是运动相机摄像大赛，与北城几所高校联合举办。

层层筛选之后，进入决赛的影片将在北城传媒学院进行展演，并评出获奖名单。夏漓负责国外的业务，国内校企合作的事跟她没什么关系，但因为即将落地的极限运动赛事也侧重于创意摄像，宋峤安便叫她跟他一块儿去展演会瞧一瞧。

上面派下任务，"私域流量"不用白不用，市场部都得在自己朋友圈发布展演会的消息。夏漓懒得自己想文案，复制了同事的，稍作修改发在了朋友圈。

忙过一圈，点开朋友圈一看，多了些点赞和回复，其中一条是欧阳婧发来的，询问她展演会需不需要门票。夏漓私聊回复她。

夏漓：不用门票的，想去都能去。
欧阳婧：你去吗？
夏漓：我周六会去，我有任务的。
欧阳婧：那跟我一起？我们也好久没见面了。

欧阳婧念的是北城舞蹈学院，毕业以后进入舞团工作，加入北漂行列。徐宁宅得过分，轻易不出门，夏漓有时想逛街逛展，都会约上欧阳婧。

夏漓回复："好呀。"

欧阳婧发了一个"达成共识"的表情包，紧跟着问道："话说，晏斯时回国了，你知道吗？"

夏漓一顿，回复："知道，我跟他吃过一次饭。"

欧阳婧：！！！
夏漓：他跟我在一个园区工作，上回偶然遇到了。
欧阳婧：！！！
夏漓：有这么惊讶吗？
欧阳婧：当然惊讶！他现在怎么样？发福没有？

夏漓扑哧笑出声，回道："尽管放心，你的白月光还没有幻灭。"

欧阳婧：还挺好奇他现在的样子的。下周北城有明中的同学会，你能不能帮我邀请一下，看看他会不会答应。
夏漓：时间地点发我吧，我试试。

欧阳婧发来同学会信息，夏漓复制之后，点开了晏斯时的头像。

刚将信息粘贴到对话框，忽见上方闪动"对方正在输入"的提示，下一瞬，一张截图跳出来。

　　YAN：是你负责的活动？

截图是她的朋友圈发布的那则展演会的宣传。夏漓删掉了输入框里的内容，重新打字。

　　Sherry：不是，不用管它。领导让发的。
　　Sherry：不过你感兴趣的话可以去看看，参展的有北城电影学院导演系的学生，听说决赛圈的作品水平还不错。
　　YAN：好。

夏漓无法判断这句回复的确切意思，出于负责任的态度，还是多介绍了两句："周六、周日两天选一天去就OK。在北城传媒学院五教的放映厅，轮播形式，不用门票，不过需要扫海报上的二维码预约一下。"

　　YAN：了解了。谢谢。

这回答，多半就是不感兴趣的意思。夏漓也不意外，她还有任务没完成，这时粘贴了同学会的信息，发送给晏斯时，解释道："欧阳婧托我问你，有没有兴趣去参加明中的同学会聚餐。"

　　YAN：抱歉。
　　Sherry：OK。我帮你回复欧阳婧。

夏漓退出聊天框，将晏斯时的答复转达给欧阳婧，不再闲聊，重新投入工作。

修改文档之时,她蓦地停下,后知后觉地意识到了一件事:晏斯时看了她的朋友圈。

周六。

夏漓在北城传媒学院校门口与欧阳婧碰头。欧阳婧带了家属,她的男朋友,北城本地人,北城电子科技大学的一位老师,目前尚是讲师,正在评副教授职称。

那人大了欧阳婧几岁,气质儒雅清正,而欧阳婧温婉大方,两人站在一起很是登对。

欧阳婧笑问:"你的情况呢?"

"不是情况,是领导。"夏漓纠正,"他刚发了微信,有事要先去趟公司,让我们先进去。"

三人抵达放映厅门口时,第一轮展演即将开始。门口有传媒学院的学生检查预约码,夏漓几人扫码过后匆匆进了放映厅。倒数第三排还有几个空位,但没有连在一起,夏漓与欧阳婧他们分开坐下了。

片刻,放映厅里灯光熄灭,前方银幕开始播放这次比赛的宣传视频。播完之后,进入正题。第一个视频便极具冲击力。大西洋的最后一滴眼泪——赛里木湖的冬季,湖面冻结,一片雪白的世界里唯余雪山前旷远回旋的风声。画面转入黑夜,暗蓝夜色中,湖上燃起篝火。

夏漓正看得入迷,忽觉后方响起轻微窸窣的声响。随即,有浅淡的气息靠近。那气息如皑皑白雪,熟悉得叫人心惊。夏漓霍然转头。

放映厅一片昏朦,光影明灭之间,隐约映出晏斯时的轮廓。他一只手臂撑着她座椅的后背,十分静默的动作,却好似就在等她转头一样。她的视线因此几乎是直直地撞进了他的目光里。

"你来看展演了……"夏漓声音压得极低。又发觉自己是说了一句废话。

"嗯。"晏斯时轻声应道。

怕打扰旁人,两人没作进一步交谈。夏漓将注意力重新投入前方,却似乎很难再百分百全神贯注。

一个半小时，决赛的影片全部播放完毕，放映厅里灯光亮起，夏漓这才转身。一眼看去，晏斯时背靠座椅，是难得一见的散漫姿势，他眉目微敛，那样疏淡的神情，让她觉得他此刻的思绪似乎并不在这空间里。而在她转身的那一霎，他抬眼望来，随即稍稍坐直身体。

他穿着一件黑色套头的针织毛衣，厚薄适宜，正合当下的天气。深色更清冷，但是衬肤色，冷调的白在放映厅略显刺眼的灯光下，如拍立得里过曝的影像，好看得很有腔调。客观上，她无法否认晏斯时在长相上的绝对优越。

夏漓刚要开口，同排另一侧的欧阳婧已然起身，问她："全部放完了吗？还是中场休息？"

"都放完了。是轮播的，半小时后会开始第二轮。"

欧阳婧点头的同时，目光不经意自夏漓的后排扫过，一瞬愣住，而后迟疑出声："晏斯时？"

晏斯时闻言望去，很是陌生的面孔，他想不起是谁，便将目光投向夏漓。

夏漓看明白他的意思，低声介绍说："欧阳婧，也是明中的。"

晏斯时对这名字倒是有两分印象，前几日夏漓就是替她问他是否参加同学会的事。他真的不记得自己认识欧阳婧，不过终究是校友，便站起身，稍稍点了点头："你好。"

此刻放映厅里的观众已陆续离场了，欧阳婧难捺好奇心，挽住她男友的手，穿过座椅朝二人走去。

欧阳婧停在夏漓身旁，忍不住打量晏斯时，随即向她男朋友笑道："我高中校友，晏斯时。"

欧阳婧的男朋友朝着晏斯时伸手，笑容温和："你好。"

夏漓敏锐地察觉到晏斯时情绪里的些微抗拒，但他还是伸手，与人握了一握。

欧阳婧不是过分八卦的性格，与晏斯时的寒暄仅限于交流彼此职业的程度。夏漓在旁听着，没插话，她此刻有些好奇欧阳婧的心情，是完全时过境

迁了吗？还是想起往事多少会泛起波澜？

第二轮播放即将开始，有工作人员前来清场。一边往外走，欧阳婧一边说他们中午预约了一个餐厅，问晏斯时和夏漓要不要一起去吃饭。

夏漓问："哪家餐厅？"

欧阳婧报上店名和大致方位。那餐厅在另一个区，有些远，夏漓有几分犹豫，问欧阳婧："那你下午什么安排？我们去逛街？"

欧阳婧说："今天可能不行哎，我下午还有事。"

这样一说，夏漓便不是很想去了。

欧阳婧就说："我下周有时间，我们下周再约？"

"我下周也应该不加班。"

欧阳婧看向晏斯时："晏同学你呢？"

晏斯时说："抱歉，中午已经跟人有约了。"

欧阳婧便说："那下次吧。"

晏斯时点头。中国人的"下次"，基本等同于没有下次。

欧阳婧捞她男朋友的手臂看了看腕表，就说："那我们先过去了，不然怕过了预约时间。"

夏漓点头。

欧阳婧看向一旁的晏斯时，客套地说道："以后校友聚餐，你有空也去参加呀。"

晏斯时点了点头。道别以后，欧阳婧他们便往停车场方向走去了。

夏漓转头看向晏斯时，没想到晏斯时先她一步开口："去吃饭吗？"

"你不是跟人有约了吗？"

晏斯时坦然道："编的。"

很明显，在晏斯时那里，她与旁人有亲疏远近的分别。夏漓被自己陡然而生的这个念头惊了一下，收回思绪，一边点开微信一边说道："你稍等。"

宋峤安不知被什么事情耽误了，现在都还没来。出于礼貌，夏漓即便要走，也得跟他打声招呼。微信上，宋峤安回复道："我还有十五分钟到。"

夏漓：我要跟朋友去吃饭，可能得先走了。

宋峤安：马上。我有个东西给你。

夏漓：周一给不可以吗？

宋峤安：我已经带过来了。

夏漓抬眼看向晏斯时："我暂时还走不了，有个同事要过来，不如你先……"

晏斯时截断她的话："陪你等。"

那样淡的语气，好难从中分析出多余信息。夏漓不由庆幸，还好，还好她现在已经不是高中的那个她了，不会再为晏斯时的一句话就辗转反侧。

北城传媒学院偏向艺术类院校，每逢周末，校园里便有许多学生活动。今日在校园的南广场上有一个展会，类似缩小版漫展，许多学生摆摊，贩售同人作品、衍生周边和文创产品。

夏漓穿梭于摊位之间，时不时停步，看一看摊子上的东西。基本是学生自制的物件，比寻常夜市上那些义乌小商品要有趣得多。

她相中一款香水，名叫"Scarlet"（猩红），前调是枸杞浆果的香味，非常独特。但犹豫片刻，还是放下了。

晏斯时低头看她，她脸上分明还残余不舍的情绪，他问："不要吗？"

"还是不要了。现在买得开心，以后搬家就是地狱。"

为免自己后悔，夏漓当机立断转身。

前方拐弯，是动漫同人区。夏漓在某一摊位前停步，微微探身查看。

晏斯时抬眼观察摊位旁竖立的展架：《三月的狮子》。

夏漓顺着他的视线看去一眼："这部动画蛮好看的。"

"嗯。"

夏漓微觉惊讶，转头去看他："你看过？"

"闻疏白推荐的。"

话音落下后，是片刻沉默。夏漓自然想到了那一年在尚智书店，晏斯时买了一套《虫师》，又送给她一本《噬魂者》。她仿佛还能闻到那个黄昏空气

里尘埃飘浮的气息。

夏漓笑一笑，说道："好像闻疏白卖的安利你都会吃。"

"不全是。"

"那我可能知道你的口味了。我也推荐一部，你一定会喜欢。"

"嗯？"

"《元气团仔》。"

摊主是个染绿色头发、扎双马尾的女孩子，此刻忍不住插话，仿佛是要为夏漓的"安利"增加一点分量："《元气团仔》好看的！"

夏漓："对吧！"

似乎有很轻的一缕雾气自身旁轻轻荡过，须臾，夏漓意识到，那是很轻的一声笑。

晏斯时的声音紧随其后："好，回去就看。"

夏漓没有转头去看，因此无法确认那笑声是否为真。现在的晏斯时比以往更加阴郁疏离，这好像是重逢以来，她第一次听见他笑。

夏漓拿了一只蓝牙耳机保护壳，透明材质，印着摊主自绘的宗谷冬司——动画里的天才棋手，男主角仰望尊敬的前辈。

摊主拿出一只小纸袋，为她包装。夏漓点开微信，将要扫二维码付款时，身旁晏斯时换近一步。她动作稍停，见他修长的手指自收纳盒里拿起一枚钥匙扣，上面是男主角桐山零，17岁的孤独棋手。

摊主问："一起？"

夏漓说："一起吧。"

不待晏斯时有所反应，她已填入两件商品的总价，确认转账。

摊主拿了一个动画里女主角妹妹川本桃的发圈，一并装进了纸袋里，笑道："这个送你的。"

夏漓惊喜："谢谢！"

"不客气，喜欢这部冷番的都是朋友。"

这枚赠送的发圈让夏漓心情大好，离开摊位以后，她打开纸袋，率先拿出发圈，撑开，准备扎起头发。她手里还拿着纸袋，不便操作，因此动作

223

稍顿。

晏斯时适时伸出手,自然地接过了她手里的纸袋。

"谢谢。"

夏漓三两下扎好头发,伸手去接纸袋,却见晏斯时正看着她,目光落在她耳后的地方。

没等她问"怎么了",晏斯时说:"这里没扎上。"

她手臂抬至半空,突兀地停下——晏斯时已然伸手,往她耳后探去。仅仅一瞬,没碰到她的耳朵,甚至都没碰到她的发丝,这动作只是单纯的位置指示。

"谢谢……"

夏漓飞快取下发圈,捋上那绺头发,手指耙梳几下,拿发圈扎紧。

晏斯时空着的那只手抄入长裤口袋,不动声色地打量。

她今日的穿着比工作日休闲,宽松的松叶色套头毛衣搭配短裙,脚上是马丁靴。很少见她扎头发,此刻半高的马尾有种学生气。耳朵露了出来,皮肤似冷瓷白釉,蓬松碎发下耳垂微微泛着薄红,可能被头发笼得太久。

夏漓伸过手臂,晏斯时回神,递过纸袋。

她从包里拿出自己的蓝牙耳机盒,从纸袋里掏出保护壳,套上以后丢回包中。她看一眼晏斯时,怕他不好拿,就说:"你的钥匙扣先放我这儿,等下再给你?"

晏斯时说好。

又逛了两三个摊位,夏漓收到宋峤安的微信,告知她他已到南广场入口。

夏漓看向晏斯时:"我同事过来了,我去拿一下东西,你是跟我一起过去,还是……"

晏斯时说:"在这儿等你。"

夏漓点头:"我马上回来。"

入口处,宋峤安手里拎着一只纸袋,插着兜百无聊赖地站在路灯下。

夏漓走近,他递上手中纸袋。

"给我的？"

"听说最近这家店的巧克力脏脏包很火，给你带点尝尝。"

夏漓没有第一时间去接，宋峤安将纸袋又往她面前送了送，她才接过。"那家不是很多人排队吗？"

"是啊，所以我才来晚了。"

夏漓有些无语："其实没必要的，宋老师，我平常吃甜品也不多。"

宋峤安耸耸肩，好似在说"排都排了"。他展眼往密集的摊位望去，问："跳蚤市场？"

"不是，漫展。"

"你刚刚在逛？"

"嗯。"

"你喜欢动漫啊？"宋峤安半开玩笑，"心态挺年轻的。"

他居高临下的语气让夏漓有些不悦，但没表现在脸上。"我朋友还在等我吃中饭，我要过去了。"

宋峤安抬腕看时间："叫你朋友过来一起吃呗。"

夏漓很干脆道："可能不太方便。"

"男朋友？"宋峤安又是玩笑语气。

夏漓一点也不想接话。

"下午什么安排？"宋峤安问。

夏漓真的不想再敷衍他了，便故意说："约会。"

宋峤安挑了挑眉，还要说什么，手机响起微信提示音。夏漓趁机说道："宋老师，那我先走了。"

宋峤安点点头。然而夏漓没走几步，就被宋峤安叫住："等等。"

夏漓顿步转身。宋峤安说："周一上午过方案细节，别迟到。"

夏漓说"好"，却见宋峤安忽地抬眼，往她身后看去。夏漓回头，是晏斯时走了过来。宋峤安露出意味深长的笑，夏漓没搭理他。

晏斯时脚步不疾不徐，走到她跟前时，方才微微抬眼，淡漠地睇了宋峤安一眼，旋即将手中的一只黑色小纸袋递给她。

夏漓往里一看，一眼认出是那瓶叫作"Scarlet"的香水。

严格来讲，夏漓从晏斯时那里真正收到的礼物并不多，可好像每一次他都能送到她的心里去。她没有一颗木石心，即便认定自己已然"move on"（向前走），此刻也很难不动容。

"真的要用不完了。"她小声说。

"那就当空气清新剂。"

夏漓不由地弯了弯嘴角。

也许是她与晏斯时多少有点旁若无人，一旁的宋峤安忍不住插话，状似提醒的语气："面包赶紧吃啊，放久了口感会不好。"

夏漓只得"嗯"一声以作应答："我们准备去吃饭了。"

宋峤安似笑非笑："吃饭归吃饭，你还有个文档要交，别忘了。"

"周一给你。"

"那也不急，周末好好休息。不然显得我多不近人情，是不是？"

宋峤安收回目光，笑着说了句"周一见"，往放映厅方向走去。

终于摆脱了，夏漓不由地松了一口气。她将两只纸袋换到同一只手里，意识到晏斯时在看她。当她抬头去看，晏斯时又别开了目光，只朝她伸出手。

夏漓摇头："不用，都很轻，我自己提就好了。"

晏斯时稍顿之后方才迈开脚步，朝南走去。

那是停车场的方位。夏漓问："你开车过来的吗？"

晏斯时点头，又问："想吃什么？"

"我都可以。"

"日料？"

"OK。我不挑。"

步行去停车场的路上，夏漓数度觉察到晏斯时在观察她，她转头时，有时会对上他的目光，他并不移开视线，看她的眼神里解读不出太多内容。这种坦然反而无端让她不自在起来，却又本能地抗拒去分析这情绪的缘由。

午间路况良好，今日天气也算不错。窗开一线，吹入的风不再寒冷，已

然开始揭示春日蛰埋已久的伏笔。

晏斯时于此刻出声,话题却有些无头无尾的:"上次你男朋友送你的星巴克杯子是哪一款?我送礼物做个参考。"

夏漓一愣,反应了片刻才说:"啊,他不是……他是我领导。"

晏斯时不动声色地瞥她一眼:"那天情人节,我以为……"

夏漓有些尴尬。宋峤安确实总喜欢做些让人误会的事,譬如今天也是。当然,假如撇开这些不谈,他算得上是一个很好的领导。只是很多时候,她都很难撇开这些不谈。

"你是要送给谁?"夏漓稍作停顿,"送女朋友的话就不推荐了,那杯子挺丑的。"

"送同事。"

夏漓笑道:"那你收二手吗?全新无瑕疵,小票包装都在。"

她见晏斯时似乎是要说"好",忙说:"我开玩笑的。"

她在微信上跟徐宁吐槽过,这时候往上一翻就有当时拍的照片,她点开,将屏幕朝向他,说:"你看。"

晏斯时抽空看了一眼,脸上难得现出两分无语的表情。

夏漓笑道:"帮你省钱了,快谢谢我。"

"谢谢。"晏斯时当真这样说。

那语气有些认真,夏漓倒一时语塞。她有点故意回避去复盘方才的这番对话,那隐藏于语义之下的试探,倘若细作分析,无一不显得暧昧。

暧昧。

夏漓余光往驾驶座瞥去。晏斯时的衣袖微微挽起,两手搭在方向盘上,她目光在他分明的腕骨上停留一瞬,又不留痕迹地往他脸上看去。他正目视前方,单单看表情,分明是那样心无旁骛。她收回目光,无意识地收紧了抓着那黑色纸袋提绳的手指。

吃完午饭,晏斯时送夏漓回去。

出发没多久,夏漓接到徐宁的电话。徐宁问:"你还在北传吗?吃过饭没有。"

"吃过了。需要我给你带便当吗?"

"我没在家,在图书大厦。我是想说要是没吃的话,可以一起——你现在回去了?"

"在路上了。"

"那我也回去吧。"

夏漓思考了一下图书大厦的方位,是顺路的,但开车的是晏斯时,她不好自作主张,因此就没说什么。

晏斯时却仿佛洞悉她的想法:"你室友?"

"嗯,徐宁。"

"可以捎她一程。"

夏漓看他一眼,对徐宁说:"我在晏斯时车上。你要跟我一起回去吗?"

徐宁:"谁?"

"你明明听见了。"

徐宁哈哈大笑:"不会打扰你们吧?"

"你再说一句,我就当你不需要了。"

"需要需要!我买了一堆书,坐地铁累,打车又贵,正发愁呢。"

"那你稍等,我们开过去大概需要……"夏漓看向晏斯时。

晏斯时:"十五分钟。"

夏漓复述:"大概十五分钟。"

徐宁等在图书大厦门口的路边,身旁地上放着两只环保购物袋,装得满满当当。夏漓要下车去帮忙提,晏斯时拦住她,先一步拉开车门。

从夏漓口中知悉晏斯时回国以来,这是徐宁第一次跟他本尊见面。她推一推眼镜,打量几眼。

如今混编剧圈,连带着会接触到娱乐圈的人。那些惊为天人的男明星,大部分都是妆造和精修堆出来的,私底下的状态与精修图都存在或大或小的差距。如晏斯时这样英俊又清爽的,称得上罕见。若不是记得晏斯时这人分外淡漠,说什么也得把他拐进娱乐圈去。

徐宁笑着打招呼:"晏斯时。"

晏斯时说:"你好。"

"还记得我吗?"

"《西安事变》?"

"哇,我的荣幸。"

"夏漓跟我提过。"

"我说呢。"徐宁也不介意,以她跟晏斯时寥寥无几的交集,他不记得才属正常。

晏斯时指了指地上的环保购物袋:"需要我帮忙吗?"

"需要需要!"

徐宁轻易不出门,今天是工作原因,急需几本资料书,本着"来都来了"的原则,一次性采购了二十来本当前剧本相关领域的参考书籍,其中不乏大部头。将其拎出图书大厦的这一段路,已然叫她去了半条命,现在有"苦力"可使唤,她自然毫不客气。

夏漓降下车窗,看向窗外,她见徐宁似乎打算自己拎一只袋子,晏斯时却径直微微躬身,一只手直接拎起了两只袋子。看着那么重的东西,在他手里倒是稳稳当当,甚至看似还有余力。

晏斯时往后备箱走去,徐宁则打开了后座车门。夏漓转头往后看,徐宁关上门,对她笑道:"我记得某人今天出门是说的跟欧阳婧有约。"

"我也没想到晏斯时会去……我以为他不感兴趣。"

"只是对展演不感兴趣吧?"徐宁一针见血地提醒,"他送了你几回了?"

夏漓愣了一下,还当真在心里计算起来。

徐宁望着她笑。

夏漓提起装着西点的纸袋,生硬地转移话题:"饿不饿?我这里有吃的。"

"你买的?"

"宋峤安送的。"

"这位哥还没放弃呢。"徐宁很坦然地接过纸袋,又低声笑道,"假如是某人送的我就不吃了。"

夏漓瞥见晏斯时往驾驶座走来了,想让她赶紧住声:"你赶紧吃东西吧。"

徐宁笑着比个 OK 的手势。

有徐宁在,气氛反倒沉寂。

晏斯时现在的基本情况,徐宁听夏漓提过,更深入的她也不感兴趣。那巧克力面包她拆开后只吃了一口,微信上就来了工作消息。

第三人在场,且是自己的闺密,夏漓不觉拘谨起来,想不到合适的话题,就只能沉默。

最后到底有点受不了这略显诡异的氛围,夏漓出声了,却不是跟晏斯时聊天,而是问徐宁:"你上个本子什么时候开机?"

"快了。"

"需要你去跟组吗?"

"要吧。"徐宁一边回复微信,一边心不在焉地答着。

如此,夏漓也不好再打扰她了。

徐宁回完这条消息,却又接上了这茬:"想要主演的签名照吗?我帮你要。"

"主演是谁?"

徐宁说了名字。

夏漓非常干脆:"不要。"

徐宁笑了,意有所指地道:"也是哦。普通明星在你眼里都是庸脂俗粉。"

夏漓没说话,偷瞄晏斯时一眼。

用后来的互联网流行语来说,他是"女娲的毕业设计"。夏漓无法违背自己的审美倾向,不管是从前还是现在,晏斯时总是那个正中她审美取向的人。

聊完这几句,徐宁再度埋首回复微信消息。

听着那有节奏的虚拟键盘"哒哒哒"的声响,夏漓决定不打扰她了。

短暂的一阵静默,夏漓警见晏斯时抬指按了按方向盘上的某个键位,车载广播里随即响起电台播报。他明显是觉察到了她的尴尬,才打开广播以作分担。这种认知让夏漓一时怔然。

过了一会儿,徐宁出声:"漓漓你带耳机了吗?能不能借我用一下,我看个预告PV。"

夏漓打开了提包,捞出耳机盒往后一递。

徐宁接过:"换新的保护壳了?"

"对呀。"

"蛮好看的。"

夏漓听见耳机盒开合的声音,笑了笑。

转身坐正,忽地意识到晏斯时正在看她。抬眼去看,那目光却叫她解读不出其中的情绪。

晏斯时目光不移,因此得见夏漓在他长久的注视下变得不自在起来,低垂的睫毛失去一贯节奏,乱眨了两下。

好似羽毛自他心口拂过,那种细碎而连绵的痒,连想拈走都无从下手。

不知道是否有什么专业术语可以形容这种状况:他几年前曾读过一本书,看完是在日落时分,天地即将堕入黑夜的时刻,也因此那故事的结局让人觉得分外寂灭。彼时耳机里正在放一首歌,后来,不管任何时候听到那首歌,他都会第一时间想到那个故事。

这话不知道以后是否有机会告诉她:大抵以后每一次拿起耳机,他都会在第一时间想到她。

231

第十四章
月震

晏斯时的外婆戴树芳要来北城例行复查。

检查楚城就能做，楚城这地方小归小，到底也有自己的三甲医院。但为了叫晏斯时放心，戴树芳宁可多些奔波。

外公霍济衷已不怎么管公司的具体事务，闲来无事，也就陪戴树芳一道前来。

两位老人住不惯酒店，晏斯时提早让人把桃月里的房子打扫了出来。

桃月里的房子，是晏斯时的母亲霍青宜结婚之前，霍济衷给她购置的婚前财产。原是想假若婚后夫妻发生矛盾，霍青宜在北城能有个去处。房子空置多年，许多电气设备也已失修，收拾起来颇费工夫。

验收工作晏斯时委托给了闻疏白。闻疏白去过之后向晏斯时汇报，过了这些年，那房子只是稍有老化，拾掇之后并不影响居住。

闻疏白递还了桃月里的钥匙给晏斯时，感慨道："那么好的小院，这么多年一直空着，挺浪费的。"

晏斯时没有作声。闻疏白立即反应过来，在晏斯时心里，恐怕霍青宜的相关事情还是禁忌。所以这验收工作晏斯时才叫他去帮忙，自己不肯露面。

到了预定时间，戴树芳和霍济衷出发前来北城，与二老同行的还有罗卫国。罗卫国的儿子罗威也在北城上班，他陪同二老，也顺便抽空看看儿子。

戴树芳不怎么喜欢罗卫国，但霍济衷坚持带着他，说他热心、细心，倘有什么事情要办，也好有个使唤的人。

外公外婆抵达那日，晏斯时开车去机场接人，一道吃过中饭，再送去桃月里。

那是一条挺窄的巷子，再拐进去不便倒车，晏斯时就在巷口停下，卸了后备箱的行李，送二老往里走。

门前一株幽绿石榴树，荫蔽了一片天光，其上天色湛蓝，似群青琉璃瓦。

晏斯时停在门口，敲了敲门。片刻，有个穿蓝色工作服的阿姨过来开了门，拎过了他身旁的行李箱。晏斯时转身对二老说道："如果里面缺什么东西，就给我打电话。"

戴树芳凝视晏斯时："你不进去啊，小晏？"

"我就不进去了。"

两位老人默然一瞬，没说什么。

晏斯时说："你们先休息。外婆，我明早来接您去医院复查。"

"你明天不上班哦？"

"我请假。"

次日，晏斯时陪同戴树芳去医院做了全套相关的检查，复查结果十分理想，主治医生让加强锻炼和营养，下一次的全面复查可以安排在一年以后。

后面恰逢周末，戴树芳想去瞧一个医疗器械的展览，但很不巧，与晏斯时一个业界论坛的时间重了。

在餐厅包间吃饭时，聊起这事。罗卫国说："小晏总你大可忙你的去，我陪霍董和戴老师去参加就行。"

"你跟着去还叫不叫人消停？"戴树芳有些嫌弃罗卫国，他这人周到细心不错，但往往殷勤太过。

罗卫国笑道："那要不我叫我儿子来？他对北城熟得很。"

戴树芳就更嫌弃了。罗卫国这人的脸皮好似天生比别人厚两分，又说："这展览全都是外国展商吧？正好，我在北城还认识一个人，我老乡闺女，念的就是英语专业。她给戴老师您做向导，您一定满意。"

戴树芳说："我都不认识，放我跟前多不自在……"

晏斯时不爱同罗卫国这般油滑的人打交道,但他能跟霍济衷这么多年,工作能力必然有其可取之处。因此罗卫国跟戴树芳的这一番殷勤,他一直似听非听,只持杯饮茶,直至罗卫国这番叫人熟悉的描述落入耳中。

晏斯时开口:"您见过的。"

戴树芳说:"哦?"

"高二那年明中校庆,她跟您打过招呼,姓夏。"

戴树芳思索片刻:"是不是那个,当时厂里闹得沸沸扬扬的,夏什么的女儿?"

罗卫国闻言有几分讪讪,说了句"是的"。

可见那时候夏建阳那事闹得多难看,一贯不怎么关心厂里事务的戴树芳都听说过。

戴树芳说:"印象中那小姑娘挺乖巧的,怎么有这么一个父亲。"

罗卫国说:"人家小姑娘争气,比我家罗威可争气多了。现在在一个什么科技公司上班,好像是外企,还是什么国外部门……您要是觉得可以,我给她打电话,问问她有没有时间。"

戴树芳:"那你问问。"

晏斯时平声说:"她有自己的工作,还是别打扰了。我协调时间陪您去。"

罗卫国愣了一下,因为觉得晏斯时这话里有些护短的意思。

戴树芳则敏锐捕捉到了什么:"小晏,你跟人家认识啊?"

晏斯时"嗯"了一声,却不欲解释太多。

戴树芳笑了笑,说道:"算了。小晏你也别请假,我跟你外公一起去就行,别忙活了。"

晏斯时将二老送回桃月里,回到车上,将要启动时,见微信上来了一条消息,是夏漓发来的。

  Sherry:你外公外婆来北城了是吗?
  晏斯时:是的。

Sherry：需要我帮忙吗？

晏斯时将打出来的"不用"删去，想了想回复道："马上开车。方便语音吗？"

Sherry：方便。

晏斯时启动车子之后，拨通微信语音。车载广播里传出那凉柔的声音，如水一样淌满车厢。晏斯时不自觉放松下来，身体往后靠去："晚上好。"
夏漓轻声一笑，也说："晚上好。"
晏斯时问："在加班？"
"今天没有。你呢？"
"刚刚陪外公他们吃完饭。"
"听说你外婆要去看展，需要我陪同吗？"
晏斯时一顿："罗卫国找你了？"
"倒没直接找我，找的我父母。"
晏斯时微微蹙眉，罗卫国这人办事一贯如此冒犯。"不用。这件事我会自己处理。"
"没关系的。我这周末正好不用加班。"
晏斯时默然片刻，记起高中的时候，似乎是校庆那一天，她明明觉得困扰，却还是硬着头皮尽心地承担起了招待的任务。
他便说："我不希望你为难。"
"没有……你就当我是为上次的事情谢谢你吧——周玮说你认真地跟她聊过。"
晏斯时沉吟片刻，才说："那我代外婆谢谢你。"
夏漓似乎是轻笑了一声，而后说道："有个条件可以吗？"
"你说。"
"让罗叔叔别跟着去。"

235

"好。"

周日，晏斯时亲自开车送外公外婆和夏漓去会展中心。

他出门后去夏漓住处接人，车开到小区门口时，她已经等在那儿了。

夏漓拉开副驾驶车门上车，空气里立时弥漫一阵清新香气，如同置身春日田野。

夏漓同后座两人打招呼，晏斯时忍不住朝她看去，她今日作休闲打扮，穿帆布鞋，背一只帆布包，头发扎了起来，和平日通勤的装束很不相同，这一身像是学生。

打完招呼之后，戴树芳说："这回真是给小夏你添麻烦了。"

夏漓笑道："没有的，戴老师。就是怕到时候涉及太多医疗行业的专业词汇，我也翻译不好。"

"过去随便瞅瞅就行，不碍事的。"

客气过后，夏漓方才转回头，朝着驾驶座看了一眼："走吧。"

"嗯。"晏斯时目光自她脸上轻轻扫过，揿下了启动按钮。

一路上，副驾驶座传来的清浅香气始终萦绕于鼻息之间。

他初次有如坐针毡之感。说是折磨也不为过，他无端觉得浮躁，却说不清缘由，只想寻一个出口。而他甚至说不清那出口究竟是什么。

傍晚，晏斯时去接人。

联系上才知道三人已不在会展中心。会展中心附近有条老街，观展之后，夏漓就带着两位老人逛街去了。那周围路狭人多，晏斯时将车停得稍远些，步行过去。

老街入口处砌了球形石墩阻拦机动车，晏斯时在道旁的梧桐树下等人，没多时便从人流中寻得三人身影。戴树芳怀里抱着一束花，从石墩的间隙走出来，夏漓紧随其后。

晏斯时走上前去，看清戴树芳怀里的花。黄色调花束，一眼瞧去有黄玫瑰和洋甘菊，拿雪白的雾面纸包着，很有春日气息。

晏斯时问："外公送您的？"

"那他算是开窍了。"戴树芳笑道,"刚刚逛街路过一家花店,小夏送的。"

夏滴也有花,不过就一枝,黄色郁金香,斜插在帆布包里,孤零零的,品相也一般,看着像是花店卖不出去搭送的赠品。

步行至停车场的途中,晏斯时问外婆逛得怎么样。

戴树芳说:"幸亏今天麻烦了小夏过来给我做导游,展上那些新机器,操作指示全是英文,要没个翻译还真弄不懂。小夏真是耐心,陪了我大半天,她那鞋子还打脚,后跟都磨起水疱了。"

晏斯时稍稍顿步,转头垂眼看去。夏滴脚上那双帆布鞋,确实是那个出了名的会磨脚的品牌。

夏滴原本落后半步,晏斯时这时停步,戴树芳和霍济衷也都跟着停了下来。她顿时不自在,看一眼晏斯时,小声说:"没事,贴过创可贴的。"

那目光在她鞋上停了数秒钟才收回。

车泊在前方路边划分出的停车位,晏斯时率先拉开了副驾车门。

霍济衷刚要上去,戴树芳一把攥住他的手臂:"小夏坐前面。"

霍济衷有些莫名其妙:"你不是跟小夏投契吗?你俩坐后面聊聊天也不无聊。"

戴树芳瞪他一眼:"小夏脚痛,坐前面位置宽敞。"

车往预订的餐厅开去。逛了半天,到底有些劳心费神,上车以后两位老人便不怎么说话了,都合眼小憩。车窗半开,外头天色将暝,空气里弥散着花木扶疏的雾气。这寂静让晏斯时和夏滴都没作声,怕打扰后座两位老人休息。

吃饭时气氛和乐。大抵是这半日相处,夏滴是真投了戴树芳的缘。晏斯时印象中不怎么爱关心他人私事的外婆,这时候竟问起了夏滴家里的事。

"我听罗卫国说,你父亲跟他是老乡?"

"是的。"

"你父亲还在我们厂里工作吗,哪个厂?"

"已经不在了,戴老师。他现在在一个居民小区做保安。"

"那你母亲呢？"

"在托辅机构做烧饭阿姨。"

"哦。"戴树芳了然地点点头，看向霍济衷，说道，"其实可以叫他们再回咱们厂里工作。"

夏漓凭戴树芳的这几句话，猜测她多半知道夏建阳的事。那事已经过去很久了，可她仍有两分难以消化的尴尬。"劳您费心了戴老师，我爸妈现在工作挺稳定的，上班的地方离家也近。"

戴树芳说："那到时候倘若有什么帮得上忙的地方，小夏你尽管开口。找小晏也行，直接给我打电话也行。"

夏漓笑着应下。

吃完饭，晏斯时先送戴树芳和霍济衷回桃月里，那儿离餐厅近。

车停在巷口，晏斯时让夏漓坐在车上稍等一会儿，他将人送进去就回来。说着，抬手轻轻一掷："帮我保管。"

夏漓条件反射伸手去接。是他的车钥匙。

夜里，那巷子显得更幽深曲折。为了配合两位老人的步幅，晏斯时走得很慢。

戴树芳怀里仍旧抱着夏漓送的那束花，问道："小晏，你回国以后跟陶诗悦联系过吗？"

"没有。"

"跟其他高中同学呢？见过面吗？"

晏斯时也说没有。

戴树芳看向晏斯时，有三分犹豫："那孟医生那边，去见过吗？"

晏斯时说："有时候会。"

他们说话间，已到了桃月里的门口。

戴树芳就站在门前，看向晏斯时："我知道，小晏你这次回国发展，多半都是为了我。我这回复查的结果，你也看到了。你外公身体也算健朗，我们两个不需要你太多操心，我们只希望，你多替自己操心操心。"

戴树芳转头，看了看桃月里的门牌号，伸手温柔地抚了抚门框，声音

也低柔两分："你一直是个懂得自省的好孩子。这话我说过无数遍了，小晏，你妈妈的事，不是你的错。我希望迟早有一天，你能听得进去这句话。"说罢，她怅惘地叹了口气。

晏斯时只是垂眼沉默。

戴树芳笑笑，抬手去揿门铃："快回去吧，别叫小夏等得太久。"

片刻，住家的阿姨过来开了门。晏斯时叫二老早些休息，目送他们进了门，将要转身时，又想起什么，唤住了阿姨的脚步，叫她帮忙拿样东西。

巷口，车打着双闪灯。夏漓坐在座位上，手里捏着那枚车钥匙，明明放入储物格即可，她却似乎真在执行"保管"的命令，一刻也没放下过。

没等多久，她看见晏斯时从巷子里走出来了。他到了车旁，没绕去驾驶座，反而拉开了副驾驶座的车门。

夏漓这才看见，他手里拿着一只深蓝色的无纺布袋。袋子解开，里面是双一次性拖鞋。

夏漓微怔。晏斯时将拖鞋放到她脚边的黑色脚垫上，垂眼一看，她脚上的鞋后跟已经踩下，随意趿拉着。脚后跟处贴着创可贴，上面有暗沉的污渍，是血已经渗透了创可贴的布面。

夏漓还没反应过来，晏斯时已然微微俯身。微凉的触感传来，是晏斯时轻握住了她的脚踝。夏漓顿时僵住。

他神情分外平静，不带一丝叫人遐想的暧昧。大脑程序失去响应，直到晏斯时拿起了一只布拖鞋，她猛然回神，伸手推他手臂，慌忙说道："我自己来吧……"

晏斯时稍顿，松了手，退后一步。夏漓迅速蹬掉了脚上的另一只帆布鞋，也不敢抬头，低着眼，去找那双拖鞋套上了。晏斯时顿了一瞬，因为瞧见她头发扎起露出的耳朵，那白皙的耳垂一霎变得通红，薄红的皮肤揉一揉就会破似的。他不自然地别过了视线。

上车，夏漓递过了车钥匙。

晏斯时接过。被她拿得久了，那金属的按键部分都有些温热。

车子启动，汇入夜色。

晏斯时说:"今天谢谢你。"

"没有,小事一桩。"

晏斯时此时又往她脚上看去一眼。

夏滴知道他要问什么:"明天就好了。"

"抱歉。"

夏滴摇头:"真的没事。"

"我知道你讨厌罗卫国跟你父母施压。"

"还好,只是我父母觉得欠了他人情。"

晏斯时沉默一霎:"我听说了你父亲当年的事。"

夏滴一怔:"啊……那个,闹得很大,听过也正常。"

"是那天吗?"

他们都知道,那天是指哪天。

"嗯……"

晏斯时觉察到夏滴没有谈论此事的兴致:"抱歉,我有些冒昧。"

夏滴一下笑出声:"晏同学,你到底要道几次歉?"

晏斯时也微微勾起嘴角。

安静片刻,晏斯时换了话题:"谢谢你送花给我外婆,她好像很高兴。"

"我们在街上恰好碰见有个男生当街给她女朋友送花,戴老师就埋怨你外公,说她上个月生日,连花都没收到一束。明明知道她现在练习打字不方便,还要送她那么沉甸甸的宝石镯子,戴着做事情都不利索。"夏滴笑着说道,"那时候走累了,我安排他们到咖啡馆歇脚,旁边就是花店,就随便买了一束送给她。"

戴树芳生日,晏斯时送的是她最喜欢的红茶茶叶。夏滴这样一说,他也不自觉自省,当时应当再配一束鲜花。

照顾人的心情好似是夏滴的一种天赋。这种天赋无所谓讨好或是谄媚,因为于她似乎不过是举手之劳。但得她照顾的人,却能得片刻慰藉,或是整日的好心情。也不怪相处半天,戴树芳就这样喜欢她。她的确是一个招人喜欢的女孩子。

"你的那一枝是谁送的?"晏斯时问。

"花店。"

果然。

四月柔柔的晚风吹得人神思倦怠,夏漓连打了几个呵欠。坐副驾驶的人应当陪聊,这是她的礼仪,但今天半天走了十五公里多的路,她一个疏于锻炼的打工人,此刻很有些电池耗尽之感。

她又打了一个呵欠,手指揩去眼角的眼泪:"抱歉,我想睡一下。"声音也疲软下去。

晏斯时说:"睡吧。到了叫你。"

夏漓睁眼时,车厢里一片阒然。驾驶座那边窗户开着,晚风疏疏吹进来,轻卷着烟雾,昏暗里一点火星,来自晏斯时的指间。他比这空气更沉默,夜色中侧脸的轮廓似静岭起伏,目光蛰伏于黑暗,清冷遥远。夏漓怔怔地看着他,没出声。

那烟他拿在手里,几乎没怎么抽。在这项不良嗜好面前,他并不是个老手。可能有点像是有些人心情不好便习惯买醉,香烟此刻发挥了酒精的作用。

她无声的窥探还是被发现了。那烟烧到了一半,晏斯时收回手臂往灭烟器里轻摁时,倏然转头。

夏漓只来得及闭眼,但睫毛颤了几下。

"醒了?"

"嗯……"夏漓不好再装睡,睁眼,"怎么没叫我?"

"看你睡得很熟。"

"这是在哪里?"

"停车场。"

夏漓摁亮了手机屏幕,看一眼时间,据此推算,他至少等了她半个小时。她心里泛起一种像是手指抓过毛桃的感觉,那样很细碎又不致命的痒,洗过了也有触觉残留。

"你心情不好吗?"

"不是。"

"那就是等我等得太无聊了。"夏漓笑道。

晏斯时怕她误会，解释道："在想一些事。"

想什么，夏漓不好再问。

那烟灭掉了，狭小空间里残余的烟草气息片刻后也消失殆尽。晏斯时将车启动，往夏漓所在小区驶去。

他换挡时，夏漓瞥去一眼，看见了自己送给他的打火机。"这个生日礼物你还喜欢吗？"

"当然。"

简单两个字，却叫她心情如洗，一时轻快。

车很快开到小区门口。夏漓道别之后准备下车，晏斯时低声叫住她："稍等。"

她不明所以，却见晏斯时解开安全带，拉开车门，下车以后，自车头绕到了副驾驶这一侧。车门被拉开了，他径直俯身，一把握住她的脚踝。

夏漓的第一反应是往回缩，他手指却多用了两分力，扣得更紧。她这时才看见，他手里拿着一板创可贴。脚后跟上染血的创可贴被揭了下来，一瞬而过的痒，不单单发生在生理层面。他撕开干净的创可贴，对准创面贴上，指腹轻抚，使其贴得更牢固。

夏漓一只手后撑在真皮座椅上，无法呼吸，手臂更是直接浮起一层鸡皮疙瘩。

只需稍稍垂下眼，即能看见晏斯时低垂的睫毛，如同冬日灰雀的羽毛。

他专注得近于虔诚，仿佛正在对待的不是一枚睡一觉就将结痂的小小擦伤，而是什么珍贵易碎的宝物。

"等下就要洗澡。"夏漓艰难地找回自己的声音。此刻开口更多是为掩饰自己好像已经彻底失去控制的心跳。

"是防水的。"

"防水的也要撕掉的……"

"那就明天再贴。"

"明天都痊愈了。"

晏斯时抬眼,那目光好像在说,一定要继续抬杠吗?

夏漓轻笑出声。

晏斯时低声说:"抱歉。下次不会了。"

"不会什么?"

"卖苦力的事。"第二枚创可贴也已贴好,他收回手,这语气郑重得像是在同她承诺。

晏斯时得空,去了闻疏白家里一趟。

闻家父母听闻晏斯时回国了,一直同闻疏白念叨,叫他将人请到家里来吃顿饭。

晏斯时初中那会儿,放学跟闻疏白打完球之后常会顺道去他家吃晚饭。闻妈妈极为热情,将他爱吃的菜式记得一清二楚。老家鲜摘的樱桃,家里亲戚坐飞机人肉背来北城,就那么十来斤,也要分一半叫他带回去给家人尝鲜。那段时间闻疏白对他挺有怨气,说他这种"别人家的小孩"最是烦人。

因为记忆中闻家的这份热情,晏斯时做了一些思想准备,才去赴了这次邀约。他很怕自己有所辜负。

见面以后,闻妈妈自然诸多嘘寒问暖,晏斯时有问必答,难得没有生出丝毫反感。

他相信闻疏白一定提前同闻妈妈通过气,她问的那些问题,既热情又无一点触及界线。

聊了一会儿,闻妈妈便起身去厨房,说要亲自看汤,那调味的火候只有她能把握,熬了一下午的上好食材,可不能功亏一篑。

闻疏白耸耸肩道:"我妈一直这样,啰里吧唆的。"

晏斯时抿茶,没作声。闻疏白这才意识到自己说错话了,这种嫌弃在晏斯时听来未尝不是一种无意识的炫耀。他瞥了晏斯时一眼,不好直接道歉,干巴巴地转移了话题。

一会儿,闻爸爸到家。四角俱全,晚饭开席。

闻爸爸工作之外是个挺随和的人,这也是闻疏白能跟家里人没大没小的原因。

他们这圈子里,闻疏白几乎是绝无仅有的父母恩爱、家庭圆满的小孩。其他人关上门来,各家父母都有自己的一笔烂账。

两人的恩爱在饭桌上也有体现,那盛出来第一碗汤,闻妈妈一定是先递给闻爸爸。

第二碗到了晏斯时手里。晏斯时喝了一口,由衷夸赞一句。

闻妈妈笑得合不拢嘴:"还是小晏贴心。"

闻疏白:"哦,这不就是说我不贴心?"

"你贴心?年年只知道送我爱马仕,就花色换来换去,一点新意也没有。"闻妈妈同闻爸爸炫耀,"你猜小晏今天来送我什么?翡翠胸针,正冰阳绿的,那设计和种水,漂亮得很。我正愁过几天去茶会那身套装缺点装饰呢。"

晏斯时说:"您喜欢就好。"

"喜欢,怎么不喜欢?"闻妈妈笑眯眯地说,"不怪小晏从小就招女孩子喜欢,单就这送礼的心思,谁比得上——哦,小晏你现在有女朋友没有?"

晏斯时都没反应过来这话题是怎么陡然转向的:"还没有,阿姨。"

闻疏白这时候插话:"妈,你可别想自作主张要给人介绍对象啊,晏斯时的脾气你也了解。"

闻妈妈白他一眼:"我是这种多管闲事的人吗?我连你都懒得管,你看你成天晃晃荡荡的,也不知忙些什么东西,工作三天打鱼两天晒网,喜欢的姑娘也不敢追。你爸像你这么大的时候,都有你了……"

闻疏白被戳中痛脚,不说话了,看一眼晏斯时,想叫他帮忙转移火力,哪里知道他只闷头喝汤,根本不吱声,那神情分明是有意看他的热闹。

闻疏白忍不住嘲他一句:"你可真是我两肋插刀的好兄弟。"

晏斯时:"不客气。"

吃完饭,晏斯时陪闻妈妈喝茶闲聊,又同闻爸爸下了几局象棋。

到九点半，晏斯时告辞。

闻妈妈将晏斯时一直送到了院子大门口。

她笑容亲和，说道："一直只从疏白那儿知道你的情况，今天亲眼见到了，我就放心了。以后有空常来吃饭，提前给我打个电话就行。"

晏斯时应下："谢谢您今天招待。"

"别客气。你跟疏白一样，都是我看着长大的小孩，只可惜……"闻妈妈拍拍他的手臂，咽下了剩余的话，只笑道，"好好照顾自己，好好吃饭啊，我看你那食量就发愁。"

跟闻妈妈道别之后，晏斯时转身往前方去取车。

他回头看了一眼，门口处，闻爸爸出来了，将一块披肩盖在闻妈妈身上，随即搂着她肩膀进去。

吱呀一响，对开的黑漆大门合上。院里那一捧澄黄亲暖的灯光一瞬被隔绝。

大抵因为周末，夜生活刚刚开始，回去路上堵成一片。

视野里满满当当的红色尾灯，连成一条行走缓慢的灯河，殊无变化，一眼望不到头，更不知路的出口，就像过去这些年他生活的图景。

晏斯时稍微有些丧失耐心。

他拿过一旁排挡储物格里的手机，点开了那简笔画的鱼的头像。

最后一次对话是夏漓询问他，戴树芳和霍济衷是否已回北城，她请他代为转达，祝他们一路顺风。从那之后，直到今天，他一次也没在园区碰到过夏漓。

他酗咖啡，每日固定时间段下楼，这园区就一家星巴克，照理不至于这样不凑巧。

手指点击消息发送框，悬停在弹出的虚拟键盘上，最终没有输入文字，而是再度点击头像，进入朋友圈。

夏漓七小时前发布了状态，是条视频，翼装飞行赛事的精彩集锦，末尾赞助商是某运动相机品牌。再往前翻，上一条发布于三天前。九宫格照片：机场内景、沿途街道、落地后的第一餐……配文是"吃完就干活"。没有定

245

位,但晏斯时一眼认出来是在纽约,这才知道她出差了。

晏斯时的朋友圈是关闭的,只偶尔点进去看一看,也因此不常能第一时间获知旁人状态。

退回到对话界面,晏斯时算了算时差,发出一条消息。

夏漓一上午都在和杰里他们开会复盘此次的宣传活动,直到中午,她在酒店附近找了家简餐店,点一份墨西哥卷饼,边吃边处理积压的微信消息。

她滑动对话列表,很意外地发现,一个半小时前晏斯时给她发了条消息。

  YAN:去出差了?

夏漓匆忙咬了几口卷饼,剩下的放在盘子里,拿纸巾擦了擦手指,回复消息。

  Sherry:抱歉刚刚在忙。
  Sherry:是的。在纽约出差。

发完消息,她才想起计算时差,此时国内是零点四十左右,晏斯时多半已经睡了。哪里知道,消息只发出一分钟不到,晏斯时便回复了。

  YAN:你的工作需要经常出差?

夏漓愣了一下。难道他翻完了她的朋友圈?

她朋友圈没设权限,更新并不频繁,但几年下来,各地打卡,内容丰富程度也已相当可观。

Sherry：是的。已经快成朋友们的半个专职代购了。
　　YAN：那么想请专职代购帮个忙。

夏漓还没回复这条，晏斯时的下一条已经发过来。

　　YAN：你住在哪个酒店？

夏漓回复了酒店名称和所在街道。片刻后，晏斯时分享了一个地址定位。

　　YAN：酒店附近有家书店，步行五百米左右。方便的话，能否帮我带本书？

为了方便辨认，还附带了书封的图片。

夏漓切换到浏览器检索书名。那是上个月刚刚发售的一本计算机与脑神经科学领域的学术著作，目前国内尚未引进出版。

　　Sherry：没问题。
　　YAN：麻烦了。
　　Sherry：不客气。

吃完中饭，夏漓顺便去了趟晏斯时分享地址的那家书店，哪知道居然缺货。

她拿地图搜索了其他书店，最近的离此处1.5公里，为免白跑一趟，她照着谷歌地图上的电话拨过去问询，得知有货，这才步行过去，权当消食。

结束所有的收尾工作，夏漓回国，周五抵达国内。

由于时差颠倒，作息紊乱，她晚上没睡着，一直到次日下午才挨不住睡了个漫长的午觉，醒来时已是黄昏。她从枕边捞过手机，给晏斯时发了条消息,说自己回国了,周一去上班时把书给他。

  YAN:你在家?
  Sherry:嗯。
  YAN:我过来拿吧。顺便请你吃晚饭。

  实则,这种临时的邀约夏漓一般都会拒绝。但大抵由于徐宁不在家,房间里太安静,她睡了太久,有种沉入水底一样的昏沉,窗户没关紧,有风吹动着纱帘起伏,地板上投下一道静谧的夕照。不知道为什么,她就回复了一个"好"字。
  放下手机后,寂静的氛围让夏漓又有些眼皮沉重。她想,再睡十分钟……
  突然惊醒,是因为梦见跌下了楼梯。她蒙然睁眼,才发现手机正在振动,而室内一片黑暗。急忙摸过手机一看,是一个归属地为北城的陌生号码打来的电话。接通时她顺便瞥了眼时间,才知已是晚上七点半,而她发完微信消息那会儿应该是六点不到。
  "喂……"
  "夏漓?"
  电话那端竟是晏斯时的声音。夏漓愣了一下,总算彻底反应过来,忙说:"抱歉抱歉!我发完消息就又睡过去了!刚回国作息还有点乱……"
  "没事。你没事就行。"
  电话里听来,晏斯时的声音更有一种毫无波澜的平静。
  她将电话免提,切到微信界面看了看。有三条来自晏斯时的未读消息,第一条是通知他到了,第二条是询问她是不是临时有事,第三条是一则未接通的语音电话。他多半以为她是不是出了什么事。
  夏漓很少会这样掉链子,一时有些赧然:"抱歉,我一般不会无故失联……"
  晏斯时依然说:"没事。"

夏漓问:"你已经回去了是吗?"

"没有。"

那声音始终听不出什么情绪。

夏漓:"那你……"

"在你小区门口。"那端声音顿了顿,"你好好休息,我先……"

夏漓打断他:"等我一下,我马上下来。"

顾不上更多,夏漓随意找了条长款的针织打底裙套上,披上风衣。

她照了照镜子,昨晚犯懒没洗的头发被睡得乱糟糟的,她拿梳子随便梳了几下,翻出一顶贝雷帽戴上。而后随手在书桌上抓了瓶香水,胡乱喷了几下,拿上装书的袋子,揣上手机和钥匙,蹬一双平底鞋,关门,匆匆跑下楼。

一路小跑到小区门口,果真见晏斯时正在路边,身着一件黑色硬质料子的风衣,单手插袋地站在那儿,身形清冷,头发让春风吹得几分凌乱。也许是听见了脚步声,他转头看过来。

夏漓赶紧两步跑到他面前,喘着气再度道歉:"不好意思……"

"没关系。"

她递过纸袋:"你的书。"

晏斯时接了,道声谢,低头看她:"休息好了?"

夏漓很是不好意思地点点头:"我请你吃饭吧。"

"我请。"

晏斯时说完,便转身朝停车处走去。夏漓只得跟过去。

小区门口只能临时停靠,晏斯时将车停到了附近底商的停车场,步行过去五分钟。

夏漓将方才差点跑掉的帽子摘下,重新戴上,正了正。

这时候动作一顿,因为她突然想到一个问题:"你知道我的电话号码?"

晏斯时:"问了几个同学。"

"谁?"

"王琛,陶诗悦。"他语气清淡不过。

是从王琛那儿问到陶诗悦的微信，加了陶诗悦。陶诗悦只有她的微信，但没有电话号码，又去帮他问七班的同学。如此一圈下来，终于问到了。

夏漓一时笑了："那个，你可以问周玮的，她有。"

晏斯时难得露出"我怎么没想到"的表情。

吃饭的地方是上回闻疏白推荐的另一家餐馆，为免饭点排队，晏斯时出门之前提前打电话订了位。

车刚启动，餐厅正好打过来，说订座一般只保留到七点半，现在已经超时了，询问他是否还打算过去。晏斯时抬腕看手表，请对面再帮忙保留半小时。也许是那餐厅人均消费高，翻台率低，所以答应下来。夏漓一听又有些不好意思。

到了那餐厅，有人来带座，将他们引至一个安静独立的卡座。

夏漓先没翻菜单，到座位上脱了风衣，先去了趟洗手间。

她回来落座时，晏斯时自菜单上抬头看一眼，她穿一条偏休闲款式的奶油白的针织裙，小翻领设计，露出分明的锁骨。白色很衬她，像松枝上一捧茸茸的雪。

夏漓翻开菜单，问晏斯时点了什么，在那基础上又添了一个素菜，一道甜品。

点完以后，晏斯时接了她手里的那本菜单，递给服务员。

夏漓端上茶杯啜一口茶，自袅袅茶烟上瞥去一眼，目光不自觉被他递菜单的手吸引。那真是一双好看的手，手指均匀修长，皮肤白皙清薄，手背有并不夸张的青色筋脉，那银色金属腕表也显得相得益彰。

等上菜时，晏斯时问到她的工作内容。

仿佛是接上了上次某回的对话，他问过她具体是什么职务。

夏漓觉察到，这一回他似乎是真有几分兴趣，这才详细介绍，她的工作就是跟海外的市场部门对接，负责一些针对品牌形象的宣传活动，包括策划和落地实施。大部分方案是海外部门主导的，他们更多是提供一些支撑性的工作。

"分了亚太、非洲、欧美几个大的市场，我主要是跟美国和加拿大对接，所以会常常飞去那边出差，一年至少三次吧。"

夏漓看一眼晏斯时，见他手指握着茶杯，确实是在认真聆听的模样，这才继续说道："东部的纽约、华盛顿，西部的西雅图、旧金山……"她垂下眼，抿了一口茶，"以及洛杉矶，都有去过。"

晏斯时抬眼看她："也去过波士顿？"

"没有。"

是的，波士顿和纽约离得那样近，巴士四小时，飞机一小时。她飞纽约那么多次，却阴差阳错地一次也没有去过。像是命运开了一个荒谬的玩笑。

晏斯时一时沉默。

夏漓看他一眼。当他不作声的时候，她总像是隔雾观山。区别在于，以前她总想探一探那清冷的山的真面目，现在却似乎已没有这样的执念了。

她低头喝茶时，倒是晏斯时又开口了，问她本科学的什么专业。

"英语……"她下意识地答，收音却轻，然后又反应过来，一个专业而已，能泄露什么秘密。她那时候花半年啃完英语原版书的心思，报考专业时选英语还是历史的纠结……这些里面，才藏着她的秘密。

顺着这话题，夏漓问道："你学的是计算机是吗？我记得你高中的时候就对编程这些感兴趣。"

"嗯。"晏斯时同她介绍，他在麻省理工念完本科之后，就继续深造，拿了CSEMS学位，即计算科学与工程学硕士（Master of Science in Computational Science and Engineering）。

夏漓还挺意外晏斯时没有继续念博士。据她所知，王琛就还在攻读博士学位。

片刻，服务员开始上菜。

夏漓又聊到帮他代购的事："你说的那家书店没货，我去另外一家帮你买的。"

晏斯时闻言微愕，抬手轻按了一下额头："抱歉……我明明说过不会再让你做卖苦力的事。"

那是他临时起意的幌子,特意搜索的离她最近的书店,没想到最后还是给她添麻烦。与其如此,他宁愿再另寻机会。

夏漓却微笑着摇摇头:"没事没事,那书店也挺近的。"

边吃边聊,虽然话题依旧不算深入,但夏漓觉得两人相处的气氛已然称得上是轻快自在。

他们点的餐品里,有一瓶晏斯时点的柚子酒,说是这店里的特色。晏斯时因为要开车,只喝冰柠檬水,那酒就只有夏漓一人在喝。柚子酒冰镇过,味道清甜甘冽,真像是鲜榨了一整颗柚子,入口宛如饮下整个夏天。

吃到一半,晏斯时接到一通电话。他看一眼来电人,起身道:"你先吃,我接个电话。"大约十来分钟,晏斯时回来。他坐下说声"抱歉",解释说是工作电话,对方在公司加班,问他一些数据库参数方面的问题。

夏漓摇摇头:"没关系。"

晏斯时盯着她看了一眼,隐约觉得她面颊皮肤比方才红了两分。他目光自她手里端着的琉璃酒杯移动到一旁磨砂玻璃的酒瓶上。伸手拎起那酒瓶一看,300毫升的容量,已经去了一半。

晏斯时看她:"你酒量怎么样?"

"小瓶装啤酒两瓶的量。怎么了?"

晏斯时不知该不该告诉她:"这酒有30度……"

也是怪他,那时候夏漓去洗手间,他点酒时,服务员特意说过,这酒口感调配得很好,喝起来跟果汁没两样,但度数不低。他忘了提醒夏漓。

夏漓瞳孔定住。

果真,这顿饭还没吃完,她已觉得天旋地转,走到门口时脚步虚浮,差点绊倒。

"小心。"晏斯时伸手,及时将她手臂一提,也不敢再放手,就这样半搀着她到了车上。

好在夏漓酒品很好,她喝醉的次数不多,寥寥几次都是不哭不闹,直接呼呼大睡。这次也是,一上车,温热空气与舒适座椅齐齐围剿,神志投降得比什么都快。

晏斯时提醒："安全带。"

靠着座椅的人纹丝不动，只闻微沉的呼吸声。

晏斯时只得一手撑着排挡，探身过去，抽出了安全带。

那带着酒气与果香的温热呼吸就擦过他的颈侧。他顿了一下，不自然地稍稍偏开头，"咔嗒"一声扣上安全带。好似冬日靠近一丛篝火，即便远离了，那微热紧绷的触感还有所残留。他不由地伸手去抹了抹自己颈侧的皮肤。

车子穿行于煌煌的灯河，车厢里却昏朦寂静，像是深海里的潜水艇。

晏斯时间或转头看一眼夏漓。他很少体会这种心情，纯粹的平静，而非枯寂，更没有隐藏其下的隐隐焦灼，只是纯粹的平静。

其实今日大费周章地绕一个大圈打听夏漓的电话号码，绝非他的一贯作风。初衷自然是担心夏漓是否出事——他曾体会过如出一辙的恐慌，比谁都更明白"世事无常"这四个字的残忍。而在那辗转打听的焦灼中，终于让他隐隐品出了近日持续焦躁的源头所在。

到了小区门口，晏斯时试着叫醒夏漓，问她具体住在哪栋哪层。沉酣的人自然没有给他答案。

思索片刻，晏斯时掏出手机，点开陶诗悦的微信："抱歉，再麻烦你一次。你有徐宁的电话吗？"

半分钟后，陶诗悦回给他一串省略号。又过片刻，陶诗悦回复道："拉了个群，你群里问吧——晏斯时你这回人情欠得大了，不请我吃顿饭说不过去吧？"

晏斯时回复："一定。"

退出对话框一看，果然首页多出来一个群聊，群成员一共七人，名称为"老朋友们快来看有人诈尸"。

陶诗悦在里面发了第一条言："你认识的人都在这里了，你自己问吧@YAN。"

聂楚航紧跟着冒泡："这是什么群？"

晏斯时点开群成员列表看了看，判断昵称为"XN"的应当就是徐宁，便在群里发消息道:"能否麻烦给我一个你的电话号码@XN。"

  XN:我来了!!!
  XN:131XXXXXXXX
  XN:晏同学找我什么事?

  聂楚航紧跟着又发了一条:"晏斯时?!@YAN"
  晏斯时给群列表里还没添加的林清晓、聂楚航和徐宁都发了好友验证,而后拨出了徐宁的电话。
  徐宁今天一整天都在跟几个大编剧聊一个本子的大纲,头昏脑涨的时候刷刷手机,正好刷到了群消息。今天陶诗悦帮忙在七班同学间问夏漓电话号码的事,引起了不小的轰动。夏漓的电话号码正是她发给陶诗悦的。现在晏斯时又问她的电话号码,让她有些担忧是不是夏漓出了什么事。看见有陌生号码打进来,她跟诸位编剧老师打了声招呼,便起身往阳台走去。
  接通以后,徐宁问道:"晏斯时?"
  "嗯。是我。"
  "怎么了?是不是夏夏出什么事了?"
  "她喝醉了。你在家吗?"
  "我不在。我今晚估计回去很晚……"
  "你们住哪一栋?我送她上楼。"
  徐宁报了楼栋和门牌号,又问:"她带钥匙了吗?"
  "我问问。"
  徐宁听见手机里声音远了,隐约是晏斯时低唤夏漓的名字,唤了好几遍,夏漓才"唔"了一声。
  晏斯时问钥匙,依然是问了两三遍,夏漓这才嘟囔一句"口袋里"。
  片刻,电话里晏斯时的声音重新靠近:"带了。"
  "那就麻烦晏同学送她上去?我估计我十二点之前能回。"
  晏斯时说:"到时候可能要进屋用一用你们的厨房,希望你不会介意。"

徐宁说:"不会不会!你尽管用。"

她想晏斯时真是十足周到妥帖,既没将夏漓带回他的住处,也没随便将人往宾馆一扔。知道她与夏漓合租,用厨房这样的事,竟也会提前跟她打招呼。

挂断电话,晏斯时揣上手机和方才从夏漓风衣口袋里摸出来的钥匙下了车,绕至副驾驶座,拉开门,轻推夏漓肩膀,她不甚耐烦地皱眉"唔"了一声。

借此刻漏入车厢的昏黄路灯光去看,她脸色酡红,即便不挨近,亦能感受到热气蓬蓬。

他搭在她肩膀的手掌稍顿,紧跟着抬手,垂眸看她许久,似被一种隐约而难以归纳的情绪左右,终于微曲指骨,轻轻地碰了碰她的面颊。

那薄而潮红的皮肤热得惊人。

而他在一霎确信,手指触及的那种似乎是痛觉的灼烫感,绝不仅仅只是因为她皮肤的热度。

他替她理了理敞开的风衣,又停片刻。随即掏出自己口袋里她的钥匙,捏在手里,抓住她手臂,往自己肩上一搭。

之后的动作,干脆得一气呵成。

他一手搂住她的腰,将她从座椅上稍稍托起,另一只手臂隔着风衣托住她膝盖弯的上方,就这样打横抱了出来,然后侧身,用手肘推上了门。

待走到小区门口,车自动锁上。

这小区住的基本都是打工的年轻人,门口不查岗。

进去以后,发现楼栋号并不是按照顺序依次往下排的,他花了些时间才找到夏漓住的那一栋,用捏在手里的蓝色圆形电子门卡碰了碰,楼底铁门解锁。他侧身以手臂推开,里头是没有电梯的老房子。

怀中的人很轻,即便抱着上四楼也不觉得吃力。而让他这一路脚步似乎有种一深一浅的虚浮感的,不是这份重量,而是她紧贴着他颈侧皮肤的潮热鼻息,连绵不绝。

最叫人觉得折磨的,是她身上的气息,甜而不腻的果香,一浪一浪地侵

255

入鼻腔。

气味的记忆尤为牢靠,这香味熟悉得一嗅便能成功破译——是那瓶叫作"Scarlet"的香水,他送的。

到了四楼门口,晏斯时将夏漓的双脚先落地放了下来,而后搂住她的腰,让她全身重量都靠在自己身上。随后拿钥匙开门,摸到门边开关,白色灯光随揿下的动作顷刻洒落。他再度将她抱起来,走入玄关,蹬了鞋,穿着袜子走进房间。

房子很老,但被她们精心布置过,那一色的老气红木色家具都巧妙地隐藏了起来。屋里有股柑橘味的清香,似是无火香薰的气息。

两间房的房门都是合上的,晏斯时无法确定哪一间是夏漓的,又怕擅入不礼貌,就将她放在了客厅的沙发上。他走过去带上了房门,再回到沙发边。

夏漓身上的风衣外套明显裹得人不很舒服,他便帮她脱了下来,又看见餐椅椅背上搭了条毛毯,拿过来,抖开给她盖上。所幸还有两天才停暖气,室内足够温暖,应当不至于感冒。

之后去厨房烧了壶热水,放在沙发对面的茶几上,往玻璃杯里先倒了一杯,将其晾凉。

他没什么照顾他人的经验,独居的经验倒很丰富,一切都是推己及人的考虑。

做完这一切,晏斯时在沙发边沿上坐下,侧低头看着熟睡的人。

他伸手,将盖住她额头的碎发拂开。手指上皮肤的温度与触感又叫他一顿。

晏斯时不清楚自己是在凝视她,还是在审视自己。

静默地坐了好久,直至意识到再待下去未免不够礼貌,这才起身,给徐宁发了条微信,告知她人已经安全送到了,便离开了房间。

晏斯时没意识到自己往回走的脚步很快,呼吸也有几分失去平静。

到了路边,看见车子雨刮器下压了张纸,取下一看,是临停超时的罚单。上了车,他没所谓地将其往中控台上一扔。

香水、清酒与柚子的香气混杂在一起，好似薄薄的纤维粘在了他的衣服上，挥之不去。

他在寂静中目光扫过那已经空掉的副驾，看见一抹白色。探身去捞，是她掉落的贝雷帽。

第十五章
旧日频率

夏漓这一觉直接睡到次日清晨七点。那沙发睡得她全身都似被捶打过般酸痛，稍微动一动，脑袋里神经跳痛。她撑着爬起来，去找自己的手机，最终在搭在椅背上的风衣口袋里发现了，但已经没电关机。

茶几上有晾凉的白开水，她正觉得口渴极了，端起来一饮而尽，再看水壶里还有，又添了一杯。而后将手机接上电源，先去洗漱。刷牙时，瞧着镜子里几分蓬乱的头发，伸手抓了一把。她渐渐想起昨晚跟晏斯时出去吃饭，被半瓶果酒干趴下的糗事。最后的记忆，是她上了晏斯时的车。然后……她是怎么进屋的？

洗头洗澡之后，夏漓擦干头发，顶着干发帽回到自己房间。手机充了片刻的电，已经自动开机。解锁手机，锁屏弹开后的页面上，微信图标右上角缀了一个未读数字为"327"的红点。

夏漓吓了一跳。她所有的群都设置了免打扰，一般情况下很难出现这么大规模的未读消息。她的第一反应是工作方面是不是出什么问题了，所以有谁为了方便沟通，或者不如说甩锅更贴切，于是新拉了一个群。她做好心理准备，点开微信。

确实有个新群，但不是工作群。"老朋友们快来看有人诈尸"。哪个正经工作群都不会起这么不正经的名字。

327条的未读消息，有283条都是这个群一夜聊出来的。夏漓点进去，稍微往上拖了拖聊天记录，发现晏斯时竟然在这群里。再看群成员，除了她

自己，剩下的六人是晏斯时、林清晓、徐宁、聂楚航、王琛和陶诗悦。细品如此诡异，结合群名来看，又如此合理。群主陶诗悦真是个天才。

大抵是闲的，夏漓将聊天记录一直拖到了最开始的地方，然后顺着时间顺序往下翻。

这群建立的初衷，是晏斯时问徐宁的电话号码。间杂着似乎有点状况外的聂楚航@晏斯时的微信号，追问他是不是晏斯时的消息。晏斯时很长时间没回复，群里其他几人乱七八糟地聊了一会儿。直到快四十分钟后，晏斯时出现了，回复了聂楚航："是我。"于是群聊再度活跃，几乎都围绕晏斯时展开。问他在哪儿工作，做什么行业，什么时候回国的，怎么没继续读博——最后这条是王琛问的。晏斯时基本都回答了，但很简短，那风格未免太像是个理智冷静、言简意赅的 AI。

等基本信息都问过之后，后面的内容便是混乱的自由开麦环节：王琛孜孜不倦地表达对晏斯时没有继续深造的惋惜；聂楚航和林清晓见缝插针地名为互怼实为撒狗粮；在香港工作的陶诗悦说下个月可能要来北城出差，让晏斯时到时候请客……这所有的消息里，夏漓特别在意的是群刚刚建立那会儿林清晓发的一条。

xxxxiao：今天怎么这么兴师动众地找我们家夏夏？@YAN。

所有专门@晏斯时的消息，他都回复了，独独这条，直到翻完了所有的群消息，夏漓都没看到晏斯时关于这条的回答。

她退出群聊，再去查看那些单独发来的消息，都是昨晚的。起初是王琛来问她的电话号码，然后是陶诗悦问她是否和晏斯时有联系。徐宁发了好多条，看来在她没回复的时候，几乎所有人都去问徐宁了。林清晓则始终在状况外，不停地追问。夏漓从来没经历过这么混乱的一个清晨。她作为一个朋友圈里的不活跃分子，何曾体验过这种仿佛全世界都在找她的焦点时刻，一瞬间甚至怀疑是不是误拿了什么不属于自己的剧本。

就在她一一回复这些遗留信息时，欧阳婧也凑热闹般地发来了一条新

259

消息：

> 你跟晏斯时的瓜保熟吗？

等基本处理完这些消息，夏漓头发都快干了，她顺利地欠下了欧阳婧、林清晓和陶诗悦各一顿以八卦为主题的聚餐。最后，她点开了和晏斯时的对话框，打算道声谢，想了想，又决定等完全搞清楚再说。

夏漓去浴室将头发完全吹干，换了身衣服下楼，去附近吃了早餐，顺道给徐宁也带了一份。到家半小时，夏漓正拿笔记本在餐桌那儿处理工作邮件，徐宁打着呵欠从卧室出来了。

"早。"

"早——你酒醒了？"

"嗯。"

"我昨晚回来喊了你的，你没醒。我也抱不动你，就让你继续在沙发上睡了。"

夏漓说没事："给你带了早餐，可能有点冷了。"

"我刷个牙过来吃。"

一会儿，徐宁坐到餐桌旁，摸了摸装早餐的袋子，尚有两分温热。她懒得拿去热，就这么打开吃。夏漓半合上笔记本电脑的盖子，望向徐宁："我昨天晚上怎么回来的？"

"晏斯时送你回来的啊。他给我打电话问了楼号。"

这部分夏漓看群里消息就猜到了："我的意思是……我怎么上楼的。"

徐宁吸豆浆的动作停了一下："你那时候还能自己走路吗？"

"应该不能……"她神志都不清醒，那段记忆完全丢失。

"那就是抱的或者背的呗。"徐宁做出合理猜测。

夏漓怔住。徐宁打量着她，托腮笑道："有点遗憾吧？什么都不记得了。"

"我哪有？！"

"你们是不是在暧昧啊？"

"那就更没有了。"

"晏斯时是什么性格的人，昨天为了你兴师动众。你不知道有多少人跑过来问我什么情况。"

"大家是不是有点太闲了……"

徐宁不再打趣，认真分析道："我站在旁观者的角度看过你写的那'回忆录'，客观说，高中的时候他对你就挺特殊的。他对你做的那些事没对欧阳婧和陶诗悦做过吧？陶诗悦跟他还更熟呢。"

"是吗？"

"你现在对他什么感觉？"

夏漓却似乎被这个问题问住了。她端过杯子喝了口水，牙齿轻磕着玻璃杯边沿，陷入思索。过年那一阵，夏漓有个大学室友找她聊天，同她分享了一件令人无语的事：

她初中时特别迷恋班里的一个男孩，黑黑净净，个子高高，阳光又帅气，成绩虽然一般，但篮球打得好极了。那时候年级中少说有三分之一的女生都喜欢他。过年期间初中同学聚会，十年后再次见到那男生，简直幻灭——不过二十五六岁，已然胖了一大圈，也发腮了，用"黑胖"形容毫不偏颇。他只读了当地一个很一般的大专，如今在做什么她已没心思打听，只觉得他的言行举止变得好粗俗猥琐，类似"男人和女人不一样，男人风流是正常的，都要到二十七八岁才能稳定下来"，"找老婆还是不能太看颜值，得找贤惠顾家、孝敬公婆的"……明显冒犯女性、大男子主义的言论张口就来。她简直有种五雷轰顶的心情。

最后室友下结论：死掉的白月光才是完美的白月光。

而晏斯时呢，从回忆里走回到现实的晏斯时，丝毫没有叫她觉得幻灭，依然是那时的霁月光风。反倒她出社会以后，接触了更多人，发现没了象牙塔那单纯环境的粉饰，大部分男性暴露出来的真实面目各有各的可憎，也就更能懂得，如晏斯时这样优秀、自律、谦逊又懂得尊重女性的男人有多难得。

或许是她变得胆小现实，比以往更清楚她与晏斯时的差距。也就不敢挟着过去那份磅礴的心事，义无反顾地投入他曲折的山川。她最怕的不是没有结果，而是她会忍不住反复衡量自己的付出，如饿久之人遇到食物必要报复性地暴饮暴食那般，急着为自己过去漫长的单恋讨一份"公道"。她不想自己变成这样的人。心情太复杂了，当下她只能说："我不知道……"

徐宁吃过饭，回自己房间赶稿子。

夏漓轻敲键盘的动作停下，摸过手机，点开晏斯时的微信。

  Sherry：抱歉昨晚喝醉失礼了。谢谢你送我回家。
  YAN：不客气。
  YAN：酒醒了？
  Sherry：嗯。

对话暂时停顿。夏漓手指在九宫格键盘上敲下一个"我"字，又删掉。她有种很不自然的心情。发生过的事情，不会因为她不记得而不存在。像是一种身不由己，她总会不断去挖掘昨晚那段丢失的记忆，试图回忆起来：究竟是背的，还是抱的？晏斯时肯定知道，可她总不能问他吧……

对话界面里，倒是晏斯时又发来一条新消息。

  YAN：你的帽子落在我车上了。

夏漓这才意识到确实没见那顶帽子，赶紧回复。

  Sherry：能麻烦你周一带去给我吗？
  YAN：好。

结束对话，她忍不住去分辨，自己有没有因为又将跟晏斯时见面而对周一的厌恶感减轻了那么一点点。

周一上班，上午例行晨会。夏漓对此次活动做了个总结。

散会后，宋峤安单独称赞了一番她的工作："为了犒劳你出差辛苦，晚上我单独请你吃饭？"

"下班了只想马上回家睡觉怎么办？时差还没倒过来。"夏漓再度四两拨千斤地婉拒了他的邀请，"下次吧。"

"你这个人……"宋峤安笑笑，不过暂且没为难她。

夏漓回工位上，登录桌面版微信，点开了和晏斯时的对话框，问他中午是否有时间。晏斯时几乎秒回，约定中午十二点在中庭咖啡座碰头。

夏漓算着时间，点了份外卖，那外卖差不多十二点十分送到楼下。她下楼去拿了外卖，顺便去星巴克买了杯冰咖啡，而后走去中庭的咖啡座那儿等人。几张露天桌椅，一把深绿色遮阳伞，这里保洁做得不到位，椅子和桌子上常常落满枯叶和沙尘，久而久之就成了摆设。大家一般不会在这儿歇息，更多是像她这样当个"接头"的地点。

她把外卖袋和咖啡袋搁在桌上，捏着手机四下环视了一圈。园区四面都是办公楼，还真不确定晏斯时会从哪个方向过来。

工作群里有新消息，夏漓低头回复。片刻，忽觉有一阵熟悉的清冷气息掠过鼻息。一顶帽子直接落下，轻轻盖在她头顶。

她倏然转身，一瞬屏息。晏斯时就在她身后，近得只离咫尺。咖色风衣内搭白色衬衫，软而不失筋骨的料子，叫他高峻的身形撑得如孤松玉立。清透天光里，猝然这样近地对视，那清贵泠泠的面容好看得叫她一霎失神。

"你走路怎么没声音？"她笑问，抬手拿下了头顶的帽子，又不动声色地退一步。在他的气息里，她总有种无法呼吸之感。

"或许是你看手机太投入，没注意。"晏斯时目光掠过她身旁桌子上的两只袋子，"中午就吃外卖？"

"吃外卖快一点，还能有时间午休一会儿。"

夏漓拿起星巴克的纸袋递给他："这个是请你的。前天真是麻烦你了。"

晏斯时伸手接过，便是一瞬沉默。眼前的人穿一件白色宽松的薄款套头毛衣，浅青玉色的齐踝半身裙，像蒙蒙烟雨天，青柳梢头初放的一点新叶。

他片刻走神是因为想到了前天晚上，之后冷静下来才自感逾矩和唐突。眼下再见夏漓，难免有两分不自在。但晏斯时看着她，话语倒是没怎么犹豫："今天晚上……"

话没说完，被不远处骤然响起的声音打断："夏漓！"

夏漓转头看去，是自园区大门口方向过来的宋峤安。宋峤安大步走过来，很随意地打了声招呼，笑问："你们一起吃中饭回来的？"

夏漓说："不是。"

宋峤安没多问，对夏漓道："刚接到的通知，今晚跟设计部门有个联谊团建。"

"去哪儿？"夏漓瞬间有些苦脸。

"SO3。新开的一个餐酒吧。"

"都要去吗？"夏漓奉行的职场生存原则之一是，下班以后同事就是陌生人，非必要绝不联系，更会谨慎与同事交朋友。至于团建这样的事，能逃就逃。

"部长组织的，你说呢？"

"好吧……"

宋峤安抬腕看一眼运动手表："回办公室？"

"您先回去吧，我再跟我同学说两句话。"

宋峤安闻言转过目光，打量晏斯时，语气似笑非笑："又见面了。"

晏斯时冷漠回视。邀请被截和，他难得目光里有两分戾气，却也是极难捕捉的，似薄薄的刃，只有寒芒一闪而逝。一时间暗潮涌动的硝烟味只有当事的两人自己能察觉。

宋峤安说："那好吧，我先上去了。"

待宋峤安走后，夏漓问晏斯时："你刚刚想说什么？"

晏斯时平静地说："忘了。"

下班后，夏漓拖拉着最后一点工作不肯一口气完成，试图以此逃脱团建，但宋峤安没有让她得逞。作为组长，他对她的工作内容了如指掌。此时

刚完成了一个项目，下一个项目还在调研阶段，再忙又能忙到哪里去？

发送日报邮件，夏漓关了电脑，拿上包和外套，趁着宋峤安去洗手间的当口，和部门的另外几个女同事一同出发了。宋峤安有一部车，夏漓很怕到时候他会提出载她一起过去。夏漓不迟钝，对宋峤安的意图一清二楚。

她对宋峤安本人其实不反感，毕竟在他手下干了三年，当时第一次出国出差，小到怎么递签证这样的细节，都是他手把手教的。她只是对他没有朋友之外的其他感觉。

他们部门人员构成相对偏年轻化，公司也没有禁止办公室恋情的条例。宋峤安对夏漓的态度，部门都有所察觉，有时候还会跟着起哄一两声。正因为如此，夏漓尤其注意与宋峤安相处的分寸感，怕态度不够明确让宋峤安误会，也怕态度过分强硬会让彼此尴尬。

夏漓和那几个女同事先到的SO3，宋峤安后脚赶到。夏漓身旁位置坐了人，此刻那人却主动站起身给宋峤安让座，一边笑道："宋哥来这儿坐！"

夏漓总不能阻止别人让座，只得一脸尴尬地别过了脸，端水杯喝水。

宋峤安坐下以后便问她："怎么刚刚一眨眼的工夫你就不见了？"

"跟Sara她们有个话题没聊完，就一起过来了。"

"要不要先单独点一点儿小吃？行政他们统一订的套餐，要等人都到齐了才会上菜。"

夏漓摇头："不用，我还不太饿。"

她不想再跟宋峤安聊工作之外的话题，就拿出手机，佯装要回复朋友紧要的微信消息，一边手机打字，一边几分敷衍地应着宋峤安的话题。果真，没一会儿，宋峤安似乎觉得索然，转头去跟另一边的同事聊天去了。

人陆陆续续赶到，差不多快到齐时，开始上餐。他们团建包了半场，散客区的桌子拼起来，连成了两张大的长桌。领导将两个部门的人打散混坐，夏漓他们这一桌插进来不少设计部的人。晚餐开始，宋峤安作为小领导，自然得负责活跃气氛。夏漓很高兴他没空顾得上自己，乐得闷头吃东西，偷偷刷手机，几乎不参与任何大的话题。坐在她另外一边的，是那时候被领导"调剂"过来的一个设计部的男同事，也不怎么参与话题，倒是默默地观察了夏滴好一会儿。在夏滴放下手机给自己续果汁的时候，男同事出声了："你是负责上回纽约那个项目的 Sherry？"

夏滴抬眼看去，微笑道："是的。"

"我参与过这项目的视觉传达设计，跟你微信上对接过工作。"

"Zack 老师？"

男同事手指碰一下鼻尖，有些腼腆："叫我 Zack 就行。也可以叫我小林，我叫林池宇。"

"夏滴。漓江的漓。"

林池宇说："团建蛮无聊的。"

"是的。"夏滴认可地点点头。

"我刚刚听见你好像在玩一个三消游戏……"

"你也玩吗？"

林池宇点头："有个跟它类似的，画风和界面设计更漂亮，你也可以试试。不过国区没有，你有美区账号吗？"

"有，游戏叫什么？"夏滴的手机应用商店此刻就登的是美区账号，因此直接将其点开。

林池宇报了名字。夏滴输入："好像没搜到？"

"是不是拼写……这个游戏的名字很容易拼错。"

"你看一下？"夏滴将手机屏幕递到他面前。

"行情很好，不怪某些人有危机感。"卡座区，闻疏白收回饶有兴致观察了半天的目光，调侃道。对面的晏斯时没什么表情，只端起玻璃杯，喝了一口加了冰块的清水。

闻疏白自称主职是享受生活，副职才是做投资的。他读大学那会儿就权当玩票地投过几家实体餐饮店和虚拟创意热店，赚得盆满钵满。发展至今，已然能脱离闻家的荫蔽自立门户了。未来很长一段时间，风口将会是人工智能、新能源汽车、自动驾驶等这些高新科技领域。晏斯时刚刚回国那会儿，闻疏白拉着他详细打听过美国那边的行业现状，很有投身这些行业的打算，

尤其人工智能。人工智能有太多细分领域，未来还是一片蓝海。晏斯时作为一线研发人员，掌握行业最前沿的风向，而闻疏白是学金融的，和这种纯理工科领域差了一个天堑。三不五时地，闻疏白就想喊晏斯时出来聊聊，给自己补补课。晏斯时说今晚请他吃饭，他推掉了没什么建设性的局，欣然赴约。来了才知，晏斯时醉翁之意不在酒。

闻疏白对这个上一回初次相见时印象就很不错的姑娘多了两分好奇，一边跟晏斯时聊天，一边时不时地观察几眼，就发现他们那团建还没过半，就先后有两个男的对她殷勤备至。

闻疏白屡次打量晏斯时，试图从他那冷淡的表情里多分析出一些内容，但都是徒劳。他们是从幼儿园起的交情，这么多年，闻疏白没见晏斯时谈过恋爱，样本为零，自然没有经验可供参考。他印象里晏斯时对女生一直都挺冷淡，倒不是说爱搭不理，而是那种一视同仁的礼貌和疏离。唯一关系好一些的，也就方舒慕。因为方舒慕姓方，而方家跟晏家三代交好。而就上次晏斯时生日那天聚会的状况来看，方舒慕不但很难成为那个例外，还极有可能被彻底摒除在晏斯时的社交圈子之外了。

两人吃东西聊天，晏斯时对夏漓那一边的情况虽密切关注，却似乎有些冷眼旁观的意思。闻疏白好几次说："我看她挺无聊的，你要不把她叫过来喝点东西？"晏斯时都无动于衷。

闻疏白笑道："我妈怎么好意思说我不会追人。来都来了，你就一点行动也没有？"

晏斯时无可无不可的态度。他拿餐巾擦了擦手，起身说要去一趟洗手间。刚踏进门，听见里面有交谈声。很巧，是夏漓的那个直属领导和另一个戴眼镜的男人。两人可能有点饮酒上头了，正在接水龙头的凉水洗脸。

那眼镜男笑道："老宋你还没把人追到手？"

夏漓领导说："这不得循序渐进。"

"你俩都共事好几年了吧，能不能行？一起出差那么多回，孤男寡女的，怎么就没把握机会……"

"别这么说。"夏漓那领导的声音有两分不悦，"谈恋爱这事得讲究两相情愿……我这不正在努力追吗?"

"瞧着不挺纯挺好拿捏的,这么难追?老宋你要不行,换我来吧,我保管一星期给人拿下……"

夏漓那领导脸色有些不好看,但大抵是碍于情面,没说什么。

晏斯时走到了一旁空置的洗手盆前,拧开水龙头,凉水浇下来时,他冷声道:"烦请说话放尊重些。"

一旁的两人齐齐转头。眼镜男:"你在跟我说话?"

晏斯时冷眼瞧着他。眼镜男莫名其妙:"你谁啊?我们认识吗?"

宋峤安:"他是夏漓的同学……"

眼镜男瞬间有两分心虚,但嘴上却说:"怎么着?你也对人有意思?想分一杯羹啊?那去我后面排队。就开句玩笑,至于……"

"好笑吗?"流水声中,晏斯时声音像淬了冰一样的冷。

喝醉后人容易情绪上头,眼镜男脸涨得通红,似被戳中痛脚,撸起衣袖,一步上前,作势便要去揪晏斯时衣领。晏斯时动作比他快,稍稍错身便躲过,反手揪住他后颈衣领,按着他的后脑勺,径直往水盆里按去。

眼镜从鼻梁滑落,"啪"一声掉进水盆里,眼镜男挣扎,却没想到压在脑后的手掌竟纹丝不动。眼镜男嚎道:"老宋!老宋!"

宋峤安这时才反应过来,赶紧去拉晏斯时:"兄弟,兄弟!算了,算了……就喝醉说了两句胡话,不至于……"

晏斯时视线移动到宋峤安脸上。那似寒刃般锐利的目光,让宋峤安也不禁有些发怵。最终,晏斯时松了手,冷嘲道:"你就这么当她领导的?"

宋峤安顿时讪然。眼镜男眯着眼,趁势从水盆里捞出了眼镜。宋峤安见他还有不肯罢休的意思,急忙拽着他手臂往外拉:"行了!走吧!"

两人走到了门口,眼镜男仍有两分不忿,低声嘟囔了一句:"怕什么?大不了报警……"

混杂着流水声,那道冰冷的声音不轻不重地传过去:"请便。"

这话的语气更近似一句警告。

外头没声了。晏斯时就着冷水,洗了好一会的手,眼底是沾上了什么脏

东西似的厌烦。他整了整衣服，洗了一把脸，这才出去。

闻疏白正在给自己倒酒，瞥了眼对面落座的晏斯时，愣了一下。他脸上沾着水，神色沉冷，眼里似乎有几分乖戾之气。

"怎么了？"

晏斯时不说话，只端起玻璃杯咽了一口冰水，好似什么都没发生。

那边团建，这边小酌，一切照旧。团建的这一边，酒酣饭饱，场子彻底热起来。一般到了这个时候，夏滴就会伺机溜走。她四下看了看，大领导和宋峤安都不在这一桌了，判定这是个好时机，便将手机锁定，装进包里。

转身去拿搭在椅背上的外套时，捞了个空，这才发现外套落在地上了。夏滴捡起来一看，顿时有两分崩溃：这是她前阵去出差时在纽约新买的薄呢外套，昼夜温差大的春季，早晚穿刚刚合适。她衣服不多，但每一件都精打细算，挑的都是质感和板型上佳的。这外套料子轻柔，颜色也是漂亮的浅灰色，而此刻，它掉在了地上不说，还被不知道经过的谁踩上了两个脏兮兮的脚印。她抱着那衣服，拍打了几下，没掉，心疼得要命。就在这时，宋峤安端着酒杯过来了，看出她要走，就说："这就回去？"夏滴不说话，只低头徒劳地继续拍自己的大衣。这一刻，心底生出了强烈的辞职的冲动。

"再待会儿呗？这个点车难打，我送你回去。"说着话，微醺的宋峤安就要伸手去捉她的手臂。夏滴正要躲开，宋峤安的手臂被人一挡。夏滴抬头，一愣。

晏斯时伸手，抓着她抱在手里的大衣，往他的方向轻轻一拽。她似身不由己地被带了过去。他冷冷地瞥了宋峤安一眼。经过方才洗手间的事，宋峤安自知理亏，这会儿也就不再吭声。

晏斯时低头看向夏滴，声音清淡却温和："我送你回去？"

夏滴点头。她心情糟糕透顶，一刻也不想多待了。

晏斯时抓着她的大衣，她跟在他身后。那种微妙的被牵引的感觉让她心潮微微泛起。

到了餐酒吧门口，晏斯时松了手，低头打量她，问道："冷不冷？"

夏滴摇头。晏斯时稍顿，伸手将她抱在臂间的大衣拿了过去："我帮你拿着。"

"衣服弄脏了……"

"没事。"晏斯时往衣服上瞥了一眼,那两个脚印很是分明,便说,"我知道一家干洗店,等会儿顺道送去就行。"

夏漓点点头,两人步行往停车场走去。夏漓这时候才想起来问他:"你怎么会在这儿?"

晏斯时沉默。就是在这时,夏漓从这沉默里反应过来,心里有面小鼓,轻敲了一下。她想,总不会是"偶遇"。晏斯时知道她在哪儿团建,"偶遇"这借口太拙劣,在他这儿应当是不屑一提。她突然间便不知道说什么了。

这沉默发酵过后,更有种叫人不知道如何开口的微妙。一直到前面拐了弯,夏漓鼻腔一痒,小声打了个喷嚏。

疏疏的风,吹在身上其实并不是太冷。"冷吗?"晏斯时却出声了。

她摇头,否认的话却不及晏斯时的动作快,下一瞬,他就将她的外套往她怀里一递,随即脱下自己身上的长风衣,往她背上一盖,再接回了她弄脏的外套,抱在臂间。这一系列动作,都没让夏漓找到阻止的空隙。那风衣往下滑,她急忙伸手拽住衣襟,几乎立即想到了很久之前和晏斯时逃课的那一晚。也是这样的风,这样的夜色,这样的沉默。这样相似的一幕。

她突然不敢去看晏斯时。

那外套夏漓没穿上,就这样披着,不自觉地维持着两手抓着衣襟的动作,被那衣服上沾染的气息包围着,一路上心情都有些莫名的失陷感。

"你……你不会冷吗?"夏漓出声。

晏斯时白日穿的那件衬衫外面,多套了一件浅灰色毛衣。

只是那料子看着很薄,总觉得御寒能力堪忧。

"不冷。"

"要不走快点吧。"夏漓提议。她话音刚落,晏斯时真就加速,仗着腿长,快步如风,让她恨不得小跑才能追上。就在她将要赶上的那一瞬,晏斯时倏然停下脚步,转身。她也赶紧停步。

隔了半步的距离,晏斯时低头看她:"还要再快点吗?"

她觉得他的话语里有几分隐约促狭的笑意，一时间微怔，也就忘了防备。钴黄路灯光似乎在她眼里劈出了一条直直的道，晏斯时的目光就这样看进来。这晚的夜风，像是悉数撞进了她的心里。

谁说人不能两次踏入同一条河流？否则她听胸腔里隐隐慌乱的潮声，怎么还是旧日频率。

干洗店里灯光洁净，空气里有股干燥的洗涤剂的香味。那微微轰鸣的声响，似乎来自后方运作的机器。

前台工作人员拿着夏漓的薄呢外套，检查那脚印污渍，又翻看标签查看面料成分。大抵是他们的工作作风，每一项都查看得很仔细。这慢条斯理的动作，无限拉长了时间，叫夏漓有种幻觉，仿佛能听见身旁晏斯时腕上手表时针走动的嘀嗒声。

她稍稍别过目光看了一眼，只触及晏斯时的手臂便收回，没敢去看他的侧脸。浑然不察时没有什么，而一旦有了意识，神经便不自觉地绷紧，不由她主观意志控制。

工作人员将信息写了张卡片，塞进外套口袋里："三天之后就可以来取了。"

"好的，谢谢。"

回到车上，晏斯时继续将车子往夏漓的住处开去。半晌无人说话，车厢里连音乐声都没有。微妙的寂静。

晏斯时看一眼副驾驶上的人，她垂着眼，手里虽捏着手机，但并没有点亮，好似只是单纯地在走神。

"在想什么？"晏斯时出声。

夏漓回过神："没有。可能团建太累了，一直闹哄哄的，一安静下来就只想发呆——你会这样吗？"

"有时候会。"因为夏漓提及团建的事，晏斯时便顺此说道，"你的那位领导……"

"他怎么？"

背后议论他人是非到底不是晏斯时的作风，况且，以他所知，夏漓的性格绝不似她外表那样柔弱，应当无须他费心提醒。

"没什么。"晏斯时最终说道。

车里开了暖气，微燥的风，吹久了有几分热。夏漓伸手，拨弄了一下出风口，若无其事地问："你今天一个人去的吗？"她明知这是危险话题。

晏斯时答："约了闻疏白。"

"你们在卡座区？"

"嗯。"

"难怪，我完全没注意到。"

矛盾似乎是人的本质特性之一，就像此刻，她明明很想试探出答案，又在需要更进一步时打了退堂鼓。车子停于小区门口的树荫下。夏漓说了句"那我上去了"，解了安全带，伸手去拉车门。

晏斯时于此时出声叫住她："等等。"

夏漓动作一顿，不明就里，转头看他。晏斯时没有说话，直接微微倾身，探过手臂抓住了堆放在她腿上的那件咖色风衣。

夏漓急忙松手："抱歉……"那风衣她不知不觉已抱了一路，几乎与体温无异。她的手指无端端地烧灼起来。

晏斯时将外套随意往后一丢："回去早些休息。"

"嗯……"夏漓很快调整有几分惝恍的心绪，拉开了车门，还算镇定地说道："拜拜。"

晏斯时隔着车厢昏暗的光线看向她："晚安。"

明开夜合 著

[下册]

十二年夏至。

中信出版集团 | 北京

目录

番外一　海誓　　　　500

番外二　不离　　　　503

番外三　永恒的夏天　513

后记　　　　　　　　517

怎汇告诉你，我喜欢你，
如果爱与痛苦相关，那么我要剑为我心碎碎，那怕年年只喜欢。

《经过梦的第九年》

十八岁的毕业季，

我曾在日记本写过未来十年的期许

想爬山、看海，

看任生万丈起高楼，把酒祝东风.

如今，这些愿望一一实现.

是因为自己的努力

唯独和你年重逢这件事

我想，是靠的自己天意.

第十六章
玫瑰的心情

五一假期,夏漓回了家一趟。

楚城没有飞机场,也尚未通高铁。从临市下高铁,再转大巴,抵达时已经是下午了。

姜虹和夏建阳盼得热切,早早等在路边,待夏漓下了出租车,抢着去拿行李。往回走的路上,听说夏漓中午只在高铁上吃了个面包,姜虹忙说:"饭一直热着的,汤也都炖好了,你休息一会儿,我炒个小菜就能吃饭。"

"你们吃过了吗?"

"吃过了。"

到家,夏漓先去了趟洗手间,洗了一把脸再出来。

回旧沙发上坐下,看见茶几上有张传单,夏漓随手拿起来。那是张楼盘宣传广告,上面列出的户型普遍 100 平方米,均价 3500 元左右。

夏建阳从厨房走出来,端了盘切好的苹果。

夏漓问:"你们去看房啦?"

"没。随便接的传单。"

"这小区在哪儿?"

"体育公园附近。"

"那你跟妈有空可以去看看,有特别好的户型,可以留意一下。"

夏建阳有些局促:"看了也买不起。"

"我帮你们出首付,你们自己还贷。"

厨房里的姜虹忙说:"你工作才攒了几个钱,你自己也要用啊。"

北城生活成本高,夏漓每月工资除掉房租、吃饭和通勤,实则剩不下什么。但每年发的年终奖,她都存下来了。按照开发区房价均价估算,三成或者四成首付,叫她一次性拿出来还不至于太难。

夏建阳也说:"你以后自己还要成家,我们不能花你的钱。"

夏漓说:"房价每年都在涨,现在买是最划算的,以后万一你们想回老家养老,这房子卖了也是一笔投资。你们先去看嘛,看了再说。"

女儿态度如此坚决,夏建阳和姜虹不好再反对。夏漓的视野比他们开阔,做决策也能想得更远,这种大事上,他们已经倾向于听从她的判断。

夏漓下午睡了一觉,傍晚时分起来。正坐在客厅里看电视的姜虹问夏漓:"你罗叔叔说晚上想请你吃饭,你想去吗?他说他上回去北城时间不凑巧,连饭都没请你吃一顿,过意不去。"

"你们去吗?"

姜虹说:"我们无所谓,主要看你。"

"我不是很想去。"

"行。那我打电话跟他说。"

这种时候,夏漓常常会想,长大独立的好处之一,就是拥有了更多的话语权。以往,这种情况根本由不得她说不。

晚上,姜虹做了几个菜,都是夏漓爱吃的。吃饭时,夏漓询问父母近况,得知工作一切顺利,放心几分,又说:"约在下周的体检,到时候你们记得去。"

姜虹说:"以后别浪费这个钱了,你自己一个人在外面,我们又帮衬不上什么。"

夏漓说:"花的都是必需的。"

后头便是闲聊,夏建阳状似无意地提起:"你上回给霍董他们当导游的事,后来怎么样了?"

夏漓很是直接地问道:"爸,你想说什么?"

"没有……我就问问,了解了解情况。"

夏漓语气平和:"您和妈现在的工作,都是我想办法帮你们找到的。我当初的想法就是,以后能不麻烦别人就不要麻烦别人,尤其是罗叔叔。您现在也不是靠他吃饭,其实没必要再对他那么小心翼翼。我答应帮忙做翻译,也不是看的他的面子。"

夏建阳不吭声了。

"你爸就是看人脸色看习惯了。"姜虹解释两句,又转向夏建阳,"我就说了,闺女的事情你少管。我们啥事不做白享福,你还不乐意。"

在家没什么娱乐活动,夏漓早早洗漱过,去了床上。床单被罩都是刚洗过的,被芯和被褥姜虹也趁出大太阳时晾晒过,有一股干燥的香气。

在家又待了一天,夏漓便返回北城。

为了赶第一趟高铁,她起得很早,上了车以后就戴上U型枕开始补觉。

中途醒来,查看手机,发现有晏斯时发来的新消息。

> YAN:今天回北城?
> Sherry:是的。
> YAN:哪趟高铁?
> YAN:我去附近办事,顺便接你。

夏漓没去细究这"顺便"有多"顺便",拍了车票信息发给他。

几小时颠簸,终于抵达北城的高铁站。夏漓拖着行李箱,朝出口走去,远远便看见晏斯时。他立于人群之中,面容清隽,那总有些拒人千里的清落气质,很难不让人一眼看见。

夏漓加快脚步,而晏斯时也似看见了她,抬眼望过来。在他的视线里行走,总像撑一只舟渡湖,明明是平静的湖水,却总觉得有潜藏的暗流,叫她迈步都有些不自在。

到了跟前,夏漓打声招呼,晏斯时自然地接过了她手里的箱子。

边走,晏斯时边问:"很早就出发了?"她面容有两分舟车劳顿的倦色。

"嗯。想早点到，留出点时间休息。楚城什么时候通高铁就好了，以后就不用这么折腾。"

万向轮轧轧地碾过路面，那声音听来有几分欢快。

到了停车场，晏斯时将车解锁，拎着行李去后备箱。夏漓拉开了副驾驶车门，一下子顿住——

那座位上，放了一大束的粉色玫瑰，粉泡芙，小碗大小的重瓣花朵，层层叠叠，拿双层纸包裹，里头的那一层是白花花的雪梨纸。整一束漂亮得都有些嗲气，像被宠坏的小公主。

听见后备箱车门关上，夏漓望向驾驶座。对面车门打开了，夏漓看向晏斯时："这个……"

"给你的。"晏斯时语气平静。

夏漓抱起那束花时，沁甜的香气扑面而来，叫她莫名有些手足无措。而晏斯时或许误会了她迟疑的意思，就说："放后座吧，免得占位置。"

夏漓想了想，倘若一路都抱着花，可能是有些傻，便拉开后座车门将花暂放了过去。

上车以后，夏漓沉默了好一会儿。空气里隐隐弥散着香气，像清早下过雨的玫瑰园。

他们都默契地不去谈这一束花。

夏漓问他："你五一在做什么？"

"在家休息，看书。"

"没出去玩吗？"

"跟闻疏白吃了一顿饭。"

"听起来好像有点无聊？"夏漓笑道。

晏斯时目光自她脸上掠过，仿佛有深意地回答："是。"

夏漓的下一个问题被电话打断。她说声抱歉，接起来。是宋峤安打来的，说纽约那边紧急需要一份报告，要她今晚提供过去。

"不是说好了节后要吗？"

"提前了。他们部门领导亲自问我要的，你尽量辛苦一下吧。"

"他们都不过五一吗……"

宋峤安笑道:"五一全称五一国际劳动节,恩格斯领导的活动纪念日。你跟资本主义国家讲这个?"

电话挂断,夏漓便拿手机点开了报告的说明文档。

晏斯时问:"要加班?"

夏漓苦着脸点点头。

全程,夏漓都在跟宋峤安沟通报告的具体事项,没能抽空跟晏斯时好好聊天,这让她很有些过意不去。晏斯时倒是无所谓的态度。

抵达小区门口,晏斯时也下了车,提上她的行李箱,说送她进去。夏漓自己则只背着小包跟在晏斯时身后,怀里抱着那一束粉色玫瑰。

一路进去,不少人注目打量。到了楼底下,夏漓腾出一只手去摸小包里的钥匙,结果摸了个空。

晏斯时看向她。

"我好像忘带钥匙了……"

"行李箱里没有?"

夏漓摇头。她不会把这么小的东西收进行李箱里,怕丢,而且昨晚刚收拾过箱子,她很确信没有。她拿出手机,给徐宁打了个电话。

徐宁:"宝贝我今晚八点的飞机啊。"

夏漓忘记了,一下子没了主意。

徐宁:"要不你去找个星巴克等我?或者直接去公司?"

夏漓:"行吧……"

电话挂断,夏漓看向晏斯时:"徐宁可能晚上十一点多才到。"

晏斯时顿了一瞬,而后平静地说:"你可以去我那儿等。"

话音落时,夏漓呼吸都轻了两分。相较于去星巴克、去公司,抑或直接去酒店开个房间,去晏斯时那儿根本算不得什么妥帖的提议。而她不知道为什么,像有一半的理智被抽离,思绪晃了一下,就听见自己说:"那又要麻烦你了。"那声音都有种飘忽感。

二十分钟左右,抵达晏斯时所住的公寓小区。车驶入地下停车场,停好以后，晏斯时问她，行李箱需不需要提上去。夏漓的笔记本电脑和充电器都在行李箱里，便点了点头。晏斯时打开后备箱，拎下她的行李箱。

车位离电梯不远，到电梯口，晏斯时拿卡刷开门禁，进去是一段大理石走廊，倒映着洁净到几无人气的冷白光。

公寓是一梯一户的格局，悬停待机的电梯很快下降。晏斯时伸手，虚虚地拦住了弹开的电梯门，让夏漓先进。夏漓立即想到了多年前元旦之前的那个初雪夜，在KTV的电梯里，晏斯时也曾有过这样的举动，好似是他已然成了本能的习惯。

夏漓目视着晏斯时按下27层的按钮。电梯一霎提升，人有种轻微的超重感。厢轿四壁光可鉴人，夏漓有意只盯着指示楼层的显示屏。这种故作自然的心情，都仿佛旧日重现。好在很快就抵达27层。

走出电梯，走廊安静极了，夏漓觉得被晏斯时推在手里的行李箱四轮碾过地面的轻响，都有些打扰。

晏斯时输密码解锁公寓门。

"那个……"

晏斯时："嗯？"

夏漓笑道："上次你买的钥匙扣，还在我那里。我差点都忘了。"

"有机会再给我吧。"

夏漓却在想，从上楼到现在他根本就没用过钥匙，那钥匙扣分明纯属多余。

进门，夏漓的目光越过玄关一眼望进去，房间主色调为白色，灰与墨做点缀。

晏斯时打开玄关柜门，拿了双未拆开的一次性拖鞋递给夏漓。公寓固定时间有家政过来做打扫，晏斯时不喜自己的空间有外人留下的东西，是以备了这些拖鞋。

夏漓换拖鞋时，不自觉地扫了鞋柜一眼，清一色都是男士鞋。

走入客厅环视一圈，这里洁净的程度，叫人联想到科幻电影里那种高科技的无菌实验室。

晏斯时让夏漓去沙发上坐，自己往吧台走去。

夏漓在黑色的皮质沙发上落座，总有一种无法排遣的手足无措感，她拿了一旁的抱枕抱在怀中，才觉稍微缓解两分。

沙发前的茶几是由一高一低两个不规则黑胡桃木的矮桌拼凑而成，夏漓这时候注意到，在稍高的那张上面摆着一幅巨大的拼图。纯粹的深蓝色，除此之外再无其他图案。这种纯色拼图夏漓知道，但从未挑战过，眼前这幅，大抵可称为"深蓝地狱"。

拼图已完成了一半，旁边一只黑色木托盘里装着拼图碎片。夏漓微微倾身，拨弄着碎片，随意取出一片，比对着凹凸的边缘，试图找出它的位置。

转眼往吧台看去，晏斯时正在清洗一只玻璃杯，水流哗哗轻响，反而又为这空间增添了几分叫人屏息的静默。气氛微妙得让人有点难挨，让她觉得似是非得说点什么不可。

"这边好像离园区很近……"夏漓自觉这话题有点没话找话。

"让闻疏白找的地方。"晏斯时说，"位置近，别的不算方便。"

晏斯时关掉了水龙头，接了杯净水，而后问道："要加冰块吗？"

"不用。"

晏斯时抽了一张纸巾，擦净杯子外壁残留的水迹，端着水杯走过来，俯身轻放在她面前的茶几上。

"谢谢。"夏漓将那枚拼图碎片丢回托盘，端起杯子，喝了一口。

隔了一点空间，晏斯时在她身旁坐下。一瞬间，周围空气都变成了一种有实质的东西，挤压着她的呼吸节奏，她拿余光瞟了瞟晏斯时，又喝了一口水，若无其事地说："等下要借用一下你的餐桌。"

晏斯时看她："不需要书房？"

"不用不用，餐桌就可以。"

夏漓说着便放下了水杯，起身朝玄关处走去："我拿下电脑。"

晏斯时也跟了过去，问她要不要帮忙。

夏漓说"不用"，利落地放倒行李箱，蹲下身拉开拉链，打开一线，往里瞥一眼，动作却一时停住——她的贴身衣物虽是拿分装袋子装着的，但一摊开就会看见。

她抬眼，看了看晏斯时。晏斯时也看着她。片刻后，就在她决定大大方方摊开行李箱时，晏斯时似是反应过来了她这一瞬犹豫的原因，转过身去："我帮你收拾餐桌。"

那餐桌干净得要命，哪里需要额外收拾，夏滴骤然有些不好意思。

她拿出装在内胆包里的笔记本电脑和充电器，合上了行李箱，走回到客厅里。在餐桌旁坐下，接上笔记本电源，夏滴点开了网络连接，问晏斯时："可以用一下 Wi-Fi 吗？"

晏斯时点头："密码是 219 的二进制。"

"219 的……"夏滴蒙了一下。

晏斯时顿了顿，走到她身旁，左手手臂往她背后的椅背上轻轻一撑，右手探向笔记本电脑键盘。

夏滴放在键盘上的两只手立即回撤。她一动也不敢动，那呼吸就在头顶，清冽气息如清冷山谷间弥散的凉雾，而她正被这雾气半拥。

她垂着眼，只敢盯着眼前的电脑键盘，看他迅速敲下一串数字：1101……

后面是什么，她走神了，被那只皮肤薄白、指骨分明的右手吸引了全部注意力。

晏斯时最后点击了一下回车键，片刻后说："好了。"顷刻后撤，那气息也一并远离。

"谢谢……"她的心跳却兀自失衡。

好在，忙起来以后，夏滴便没空关注其他。

晏斯时跷腿坐在沙发上，膝上摊着一册杂志。他缓慢翻过一页，目光越过书页，朝餐桌那方看去。夏滴正全神贯注地瞧着笔记本电脑，神色严肃，飞快敲一阵电脑键盘，停下，再敲一阵，形成了某种规律不明的节奏。有时候停得久一些，就去摸电脑旁的水杯，喝上一口，放下，再继续。

其间，他见她杯子里的水将要喝完，起身去冰箱里拿了一瓶纯净水，放在杯子旁边。她稍稍分神说了声谢谢，但连贯的节奏并未被完全打乱，随即便又投入进去。

他在她身旁站了片刻，没作打扰，回到沙发坐下。

午后日光灼目，被遮光的纱帘过滤之后，透进来只见其淡白天光，不见炎热。她在这种明净里似乎成了一种永恒的存在，无由地叫旁人也心情凝定。

大约过了下午四点半，晏斯时听见频频的呵欠声。几次之后，再朝着餐桌边看去，却见她脑袋趴在了手臂上，一动不动。

晏斯时起身走过去，脚步轻缓，撑着桌沿低头看一眼，听见低缓均匀的呼吸，确定她是真睡着了。他去沙发那儿拾起白色盖毯，走回到餐桌旁，轻轻给她盖上。

动作一顿，因为瞧见她头发落下来，簇拥住了半张脸，那睫毛长而密，在眼下落下一簇淡淡的扇形影子。他像是不由自主地伸手，指尖轻触了一下那丛睫毛。

大抵睡着了亦能感觉到痒意，她微微蹙了蹙眉。他一瞬间便收回手。

夏漓之所以选择趴在桌上小憩，是因为维持这姿势不超过半小时就会手麻脚麻，不至于让她睡得太久耽误时间。她睁眼打个呵欠，坐起身时，有什么从肩头滑落。伸手去抓，发现是张米白色的薄毯。她愣了一下，抬头看向晏斯时。

他依旧坐在沙发上，正弓着身子拼拼图。只是此刻，他也正看着她这边，像是就等着她抬眼看过去一样，在目光相触的瞬间，他淡声说："醒了？"

是夏漓先一步挪开视线："嗯……"

"五点了。考虑晚上吃什么？"

"要出去吃吗？"

"都可以。"

"我想点个外卖，比较节约时间。"

"想吃什么？"

"你有吃过什么味道比较好的吗?"

晏斯时甚少吃外卖,工作再忙也至少会抽出半小时下楼去吃一顿简餐,哪怕内容只有三明治和咖啡。

此刻,他略作斟酌:"我来点吧。"

夏漓点头:"麻烦啦——那我先继续忙一会儿?"

晏斯时"嗯"一声。

附近有家港式茶餐厅,恰好是闻疏白的投资之一。

那时候闻疏白带他来看公寓,提了一句,说当时住在这儿,为了有个随叫随到的便宜"食堂",随手就投了一家餐厅。没想到发展得挺好,账户上数字年年攀升。前两年餐厅做了升级,档次更上层楼,也就更难订上位。

晏斯时微信上联系闻疏白,问他能不能叫他的"食堂"往他的公寓送一份晚餐。

闻疏白简直莫名其妙,发来一串问号,说:"就为了这点屁事儿联系我?"

晏斯时回复:"回头请你吃饭。"

他点开点评网上那餐厅的菜单,挑了几个菜给闻疏白发过去。一会儿,闻疏白回复他,给餐厅经理打过电话了,今天是假期最后一天,餐厅忙得很,他点的餐,尽量一小时内送到。

餐厅很准时,六点差几分钟便将餐点送达。不是那种简易的打包盒,是个竹编的提篮,打开来四样菜,装在精致的碟盘中。

夏漓拆筷子时,看见那上面的餐厅标志,很是疑惑:"我记得这家好像没开通外卖?"去年徐宁过生日,她们去吃过,口味对得起人均三百的价格,尤其那酥香甜软的菠萝油包。

晏斯时的神情没有任何起伏:"可能刚开通的。"

夏漓也就信以为真,没细究,因为实在太饿。

吃过晚饭,夏漓继续投入工作。晏斯时处理完提篮和餐盘,走到餐桌旁问夏漓:"工作还剩多少?"

夏漓一顿:"你晚上是不是有安排了?如果不方便的话……"

"没有。"晏斯时说,"忙不过来我可以帮忙。"

夏漓有点心动,她实在加班加得没脾气了:"可以吗?"

她这样一说,晏斯时便拉出餐椅,在她身旁直接坐了下来。

"还有几份资料没看完,我得归纳了一起做个整合。"

夏漓点开一份 pdf 文档。晏斯时瞥了一眼,都是英文,密密麻麻的,数据也多。她是英专的,读起来应该毫无难度,只是内容都很长,一份就有三四十页。

晏斯时示意她将电脑给他,夏漓照做。他点开设备管理,连上了一台打印机。跟她确认后,他依次点开了那三份文档。片刻,她听见前方房门紧闭的房间里,传来了隐约的唰唰吐纸的声响。晏斯时起身朝那房间走去,再回来时,手里已多了三份装订好的文档和一支红色水性笔。

晏斯时在她身旁坐下,捏着那支笔,翻开了第一份资料。夏漓看见他无意识地转了一下笔,一下晃神,想到当年他也有这个习惯。

晏斯时此时投来一眼,似在问她,在发什么呆。她立即收回目光,看向笔记本屏幕。

身旁时而传来纸与笔摩擦的沙沙声,夏漓偶尔分神瞥一眼,看见他正拿着笔圈画勾点。从握笔的手顺次地看过他衣袖挽起的手腕、白色衬衫的衣领、清晰的颈项线条……目光不敢再往上,迅速收回。

她的思绪回到了多年前的雨后图书馆。淡白的灯光下,她几乎都能闻见那日清新潮湿的雨水气息,整个世界成了泽国,沉沉浮浮。静谧的氛围和心口微涨的情绪,都如出一辙。

不到一个小时,夏漓听见笔帽合上,笔被放下,在桌面上轻磕一下。那三份资料被递过来,晏斯时说:"好了。"

夏漓接过,随手翻了翻,一下笑出声。那资料上,大段大段被晏斯时圈出来,旁边空白处,红笔批注两个字:废话。真正有用的地方,他也圈了出来,归纳大意,可作引用的数据更是画出重点。

她还记得他的字,敬正相依,清逸洒脱。如今的字,比起当年的字形更偏草书,结构也更疏落些,多了些成年人的不羁。

她正一条一条翻开那些批注，却听晏斯时出声："问你一个问题。"

夏滴抬眼看他："嗯？"

晏斯时也看着她，目光清邃，语气是一贯的清淡平和："当时，你是不是在看我推荐给王琛的那本书？"

这话与其说是疑问，不如说是一句陈述，像一记绝杀。夏滴瞳孔微敛，一下说不出话来。

当下场景，让晏斯时总有似曾相识之感。检索回忆，定位到高中那一年：下着雨的安静图书馆里，他跟着教材自学练习编写一个小程序，具体是什么，年代太久远，已经忘了。只记得过程不甚顺利，有个频繁报错的 bug 一直没解决。思绪被打断，是因为一阵疑似铅笔滚过桌面的骨碌声。回头去看，夏滴截住了铅笔，神情有几分慌张。她问他借词典，他注意到她手边那本厚度可观的原版书，封面配色有些眼熟。她递过笔记本问他生词，他看着那些词汇更觉得眼熟。因为前不久王琛找他问过一些段落翻译，其中有几个单词不大常见，却也出现在了这生词列表里。再看一眼那本书，虽然她很快地将其盖了起来，但他猜测，可能就是他推荐给王琛的那本 *Guns, Germs, and Steel*。至于她是怎么知道这本书的，就无从得知了。

此时想起旧事，让他不由得想就这个细节做个确认。虽然他觉得，夏滴多半已经不记得这么琐碎的事了。但没想到，不过就随口一问，夏滴的神情竟似考试携带小抄被抓包后一样的惊慌。他反倒愣了一下。

"是的……"夏滴别过了目光，而后笑道，"当时听你跟王琛聊到书里的翻译，感觉好像是世界历史相关的课外书。我那个时候很喜欢历史，去查了一下，觉得还挺有意思，正好市图书馆就有，就借了一本。"

晏斯时闻言点点头。

夏滴瞥他，心有余悸。他信了她的解释吗？她不确定，从他的表情中很难分析出太多内容。

夏滴正在想新的话题转移注意力时，晏斯时又开口了："既然喜欢历史，怎么本科选了英语专业？"

这接二连三的问题，简直像是一个挨一个的陷阱。夏滴笑了笑："该怎么说呢……选英语是很现实的考量。读历史出来很难找工作，要么只能继续读书，要么就考文史单位相关的编制。我比较想早点经济独立，英语就业前景更广，保底也能去教辅机构做老师。还有一个原因是，我想出国去看看。我家里的条件，支撑不了我出去留学，所以只能靠我自己了。"

晏斯时打量着她。她提及自己的家境时很是坦然。

他说："你做到了。"

"是呀。"夏漓笑道。

她垂下目光，无意识地卷住了纸张的一角。在选专业一事上，她分外理智。诚然与想要打听晏斯时的消息不无关系，但这并不是最根本的原因。那时她最迫切的心愿，真的就是经济独立。她想要感谢晏斯时的是，那本 Guns, Germs, and Steel 培养起了她对英语阅读的兴趣，也让她高考时英语超常发挥。去了大学以后，她发现英语这专业既有趣又实用，就更无一丝遗憾。后来升上大三，院里的同学大半开始筹备出国，她依旧记得自己歆羡而不得的心情。从小到大，她生活的世界太小了。有无晏斯时，她都想去更广阔的世界看一看。

夏漓不打算继续聊这话题，继续翻着他梳理过的资料，笑道："谢谢，帮我大忙了。"

晏斯时问她还有没有什么需要他帮忙的。

"不用不用。你忙你自己的吧。后面整合部分我自己来。"

内容繁多，整理起来比夏漓预计的花了更多的时间，宋峤安又在催促，搞得她一个头两个大。得空瞥去一眼，坐回到沙发上的晏斯时膝上放着笔记本电脑，手指不时划过触控屏，安静，却存在感强烈。就似当年，明明疏离于人群，却总叫人一眼留意。如果不是今天的临时任务太紧急，和他共处一室，她一定会频频分神。

夏漓完成了报告，又做了一个简洁扼要的PPT，脑袋里已是一团糨糊。发送给宋峤安等他反馈时，夏漓看时间已是夜里十一点了。点开微信，给徐宁发了条消息："快到了吗？"

徐宁："刚刚落地呢。"

等行李转盘、打车，照此推算，倘若不堵车，徐宁到家少说也要在四十分钟以后了。

宋峤安回复消息，说内容没啥问题，让她照着要求发送到指定邮箱。

邮件发送完毕，夏滴有一种累到极点的解脱感。她合上笔记本，一秒钟都不想再多看一眼，打了一个长长的呵欠，看向沙发上的人："我弄完啦。"

那身影没动弹。夏滴顿了一下，轻缓地起身，推动椅子时都放慢动作，没让它发出太大的声响。走到沙发那儿一看，晏斯时斜倚靠背，合着眼，呼吸微沉，手边放着他的笔记本电脑，已经睡着了。

夏滴顿时觉得很过意不去，好好的假期，她自己加班不说，还把晏斯时也牵扯了进来，叫他整个下午和晚上都白白地耗在了这儿。

晏斯时既然已经睡着，她更不好意思打扰，于是将手机调至静音，随手拿过他摊在茶几上的杂志，在沙发边的灰色地毯上坐了下来。

那是本聚焦于高新科技领域的英文杂志，许多的专有名词，读起来费劲，尤其加班已将她的精力榨空。掏出手机来刷了一会儿微博，也觉得累，好像已经吸收不了任何文字信息了。她索性放下了手机，往茶几上一趴，发呆。

不由自主地，她抬眼看向沙发上的人。晏斯时眉目沉静，睡着的时候，好似雪山静默，让人觉得呼吸都是一种打扰。

她趴着默默地看了许久，空间太安静，用脑过度的疲惫也泛上来，漫过思绪，不知不觉闭上了眼睛。

醒来时察觉到有什么落在了肩头，夏滴倏然睁眼，一下对上一双清冷的眼。晏斯时就坐在靠近茶几的沙发边缘，正倾身给她盖薄毯。

夏滴立即坐起身："你醒了。"

"嗯。"

"对不起我又睡着了……"打工人的日常就是缺觉，永远都在缺觉。

"是该睡觉了。"

"几点……"

晏斯时抬腕："零点过十分。"

夏滴揉了揉枕久了有些发麻的手臂。

晏斯时看向她："徐宁到了吗？我开车送你回去。"顿了一瞬，补充道，"在这儿歇一晚也行。"说罢，他轻声打了一个呵欠。

这个呵欠让夏滴一下便难住了。出于种种原因，夏滴此刻都有些难以开口，麻烦晏斯时再开车送她。过去二十多分钟，一来一回就是四十多分钟，那时候都一点了。假如她提出自己打车回去，以她对晏斯时的了解，他周到的性格也绝不会答应。

好像，眼下只剩下了一种选择。她知道那是不妥的。她知道。

"不会麻烦你吗？"

晏斯时抬眼看她："你是说……"

"在你这里打扰一晚的话。"

晏斯时平声说："不会。你自己有洗漱用品？"

是的，还有换洗衣物，她的行李箱里什么都有。这句话，让天平无限倾向那个不妥当的选择。

"那就麻烦你了……"夏滴手掌在茶几上撑了一下，起身。

蜷缩久了，腿发麻，起到一半，突然一下千万细密针扎的刺麻感让她双腿失控，身体也随之失去平衡。她条件反射地去寻一个支点，伸手一撑。待看清楚自己撑的是晏斯时的膝盖时，她慌得急忙收手，一下跌得更严重。

"小心。"

一只手捉住了她的手臂，轻轻一提，她倾倒的方向随之改变，直朝着侧前方跌去。

天旋地转的一瞬，她左腿膝盖抵住了晏斯时两腿之间的沙发边缘，右手手掌也顺势撑住了他的肩膀。

比方才更加不妙的情形。夏滴无法呼吸，这一霎心脏直接停跳。

眼下，似乎她已整个跌进了他怀里。捉着她手臂的那只手，手指微凉，却似一处火源，他近在咫尺的呼吸，如同山谷低回的风。望风燎原，猎猎山火舔过脸颊,她的皮肤烧起来,呼吸也急促,行将窒息。

晏斯时微微抬眼,即能看见灯光下她素净的面容,似春光繁盛时一朵与世无争的白杏花。

她眼睑半敛,目光低到了最低处,暗自隐藏,只能看见那微微颤抖的睫毛。她穿的是一件半袖的T恤,他捉住了她手肘上方的那一寸,压住了棉质的布料,挨着的些许皮肤温热柔软。

有清甜香气掠过鼻息,使他屏了一下呼吸,喉间泛起微微的痒。

最终,是夏漓撑着晏斯时的肩膀,脚落了地,那声音明显有点故作镇定:"不好意思脚麻了……"

晏斯时还没说什么,她已退后半步:"可能要借用一下浴室。"

"嗯。"晏斯时也站起身,若无其事地说:"行李箱我帮你拿到客房?"

"好……谢谢。"

闻疏白朋友多,大抵那时候常有朋友来留宿,所以多备了一间客房。那客房一直保持着一种酒店式的规整整洁,晏斯时来时就这样了。家政打扫是顺手的事,他平常不怎么进那间房,也没费心去动过它。

打开客房门,晏斯时按下开关,将行李箱推进去,再带着夏漓去客卫。卫生间是三分离的格局,设备都是通常用法,没什么需要格外强调的。晏斯时拿出干净的浴巾和毛巾放在洗手台一角,随即便出去了。

夏漓回客房掩上门,心跳犹未平息。她蹲在地板上缓了一下,才去开行李箱,从中拿出自己的睡衣和洗漱用品。再穿过客厅时,没见晏斯时的身影,不知他去了书房还是主卧。

洗过澡,夏漓走出浴室,望着空荡客厅硬着头皮喊了一声:"晏斯时……"

片刻,客房旁那扇门打开了。

她说:"我好像没找到吹风机。"

晏斯时便从房间里出来,朝浴室走去。

吹风机被放在岩板洗漱台下方搁板上的一只黑色置物筐里,她不好乱翻他的东西,所以没找到。晏斯时将其拿出来,插上插头,递给她。

"谢谢。"

晏斯时离开前瞥她一眼,她穿的是一套甚平款式的睡衣,藏青色底,平铺印着白色兔子和樱花的图案。

她肩头搭了一块毛巾,堆着潮湿的头发。发梢滴水,她低头时,有水迹从锁骨处蜿蜒下落,顺着白皙的皮肤,跌往更低处……晏斯时立即收回目光。

夏漓吹干头发,清理掉落的碎发,走出浴室。

晏斯时正在吧台那儿喝水,白色灯光下,那背影瞧着有些清寥。

"那个……"

晏斯时转头。

"我先去睡觉了?"

"嗯。"

"晚安。"

"晚安。"

夏漓进客卧躺下,摸过手机回复徐宁的消息:"我今晚就在朋友那里借宿,不回来啦。你早些休息。"

徐宁:"哪个朋友?"

夏漓不理,发了个晚安的表情包。

她平摊在床上,被沐浴露和洗发水的清香簇拥,根本无法"晚安"。明明整个人已有被掏空的困倦,却另有隐隐的兴奋吊着她的大脑皮层。很像是累到不行时,喝了咖啡强行续命的感觉。房间里安静极了,隔音效果也极好,几乎听不见外头车流的任何声响。关了灯,翻来覆去好久,直到过了半夜一点,才渐渐地熬出一点睡意。

主卧的晏斯时同样入睡很晚。好不容易睡着,又被奇怪的梦惊醒。

是浴室那一瞥的延续,水迹下落至更低处。纠缠时,灯光被摇碎,粼粼的光斑晃荡,在她眼里,在她净透的皮肤上。晃得他头一次这样理智尽失,甚而近似于癫狂,只为了迫切地想要弄坏一个人,他自己都觉得陌生。

醒来只觉得房间安静得吓人,只有他沉重的呼吸声。

他不常自渎,或许正因为这样,才做了这样荒唐的梦。

后背的汗渐渐冷却,剩下一种浸透的凉意。他手臂搭在额头上,待呼吸平静,起身端起一旁床头柜上的玻璃杯,喝了一口水。

冰块化了,那介于温凉之间的口感很是没劲。但他还是一口气饮尽,随即揿亮了台灯,穿上拖鞋,走去主卧的浴室冲凉。

第十七章
春天该很好,你若尚在场

按掉闹钟,夏漓呆呆地睁了一会儿眼睛,才渐有清醒过来的实感。待反应过来此刻是在晏斯时家里,她霍地一下爬了起来。换好衣服,睡衣折叠整齐放入行李箱,这才打开门。

以为自己起得算比较早,没想到晏斯时更早。晏斯时站在吧台那儿,穿着白色衬衫与灰色长裤,疏淡的色调显得人也毫无烟火气。他正提着银色细颈的水壶,往咖啡滤壶上的滤纸里注水。空气里一股清苦好闻的咖啡香。

"早。"夏漓走过去,"你起得好早。"

晏斯时抬眼,目光只在她脸上停了极其短暂的一瞬。脑中难以避免地晃过梦境的残片,微妙的冒犯感让他隐隐愧疚。

"早。"晏斯时平声说,"吃早餐吗?"

夏漓看了看餐桌上打包的纸袋:"我先洗漱。"

洗漱过后,夏漓将自己的物品从浴室里带出来,回客房收拾完行李箱,重回到餐厅。纸袋里的东西已经拿了出来,装在两只白色的餐盘里,培根蛋吐司卷和海鲜芝士包菜蛋饼。

晏斯时递了一杯咖啡到她手边:"要加糖吗?"

"不用。"夏漓捏着杯耳端起来,抿了一口,"苦一点正好提神,打工人不配加糖。"

她听见空气里落下很轻的笑音,抬眼瞥见他眼底隐约的笑意,才知不是错觉。

吃完早餐，夏漓自告奋勇要清洗餐盘和咖啡杯，被晏斯时婉拒，让她去收拾自己的行李箱即可。

那箱子她早就收拾好了，这时候推了出来，就坐在客厅沙发里等。越过餐厅看向开放式厨房里清淡日光下的背影，那水声听来都十分悦耳。

一切收拾妥当，两人下楼。二十分钟不到，车子便开到了园区，驶入地下停车场，停在了夏漓公司那一栋电梯附近的车位。

夏漓解开安全带，叫晏斯时帮忙解锁一下后备箱。

晏斯时说："可以放在车上，下班再来拿。"

"我今天多半要加班，而且不知道加到多晚。"夏漓笑道，"真的不能再麻烦你了。"

晏斯时走到后方，替她拎下行李箱。

夏漓接过，推行两步，想起什么，又赶紧转身，拉开了后座车门。那束花放了一晚上，不再那样新鲜，但像是美人倦眼，依然漂亮。

夏漓抱着花，晏斯时顺势接过她手里的拉杆箱，往电梯走去。隔了一宿的玫瑰，香气更郁。夏漓嗅闻香气，余光观察身旁的晏斯时，有个问题横在心口，回避了一整天，到底又绕回来，让她有点不吐不快。

这么犹豫踌躇着，一直走到了电梯间。步入电梯，夏漓按下楼层按键，自厢轿的反光中看了一眼身旁的身影，暗自吸一口气，终于开口："有个问题。"

晏斯时垂眼看她："嗯？"

"你送我花，是不是因为我送过戴老师花？"

晏斯时一顿。只有两人的空间，在她问出这句话后，她觉得空气都仿佛稀薄了两分。

"这只是原因之一……"

没等他说出"原因之二"，电梯抵达一楼。门一下弹开，将他们瞬间带回到工作日的清晨。外头七八个等着进电梯的人，其中一个便是宋峤安。电梯里的情景让宋峤安面露惊讶。

晏斯时上班不在这一栋，低头跟夏漓打了声招呼，就走出了电梯，与宋峤安错身时，没看他一眼。

宋峤安进了电梯，挤到夏漓身旁，低头看了看她手里抱着的花束和身旁的银色行李箱。

"你们一起来上班？"宋峤安笑了一声，问道。

夏漓不想解释，也不觉得有跟宋峤安解释的必要，就只"嗯"了一声。

宋峤安也不再说什么了——方才晏斯时出电梯时与他擦身而过，他嗅到的那一阵香气和此刻夏漓发上的一模一样。

这一整日，夏漓放在电脑旁的那束花引起了不少人的问询。她一律回答"同学送的"，多余的一句也不透露。

至于宋峤安，夏漓知道他一定是误会甚至自发地认定了什么，因为他突然就没了那份让她常常尴尬不已的殷勤。倒也不是特别突然——自上回团建之后，宋峤安对她就没那么热情了。她不知道团建那天是不是发生了什么，也懒得问。现在两人回归到最单纯的同事状态，正合她的心意。

下旬，夏漓刷朋友圈时，看见了陶诗悦发的新状态，定位是北城的机场。她还记得欠陶诗悦一顿饭，主动发去消息，问她在北城待几天，有空的话请她聚一聚。

陶诗悦回复说，正好还有个人也要请自己吃饭，要不一起得了，说完就拉了一个群。

三人群，另一个人没让夏漓意外，自然就是晏斯时。

陶诗悦在群里发消息："只能待三天，而且行程巨赶，不好意思啊，没法挨个单独聚了。只有明天晚上没安排，看你们有没有空。"

夏漓说能腾出时间，问她有没有什么想要打卡的餐厅。

陶诗悦说，有是有，就怕订不到座。随即附上了餐厅的定位。

大约几分钟后，一直没冒泡的晏斯时在群里回复："位订好了。"

  Saya TAO：你还是这种闷声办大事的性格……

  Sherry：那就明晚见啦？

> Saya TAO：我还带个人你们不介意吧？
>
> Sherry：男朋友？
>
> Saya TAO：Yep.

群聊结束后，夏漓收到了晏斯时单独发来的消息。

> YAN：明晚一起过去。
>
> Sherry：好。

隔日是工作日，夏漓要加班，打算先去跟陶诗悦吃晚饭，再回去居家办公。

正常下班时间过了没一会儿，微信上收到晏斯时的消息，说他已经到了地下停车场，马上开到园区门口。夏漓便收拾东西下了楼。

此时园区门口人车交杂，一片混乱。她找到晏斯时的那辆黑色SUV，快步走过去拉开车门，一阵微冷空气扑面而来。

晏斯时看见她坐下扣好安全带以后，放在腿上的除了她的包还有一只精致的礼品袋，便问："给陶诗悦准备的礼物？"

"对。就一个小东西。"

她总是这般周到妥帖。

恰逢晚高峰，这一路过去花了将近四十分钟。他们停好车进餐厅时，陶诗悦和她男朋友已经到了。

"抱歉抱歉，路上有点堵车。"夏漓坐下，顺势递过小礼品袋。

"哇，还有礼物！"陶诗悦惊喜接过。

都落座后，陶诗悦向夏漓和晏斯时介绍了她的男朋友。陶诗悦如今出落得明艳光华，性格也脱去了读书时那几分叫人不适的优越感，开朗又大方。她男朋友与她很般配，都在香港工作，一位证券投资人，英文名是Devin，长相与谈吐都很精英做派。

Devin的性格同样属于开朗那一派的，虽跟他们是第一次见，但几句话就叫气氛热络了起来。

"这位是夏漓，我高中同学，在我转国际班之前跟我一个班的。"陶诗悦又转向晏斯时，同 Devin 介绍说，"这位我跟你提过，晏斯时，我高中暗恋过的人。"

Devin 竟向晏斯时伸出手，笑道："幸会幸会。"

晏斯时同他握手，也说："幸会。"

夏漓只觉得场面很是魔幻，莫非他们留学过的人都要更洒脱些？在场似乎只有她比较大惊小怪——在听见陶诗悦那与介绍"这是我曾经喜欢过的明星"无异的平淡口吻时，差点被一口热茶呛住。换作是她，或许再过十年，她都不大可能在晏斯时也在场的情况下，同第三人介绍：他是我曾经暗恋过的人。

她做不到。

这顿饭有同样开朗的陶诗悦和 Devin 主导，无所谓冷场一说。近况、八卦、业界秘辛……什么都能聊。陶诗悦从她妈妈那里听说过戴树芳之前来北城做手术的事，还特意向晏斯时问询了戴树芳的近况。

一顿饭吃了近两个小时。最后晏斯时买了单，去停车场取车，另外三人到门口等待。

这时候，陶诗悦才凑近夏漓，笑问："你俩什么情况？"

"不好说……"

"那就是有点情况的意思？"

夏漓笑笑，不否认。

"回头有空你去香港玩，你再单独跟我展开聊聊。我可太好奇了，你们怎么暗通款曲的？"

去国外待过一遭的陶诗悦，如今说话很有些语不惊人死不休的意思。

夏漓说："非要说的话……偶然吧。"

陶诗悦看她片刻："我有个问题啊，你要觉得唐突也不用回答。你是至今都还喜欢他呢，还是现在重逢了两人从零开始勾搭的？"

夏漓笑道："你这个问题好难回答啊，陶老师。反正我知道你应该是早就不喜欢了吧。"

她也间接听说过陶诗悦身边一直没断过人,换男友十分洒脱。那个哽咽着唱"我也很想他,我们都一样"的女生,早就与她走上了不同的道路。

陶诗悦耸耸肩:"都人间蒸发了,我喜欢空气吗?而且以现在的眼光去看,就会发现喜欢晏斯时这样的人真的会很累。他不说,你永远猜不透他的心思,谈恋爱总不能只靠心电感应。"

夏滴笑一笑。

"和他这种人在一起,女生总要单向奔赴得更多。而且,他有'前科'的,万一哪天一个不高兴,又断联消失怎么办。"

"会吗?"

"我瞎说的,乌鸦嘴别当真。"陶诗悦赶忙笑道。

晏斯时的车开到了路边。陶诗悦和 Devin 下榻的酒店离餐厅不算远,晏斯时先送他们过去。抵达酒店楼下,陶诗悦和男友下了车,同晏斯时道谢。

晏斯时打上双闪灯,拉开车门,对陶诗悦说:"耽误你一分钟?"

陶诗悦看一眼 Devin,玩笑道:"天啦,他不是现在才幡然醒悟,要跟我告白吧。"

晏斯时下了车,跟陶诗悦单独走到了一旁,与车子隔了一段距离。

陶诗悦笑笑问:"想问我什么?"

晏斯时说:"可能有些冒昧。当年,你有没有送过我一本杂志?"

"我送没送过你不记得……"陶诗悦反应过来,一顿,"偷偷送的?"

晏斯时点头。

"我送你东西什么时候偷偷摸摸过,我不都是光明正大硬塞吗——话说你为什么怀疑我啊?"

晏斯时却不再说了。那是本趁他不在教室偷偷放到他桌上的《看电影·午夜场》,中间夹了张便笺纸,他至今还记得那留言的内容:

电影是生活的解药。

天气不错，祝你心情愉快。

留言的落款，是个"S"。目前他认识的人当中，只有两个高中同学的英文名以"S"开头——当然，或许都不是，S也有可能是某个姓氏的首字母。

而假如不是陶诗悦，会是她吗？他向着前方打着双闪灯的车子投去一眼。或者，他希望是她吗？

车停在绿爽斋门外，晏斯时坐在车里燃了一支烟。拿在指间，待它静静地烧到头了，摁熄在灭烟器里，这才拉开门下车。

今天晏斯时爷爷做八十大寿，定下了整个绿爽斋。酒店老板都亲自递上拜帖，送了一盆玉雕迎客松，祝老人寿比南山。

在绿爽斋门口，晏斯时与出门而来的闻疏白迎面撞上。闻疏白一身藏青色正装，领带都打得工整，可见给足重视。

"还以为你不来了，你家老头一直逼我给你打电话催一催。"闻疏白见晏斯时露面，如释重负地收了正要拨号的手机。

晏斯时神色倦淡："来的都有谁？"

"你能数出名的都到了。"

闻疏白转身，同晏斯时往前走："有个情况，你最好提前了解一下。"

"什么？"

闻疏白支吾。

"你直接说。"

"就有个人，在陪着你爸迎宾。"

晏斯时脚步一顿。

"就是她……"闻疏白肯定了他心里的猜测，觑着他的神情，"你爷爷肯定是不高兴的，但毕竟今天过生日，这么多人都在场，也不好撕破脸面。"

晏斯时垂着眼，没作声。

297

两扇洞开的实木仿古雕镂门前,站着晏绥章与一个陌生女人。那女人并非他以为的"狐狸精"长相,一头长发盘起,着一身米色套裙,温柔端庄得很,看年龄可能三十出头,至多不超过三十五岁。

女人先看见晏斯时,不动声色地拿手肘轻撞晏绥章。晏绥章正与一位宾客寒暄,瞥了一眼,神情未变,叫人将宾客领入内,方才看向晏斯时,声音堪称温和:"来了。"

晏斯时连眼皮都不曾掀动一下。闻疏白替他着打圆场,笑道:"晏叔,你看到了啊。人我是替你催到了。我们先上去陪爷爷说会儿话。"

晏绥章点点头:"去吧。"

一踏进门,便有熟脸不熟脸的人迎上来,一叠声地称呼"晏公子""晏少爷"……这称呼里有股腐朽的封建味,像是捡了两三百年前旧社会的名头往人头上套,让晏斯时很不喜欢。所有殷勤他一概不搭理,径直上楼。

楼上雅厅里,一股清檀香混杂茶烟的气息。平日不苟言笑的晏爷爷,此时被人簇拥着,难得地不吝笑容。

此刻挨着他坐的是方舒慕——她也收敛了平日里那类酷飒的打扮,耳钉、骷髅样式的银质吊坠统统都摘了,穿一条白色软缎的连衣裙,正儿八经的大家闺秀做派。

方舒慕看见晏斯时进了门,赶紧提醒:"爷爷您看谁来了。"

一时间,除了晏爷爷和方舒慕,圆桌上所有人都起身,齐刷刷地往外挪,让出了晏爷爷身旁另一侧的空位。

晏爷爷也站起身,惊喜地朝晏斯时伸手:"小晏,快过来!"

晏斯时眼底不着痕迹地泛起倦色,终究还是走了过去,在晏爷爷身旁坐下。

晏爷爷笑道:"小晏还是给我面子。去年他老头过生日,他都没参加。"

方舒慕的父亲方平仲笑道:"斯时去年不还在国外吗?他要是回了国,哪有自己父亲生日却不参加的道理。"

实则,凡与晏家交好的人谁不知道,晏斯时十八岁出国,至去年下半年,这么多年一次也没回过国。现今终于回国发展了,过年和元宵也不曾回家一趟。这一回，若不是晏爷爷八十大寿，恐怕他依然不会露面。

方平仲看向晏斯时，似乎想为这番打圆场的话求得一个肯定。晏斯时甚至都不曾睨他一眼，显然并不承他的人情。方平仲的笑声一时间略显尴尬，只得端起杯子喝了口茶，以作掩饰。

晏爷爷打哈哈："反正人来了就好。"

方舒慕提起茶壶，给晏斯时倒了一杯茶。

晏斯时接了，毫无情绪地道声谢，随即轻轻往桌面上一搁，自此再没动过。

这一桌坐的是晏家的近亲与世交，对晏斯时的近况殊为关心。一个问题接一个问题抛出，晏斯时简单应答，那态度自然算不得热情，可除了不热情，倒也挑不出其他错处。

没多时，迎完宾客的晏绥章与那个女人上楼来了，局面瞬间便变作晏绥章主导。

菜品上桌，推杯换盏总有讲究……那一套繁杂的酒桌礼仪，叫晏绥章玩得滴水不漏。

酒过三巡，气氛热络。方平仲拉住女儿方舒慕的手，端上酒杯，绕过来要跟晏斯时敬酒，由头也找得漂亮极了："斯时，你跟我家慕慕是一块儿长大的，事情既然早早就定了，斯时你又确定了就在国内发展，以后跟慕慕常来常往，不必太生疏。叔叔敬你一杯，祝你事业……"

"什么事？谁定的？"晏斯时打断他。

方平仲一愣。晏斯时看向方舒慕，似把这个问题又抛向了她。方舒慕一时有些难堪，她将方平仲往原本的座位方向推了推，低声说："爸你坐回去，都说了别来你们大人这一套。"

方平仲："好好好，那我不管了……"他端着酒杯，又去给晏爷爷敬酒去了。

方舒慕手掌轻撑着桌面，看了看晏斯时，觥筹交错的场合里，他却更显得清寂疏离，那些纸醉金迷半点没沾他的身。

"抱歉。我爸没恶意，就是有点多管闲事。"

晏斯时的声音平静得近乎冷淡："我不喜欢有人干涉我的决定，尤其长辈。"

方舒慕一时讪然。她约了晏斯时好几次，都是未果。两人上班地点相距不过两公里，他连工作日的一顿中饭也不肯赏光。家里频频催促，叫她抓紧跟晏斯时联络感情，她烦得不行，抱怨了一句："那也要我约得出来！"

今日饭局上，方平仲自作主张，借长辈名头和二十年前方晏两家一句"娃娃亲"的玩笑做起了文章。可谁不知道，晏斯时最不吃的就是这一套，他连自己的父亲都能忤逆。

方舒慕强撑着，又说道："那也是我的问题。我不知道你为什么对我爸这么有敌意，他毕竟是长辈……"

晏斯时看她一眼，神情分外淡漠："你不知道吗？"

方舒慕一时嘴唇抿成一线。

气氛正尴尬时，一位长辈说要同方舒慕喝一杯，替她解了围。

方舒慕刚走，晏绥章跟那女人又一同过来了。晏绥章的话就直接得多："今天既然来了，往后就别继续使性子。北城就这么大点地方，平白让人看笑话……"

"我今天过来，只是看了爷爷的面子。"晏斯时的声音有种长夜流冰的冷。

晏绥章蹙眉。这时候，晏绥章身边的女人似嗅闻到了山雨欲来的气息，急忙笑道："给谁的面子都是一样，都是一家人……"

晏斯时笑了一声，那笑意比他的声音还要冷："您同谁是一家人？"

女人表情一僵。晏绥章有些火气上头，但多少顾忌宾客在场，语气虽是不悦，声调却始终不高："晏斯时，你今儿是来参加爷爷生日的，还是来砸场子的？没叫你履行长孙的职责，是爷爷宽仁，你摆脸色给谁看？没有谁低声下气求你来……"

晏斯时敛目，不紧不慢地站起身。他这略显不耐烦但懒得计较似的反应，让晏绥章仿佛一记重拳砸进了棉花里。

"晏斯时，我在跟你说话！"

晏爷爷闻声瞧了过来，一时，所有人视线都转了过来。

晏绥章神色沉冷。大家都以为有戏可看，谁知晏斯时只是走到晏爷爷身旁，声音平和地开口："礼物我叫人直接送到家了，您到家以后看看合不合心意。有个朋友今晚的飞机出国，我暂时失陪，过去陪人喝一杯。"

晏爷爷心知肚明，但笑着说："去吧，爷爷准你——可别喝太多啊。"

晏斯时颔首，不再瞧晏绥章一眼，转身便走了。

闻疏白坐旁边一桌，对主桌的动静了如指掌。此刻借去洗手间的由头跟了过去。晏斯时听见木楼梯上方咚咚咚的脚步声，脚步一顿，转头。闻疏白站在上方笑道："你今天简直是个刺头——去哪儿喝酒啊，要不要我请你一杯？"

"不用。你继续待着吧。"

"真不用？"

"嗯。"晏斯时回身继续朝楼下走去。

回到车上，又点了一支烟，只抽了两口就灭了。晚风潮热，使人心情越发烦躁。

晏斯时头往后仰，无声地靠了一会儿，还是下车。他喝了酒，车不能开，也不想叫代驾，干脆先扔这儿了。顺着这条路往前走，过了繁华地带，人声渐息。繁盛花木掩映下，前方拐角处，出现一只落地的方形灯笼，印着某酒馆的名称。

巷口拐进五十米，出现了那酒馆的店招。晏斯时推门进去，门口铃铛一响。巴掌大的小店，如此隐蔽，但并非门可罗雀，里面一半的座都被占了。店里在放黄金时代的粤语歌曲，人声嗡嗡，偶尔有杯壁碰撞的轻响，很是幽静。

老板瞧他是生面孔，特意想招呼得细致些，但看他似乎不怎么想搭理人，端上酒就自动回避了。

晏斯时坐在吧台前，喝完了整杯加冰的威士忌，仍觉得生日宴上的喧闹不绝于耳，身上都似沾上了一层那些黏腻的酒气。

他拿出手机来，原想这儿离绿爽斋不算远，不如叫闻疏白过来喝一杯。

301

可不知为什么，消息将要发出时又觉得索然，还是删了，退出微信。顿了片刻，又点开了手机通讯录。

夏漓难得没加班，在家里跟徐宁一块儿吹着空调看综艺，听她聊娱乐圈的一手八卦。

电话响起，她看了眼来电人，扔下手里没吃完的半把樱桃，立即起身朝自己卧室走去。

徐宁笑："看你反应就知道谁打来的。"

夏漓掩上门，接通电话。一贯清越的声音里染上了一点哑，晏斯时直接问她："在加班？"

"没。在家看视频。"夏漓在床沿上坐下。

电话那端的晏斯时问出这一句之后却不再作声。

夏漓问："你呢？在家吗？"

"在酒吧。"

重逢后接触多次，夏漓对如今晏斯时的生活节奏已然有所了解，他的行动轨迹里很少出现"酒吧"这个选项。她正要说什么，卧室房间门被叩响，徐宁在外面道："漓漓，我沐浴露用完了，借用一下你的OK吗？我刚刚下单，明天才能到。"

夏漓应道："没关系，你直接用就可以的。"

徐宁道声谢。夏漓注意力重回，便听电话里晏斯时低声说："抱歉，是不是打扰你了。"

"没有没有……"她忙说道。默然片刻，陷入斟酌，不觉捏紧手机，声音也变轻，"你好像心情不好……"

她当然听得出他语气低落。晏斯时的沉默就是回答。

夏漓拿下手机看了眼时间，几乎立即做出决定："我过来陪你喝一杯？"

"以你的酒量？"

"怎样？"她不服气。

"不,没事。很好。"

听出晏斯时的声音里有笑音,夏漓也笑出声:"在哪个酒吧?"

晏斯时却说:"有些远,不必了。你早点休息吧。"

对于已经做出选择的事,要论坚决程度,夏漓从来没有输过。"你打给我的时候,不就是因为……你觉得你需要我吗?"

一霎安静。

"帮我叫车。"

晏斯时终于说:"好……"

临时出门,夏漓来不及化妆,只换了一身衣服,拿上一只小包,装上手机和钥匙。走出卧室,客厅里的徐宁瞥她一眼:"要出去?"

"嗯。"

"什么时候回?"

"不知道。太晚的话你就先睡,不用等我。"

徐宁平常能不出门都不出门,她的所有社交关系都在网上维系。她很难理解,什么样的力量能大晚上把人叫出去,在家"葛优瘫"不是更开心吗?

夏漓在楼下等了没一会儿,晏斯时帮她叫的车子就到了。

是真有些远,开过去快四十分钟。那司机照着导航停了车,夏漓下车,只看见了那落地的灯笼,没找到酒馆入口。她给晏斯时发微信,说找不到地方。晏斯时让她就在那里等着。

六月中的天气,晚风里站一会儿就让背上沁出一层薄汗。夏漓四下张望,听见有脚步声,回头才发现那一处黑暗里竟有个巷口,晏斯时正从暗处走出。

她快走两步迎上去,到了跟前,嗅到一阵淡淡的酒气。

他身上的那件衬衫,板型较平日分明更显正式,却叫此刻的他穿出一种醉玉颓山的风姿。

他们往里走,幽深小巷里,只有店招灯牌散发微弱的光。

夏漓听见晏斯时说:"路上堵车?"

"有点儿。"

"时间太久。"步行的缘故,晏斯时的声音听来总有种雾气一般微微沉浮的感觉,"我以为你不来了……"

夏漓心头怔忡,这句话莫名让她心口泛起一些潮湿的情绪。

进酒馆时,正好有一对情侣推开门,门楣上挑着的铃铛清脆一响。待那两人走了出来,晏斯时顺手撑住门,让夏漓先进。

到吧台坐下,兼任酒保的老板递来酒单。夏漓翻了翻酒单,无从下手,晏斯时稍稍探过身体,扫过一眼,指一指最下方:"喝这个?"

那一排都是无酒精的鸡尾酒。夏漓不逞强,点了一杯无醇莫吉托。

柠檬、气泡水、冰块与薄荷混合的饮料,一口下去有种直达天灵盖的清凉。夏漓手指轻握杯壁,单手托腮,借昏黄灯光去看身旁的人。

记忆中没见过他有太大的情绪波动,稍显失控的场景,能想起来的只有两回。一回是那年校庆,他接了个电话,不知什么内容,表情凝重得如天塌了一角。还有一回是那晚在钟楼,他不知道是跟谁打电话,语气沉冷,有几分顶撞。

今日他的状态更似后者,冰冷的不悦,但并不直白显露于脸上,只是那气场像天凝地闭的冬日淋在身上的一场冷雨。

店里在放一首很老的粤语歌,她未曾专门学过,也能哼唱两句:

"我多么够运,无人如你逗留我思潮上。"

"你心情好像不好。"夏漓说。

头顶灯光似晾了半宿的月光,照得一切都有种微凉的调子,连他的声音也是:"去了一个不大喜欢的饭局。"

夏漓想到钟楼的那一晚,他的回答也是这样语焉不详。

饮料还剩一半,夏漓放了玻璃杯:"喝酒只会越喝越郁闷。走吧,带你去个地方。"

晏斯时没问去哪儿,很是配合地买了单,跟着她起身。

两人走出酒馆,重回到大路旁。夏漓掏出手机打车,想到什么,问晏斯时:"你今天过来没开车?"

"开了。停在前面。"

"那要怎么开回去？"

"不知道。再看。"

夏漓沉吟了一下："我有驾照，只是不常开。"

"敢上路吗？"

"试试吧。"

上一次夏漓曾租车载万年不肯出门的徐宁去郊区山里泡温泉，虽然开得慢吞吞的，但顺利抵达。没有八成以上的把握，她不会轻易说"试"。

穿过一段繁华街道，到了晏斯时停车的位置。不远处一栋仿古小楼，一眼望去灯火辉煌，古香古色的招牌上题"绿爽斋"三个大字。门前车位上停的要么是豪车，要么是黑色的四个圈，低调的老款型号。夏漓猜测，晏斯时就是从这饭局上逃出来的。她意识到自己虽然对真实情况一无所知，但下意识地用了"逃"这个字，好像这就是符合晏斯时性格的做法。

晏斯时掏出车钥匙，轻轻地掷给她。夏漓按车钥匙解了锁，拉开车门坐上驾驶座。晏斯时站在车门外，手臂撑着打开的车窗，反手按了按车门上的一个"M"按钮，随即指点她调试座椅位置和高度的按钮何在。

"方向盘位置能调吗？"

"可以。"

正在这时，身后忽有人唤："晏斯时？"

晏斯时回头，夏漓也朝着声源处望去。

由于换了一身装扮，夏漓没有第一眼认出，直到那年轻女人走近，她从她几分冷傲的神情中认出来，是上回晏斯时生日时 KTV 里那个戴着银质骷髅头吊坠的人。

方舒慕有些惊讶："你还没走？"

晏斯时只在听见叫他名字时条件反射地回头瞥了一眼，旋即便转回来，不再理会。倒是夏漓，向着方舒慕微微颔了颔首，她不知道她叫什么，也不好打招呼。

晏斯时手臂伸进车内，遥遥地点了点方向盘转向轴上的一个按钮，叫她

305

揿按调整。

夏滴按动按钮,将方向盘调到自己掌控最为舒适的位置:"好了。"

晏斯时提醒:"腰枕和后视镜要不要调?"

夏滴点头。

全部调整完毕,她说:"可以了。"

"都可以了?"

"嗯。"

晏斯时又长按了一下那"M"键下方的按钮"2",说:"好了。"

夏滴过了数秒才反应过来,心下一怔。那应当是座椅记忆功能。下一回,如果她还要开这车,按下"2"就能调取她设置的所有参数。

两人的旁若无人让方舒慕有些难堪,正进退维谷,晏斯时转头,淡淡地问她还有没有什么事。

"没有。就告诉你一声,上面散席了,爷爷他们马上就下来。"

"哦。谢谢。"

方舒慕不再说什么,摁了一下车钥匙,不远处一辆越野车车灯一闪。

晏斯时绕到副驾驶座上了车,继续告诉夏滴点火启动、电子手刹、前进、后退、换挡等操作方式,夏滴一一记下。

忽觉晏斯时声音一停,目光往前方某处睨去。夏滴顺他的视线看去,那绿爽斋门口有三人被簇拥着走了出来。隔着这段距离看不清脸,但能分辨出是一位老人、一个中年男人和一个女人。那女人不知年纪,打扮偏成熟,但身姿体态都很年轻。

晏斯时只一瞬就收回了目光,扫过的这一眼无限厌倦。

夏滴将车子启动。她开始不习惯,蹭得很慢,引得后面好几辆车狂按喇叭。夏滴心态很好,任他们怎么"嘀"她,只管保持自己可以掌控的速度,直到基本功能都上手之后,这才渐渐加速。

驶离了最繁华的这一段路,夏滴才敢分神去瞧一眼晏斯时。实则方才她的操作多少有些手忙脚乱,但晏斯时绝不越俎代庖,只告诉她前后左右的车况信息,丝毫不干涉她的驾驶思路。

她想起刚进公司那会儿，宋峤安听说她有证却不敢上路，借了他的车给她练手，还自告奋勇做陪练。结果，变道、超速、刹车……他什么都要指点，让本来就因新手上路慌得不行的夏漓更加手足无措。练了没五公里，两人都一肚子火，之后宋峤安再提议陪练，夏漓找各种方法婉拒了。

　　相比之下，好像动心过的人，会让她一再动心，哪怕是这样的小事。

　　车渐渐驶离中心区域，车流渐稀，夏漓开得越发得心应手。直至抵达目的地，全程没出任何状况。

　　方才夏漓导航时，晏斯时没注意听是去哪儿，此刻环顾四周，似到了某处山脚下。抬眼望去，山野岑郁，静寂无声。

　　上山只能靠步行，一条狭窄的水泥步道，分明已是夏日，地上却仍有落叶。空寂的山林间偶有鸟声啁啾，路旁草丛里，有什么爬过枯叶的簌簌声响。

　　走了不到五分钟，前方出现了一段长长的台阶。台阶的尽头，围墙上方现出斗拱飞檐，是一处很小的寺庙。

　　晏斯时问："还开着门？"

　　"早关了。我们也不是来拜佛的。"

　　台阶陡峭，也不甚平整，阶缝里冒出青苔，看来这不是个游客常来的地方。

　　一鼓作气爬到最高处，夏漓停下，撑住腰喘气。晏斯时倒是轻松不过，只是呼吸节律稍稍变快。

　　待这一阵喘息平缓，夏漓在台阶上坐了下来，拍拍身旁，让晏斯时也坐。晏斯时坐下前回身望了一眼，他们后方是紧闭的圆洞门。片刻，有风习习而来，染着草木的苍郁气，那叫人感到黏腻的烦躁感一下被荡涤大半。

　　此处太静，使人说话声也放低。

　　晏斯时问："也是你的秘密基地？"

　　"算是吧。上回跟徐宁过来拍照，来晚了已经关门。我觉得就在寺门外看一看日落也不错，就一直等到了天黑才下山。后来有天晚上心情不好，又自己来了一趟。"

"不怕吗?"

"就是因为这里有寺庙才不怕呀。"夏漓笑道,"谁敢在佛祖眼前造次?"

"有道理。"

说着话,夏漓借月光看见台阶旁的草丛里有两粒石子,捡了起来,随手往下一抛。石子跳滚过台阶,清脆地骨碌响一阵,没入黑暗。

一切复归静默,他们都不再说话。在此处,语言好似是多余的。

夏漓抱着双膝,头枕手臂,在夜风中捕捉到身旁的人平静的呼吸声。她偏头看去,轻声问:"你今天心情不好,是因为饭局上遇到什么事吗?"

晏斯时"嗯"了一声。夜色里只看到侧脸的轮廓,他微微垂着头,眉目隐入夜色,像一个缄默的谜。

其实没有期望他会回答,但真是这个结果,还是让她心脏往低处跌了一下,怅然若失,她也就不再问了。

片刻,忽听手掌轻拍皮肤"啪"的一声脆响,晏斯时转头。

"有蚊子。"夏漓挠了挠手臂皮肤。

她今天短袖黑T恤叠穿一条黑色休闲吊带裙,裙长及踝,腿是遮得严严实实,手臂却全露在外面。晏斯时看向她抓挠的地方,起了好大一个疙瘩,因为皮肤白,那泛红的部分就更醒目。

"下去吧。"晏斯时提议。他身上没穿外套,没法替她挡一挡。

"不再坐一会儿?"

"当血包?"

夏漓笑出声:"习惯了。我是O型血,听说O型血比较招蚊子。再坐一会儿吧,我开车一趟不容易。"

"好。"

一时沉默。夏漓不禁想起了当年和晏斯时逃了晚自习的那一晚。他们走过步行街,她喝热红豆奶茶,他喝冻柠七。而那家音像店前些年就倒闭了。

夏漓不经意便问出声:"你记不记得,我们曾经聊过关于世界末日的话题？"

"嗯。"

"你还记得 2012 年 12 月 21 日那天自己在做什么吗？"

晏斯时略微思索："不记得了。"

或许泡在图书馆，或许服药之后昏睡一整晚。这是那段时间的常态。

"你呢？"他问。

"我好像是在赶作业。"不过那天很多人告白，她们院里成了好几对。

夏漓又说："我记得当时问你，你说，你的心愿不以意志为转移。现在呢？假如再有一个世界末日，在那之前，你有没有必须做的事？"

说话时，夏漓转头去看晏斯时。她没想到，晏斯时也正看着她。

目光顷刻对上。

夜里瞧去，她眼睛的颜色更深，是黑茶色调，像这山林一般幽静。眸光流转，也似今日月色。有什么东西在他喉间轻拂了一下，仿佛羽毛或者柳絮，引发微不可觉的痒。

这对视让夏漓有点慌，率先转过头，就听见晏斯时轻声说："末日之前没有。此时此刻有。"

"什么？"

他沉默了好久，连夜色都仿佛凉了几分。当夏漓以为这个问题也将得不到回答之时，晏斯时倏然伸手，捉着她手臂轻轻一带。她身体向斜侧倾倒而去，膝盖抵住台阶，径直撞入一个怀抱。

温热体温，浅淡酒气，按在她背脊处的微凉手掌……所有的一切，视觉、嗅觉与触觉，都被名为晏斯时的人占据得满满当当，连心跳都不属于她自己。

晏斯时低头，下巴抵着她的肩颈，深吸一口气。

半醉的人，是否拥有逾矩放纵的特权？他放弃思考，在自感卑劣的自厌情绪里煎熬，却又不舍得放开。

她皮肤上的清甜气息涌入肺部，让他如同从黑漆漆的低压海底探出水面。

他第一次觉得，呼吸有意义。

夏滴全身僵硬。他的气息中带一点酒气，似水烧至沸腾揭开那一刻时扑面而来的水蒸气。那温度足够灼烫皮肤，她肩颈那一片都烧起来。

如同在平行世界的梦境里。她从来没有经历过这样的拥抱，更不曾想过会这样猝不及防地发生在她与晏斯时之间。他仿佛在汲取她身上的温度，这般强烈的依赖感让她心惊，又使她手足无措。

像有一只黄昏的钟，在她心里一阵一阵撞出震荡的声响。

薄舟载不动漫长心事，纷纷倾覆、沉没。她好像要哭出来。

"你喝醉了吗？"

晏斯时摇头。

潮湿情绪堵住了喉咙，让她无法再次发声。

抵在脊背上的手掌力道稍轻，晏斯时于此刻稍稍退后，隔着夜色望向她，音色沉哑："夏滴……"

没有谁被这样连名带姓地唤时不会生出几分严肃感。她后背不自觉地微微挺直，手指攥紧裙子的布料，攥出满手潮热薄汗。

晏斯时稍顿，那神色似在斟酌。她屏住了呼吸。

忽听身后"吱呀"一响。

两人都吓了一跳，齐齐回头。寺门开了一扇，一个穿青色布衣的僧人手里提着一只木桶走了出来。僧人往外瞧一眼，脚步一顿："两位施主是来进香的？本寺开放时间是早上八点到晚上六点。"

夏滴窘然，不好说自己大半夜跑来只为了占人山门散心："谢谢师傅……那我们明早再来。"

僧人单手作礼："台阶陡峭易滑，二位下山注意安全。"

话已至此，夏滴和晏斯时只好起身离开。僧人则提着木桶，从寺旁小路往后方更深处走去，脚步声杳杳渐隐。

下台阶比上台阶难，夏滴微微侧身，一步一阶。晏斯时的手，始终虚虚挨着她的手臂，像是以防她摔倒，随时提供依托。终于迈下最后一级台阶，重回到狭窄的水泥步道上,一时无人说话。

脚下踩过一片枯叶,发出薄脆碎裂的声响。

"你刚刚问我是不是喝醉了……"

夏漓听见晏斯时出声,立即驻足转身。他已停下脚步,单手抄袋,神色前所未有的认真:"没有你以为的那样醉。"

那震荡的钟声似乎有余响,再度撞向心口。

"那就是……多少有点,是吗?"

"嗯。"

不然不会任由对那份温暖的渴求发展到彻底失控,不会这样唐突。

夏漓声音很轻,心脏紧缩的感觉分外陌生,以至于无所适从:"那等你醒醒酒……"

晏斯时点头,声音比神情更为郑重:"好。"

两人走回到停车场上了车。静谧的车厢里,一种微妙情绪充满了他们的胸腔,心脏似浸了温水的海绵,微微发胀。

车行了一阵,晏斯时看见前方有家 24 小时便利店,让夏漓靠边停一下车。

夏漓问:"要买东西?"

"买瓶水。"

车停下,夏漓去找双闪灯的开关,晏斯时手臂探过来,按了一下那红色三角尖的按钮,随即解开安全带,拉开车门。

看着他的身影进了便利店,夏漓往方向盘上一趴,心脏中犹有连绵不绝的余震。她没能忍住,扬起嘴角。

几分钟后,晏斯时回来。他拉开车门,夏漓看见他手里拿了两瓶冰水和一瓶花露水。

上了车,他不急去系安全带,将水瓶放进排挡的杯托,揭开了花露水的盖子,抬手揿亮车顶灯光,问她咬在哪儿了。

薄荷绿塑料瓶装的花露水,不管是出现在这高档黑色配饰的车里,还是出现在晏斯时的手里,都违和得让她想笑。她稍稍扭身,伸出手臂,这才发现已经不止被叮咬了一处。

晏斯时托住她的手臂,将花露水喷口对准红肿处。夏漓偏头,微闭双眼。

"呲呲"轻响,冰片与薄荷的沁凉香气瞬间弥漫整个空间。

收了花露水瓶,晏斯时拉开副驾前方的手套箱,将其放入,随即拧开一瓶冰水,递到夏漓手边。

"谢谢。"她坐他副驾的时候,可没为他提供过这样周到细心的服务。

这时候,晏斯时才拧开了剩下的那瓶水,微微仰头,一口气喝下一小半。

夏漓一时没有错目,盯住了那微微滚动的喉结。他颈间肤色冷白,尤其显得有一种禁欲感。待他放下水瓶,夏漓立即别过目光,若无其事地喝了一口水。

车开到了晏斯时所住小区的地下停车场。夏漓没有立即将车子熄火,只解开了安全带,看向晏斯时:"你心情有变好一点吗?"

这句复现的问句,让晏斯时稍顿:"当然。"

夏漓笑了:"那就好。"她伸手按下了引擎按钮,熄火,然后说道,"那你上去早点休息?"

"你呢?"

"我打个车回去就好。"

晏斯时看着她,语气平静:"你可以上去歇一晚,我明早送你。"

氛围一霎便微妙起来。

"不太方便……"夏漓不自觉地捋了一下头发,呼吸都轻了两分,"什么洗漱用品和换洗衣服都没有,而且我明天还要早起。"

"这么晚,你要一个人回去。"

"我下班都是自己打车呀,有时候加班比现在晚多了。"夏漓笑道。

晏斯时沉吟片刻:"我帮你打车。"

从地下停车场乘电梯抵达一楼,晏斯时一直将她送到了小区门口,陪着她等车到来。

夜风已褪去热气，带着几分温凉拂过。晏斯时看着灯下的身影，她低着头，不自觉地在手臂上被叮咬的地方掐十字。

"你生日快到了。"

"嗯。"夏漓抬了一下头，稍顿，"你记得……"

"夏至日。很好记。"

任何好记的日子，也总要有心才会记得。

"有什么生日愿望？"

"都行。"夏漓笑道，"未知的都是惊喜。"

叫的车到了，果真和先前一样是一部专车。晏斯时替夏漓拉开后座车门，待她落座，他一臂撑住了车门，微微低头看她："到了跟我说一声。"

她点头："你好好休息。"

"好。晚安。"

"晚安。"

车子启动，夏漓透过车窗往外看，他身影仍旧立在路边，目送着她。街景疾驰而过，她回头，透过后窗也渐渐看不清楚，方才作罢。

她手肘撑住玻璃窗沿，无法自控地溢出两声傻笑。

带着一身花露水气息进屋，免不了要被徐宁盘问两句，大晚上去哪里喂蚊子了。

夏漓给晏斯时发了条报平安的微信，笑着往浴室去："我去洗澡了。"

浴室里水没停，她哼歌也没停。出来时，徐宁拦住她："你该不是脱单了吧？"

"还没有吧。"

"'吧'？"

"还没有。"

"那就是快了？"

"应该吧——你想知道细节吗？"

徐宁"啧"一声："不想，除非你写下来给我。拜托，能不能行了，一篇稿子你坑我大半年。"

313

夏漓敷衍她:"有空我一定写,一定一定。"

夏漓回卧室仰躺下,高举手机,解锁,有晏斯时回复她那条报平安的新消息。

  YAN:好。早些休息。

夏漓打字回复。

  Sherry:已经准备睡了。你也早点休息。
  YAN:好。晚安。
  Sherry:晚安。

她放了手机,翻个身,脸埋进枕头。

此刻,她与晏斯时之间,大抵只剩下糯米纸那么薄薄一层半透明的阻隔。即便如此,她仍然觉得,挑明与不挑明性质完全不一样,不知道挑明以后会如何。

但此刻她有些迷恋现在这样如同微醺的状态,什么都带一点朦胧,像醉里赏雪。

第十八章
夏至的一场雪

夏漓生日那天是个雨天。更不巧的是，她被临时抓壮丁去帮忙校招。

校招工作除了人力资源部，相应部门的核心人员也会参与。欧美组这边预定协同校招的那位姐姐，原是两周后的预产期，本来准备忙完这一拨便去休产假，谁料昨晚七点突然发动，紧急住院，黎明时分生了。缺个人手，不得已，部门领导点了夏漓顶上。

秋招、春招都已经进行过一轮，现在主要招的是暑期实习生。行程安排紧凑，一天走完三轮面试所有流程。现在这公司在业内很有号召力，全部岗位加起来，每年能收到上万份实习简历，分摊到他们海外运营部，也是个不小的数目。

夏漓是第二轮面试的考官之一，一整天都耗在面试会场，从早上到傍晚，聊得口干舌燥。

她跟晏斯时约的晚上七点半吃晚饭，原以为面试工作七点结束，赶过去刚刚好，谁知道各个环节拖延下来，时间一直往后推。她不得不一再给晏斯时发微信，告知他自己要晚到。

最后，晏斯时回复她：“没关系。你安心工作，全部结束以后再联系我。”

一直到了八点半，她这边的流程才走完，理应等所有同事都结束了一块儿走，但她今天特殊情况，打声招呼，准备先撤一步。

收拾完东西，她精疲力尽地给晏斯时发了条微信。晏斯时叫她就在会场

等，他开车过来接她

车停在面试会场侧门外的路边。晏斯时发完消息之后，等了约莫十分钟，才看见有人出来。

穿着灰色套装的夏漓撑着一柄透明雨伞，步履匆匆。她拉开车门时，外头的雨气灌入车厢，晏斯时看她一眼，愣了一下："怎么这么狼狈？"

她像是被水泼了半身，灰色齐膝西装裙和肉色丝袜都是湿的，还在滴水。

"同事他们工作还没结束，我刚刚临时去帮他们拿外卖，被车溅的。"夏漓收了伞，往里看了一眼，有些踟蹰。

晏斯时说："就放车上，没事。"

夏漓这才上车。她坐下扣安全带时，晏斯时回身，捞过了后座上自己的西装外套扔给她，让她先擦擦身上的水，免得着凉。说罢又顺手将空调调成了热风。

"拿这个擦？"

"没有毛巾，先将就一下。"

"不是，我的意思是……这不贵吗？"那柞绸的里衬，摸一摸即知价格不菲。

"衣服不重要。"

夏漓是真狠了狠心，才舍得去擦。一身凉意，尤其丝袜贴在腿上的湿黏感让人抓狂。然而那袜子是连裤的，她没有办法当着晏斯时的面脱下来，只能再忍忍，到方便的地方再说。

夏漓边擦着水边吐槽道："我今天好倒霉。"

"嗯？"

"刚才等你过来的时候，坐在大厅休息，被人拦住了。他是今天来参加面试的学生，进了二面，但二面没过。我们那时候三面的流程还没完全结束，他非要我给他一个机会，再跟他聊聊。我说二面结果是三个人共同决定的，我一个人做不了主，他也不听，塞了一堆证书复印件给我，就自顾自地开始吹嘘他的获奖经历……"

"没叫保安吗？"

"叫了。他被请出去的时候一直骂我，骂得好难听。我让人力部门的同事把他加进黑名单了。"夏漓颓然地叹口气，只觉得这一整天好累，"今天可是我生日，谁生日这么倒霉……"

晏斯时看她："还想去餐厅吗？"

"不是很想了……好累。也不是很饿。"

晏斯时略作思考，又问："那有没有什么想做的？"

夏漓身体往后靠，思绪放空，纯粹天马行空地信口开河："想看雪。"

她生日在夏天，夏至，北半球白昼最长的一天，可以说跟下雪天气最南辕北辙。她想过，有生之年，一定要去雪山这样的地方过一次自己的生日。

她话音刚落，晏斯时便应道："好。"

夏漓一下坐直身体，因为听出来晏斯时的语气根本不是随口敷衍："你认真的？"

"当然。"晏斯时抬腕看一眼手表，"但我们得抓紧时间了。"

夏漓此刻充满好奇，甚至很想问晏斯时，假如她提出想去月球上散个步，他是不是也能毫不犹豫地说"好"。她想得自顾自笑出声，晏斯时投来疑惑的一眼。

"不……没事。"

晏斯时虽感莫名其妙，但也跟着轻笑一声，问道："明天要照常上班？能请假吗？"

"要的。年假不多，不能随便请，而且明天上午还有个非常重要的会。"

晏斯时点头，夏漓只觉下一瞬车速都提了两分。

车行一阵，沿路建筑渐渐是夏漓平常见惯的那些，果真，前面路口一拐弯，就到了她住的那条街上。

车停在小区门口，晏斯时抬腕看手表："二十分钟换衣服，时间够吗？"

夏漓没想到，晏斯时还会先送她回家换衣服。她眨了一下眼，故意说：

"我还想洗个澡,卸一下妆,考虑一下换什么衣服。你知道的,女孩子洗漱打扮就是会比较慢。"

她很想看晏斯时被难住的样子。晏斯时略微沉吟,却并没有如她所愿:"一小时呢?"

夏漓笑了,去拉车门:"二十分钟。我很快下来。"

"出门前跟我说,我把车开过来。"

"好。"

"伞。"晏斯时又提醒。

夏漓拿起立在一旁的那把她中午于便利店里临时买的透明雨伞。她几乎一路小跑,打开门时,坐在沙发上码字的徐宁抬头看她:"怎么这么早就回来了?"

"换身衣服,还要出门……"她声音戛然而止,是因为看见餐桌上放了好大一束花。

不见一丝杂色的白玫瑰,连包装纸和丝带都是纯白的,几如雪天里最无瑕的白月光。

"宁宁你买的?"夏漓惊讶。

"你要不数数有多少枝?这么大一束我不如请你吃顿好的——晏斯时下午联系我帮忙收的,说你今天忙完一天回到家里,还能看到鲜花,应该会很开心……"

徐宁说着,像是受到启发:"我可以把这个桥段写进剧本里!"

夏漓忙说:"不准写!我注册版权了!"徐宁无语地瞥她一眼。

夏漓没有时间过多感慨,迅速去浴室冲了一个热水澡。她衣服不多,很少纠结穿什么,只扫了一眼衣柜,就从中挑出了一条连身裙。珍珠白色,裙身部分材质轻盈,吊带是一条细细的珠链,她怕会断,买回来之后还特意去找裁缝将串珠的棉线换成了透明鱼线,接缝处再额外做了加固。这裙子平日通勤没有机会穿,今天过生日,它恰到好处。

套上裙子以后,夏漓给晏斯时发了条消息。虽然她仍然不相信大夏天的能有地方看雪,但还是多问一句:"需要带冬天的衣服吗?"晏斯时回复说不用。

二十分钟尚有余裕，夏漓更换了一只与裙子相配的小提包，又稍稍补了个妆，换了口红颜色。

临出门前，给晏斯时发去微信消息。

雨已经很小了，夏漓还是撑住伞，怕淋湿这条娇贵的裙子。她脚上的鞋只有浅浅的跟，走路时格外小心地避开了路上的积水。

车已在门口等候。夏漓拉开车门时，晏斯时转头看过来，目光停落。

鲜少见她穿这样稍显隆重的衣服，那珍珠白的色调衬得她肤色如同冻牛奶，光华蕴藉，漂亮而不显得扎眼。

夏漓被看得不好意思，不甚自在地捋了捋头发。大抵晏斯时是注意到她的动作了，这才错开目光，神情也有两分不自在。

车厢里空调风干燥，带一点清新的香气，此时此刻，夏漓终于有了过生日的心情。

晏斯时启动车子之前，将放在排挡上的一只纸袋递给她："没时间专门吃晚饭了，你饿的话先吃点东西。"

纸袋里是一些培根卷、三明治和面包等方便入口的简餐，还是温热的。杯托里，还放了两杯热饮，一杯是咖啡，另一杯是热果汁。

"你刚刚去买的？"夏漓问。

"嗯。"

他真是不浪费一丝一毫的时间。

夏漓那时候说不饿，此刻闻着食物的香气却又有了胃口，就着热果汁，吃了两块三明治。吃的时候很小心没让碎屑掉在车上。

待她吃了东西，晏斯时说："到目的地还要一段时间，可以先休息一会儿。"

"可以听歌吗？"夏漓坐了这么多次晏斯时的车，发现他似乎没有在车里放音乐的习惯。

晏斯时点头，叫她自己连接蓝牙。

"你不是在导航吗？"

319

晏斯时腾出手拿起手机，解锁后递给她，叫她直接拿音乐软件登她自己的账号。

　　手机没用保护壳，机身原本薄薄的手感叫她拿在手里缺乏一些安全感。手机是英文系统，和她的一样。壁纸同样是深蓝色的大海，只有一页菜单，八个文件夹，显得简洁极了。

　　夏漓点开了那个命名为"ENT"[entertainment（娱乐）]的文件夹。晏斯时平常最常用来听歌的软件应当是一个瑞士音乐软件，而夏漓还是更习惯用国内软件，因为听歌口味很杂，歌单生态更对她的胃口。

　　这 App 晏斯时也下载了，点开一看，他的账号是登录状态，用户名为"YAN0219"。她记下了这用户名，而后搜索"雪莉酒实验室"，点进自己喜欢的歌单。

　　翻了翻自己的歌单，往下一拉好几首都是从前晏斯时歌单里的。夏漓差点惊出一身冷汗，赶紧退出，连搜索记录也清空，然后问晏斯时："可以放你的歌单吗？想听听你平常都听什么。"

　　晏斯时点头，夏漓点开了 App。最新添加的一首是 *Get You The Moon*。

> Cause you are you are.
>
> The reason why my head is still above water.
>
> And if I couldn't get you the moon and give it to you...
>
> （因为你是，你是／我仍未溺水的原因／我恨不能将月亮当作礼物送给你……）

　　此刻车已经上了高速。车窗玻璃隔绝了疾速的风声，车厢里有种如在水底的静谧。那低沉的歌声，让人心里慢慢涨起潮水。

　　夏漓到底是在车里睡了一觉。座椅太舒服，让人整个陷下去，配合微微的颠簸与闷响的风声，很适合小憩。

醒来已过十一点，车还在开，外头一片漆黑，只能看见车前近光灯照出的一片光亮，以及前方路上遥远的车尾灯的红点，两侧黢黑的山峦绵延起伏，如奔走的兽脊。

"我们还在北城吗？"她打了个深深的呵欠。

"不在了。"

"还有多久到？"

"快下高速了。"

二十分钟后，车驶出高速，再往前的那段路，却比在高速上还要寂无人烟。

跟着导航，沿着省道又开了二十分钟，渐渐出现了一处灯火通明的硕大建筑，远看像是个体育馆，或是什么高大的厂房。

车没从正门进入，直接开入地下停车场。下车以后，夏滴跟着晏斯时进了一道门，往里走，穿过如同消防通道的一段长长走廊。走廊尽头的门边，站了一个穿黑色冲锋衣的工作人员，焦急催促他们动作再快点。两人加快脚步。

工作人员领着他们经过一段走廊，走到底，推开左手边的一道门。

房间里有两个工作人员，似已等候多时，手里拿着两件长款羽绒服和两双靴子。一长一短，一黑一白，同一个品牌，白的那件是女款。夏滴根本来不及反应，那白色羽绒服就被塞进了她怀里，她下意识地将其套上。对面晏斯时也已穿上。

两个工作人员跟晏斯时说了句"都准备好了"，便带上门出去。

夏滴拉拉链时，晏斯时说："照165的身高和37码准备的，不知道合不合适。"

"差不多。"夏滴抬头看一眼，"你现在多高？"

"上次体检是187。"

"那岂不是比我高好多？"

拉链拉到底，她往前一步，挺直了背，手掌在自己头顶搭了搭，而后朝他平移过去，似要跟他比一下身高。

晏斯时垂眸,看着面对面站着的人。她长发还没从羽绒服领口拉出来,就堆在颈项处,簇拥着一张只有巴掌那样大小的脸。皮肤白皙,毫无瑕疵,嘴唇上有一点薄红。他两手抄在羽绒服口袋里没有拿出来,怕自己会忍不住去抱她——比身高才不用像她这样费劲。

片刻后,晏斯时抬腕看了看时间,还剩五分钟到零点。没空再磨蹭了,晏斯时叫她换上靴子,随即伸手,隔着羽绒服捉住了她的手臂。带到了这房间一侧的门口,晏斯时顿了顿,回身看她一眼,郑重地推开了门——

纷纷飞絮,漫天皆白。

夏漓眼睛一亮,情不自禁地"哇"了一声。

拂面而来的凛冽寒气吹得她皮肤一紧,直接忘了真实季节。她忍不住跑出去,靴子陷入了厚厚的、棉花一样的积雪中,她确信这是真的。

"怎么办到的啊?"

晏斯时说:"人工的。"

"那也很神奇了!"

这地方其实很小,平面面积可能不到一百平方米,像那种大型摄影棚里造出来的景。但无论是远处的景深,还是近处的置景,都分外逼真,在"雪山"脚下,甚至还有个小木屋。

夏漓兴奋地踩着积雪,又伸手去接天上落下的雪花。她跑得深一脚浅一脚,及踝的长羽绒服绊了一下,她干脆跌下去,直接躺倒在了松软的雪地里,尽兴地大口呼吸。

咯吱咯吱的脚步声靠近,夏漓呼出小团白气,看见上方的视野里出现了晏斯时。在这样透亮的雪光里,他好看得让人失神。

晏斯时伸手,要来拉她。

她伸臂去够他的手,碰到了微凉的手指,一把攥住,使劲一拽。

晏斯时身体微微失衡。她那一点力气,根本不足以拽倒他,但他顺势倒了下来,倒在她身旁。

夏漓偏过头来看他,因为这与冬季无异的寒冷空气和方才的跑动,她面色泛红,鼻尖更是。她脸上带着笑,眼睛亮晶晶的。

晏斯时看一眼手表。

还好，还有最后五秒。

"生日快乐。"

夏滴忘记说"谢谢"，因为一颗心脏几乎在他此刻深邃的眼睛里沉没。

他是闯入夏至的一场雪。是她生命里原本不会存在的存在。

晏斯时也沉默，就这样注视着她。

一片雪落下来，沾在她长而密的睫毛上，她眨了眨眼，那雪半化不化的，她伸手去揉了一下。手放下的一瞬间，被晏斯时一把捉住。

他手指微冷，她却像被灼烧，下意识地挣，却没有挣脱，叫他握住了半节手指，他用指腹来蹭她指尖方才揉出的水渍，有一种下意识般的温柔。

她心脏被揉皱，心跳失速到言语尽失。

"夏滴……"晏斯时出声。

与此同时，她鼻子一痒，本能地打了一个响亮的喷嚏。

空气都沉默了一瞬。

"冷吗？"晏斯时的声音里有隐约的笑意。

夏滴暗自懊恼，早不打晚不打，怎么偏偏这个时候。气氛被破坏得彻底，她不好意思极了："好像有点……"

晏斯时手掌撑地，站起身，一把将她拽起："那先去吃蛋糕。别感冒了。"

"还有蛋糕？"

"当然有。"

蛋糕在那小木屋里。货真价实的木屋，能闻见空气里木头干燥的清香。里头有个小小的壁炉，壁炉前方斜支着一张皮沙发，坐下以后，恰能通过对面两扇玻璃墙欣赏室外雪景。

室内很是温暖，他们将羽绒服脱了下来。

蛋糕放在沙发前的小茶几上。大抵因为此处太偏僻，又是临时的嘱托，那蛋糕卖相不太高级，非常普通的水果蛋糕，奶油花裱得很潦草，草莓和菠萝看着都似乎有些不新鲜了。但夏滴全然没有所谓。

晏斯时往蛋糕上插蜡烛,问:"插五支?"

"好啊。"

五支细细的彩色蜡烛等分地排列。晏斯时从长裤口袋里拿出打火机,是她送的那一枚,依次点燃了蜡烛。

夏漓双手合十:"我能许三个愿望吗?"

晏斯时微扬嘴角:"可以。"

要健康,要快乐,还要,晏斯时也快乐。夏漓一口气吹灭蜡烛。

用餐刀切下两牙蛋糕,装在纸碟里,夏漓拿叉子划下些许,送入口中。不是太好的奶油,甜得发腻。看晏斯时,他的神情也很勉强。

夏漓笑道:"意思一下就够了。"

这仪式结束,片刻,有两个工作人员送来了晚餐——或许称之为夜宵更合适。西式简餐,一份烤鸡,两份意面,两碗奶油汤。可能放得久了,口感都有些软趴,夏漓确实饿了,没那么挑。有这么一场雪,其他的怎样都无所谓。

待吃完东西,夏漓套上羽绒服,又去外面的雪地里尽情地玩了一圈,堆了个小号的雪人。她羽绒服里只单穿一条连衣裙,不很抗冻,直到冷得不行,才又回到小屋里。

壁炉里新添了银炭,火光似呼吸一明一灭。夏漓坐在沙发上,捧着热红茶暖手,等待稍微冻僵的身体渐渐回温。旁边晏斯时一边手臂撑着沙发扶手,另一只手里也端着红茶,时而喝一口。

空气里有股混杂了各种气息的甜香,叫人思绪犯懒。夏漓呵着杯子上方飘出的缭绕白气:"来北城的第一年,第一次看见下大雪,特别兴奋。在南方没见过那么大的雪。"

晏斯时转头看她:"是哪一年?"

"2014年,好像是12月6日,初雪。"

"还记得具体日期?"

"嗯。因为那天手机差点丢在出租车上了。"

她大一那年换了一部新手机,通过复制到 SIM 卡(用户身份识别卡)

的方法，花了好长时间将旧手机里的所有的短信都复制到了新手机里。大三换了智能机，用某个同步助手软件又复制了一遍。倘若手机一丢，所有痕迹都将不复存在，所以那晚的慌张叫她至今记忆犹新。

"喜欢北城吗？"晏斯时问。

"实话说，不算喜欢。"

以前她对很多东西的追逐都不过是爱屋及乌。

"我记得你当年想考北城的大学。"

夏滴怔了一下，没想到他还记得。她嘴唇还挨着陶瓷杯子的杯沿："你看到我志愿那天，是明中誓师大会结束……"

晏斯时忽地抿住唇，目光微沉，没有作声。

他记得。那天是2月27日。

"那是我高中最后一次见你。"夏滴抬眼，转头看向晏斯时，这问题在心里不知道辗转过多少遍了，"一直有些好奇，那时候你为什么突然就离开学校了。"

她没说"消失"。

晏斯时没有第一时间回答。片刻后，他垂眼喝了一口红茶，方平声说："那天家里发生了一点事。"

他声音平淡，其实说不上有多冷。但只要不迟钝，就能明白这回答是封闭式的，不会再做展开了。

又是这样语焉不详，夏滴听见自己心里轻声地"啊"了一下。连日来的喜悦似一支静静燃烧的蜡烛，吹灭它的不必是狂风骤雨，只需一阵微风。

她其实没有预期中的那样失望，好似在晏斯时身上，这样才是正常的。她只是难以避免地感觉到了两分疲倦。使她想起当时高烧刚退，窝在床上抱着电脑，不眠不休写那篇稿子时的心情——平静的灰心。

她其实一直也没有什么多余的期待，而此刻的疲倦大抵是因为前几天那个拥抱让她好像有些误判形势了。她所以为的，和晏斯时所以为的，可能存在某些不同步的地方。而当下的气氛又这样的好，好像说什么都是可以的，都会被准许、被谅解、被包容。换成是她，假如他想知道些什么，她一定会和盘托出。甚至,甚至包括那些过期的喜欢。

但在晏斯时那儿,似乎不是。她并非失望于晏斯时没有向她全盘托出,或许对他而言,需要一个循序渐进的过程。她真正失望的是,她似乎看不见一丁点推开那扇心扉的可能性,哪怕他说:"我可能暂时还没有办法告诉你。"

而他连这样不必填写确切日期的敷衍许诺都不曾给予,那么,或许说明在他心里,那些秘密永远不会对人敞开了,即便她是他即将表白的对象。

夏滴放下红茶杯,怔然地看了看窗外的雪。有两分遗憾,是因为想到,她刚刚要是不打那个搞笑的喷嚏,是不是现在情况会不一样?

她收回目光,笑了笑:"我好像有点困了……我们什么时候走?我还来得及睡一小会儿吗?"

晏斯时看一眼手表:"还能睡两个小时。"

"那我小睡一下。你记得叫我。"

"嗯。"

夏滴将旁边的羽绒服勾过来,给自己盖上,微微偏着脑袋,靠住沙发靠背,合眼。

屋内很是安静,只能听见壁炉里炭偶尔炸一下的轻响。

无法判断时间过去了多久,夏滴只感觉晏斯时伸手托住她的额头,将她脑袋轻轻一按,偏过去倒在了他的肩膀上。

她一开始是在装睡,因为突然间不想聊下去了,也不想气氛骤然冷却得太明显。但屋里有种让人微感缺氧的温暖,脑袋挨着他的肩膀,呼吸着他身上清冽的气息,闭眼得太久了,睡意真就泛上来。

彻底向困顿投降之前,她在想的最后一个问题是,都说理智清醒的人比较痛苦,这话好像是真的。她为什么一定执着于让晏斯时为她敞开介入他界限范围的权限?为什么不能满足于当下已然 99 分的一切?那么漫长的单向旅程都熬过来了,当下不拿到 100 分不行吗?她的人生本来也从来没有什么是 100 分的吧。

然而,不行。或许正是因为这是晏斯时,所以才容不下一分的瑕疵。

夏漓并没有睡太久，大约只过了半小时就醒了。壁炉里的火光，盖在身上的羽绒服，以及玻璃窗外还未止息的飞雪，都让她恍惚了一下，而后才渐渐回忆起前因后果。

"醒了？"

夏漓点点头，脑袋自晏斯时肩膀上离开。

"想继续在这儿待一会儿，还是准备返程？"

夏漓拿过手机看了眼时间："回去吧。"

收拾了东西，晏斯时跟这边工作人员做个交接，随即两人回到车上。

"回去我开车吧。"夏漓提议。

此刻已接近凌晨三点钟，开回去还有将近三个小时，晏斯时至今一刻没得休息。

晏斯时说："不用，你在车上休息吧。我能请假。"

"你确定真的 OK 吗？"

"嗯。"

"那你要是觉得困，随时叫我来换。"

"好。"

车出发前，夏漓最后瞥了一眼那灯火通明的建筑："这是个室内滑雪场吧？"

"嗯。"

她没有细问具体是在哪儿，这样就能真正将其当作一个永无可能的雪夜。

回程途中，车窗外那微微闷响的风声也似在她脑海中回荡了一路，半睡半醒的时候，叫她想到高中时坐夜间巴士从聚树镇回市里。像行驶在一个荒诞的梦里，那样的心情几乎如出一辙。

抵达北城住处小区门口时，天已经半亮，远处隐隐一线橘光，就像是夏漓高中那会儿写作文常用的一个形容——天色是一种鱼肚白。

她打了个长长的呵欠："谢谢……你赶紧回家休息吧。"她现在上楼，赶在上班之前兴许还能睡上一小时。

夏漓去拉车门,想着应该说"早安"还是"晚安",却听晏斯时出声:"稍等。"

他伸手按了一下他那一侧门上的某个按钮,将车门锁定,看向她,而后说道:"耽误你两分钟,有两句话想跟你说。"

夏漓一顿。深夜奔波,晏斯时脸上有些疲色,但看着她的目光很是清明,且隐隐有几分哪怕此刻天塌下来都不会再打扰到他的坚决。夏漓呼吸不觉一滞,悬在心口。

晏斯时只沉默了不到半秒,便开口道:"这些话那天晚上就该说了……"

"等等……"夏漓打断他。她感觉到这声音有些不像是自己发出的,像隔了一层潮声那样模糊失真。

晏斯时看向她。夏漓手指握紧,那口黄昏的钟又在心口撞击,震荡得有几分发疼:"我应该能猜到你想说什么。但是……"

呼吸重了一下,这停顿的数秒钟,在她心里走了一个世纪那么漫长。她继续说:"我觉得不要说出来比较好……"

这是反复斟酌过的念头,说出口倒没她以为的那样艰难。晏斯时的目光安静极了,叫她一瞥之下很难猜出他此刻的想法。而他的声音也堪称冷静:"你知道我现在是清醒的。"

"我知道。"

"那为什么……"

夏漓不知道如何回答:"可能不合适……"

"我们?"

在那清锐的目光注视下,她很难点头。晏斯时一时没有出声,仅仅看着她,那样的目光让她的冷静已然摇摇欲坠。双闪灯跳动,似一只钟表,在她心口走时。

最终,她镇定思绪,解释道:"每个人对亲密关系的理解都不尽相同,期望也不相同。"

晏斯时微微敛目:"意思是,我没有达到你的期望。"

他的声音过分冷静了，反而能轻易叫人识别出这是一种伪装。

不是，当然不是。夏漓无法说出口。或许是我没有达到你的期望，所以你无法将心事托付给我。

方才回程途中，她后半程完全清醒，一直在反复考量最近的事。像一块染色的布，反复捶打漂洗，直至再也榨不出一点颜色，她想得一清二楚。

她可以装傻，但是做不到。小时候吃不上的糖果，长大以后想买多少就能买多少。但晏斯时不是糖果，不是为了完满少女时期遗憾的一种补偿。她无法自欺欺人地只去品尝那最易得的甜味。

请原谅她的不自量力，她想做那个真正可以走进他心里的人。而如果她不是那个人，那么宁愿连这份保质期未知的甜也一并舍弃。所以她要趁现在还能舍得下，还没有彻底泥足深陷，还不会那么痛。

他是闯入夏至的一场雪，原本就是她世界里不会存在的存在。人造雪毕竟不是真正的冬天。

晏斯时没有再追问什么。她这两秒钟的沉默，在他那儿已算是做了回答。他搭在方向盘上的手垂落了下来，难掩颓然。

昨天订花，那花店的官网上写，白色玫瑰的花语是：我足以与你相配。

是他还太糟糕，不配说出这句话。

许久，晏斯时终于能够重新出声："生日还算开心？"

"当然……以后应该都不会有这么好的生日了。"

晏斯时看见她深深地点了一下头，但他已经很难判断，这是出于真心，还是仅仅是善良本性使然的安慰。

夏漓在晏斯时沉默的注视中，觉得心口有一根发条正在一寸一寸拧紧。必须说点什么，什么都好，但开口却分外艰涩："抱歉……希望你不会觉得我是个莫名其妙、讨厌又矫情的人。"

"我从来没这样觉得。"

高中那段日子，于他是彻彻底底的兵荒马乱，结束得更是仓促无常。而她是他能想起来的为数不多的一抹亮色。

晏斯时伸手，指了指副驾前方的手套箱，冷静地说："给你的生日礼物。

还是希望你能收下。"

夏漓伸手按开,那里面有一只包装精致的礼盒,墨蓝色布纹纸,拿在手里很具质感。

"谢谢……"

晏斯时没应承这句话。他没什么能替她做的了,好像担不了这个"谢"字。

车外已是天光大亮。

晏斯时按下按钮,将车解锁。夏漓拉开了车门,而后对他说"早安"。他好像是"嗯"了一声,但不知是否真的发出了声音,眼前一切都有些失焦般的模糊。

车门关上了。片刻,又重新拉开。

他立即抬眼。夏漓就站在车门外,迎着晨曦,那一身衣服是一抹无法捕捉的白色月光。

她说:"生日许的第三个愿望,是希望你快乐,这是真心的……希望有那样一个人,陪你实现。"

他没说什么,就这样看着她,脑子好像停转了,有些不能理解她的话。除了她,还能有谁?

夏漓顿了顿,像在等他说"谢谢"一样。他知道这很失礼,但实在说不出了。她又说了句"拜拜",车门重新关上了。

晏斯时望着车窗外那道身影走进了小区,直至看不见。他低下头,靠在方向盘上。心脏如被注入了一剂急冻液,血液也缓缓停止流动。

黑色的潮水涌上来,喉咙似被掐住,无法呼救的窒息感分外熟悉。

晏斯时不知道自己是怎么到家的。

开门时灯光兜头洒下,惨白得没有一丝温度。

他在沙发上坐下,手臂撑着膝盖,微微倾身。他奔忙整晚,却丝毫没有困意,不单单如此,好像五感都被彻底封闭了,困、饿、渴……什么都感觉不到,好像坐在这里的只是一具空壳。

许久,晏斯时抬手,惯性地拨弄托盘里的拼图碎片。他拈起一片,看向画框里的空缺处。

明明还差 1% 就将完成,却觉得那仿佛是一个永远无法抵达终点的虚假坐标——真正的深蓝地狱。

他扔了碎片,抬手一把拂乱,神情淡漠,没有分毫犹豫。

像是花费无数心血垒砌的沙石城堡,坍塌时如此迅速。

须臾间一切成空。

第十九章
宁愿饮鸩，不愿忍耐

为免吵醒徐宁，夏漓进门时动作放得很轻。

她洗了一个热水澡，在床上躺下，整个人昏昏沉沉。稍一思考，脑中钝痛。她睡不着，眼睁睁熬到平常上班时间起床，洗漱时看一眼镜中的自己，脸色暗沉，毫无气色。

一上午都头重脚轻，开会时思维比平常慢了不止一拍，叫她觉得自己像具行尸走肉。

中午趴着睡了会儿，稍有缓解。

午休时间将结束，有人来找。彼时夏漓正准备起身去倒水，有个同事叫了她一声，循声望过去，却见那同事身旁站着的是设计部的林池宇。

林池宇朝她招招手，走了过来。夏漓笑着打声招呼，还是叫他"Zack老师"。林池宇因这称呼有些不自在，再次强调可以直接叫他"小林"。

"听说昨天是你生日，但你好像一整天不在公司。"

"昨天校招去了。"

"怪不得。"林池宇将手里拎着的一只礼品袋递给她，"给你准备了一点生日礼物，生日快乐。"

夏漓笑着说"谢谢"，往袋里看一眼："不是太贵重的东西吧？"

"不是。自己设计打样的一组徽章，小玩意儿。"

夏漓再次道谢。林池宇始终有些局促："那，那我先回部门了。"

林池宇走后，夏漓拆了礼物。徽章一组六个，动物园题材的，每种动物都特别憨态可掬,烤漆珐琅工艺,十分精致。但她好像想不出怎么派上用场,赏玩了一会儿,就随手放进电脑桌的抽屉里了。

这天夏漓没加班,到点便走。到家,一眼便看见桌上那一束白玫瑰,它那么安静漂亮地存在,好像因看见它而产生的几分伤感都是对它的不公正。

夏漓很难说自己是什么心情,坐在那里呆呆地欣赏了一会儿,拿手机拍了张照,这才起身去洗了个澡。

回到房间里,又一眼看见了早上随手放在梳妆台上的晏斯时送的礼品盒。

她犹豫了好久,还是将其拆开。拆得很快,像是故意对抗那潜意识里有几分珍视的心情。

里面有两样东西。一条项链,铂金的线条状的鱼形,简洁优雅,鱼眼处镶一粒蓝色宝石,灯光下折射的光芒,如同鱼从海底跃起,鳞片反射阳光的那粼粼一瞬。另一样,是一幅30厘米×20厘米的小幅油画。整幅的墨蓝色,点缀几笔白色,是深夜静谧起浪的大海。角落里,用更细的画笔写了两行字:

The big wave brought you.

Y

夏漓盯着落款"Y"看了好久,盯得那画里的海面都泛起一点雾气。

之后并不是没再碰见过晏斯时,毕竟在一个园区。

一次是在中庭的咖啡座那儿打电话,遥遥看见晏斯时朝他们公司那一栋走去。他穿一件白色衬衫,也看见了她,投来一眼,微微点头以作打招呼,像青灰天色里一掠而过的白羽云雀,惊鸿一瞥,缥缈而遥不可及。

一次是她跟林池宇在星巴克里聊新项目视觉传达方面的问题,晏斯时过来买咖啡。她注意到时,他正站在出餐区那儿看着她。不确定他看了有多

333

久,但当她看过去时,他同样只是颔了颔首,便转过头去了。取了咖啡,他推门而出,一道暑气卷进来,片刻便消散。

还有一次是在园区门口。她加完班,在门口打车,就看见晏斯时拿了一瓶茶自便利店方向走了过来。他正在打电话,讲的是英文。对面大抵是同事或者同行,太多计算机领域的专有名词,她只听懂了七八分。晏斯时留意到她,步幅似乎放慢几分,将走到她跟前时,他打完了那通电话,问她一句:"才下班?"她说是。他敛目,微微点头,随即擦身而过。

这几次偶遇,夏滴总觉得晏斯时又变回了那晚在便利店里他们重逢时的样子。仿佛天寒地冻,世界尽头的无人之境。除此之外,两人生活再无交集。

徐宁的生日将至,但马上就要进组,要在甬城一直待到剧组杀青,而夏滴也将去旧金山出差,到时候一定没法一起庆生。

夏滴提议提前找个时间吃顿饭,把欧阳婧也叫上——欧阳婧在附近拍舞团新一季的宣传视频,结束以后正好有空。

这是都市打工人的另类图景——提前约定总有人放鸽子,临时起意却能成行。

附近有家口碑超好的意式餐厅,三人约定餐厅门口碰头。餐厅客单价高,平日几乎不排队,今天却格外不巧,前面排了六桌人。这家餐厅有一整套就餐流程,出餐慢,六桌至少要排一个小时。

夏滴问:"怎么办?就在这儿等,还是换一家?"

徐宁一旦停下就不愿挪窝:"等吧,现在这个时间,哪家餐厅不排队。"

欧阳婧也同意,她累了一整天,实在不想再动弹。

三人在等位区坐下,各自拿出手机。欧阳婧一边浏览舞团群里的消息,一边问夏滴:"你跟晏斯时进展怎么样了?怎么一直没下文呀?"

徐宁插话:"劝你别问,一问她就要挂脸。"

夏滴直呼冤枉:"我哪有!"

"你看你看。"徐宁让欧阳婧注意夏滴的表情,"她这个反应有个量身定制的成语。"

欧阳婧："如丧考妣？"

"我怎么不知道你们艺考生文化还这么好……"不就是互相伤害吗？谁怕谁。

果真欧阳婧笑着伸手打她一下："985了不起哦。"

玩笑过后，欧阳婧说："认真问你。"

夏漓无奈笑道："不说他好不好？主要也没什么可说的。"

"怎么啦？你这个语气听起来好像是晏斯时渣了你，不会吧？"

"不不不。"夏漓不愿晏斯时被误解，赶紧解释，"非要说的话，不如说是我渣了他。"

徐宁闻言都好奇起来，最近夏漓跟晏斯时突然没了任何来往她是知道的，偶尔问起具体缘由，夏漓都语焉不详。

徐宁煞有介事地将手机锁屏："展开说说。"

四道目光的炯炯注视也没让夏漓屈服，她只是笑着敷衍："真没什么可说的。"

"大公司福利待遇虽然好，但缺点也很明显……"

晏斯时察觉到对面的人话语稍有迟疑，意识到自己在出神，看向对面，说道："抱歉，看见一位朋友。我们继续。"

一位麻省理工的校友来北城出差，晏斯时做东请他吃饭。校友名叫应乾，是晏斯时的学长，目前在滨城一家互联网龙头公司上班。同属人工智能领域，自可互通经验和业界状况。

应乾接上方才的话题，痛斥一番大厂决策流程的低效和组织架构的烦冗。晏斯时听着，余光又不觉瞥向窗外。

商场是环形结构，对面是家老字号意式餐厅，夏漓正与徐宁和欧阳婧坐在大门旁的待客区，不知三人在聊些什么，她是一派言笑晏晏的神色。

"抱歉。我发条微信。"晏斯时说道。

对面应乾暂且停了话题："没事没事，你先发。"

晏斯时点开闻疏白的微信，发了对面餐厅的名字，问他："这家店你有没有人脉？"

闻疏白回得很快："有。你要吃饭？"

晏斯时："帮个忙。"

待客区有小零食供人暂且垫垫肚子，夏漓给自己续了杯水，顺道拿了些零食递给徐宁和欧阳婧。

重回座位聊了不过片刻，一位穿餐厅制服的女服务员走出来，问道："请问哪位是夏小姐？"

夏漓愕然："我。"

"请夏小姐和朋友移步包间就餐吧。"

夏漓说："我们没定包间呀。"

服务员笑道："是我们老板吩咐的——三位请跟我来。"

夏漓一脸茫然，三人起身，边跟服务员往里走，她边问："你们老板不会姓闻吧？"

"我们老板是意大利人。"

徐宁飞快替夏漓编起了言情小说："我猜是夏老师出差的时候，餐厅老板在飞机上对你一见钟情。"

"哪家老板还需要坐经济舱啊？"

走在前面的服务员忍了又忍才没笑出声。

餐厅的包间有酒类产品的最低消费，一般必须预订才会开放。待三人落座，服务员递上菜单的同时还拿来一瓶酒向她们展示："这是老板送给几位的酒，祝你们用餐愉快。"

徐宁说："你们这位老板好神秘啊，能不能叫出来我们认识一下？"

服务员："抱歉，我没有这样的权限。"

徐宁："万一你们老板真的暗恋我们夏小姐，你岂不是挡了他的桃花运？"

夏漓笑了："好了好了徐老师，不要再为难她了。"

服务员笑道："那各位请先看看菜单，有什么需要了解的随时叫我。"

说罢，走到一旁，垂手而立。

今晚这一顿，可称得上是心满意足。那瓶上等的红酒口感极佳，夏漓酒量有限，但也尝试着喝了极浅的一杯。

晚餐中途，徐宁接到一个工作电话，起身去了洗手间。

夏漓觉得口渴，叫服务员续了柠檬水，端着水杯心不在焉地小口喝着，忽觉对面欧阳婧已放了餐叉，托着腮似笑非笑地看着她。

夏漓抬眼："怎么了？"

"你知不知道，当时我们艺术班有个学画画的男生暗恋过你？"

"我？"

"有这么不可置信吗？"欧阳婧微笑着说道，"你不是经常会跟晓晓来我们班找我吗？他就是那么注意到你的。我起初以为他是暗恋晓晓，后来有次无意间看见他的素描本，才知道是你。"

"我完全不知道这件事……"

"他很内向，从来没跟任何人说过。我发现以后，他让我帮他保密。后来高考完，我怂恿过他跟你表白，但他实在太害羞了，最终没有采取任何行动。"

夏漓玩笑道："那他现在在哪里？现在告诉我也不迟。"

"好像是在新加坡某个游戏公司做原画吧，具体不知道，没怎么联系过了。"

"怎么突然想到要跟我说这个？"

欧阳婧眨了眨眼："你高中的时候，喜欢过晏斯时吧？"

夏漓微讶："很明显吗？"

"无关的人看来当然不明显，但我们是'情敌'，当然不一样。"

"怎么这样……我以为我隐瞒得挺好的。"

欧阳婧笑道："所以你们现在到底是个什么情况啊，吃瓜吃不到保熟的也太痛苦了吧。"

夏漓沉吟片刻，却说："我想问你一个问题，可能有些冒昧。"

"嗯？"

"你当时决定跟晏斯时表白的时候,是什么心情?"

"记不清楚了。好像没想那么多吧,就脑子一热。"欧阳婧笑道,"反而是跟我现在的男朋友,确定关系之前纠结了好久。所以回过头看,我觉得那就是很短暂的 summer crush(夏日迷恋),特定时间才会发生。"

"但是你很勇敢。"她想,那时候一腔孤勇的欧阳婧,一定会鄙视现在的夏漓吧。

欧阳婧却摇头笑道:"喜欢得越深才越会患得患失。"

话题没再继续,因为徐宁回来了,带着一箩筐从方才那通电话延伸出的吐槽。

吃完饭,三人离开餐厅,坐扶梯下楼。夏漓站稳扶住扶手,下行之时,她往商场中央垂悬的巨大条幅广告上看去时,目光掠过了意餐厅对面的一家餐酒吧,一时微怔。

匆匆一瞥,她来不及确认。那好像是……晏斯时。

八月中旬,夏漓去旧金山出差。

一年三次大的品牌营销活动,分别在春夏秋三季。从活动落地到结束后复盘,夏漓待了一周多,行程满,事情繁杂,一趟下来身心俱疲。

回国当天,不幸碰上飞机晚点,在机场多待了四小时。夏漓总觉得美国那边室内冷气开得要比国内低,大抵就是多吹了这四小时冷气,她在长途航班上睡了一觉之后发觉喉咙发疼,鼻子也堵住了,预感要糟。落地北城,辗转到家,第一时间冲了一杯也许只能发挥安慰剂作用的感冒灵。可最后还是没逃过,感冒了。

她起初没甚在意,反正每年都会感冒一次,跟年度打卡任务一样。然而这一回来势汹汹,没一会儿就开始发烧。

她在家里没找到药,喝了杯热水,在外卖 App 上下单了一些退烧药,到沙发上躺下,给徐宁发微信:"说不定给你的稿子后半篇有着落了。"

已去了甬城跟组的徐宁发来一串问号。

夏漓：我发烧了。

徐宁：多少度？

夏漓：没找到温度计。家里好像没退烧药了，我刚刚叫了外卖。

徐宁：那你吃了药先休息。如果烧没退，到时候得去医院啊。

夏漓：好。

夏漓将手机往茶几上一放，随即合上眼。睡得迷迷糊糊，做了一个梦：

她听见有人敲门。全身绵软无力，不想动弹，只听那敲门声叩三声，歇一会儿，再叩三声，有规律，不急不缓。好有礼貌和耐心的外卖员，换其他人，估计已经要踹门了。她蓄力了好长时间，终于一咬牙爬起来，趿上拖鞋，头重脚轻地去开门。

门口站着的是晏斯时。她可能是烧傻了，愣了一下："你怎么开始送外卖了？"

晏斯时面露疑惑，低头看她，声音很是平和："徐宁说你发烧了。我住得近，她让我过来看一眼情况。她不放心。"

"那我的外卖呢？"

"什么外卖？"

她摸睡衣口袋，摸了个空，折返回去，在茶几上找到自己的手机，点开外卖 App 一看，她那笔订单下单以后并没有支付，超时以后被直接取消了。

"我能进来吗？"

她几分怔愣地回头："哦……可以。"

大抵是没找到合适的拖鞋，晏斯时脱鞋以后，就穿着袜子直接踩着地砖进屋了。他将手里提着的纸袋放在茶几上，走到餐桌处，端上烧水壶。那里面应当是满的，她先前烧的，只是不知道还热不热。晏斯时倒了一杯水，走过来搁在茶几上，从纸袋里拿出一支电子体温计，按下以后，递给她。

她在沙发上坐下，接了体温计，自领口伸入。晏斯时稍稍背身。

片刻，她放置好了体温计，他方才转身，拿出纸袋中的退烧药，从铝塑的包装里按出一粒,连同杯子一起递到她手边。

她做什么反应都慢了半拍,迟缓地接过,就水服了药。

电子温度计"嘀嘀"响了两声,她取出来,捏在手里去看:38.5摄氏度。晏斯时也凑近看了一眼。

"你房间在哪儿?先去休息。"他说。

她点点头:"那你……"

"我待一会儿就走。"

她起身,脚步虚浮地朝自己房间走去,也没关门,和衣蒙头倒下。

大抵药开始生效了,她迷糊间只觉得一直在出汗。不知道睡了多久,听见有人轻叩门扉。

夏漓睁眼,朝卧室门口看去,看见晏斯时立在那儿,一下愣住。眨了眨眼睛,浴在灯光下的男人依旧没有消失。她尴尬地咬了咬唇——原来先前发生的不是梦。

"你还在……"

晏斯时点了点头,声音平静:"烧退了吗?"

"不知道……好像退了。"她想,应当是退了,因为此刻她已能正常思考,已能开始感知他那叫人极难忽视的存在感。

"再量一量体温?"

夏漓点头。她记得温度计在外面,就说:"可以拿一下温度计给我吗?"

晏斯时转身去了客厅。片刻回到卧室门口,稍顿了一下,才走进来,走到床边停下。

她从他手中接过温度计,拉过被子掩了掩,自领口伸入腋下。

晏斯时单手插袋,站在她床边,目光似是在看她的书桌。她顺着看过去,是那幅小油画。

书桌她铺了白色桌布,认真布置过,那幅蓝色油画靠着她那些灰白色书脊的原版书籍,漂亮得不得了。

夏漓最后瞥了一眼那小画落款处的"Y",随即将目光转移到晏斯时身上。前几回大约只是远远地打招呼,所以感觉不甚明显,此时近看,确认他是真的清减了两分,那白衬衫衬得人有种清癯之感。他好像状态不太好,眉眼间有隐隐的郁色。

因他打量了那幅画太久,夏漓忍不住问:"是你自己画的吗?"

"嗯。"

"不知道你会画画。"

"在国外的时候学的。只学了半年,画得不好。"

"已经很好了,很漂亮。"

晏斯时不说话,回头看她一眼。很难说这一眼里有怎样的情绪,她也没敢去细究。

体温计响了两声。夏漓取出一看:"36.9。差不多已经退了——我是不是睡了很久?"

"饿了吗?帮你点了一份粥。"

饿的感觉不明显,只有种虚脱的轻松感。她知道自己必须得补充一点能量,就点了点头,手臂撑着床沿起身。

晏斯时先一步出去了。夏漓走到餐桌那儿,晏斯时已将食物摆在了桌面上。除了一份鸡丝粥,还有几样清爽小菜。她识得那筷子上的标志,不由地怔了一下。是上回晏斯时点"外卖"的那一家港式茶餐厅。

大约是三周前,她有天心情不好,就说要吃顿好的。徐宁那天懒得洗头,不肯出门,只愿点外卖。夏漓想起这家港式茶餐厅,但点进去一搜,他们根本没开通外卖服务,打电话过去确认,也说从没开通过,短期之内都只能支持堂食。

晏斯时将粥碗放到她跟前,她拿起勺子,垂眸道了声谢。即使没有问他是怎么叫人送的"外卖",猜也能猜到一定费了些周章。生病让人神志软弱,她知道这个道理,所以没有问。

清粥的微热香气叫她生出一些胃口,舀了一勺尝了尝,清咸的口感很是熨帖。

晏斯时将送餐的提篮盖好,往里面推了推,随即说道:"慢吃。我先走了。"

夏漓微怔。这时候才去看时间，才知已经是晚上十一点半。她至少睡了三个小时，他一直在等她退烧吗？

"等等……"

晏斯时顿步，回过身来看向她。

清寂的眉目，望向她时却有隐隐的温柔，她有心悸之感，警觉地意识到自己到底没有彻底抵挡住病痛的软弱而心生贪恋。

她心里有个问题未得解答，此刻像是不由自主地问了出来："你有意大利的朋友吗？"

"读书的时候班上有意大利人。"晏斯时语气如常。

夏漓不敢再进一步试探了，只说："今天真是麻烦你了。"

晏斯时微微点了点头，神情毫无波澜："需要帮忙就联系我。"

夏漓点头。说完，他就转身朝门口走去了，换了鞋，只在玄关那儿同她道别一句，随后开门走出去，轻关上门，锁舌锁定，一声轻响。

他走得毫不拖泥带水。夏漓望着合上的门扉，有种微妙的怅然若失之感。

放下勺子，给徐宁发了条微信："我烧退了。晏斯时已经走了。谢谢你让他过来。"

徐宁二话不说，直接丢过来几张截图。第一张是她发的屏蔽了同事和领导的朋友圈，吐槽自己飞机落地就发烧了。第二张是徐宁和晏斯时的对话。

  YAN：冒昧打扰。请问夏漓现在情况怎么样？

  XN：我不在北城，在外地跟组呢。

  YAN：那她一个人在家？

  XN：是的。

  YAN：你们有没有共同朋友在北城？能过去看看她的情况。

  XN：你不就是吗？

XN：你不放心的话，过去也帮我看一眼吧。

夏漓看完，不知道该如何回复。

徐宁：下回可千万记得屏蔽他啊。

夏漓舀一勺粥送入嘴里，却再难下咽。

小区门外，停靠太久的车再度喜提一张罚单。

晏斯时坐在车里，很久没动。明知应当不会有事，却也担心万一，万一她还有需要，他能第一时间折返。

自己已努力不作多余关心，不叫她因此产生负担。今天或许也不该来，但倘若不看一眼，总不放心。他也有私心，因为太久没见，心里隐隐的焦渴之感在看到她的朋友圈那一刻到达沸点。

宁愿饮鸩，不愿忍耐。

夏漓自旧金山回来后不久，周玮联系上她，说现在手头有个很好的机会，机不可失。

工作日下午，夏漓跟周玮约在附近一家餐厅面聊。周玮说的机会，是滨城一家研发无人机的科技公司正在进行组织架构改革，准备找资深的品牌或者市场营销担任组长一职。

"如果你感兴趣，我就把你的简历发过去给他们看看。"

夏漓稍作沉吟，便说："那麻烦玮姐替我张罗一下吧。"

周玮倒是惊讶："这回这么干脆？"

"目前工作强度太大了，短时间又看不到什么升职的希望。"

当然，还有一个原因她谁也不会告诉——留在北城总能偶遇晏斯时。

周玮说："放心，简历我一定率先替你推过去。"

夏漓微笑道："谢谢玮姐。"

"不客气。"周玮打个哈哈，暗指上次的事，"都是互相帮助嘛。"

没多久，夏漓就接到了那无人机公司人力部门的电话，随后与公司的两位部门主管深入沟通。聊过几轮，对方对她很满意，邀请她去滨城面谈。

晏斯时接到外婆戴树芳的电话，麻烦他抽空去之前手术的医院替她复印一份病历，做商业保险报销之用。

戴树芳说："过两天罗卫国要去北城探望他儿子，到时候你把病历给他，叫他帮我带回去就行。"

晏斯时了解罗卫国的行事作风，知道到时候绝不只是拿份病历这么简单。果真，罗卫国打来电话，一定要请他吃饭。

晏斯时再三婉拒，罗卫国却不屈不挠，笑道："我一直受霍董照顾，过来一趟却不请小晏总你吃顿饭，那就是我不知礼数了。你放心，耽误不了你太多时间，吃完饭我就回去，老夏的老婆后天做手术，我得去探望。"

晏斯时敏锐地捕捉到后面这句话的关键词："夏漓的妈妈？"

"是……小夏没跟小晏总你说过？"

晏斯时不大确定罗卫国是否故意，他这人过分油滑，但也不乏几分大智若愚——罗卫国仿佛是笃定了，提到夏家的事，他绝没有袖手旁观的道理。吃饭的事就这样定下来。

下班后，晏斯时驱车去往餐厅。推开包间门，那里面除了罗卫国，还有个年轻男人，一身潮牌，面容显出一种纵欲过度般的浮肿，正打着呵欠，歪靠着高背椅刷手机。晏斯时微微蹙眉。

罗卫国踢了罗威的椅子腿一脚，罗威赶紧放了手机起身，毕恭毕敬地道："小晏总好。"

罗卫国则起身绕过去替晏斯时拉开座椅，同时赔笑解释："这我儿子。时间仓促，没空跟他再单独吃饭了，所以就一块儿约了过来。小晏总你别介意，我们吃我们的，就当他是个死人就行。"

罗威也笑，那笑里自带一股让人难受的谄媚，简直是拙劣版的罗卫国。晏斯时没说什么，只想赶紧问到自己想要的信息，赶紧结束。

罗卫国已经提前点好了菜，此时唤来服务员上菜。满满一桌，晏斯时却没有启筷的欲望，直接问道："夏滴的妈妈现在怎么样？"

罗卫国转桌子，将主菜转到晏斯时跟前，笑道："边吃边聊吧。"

晏斯时淡漠地看着他。罗卫国只得放筷，笑道："她妈妈五月做体检，B超发现有个包块。"

那时候医生只建议姜虹过段时间再复查，前一阵姜虹洗澡时摸到那包块似乎有所增大，重新去拍了个片子，发现已有四厘米大小。不过那包块边界清晰，回声明显，B超初步判定为肿瘤，良性可能性较大，建议手术切除送检。

晏斯时问："哪家医院做的检查？"

"三医。"

"怎么不去一医？"

据他所知，楚城就一医一家三甲医院。

罗卫国说："我跟小晏总你的想法不谋而合。我跟老夏建议过，最好带人去一医再做一次复查。老夏说一医贵，而且估计排不上手术床位。他就把人带去了妇幼保健院，最后查出来结果一样。"

"手术时间已经排好了？"

"后天。微创手术，恢复得好三天就能出院。"

罗卫国观察着，晏斯时的神色很是平淡，不大能揣测出内心的想法。他就笑了笑，再度劝晏斯时吃菜。

这时，晏斯时手机一振。他看一眼，拿起手机起身往外走："我接个电话。"

包间门一合上，罗威一瞬间便恢复那坐没坐相的样子，"嗤"了一声："真见不得你跟人点头哈腰的样子。"

"你懂个屁！"罗卫国瞪他。

"你讨好晏斯时也就罢了，还讨好夏家？那夏建阳是个什么东西，以前不还是靠我们家才有口饭吃。"罗威很是不屑，"怎么，爸您还真以为夏滴能当霍董的外孙媳妇啊？我又不是没见过她，就她那样，癞蛤蟆想吃天……"

罗威骤然噤声,因为包间门忽被轻轻推开。晏斯时的脸上瞧不出什么情绪,短暂睨过来的这一眼中分明是十足的淡漠,却让罗威无端地心生惧意。他讪讪一笑,面对罗卫国剜来的目光,缩了缩脖子,不敢言声。

罗卫国也摸不准晏斯时的脾气,一时未敢擅自开口。

晏斯时落座,直接将一旁的纸袋递给罗卫国,语气殊无起伏:"我外婆的病历,烦请罗总带回。姜女士手术的事,我会直接跟我外婆沟通,安排转院,麻烦罗总协助配合。"

戴树芳虽已退休多年,但在一医仍旧极具威望,正因为如此,她不会擅自动用这份威望。旁人都知晓她的原则,是以很少就寻医问药之事前去叨扰。预计是良性的纤维瘤手术,压根称不上有技术难度,在妇幼保健院做基本不会有任何风险。可晏斯时却不惜麻烦戴树芳,替人转院。

罗卫国知道晏斯时这人最厌恶沾染人情世故。也由此可见,夏滴在他心中具有怎样的分量。如此,方才罗威的口没遮拦让罗卫国更加惴惴不安。晏斯时所言之事他都点头应下了,最后赔笑道:"小晏总,方才罗威……"

晏斯时打断:"罗总你应该知道,有些事,我不会像我外公那样心软,不会念及旧情。"

这话不重,但其意味已然是"勿谓言之不预"了。罗卫国忙笑道:"我一定好好管教。"

晏斯时起身:"还有事。这单我买,罗总你们慢吃。"

罗卫国也赶忙起身:"怎么能让小晏总你买单……"

晏斯时已打开包间门出去了。

夏滴滨城的面试结束,飞回北城不久,就接到姜虹将要做手术的消息。

姜虹让她不必回去,医生说了不算大手术,三天就能出院。夏滴到底不放心,还是请了两天年假,周三下午下班之后乘飞机到江城,坐大巴赶回了楚城。

抵达楚城已是凌晨,早过了医院的探视时间。夏滴在家里住了一宿,第二天上午去医院陪同手术。

夏漓联系夏建阳询问病房号时才知道,姜虹是在一医住院。赶到的时候,手术正要开始。没想到罗卫国也在,他带了花束和果篮,分外热情,让夏漓觉得陌生——一贯以来,罗卫国对她家的关照实则都带有一些俯视意味,这回却更似讨好。

闲话几句,护士将已经做好准备的姜虹推进了手术室。罗卫国因厂里还有事,便先走了,说晚上有时间再过来瞧瞧。

等待手术结束的时间,夏漓问夏建阳:"你们不是一直嫌一医贵吗?这回怎么想通啦?"

夏漓父母平常的小病小痛,能在诊所解决就诊所解决,不能解决的再去医院,但首选一定不会是一医。

夏建阳支吾了一下:"一医毕竟是三甲,保险一些。"

夏漓认可地点点头:"还好有床位。"

夏建阳也说:"运气好。"

夏漓却瞧出他脸色有几分不自然,了然道:"是罗叔叔帮的忙是吧?"

夏建阳点点头,目光却有两分闪躲。

那手术很快,不到两小时便从手术室里推了出来。姜虹麻醉刚醒,神志尚不是完全清醒,到病房后没多久就又睡去了。

夏建阳下楼去买中饭,夏漓留在病房陪护。她坐在床畔盯着输液瓶时,摸了摸姜虹的手背,有些凉,再摸摸脚,也是冷的,便将被子掖得更严实些。

没一会儿,门口传来脚步声。夏漓抬头看去,推门而入的人让她大吃一惊——是戴树芳和霍济衷。夏漓赶忙站起来,同两位老人打招呼。

戴树芳也稍有怔愣,笑道:"小夏请假回来了呀?"

"是的,还是回来看看放心一点。"夏漓对他们会出现在这儿分外不解,"戴老师你们怎么……"

"哦,我们过来办事,正好过来瞧瞧。"戴树芳将手里抱着的向日葵放在床头柜上,走到床边观察姜虹的情况,又看了看监控仪器上的数据和输液瓶旁挂着的今日注射清单。

"戴老师，我的意思是……"

戴树芳转头瞧了她一眼，笑道："他可不让我们告诉你。"

"他"是谁，聪明如夏漓，怎么会猜不到。

"抱歉戴老师……给您添麻烦了。"

"就一句话的事，哪里称得上是什么麻烦。"戴树芳笑道，"小夏你也是，上回我就说过，你有任何需要一定跟我开口，怎么做手术这么大的事，还一声不吭？要不是小晏跟我说，我还不知道呢。"

"上次我也只是举手之劳。"

"那也是麻烦你大半天。"戴树芳笑着拍一拍她的手背，"以后可别跟我这么客气。"

夏漓应与不应都不好，只好笑了笑。

戴树芳同夏漓寒暄几句生活与工作近况，便准备走了，说是中午约了饭局，实在不能久留。夏漓将二老送到病房门口。

戴树芳这时候才笑道："小晏还得麻烦小夏你多多关照。"

夏漓十分不安："我……"

"我的意思是，小晏现在还来往的老同学老朋友不多，又没怎么认识新的朋友。这孩子不大会表达，不管发生什么事都先反省自己。我们倒是宁愿他自私一些。小夏你平常周末要是有空，跟他吃个饭、看个展，叫他不要老是一个人待着，我们也能放心些……"

面对戴树芳殷切的目光，夏漓没办法不点头。她隐隐唾弃自己的违心。

戴树芳叹口气："你是个好孩子。"潜台词隐约含了两分惋惜的意思。

夏漓想，晏斯时叮嘱他们不要告诉她，一定是提过的，不要打扰，不要叫她有负担。

二老离开后没一会儿，夏建阳买饭回来。夏漓不甚有胃口，挑着米饭，食不下咽，她跟夏建阳说了方才二老来探望的事，夏建阳很是惊讶。

"爸，霍董他们给你转院的事，你为什么瞒着我啊？"

夏建阳只得说实话："罗卫国不让我们跟你说，说是那个小晏总吩咐的。

这回我们也没想麻烦到霍董他们,是罗卫国去北城跟小晏总吃饭,顺口告诉他了。"

"除此之外,还有其他的事吗?"

"罗卫国还来问过我们,想不想再回厂里,霍董可以替我们安排。"

"你们答应了吗?"

"没有……"夏建阳有些讪然,"现在工作做得挺好的,回厂里做什么……还有,听说我们在看房子,罗卫国说集团在开发区投了一个楼盘,马上就要封顶了,霍董说到时候可以给我们一个员工内部价。"

夏滴听得有几分失神。如果不是因为晏斯时,霍济衷这样位高权重的人,哪会有精力和闲心关照两个过去厂里毫不起眼的员工。戴树芳一个已然退休的专家,一般人又怎能劳动得了她亲自安排转院。对晏斯时而言,她的父母就是陌生人,面都没见过,或许连名字都不知道。而他明明是那样一个与世疏离,厌烦人情世故的人……

出院时间安排在周一,夏滴周日就得回北城。临走之前她特意给夏建阳打了一笔钱,说住院的床位安排已经麻烦人家了,治疗费该付的还是得自己付。况且医保能报销,也花不了太多钱。

夏建阳说知道,不会给人添麻烦。又让她别老打钱,两人工资够花,她年节给他们发的红包已经够多了。

姜虹则问夏滴:"国庆回不回来?"

"回来。林清晓要结婚了,我给她当伴娘——您还记得她吗?"

"记得,你高中最好的朋友嘛。她都要结婚了啊?对象哪儿的?"

"也是明中的,跟我们一个年级,高中毕业就在一起了。"

"那多好啊,这么多年,知根知底了。"

姜虹难免窠臼,问了问夏滴,现在有没有在谈恋爱,打算什么时候找男朋友。

夏滴敷衍道:"工作忙。再说吧。"

夏滴回北城以后,犹豫了好久,还是决定请晏斯时吃顿饭,出于礼节。

她斟酌用词，发微信消息给晏斯时。

> YAN：不用客气。阿姨手术结果如何？
> Sherry：已经出院了，目前在家休养。
> YAN：那就好。
> Sherry：最近有空吗？想请你吃顿饭，这次实在太过麻烦你了。

过了一会儿，晏斯时才回复。

> YAN：最近不在国内，在公司加州总部做交流。这顿饭我心领了。

夏漓打了几个字，又删除了，没再说什么。

后来没过两天，那沉寂了有一阵的"诈尸群"里，王琛丢了个视频，并发消息@晏斯时："你还在加州？我后天来加州开会，有空我俩吃个饭呗，关于视频的内容，我有几个问题想问你。"

晏斯时回了一个"OK"。

随后，聂楚航在群里冒泡："隔行如隔山，完全听不懂。"

夏漓正在办公室里写文档，戴上耳机，点开了那视频。

视频截取的是晏斯时发言并回答提问的那一段。晏斯时穿一身剪裁与廓形皆属上乘的银灰色西装，眉目矜冷，清贵冷峻，不似科研人员，倒似如玉斐然的豪门贵公子。如果不是他胸口夹了一张参会证，而手里又捏着PPT遥控播放器，大抵不会有人觉得这是正儿八经的学术研讨。而他聊的话题，是另一种意义的高不可攀——他用一个例子，解答作为"前馈神经网络"的卷积神经网络算法的具体原理。

夏漓非常努力地想要跟上思路，但在听到"C1层的3个特征映射图，各组像素经过求和，加权值和加偏值，再经由Sigmoid函数，得到三个S2

层的特征映射图"这一段时,不得不承认,领域与领域之间有差异,智力与智力之间也是。

这视频是有字幕的,但夏漓已经放弃了对内容的理解,只看着讲述这些内容的人。这些大多数人听来艰涩无比的概念,在他那儿却好似通俗语言一样流畅,甚而因为熟稔,显得比日常对话还要自如。那清冷微沉的嗓音,不带情绪的冷静与从容,都叫她想到那句话:"Smart is the new sexy."(高智商是至潮性感。)

周四,晏斯时抵达国内。

预留了一天假期,在家休息。次日中午睡了一觉,直到傍晚五点钟被一通电话叫醒。醒来只觉头重脚轻,这感觉很是久违,像是感冒了。他很少感冒,如果不是已过去许久,他一定觉得是夏漓传染给了他,也好就此找她"索赔"。

可惜。

起床略作洗漱,去往公司——方才的电话是组里的下属打来的,模组出现了技术故障,他们没能解决,只得向他求援。

晏斯时抵达工作室,排错调试,后续事情交由他人处理,自己下班准备回家。天已经完全黑了,他走出大楼,穿过中庭,差点与从侧方匆匆奔来的一人相撞。

晏斯时顿住:"夏漓?"

夏漓霍然刹住脚步:"抱歉抱歉。"

她神色很是匆忙,晏斯时不由问道:"怎么了?"

"我着急去机场,要晚点了。"

"几点的飞机?"

"九点半。"

晏斯时抬腕看表:"我送你。"

"不……"

"走吧,抓紧时间。"

这样强势的语气让夏漓无从拒绝，不由自主地跟上了晏斯时。

车驶出园区之后，走的却不是电子地图通常规划的那条主干道，而是拐入了一条小道。夏漓没多问，她见识过晏斯时出类拔萃的空间记忆能力，相信他绝对能在规定时间将她送达机场。

晏斯时正欲询问她匆忙赶去机场是否为出差，便看见她从大号的托特包里搬出了笔记本电脑，搁在双腿上揭开，开始噼里啪啦打字。于是他没有出声，只专注于路况，他有些低烧，多少影响了一点反应速度，他需要全神贯注，对她负责。

大约过去半小时，夏漓长舒一口气，合上了笔记本。她觉察到晏斯时看了她一眼，这才反应过来，说明事情缘由："林清晓跟聂楚航吵架了，说要取消婚礼。聂楚航求我过去当个说客。"

晏斯时点点头。这事儿他不便发表什么意见。不过聂楚航和林清晓要结婚的事，他是知道的，因为聂楚航给他派了请柬。他还没给出答复。

夏漓没忍住吐槽一句："他俩就像《老友记》里的 Rachel 和 Ross，分分合合的，互相折磨到白头。"

晏斯时会看美剧，但情景喜剧看得不多。当年戴树芳在波士顿陪他的时候，曾立志要学好英语，《老友记》是她的教材之一。于是他也跟着看过一些，大致了解剧情。

晏斯时问："他们在哪里定居？"

"计划在东城。"

晏斯时点点头。

夏漓总觉得今日的晏斯时更加沉默，或许这些事儿不是他感兴趣的，便换了话题："你什么时候回国的？"

"昨天。"

"那等我从东城回来，请你吃饭吧。"

"不必。"

夏漓一时无言。

晏斯时察觉到自己的语气似乎显得生硬，便说："我的意思是，只是举手之劳。"

"我知道……我不想一直欠你人情。"

晏斯时无端烦躁,但也无法多说什么。他沉默的时候,那冷淡的气场便让人很难接近,夏漓看他一眼,也不再出声。

一路沉寂,直至机场地面停车场。夏漓道声谢:"我先走了……你回去注意安全。"

晏斯时淡淡地应了一声。

夏漓关上门,一边快步往里走,一边摸包里的钱夹。片刻,发现耳机和钥匙都不在包里。她思索片刻,飞快跑回车旁。正欲敲窗,透过贴了遮光膜的车窗往里看一眼,一时怔住——晏斯时双臂搭在方向盘上,头埋在臂间。

她犹疑地敲了敲窗,晏斯时没有反应。加大力道再敲两声,晏斯时终于抬头,向着车窗望了一眼,随即将车门解锁。

夏漓拉开车门,他问:"怎么了?"

那么明显的迹象,她竟然漏掉了,他明明这一路都显得精神分外不济。怪他平日总是过分疏离,以至于沉默也不会叫人觉出异样。夏漓没说话,上车,侧身斜坐,径直倾身,伸手朝他探过去。

晏斯时微诧。微凉的手背贴住了他的额头。

"你在发烧。"

他没作声。

"为什么不说?"

他依然不作声。

明明已经跟他疏远,明明下定决心绝对不要后悔,为什么情绪还是这么容易被他月光一样冷寂的目光淋湿。

"飞机错过我可以改签的。林清晓和聂楚航吵架也不是第一次,不如说吵架就是他们的家常便饭,又不是非常着急……可是你……"夏漓迫使自己保持冷静,"出事了怎么办。"

晏斯时这一刻心里闪过一个荒谬的念头:出事也好,至少死的时候,她在身边。

晏斯时平静地开口:"快去登机吧。要迟到了。"

"你到底有没有在听我说话……"

"听了。我没事,你……"

"你闭嘴。我最讨厌有事的人说自己没事。"

晏斯时真就闭嘴了。他觉得自己没救了,她略略抓狂的样子,好可爱。

夏漓摊开手:"手机给我。"

晏斯时瞧她片刻,还是摸过储物格里的手机,递给他。

"我要打开你的微信,可以吗?"

晏斯时不说话,点点头。得到许可之后,夏漓点开了微信图标,却在一瞬间愣了一下——那被置顶在最上方的头像,是她自己在备忘录上随手画的,怎么会认不出?心绪一时间更为复杂,她克制了没去思考,只去翻他的对话列表。

所有人晏斯时都给他们改好了备注,按照"公司 | 姓名"的格式,也因此没有公司前缀的"闻疏白"非常显眼,没翻多久就找到了。夏漓点进去,飞快打字。

> 夏漓:打扰了,我是夏漓。闻先生你现在有空吗?
> 闻疏白:!
> 闻疏白:有空有空。有事找我吗?
> 夏漓:晏斯时现在在机场,他发烧了。你可以过来接他一下吗?
> 闻疏白:OK。
> 闻疏白:不是什么整蛊游戏吧?
> 夏漓:不是啦,性命发誓。
> 闻疏白:我马上过来,你发个定位。

夏漓将停车场的定位发送过去,又附上具体的停车位编号。发完消息之后,夏漓将手机锁定,递给晏斯时。他一只手臂撑着方向盘,看着她,却不接手机。

夏漓自行将手机放入储物格:"我拜托闻疏白过来接你了。"随即,她摸出自己的手机,打开预订机票的App,点进订单。

晏斯时倏然探身,捏住了她的手机。夏漓抬眼。

他神情平淡:"你在改签?"

"嗯……"

"不用。赶紧去登机吧。"

"我去给你买药,等闻疏白过来我再走。"

晏斯时见识过她固执的那一面。他闭了闭眼,声音更低两分:"夏漓。"

她从这样连名带姓的称呼里无端品出几分叹息,她顿住,看着他。

晏斯时垂着眼:"你留在这里,只会让我更痛苦。"

夏漓睫毛一颤。她怎会不理解这句话的意思?早在十六岁那年冬天,元旦晚会的那一天,当所有人都不曾伸出援手,晏斯时却提出陪她去拿戏服时,她就已经体会过——得不到的温柔是一种残忍。

"抱歉……你就当我是个自私的烂人吧。"夏漓伸手,捉住他拦在手机上的手指,"我没办法看着你生病却坐视不理。"

晏斯时不再说什么,有几分颓然地收回了手。

夏漓改签了两小时后的机票,弯腰从座椅旁的空隙里摸到了从包里溜出去的钥匙和耳机,随即将包放在座位上,拿上手机,下车去附近找药店。

大抵晏斯时是真的难受,再度趴在了方向盘上,她拉开车门时,他只掀眼看了看,没再说出任何阻拦的话。

夏漓买完药,回到车上,按出一粒退烧药,连同拧开的水瓶一起递到晏斯时手边。

他没有动静,她伸手,轻轻晃一晃他的手臂。他终于抬头,嘴唇是病态的苍白。

夏漓拉过他的手,将药片放入他手掌。他略显迟缓地将其送入嘴里,接过水瓶,喝一口水咽下。

服过药,晏斯时身体往后靠去,闭上双眼。夏漓不再打扰他,就守在一

355

旁，安静陪同。

三十分钟后，有人敲窗。夏漓闻声转头，果真是闻疏白。她降下窗子，闻疏白往里看一眼："怎么样？"

"吃了药睡着了。"

闻疏白笑："倒是八百年没见他生病了——你几点的飞机？"

夏漓看了看时间："我恐怕得去值机了。"

"麻烦了。那你去吧，剩下的交给我。"

夏漓点点头，转身看了晏斯时一眼，他还在睡着，一时半刻似不会醒。她拿上东西下车，犹豫片刻还是多嘴叮嘱："能不能让他再睡一会儿再叫醒他？他好像才从加州回来，可能还在倒时差。"

闻疏白点头，似笑非笑："你其实很关心他。"

"他帮了我太多次……"

闻疏白耸耸肩，一副不以为然的神情："聪明人不会自欺欺人的。"

夏漓并不想辩解什么："我先走了，麻烦你了，闻先生。"

"放心。"

夏漓一路上都记挂着晏斯时，飞机起飞前想问问闻疏白他退烧了没有，才想起来走得匆忙，没加微信，于是只好给晏斯时留言："我起飞啦。退烧以后跟我说一声可以吗？"

抵达东城已是凌晨，夏漓叫了辆车，赶往林清晓下榻的酒店。推开酒店房间门，她以为的哭哭啼啼的场景压根没发生，林大小姐躺在床上，拿平板电脑看综艺看得开心得很。

夏漓一时无语，林清晓倒是有自己的一番道理："我为什么要哭？我要是逃婚，该哭的人是聂楚航。"

夏漓暂时不管她，洗了个澡，待疲惫稍得缓解，方才躺去床上，担负起自己"老娘舅"的职责："你这次跟聂楚航又是为什么吵架呀？"

林清晓丢了平板电脑，叹口气，也躺下来："不知道……好烦，突然不想结婚了。"

夏漓不打断，等她继续。

"我只想跟聂楚航生活，但一点也不想跟他的家庭扯上关系。他妈妈是什么样的人，你一直都了解。我真的很没有信心，我好怕有一天我们的感情会在家庭的鸡毛蒜皮里消耗殆尽。"

林清晓和聂楚航大学不在一个城市，异地了四年，四年间无数次分分合合。好不容易熬到大学毕业，林清晓去了东城，跟聂楚航同居。去年两人开始谈婚论嫁，但因为聂楚航强势的母亲，过程一直磕磕碰碰。聂楚航的妈妈觉得聂楚航硬件条件这样好，理应找一个东城本地姑娘，互相扶持。除此之外，林清晓是被父母宠爱大的，多少有些小性儿，这也是聂楚航妈妈看不惯的地方，总觉得自己辛苦养大的儿子，却要受一个小门小户的姑娘的闲气。聂楚航越是表现出对林清晓的偏袒，她就越看不惯林清晓。

小情侣吵得最严重的一次，林清晓连求婚戒指都退回了。后来聂楚航几番挽留，还是断不了，再度复合。

夏漓说："虽然我是聂楚航请来劝你的，但我肯定是向着你的。我觉得这些问题怎么解决要看聂楚航的态度，假如他一直和稀泥，其实……这个婚不结也可以。"

林清晓笑道："这话可不能让我妈听见，她就差一个盟友呢。"

"她也不愿意？"

"她倒不是不愿意，就是想看一个态度吧。"林清晓叹口气，"好累啊……我真不想再跟他吵了。这是最后一次，不管结还是不结，做出决定以后我就不会再摇摆了。"

林清晓本来就长得漂亮，上大学以后充分解锁穿衣搭配技能，其颜值在院里能排进前列。那么多男生追她，帅的、成绩好的、家世优越的，应有尽有，她从没分过心，只一心一意跟聂楚航谈苦兮兮的异地恋。倘若聂楚航不能抵住家里的压力，夏漓多少会替闺密觉得不值。

夏漓说："虽然这话听起来可能有点假大空，但我真是这样想的，不管你做什么决定，我都支持。结婚也不可怕吧？不合适还能离呢。你行情这么好，根本没在怕的。"

林清晓笑起来："听你一说，好像确实没有这么可怕了呢。"

夏漓也笑。林清晓摸过手机："饿吗？我们点个外卖吧。"

这么晚吃夜宵，简直让人罪恶感爆棚。但夏漓今日是舍命陪君子了："点吧……"

半小时后，烤串送达，两人从床上起来，移动到书桌旁。林清晓打开外卖包装袋，夏漓准备帮忙时，手机一振。

"谁啊？这么晚还给你发微信。"

夏漓没作声，拿起手机点开一看，果真是晏斯时。

> YAN：已经退烧了。你到了吗？
> Sherry：到了。
> Sherry：你好好休息。
> YAN：嗯。谢谢。
> Sherry：晚安。

等了等，晏斯时没再回复。夏漓努力让自己不去在意，缺少一句"晚安"的回复，简直有点逼死强迫症。

正要将手机锁屏，林清晓忽地探过头来，往屏幕上一瞥，发出了一声怪声怪调的"噢"。夏漓无奈地看她一眼。

"你们到底什么情况啊？藕断丝连都没你们复杂。"

今日的氛围似乎适合交心，而林清晓是那个更擅长感情问题的人。于是，夏漓一边有一搭没一搭地吃着烤串，一边讲这段时间的事情，从头至尾地叙述一遍。

林清晓将啃完的竹签准确无误地弹入垃圾桶里："说句实话，你可能不爱听。"

"你说。"

"仅仅因为晏斯时似乎暂且不打算对你敞开心扉，就自顾自地撤退……难道不也是一种懦弱吗？"

夏漓没有作声。

"可能每个人对于隐私的界限不一样吧。也许在晏斯时看来,有些事情只会对女朋友说呢?当然前提是,你要先成为那个女朋友。"

"说是不自卑,其实到底还是很难不自卑。"林清晓总结道,"但是这不怪你,暗恋一个人这么长时间,原本也不是人人能做得到的事。如果是我,肯定会觉得超级不公平,在一起之后一定会疯狂地作天作地,对方但凡有一点做得不好,我都会觉得不平衡——我觉得你其实真正怕的是这个。"

夏漓心道:"我知道。"她比任何人都更深入地剖析过自己的内心。

林清晓端起可乐喝了一口:"我站在旁观者立场,根据你说的这些归纳分析,你在晏斯时心里肯定是独一无二的。要不是真的喜欢,谁会默默做这么多事啊?又不是拿了男二号剧本。"

夏漓被逗得笑出一声。

"不过我不劝你,因为我对他真的一无所知。他这个人吧,确实优质,但真不是人人消受得起的。"

吃过夜宵,再去刷牙洗漱,躺在床上又聊了许久,天将亮时,两人才睡去。好似回到了读书的时候。工作以后,这样彻夜谈心的机会已是少之又少了。

次日,两人睡到接近中午才醒。夏漓打着呵欠捞手机看时间,微信上,晏斯时仍旧没有回复。她没法克制关心的心情,发消息问道:"你好些了吗?"

没有得到回复。

对话里列表里有别的未读信息,是聂楚航发的,问她们起床没有,他现在在楼下大堂里。

夏漓回复:"起了。"

五分钟后,敲门声响起。

林清晓走过去:"谁啊?"

聂楚航:"我。"

"来干吗?"

"我们聊聊。"

"没什么可聊的。"

"我跟家里吵架了,被我妈扫地出门了。"

"那找我干吗?我这里又不是垃圾回收站。"

夏漓扑哧笑出一声,林清晓瞪她一下。

聂楚航:"晓晓,开个门。"

"烦死了。等等,我们还没换衣服。"

夏漓看着早已穿戴齐整的林清晓,露出无语的表情。

林大小姐真是耐得住,晾了聂楚航十五分钟才将门打开。夏漓识时务地将空间让给他们,自己下楼去吃生煎包。

吃完饭,楼上也聊完了。

聂楚航昨晚跟他妈妈大吵一架,单方面地达成了协议:五年之内在东城买房,往后两人不跟父母同住,要不要生、什么时候生小孩由林清晓全权决定,生了小孩请月嫂照料。总之,任何第三人不得多做干涉。

夏漓这个"老娘舅"根本没发挥到什么作用,聂楚航自己就解决得妥妥当当。夏漓乐得清闲,晚上跟小情侣开开心心吃了顿火锅,次日上午就飞回北城了。

飞机落地后,夏漓终究没忍住,又给晏斯时发了一条消息,询问他身体状况,并问他是否有空,她请他吃饭。仍旧没有得到回复。

夏漓不觉得意外,她想,人人都有回避痛苦的权利。

第二十章
我找到你了

周二。

夏漓正在微信上跟林池宇对接工作上的事,有个同事私聊她,说门口有人找。夏漓跟林池宇说了声有点事先离开一小会儿,便拿上工卡起身。

在门口刷了卡,却见前方走廊里有一人看了过来,朝着这边挥了挥手。是闻疏白。

夏漓很是惊讶:"闻先生?"

闻疏白走到她跟前:"抱歉啊,没打一声招呼就突然跑过来。我没你的微信,只记得晏斯时说你在这儿工作,就直接找过来了。"

"是有什么急事吗?"

闻疏白的神色有几分凝重:"这两天——就前天晚上到现在,你跟晏斯时有过联系吗?"

夏漓愣了一下:"没有。他周六凌晨回过我消息之后,就没再……"

"我今天原本打算去看看他的情况,给他发了好几条消息,他都没有回复,手机也一直关机。去他住处找了,人不在。也问过方舒慕——我们一个共同的朋友,还有其他同学和朋友,甚至问了晏家的人,还有他的心理医生,都说这两天没跟他联系。公司这边也问了,说请了三天年假。"

夏漓听得愣住,心脏直朝着不见底的深渊跌去。就像那年,明明前一秒他还在小卖部里请她们喝饮料,跟她讨论高考志愿的事,对她说"加油",下一秒接到电话,就那样凭空消失……

她艰难地消化了闻疏白的话，勉强维持镇定："他外公外婆呢？"

"还没问，他们年纪大了，怕他们担心。就想问问你，能不能试着联系一下他。假如再联系不上，我准备报警了。"

"你们都联系不上，我……我又怎么……"

"你试试。"闻疏白看着她，"你应该知道，你对他而言是不同的。孟医生说，假如他只是单纯不想搭理人，那或许你联系他会有用。"

夏漓心乱如麻地低头去解锁手机，大拇指起了一层薄汗，指纹解锁失败，输密码，又输错一次。对话列表翻不到了，只好直接搜索他的名字。点进去，也没斟酌，飞快打字："你在哪里？"

她能感觉到自己全身发凉，尤其是手指，打字时有几分难以自控的颤抖。

没有得到回复，她竟不觉得意外。

她看向闻疏白。

闻疏白："打个语音试试？"

她已经有些无法思考了，依言照做。点语音点成了视频通话，也没注意。那拨打的提示音枯燥地响了好一会儿，因为无人接听，自动挂断了。

闻疏白又说："电话。"

她觉得他们好笨，应该一开始就打电话，假如是关机的话，前面这一切又有什么意义。她手指好像有些不听使唤，滑动屏幕翻找通讯录时有种冷涩的卡顿感。找到晏斯时的名字，拨出，片刻后，手机传来有规律的、不紧不慢的"嘟"声。这是……打通的提示？

夏漓惊愕地看向闻疏白。

闻疏白急切地问："怎么？"

夏漓没回答他的话，因为听见手机里一道熟悉的声音：

"喂？"

清冷的，邈远的，好像是从时空的那一端，穿越茫茫的尘世传来。

夏漓站不住了，蹲下去撑住额头，听见自己声音里有隐约的哭腔："你在哪儿？"

夏漓不知闻疏白究竟什么来头，他们下飞机之后，竟有一架直升机来接。

飞机穿过将暮的云层，花了半小时不到，降落在渔岛上。停机坪附近有一部车无缝衔接，载着他们直奔晏斯时发来定位的位置而去——他被他们勒令待在原地，哪里也不许去。

车窗大开，夏漓按住被风吹乱的头发，急切地注视着前方。远远的出现了一块红色塑料招牌，那上面的字看上去依稀是"阿翠超市"。

夏漓按捺激动，指了指："那里！"

车开到超市门口，夏漓等不及它完全停稳，就拉开车门跳下去，直奔超市而去。老板正嚼着口香糖看电视，夏漓往柜台一扑，吓了他一跳。

"老板，刚刚有没有一个人在你们店里面等人？"

"他应该去旁边了。"老板往店门右手边指了指。

夏漓道声"谢谢"，匆匆跑出门。顺着老板所指的方向，她沿着沙地快步走了不到五十米，便看见一棵遮天蔽日的榕树下，站了一道清子的身影。

"晏斯时！"

那人转过身来。天快黑了，暮色将人勾勒成了模糊的影子。

夏漓小跑而去，晏斯时也朝着她走过来。离他两步距离，夏漓停下脚步。到这儿，他似乎才从影子变成了人，让她能看清他的脸。他的头发被海风吹乱，整个人都如同这即将堕入夜色中的海，沉默孤独，像一个永恒的谜。

她深吸一口气，一路上积攒的所有情绪此刻全都涌上来，忍不住劈头盖脸道："你为什么又要人间蒸发，说消失就消失！"

晏斯时愣了一下："我只是过来散散心……手机没电了，才充上。"

夏漓呼吸一滞。那张渐渐落尘的空课桌；无数次经过二十班教室时的徘徊；听到麻木的停机提示；数不清多少条石沉大海的短信；每碰到一个明中旧友，都要费心打听的幽沉心事；在加州理工校园内整日逗留，直到天黑不得不离开时，最后回望一眼，期待奇迹发生却又落空的巨大失落……还有其他的一切。

"那你为什么不充电？你是不是真的不知道有人会担心你，会像傻瓜一样一直一直找你，一直一直给你发消息，一直一直等你……"

她在说什么？她不知道了……她住了声，退后一步，抬手掩面，无法自控地哽咽出声。

晏斯时一时怔住，心脏被揉皱，眼底泛起无声而汹涌的波澜。他两步走到她跟前，垂眸看去，她长发被海风吹得凌乱，双肩颤抖，那么纤薄的身体好像要因此散架一般，破碎的呜咽从她指缝间泄出。他不知该怎么办，手抬起又放下，很是手足无措，轻声问："我可以抱你吗？"

夏漓发不出声音。不待她回答，他伸臂，径直将她搂入怀中。

她如同被清咸而微凉的海风紧紧拥抱，心里只有一个念头：这回，我找到你了。

前天夜里，晏斯时接到电话，晏爷爷住院了。出于应尽的礼数，晏斯时去了一趟医院。

刚走到病房门口，便听里头有吵闹声。他顿了顿，推门一看，晏绥章和上回那个女人都在，晏爷爷半躺在床上，正朝着晏绥章发火："你还敢来？你是真打算气死我！"

一直照料晏爷爷的助理连声劝道："您别生气，再气血压又要上来了。"

"我能不气吗？我还没死呢，就有人急着败坏晏家的门风。"

晏爷爷话音一顿，往门口瞥去："小晏，你来了。"

晏斯时走过去，目光掠过晏绥章和那个女人，却见那女人诚惶诚恐地看了他一眼。

"您情况怎么样？"晏斯时走到床边。

"没事儿，就是被你爸气的，高血压犯了。"晏爷爷情绪稍缓，"正好，小晏，你做子女的最有发言权，你劝一劝你爸。"

晏斯时不明就里，看向晏绥章。晏绥章面色沉冷，并不说话；他身旁的女人倒是嗫嚅片刻，但也没出声，气氛沉默得诡异。晏斯时看晏爷爷，而晏爷爷也不说话，好像说出来就会污了他的嘴。

最后，晏爷爷的助理小声地说了一句："晏总打算跟许女士结婚。"

晏斯时蓦地抬眼，看向晏绥章。晏绥章并不瞧他一眼，只对晏爷爷道："我的事轮不到一个晚辈来干涉。而您同意也罢，不同意也罢，这是我的决定，不是商量。"

晏爷爷却是冷笑："我倒要看看，我不同意的事，你怎么把它办成？"

这时候，晏绥章身旁的女人出声了，那声音带着一丝怯怯的恳求："我们不是故意要与您作对，只是晏先生也有他不得已的地方……"

以晏爷爷的修养，再生气也不会同外人口出恶言。他甚至是温和的："小许，恕我直言，这是我们晏家的私事。"

女人咬了咬唇，忽地一折膝，在病床旁跪了下来，"我并不想掺和晏家的私事，只是……只是我已经怀孕了。"

晏爷爷一震。女人垂颈，那神情柔弱极了，似带露的百合花一般："我并不图晏家的任何东西……我可以让晏先生提前立下遗嘱，我分文不取。我只想给孩子一个名正言顺的身份。我也可以不结婚，只要孩子生下来可以光明正大地姓晏，可以养在晏先生膝下……"

晏斯时不知道自己今天为什么要过来。每次他被"礼数"捆绑而参与晏家相关的事情时，都会发生叫他作呕的事。就像此刻，恍如有冰冷的毒蛇爬过他的脊柱，嗓子里叫人硬生生塞进一把蟑螂的卵。他无法再待下去，他快吐了。

他径直朝着病房门口走去，开门，反手摔上，"嘭"的一声巨响。

离开医院之后，晏斯时回到公寓。房间似实验室一样洁净而毫无人气，玻璃隔音太好，让周遭只有绝对的、死亡一样的静默。这种死寂反而让他无法平静，他不想再待下去，订了最近一趟航班离开北城。

这座小渔岛不是旅游热门地点，许多地方尚且保留了原本生态。

他定的那间酒店离海非常近，夜里躺下，透过玻璃窗看着外面的月亮，会觉得海浪的声音就在耳边。他得以睡了一个好觉。

醒来发现手机没电了，懒得充。在这小岛上似乎用不上手机，他带了一些现金，买东西、吃饭和乘车绰绰有余。

昨天他在海边坐了一下午。天黑以后，海风潮湿，墨浪翻滚，月光照在上面，那延伸至远处的沉默与诡谲像是另一个世界，令人着迷。

不知是晚上几点钟，身后有道童声唤他："喂！"

转头看去，是个只穿着沙滩裤衩的小男孩。

小男孩挠挠头，说："我们准备吃夜宵了，我爸问你，要不要过去吃点？"

"你爸是谁？"

小男孩指了指不远处的超市："超市老板。"

他道声谢，婉拒了，小男孩却跑过来，径直拽他手臂："你在这儿坐一天了，不无聊吗？"

也就八九岁的孩子，力气却大得惊人，他真就被拽了起来，就这么被牵着往超市走去。

超市很小，门前挂一颗灯泡，灯光黄黄的，比月光还要陈旧。门前沙地上支了一张小桌，几个塑料板凳，桌上摆着炒蛤蜊、蒜蓉扇贝、青菜、白粥和两瓶啤酒。明明素昧平生，老板却硬要他坐下来喝两杯。那种大大咧咧又质朴不过的热情，让他无法拒绝。

男孩叫阿永，超市叫"阿翠超市"，阿翠是阿永的妈妈，之前患病死了。老板说得轻描淡写。

阿永不耐烦听大人闲聊，呼噜呼噜喝完粥，就跑进超市里看电视去了。

吃完夜宵，他想付账给老板，老板不收，说就自己随手搞的两个菜，哪好意思收钱。他便买了包烟和两瓶水，支持生意。

进店里拿水的时候，他看见柜台后方的墙上贴了张红底白字的告示。告示的最后留了两行电话，一个是XX派出所，另一个，是XX自杀救助中心。

他明白过来，是老板误会了。

走时，老板问他住哪儿，他报了酒店名称，老板说认识，叫他回去注意安全，又说，岛上的日出也不错，明早可以早起瞧瞧。他领会到了老板隐晦的关心，说一定看看。

第二天下午，又去了超市一趟，告诉老板他看了日出，挺漂亮。

男孩阿永正坐在小板凳上，唉声叹气地写作业。他顺口说了句解题思路，阿永像找到救星，拜托他帮忙辅导作业。

他问，今天不是周末吗？小孩怎么不上学。

老板说，上周刮台风，把教室的玻璃、灯管都吹裂了，学校还在维修。

他原是打算回酒店休息片刻再回北城，但阿永求得殷切，他就在超市里买了根苹果数据线，接老板的充电器将手机充上，打算先订张返程的机票。

手机关机两天，电量彻底耗尽，接上电源充一会儿才能开机。他将其搁在柜台的一角，拿了阿永的作业簿，帮忙看题。

一会儿，手机开机，他拿起来正准备解锁，一个电话打了进来。是夏滴。

接到这通电话，他很是惊讶，因为听见夏滴的声音里带着不加掩饰的哭腔。他被勒令就留在阿翠超市等她过来，哪儿也不许去。

阿永的作业很简单，但阿永很笨，四则运算学得稀里糊涂。他教得心累。好不容易辅导完，他买瓶冰水，走到门口去吹风。

阿永得老板允准，跑出门找小伙伴玩儿去了，玩了一个多小时，满头大汗地回来，就去冰柜里面拿冰棒。

阿永问他："你等的人还没来啊？"

他说："对啊。"

阿永笑嘻嘻："你好像留守儿童哦——留守大人！"

他说："是啊。"

阿永说："你不会被放鸽子了吧？"

他说："不会。"

阿永说："这么肯定哦？"

他说："对。"

夏滴果真没有爽约，披一身暮色出现，但劈头盖脸就是一顿呵斥。

晏斯时从没见过她这一面，她向来是温和的，表达拒绝都能冷静理智，何曾这样失控，甚至情绪激动到只差说脏话。

晏斯时下巴抵着她肩膀，轻嗅她发间的香气，心中浪潮起伏之感犹未平息。被海风吹得太久，皮肤发凉，而怀里的人如此温热，让他几乎是遵从本能地将手臂收紧。

怕是幻觉，怕她消失。心底钝痛之感持续不绝。

他低声道："抱歉。我不知道你会找我，不然我不会让手机关机……"

"我才没找你……是闻疏白找你。"她的声音里隐隐有股倔强的怒气。

晏斯时顿了一下："但你来了。"

夏漓不再说话。她自己都不知道，原来自己还有这样充沛而汹涌的情绪，所谓的"放下"简直就是一个笑话。好像当年那个在KTV里听到"夏天还是那么短，我们都一样"时躲起来崩溃大哭的少女，依然是她灵魂里最执着的底色。眼泪一涌出来便洇进他胸口的衬衫，那一片都变得潮湿温热。

此刻，不远处的闻疏白有些尴尬。他等了等，又等了等，前方两道拥抱的身影始终没有分开。他不得已咳嗽一声："那个，你们要不要考虑先商量一下什么时候回去？"

片刻，夏漓抬起头，手掌在晏斯时胸口轻撑了一下，晏斯时立即松开手。两人朝闻疏白走去。

闻疏白问："现在就回去，还是？"

晏斯时说："吃了晚饭再走吧。这里海鲜不错。"

"你还真是来旅游的啊……"

晏斯时看夏漓，问她的意见。夏漓说都可以。

这时候，阿永跑回来了，他脚步在超市门口一个急刹："接你的人来啦？"

晏斯时说："是啊。"

"那你要走了吗？"

"嗯。"

"那有空再来玩啊。"

"好。"

晏斯时让闻疏白和夏漓稍等,走进超市,又拿了两包烟,三瓶水。付账时,他对老板说:"谢谢您这两天关照。"

老板瞥他:"是你一直关照我的生意。你再多待两天,我都要去进货了。"

他拿付款码给晏斯时报了总价。晏斯时对数字很敏感,说:"差了两块。"

老板扬扬下巴:"你那瓶我请你的。"

晏斯时走出超市,将几瓶水分给夏漓和闻疏白。

酒店附近有家海鲜大排档,味道很不错,海货都是最新鲜的,食材与加工费分别计算。他们点的餐品里有一条清蒸石斑鱼,鱼肉鲜美,入口即化。晏斯时和闻疏白各开一罐啤酒,夏漓喝椰子水。

闻疏白端起跟晏斯时算账的架势:"来回飞机票,直升机的燃油费、托管费什么的,都得你报销。"

晏斯时:"不要以为我不知道,坐直升机是你自己的私心。"

夏漓说:"我还是第一次坐。"

晏斯时改口:"我报销。"

闻疏白笑:"叫你再玩消失这一套。"

"我说了只想散散心。否则我有必要请年假?"

"谁知道呢,你这人不就是在奇怪的地方特别有原则,不愿意给人添麻烦吗?"

闻疏白喝口酒,转头对夏漓说:"他是个在离家出走之前,都会把自己房间里台灯的插头拔掉、被子叠好、垃圾带走的人。"

夏漓看一眼晏斯时,问闻疏白:"他还会离家出走?"

"对啊。出走到我家。"

夏漓笑出声:"什么时候的事?"

"小学一年级吧。半夜来我家敲门,背个书包,见面先给我妈递一只信封,说里面装的是这个月的生活费,请我妈收留。"

夏漓想象了一下那场景，觉得……好可爱。

晏斯时语气淡淡的："你倒是记得很清楚。"

闻疏白："反正肯定不比你记性差。"

夏漓看着两人来往互损，不觉扬了扬嘴角。晏斯时跟闻疏白相处时，似乎才会流露出他最为放松的一面。

晏斯时留意到了夏漓似在发呆："不合胃口？"

"没有……我只是突然想到了一件事。"

"嗯？"

夏漓却看向闻疏白："你有意大利的朋友吗？"

"有啊，我有个朋友是开意式餐厅的……"闻疏白接收到晏斯时提醒的视线，连忙住声，已经来不及了。

果真，对面夏漓笑吟吟的："这样啊。那家餐厅我不会恰好去吃过吧？"

闻疏白卖朋友卖得很干脆，转头对晏斯时说道："夏小姐太聪明了，可不能怪我，我已经安排得很滴水不漏了。"

夏漓看向晏斯时："所以……你那天真的是在对面餐厅里吃饭？"

晏斯时只得回答："嗯。"

闻疏白："他就是喜欢搞神秘。"

夏漓忍俊不禁。

他们是在户外吃的，海风吹过来，很是惬意，因此吃完以后，闻疏白就有点不想走了，说来都来了，不如住宿一晚，明天再走吧，理由找得也很恰当："半夜开直升机，多不安全啊。"

晏斯时住的是岛上为数不多的度假酒店，二楼带个泳池，能一边游泳一边看海。办了入住手续，闻疏白打算先游几圈，过两小时再吃一顿夜宵。

晏斯时则想下去散散步，他淋浴之后换了身衣服，去走廊另一端敲夏漓的房间门。片刻，门打开。她好似也刚洗过澡，头发还是湿的，散发着酒店用的洗发水的香气，清淡的白茶味。

"要出去散散步吗？"

"好啊。你等我一下，我稍微吹一下头发。"

夏漓将门打开两分。她住的这间房带阳台，海景特别漂亮，正准备叫他进来坐着等一下，他却先一步说道："我去楼下大厅等你。"

夏漓将头发吹到七分干，下楼去找晏斯时。

晏斯时坐在大厅的沙发上翻一册杂志，他抬眼看过来，合上杂志起身。

酒店门口就是海。他们沿着退潮的沙滩往前走，夏漓穿的是平底的单鞋，矮矮的一点跟，平日通勤常穿。此刻走两步便有沙子进去，她索性脱了鞋，赤足。

晏斯时伸手，夏漓有些不解。晏斯时径直微微俯身，接了她手里的鞋，两指拎住后跟提在手里。

海风拂面而来，挟着一股咸潮的气息。夏漓今日情绪大起大落，此刻有些沉默，时而抬手，将吹乱的头发往耳后捋去。

"你感冒已经好了吗？"

晏斯时"嗯"了一声。他有些心不在焉，因为想起先前夏漓情绪爆发时说的那番话，那不像是在说闻疏白，也不像是在说这次的事，那么，只有一种可能。"你那时候找过我？"

夏漓脚步稍顿了一下，又继续往前走。

她知道他会问。"当然……王琛和陶诗悦都找过你。我以为，那时候我们至少算是朋友的。即便我不是，王琛也是。但是你……你好像对在明中的一切都毫不留恋。"

"不是。"

夏漓察觉到晏斯时停了下来，顿步，转过身去。

晏斯时没有提鞋的那只手抄在长裤口袋里，他抬头看她一眼，又垂下目光。

夏漓不说话，就站在原地。她在等，等那扇门究竟会不会打开。

夜色里，晏斯时略显苍白的脸有种孤肃的静默。终于，他说道："从离校到去波士顿，有将近一年的时间，我的记忆很模糊。直到现在也很难回想起来全部的事。你或许不信，我不记得我具体是怎么离开楚城的。"

夏漓微怔。

"抱歉……本科我除了上课就是在睡觉。药物让我很不清醒，也无力维持生存之外的其他事情。"

"什么药？"

"助眠的，还有，抗抑郁的。"他声音很平静。

夏漓这时候才后知后觉地想起，白天闻疏白去找她时提到了"心理医生"。

"那现在？"

"读研的时候已经停药。现在可以正常生活，偶尔做心理咨询。"

当然，最近变得频繁。

孟医生的医案上，最近的记录都是"她"。他不提她的名字，只说"她"。

她让他一点一点想起了很多高中的事；和她在一起，才觉得社交不算无聊，尚有意义；她让他觉得自己是真的已然回到正轨，因为他产生了对亲密关系的渴望。

她很温柔，但其实柔中带刺；她也很漂亮，尤其是眼睛。

她好像是他与世界的一根纽带，通过她，他可以拥抱世界上的更多，虽然他依然觉得大多数事情都很无聊。

和她分离片刻就觉得焦虑，渴望长时间待在一起，哪怕什么都不做，哪怕只看着她睡觉。

她好像一直很缺觉，这正合他的心意。

他没谈过恋爱，不知道怎样的节奏才算合适，这样早就送玫瑰是否唐突。可又觉得别的花与她不相称——他对她没有玫瑰之外的心情。

他不怕坦诚，他对她有性的冲动。但从未主动地幻想过她，因为害怕亵渎。

他克制而耐心，还是搞砸了一切。或许是他越界了，也或许她看出来，他内心世界还是一片没有重建完成的废墟。

每次偶遇时的若无其事总让他不得其法，因为他很清楚自己心里是一片沸腾的名为嫉妒的硫酸池。他不想看见她身旁再出现其他男人，而他唯一能做的只是忍耐。

夏漓起初的震惊都变成深深的自责:"抱歉……我不知道,我真的不知道……如果知道的话,我不会……"

晏斯时低声道:"你别道歉。这跟你没关系。"

"我什么都没帮到你……我还冲你发火。"

"不是。你今天过来找我,对我而言很重要。"

他其实不太相信命运,但电话开机的一瞬间,恰好就接到她的电话,未免太像是一种宿命。

夏漓有片刻失语,因为晏斯时此刻看她的目光就像夜色中的海,是一种缄默的深邃,在她心里掀起隐隐而不绝的潮声。

"真的吗?"

"真的。"

夏漓往前走了一步,看向他的眼睛:"那你答应我,以后不管去哪里,都先跟朋友打声招呼。我担心你,闻疏白也担心你,还有你外公外婆……如果我们对你不是可有可无。"

"好。"

"那拉个钩?"她伸出手。

他轻笑了一声,大抵觉得是小孩子的幼稚把戏,但还是伸出手来,勾了勾她的小指,再印上大拇指。

夏漓转身,他们继续往前走,没一会儿,阿翠超市就出现在视野中。夏漓望了望那棵遮天蔽日的大榕树,想到什么,说:"你等我一下。"

她朝着超市一路小跑而去,晏斯时不明所以,加快了脚步跟上前去。他看着她进了超市,不知道跟老板说了什么,阿永跑向了后面的货架,随后她也跟了过去。没一会儿,夏漓跟阿永走出来了,手里多了一根红布条。晏斯时一时怔然。

夏漓摸了摸阿永的头:"以后你们开展这个业务赚钱,一条收 20 块。"

"我爸不让。"

"那你偷偷地,赚的零花钱都自己花。"

阿永"嘿嘿"笑。

夏漓这时候抬头看向他，说："你过来帮一下忙？"

三人朝那棵大榕树走去。到了树下，晏斯时放下她的鞋，接过她递来的布条——像是从什么红色横幅上剪下来的一段，剪得不甚整齐。布条上拿黑色记号笔写着："愿晏斯时永远记得归处。"

他看着这行字，没有说话，心里想道："你就是我的归处。"

阿永催促："快挂起来！"

夏漓说："挂高点。"

晏斯时踮脚，捉了范围内最高的一根树枝，将那红布条绕了一圈，打个结系紧。海风吹过来，那红布条随之招展。

晏斯时想起那年，古柏苍翠，香烟弥散，她鼻尖被冬日的寒风吹得泛一点红，眼里亮晶晶地映着被他挂在高处的布条。

那上面是她的祈愿："愿所愿得偿。"

他低头看向夏漓，她跟阿永都正望着那布条，似是很满意。

晏斯时抬手摸摸阿永的脑袋："你快回去吧，我跟姐姐要单独说两句话。"

阿永"嘿嘿"一笑，摆摆手就走了："你们下回再来玩啊！"

树下只剩下他们两人，一时寂静。夏漓明显感觉到，气氛便似夜深之后的海水，渐渐地冷却下去。

晏斯时看了她很久。终于，他别过目光，望向夜色中沉沉的海面，声音亦是微凉的："你记不记得那天我在车上说的话？"

"嗯……"

你留在这里，只会让我更痛苦。

"我现在也是这样的心情……"晏斯时的语气有种潮水退去后的寥落，"我很高兴你过来找我。但也宁愿你不来。"

夏漓张了张口。自和晏斯时重逢以来，心里便有一阵持续不绝的背景音，有时候别的情绪会将其盖过，而当那些杂音被剥离，这背景音的底色便会干净地显现出来。夏漓感觉到一种从未断绝过的隐痛。

"我……"

晏斯时看向她,黑发在夜色中涌动,眼底深黯而不可解读。

她无法说出口。这次去滨城面试,结果很好。离开北城一事,已然正式纳入她考虑的范围。她是找到了他,却又要离开,像是一只海鸥,短暂地造访了世界尽头的孤岛。

夏漓从未想过,有一天自己会同"残忍"这个词紧紧绑定。

晏斯时敛目,一边转身一边轻声道:"回酒店吧。"

他一定看透了她的为难,所以并不找她追问结果,这种温柔让夏漓心里难受极了。

脚踩在沙子里的声响被掀来的海浪声盖过,好几回,晏斯时都差点回头,想去确认夏漓是否还跟在身后,终究还是忍住了。

痛苦是人生的分内之事,他比谁都要深谙这个道理。

第二十一章
一封早起的信

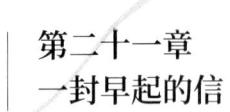

回到北城,重重的工作压过来,让夏漓忙得连喘息的机会都没有。

其间她与晏斯时一起吃过一两次饭,看过一次展,但仅限于此了。

她跟晏斯时之间,好像横亘了一条年久失修的铁轨,火车悬停此处,从既往开过来,却怎么也走不到未来。所有事情,都变成了一团乱麻,线头彻底迷失踪迹。

她一直忙到国庆放假。

林清晓和聂楚航的婚礼定在 10 月 4 日。2 日下午,夏漓陪姜虹在天星街逛街做头发,闲时拿出手机看了看,发现林清晓和聂楚航临时拉的婚礼宾客群里突然开始接龙。往上一翻,才知是有人提议办个单身派对,正好大家好好聚一聚,不然婚礼当天太匆忙,婚礼过后,大家各有安排,陆陆续续又要离开楚城了。接龙的都是要参加的,夏漓也就跟着接了一条。

等过一会儿再看群,场地和分工都已确定,有人准备烟酒,有人负责零食和水果……甚至还有人做了个简单的 Excel 表格进行记录,将权责划分得清晰明确。

有人在群里问:"七班和十八班一起啊?"

有个十八班的回复:"怎么了,你们七班不愿意跟我们一块儿玩啊?"

有人起哄:"这不挺好的吗?七班妹子多,十八班汉子多,今晚大家再相看相看,万一毕业这么多年以后,突然又看对眼了呢?"

姜虹做头发花了一些时间,等她弄完以后,夏漓才照着群里分享的地址赶过去。

是栋别墅，不知是哪位同学提供的场地。进去以后倒没有夏漓以为的那样吵闹，音响里在放他们读书那会儿流行的歌。桌上堆满了切好的水果，零食与小吃琳琅满目，饮料酒水都是自便。

夏漓先找到林清晓和聂楚航，跟他俩打了声招呼。

林清晓的头发前几天刚染过色，是漂亮而有光泽的棕栗色，指甲也是刚做的，浅粉色的猫眼石。这晚已经有无数人夸她漂亮，还有人放言，想抢亲这就是最后的机会了，抓紧啊。聂楚航让他们别闹，修成正果费了他老大的劲，临门一脚再被人截和，他真就命都没了。

夏漓再去找徐宁，她正拉着一个十八班的在航空航天领域工作的同学聊天，她说她要接一个航天题材的本子，提前采采风。

夏漓不打扰，走去餐桌那儿拿饮料。有人轻轻拍了拍她肩膀，回头一看，是欧阳婧。

夏漓笑道："你不是说明天才回来吗？"

"想来想去还是提前一天吧。我怕明天赶路休息不好，容易水肿，后天化妆不好看。"

欧阳婧是林清晓的四个伴娘之一。

"你男朋友没跟着过来？"

"还没到带回来见家长的时候。"欧阳婧笑道，"那谁呢？他没来？"

"你的语气好像我应该对他的行程了如指掌……"

"那不然呢？这里也没有谁比你和他更熟吧。"

"聂楚航请过他，不过他说了不来。"

她们正聊着天，又有人过来了。是肖宇龙，手里还牵着一个女孩。

夏漓打招呼，笑问："女朋友？"

"未婚妻。"肖宇龙笑得嘴角咧到耳根。

"哇！恭喜恭喜！"

那女孩笑意温柔："谢谢。"

肖宇龙本科毕业之后没考研，选择了考公回楚城，现在在市政府宣传部

377

门工作,未婚妻跟他是一个单位的。相较于四年前同学聚会时,感觉他略圆润了几分,大抵就是所谓的"幸福胖"。

他未婚妻朝他笑道:"你看吧,都说你胖了。"

肖宇龙立马将手里那罐啤酒换成了纯净水:"今天就开始减肥!"

之后,夏漓又跟七班班长朱璇聊了一会儿。沙发附近渐渐聚了些人,不知他们在聊什么话题,很有些热火朝天的意思。夏漓拿了一罐七喜走过去,沙发上都坐满了,欧阳婧让旁边的男生往里挤了挤,给夏漓让出一点位置。

"够不够?"欧阳婧问。

夏漓挨着她坐下:"够的。"

欧阳婧搂了搂她的肩膀:"你好瘦,根本不占地方。"

"欧阳老师学舞蹈的说这个,你的腰有一尺八吗?"

欧阳婧笑起来。

听了会儿,才知大家在聊高中时谁暗恋谁的话题。有个男生自曝,说那时候暗恋艺术班一个学画画的女生,经常偷偷往她抽屉里塞钛白颜料,因为他听说那个用得快。现场懂画画的不懂画画的都夸,好浪漫,又实用又浪漫。

于是就由这个话题延伸开去,大家聊起了那时候做过的浪漫又不为人知的事。带牛奶水果、写情书这些都是基本操作。

有人说为了跟喜欢的人坐同一趟公交,谎称是他隔壁小区的,好名正言顺地下晚自习后跟他一块儿走。坐到他的小区以后,再偷偷转车,就这样坚持了一年半。

有人说班里有次演话剧,喜欢的女生特想演女二号,为此他请了好多人吃饭,让她们放弃跟那个女生竞争。

有人说喜欢的人生日那天跟父母吵架不高兴,他看准时机提前在走廊里扔了五十块钱,希望她捡到钱以后能开心点——但女生太拾金不昧了,直接交到了失物招领处。

肖宇龙这时候笑眯眯地说道:"那我也说一个吧。"大家都望向他。

他说:"为了能一直跟她一起值日,跟劳动委员成了铁哥们儿,每学期排值日表的时候都会贿赂他一顿好吃的。"

夏漓愣住。她看向肖宇龙,想到了毕业那年在KTV里,肖宇龙似乎唱过一首《知足》,其中有隐隐的深情与欲言又止。原来如此。

有人起哄:"嫂子知道吗?"

肖宇龙搂住未婚妻的肩膀:"知道啊。她的事儿我也都知道。"

说完,肖宇龙瞥了夏漓一眼,眼里带笑。那笑意仿佛在说,过去的事不必在意,谁的青春里没有一段故事。夏漓也就坦然地笑了笑。

挨个往后聊,轮到了夏漓。夏漓其实不大想开口,很多事情继续回溯只是徒增伤感。然而,那个秘密,再不说或许永远都不再有机会了。

她捏着七喜的罐子,喝了一口,斟酌着说道:"我不是当过广播台台长吗?他生日那天,我假公济私,在广播台给他放了一下午的歌,都是他喜欢的歌手。"

有人惊呼了一声,说代入一下自己,听见广播里放的每一首都是自己喜欢的,心情得开心成什么样,一定觉得有人跟自己心有灵犀。

坐在地毯上的几个七班的同学转过头,笑道:"真的看不出来,你那时候给人的感觉好文静好内向。你说的人是谁啊?"

夏漓笑了笑,摇摇头不肯说。那几个同学就乱猜起来:"是不是赵恒阳?"赵恒阳就是当年班上最帅的那个男生,演张学良的。

夏漓摇头。

"那就是陈涛!"

"李航行!"

"张鑫!"

……

几人接龙,将七班为数不多的男生都点了一遍。

夏漓招架不住了:"都不是,你们别猜了。"说着放了易拉罐,起身笑道,"我去下洗手间。"

"不厚道啊!哪有这样的!你说了再走!不说我们可要造谣了!"

夏漓不理会,摆摆手,加快了脚步。

别墅的格局很规整，洗手间在走廊的尽头处。刚走到走廊那儿，左手边房间门忽然打开，一道身影走了出来。

夏漓下意识顿步，定睛看去，一时惊讶。

走廊顶上是一盏六面坡玻璃的复古吊灯，灯光的颜色比月光稍稠两分，将灯下的人也勾勒出几分暖色的调子。

"晏斯时？你怎么……你不是说……"

晏斯时低头看着她，目光里有种深渊般的幽深，尽管语气再三克制，仍然难免震惊："原来是你……"

夏漓一愣。她还没反应过来，晏斯时已骤然伸手，将她手腕一带，罕见地强势，动作里有几分不由分说的急切。

门悄无声息地合上了。是间卧室，四壁贴了米棕色竖条纹的墙纸。此刻，她的后背抵着墙壁，面前站着晏斯时。

他仍旧扣着她的手腕，低沉的声调又问一遍："是你对吗？"

夏漓此刻听见了一墙之隔的客厅里说话的声音，虽不是那样明晰，但听清绰绰有余。尤其那环境下，大家情绪兴奋，说话的调门都比平常高。这房间似乎不怎么隔音。

"你听见了……"

"嗯。"

晏斯时挡住了卧室顶灯落下的光线，她被笼在阴影里，扣着她手腕的力度一直没有丝毫松懈，他不退让，就这样低头看着她。那目光里有一种强烈的情绪在隐隐烧灼着，仿佛任何事情都动摇不了他向她问询真相的决心。

说毫不惊慌是假的，这一回真像是携带小抄被抓包了，耳根都无法抑制地烧起来，她抬了抬眼，却不太敢与晏斯时对视，轻声说："我们出去聊？"

晏斯时一时没有动弹。

夏漓伸手，轻推他的肩膀，再度说道："出去聊好不好？"

他再不退开，她就要窒息了。

两人是从后门走的，没有引起任何人注意。

外头起了风，带着秋日的潮与凉。夏漓捋了一下头发，看了看并肩而行的晏斯时，他此刻显得沉默极了。

"你不是说了不来参加……"

晏斯时说："临时改了主意。"

"什么时候到的？"

"下午。"

"我来的时候没看见你。"

"在卧室睡觉。"

夏漓有了一个猜想："你就住在这儿？"

晏斯时"嗯"了一声。他明显有些心不在焉，因为急于确认更重要的事。

走出小区门，外面不远处是一条河。晏斯时不再往前走，就在桥上停了下来，夏漓跟着顿住脚步。

晏斯时一只手臂撑在石桥的栏杆上，稍稍斜侧身体，看向她。他并不出声，仿佛是将这场交谈的主动权全部都交给她，说与不说，都由她自己决定。

夏漓往栏杆上一趴，望着黑沉的河水经过脚下，两岸星星点点的灯火映在水中，浮浮沉沉，同她此刻的心情一模一样。

"我不知道该从哪里开始说。"夏漓转头，看一眼晏斯时，撞见他夜色一样的目光，又倏然移开。

她觉得此刻还有一个十六岁的灵魂住在身体里，让她矛盾又纠结，心脏像皱巴巴的信纸，写满了无人阅读的心事。

最终，她开口，声音里染着一点潮湿。"2015年冬天……有个同学去北城出差——他是从我们七班转到你们国际班的。我请他吃饭，顺便打听你的下落，他跟我说，听说你在加州理工大学读书……"

这一段晏斯时听夏漓讲过。他不作声，看着她，等她继续。

夏漓把脸埋在手臂间，声调也因此沉闷了几分："2016年3月，我趁出差去了趟洛杉矶。行程很赶，我只能抽出一天的时间。那一整天，从早到晚，我一直待在来往人流最多的那条路上，远处每出现一个男生，我都会

381

想，那会不会是你……"

晏斯时愣住了。他终于明白，重逢那天他提到自己在麻省理工时，她那怅然若失的一声轻叹是为什么。

"当然结果可想而知。你在麻省理工，不在加州理工。洛杉矶和波士顿，一西一东，隔着整个美洲大陆。"

她至今还记得当时的心情，坐在返程飞机上，耳机里放着《暗恋航空》："你没有下凡，我没有翼。"多少飞行里程也凑不够积分，无法换取一次偶遇。

"你还记得……高二下学期我过生日，你送我一张明信片吗？"

晏斯时心口泛起一种冰雪灼烧的钝痛，他点点头。

"新加坡海底世界 2016 年 6 月停业了，我还没来得及亲自去一趟……"

她就是在得知停业的消息时，生出了放下的念头。再怎么努力追赶，都追不上广阔世界、人世如潮。走散的人会永远走散，所有开场的繁华，到最后都有尽头。她好像是被时间遗弃在了原地，只有她一个人，固执地记着已经关停的海底世界，与永远消失的人。

夏漪抬眼，隔着漫漶的雾气去看他："是的，晏斯时，我是喜欢过你好多年，从第一次见面开始。你能想到的很多次偶遇，都是我处心积虑的结果，包括那天你过生日。我们去图书馆那天我就偷偷记下了你的生日，后来我又偷看了你的歌单……那天为你放歌，我计划了好久。我也猜到了你可能会在钟楼的教室……"

所以，她记得他的生日，记得他不能吃辣，看他给别人推荐的书……那本杂志，他现在确定，那也一定是她送的。似乎有关于他的所有，她都知道。什么都能串联起来了。

他清楚自己并非迟钝，只是下意识回避那些明显具有唯一指向性的蛛丝马迹——他消失得那样久，杳无音信。

如果她喜欢他，那他就是这个世界上最薄情、最混蛋的人。他如今正在经历的痛苦，那些求而不得的残忍的温柔，她很久以前就已经全部体验过了。

晏斯时心里翻起沸腾般的痛楚，不单单是因为她此刻水汽氤氲的眼睛，还因为他意识到，世事无常，将他困在局中。

他错过她太久、太久了。

再次回头盘点那些往事：那双看着他时总有些脉脉的眼睛；洗干净再还给他的运动服；与他共享的秘密基地；执意要请他的那顿中饭……所有吹过他们的风，所有如风一样沉默的瞬间，原来都藏着她隐晦而珍贵的心事。

这次没有问"可不可以"，哪怕答案为否，晏斯时毫不犹豫地伸手，抓住她撑在栏杆上的手臂，一把拽过来，紧紧拥入怀中。

她额头重重撞上胸膛时，那种痛楚之感分毫没有消退，反而因为她如此真实存在的呼吸与眼泪而加倍翻涌。

"对不起……是我太迟钝了。"他觉得呼吸都在撕扯心脏。

她在他怀里摇了摇头。

衬衫心口那一片被浸得温热，像一枚灼烫的印记烙在皮肤之上。他听见她潮湿的声音轻声说道："我会选择全部都告诉你，是因为这些过期的喜欢已经没有实际意义。当下和以后，才有意义……"

"你的当下和以后，能不能有我的一席之地？"

"我……"

晏斯时手掌紧紧按着她的后背，他太害怕她说出拒绝的话，是以立即说道："我知道。我知道你需要考虑。你可以慢慢考虑，不管多久……"

夏漓心里潮湿得一塌糊涂，像梅雨季来不及摘下淹在雨水中的青果，放久了，一片塌软的酸涩。

世界的一切都在风声中变得模糊，耳畔只有他沉沉的声音——

"这次，我来等你。"

好似一条没有方向的路，走了这么多年，今天才终于走到终点。

太久了，连疲惫都变成了麻木。

夏漓从没经过这样沉重又轻盈的矛盾心情，什么话也说不出，只想落泪。她努力地使自己不要心软，过了好久，才终于能够出声："晏斯时，我有件事还没跟你说……"

话音还没落,忽听周遭传来说笑声,夏漓立即住声。

她跟晏斯时同时转头瞥去,有四五个男女走了过来,听他们聊的内容,好像是打算出去买点烧烤。

是今天来参加派对的人,都是十八班的。那儿人走到了桥头,自然而然地朝这边望过来,其中一人认出来了,惊讶道:"你是那个国际班的晏斯时?"

晏斯时没说话,他不认识他们,只微微点了点头以作打招呼。随即稍稍侧身,将夏漓挡得更严实,怕她被别人看见不自在。

那人认出来之后,其余几人也都纷纷打招呼,他们自然是注意到了他怀里还抱着一个人,但没恶意起哄,就玩笑道:"打扰了打扰了,我们现在就走。"

待说笑声远去后,晏斯时低头看夏漓:"你刚刚想说什么?"

夏漓的心硬如铁只维持了方才那一秒钟,被打断之后就无以为继了,她摇摇头:"晚点再跟你说吧。我们先回去?"

晏斯时没有异议,他松开手臂,她退后的一瞬间,他心脏都好似随着怀抱空了一下。

他们依旧是从后门进的。之前的那番讨论已经结束了,大家没再聚拢在沙发旁,又恢复了三三两两各自组队闲聊的状态。

他们原是想悄悄混入不引起注意,但事与愿违,走进客厅的一瞬间,聂楚航立即挥手高声打招呼:"嗨!"

聂楚航正站在通往二楼的楼梯那儿,身旁是林清晓和其他几个十八班的同学,一时间,围在那处的人统统转头看了过来。而后欧阳婧、肖宇龙、朱璇他们全都围了过来。

大家好似看稀奇:"是活人啊。"

"是活人。"

自然免不了一通寒暄,夏漓见晏斯时像国宝似的被围了起来,一时半会儿脱不开身,便打算先去旁边等他。而晏斯时忽然不动声色地伸手,轻轻握了握她的手腕，一霎又放开。她立即顿住脚步。

晏斯时温和而不失礼貌地对围着他的人说道："抱歉，稍后再聊？我先过去跟准新人打声招呼。"

夏漓跟晏斯时走到了楼梯旁。

聂楚航笑道："谢谢你把这儿借给我。"

晏斯时说："不客气。"

林清晓有两分惊讶："这是你的住处？"

晏斯时点头："高中的时候有时候会住在这儿。"

夏漓此刻心生两分疑惑，他不跟外公外婆一起住吗？

林清晓说："聂楚航跟我说你有事来不了。"

"事办完了，临时赶回来的。"

林清晓笑道："谢谢你赏光，太给我们面子了。"

晏斯时说："应该的。"

林清晓又问："你刚到吗？"

"下午到的，刚刚在房间休息。"

林清晓笑了笑，朝夏漓挤挤眼睛："作为伴娘，夏夏你可得帮我们好好招待一下这位贵宾。"

夏漓无奈地瞥了她一眼。

一会儿，肖宇龙他们也都过来了，延续了方才的寒暄。

晏斯时对他们印象不深，但因为是高中时期多多少少打过交道的人，且是夏漓的同班同学，他额外多了几分耐心。

一番闲聊过后，夏漓跟晏斯时去餐桌那儿拿饮料。夏漓之前喝的那罐七喜不知道丢到哪儿去了，又重新开了一罐。晏斯时也跟着拿了一罐。

夏漓笑了一声："干吗学我啊？以前也是。"

她指的是高中的时候，晏斯时在奶茶店里跟着她点冻柠七。

晏斯时修长的手指扣着易拉罐拉环，轻拉一下，"扑哧"一声中，他说："你喜欢的味道应该不会太差。"

她其实还有几分没有从方才的情绪中脱离，但此刻被这句话恭维到了，

385

心情轻快两分。音响里这时候在放一首节奏轻松的快歌，一时引起了好几人的小型合唱："噢买尬，噢买尬，真的好久不见啦，我随时 OK 就等你电话……"

夏漓朝晏斯时靠近一步，声音也抬高两分："会不会觉得很吵？"

"还好。"

"我没想到你会愿意借住的地方给聂楚航。"

"毕竟是你最好的朋友结婚。"

夏漓笑出声："这样啊。"

她偷眼瞥他，喝一口七喜，又微微蹙眉："这个是盗版吧？"

晏斯时看了看自己手里那罐的包装："应该不是。"

"是吗……"夏漓嘟囔一下。

好像记忆中的七喜没有这样甜。气泡在喉腔里升腾，像倒入了一整包的彩虹跳跳糖。

这派对没有持续到太晚，后天就要办婚礼，林清晓和聂楚航明天还有很多琐事需要准备，得早些回去。

送走了其他人，林清晓他们最后离开。

林清晓问夏漓和徐宁："今天晚上你们去我家睡吧？我带了两套敬酒服，还是不确定穿哪套更好看，你们帮我参谋一下。"

徐宁说："当然没问题。"

另一边，聂楚航同晏斯时告辞："今天打扰你了。"

晏斯时摇头说并无打扰，又问："你们开车过来的？"

聂楚航说："打车。"

"那稍等，我送你们。"

他们又待了十来分钟，有人来敲门，告知晏斯时车已经开过来了。

晏斯时从他手里接了钥匙，对大家说道："走吧。"

门外停了一部奔驰，坐五人刚好。大家很自觉地上了后座，将副驾驶座让给了夏漓。

但事实上，一路开过去，十来分钟，反倒是坐在前排的两人没有说话。

先放下了聂楚航，再开到林清晓所住的小区楼下。

夏漓手放在车门拉手上，没立即去开，转头问了问后座正在下车的林清晓："晓晓你家里有多余的牙刷吗？"

"不确定哎，可能得找找。"

"那你们先上去？我去趟超市。"

林清晓笑道："好啊。"说完给夏漓使了一个眼色。

夏漓当没看到。

待两人下了车，晏斯时说："我陪你去。"

楚城地方小，但夜生活毫不枯燥，沿街彩色塑料雨棚下支着桌凳，烧烤炉里送出阵阵白烟，混杂孜然与辣椒面的香气。

他们往前走了不到两百米，出现了一家连锁便利店。

店里是另一种洁净的安静。夏漓穿梭于货架之间，拿了两把牙刷、两条干净毛巾和两包一次性内裤。回过神时，却发现晏斯时没在身后了。她绕回去，在货架拐角处与拐弯的晏斯时撞上。夏漓刹住脚步，看见晏斯时手里拿了一瓶冰镇的茶饮。

"你真的很喜欢喝这个。"

晏斯时轻声一笑。

东西都买好了，他们理应去收银台，却都没有动。晏斯时低头看她，净白灯光照得皮肤分外白皙，这般近看也毫无瑕疵。眼睛里两盏小小的灯，漂亮得让人失神。他时常有拥抱她的冲动，但时常克制。

"明晚有空吗？"晏斯时问。

"应该有……"

"跟我一起吃晚饭？"

夏漓轻轻地"嗯"了一声。正好，她可以好好跟他聊一聊滨城那家公司的事。

离开便利店，两人重回到小区门口。晏斯时将购物袋递给夏漓："早些休息。"

"你也是。明天见。"

"明天见。"

"晚安。"

"晚安。"

夏滴转身往小区大门走，顿步回望一眼，果真，晏斯时还站在原地。

她没忍住笑了一下："你快回去啦。"

晏斯时说："等你进去。"

夏滴她们三人聊到了凌晨，话题完全信马由缰。林清晓的妈妈几次过来敲门，催促她们早点睡，说晓晓你熬夜的话气色会不好，那么贵的面膜可就白敷了啊。三人意犹未尽地结束了座谈会，要不是新娘子休息是刚需，她们多半要一直聊整个通宵。

夏滴跟徐宁睡客房，两人又单独聊了一会儿，到凌晨两点左右才睡去。

睡之前夏滴点开微信，看了一眼两小时前她与晏斯时互道的晚安。

次日上午，夏滴醒来时看了看时间，发现已经上午十点了，这才记起昨天睡之前忘了定闹钟。窗帘半合，照进来的天光晦暗，像是天根本没亮，往外一看才知道外面正在下雨。徐宁还在睡，夏滴没打扰她，先起床。

外面很安静，林清晓的父母已经出门了。夏滴很不好意思，问林清晓怎么不叫她们起床。

林清晓打个呵欠："反正你们没事儿，多休息一会儿吧。"

夏滴走去浴室刷牙，林清晓过来洗手，想起什么，提醒道："哦，餐桌上有你的信。"

夏滴疑惑："什么信？"

"早上八点吧，晏斯时送过来的。"

夏滴愣了一下，赶紧几下洗漱完毕，跑出去一看，果真有封信。普通的白底红框的信封，封口处拿胶水粘好了，那上面写着四个字：夏滴亲启。

夏滴小心翼翼地撕开开口，拿出里面的信，往阳台走去。风雨如晦，潮凉的风扑面而来，带着绒毛似的水汽。夏滴展开了那封信。

漓漓：

听见外面起风，仿佛要下雨。我徘徊在空荡荡的屋子里，睡不着觉，想给你写一封信，因为我忘记了重要的话。

时间太晚，找不到还开着的文具店，我只能在家里翻箱倒柜。

找到一本信纸，是当年明中发的，忘了什么时候放在书房的抽屉里。时间太久，信纸有些泛黄，且还印着明中的校徽，希望你收到的时候，不要嫌弃它简陋。

有些话或许应当当面告诉你，但我又怕忘记。和你在一起的时候，一看见你的眼睛，我就时常忘记要说什么。

我原本不打算回楚城参加婚礼，原因我跟你说过。但你一离开，我想到你已不在北城，好像偌大的城市，就失去了让我留下的理由。

回来让我痛苦，但见不到你更甚。

愿你别被我吓到，我都不知道自己对你有这样强烈的依赖。

是什么时候开始的？

今天你对我说的话，让我喜悦又痛苦。

你说过时的喜欢毫无意义，但对我而言不是这样。

昨晚我开车返回，不知怎么开到了尚智书店，如今看书的人太少，书店纷纷倒闭，我有预期它也是同样的命运。但它竟然还开着，招牌这么多年没换，陈旧得更加不起眼。时间太晚，它已打烊，我坐在车里，有一种想等它开门的冲动。

之后又绕去明中。学生都放假了，学校进不去，我在校门外等到了钟楼零点的钟声，想象你也在。

你看，我所能想起的往事，都与你有关，所以那绝非毫无意义。你给了我一个支点，让我回首往昔时，不单单只有焦灼、迷惘与痛苦。

我忘记告诉你，那时候的你，对我而言是特殊的，独一无二的。和你相处，我感觉到风慢下来，那些在我身后，不停催促我的东西也会慢下来。

很长一段时间，我与世界的关联可以用"命悬一线"来形容，做这个世界里的一介微尘，或一个过客，我都无所谓。

但和你重逢至今，我却对它生出一些眷恋，因为这个世界有你。

阿翠超市的老板误会我意图自杀，但我不会。因为任何的告别都不是真正的告别，只有与你的才是。

原谅我说了等你，却又情不自禁地自陈心事，好像在博取你的同情。请你相信我绝无此意。

还忘记告诉你，我喜欢你。

如果爱与痛苦相关，那么我要纠正我的措辞，那不单单是喜欢。

一想到今天晚上才能见到你，我希望自己能立即睡着，睡眠的时间不至于那样难熬……

等不到晚上，迫切想要见你，大约因为下雨了。

我与雨声都陪着你，愿你好眠。

想送给你一封早起的信。

如果可以，我想在你醒来之后就见到你。

晏

10月3日凌晨

仿佛不是信，是谁捎来了一段昨夜的风雨给她。

夏滴快速看完，又回头逐句重读，再度看到末尾时，将信纸照着原本的折痕折回，塞回信封，急匆匆走回房间去找自己的手机。

她直接拨出电话，只响了一声，那边便接通。

"喂……"她有些难以控制自己的情绪，那声音是发抖的，"你在哪里，在家吗？"

"在附近。"电话里的声音很哑。

"抱歉,我才醒。你发个定位,我换身衣服就来找你……"

"别急。我把车开到楼下。"

"好……你等我。"

夏漓搁了电话,脱下林清晓借她穿的睡衣,换回自己昨天的那一身,赶紧往外走。

林清晓大抵是看她一脸着急,问道:"怎么了?"

"没……我去见一下晏斯时。"

"他信里说什么了吗?"

夏漓摇头:"晓晓,我回来再跟你说。"

她蹬上鞋子,打开门,就这样下楼去,林清晓在身后喊:"你把伞带上!"

她来不及折返了。

出了门,一路小跑,淅沥小雨很快打湿发丝。到大门口一瞧,对面路边停了辆黑色奔驰,她不确定是不是,因为昨天晚上忘了记下车牌号。

就在此时,那车打了两下双闪灯。她立即观察路况跑了过去。

到了车旁停下,夏漓去拉门,她用的力道稍重,一下便觉得那种失控感更加明显。

她弯腰上了车,还没坐稳,晏斯时便拿了他的西装外套来裹她,擦她发上的水:"怎么不打伞……"

"你听我说……"夏漓一把抓住他的手,微喘着气,有几分急促,她必须一鼓作气,谁也不能打断她,"你听说我,有件事我本来是准备今天晚上跟你商量的,但我现在必须先告诉你。"

"你说。"晏斯时暂且停下了动作。

"滨城有家做无人机的公司,给我发了 offer,让我年后过去。类似组长的职位,年包谈得也很满意。我在现在的公司再熬两年,都不一定有这样的晋升。我说我会考虑,但我其实已经倾向于接受……"夏漓语速极快,自己都未察觉,只知似乎有什么在她心里不停地催促,"怎么办……晏斯时你告诉我应该怎么办?"

晏斯时毫不犹豫："你当然应该接受。"

夏漓答得更快："可是我不想异地恋。"

晏斯时一怔，因为听明白了她这句话的话外音。他只考虑了不到三秒钟，便说："你答应他们。其余的我来解决。"

夏漓甚至没有注意到他说的是"解决"而不是"克服"，这两个词的意思天差地别。

她抬头看住他的眼睛："你说的？"

自重逢以来，她一直要求自己必须冷静理智，因为很明白自己一旦沉沦，将会陷入巨大的被动。二十五岁的人生当然还可以试错，可她唯独不愿意拿晏斯时试错。

此刻，她决定让二十五岁的大人暂且让位，就让十六岁的夏漓来替自己做一次决定。她听她的，她说怎样她就怎样。而十六岁的夏漓怎么舍得让晏斯时再等，她永远会不顾一切地向他奔赴。

"我保证。"晏斯时说。

他说他来解决，她就相信。

"好……"夏漓长长地呼出一口气，不再说话，也不知还应该说什么，该说的都说完了，只有一种隐约的脱力感，手指握了握，她知晓自己真的是力气尽失。

她看向晏斯时，希望他来开口。不管说什么，什么都好，拯救她，让她不要真的哭出来。她无法阻止自己去反复回想那封信，翻涌的情绪堵住了心口，让她喉咙发梗。

如果爱与痛苦相关，那么我要纠正我的措辞，那不单单是喜欢。

夏漓的手是温热的，紧紧抓住他的手，仿佛是出于一种惯性的无意识。她的发上沾了雨雾，蒙蒙地散发着一点湿气，那双蕴着水光的眼睛在沉默地注视着他，让他失语。

周遭空气仿佛不断升温，越发稀薄，呼吸渐渐短促。

夏漓只觉得心脏有些缺氧，像撒了噼啪作响的火种，被炸得紧缩又微微发疼。

她看着晏斯时眼眸渐深。明明一贯那样清冷的眼里，此刻却燃起幽暗而微烫的热度。所有的声音都消失了，只有彼此的呼吸，一起一伏，像空旷山谷里雾气回荡。她喉咙发紧，心脏已经停跳。

在即将窒息之前，他径直伸手，按住了她的后颈，声音喑哑地向她请示："我可以……"

她不说话，捉着他手的那只手稍稍往前一探，轻轻钩住他衬衫衣领，随即微微仰起脸，睫毛发颤地闭上双眼。

搭在肩膀上的外套落了下去，按着她后颈的手稍一用力，挟着经年的风雪倾身而来，吞没了她下一次的呼吸。

玻璃一片模糊，车窗外风弥雨散。

世界在雨中倾覆，一切都在燃烧。

第二十二章
独一无二的你

唇起初是微凉的，生涩而不得其法，好像只由着心底里隐忍已久的情意和本能的渴慕带着他们互相探索。

这个吻安静而热烈。

晏斯时尝到一些柠檬掺杂薄荷牙膏的清凉，他无由地想起那个初夏，那加了冰块的冻柠七的滋味。他舍不得放开，直到她似乎氧气耗尽，轻推他的胸膛，他终于停下。

她额头往他胸膛上一抵，平息着呼吸，他低头轻嗅她颈间的皮肤，发丝散发雾蒙蒙的清香，像下着雨的苹果园。

他们久久没有说话。待心跳声稍缓，夏漓抬起头，晏斯时也在此刻低头。

只是对视，想说什么又全忘了，他们情不自禁地再度靠近。

漫长的一个吻，雨中的世界都有天荒地老之感。终于，他们暂且分开。

夏漓手指还攥着他的衣襟，抬起的眼里漾着几分迷离的水雾："你昨天晚上整夜没睡吗？"

晏斯时望着她的眼睛，克制着没有再度吻下去："天快亮时睡了一个小时。"

"不困吗？"

"等到你就不困了。"

夏漓觉得那淅淅沥沥的雨声是下在自己心里的，昨夜他独自熬过的那场夜雨浇得她心里一片潮湿："你得好好休息……"

她看了看时间："你今天有什么安排吗？"

"晚上跟你吃饭。"

夏漓笑了："我想说的都已经跟你说了。你回来还是多抽出时间，跟戴老师他们团聚一下吧。不过现在先回去睡觉好不好？"

晏斯时看着她，声音平静："你知道我舍不得睡。"

但他熬了几乎整晚，眼下淡淡的一圈青色。她承认这样神色中有几分倦怠慵懒的晏斯时，是另一种意义的勾人，但不能由着他任性了。

"你稍等，我发条消息。"她说。

消息是发给林清晓的，询问她白天有没有什么需要自己帮忙的地方。林清晓说没有，她跟聂楚航今天主要要去接大学同学，并帮他们安排食宿。

放下手机，夏漓看向晏斯时："我送你回去休息？"

晏斯时说好。夏漓让晏斯时稍等片刻，自己上楼去林清晓家里拿了提包，重回到车里。

"要我来开吗？"

"不用。"晏斯时说，"不远。"

雨天的别墅，的确有一种空荡荡的寂寥。夏漓走进去时不由得去想，昨晚晏斯时待在这静如坟冢的地方是怎样的心情。

她很自然地往昨天那间卧室走去。晏斯时伸手，捉住她手腕轻轻一拽，解释说昨天他临时回来，此处又要立即办派对，家政来不及全部打扫完毕。昨天那间实则是客房，他一般住在楼上。

夏漓被晏斯时挽着，上了二楼，穿过一段铺着棕色木地板的走廊，在尽头处的房间门口停步。

晏斯时推开门，她眼前出现一间面积很大的卧室。一眼望去是两扇木质窗棂的大窗，玻璃窗外，雨浇得那两层高的树墨绿得近于黑色。房间是复古风格，但因为是十多年前的设计了，有些过时之感。但木质家具无疑质量上好，有股沉沉的香气。

房间里还有两扇门，她猜测一扇应该通往浴室，另一扇就不知道了，或许是衣帽间。

靠着窗户,支了一张樱桃木的书桌,桌面很干净,放着一盏玻璃台灯、一本信纸和一支钢笔。他昨晚就是坐在这里给她写信的吗?

一想到这里是高中时候的晏斯时住过的地方,夏漓无由生出几分紧张。她尽量若无其事地道:"你快休息吧。"

晏斯时点点头,却是往床尾方向的那道门走去。打开的瞬间,夏漓往里瞥了一眼,确认那是浴室。

她以为晏斯时要先洗个澡,骤然有些不自在,环视一圈,往书桌那儿走去,拉开椅子坐下。那果真是明中的信纸,手指摸上去,还有昨晚那封信字迹拓下来的痕迹。

片刻,晏斯时脚步声靠近了,她回头,一条干毛巾落了下来,盖在头上。

夏漓笑着抓住毛巾:"我头发都快干了。"

晏斯时在床尾坐了下来,她擦了几下头发,转头看他,催促道:"你快睡啦。"

他"嗯"了一声,待她将毛巾往椅背上搭去的瞬间,他却倏然伸手,捉住她的手腕,将她从椅子上轻拽了起来,往自己跟前一带。

夏漓膝盖抵住床沿,被他半拥入怀。晏斯时的手掌轻按着她后腰处,低声说:"陪我。"

少有的祈使句。

夏漓不由自主:"好……"

他们和衣躺了下来。夏漓被晏斯时拥在怀里,嗅着他身上冰雪草木般的清冷香气,总有无声惊雷之感。明明没什么,但心脏跳得好快。她仿佛是在做梦,连声音都变轻了,怕打扰:"你昨天说,高中时候住在这里。"

晏斯时说:"有时候住这儿。大部分时间住外公家里。"

"什么时候?夜不归宿的时候吗?"

她这句话有些玩笑的意思,却觉察到空气静了一瞬,将要抬头去看时,晏斯时说:"我妈妈状况不好,不想看见我的时候。"

敲在玻璃窗上的滴答雨声,让晏斯时的声音听来有种微潮的平静。夏漓一时怔然。

晏斯时的语气和情绪都毫无波澜,问她,记不记得高中有一次他在KTV里睡着了。

夏漓点头:"记得。那天是聂楚航的生日。"

"那天就是。"

霍青宜不想看见他,他也不想一个人来这空荡荡的别墅。原本已经不打算去KTV了,临时改变主意。心情糟糕,去了也不愿参与,只待在角落里听歌睡觉。

说着,晏斯时捉住她的手,抬起来。她不明所以,却见他敛下目光,拿她的手指去触碰他的鼻梁与眉骨。"我和我父亲长得很像。她说,越长大越像。有时候,她会将我错认成他,不让我出现在她的视线里……"

夏漓敏锐地听出,晏斯时这话的意思,她妈妈并不是单纯"生病",或者说,不是通俗意义的生病。

手指轻触到硬净的骨骼,像是在触碰火焰。晏斯时平静到漠然的语气,让她心里顷刻间似被薄刃划过,倏然而过的疼。她很想缩回手,但是忍住了没有,低声说:"我不认识你父亲……也没见过他。从第一次见到这张脸开始,它在我心中就是晏斯时。"

晏斯时没有说话,因为她蓦地抬头,将一个浅浅的吻落在他唇边。那话语轻轻的,像是雾气拂过:"就是那天,我偷偷记下了你音乐播放器的歌单。那天还下了雪,你记得吗?你说北城的雪不错。因为你,我毕业以后去了北城。我不喜欢北城,但是喜欢你——你也是独一无二的……"

话音未落,她的后脑勺便被扣住,他偏头,追上了她这个稍纵即离的吻。夏漓呼吸微滞,不再出声。在车里被他们暂且压抑的情绪,似一颗没被扑灭的火种死灰复燃,火势更显盛大。他舌尖轻轻抵开她的齿关,她情不自禁主动回应,却渐渐有难以招架之感。

两人分明是一样的起点,为什么他进步这样神速,天才就是在各方面都能轻易甩开旁人一大截吗?

夏漓的气息渐渐不够用了，思绪与理智齐齐陷入泥沼，心甘情愿地失陷。

原来，晏斯时谈恋爱是这样的。

走势渐渐危险之时，晏斯时却近乎突然地停了下来。他偏头，下巴抵住了她的肩头，声音喑哑："抱歉我有点失控……"

夏漓睁眼，呼吸有几分短促，她看他片刻，笑了笑说："你再不休息，我就要失控了，你见识过我发火的。"

晏斯时轻声一笑。之后，空气安静下来。

晏斯时仍旧拥着她，实话说，她觉得这姿势不见得有多舒服，但晏斯时很快睡着，气息渐渐沉绵。她没有趁他睡着就偷偷爬起来，因为答应了要陪着他。只翻了个身，拿起手机，点开某阅读软件，打开一本好久之前便加入书架但没空阅读的书。

晏斯时醒时有些不辨时间，外头天色晦暗，而他手臂轻拥着一个昼思夜想过的人，他花了数秒钟确认这不是在梦里。他刚准备确认夏漓是不是也睡着了，她一边转身一边说道："你醒啦。"

晏斯时"嗯"一声，问她时间。

"下午三点。"

"怎么不叫醒我吃午饭。你不饿吗？"

"好像不怎么饿。"

这光线昏朦的午后，叫人醒了也像睡着，静谧得不舍出声破坏。晏斯时只觉得心里从来没有这样平静过，像是一种恩赐。他静静地拥了她片刻，两人方才起床。

晏斯时走去浴室洗脸。夏漓听着雨声似乎已经停了，不确定，走过去将窗户打开一线，外头潮湿的风吹进来，她伸出手去探了一会儿，确定已经停了。

两人出门吃了饭，晏斯时开车送夏漓回家。由于下过雨，路况比平时糟糕两分，车也开得稍慢。

半小时后，车抵达夏漓家楼下。她家不在封闭式的小区里，就是临着非主干道的一排楼房。

夏漓去解安全带，晏斯时搭在方向盘上的那只手垂落下来，忽将她的手指一捉，稍稍握紧了，指腹轻轻摩挲她的手背。明明他神情那样的淡，动作却有无言的眷恋。夏漓心中一片柔软。

晏斯时看她："晚上我来接你。"

夏漓晚饭过后就要拿上伴娘服去林清晓那儿——明早接亲，新娘和伴娘要很早起来化妆，就住在新娘那里更方便。

夏漓笑道："还好楚城小，你送来接去的也不会耽误时间。"

晏斯时替她按开了安全带的按钮："你上去吧。晚上见。"

夏漓点点头，一种很是不舍的情绪在心底蔓延。她不知道自己会是这样黏糊的人。最终，她伸手拉开了车门。下了车将要轻甩上门的时候，却听"吱"的一声响，楼下铁门打开了，姜虹拎着用以买菜的空环保袋走出来。

姜虹看见夏漓，说道："回来啦。"随即朝着车子驾驶座瞥了一眼，笑问，"漓漓，你朋友？"

夏漓只觉得从早上到现在，一切都好像被按了加速键，她很想笑，很想对晏斯时说，没想到吧，这就见家长了。

"不是。"她笑道，"男朋友。"

晏斯时立即将降下车窗的动作换成拉开车门，下了车，几分恭敬地同姜虹自我介绍："阿姨您好。我叫晏斯时，是夏漓的高中同学。"

"你好，你好……"姜虹尚有几分怔愣，而后蓦地反应过来，"晏……你是霍董的……"

晏斯时点点头："霍济夷是我外公。"

姜虹手足无措地看向夏漓："漓漓，你怎么也不提前说一声？家里没收拾……现在去买菜，也不知道能不能买到新鲜的肉菜。"

夏漓说："他只是送我回来，今天不在家里吃饭。"

"那……"

晏斯时说："下回我再来叨扰。"

这晚，餐桌上的话题自然是避不开晏斯时。姜虹和夏建阳追问夏漓，是什么时候跟人在一起的,怎么之前没提过。之前霍济衷的诸多关照,当然能透露些蛛丝马迹,但他们不敢真往那方面去想,毕竟两家条件相差过分悬殊。他们只当是因为,夏漓跟晏斯时同在北城,作为高中同学来往较多,后者便跟家里随口叮嘱了两句。

夏漓不好说其实今天上午刚刚确定关系,只说之前一直在接触,最近在一起的。夏建阳不免有两分担忧。女儿甚少跟家里说体己话,做什么事都很有自己的主见。不管是填报志愿还是找工作,都是她自己拿的主意,他跟姜虹很难插得上嘴。恋爱一事同样,印象中女儿从没谈过恋爱,至少她之前从没跟家里提过,而今冷不丁地冒出来一个男朋友,还是霍济衷的外孙。

"人家是不是认真的?"夏建阳问。

夏漓觉得好笑:"为什么不问我是不是认真的?"

姜虹便说:"他们这些有钱人家的男的,不都是喜欢骗小姑娘。像那个罗威,仗着罗卫国有几个钱,花心得很,还把人家姑娘肚子搞大了……听说还是罗卫国亲自出面,给了那小姑娘家里几万块钱,他们才没去罗威的公司闹。"姜虹感叹,真是造孽。

夏漓不觉得惊讶。罗威发展到今天这一步简直顺理成章,她只是有些替那小姑娘感到痛惜。

夏建阳也说:"你们是在正经谈对象吧?"

夏漓说:"你们放心啦,我有基本的判断力。"

姜虹又生出另外的隐忧:"我们家跟他们家差距这么大,漓漓你跟人家谈恋爱,会不会受委屈?"

个中细节很难尽述,夏漓只跟父母一再保证,对方是个人品靠谱的人,自己也会保护好自己。

晏斯时进门时,戴树芳正在跟家里保姆商量今晚的菜式,柔和灯光里,人显得格外神采奕奕。听见动静,戴树芳朝门口看一眼,立即笑盈盈地迎上前:"同学送回去了?"

晏斯时点点头。戴树芳摸摸他单穿着衬衫的手臂:"现在天气凉了,还是多穿件外套，别感冒了。"

晏斯时说："外套放在车里了。"

此刻，原在书房里的霍济衷急急忙忙结束了工作电话，也走了出来，招呼晏斯时赶紧坐，又叫保姆过来沏茶。

戴树芳挨着晏斯时坐下，侧头一径打量，喜不自胜："留到几号回北城？"

晏斯时想了想，夏漓一定是婚礼结束了才会回，就说："可能五号或者六号。"

"那太好了，多留两天好好玩玩。"

保姆沏了茶来，晏斯时饮茶陪聊，问了问二老最近的身体状况。他基本一周打一次电话，但当面聊与电话聊总有区别。眼见一切都好，他稍稍放下心来。

晏斯时端起薄胎的白瓷茶杯，浅啜一口，往楼上瞧去。目光停在二楼平台右手边那扇紧闭的房门上。

戴树芳顺着看了一眼，又看了看晏斯时。只觉他目光很淡，看不出太多情绪。

晏斯时平声开口："房间一直空着？"

戴树芳轻叹口气："不然还能有谁住？我们都舍不得动里头的东西，只让人定期打扫……"

那曾是霍青宜的房间。

待吃完晚饭，晏斯时又陪二老在小区里散了会儿步。刚下过雨，空气吸饱了水分，嗅着有股草木混杂泥土的清苦涩气。

老人步幅小，晏斯时特意放慢速度，配合他们。

走入一片树影底下，戴树芳于此时开口，声音比平常轻了两分，有些小心翼翼的意思："小晏，你这回怎么想到要来楚城？"

自霍青宜去世之后，晏斯时大部分时间都待在国外，其间倒是回过北城两次办事，只是没回过晏家。但楚城，他一次也没来过。去年秋天，戴树芳做完手术以后，稍作恢复，回了楚城继续休养。过年期间，她给晏斯时打了好几次电话,叫他来楚城一道过年——不回霍家都成,可以住酒店,年夜饭也能在外头吃。但晏斯时宁可一个人待着,也不愿前来。

而这次,他却冷不丁地就回来了。昨天下午,戴树芳接到他电话时,简直又惊又喜。

此时,晏斯时肩膀擦过一根枝丫,感觉叶片上清凉的雨水落了下来。沉默片刻,他说道:"总是要回来的。"

夏漓给了他一个契机,当他真的再度踏足这座小城,才发现有些事没有他以为的那样痛苦,那样丝毫不能触碰。况且还有明中,与夏漓有关的一些记忆,构成了某种心理上的安全区域。

戴树芳不再多问,只有几分感慨地道:"愿意回来就好。"

晏斯时说:"下回回来,我带一个人来家里吃饭。"

戴树芳顿时了然,笑问:"姓夏的那姑娘?"

晏斯时"嗯"一声:"除了她也不会有别人。"

戴树芳很为自己上次去北城那次就瞧出来几分猫腻而感到得意,手肘轻撞霍济衷,说:"你看,我就说吧。"

隔日,林清晓婚礼。

夏漓她们几乎整晚没睡,凌晨三点就开始化妆。

一大早,聂楚航和伴郎团来接亲,拦门、找鞋,一整套流程都没落下。

车队出发,去了婚宴酒店的房间,聂楚航父母已等待多时,又是一套敬茶、改口的程序。

林清晓实则并不喜欢这些繁复礼节,但林妈妈很坚持,说她想办的什么旅行婚礼、草坪婚礼,只请至亲好友,完全是在替聂家省事,人家本来就有些挑你的毛病,反而会拿你的这份省事轻慢你。

林妈妈坚持该有的程序一点也不能落下,酒店更得订楚城最好的,风风光光,大宴宾客,才不算让她跌了面子。

两位妈妈为结亲一事"battle"(斗争)已久,到后来林清晓心累极了,只想赶紧把这破婚礼办完了事。她跟聂楚航已经定好了去欧洲度蜜月,到时候那才是重头戏。

敬茶之后，婚礼开始之前，有限的空余时间便用来拍照。内景拍完，摄影师让大家转移至酒店的草坪。伴娘团跟林清晓一块儿合影，夏漓听从摄影师的指挥摆姿势时，忽瞥见前方走廊那儿过来一个人。

晏斯时一身浅灰色西装，略显宽松的休闲款式，内搭白色衬衫，闲适随意，毫不喧宾夺主。他也看见她了，便顿了脚步，不再过来，就站在廊下。

昨天的雨下尽了未来一周的坏天气，今日天光清透，他仅仅站在那儿，就有种雪霁天晴的清隽。

"那个伴娘，看镜头……"

夏漓回神，忙将落在晏斯时身上的目光移回。然而在晏斯时的注视下，她只觉得自己动作僵硬极了，关节都似生锈，不知怎样去摆姿势。

这一组照片拍完，摄影师让新郎和伴郎团换上。夏漓捏住裙摆，朝走廊处走过去。

这时候，大家也都注意到了晏斯时，纷纷打招呼。

晏斯时说："没打招呼提前过来了，希望没有打扰。"

林清晓笑道："伴娘的家属，怎么能算打扰。"

凌晨那会儿起床，夏漓看大家都有些困得睁不开眼的意思，就说要不聊点八卦。

林清晓说，还有什么八卦？不都已经翻来覆去地聊遍了吗？

夏漓便舍己为人，勇敢自曝，结果自然免不了被拷问得彻彻底底。

夏漓走到晏斯时跟前，单独跟他打声招呼："嗨。"

晏斯时仿佛觉得这样打招呼的方式有点好笑，轻笑了一声，也学她："嗨。"

分明昨天都接过吻了，此刻见他，却觉得很不好意思。实则她昨晚几乎整夜都没睡，大脑过度兴奋，怎么都无法平静，只要一停止跟林清晓她们聊天，白天在车里发生的那些就会不设防地从脑子里蹦出，数不清自己暗自傻笑过多少次。

夏漓有几分别扭地别过目光，不大敢同晏斯时对视。

晏斯时垂眸去看她。她们的伴娘服是青玉色的缎面裙，四套在设计细节上各有不同，分别是吊带、一字领、泡泡袖和裹胸款。徐宁和林清晓的大学同学分别挑了相对保守的泡泡袖和一字领，欧阳婧个头高挑，齐踝的吊带给她穿了，夏漓便穿着那件裹胸裙。裙摆在膝盖以上，微蓬的 A 字形，露出笔直而骨肉匀停的双腿。上身肩膀、领口及后背的皮肤在日光下莹白一片，毫无瑕疵，锁骨与肩胛骨明晰而不过分瘦削。

晏斯时只扫过一眼便收回目光，只盯住她的脸："不冷吗？"

"冷啊，为了好看没办法。"夏漓笑道，"等下拍完进室内就好了。"

晏斯时"嗯"了一声，忽地抬起手。

夏漓条件反射地眨了一下眼，便觉面颊微微一痒，是他手指拂过了落在上面的一缕发丝。

"裙子很好看。"他低声说。

夏漓不自觉地屏了一下呼吸："那要不要我们一起拍张照……"

"好。"

夏漓转身，正要朝着草坪那儿走去，晏斯时伸手，将她的手一把捉住，紧紧扣住了手指。她倒是呆了一下，只觉掌心里生出一层薄汗，晏斯时牵着她的手走在前，她晃神过后被他带着跟了过去。

走到那边，夏漓在一堆杂物里面找到了装着拍立得的纸袋。她将拍立得递给徐宁，让她帮忙拍一张。

夏漓挽着晏斯时，退后了几步。

徐宁眯眼盯着取景框："OK。"

到底是十月的天气，昨天又下过雨，空气微冷，风吹过时，皮肤都起了一层小疙瘩。

徐宁叫他们看镜头，倒数三二一。

数到"二"时，夏漓忽觉晏斯时抬起手臂，揽住了她的肩膀。微凉皮肤挨上他掌心的温热，那一霎似乎有细密的电流经过。

拍立得吐出一张相纸，徐宁拿在手里，说再来一张，正好两人一人一张。

拍完过后，夏漓走到徐宁跟前，接了一张相纸，双手捂住，借体温让其更快显影。有呼吸自头顶落下，夏漓回头看一眼，晏斯时走到了她身后，看着她手中的相纸。

片刻，那影像显现出来。两人皮肤都白，画面里都快过曝了。夏漓盯着看了好一会儿，将其递给晏斯时："这张给你。"

晏斯时手臂自她肩头越过，接住。夏漓拿着另外那张，脱口而出："这样我们就有两张合影了。"

晏斯时一顿："第一张是？"

"当时话剧《西安事变》演出结束，我们拍过一张大合影。你可能不记得了。"

晏斯时想了想："你站我后面一排？"

夏漓点头。

"照片还在吗？"

"我手机里存了的，等会儿给你看。"

徐宁已受不了这两人的旁若无人，"啧"一声便拿着拍立得走了。

这时候，摄影师已经拍完了新郎和伴郎团，喊新娘和新郎过去，拍个大合影。

夏漓将自己手里的拍立得照片递给晏斯时，叫他先帮忙保存一下。

晏斯时看着她走过去，从口袋里掏出黑色皮革的钱夹，将其中一张塞进了照片夹层里。

急匆匆拍完照片，林清晓便得马上回房间换主纱，更换妆发。夏漓得上去帮忙，聂楚航叫她放心去，他会好好招待晏斯时。

等林清晓换完衣服，典礼差不多也快开始了。夏漓跟化妆师护送林清晓下了电梯，到宴会厅门口跟两个花童会合。两人与林清晓寸步不离，时刻帮忙打理拖纱，调整细节。

很快，宴会厅里音乐声响起，司仪一番开场白，叫新娘进场。大门打开，林清晓手捧白色郁金香，踩着地毯缓缓步入。

夏漓望着她被层层白纱簇拥着的漂亮背影，只觉眼眶发热，不知道为什么有些想哭。

待林清晓上了台，夏漓方从一旁走进宴会厅，在挨着主桌的那一桌找到了晏斯时。他专门给她留了座。

夏漓坐下以后，晏斯时偏头凑近，盯着她的眼睛："哭了？"

"哪有……"

倒是他，能不能不要突然靠近，如此清俊的一张脸挨得这样近，根本让人吃不消。

"是吗？"晏斯时微笑，却是抬手去触碰她的眼睑下方。

夏漓立即偏头："那个是液体眼影，是化妆效果！"

"这样，受教了。"晏斯时神情认真。

夏漓被逗得轻声一笑。

厅内开了空调，温度很低。晏斯时脱下身上的外套，往夏漓肩膀上一搭。夏漓正盯着舞台，回过神笑了笑，两只手臂穿进袖管。外套绸质的里衬还带着一层温热。

所有流程走完，最后一项是抛捧花，一时间所有靠近舞台的女宾都凑了过去。

夏漓今日穿着高跟鞋忙前忙后，脚有几分痛，此刻起得晚了一步，见舞台上已经围了三层人，干脆就作罢了。

晏斯时问她："不去？"

"算了。这么多人估计也抢不到。"

最后，是个头高挑的欧阳婧拿到了那束花。

仪式结束，酒席开席。夏漓累过头了，反而不觉得饿。随意吃了几口，没一会儿，已经换上敬酒服的林清晓和聂楚航过来了。

夏漓跟晏斯时端了杯子起身碰杯。林清晓笑道："就等喝你们的喜酒了。"

夏漓也笑："拜托我们才交往一天。"

"弯道超车，懂吗？"

聂楚航单独同晏斯时道谢,叫他下次有空去东城玩。晏斯时应下。

酒席结束,夏漓回林清晓的化妆间,将帮忙替她保管的东西都交接了,拿了她特意单独给伴娘准备的伴手礼,离开酒店。

晚上还有一场宴席,不过夏漓他们体谅林清晓接待两方亲戚的辛苦,都不准备参加了。

晏斯时的车临时停在酒店大门口。夏漓上车以后,整个人往后靠去。虽然不是她结婚,却也累得够呛。

她问:"我可以脱掉鞋子吗?"

晏斯时说当然,她便蹬了高跟鞋,两脚直接踩在地垫上。

晏斯时问她:"去哪儿?回家吗?"

夏漓打了一个长长的呵欠:"想睡觉……"

晏斯时看她一眼:"那就去我那儿。"

在车上时,夏漓的眼睛就有些将合不合的意思。所幸地方不远,二十分钟不到便到了。

晏斯时开了门,夏漓走进去的瞬间,立即注意到餐桌上放了一束花。白色郁金香,拿蕾丝缎带系着,有点像是林清晓的捧花。她怔了一瞬,走过去拿起一看,凭蕾丝的样式认出并不是,只是照着那样子搭配的。

她看向晏斯时。晏斯时解释说:"刚叫人送来的。"

她捧着花,一时间不知道应该说什么。在他这里,似乎永远都有恰到好处的惊喜。

此外,餐桌旁还有一只塑料袋,夏漓掀开一看,里面是牙刷、卸妆水和卸妆棉,显然也是刚送过来的。

晏斯时提了那袋子在手里,另一只手自然不过地牵住她的手,往楼梯走去。她手里抱着花,身上还穿着他的外套,就这样亦步亦趋。

到了卧室里,晏斯时走进浴室,将东西放在洗漱台上。夏漓脱掉西装外套,放下那束花,走进浴室。晏斯时已经拧开了水龙头,拿手探着温度,老式的热水系统,要放一会儿才有热水。

夏漓走到他身旁,先往镜子里看了一眼。中途补过妆的缘故,此刻妆还没花,只是口红褪了一半,微闪的眼影粉落了些在下睫毛的下方。不知是不是只有她这样,总觉得带妆一段时间后,比刚上妆时更好看;镜子里看,也比手机自拍要好看。

她盯着镜中,两分自恋地欣赏了片刻,听见身旁晏斯时说:"好了。"

她手指去接温水,的确觉得温度刚刚好,正要收手去拿卸妆水,晏斯时忽然伸手,捉住了她的手指。她心脏没来由地一悬。晏斯时紧跟着欺身一步,伸臂往她身侧洗漱台的台沿上一撑,截住了她退后的去路。他垂眼看着她,她往镜子里瞄一眼,确信他正在盯着她的唇,半花的口红,似雨水打过的海棠花。

他倏然抬手,大拇指轻按了一下她的唇,随即修长手指轻轻将她下巴一抬。

她忍不住眼睫轻颤,抬眼撞进他幽深的眼中,那里燃着一簇寂寂的火。他低头,覆上她的唇。此刻,才觉自己屏息太久,几欲窒息。他手掌紧紧按着她的肩胛骨,她忍不住踮脚,双臂越过他平直的肩膀,绕至后颈交缠。

空气一再升温。不知过去多久,他们都有些缺氧。

晏斯时手指陷入她的发间,片刻,脑袋退开几寸,呼吸落在她的鼻尖,停顿一瞬,再往下,最后,那温热的唇落在了她的锁骨上。她几乎能感受到,落下的这一吻有种克制已久之后溃堤般的隐隐激动。然而,只这一瞬,晏斯时便退开了。

他伸臂拿了那瓶卸妆水,往她手里一塞,出声时,音色喑哑:"你洗漱吧。"随即便转身出去了。

若非皮肤白皙几如冷玉轻雪,一旦耳根泛红便格外明显,他说话时的表情,实际上完全还称得上是冷静。

浴室门合上了。夏滴傻傻地捏着那瓶卸妆水,心脏仍在剧烈跳动。

夏滴卸妆之后,简单洗漱,将要走出浴室时,意识到自己身上这条裹胸裙大抵不怎么适合睡午觉。

她将门打开一线,往外瞥了一眼。晏斯时正站在窗前,似在瞧着外头的树。午后天光明亮，叶片也绿得喜人，光影摇晃，在他白色衬衫上洒落一些明亮的斑点。

夏漓出声："那个……"

晏斯时回头看她："嗯？"

"可以帮我拿一下我装衣服的纸袋吗？我可能得换身衣服……"

晏斯时叫她稍等。没一会儿，他从楼下回来，走到浴室门口，将纸袋递了进来，替她合上了门。

那袋子里有夏漓昨晚换下的T恤和牛仔裤，以及一套睡衣——是林清晓为她们准备，一起摆拍闺密团"睡衣趴"的衣服。夏漓将裙子脱下，换上了睡衣。那睡衣虽是系带的浴袍款式，但实则很是保守，领口严实，长度及小腿肚。

没让自己想太多，夏漓打开浴室门走了出去。

书桌前的椅子被拉了出来，稍微侧放，晏斯时坐在椅上，单臂支在桌上，看着窗外。听见开门动静，他转过头。

夏漓说："那我睡觉了。"

"嗯。"

夏漓掀开被子，在床上躺下来。棉质床品，深灰色，上面有近日洗濯过的清香。她拥着被子，见晏斯时站起身，朝门口走去，不由自主道："那个……"

晏斯时顿步。

"我还没给你看照片。"

晏斯时似是犹豫了一瞬，才朝着她走过来，侧身在床沿上坐下。

夏漓摸过手机，打开许久没有用过的QQ软件，点进空间里那加密后的相册，从里面找出那张从徐宁的相机里拷出来的大合影，递给晏斯时。

晏斯时低眼去看，手指点按屏幕，放大照片。夏漓穿着民国的学生装，蓝衣黑裙，戴一根发带。齐锁骨的中长发簇拥着一张巴掌大小的脸，鼻子玲珑秀气，两道弯弯的清秀的眉毛，杏眼明亮，带着笑意。确实就是他记忆中的形象，只不过比起现在多了两分清稚的学生气。

晏斯时问:"能发给我吗?"

"嗯。"

晏斯时点右下角那三个点的按键,弹出的菜单里有分享给微信好友的选项,他将其发送给了自己。

随即,又认真看了看,将手机递还给了夏漓。

夏漓:"你看完啦?"

晏斯时点头。

夏漓原本想借此机会,把这相册里的秘密都透露给他,然而没有想到他会这样君子,叫他看这张,他就只看这张。

"确定不再看一下吗?"

晏斯时一顿,片刻后有所了悟,伸手再去拿她的手机。然而夏漓忽然生出难得的害羞心情,一下就将手机锁屏,远远地扔到了枕头那一端:"算了……还是下次再看吧。我要睡了。"

晏斯时也不去抢,就点点头说:"那你快睡。"说罢便要起身,手腕却被抓住。他转头垂眼。

"我昨天陪过你,你今天不陪我吗?"她声音清软,大抵是说着就打了一个呵欠的缘故,这话听来总有两分撒娇的意思。

他目光立时深了两分。所有挣扎只在心里发生,他神情平静,不动声色地伸手摸摸她的额头,说好,掀开被子,和衣平躺下来。

她侧身,将额头靠过来,抵着他的肩头,也不说话,只是又打了一个长长的呵欠。空气里有一股轻易便能捕捉的香气,来自她的发间。

晏斯时由她靠着,除此之外再无其他动作。

那睡衣也是绸制的,轻薄的料子,像是人的第二层皮肤,就那么无辜地烫着他。片刻,听见她呼吸渐趋沉缓。

他盯着头上的天花板,一动不动,在脑海里架设了一个数学模型,从第一步开始推演,借以熬过这个注定十分漫长而折磨的下午。

第二十三章
照我满怀冰雪

六号，夏漓跟晏斯时一道回了北城。

夏漓正式接受了滨城那边的 offer，定了年后的三月中旬前去入职。

这天下了班，夏漓没跟晏斯时一起吃晚饭，直接回到住处，准备跟徐宁聊聊这事儿。

徐宁不愿意出门，两人吃外卖又实在是吃腻了，便决定自己来煮点什么。她们手艺都很一般，平常工作也忙，甚少下厨。夏漓在厨房找到几百年前买回来却根本没用过几次的雪平锅，说要不就煮个泡面吧。

泡面里加了鸡蛋、芝士和午餐肉，热腾腾的整锅端上桌，两人拿碗，各自挑面。

这几日气温骤降，室内还没开始供暖，正适合吃点热烘烘的。

夏漓说了自己要去滨城的事。徐宁说："哇，那不是升职加薪了。"

"去那边是类似组长的职级，肯定比现在好。"

"挺好的。先不说工资与职级，你现在那个姓宋的领导那么烦人，你去了就不用再在他手下干活了——亏你能忍他三年。"

夏漓笑："但就没办法跟你合租了。"

"那有什么，我再找个人合租就行。什么时候走？"

"明年三月。跟那边说好了，我在这边拿了年终奖再过去。"

"那还早。"

徐宁捧碗喝口热汤："说实话我挺高兴的。"

"嗯？高兴不用跟我合租啊？"

"不是。高兴你没有为了晏斯时放弃这么好的机会，强行留在北城。你真挺理智的。"

"那是因为他说他会解决异地恋这个问题，不然我也不会这么干脆。"

徐宁摇摇头："我觉得他给不给你保证，你多半都会去。"

夏漓笑："你蛮了解我的。"

"那是。"

她一贯觉得，能够健康地去爱一个人的前提，是自己能给予自己足够的安全感，而事业是她所有安全感的本源。

徐宁说："你欠我那篇稿子，还有没有下文了？"

"你就不能假装已经忘记了吗？现在都跟他在一起了，哪里还有动力伤春悲秋。你不觉得，假如故事和现实注定有一样必须烂尾，那还是故事烂尾比较好吗？"

徐宁无语："就没听过这么冠冕堂皇的拖更理由。你信不信我把文档发给晏斯时。"

"随便。"她笑眯眯地说。

吃着面，继续扯闲篇。夏漓说清晓结婚了，她现在也脱单了，问徐宁真就一点想法都没有吗？

徐宁很坚决地摇头："我自己一个人挺好的，对男人这个群体也没什么向往。"

夏漓笑："你写的不都是爱情戏？"

"就因为写太多了，所以回归现实会有落差啊——也不是人人都可以像你这么幸运。真的，你和晏斯时完全是小概率事件。"

这一点夏漓也不得不承认。

"我就只想有机会能接到更好的本子，写两部好意思在朋友圈里宣传的好戏。我爸妈一直催我回楚城考公，我得拿出点成绩才能堵住他们的嘴。"

夏漓说："到时候我一定号召我朋友圈里所有人都去追剧。"

外头北风呼号，夏漓喝着热腾腾的面汤，觉得这样也很好。她们都走在各自坚定选择的路上，不轻易偏离轨迹，也不拒绝任何可能发生的惊喜。

夏漓和晏斯时就和寻常情侣一样，看电影、看展，偶尔逛街，以及时常一起加班——或者说，晏斯时陪同她一起加班。

工作性质决定他们时常要配合美国那边的时差，遇到需要对接的情况，晚上十点、十一点下班是常事。夏漓跟晏斯时吐槽，有朝一日一夜暴富，她一定买下现在这公司，制定规章制度，让美国那边的部门统统凌晨四点上班，配合国内的作息时间。

时间一晃，到了平安夜。这年的平安夜并没有雪，只有薄刃似的干冷寒风划过脸颊。感谢美国那边要休圣诞假期，夏漓他们得以好多天不必加班。

下了班，在地下停车场跟晏斯时会合。晏斯时将车开出去，一边说道："闻疏白的父母，请我们去他们家里过节，你愿意去吗？"

"不会打扰吗？"

"不会。"

夏漓偏头看着晏斯时："你跟他们的关系应该很近。"

"高中以前常去他家吃饭。"晏斯时握着方向盘，神情平和，"他父母很恩爱，是真正的模范夫妻。"

所以闻疏白性情中才有一种更为乐观的纯粹，夏漓心想。

去往闻家的途中，他们顺便在一家进口超市买了一瓶上好的红酒和一盒巧克力，作为上门的礼物。

车停在门前，闻妈妈已经在门口等着了，手臂挥得殷切，像是等自己小孩儿回来吃饭一样。待他们下了车，闻妈妈几步迎过来，跟晏斯时打声招呼，而后笑吟吟地打量夏漓，问她如何称呼。

晏斯时做了介绍，闻妈妈笑问："那叫你小夏可以吗？"

夏漓笑道："可以的，长辈都这么叫我。"

大门进去，是一方小院，种了许多的花木，但天寒日冷，大多凋敝了，只有沿着墙角开着一丛月季。穿过小院，进了屋子，暖和的空气里浮着一股清新的蜡梅香气。闻妈妈接过礼物，替他们将脱下的大衣挂在衣帽架上，招呼他们去沙发上坐，又吩咐厨房里保姆斟茶。

"小晏，你给闻疏白发个信息，问问他去哪儿了。我就叫他买瓶蓝莓酱，他去了半个钟头还没回来。"闻妈妈说道。

夏漓看见晏斯时还真就拿出了手机。

她往屏幕上瞥了一眼，见晏斯时发的是："速回。"

感觉跟小朋友之间通风报信似的。她笑了一声。

没一会儿，闻疏白父亲倒是先回来了。他进门时一副不苟言笑的模样，见了两位小辈，却立即释出三分和蔼。

闻爸爸洗了手，换了衣服，来客厅坐下喝茶，用长辈口吻问了问晏斯时的近况，又问他："最近回家了吗？"

晏斯时微敛目光："没怎么回去，叔叔。"

"你爷爷，最近身体状况好像不大好。"

"我听说过。"

闻爸爸便说："不回去掺和也好。"

都说家丑不外扬，但晏绥章的那些事哪里瞒得住，况且他这回似乎是铁了心要"老夫聊发少年狂"。圈里都议论，也不知那姓许的给晏绥章灌了什么迷魂汤，叫那样一个瞧着儒雅清正、行事妥帖的人眼看着要"晚节不保"。晏爷爷不松口，晏绥章执意妄为，许女士肚子又一天大过一天。家里那些狗屁倒灶，晏斯时只听一句都嫌烦，自然不会主动搭理。

夏漓在旁听着，看见晏斯时微微蹙了蹙眉，眼底几分厌倦。

说话间，闻疏白回来了。没等闻妈妈数落，他先声夺人："您知道您要的这牌子的蓝莓酱多难买？我跑了三家超市才买到。今天又堵车，外头冷死了……"

闻妈妈自然不好再说什么，接了蓝莓酱，叫闻疏白去客厅陪同学聊天。

闻疏白找个空位坐下，从茶几上盘子里拿了个橘子，先跟夏漓打招呼，笑道："还怕你会不来呢。"

夏漓笑道："怎么会。"

"我妈看过晏斯时朋友圈的照片以后，一直嚷着要见见真人，说都没见过晏斯时谈恋爱呢，一定很稀奇……"

这时候闻妈妈忙走过来："你不要乱说！"

闻疏白立马说："对对，我瞎编的，您没觉得稀奇。"

闻妈妈一记警告眼神："等会再儿收拾你。"

夏漓抓住了这句话的重点——朋友圈照片。

晏斯时的朋友圈是关闭状态，什么时候发过照片？

她很是好奇，趁着他们换了话题，从口袋里摸出手机，往晏斯时身后一藏，偷偷点开微信，点进他的朋友圈。依然是关闭状态，但朋友圈封面换掉了，什么时候换的，她完全不知道。不再是夜色中的墨蓝深海，而是换成了他们的拍立得合影。

朋友圈简介也挂上了：My eternal summer.（我永恒的夏天。）

"在做什么？"

晏斯时突然出声，吓得夏漓一跳。

"在看我朋友圈？"晏斯时低声笑问。

夏漓脸一热："在回消息……并没有，谢谢。"

"哦，这样啊。"

夏漓轻轻地打他一下，自己倒忍不住笑了。她没有在朋友圈官宣过，觉得恋爱是两个人的事，没必要昭告天下，但万万没想到，晏斯时已用大张旗鼓的方式替她宣告了主权——只有对他感兴趣的人，才会特意单独点进他朋友圈吧。这个人，又偷偷"上进"却不告诉她。

闲聊片刻，准备开饭。闻父闻母是不怎么热衷过这"洋节"的，但今天却随了小辈的喜好。餐桌特意布置过，铺着红绿配色的桌旗，待烤鸡、小羊排、火腿奶酪拼盘端上桌，再点上蜡烛，一切都有了节日氛围。

吃饭时气氛更轻松。闻妈妈随口说起，初中有一年的平安夜还是万圣节，晏斯时也是来这儿过的。

晏斯时纠正："万圣节。"

闻妈妈笑："小晏你还记得啊？"

晏斯时"嗯"了一声。经晏斯时一提醒，闻妈妈也开启回忆模式，对夏滴说道:"那时候小晏弄坏了南瓜灯,他以为是我亲手做的,怕我伤心,之后还特意亲手做了一个还我。我都没好意思说,我手笨得很,根本做不好手工,那灯是我花十块钱买的。"

闻疏白这时候笑着插话:"那您就不知道了,灯其实是我弄坏的,晏斯时是替我背锅的。"

闻妈妈瞪他一眼:"我就说,小晏这么细心谨慎的人,怎么会弄坏东西。"

夏滴在一旁听得不由微笑。默默背锅,不出卖朋友,还吭哧吭哧自己做南瓜灯……他怎么会这么可爱。

夏滴出声道:"我听闻疏白说,晏斯时小学的时候离家出走,求您收留他……"

显然这是闻妈妈极为津津乐道的一件事,一听她提起立马说道:"是呢,他还付我生活费。那么一丁点大的人,礼数比大人还周全。同样年纪,闻疏白就比他差得远了。"

夏滴笑道:"那后来呢?"

"在我家住了几天,就送回家了。"

闻疏白补充说:"我妈特舍不得,恨不得我跟他对调。"

夏滴偷看一眼晏斯时,他在淡暖的灯火里目光温和,是以往少见的一种神态。她偷偷伸手,在桌下握了握他的手。将要收回时,晏斯时反握住了她,扣住手指。也不看她,仍旧听闻妈妈说话。

吃完饭,闻爸爸来了个工作电话,便去了书房。夏滴随闻妈妈去厨房拿甜点,客厅里剩下晏斯时与闻疏白。

晏斯时说:"跟你聊一笔生意。"

闻疏白震惊:"你?跟我聊生意?"

"有问题吗?"

"没有。"闻疏白笑道,"现在聊?"

"下次去正式场合聊也行。"

这样一说,闻疏白反倒好奇他想说什么。

晏斯时说:"你不是一直想投资人工智能领域。"

闻疏白点头:"评估了很多个工作室和项目,没什么定论。大多数是打着人工智能的幌子,挂羊头卖狗肉。"

晏斯时说:"我给你的建议是,不如自己组建团队。"

闻疏白一愣,看向晏斯时:"你的意思是?"

晏斯时点头:"我技术入股,负责组建研发团队和算法研究。其余的事,尤其是资金,就得你来负责。"

闻疏白笑道:"你们晏家那么粗一条大腿,你弃之不用,找我融资来了。"

晏斯时掀一下眼:"你如果不愿意,我可以找其他人。"

"我哪说了不愿意?就很好奇,你怎么想通要出来单干了?之前我鼓动你好多次,你都无动于衷。"

晏斯时平声说:"因为我有个前提条件。"

"什么条件?"

"办公地点要在滨城。"

闻疏白哑然失笑:"搞半天是为了女朋友,你今天真是让我长了见识。"

方才闲聊时,夏漓提过年后要去滨城工作的事,闻妈妈还替他们担心异地恋容易出问题。

晏斯时只说:"你有意向我们就再找时间详谈。"

闻疏白当然不会放过这么好的机会,如今别的都好说,顶尖人才千金难求——受父亲的观念熏陶,闻疏白一直觉得自己投的那些吃喝玩乐的项目,赚钱归赚钱,但实则没有多大意义。假如能做成一家业内领先的人工智能企业,才是为国家、为社会做贡献,他才真能在老头儿那里挺直腰杆。

"一定得在滨城?"这是闻疏白最后的疑虑。他一个土生土长的北方人,去那种沿海的南方城市,也不知能不能习惯。虽说到时候公司组建起来,负责具体业务的是晏斯时,但他自己也不可能纯当甩手掌柜。

晏斯时说:"相关领域滨城产业集群效应更好,政策支持力度也更大——我这段时间做了一些前期调研,回头把资料给你。"

417

闻疏白确信晏斯时不纯是"恋爱脑",也不纯是一时心血来潮,他一贯的性格是谋定而后动,一击即中,显然创业这件事也是这样。

闻疏白只略作思考,便说:"行。后续我们找时间再聊吧。"

晏斯时往厨房门口瞥了一眼,夏滴端着装了蛋糕的瓷盘,跟闻妈妈一起走了出来。他多叮嘱闻疏白一句:"要是我评估以后觉得你资质不够,就接受滨城那边的邀请,仍旧上班。事情还没定,你先别跟夏滴说。"

闻疏白:"你还要评估我的资质?"

晏斯时:"不应该吗?"

闻疏白有种服气之感。

水果蛋糕是闻妈妈的手艺,她最近刚刚开始学烘焙,对成品不大满意,是以磨磨蹭蹭,半天没肯端出来。直到夏滴尝过,一再告诉她味道真的很不错。

闻妈妈将已经切好的蛋糕放在茶几上,将银质叉子递给闻疏白和晏斯时。

夏滴知道晏斯时不喜甜食,但却见他接过叉子,从盘子里划下一口,认真品尝过,评价道:"很好吃。"闻妈妈一时喜笑颜开。

吃过蛋糕,又闲聊许久,直到过了晚上十点,晏斯时和夏滴准备告辞。闻妈妈一直将人送到门口,殷切地让他们有空再来,夏滴笑着应下。

回到车里。晚上晏斯时没喝酒,夏滴喝了小半杯的红酒,不至于醉倒,但酒精让她双颊持续地发热。她外套没穿,放在了后座,此刻仅着白色毛衣,尤觉得热,将窗户打开一线,见晏斯时伸手要去揿引擎按钮,忽地伸手,捉住他的手。

晏斯时不明所以,直到她发烫的脸颊,贴上了他的手背。

手背是微凉的,当然,也可能是她的皮肤太热。晏斯时暂且没动,垂眸看着她。

她脸颊潮红,皮肤薄软,这贴着他手背的动作透露出无言眷恋,叫他一时心口微痒。

他反手轻轻捏一下她的脸颊:"陪我去个地方。"

夜里深巷更有曲折幽寂之感，几棵树木枝丫突兀地立在那儿，凄寒萧瑟。尽头有盏灯，灯下可见青砖墙体上钉着的蓝底白字的门牌号。此外，它还有一个称呼，叫桃月里。

晏斯时捏着钥匙站在门口。

上一次夏漓米过这条巷子，但没走进，只在车里等着。此刻站在晏斯时身边，见他久久凝立，她转头朝他看去，夜色里晏斯时目光深敛，让人看不出情绪。

她也不问什么，只耐心相陪。终于，晏斯时像是下定了某种决心，抬手将钥匙插了进去，黄铜门锁"咔嗒"一声。推开黑漆木门，迈过石砌门槛，里面是两进的院落，宽绰疏朗，角落几丛竹子疏落有致，寒冬里犹有绿意。

这地方是霍济衷送给女儿的婚前礼物，彼时北城尚不像如今寸土寸金，买的时候没花太多钱。现在，同样地段已炒至天价，还一房难求，这也算是霍济衷最无心之举导致的回报丰厚的一笔投资。霍青宜去世之后，此处便归到了晏斯时名下。

房间四面环抱，一处朱窗里还亮着灯。

夏漓问："这里住了人？"

晏斯时解释说，有个阿姨一直住在这儿，平日里帮忙看顾房子，打扫卫生。

说着话，晏斯时走过去敲了敲门。阿姨应着声打开了门，有几分惊诧，问晏斯时怎么突然过来，是否吃过晚饭。晏斯时说只来打声招呼，逛一逛就走，叫她不必招待。阿姨却出了房门往厨房去，让晏斯时先逛着，她去沏一壶茶。问晏斯时茶到时候送到哪个房间，他随口说院子里。

晏斯时牵住夏漓的手，走向正北的房间，一边多提了一句。阿姨是戴树芳那边一个很远的远房亲戚的女儿，老公孩子都已经去世了。戴树芳看她没着落，就给了她这个差事。

正北是客厅，开了灯，屋内宽敞堂皇，一色古色古韵的中式家具，清水白墙上挂了几幅字画。夏漓凑近去看，看见其中一幅的落款与钤印，惊讶道:"这幅字是你写的?"

是稼轩的词:"唤起一天明月,照我满怀冰雪,浩荡百川流。"笔走龙蛇,流风回雪。

夏漓叹:"写得真好。"

晏斯时看过去,一时间没有作声,眼底有暗流层涌的幽深:"是仿的名家笔迹。"

夏漓听着他脚步声走近,立在她身后,那声音很是清寂,缓缓地向她讲述:应该是初三那年写的,那个暑假没做别的,就在临这一幅字。写完以后,霍青宜叫人装裱起来挂在客厅,逢人就说是那位名家的真迹。假如别人信了,她便十分高兴,说我们家阿时今后不当科学家,当个书法家也大有可为。那是他记忆当中最后一段霍青宜正常且清醒的时间了。

晏斯时平静的声音里,连叹息都没有:"后来她就生病了。别人都说她疯了。"

夏漓一震,转头看去,他神情亦是平静。

那时候不管是陶诗悦还是厂里的人,都说晏斯时的妈妈生了病,他回楚城就是为此。但究竟得了什么病,却都无人能说得清楚。上回从晏斯时的话里,夏漓已隐约猜到,那不是一般意义的"生病",但由他亲自点明,仍然觉得心绪震撼。

她还没来得及说什么,阿姨走了过来,说茶已经送到院子去了。

院里,竹篱旁立着石桌石凳。石凳上垫着羊绒垫子,石桌上放着茶壶与茶杯,茶壶搁在一只加了炭火的小炉子上保温。茶壶旁几只白瓷小碟,装着果脯与坚果。此外,石桌旁还放了一个炭盆,刚刚烧起来的,尚不够红热。

夏漓坐下,晏斯时提起茶壶倒了两杯茶。放下茶壶,他自己端起一只瓷杯,垂眸喝了一口,用随口一提的语气说:"以前经常在这写作业。"

"你在这里住了很长时间?"

晏斯时点头。

"你父亲……好像不住在这儿。"

"嗯。"

那时候霍青宜跟他父亲晏绥章吵架已是家常便饭,霍青宜时常来这儿小住,他也就陪她一起。不待在晏家的霍青宜,似乎要开心得多。以前这院子里满是花草,四季更替都有景致,都是她费心打理的结果。但晏斯时仍能隐隐察觉到她在开心表象之下的痛苦,她好似故意在用这些琐碎的岁月静好,来对抗精神内核逐渐崩塌的凌迟。

"她本科学的古建保护与修缮,梦想成为林徽因那样的建筑学家。"

但本科毕业没多久,她就认识了晏绥章,并很快结婚。

晏绥章这人,一副富贵里浸淫出来的派头,给外人的第一印象便是书香门第的贵公子。他追求女人不靠手段伎俩,靠他自己都信以为真的"真心"。霍青宜一个刚从象牙塔里走出来的女孩子,根本招架不住。

那时候要结婚,晏爷爷实则持反对态度,倒不是嫌霍家门第低,而是以他相人的直觉,觉得霍青宜并不是那个能扮演好晏绥章"妻子"这一角色的人。但晏绥章执意要娶,甚而放出可以为了霍青宜放弃晏家家产的豪言。晏爷爷最终松口,然而他的直觉也得以应验。

晏绥章最初的激情过去,便要求霍青宜更多展现她作为"妻子"的"责任",尤其是要大度——不过应酬局上与那些活跃气氛的女人聊两句,何至于上纲上线?

三番五次,他开始不耐烦:"你总疑心我出轨,我也不能白担这罪名。"

晏斯时"离家出走"那次,就是晏绥章第一次与霍青宜吵得天翻地覆——晏绥章带一身酒气回家,领子上印着女人的口红印。

他那时候才六岁多,吓得不敢出房间门,也不知道具体发生什么。只觉得是不是自己的错,因为他听见霍青宜气头上的话:"早知道这样我根本不会跟你结婚生子!"

没有谁是天生"乖巧"的,不过是环境逼得人不得不察言观色。他不想父母再吵架,是以往后不管做什么,都对自己有种近于偏执的高要求,觉得是不是只要自己听话懂事,什么都做到最好,一切都能回到正轨。显然那只是他的一厢情愿。

晏绥章破戒一次之后,也愈发肆无忌惮,只不过处理得当,从没叫霍青宜抓到真正切实的把柄。

他根本一开始就看错了霍青宜，以为她那偶尔流露出的傲气，只是她性格的点缀。就像玫瑰得带一点刺，才更让人念念不忘，太顺从的人，他反而觉得缺乏一点余味。玫瑰的刺偶尔扎手无妨，可如果一身都是刺，那就不好玩了。恰好，霍青宜本真的性格就是浑身带刺。

他在霍青宜这里碰的壁，统统要去外头找回——找那种最温柔如水，可以予取予求的。

回头去想，霍青宜无法宽容又无法自洽的痛苦，源于她是真的爱过晏绥章这个人，不然何至于给唯一的孩子起"斯时"这样的名字。

"我喜我生，独丁斯时。"

我欣喜于出生在这个时候。

那不单单是对孩子出生于太平盛世的祈愿，还有情到浓时的缱绻。但正如戏曲里被引用至滥俗的一句：如花美眷，似水流年。到最后，爱意耗尽，只剩绵亘的疲惫，连恨都称不上。

晏斯时还记得高一上学期那一年的新年，就是在这院子里，霍青宜翻出了不知道哪一年自己亲手画的古建手稿，对他说，等开年以后，她想把以前的专业当个爱好捡起来。但年后不久，霍青宜就"疯了"。

晏斯时是很久之后，从"发疯"的霍青宜的只言片语中得知前因后果。那个元宵后的周末，霍青宜回了一趟晏家，恰好撞见晏绥章跟一个女的在家中偷情，就在他们的卧室。那个床上的女人与她长了一张五成相似的脸。

之后，霍青宜就突然崩溃了。

只是外人眼里的"突然"。或许是日积月累的痛苦早就将她内心的白塔侵蚀得只剩黄沙，那只是吹散黄沙的最后一缕风罢了。

"疯了"的霍青宜，成了晏家的丑闻，成了晏绥章那金质玉章的外表下一桩抹不掉的罪证。

霍家的处理方式是讳疾忌医，讳莫如深，后来霍济衷和戴树芳将女儿接回了楚城。

霍济衷有一次酒后吐真言，说他余生都将在后悔中度过。后悔将女儿嫁给了晏绥章,更后悔自己轻信了晏绥章的巧言令色,认为所有一切都不过是生意场上的逢场作戏——他也是生意人,很能明白个中的身不由己。

晏绥章还对他说:"您的这个女儿,性格您应该比谁都了解,她这么强硬,一点点都不肯向我服软。哪一次吵架以后,不是我低声下气地前去求她?您还给她买了套房子,我们稍微一有口角,她就跑过去躲起来。我次次吃闭门羹,'三顾茅庐',周围邻居都看我笑话。"

是以霍青宜向他咨询的时候,他总是劝说,晏绥章那样的男人,放到外头去当然不缺人惦记,不必要太过计较。况且,年轻夫妻哪有不吵架的?难道真的要吵到这个家散了?

久而久之,霍青宜就不再向他倾诉任何了。他以为是情况好转,但后来才知道,或许他的这番迂腐言论才是最后捅向她的那把刀子。光买房有什么用,他最终也没能给予女儿真正的庇护。

到最后,晏斯时的声音依然平静:"有时候宁愿自己没有出生,或许她就能无所顾忌。"

那炭盆里的炭已经彻底烧了起来,将向火的这一侧皮肤烤得发烫发紧。但夏滴仍然觉得冷,心里像是结了冰凌的河水缓缓淌过,她抓住了晏斯时的手,轻声说:"戴老师说你总是自省,宁愿你更自私一些。我也是这样想。"

晏斯时没有说话。而夏滴站起身,两步到了他跟前,一只膝盖抵住石凳的边沿,俯身去拥抱他,她不知道应该说什么,这是她唯一能做的。

晏斯时伸手,搂住了她后背。她以很是别扭的姿势低下头来,将脸埋在他的肩膀。那声音有种潮湿之感:"你都不知道我有多喜欢你的名字……"

晏斯时无声地偏过头,嗅了一下她垂落的发丝的气息。

她低声说:"我父亲也精神出轨过,你上回说你也听说过了。闹得那么大,那么难看。我那时候好恨他,但是后来渐渐地也就漠然了,因为觉得我没有那个审判的资格,要怎么过日子,得由我妈自己决定。如果她愿意离婚,我肯定百分百赞成;她不愿意,我也不会强行去劝,更加不会拿我父亲的错误来折磨我自己。我只会想,他已经不是我的依靠了,今后我能依靠的只有自己。你看,我就是这么世俗折中、自私冷漠——而你是我见过的精神最纯粹的人……你不知道我有多喜欢你。"

晏斯时说："我知道。"

"谢谢你愿意告诉我这些……我现在好难受，我不知道怎么安慰你。"

她不知道他光风霁月的背后是这样一身风雪。那样的日子，他夹在中间，以他的性格会是何等的自责难挨、无能为力。她甚至一度还因为他不愿意对她敞开心扉而心生退意。这样的事情，旁人听来都觉沉重，当事人又如何能够坦然地轻易和盘托出。

晏斯时自己也觉得奇怪。实则大部分的事，他连心理医生都不愿倾诉，却在此刻几乎全都告诉了她，没有太多的心理挣扎。

这里他已经好多年没有踏足。回忆太多的地方，对于心有罪愆的人是禁地。今天临时起意带她过来，大抵是因为今日过节，气氛太好，他想带最重要的人，来见一见最重要的人。

"你不是已经在安慰我了吗？"

"这算什么……"

晏斯时低头，嘴唇挨上她的额角："已经足够了。"

他们都不再作声。直到一阵寒风扑来，吹得炭盆里白灰翻飞。

"冷吗？"片刻，晏斯时手臂收紧两分，"冷的话我们进屋。"

夏滴摇摇头，仍旧这样别扭地抱着他，不愿松开。

晏斯时似觉得好笑，温热气息贴着她耳畔："我们换个地方，让你抱个够好不好？"

跟阿姨打过招呼以后，两人便准备离开了。晏斯时跟阿姨说，下回或许会过来吃饭，到时候会提前打招呼。阿姨在这儿只做一些洒扫的工作，又拿那样高的工资，心里一直很不安，听晏斯时这么说，简直求之不得。

出了门，两人回到车上。待车厢里空调开起来，被那暖风包围，夏滴才觉得方才真有几分冷。

天已经很晚了，车直接开到了晏斯时的公寓。交往以来，夏滴曾有三四次来晏斯时这儿留宿，都是加班加到十一二点的情况。

他的公寓里额外给她准备了一套洗漱用品和换洗睡衣。进门之后，夏滴先去洗澡。待她洗完了，晏斯时再去。出来时，却见夏滴抱着一个抱枕，斜倚着沙发扶手，手里拿着手机，似乎是在刷朋友圈或是微博。

"Wi-Fi 密码改了吗？"夏滴问，"我好像连不上了。"

"改了。621 的二进制。"

夏滴笑了，把手机递给他："你根本是在为难我这个计算机基础课低空飞过的人——帮我输。"

晏斯时走过去，挨着她在沙发上坐下，接过她的手机。

夏滴嗅到他身上和自己一模一样的沐浴露与洗发水的香气，想到上次来他这里加班，笑着说："你故意的吧。"非要弄一个她必须百度才能知道的密码。

"你说是就是。"

她往屏幕上瞧，1001101……他输得很快，她还没记住就完成。

她盯着他的手，像是情不自禁："你的手真的好好看。"

"是吗？"

"没人跟你说过吗？"

"可能说过，没印象。"

晏斯时将连接上 Wi-Fi 的手机递还给她，伸手捏捏她的后颈，起身去吧台那儿倒水。

夏滴说："可以给我也倒一杯吗？也要加冰的。"

晏斯时端了玻璃杯过来，夏滴锁定手机，接过。

她端着杯子喝了一口，瞥见晏斯时正在看她。

他穿着棉质的灰色 T 恤做睡衣，领口露出明晰的锁骨。墨色头发刚洗过，有种柔软的质地，衬得眉眼清净。照理说，那小半杯的红酒早已代谢掉了，此时她却无端仍有一种上头的感觉，那微醺的恍惚支配了她的行动，等反应过来，已然凑到了晏斯时唇边。

她嘴里还衔着一小方冰块。

晏斯时显然也没想到。那冰块渡过来时，他顿了一下，随即伸手，毫不犹豫地夺了她手里的玻璃杯，往茶几上一放，手臂搂住她的腰。

那冰块很快融化。夏漓觉得缺氧，与晏斯时交换的呼吸，有烧开一般的热度。

晏斯时退开，她睁眼一瞥，看见他目光幽深，随即他低下头。鼻息沿着颈间血管的走向蜿蜒而下，到锁骨处稍停。

夏漓已有预期地屏住呼吸，而睡衣领口被拉下，大片皮肤接触到微凉空气的一瞬，她还是忍不住睫毛颤抖。从未有过的陌生感觉，让她不知怎么办。她甚而不敢低头，手指攥住了放在一旁的抱枕，只让目光越过晏斯时的肩头，去瞧那明净的吧台。

水龙头、咖啡壶、玻璃杯……每一样都在灯光下显出一种叫人心喜的洁净感。不，没有用，注意力丝毫未被分散，反而越发鲜明。

好在，没多久晏斯时便抬头来吻她，她觉得自己像是得救。

但很快她就知道，他不是来救她的。这个吻不同以往，有种极为明确的掠夺感，她伸手轻推他的手臂，没有推开，反而手被捉住，反扣在身后，挣脱不得。

夏漓思绪一片混乱。

天花板上吊灯的灯光都变成了细碎的钻光，像是有实质的尘粒，洒进她的眼里。看什么都是模糊的，被一片热茫茫的白雾遮蔽，流泪是一种生理性的反应。

这一片混乱中，她还能想象他那只好看的手。手指修长均匀，骨节清晰，皮肤白皙。手背有并不夸张的青色脉络，延伸至几分嶙峋的腕骨。

空气尚未彻底安静。当然，或许是夏漓的错觉，因为心脏仍在鼓噪，脑中还有一浪一浪的回响。她呼吸不匀，此刻所有的害羞情绪一齐反刍。而害羞的原因不单单是这件事本身，还因为这是晏斯时。

她将脸紧紧埋在晏斯时怀里，久久不肯抬起来，声如蚊蚋："你故意的……"

"什么？"

"因为我说你手好看……"

晏斯时觉得好笑："我可没这样想过。"

"你以为我会信你吗？"她小声说。

晏斯时只是笑。

方才晏斯时理智得过分。那只手像在做什么实验一样，精准地探索，再一点点控制变量，直到找到最为准确的坐标与力度。就那么冷静地，一寸一寸瓦解她的意志。

空气过分干净，她甚至还能嗅到那一点清咸的气息，就像刚刚房间安静，连外面的风声都听不见，那么任何细碎的呜咽与水声都似被放大，以至于格外明显。

晏斯时低头，亲亲她湿润的眼睛。见她始终躲着，干脆将她一把抱了起来。

夏漓一落在主卧的床上，立即翻个身，拉起被子，整个蒙住自己的脸。

晏斯时洗了手再回来，坐在床沿上，伸手尝试性地拽一拽被子，没拽开。

听见她声音闷闷地传出来："也没多余的睡衣让我换……"

晏斯时起身去了衣帽间，找了件自己的T恤，走过来说道："将就一下。"

夏漓探出半颗脑袋，耳后皮肤还是一片薄红。她伸手接了那T恤。

清洁之后，夏漓换上T恤，抱上换下的睡衣走出主卧浴室，也不看晏斯时，往房间外面走去。晏斯时不解地跟过去。

夏漓道："别过来——我用一下你的洗衣机。"

她去了次卫那边，不敢看睡裤现在是什么样的，直接一股脑地塞进了洗衣机里。洗衣机启动，发出闷沉的轰响，好似仍在她身体里起伏不停的海潮声。

经过吧台，夏漓一口气喝了大半杯水，再回到主卧时，总算已然稍显镇定。

晏斯时已经躺坐下来，正在翻一册杂志，抬头看一眼，看见那黑色T恤的长度，只齐她腿根，便收回了目光。

夏漓自另一侧爬上来，躺下。

晏斯时见她半晌没动，伸手轻轻地碰一碰她的肩膀："不跟我说晚安吗？"

"晚安……"

夏漓听见揿下开关的声音，灯光灭了。清冽的气息靠近，微热手指来轻按她的下巴。有吻轻落，他的声音在黑暗里好听得像是往静潭里投下玉石："这样才算。"

第二十四章
一年之末的烟火

腊月二十八,夏漓和晏斯时一同回了楚城。

飞机落地江城,霍济衷已经安排好了车子去接。三个多小时后抵达楚城。车先送夏漓回家,夏漓叫司机开到XX花园小区。

晏斯时问:"搬新家了?"

"嗯。我妈等不及,过户完成就马上搬进去了。"

姜虹和夏建阳特意赶在过年之前搬了新家。房子他们早早就在看了,最初原本是打算买期房,后来去一个建成三年的小区看了几套二手房,姜虹渐渐有了买二手的打算——期房要等交房,装修完毕还要通风放置三个月以上,搬进去时已不知猴年马月。

现在买下来的这套带装修,原业主家里人生了重病,急着出手凑医药费。姜虹去看过好几次,对朝向和户型都很满意,那偏于简约的装修风格也很得她的心意。唯一的问题是,房子有一百二十平方米,三室两厅,比原本计划的多出了二十平方米。

夏漓找个周末回楚城一趟,也去看过那房子,条件确实不错,就叫他们直接定下来。首付她出一部分,他们自己出一部分,也就足够了。无非后续还款压力稍微大一点,但以后不用租房,省下的房租也就填了这部分空缺。

之后花了一个月时间办贷款,去房管局过户,差不多一月初,拿到了房本。姜虹一刻也等不及了,风风火火地开始搬家,准备赶在过年之前一切落定，这样就能在新家过年——假如夏漓要带男朋友回家吃饭，也不至于太寒酸。

没多久，车子就开到了小区门口。晏斯时跟着夏漓下了车，去后方帮忙提下行李箱。

夏漓抽出拉杆握在手里，问晏斯时："初四来我家里吃饭？"

2018年的农历新年很晚，2月15日是除夕，初四是2月19日，晏斯时的生日。

晏斯时点头，又问："明天呢？"

"明天……"夏漓似是这才反应过来，"哎呀，太忙都忘记了，我没给你准备礼物怎么办？"

"礼物不重要。"晏斯时抬手摸摸她的脑袋，"明天上午我来接你。九点？十点？"

"十点吧。我想多睡一会儿。"

"王琛也回楚城了，明天中午我们一起跟他吃个饭。"

"他一个人吗？"

"应该是。"

车里，司机见两人似乎有要聊下去的意思，两度欲言又止，最后还是降下车窗提醒一句，说门口有电子眼，车不能停得太久。

晏斯时伸臂拥住夏漓，低头说道："明天见。"

"明天见。"

她总觉得他们每一次暂别的拥抱，都有种依依不舍的缱绻。

新家已让姜虹布置得井井有条，门口新贴了春联，屋内电视柜旁放了一盆年橘，茶几上的果盘里水果与零食琳琅满目。

姜虹喜不自胜地领着夏漓在各个房间参观，最后，停在了朝南的一间次卧："这是你的房间，特意叫你爸买了书柜和书桌，你所有的书都给你搬过来了。"

房间面积不算大，但整洁明亮，衣柜、书柜和书桌等一色家具都是白色。

"四件套也给你买了套新的,不知道你喜不喜欢。"

"我一年到头也回不了几次,还专门买新的做什么?"

姜虹笑笑:"毕竟终于有了我们自己的家。"

夏漓不知道为什么眼眶一热。小学跟爷爷奶奶同住,初中来楚城住出租房,高中先住宿舍,后住那只有几个平方米的单间公寓……这样一个属于自己的房间,是她学生时期最梦寐以求的东西。

姜虹"哦"了一声,忽然想起什么似的,走过去打开了书柜下方的柜子,从里头搬出一个铁皮盒子:"上了锁,也不知道里面是什么,没敢给你扔掉。"

夏漓一怔,接过那铁盒。

姜虹走出卧室,让她先休息,她去准备晚饭。

夏漓晃一晃铁盒,听见里面的东西碰撞的声音。

应当是大二以后就没再打开过,她早已不记得钥匙丢在哪儿了。她翻箱倒柜一番,但以前的东西搬过来之后全都不在原来的位置,自然更不见钥匙的踪影。

夏漓放弃了,去找夏建阳求助。夏建阳找了把梅花起子,直接卸掉锁扣上的螺丝,将其拆了下来。

她打开铁盒,那里面的东西带着一股封存已久的尘涩气息。

回忆扑面而来。

隔日清晨,夏漓洗漱之后简单化了个妆,手机上收到晏斯时的消息,下楼前跟姜虹打声招呼,说今天要出去,中饭和晚饭都会在外面吃。

姜虹有点紧张,郑重地叮嘱道:"晚上必须回来啊。"

"知道啦……"

走到小区门口时,晏斯时的车也正好开过来。

停稳以后,夏漓拉开车门——虽已有预期,但看见副驾上那样一束黑色包装的玫瑰时,仍克制不住地心头一颤。

她抱起花束坐下,扣了安全带再去嗅闻。这花从外层到内层是深红到浅粉的渐变，花型复古，每一朵都又大又饱满，像是油画的质地。

她忍不住问："是什么品种？"

晏斯时说，应该是厄瓜多尔的Dusty Rose，翻译成"灰蔷薇"或者"脏玫瑰"。

在楚城这样一个小地方，要买这样进口的玫瑰，想一想都得费时费力。他的心意比花更珍贵。

夏漓转头看他，笑问："那次你去高铁站接我，带了一束粉色玫瑰。你说，我送戴老师花只是原因之一。原因之二呢？"

车已经驶出去，晏斯时轻打方向盘转弯："你应该已经知道了。"

"我想听你亲口说。"

"不说。"

"晏斯时。"

她叫他的名字却像撒娇。晏斯时轻笑一声，只好说道："我怕送其他的花你会误会，认为我对你没有朋友之外的心思。"

一般不是送玫瑰才会误会吗？夏漓忍不住笑。逻辑好奇怪，却又无懈可击。

距离高中已经过去多年了，老城区的天星街变化不大，倒是开发区新修了一座万达广场。他们与王琛约在万达的一家餐厅，因到得较早，先逛了逛，待快要到十一点，王琛说马上就到了，两人便先去餐厅找位置坐下。

他们坐的这位置能看见店门口，十一点整，一分不早一分不晚，王琛出现了，还是这么强迫症一样地守时。

夏漓笑着朝门口挥挥手："王琛！"

王琛闻声看来，也挥挥手走了过来，在他们对面落座。他和夏漓记忆中的形象相比，好像变化不大，只是经过这么多年，那种"书呆子"的气质越发明显。

夏漓笑问："需要我提醒你一下我是谁吗？"

王琛推推眼镜，仔细打量："夏漓？"

夏漓转头笑着跟晏斯时吐槽："他居然是疑问语气。"

王琛解释:"变漂亮了,跟我记忆中稍微有点偏差。"

夏漓说:"当你是在夸我了。"

王琛看向晏斯时:"你不是说要带女朋友吗?你女朋友呢?"

空气一静。王琛眼睛睁大,终于恍然大悟,一拍额头:"原来如此……"

夏漓哈哈大笑。

王琛自顾自地点了点头,也不知道是不是想到了什么,有几分感叹地道:"情理之中,意料之外。"

服务员递上菜单,一边点菜,夏漓一边问王琛的近况。

"没什么特别的。"王琛说,"实验室、公寓两点一线。"

晏斯时说:"三年能毕业吗?"

王琛:"你以为人人都能像你……那是博士,不是一个什么随随便便的学位。研究一直进展不顺利,现在这进度,五年能毕业就不错了——话说,你怎么不继续读书了啊?"

夏漓发现他对这个问题相当执着。

晏斯时说:"很无聊,不想读了。"

王琛不很信这个理由:"你居然会厌学?"

夏漓却相信这应该是晏斯时的真心话。当一个人的生活只剩下念书的时候,大抵真的会觉得念书是一件很无聊的事。

晏斯时说:"早点毕业回国,我这边虚位以待。"

王琛说:"什么意思?"

夏漓说:"他在和朋友创业,做人工智能。"

王琛说:"我学的不是人工智能,是……"

晏斯时接了他的话:"知道,脑神经科学。正好和我们需求对口。"

王琛像是莫名来了动力:"行吧。我一定争取三年毕业。"

这顿饭,王琛基本都在跟他们两人聊人工智能,聊国内的高新产业。夏漓不得不感叹,王琛真是一如既往的清新脱俗——他简直像是晏斯时的"事业粉",对他工作以外的事情真的一点八卦的兴趣都没有。

吃完饭,王琛便先回去了,说下午得陪老妈去爬山。临走时特意嘱咐晏斯时:"多联系啊,可不能下次吃饭又要过这么多年。"

夏漓在一旁笑不可遏地附和:"就是。"

夏漓和晏斯时下午看了一场电影。日本剧情片,温暾的心灵鸡汤,拍得很一般,但因为是情人节,片子又挂了东野圭吾的名头,上座率很是不错。

银幕上光影明灭,他们时常走神,在黑暗中接吻,分享爆米花的甜味。

吃过晚饭,时间尚早,夏漓提议不如去尚智书店逛逛。一路堵车,结果开到老城区那儿一看,书店已经歇业打烊了,要初六才会开门。

夏漓笑道:"怎么这么不巧啊。"

倒也不觉得特别遗憾,大抵只要跟晏斯时在一起,哪怕浪费时间都有意义。

两人往停车的地方走,经过拐角处时,夏漓脚步稍顿:"这里有个玉米摊的,你记得吗?"

"嗯。你推荐过。"

"林清晓说之前市容整改,这种小摊点都撤了,你都没尝一尝,还挺可惜的。"

"我尝过。"

夏漓愕然抬眼:"什么时候?"

晏斯时笑了:"当然是高中的时候。"

"具体一点。"

"想不起来了。不过味道确实不错。"

"有点没法想象呢,你也会啃玉米。"

晏斯时哑然失笑:"如果没弄错的话,我应该也是人类。"

夏漓被逗笑。

她两手揣在外套口袋里,挨近晏斯时,将额头抵在他胸口:"那我们接下来去哪儿?"

她穿一件白色羽绒服,内搭的是羊绒半身裙和靴子,整个人都暖烘烘的,带着清甜的香气。

晏斯时伸手半拥住她,问她要不要去夜市逛逛。

她摇摇头:"去你那里吧……"

晏斯时顿了一瞬,说:"好。"

开去晏斯时住处的路上,车厢里的气氛有种说不出的微妙,让夏漓不知不觉地呼吸紧张,说话都有点心不在焉。

十五分钟左右便开到了。停了车,晏斯时提醒夏漓,前面手套箱里有礼物。夏漓将其按开,里面有只黑色的礼品袋。

下了车,她拉开后座车门,抱上那束花,提着礼品袋,跟着晏斯时进了屋。

那复古风格的装修,夜里亮了灯,有种咖啡馆一样的幽静。夏漓喜欢棕色皮质沙发旁的那盏玻璃落地灯,灯罩像是垂落的铃兰花。

晏斯时叫她稍坐,自己转身去厨房拿来一瓶纯净水。

他们脱下的外套挂在了玄关的衣帽架上,此时晏斯时身上穿着一件黑色的毛衣,衣袖微微推起,露出小臂。

她顺着他的腕骨,一路看到他轻捏着水瓶的手指,片刻,接过水瓶放在茶几上,随即将他的手指一捏,说:"给你看看我准备的礼物?"

"不是说忘了?"

"骗你的啦。"夏漓笑着,暂且松开他的手,转身将手探入自己的包里。

晏斯时在她身旁坐下,就看见她难得有几分扭捏,随即像是下定决心,才将包里的东西拿了出来。

一只黑色绒布小袋,松解了抽绳,往掌心一倒,落下两枚银色对戒。她看他一眼,似是不好意思,急忙合拢掌心。晏斯时却将她手指掰开,拈起那枚男式的,干脆利落地套上了中指。

夏漓盯住他的动作。他这双手真是极其适合佩戴银戒,映衬之下指骨分明,有一种禁欲之感。

她戴上了那枚女式的:"是不是有点俗……"

"怎么会?"

晏斯时捉住她的手,她借着灯光,偏转角度去看,两枚戒指反射同样的光。

抬眼，晏斯时正在看她，她的视线就这样一下撞进他漂亮而总有几分清冷感的眼睛里。分明也不是第一次对视，却还是心脏猛跳，想到了那一年圣诞节，英语老师放他们出去看雪，在走廊里，她转头时无意间与他目光相撞。那种怦然心动的感觉，她能记一辈子。

晏斯时抬起手，捏捏她的耳垂，随即手掌按在她颈侧，稍稍抬起她的脸，垂眸吻下去。她手臂环住他的后颈，不自觉便倾付所有热情回应。

他指尖沿着毛衣下沿探入，微凉触感挨上腰际，让她不由自主地呼吸一紧，本能地将身体挨向他。

晏斯时尚不能自如地单手解开搭扣，尝试两次都失败，听见她轻声笑了一下，他咬了一下她的唇以作警告。

第三次终于成功，他的手覆笼时夏漓呼吸都是一滞。

他的吻温柔却不失强势，与他手上的动作一致。

空气好似在静静燃烧。

就在这时，夏漓包里的手机响了。她想无视，然而那振动有些不屈不挠，不得已只能稍稍推开，手指将包扒拉过来，拿出手机看一眼，姜虹打来的，她按了免提，扔在一旁。

姜虹："漓漓，还不回来啊。"

"快回来了……"

"早点回来。天气预报说晚点要下雪了。"

"好……"

"一定要回来啊。"姜虹有些支吾，"毕竟你们只是在谈朋友，也没订婚……在外面过夜不好，叫男方家长知道了，要说闲话的……"

夏漓赶紧拿起手机将免提关掉了，耳根一瞬红透："好啦我知道啦。我一会儿就回来了。"

"那我等你……"

"您别等我！我带了钥匙的……"

"好好好，不等你。"

电话挂断以后，夏漓的表情有些生无可恋，尤其晏斯时还忍不住笑了一声。

晏斯时说:"我送你回去。"

"你认真的吗?"

"当然。"

夏漓真没从他脸上看出开玩笑的意思,她也知道他这个人其实比较少跟人开玩笑。

她隐隐有些不服气,撑住沙发起身,紧跟着坐在他膝头,凑近亲他一下:"认真的吗?"

他依然说:"当然。"

黑色毛衣衬得他肤色冷白,似清霜薄雪,那双眼睛也是如此,好像他永远镇定,永远不会失控。

夏漓凑得更近,凝视他的眼睛,在他也闭眼以为她将吻他的时候,却是虚晃一枪,微微低头,一下吻在他的喉结上。

听见他闷而轻声地"唔"了一声,夏漓不再说话,借着一鼓作气的胆色,脸埋在他的颈侧,手往下探。

他倏然伸手,捉住了她的手,阻止她的动作。

"我要生气了……"她轻声说。

他便松了手。

挨上时,夏漓一惊,蓦地抬头,而晏斯时已然别过了脑袋。他原本薄而白皙的皮肤,耳后已是一片泛红。

夏漓笑起来:"你应该去当演员……"

他真能把"镇定自若"这个词演得叫人信以为真。

晏斯时不作声,耳根却更红。夏漓试探着再进一步,他仍然想要阻止,但大抵真的怕她生气,所以她挣一下就挣开了。

灯光是泛黄的暖,好似让空气也热了两分,那拉链被轻轻解开的声响像是投下了一颗暴烈的火种。夏漓看见晏斯时头往沙发靠背仰去,抬起手臂搭在额头上,微微抿住了唇。

她将额头往他肩头一靠。

她其实不敢看,连睁眼都不敢。热度和触感已让她整个人不知所措,像是接受了什么超出自己能力之外的挑战,她只好胡乱发挥。直到听见晏斯时轻轻叹了一声,好似无奈。随即,他捉住了她的手,开始引导。

夏漓嗅到晏斯时毛衣领口有淡淡的香气,抬眼,看见他仍在泛红的耳垂,情不自禁地凑近去挨了一下。晏斯时不得不伸手,掰过她的脑袋,吻住她。

没有人说话。晏斯时额头靠在她肩上,呼吸急促而凌乱,许久仍未平息。

夏漓不敢动,她不确定方才时间过去了多久,只觉得缺氧到心肺都有种爆裂开的感觉。

晏斯时气息稍复,单手拥着她,稍稍坐直身体,拿过了茶几上木质的纸巾盒。他帮她擦手的时候,她一直看着别处。

晏斯时近乎无奈地说了一句:"满意了?"

她笑了一声,这才别过目光看他。

整理之后,晏斯时将她抱在怀里,不再出声。房间中有种如水的静谧。

不知道过去多久,晏斯时亲一下她的脸颊,说:"我送你回去。"

夏漓安静地看着他。晏斯时轻声一笑,认真地解释:"我不能还没去你家吃过饭,就给你妈妈留下坏印象。"

他这句话的语气实则很郑重,就像他对待其他任何他认定的原则的态度。他尊重她、珍视她,所以更不会破坏这份原则。夏漓终于点头。

又黏糊了半小时,他们出门。

夏漓这种时候尤其嫌弃楚城太小,车开得再慢,一转眼却就已经到了小区门口。

踩着临时停车的时限,晏斯时探过身吻她。或许因为似在倒计时,这个吻有种末日般的尽兴与不尽兴。

夏漓下了车,抱着花束退后两步,同晏斯时挥手。

车窗降下,晏斯时看着她,似要她先进去。夏漓走两步又回头看一眼,进小区门时最后举高手臂挥了一下:"你快回去啦!"

车子的左转向灯这才亮起。

到了家里,姜虹还没睡,正独自一人坐在沙发上看电视。夏漓进门时有些尴尬,姜虹则明显像是松了一口气:"回来啦……我剪个指甲就去睡觉。"

"嗯……"

夏漓放了东西,先去洗澡。浴室里热气蒸腾,她之前分明已经洗过手,这时候还觉得那触感隐约残留,忍不住胡思乱想,为以后的自己担心……那真的可以吗?

洗完澡,夏漓倒了杯水,回自己卧室躺下。想起礼物还没拆,又爬起来拿过纸袋。

晏斯时送给她的礼物好像总要双份。一份是贵重,一份是心意。

贵重的那份是一对宝石耳钉,造型是两只猫,两只的形态不同,猫眼处镶着绿宝石。

另外那份是巴掌大的翻页书,应当是晏斯时亲手画的。快速翻动,就变成连续的动画,是一个小猫玩毛线团的简单场景。最后那页写了一句话:

有时候觉得你像鱼,有时候又觉得像猫。

落款依然是"晏"。

夏漓趴在床上,开心地翻了好几遍。她发给给晏斯时的"晚安",已经收到回复:

"晚安。"

除夕这天,姜虹分外有干劲,一大早便起床准备食材,连带着夏漓也跟着忙进忙出。

分明只有三个人,团年饭姜虹却准备了一桌子菜,说吃不完也没关系,正好讨个年年有余的彩头。

偷闲的时间,夏漓就会给晏斯时发消息。聊的话题无甚营养,但一直没中断。晏斯时不总是秒回，有时候隔半小时回复，说正在陪外公看电视聊天。

到了晚上，微信消息提示不绝于耳，夏漓听着电视挨个回复拜年。

开发区这边没禁烟花爆竹，十一点刚过，不远处便有烟花炸响，照得天空时明时暗。

夏漓拍了一段小视频，发送给晏斯时。

姜虹与夏建阳平日十点就睡了，今日过年熬到零点已是极限，没等春晚结束，便已洗漱上床。夏漓也去洗了个澡，关了客厅电视与照明，回自己卧室躺下。这时候，收到了晏斯时回复的微信消息，说方才陪外公外婆散步去了，没注意看手机。

> Sherry：那你还在外面吗？
> YAN：没有。已经到家了。
> YAN：你睡了吗？
> Sherry：已经躺在床上了。不过还不困。
> YAN：我过来找你方便吗？
> Sherry：？？？
> YAN：见你一面。
> YAN：别睡着了。

夏漓发过去的"你真的要过来吗"没得到回复，大约他已经在开车，无暇分心。

或许是除夕夜路上车少，不到二十分钟，微信上便有晏斯时的新消息，说他已经到了，问她楼栋号。夏漓回复以后，他让她五分钟后下楼，不必麻烦换衣服，随意套一件外套就行，他见见她就回去。

夏漓爬起来，取下衣柜里的长款羽绒服，套在睡衣外，出去时脚步很轻，也没敢开客厅的灯。

乘电梯下了楼，打开大门，晏斯时就站在门外，穿一件黑色羽绒服，黑夜里孤月似的清标。她走到他跟前，还未感知夜风的寒凉，他已掀开了羽绒服将她裹住。

她仰头看着他清寂却有温度的双眼，踮脚亲他："你真的过来了呀。"

"嗯。"

远远的又有烟花升空，爆鸣的声响让他们齐齐转过头去。有大楼遮挡，那烟花并不能看得完整，夏漓说想绕到视野开阔的地方去瞧一瞧。

"你这样会冷。"

"不会的。就几步路而已。"

晏斯时便牵住她的手，朝小区门口走去。

放烟花的位置应当是在体育公园，看着很近，真要走过去也有一公里。晏斯时的车停在附近，就说载她过去看看。

上了车，夏漓将车窗打开，趴着窗沿往外看，料峭空气拂面，她却不觉得冷。

离公园越近，那烟花越大、越清楚。晏斯时找了一处视野好的位置，将车靠边停下，也打开了驾驶座一侧的车窗，单臂撑住车窗框，转头看着她。

此刻，一朵硕大的明黄色烟花蓦然炸开，如星芒四散，半个夜空都被照亮。她惊喜地转过头来："快看！"

晏斯时并不去看夜空，只注视她的眼睛，那样明亮，也似燃了一场烟花。下一秒钟，他便伸臂按下副驾驶座安全带的锁扣，一把捉住她的手腕，将她拽向自己，倾身吻去。

那烟花很快被遗忘。夏漓耳畔心里，都只有晏斯时的呼吸声。

她讨厌两座之间排挡的阻拦，使她不能挨近他，在换气间隙，她气息微喘地说："你座位往后移一下……"

晏斯时微微惊讶，但依言按下了车门上的座椅调节按钮。座位与方向盘间空出富余空间，夏漓弓着身，自排挡跨过去，直接分膝往他腿上一坐，就这样侧身挨向他。

晏斯时关闭了两侧车窗，外头的轰鸣声彻底被屏蔽，他两臂紧搂着她细瘦的腰，抬头，几分迫切地吻住她。她好像总能轻易让他失控。这样亲密的姿势，使得彼此对对方的一切变化都感知明晰。

夏漓身上的外套半褪不褪地挂在手臂上，棉质睡衣最上面的两粒扣被解开。因光线昏暗，又是密闭空间，她方敢睁眼低头去看。她抬起手，分明是想推开他，手指却深陷他墨色的发间。

继续点火只是彼此折磨，最终，晏斯时退开了。夏漓抱着他，埋头于他的颈间，微颤如风里的一片枯叶。

晏斯时在她耳畔的呼吸温热，声音几分喑哑："你怎么总是让我忘记初衷……"

他的初衷只是想过来见见她。

"怪我咯？"

晏斯时笑一声："怪我自己。"他抬手替夏漓扣上了领口的纽扣，抬头亲亲她发烫的耳朵，"送你回去？"

夏漓默默地点点头。她几乎一路飘飘然地上了楼，动作轻缓地开门，蹑手蹑脚地回到自己房间，倒头躺了下来。

微信上有晏斯时的消息，叫她早些睡。夏漓回复，说他到家以后，她收到他的消息再睡。还有些遗留的拜年消息，她没心思处理了，翻个身，把脑袋埋进枕头里。

她反复回想方才车里的有个瞬间，晏斯时以手掌托握，那手背的皮肤，几乎与她胸前那一片白皙的肤色一模一样。他指节分明的手指上还戴着她送的银色戒指。这样一幕能直接让她大脑宕机。

没多久，收到了晏斯时的消息。夏漓回复晚安，让他早点休息。

晏斯时回复道："睡不着。我勉强试试。"

夏漓笑得手机差点砸到脸。

第二十五章
我喜欢你的名字

姜虹那顿"年年有余"的年夜饭,到初三也没完全消化完。但初四要来客,便全部处理了做新鲜的。

夏漓能感觉到,姜虹对此事的重视程度甚至远超除夕,就宽慰她不要这么紧张,晏斯时远远会比她以为的随和。

"那不行的,他随和是他的事,我们的态度是我们的事。"

夏漓劝不过,就随她去了。

晏斯时按照约定时间准时到达。夏漓下楼去接,看见他手里提的礼品盒,忍不住笑。叫他这样一个天上月一样的人,提着什么烟酒茶叶、人参阿胶,真是说不出的违和。她知道他是为了她,才愿意去讲究这些礼数。

屋里,夏建阳和姜虹都严阵以待,那架势简直像在等待领导莅临。直到晏斯时递上礼品,自我介绍,叫他们可以像其他长辈一样称呼他"小晏",又接了夏建阳递的烟,气氛才稍显正常。

姜虹在厨房里忙碌,夏建阳坐在客厅待客,他是个不善言辞的人,又被架上了一个"考察者"的位置,十分手足无措,尤其这人还是霍济衷的外孙。

夏漓便很自然地接管了局面,穿针引线地串起话题,介绍晏斯时的专业和工作。

夏建阳问:"创业的话,是不是风险挺大?"

晏斯时说:"当然有风险,但不会影响到夏夏的生活。"

夏建阳有此一问，就是听说有些创业失败的，一下背上几十上百万的债，担心夏漓会受牵连，没想到晏斯时如此敏锐，一下就看穿了他问话的用意，且回答直指他的顾虑。

夏漓说："创业失败大不了就继续上班嘛。上班还稳定对吧？"

夏建阳点头说是。

没一会儿，午饭做好了，几人移步餐厅。夏建阳不擅长酒桌文化那一套，只开始与晏斯时喝了两杯。姜虹更善谈些，饭桌上问的问题也更细致——实则很多情况夏漓已经提前汇报过了，但姜虹好似要再听晏斯时说一遍才觉心安。

晏斯时十分耐心，有问必答。

最后，姜虹说："上次我做手术的事，真是麻烦你了。"

晏斯时说："阿姨您不必客气，不用说这么见外的话。"

一番对话下来，姜虹的喜悦已是溢于言表："我听说，漓漓之前跟你外公外婆接触过？"

晏斯时点头，说霍济衷和戴树芳很喜欢夏漓，今晚他们也要给他过生日，并问："夏夏方不方便跟我一起去？"

姜虹忙说："方便，当然方便，晚上她也没别的安排。"

夏漓笑了："您问过我了吗，就说我没安排？"

"你能有什么安排？不就是躺在家里睡大觉。"

吃过饭，夏漓端上了提前订好的蛋糕。前两天她特意找一直待在楚城的几个同学问，得知这是本地最好的一家蛋糕店，而且初三就开始营业。她知道晏斯时不喜欢吃蛋糕，但应当给他的仪式感，她一点也不想缺漏。

晏斯时很配合，该吹蜡烛就吹蜡烛，该许愿就许愿。

吃完蛋糕，夏漓带晏斯时进了自己的房间。晏斯时还在打量房间，她将一只小礼物盒和一个差不多长三十厘米、高十五厘米的铁盒往他面前的书桌上一放。

她轻拍一下那铁皮盒，说道："这个是临时想送给你的第二份礼物，所以没包装，将就一下。"

那铁盒明显不是新的,油漆脱落的地方露出锈迹。

"现在能打开吗?"晏斯时有些好奇。

"可以是可以,只是我俩在房间待太久的话,一会儿我妈又要过来唠叨了。"

晏斯时不由笑了一声,便决定带回去再打开。

这几日夏漓在家无事可干,把姜虹和夏建阳替她搬过来后胡乱摆放的书籍大致整理了一遍。晏斯时此刻去看书柜,有一排放了整排的杂志,都是《看电影》。从 2007 年到 2010 年,按照时间顺序,排放得整整齐齐。

他目光扫过 2009 年那一部分,毫不意外地发现,缺了五月份的《看电影·午夜场》。

他抬手点了点:"少了一本。"

"是呢……"

"去哪儿了?"

夏漓装傻:"去哪儿了呢?我也不知道。"

"送人了?"

"好像是吧……也不知道收到的那个人有没有扔掉。"

晏斯时轻笑一声:"来路不明的书,当然扔掉了。"

夏漓眼睛睁大:"真的吗?"

"不知道。你得去问你送书的那个人。"

夏漓有时候觉得,晏斯时这人其实有点"白切黑"。

这时候门口人影一晃,姜虹笑眯眯地问晏斯时要不要喝茶,她沏了一壶新的。

晏斯时说:"好,谢谢您。"

夏漓无奈地耸耸肩,低声笑道:"看吧,我就说。"

待到差不多下午两点半,夏漓便跟晏斯时离开了。他们订了春节档的电影票,看完以后去晏斯时外公外婆家里,时间刚刚好。

自电影院出来,天已经黑透。前几日天气预报说要下雪,结果只干刮了一阵冷风。此刻风更凛冽,不知是不是真要下雪。

抵达霍家，霍济衷和戴树芳早已等待多时，热情相迎。

戴树芳叫人来接了他们的外套挂上，拍拍夏漓手背，笑问："外头冷吧？"

"我们开车过来的，不冷。"

"那小晏你带小夏去洗个手，我们马上开饭。"

霍家是前些年流行的那种欧式装修，但因为房子面积大，空间高阔，家具又都是精品，不显得局促，反有一种富丽堂皇之感。餐桌很大，皇家蓝的锦缎桌旗上摆着一只白色花瓶，插着漂亮的浅粉色重瓣晚香玉。

与中午的那顿一样，晚上也是一大桌子的菜。

夏漓之前与二老就打过交道，相较而言，她与他们相处起来就自在得多。和前两次相比，他们对她的态度更多了一层亲热。

戴树芳笑眯眯地说："年后小夏你就要去滨城是吧？"

夏漓点头："辞职以后工作交接完毕就会过去。"

"滨城好，靠海，气候温暖，空气也清新。"

夏漓说："您到时候可以去玩。"

"等小晏也过去了，我一定去。"

晚饭结束，戴树芳让保姆端上蛋糕。

夏漓知道吃不完，是以订的蛋糕尺寸不大，但戴树芳准备的这个可就毫不客气，好似生怕小一寸就亏待了晏斯时一样。一模一样的流程，又要来一遍，夏漓感觉晏斯时已经有些生无所恋了。但他依然十分配合，没有半点的不耐烦。

吃完蛋糕，陪着二老闲聊，到了晚上九点半，保姆过来说，外头开始下雪粒了。戴树芳赶忙拉开客厅的窗帘瞧了瞧，叫晏斯时赶紧送夏漓回去，不然一会儿雪下大了，路不好走。两人便告辞。

一推开门，风夹着雪粒扑面而来，晏斯时叫二老别送，外面冷。戴树芳和霍济衷却不肯马上进屋，仍旧站在门口，叫夏漓有时间再来。

上了车，晏斯时将暖气调高，开雨刮器扫了扫车前玻璃，随即问道："现在回家？"

"你想让我回去吗?"夏滴看着他,眼睛里像盛着两弯小小的月亮。

晏斯时凝视着她,片刻后打转向灯,将车启动。拐出小区以后,夏滴识得车子不是在往她家的方向开。

到达晏斯时住的地方时,那雪粒已经变成了小片的雪花,落在地上即刻化去。

晏斯时拿上礼物,牵着夏滴的手进了屋。

灯打开了,暖融融的灯光叫人一点也想象不到外头的寒气。夏滴走到窗边去看雪,晏斯时说楼上书房有大落地窗,视野更好。进了书房,夏滴推敲格局,明白过来晏斯时卧室里除浴室之外的另外那扇门,就是通向这里。

书房面积与楼下客厅相差无几,拉开丝绒的帘子,是一整面玻璃窗。夏滴在窗边立了一会儿,雪还太小,没什么看头,她转而去看书桌后的整排书架。书都有些年头了,最上面两排是成套的精装版名著,那应当不是晏斯时的品味,大抵是装修的时候采买过来做装饰的。

在方便拿取的那一排,夏滴发现许多本心理卫生健康方面的书,此外,是计算机编程相关的专业书籍,还有连期的《大众软件》,整套《虫师》漫画,以及不连期的《看电影》。

夏滴一下便发现了 2009 年五月号的《看电影·午夜场》,抬手将其抽了出来。一翻开,有张便笺雪片似的飞出,落在地上。

晏斯时先一步俯身拾起。他捏着那便笺,低头看得仔细。

夏滴只觉得像有热气扑向面颊,忍不住伸手去夺:"别看啦……"

晏斯时手拿远了,没让她够着,轻笑一声问道:"字是左手写的?"

夏滴不说话。

"为什么要匿名?"

"那当然要匿名。你那天看起来心情不好,我怕直接给你,你会拒绝。"夏滴小声说。

好像,此刻与晏斯时对话的又变成了少女时期的她。满腹心事,委婉曲折到极点。

"不会。"晏斯时低头看她,"如果是你给的。"

夏漓睫毛蝉翼似的颤了一下："真的吗？"

"真的。"

似乎这句话给了她勇气，她顿了顿："你要看一下生日礼物吗？"

晏斯时点头，走到书桌旁，抬手搭上那铁盒。

夏漓呼吸一轻，意识到自己可能还是没法当他的面跟他一起看，便拿着手里这本杂志，往落地窗对面的单人沙发走去，若无其事道："你自己看吧……"

晏斯时揭开铁盒。入目的第一样东西，便让他一怔。那是包着书纸的一册漫画，封面一行行将褪色的字，仔细辨认，是"From Y"。翻开看，是《噬魂者》的单行本。漫画中间夹了两张纸，一张是列了中文释义的英文单词，一张是电脑配置清单表。再往下翻，一只用白色有线耳机缠绕机身的MP3，不知是什么牌子，外观有些磨损，但看来整体状况还算良好，让人怀疑或许充了电还能开机。

除此之外，还有三张照片，都塑封过。一张是《西安事变》演出结束后的合影；一张是画质超糊的单人照，他穿着一身白色的运动服，但更具体是什么时候拍的，他毫无印象；第三张，是他与陶诗悦、王琛以及另一个记不起名字的二十班同学的合影，看背景是新加坡的地标建筑，应当是那年考完SAT拍摄的。

照片之下，是一张明信片，斑斓热带鱼，背后盖满纪念印章。

铁盒的最下层，是一本目标院校填写着"中国人民大学"的"百日冲刺规划书"，里面夹了一只信封。

晏斯时拿出信封。最普通的那种白底蓝条的信封，纸张已然泛黄，上面写着："晏斯时亲启。"

前面那些零碎的、被精心保管的物件，带着时光的厚重分量，已然让他心潮起伏。顿了一会儿，他才去拆那封信。

晏斯时：

你好呀，我是夏漓。

我们已经认识快两年了，希望你收到这封信的时候，不会太惊讶。

这信纸好严肃，还印着明中的校徽，不知道在这样简陋的信纸上写情书的人，是不是只有我一个？

是的，这是一封情书。

原谅我开宗明义，不然我一定会不停地绕弯子，然后跑题，最后失去一鼓作气告诉你的勇气。

是从什么时候开始的呢？如果我说第一面，是不是显得我很肤浅？

那时候，我连你的名字都不知道。可第一眼见你，我就有种奇异的感觉，好像有天我在窗边写作业，窗外的树梢上忽然飞过了一只白羽的鸟，那么轻盈而迅速，我连它的影子都捕捉不及。

第二次见你，是你刚转过来的那天，你没注意到我——还好你没有注意到我，我那时候超级狼狈。

但那天我知道了你的名字。海晏河清，我喜我生，独丁斯时。

是这个意思吗？

你的名字真好听。我喜欢你的名字。

喜欢在大课间的人潮汹涌中，找到你身影那一刻的惊喜。

喜欢你的背影，你走路的样子，你低头时风会跟着沉默，你被风吹起的白色衣角。

你总是显得有些孤独的影子，你喜欢独来独往，你听的歌有跟你一样的气质。

你谜一样的眼睛，你似乎只向界限内的朋友展露的温柔。

你坐在窗边看书，偶尔走神露出的百无聊赖，那天的树绿得好漂亮，阳光都更眷顾你。

……

我还可以列出一百件我喜欢你的事。

我羡慕所有接近你的事物，你的朋友、你的耳机、你银色的打火机、你的外套、在你指间的铅笔、被你拿着的冻柠七、你翻开的每本书、你听的歌,甚至你说出的单词和落入你眼睛里的风景……

我这样自私又狭隘地喜欢你。

我是你的朋友吗?或许是吧。

因为这样,我必须连看向你的目光都要小心翼翼地隐藏,怕你发现,从此我连靠近你的机会都失去了。

但我还是决定告诉你,为了不辜负我向你奔赴的每个瞬间。

所有故事,只在落下最后一个句号的时候,才算完成。

可不可以,在读完这封信之后告诉我,我的故事,最后的句号应该怎样谱写?

夏漓

2010 年 2 月 23 日

这封信迟了八年,送达他的手中。

晏斯时看得仓促,甚至来不及看第二遍,就这样拿着信纸,疾步朝夏漓走去。

夏漓手臂撑在沙发旁的小桌上,托着腮,看着窗外。她等得忐忑,那种心情好像是回到了多年前。想象中的场景,她会在起风的走廊拦住晏斯时,递上那封信。他看完会说什么,她不知道。只知道所有沉默的心事,最终都将有下落。

身后响起脚步声,夏漓回神,刚一转头,晏斯时已一把捉住她的手腕,将她提起身。她还来不及反应,就这样撞入他的怀抱。

好像撞入了风里,是想象中的 2010 年的那个夏天。在打闹的笑声中,白色纸张在走廊里翻卷着,夏凉风越过面对面站立、静默不语的他们,又朝着远处汹涌而去。

这就是他的答案——她的句号。

复杂而澎湃的情绪，如浪潮一样鼓动他们的心脏。夏滴觉得这个拥抱好紧，似要将她揉进他的血肉之中。

"晏……"话音刚出声，便被吞没，晏斯时转身，轻轻将她一推，她后背抵靠上玻璃窗，被彻底禁锢于他的怀中。这个吻中有他远胜以往的激动，她缺氧到心脏都在发疼。

晏斯时退开，手掌仍然捧着她的颈侧，望进她眼睛里的目光有暗寂的火。

"滴滴……"明明那样清冷的声线，却能将这昵称唤得这样缱绻。

"嗯……"

"下雪了。想你留下来。"

她怎么会说不？

晏斯时后退，在单人沙发椅上坐下，让她就坐在他的膝间，仰头细细密密地吻她。很快，已无法满足于此。

夏滴按住晏斯时的手臂，触到他腕上脉搏，她呼吸散乱，一深一浅："我想先去洗澡……"

晏斯时点头，拥了她片刻，方才松手。

书房的另一道门直接通往主卧。洗漱用品都是齐备的，只除了睡衣。晏斯时自衣柜里找出一件棉质T恤给她，是他自己常穿来作睡衣的灰色那件。夏滴拿着衣服往浴室门口走去，晏斯时叫她先洗，他出门一趟，很快回来。她心里明了，不作声地点点头。

待晏斯时离开，夏滴走进浴室，刚准备开始洗漱，又想起什么。她走回书房，从扔在沙发上的外套里摸出手机，给姜虹打了一个电话。接通时，她往外面看了一眼，雪开始下大了。

她对姜虹说道："在下雪，晏斯时外公外婆怕晚上开车路滑，回去不安全，留我在他们这里休息。"

姜虹似是顿了一下，而后说"好"，又问："不会给他们添麻烦吧？"

"还好。"

夏滴从来没有为夜不归宿撒过谎，这是第一次，甚至还搬出更长的长辈,叫姜虹没法置喙。至于她信不信,是不是实则心知肚明,那就不知道了。

打完,直接将手机静音。

她洗漱完,接上吹风机吹头发。那嗡嗡的声响盖过了外头的声音,她没听见脚步声,推开浴室门才发觉晏斯时已经回来了。外套大约挂在了楼下,身上穿着灰色毛衣,那上面似乎还沾着外面风雪的寒气。

"外面冷吗?"

"还好。"

"你先去洗个澡,不要感冒。"

"嗯。"

他们的对话显得若无其事。

夏滴看着浴室门关上了,在床边坐下,但有些坐立不安,总觉得这样等有些刻意,就起身去了书房,将方才心不在焉翻看的旧杂志拿了过来,拉开靠窗那张樱桃木书桌前的椅子,稍侧身坐下,手臂支在书桌上,低头翻开。她仍然心不在焉。听着里面哗哗的水声,思绪已然开始飘忽。

不知过去多久,水声停了,片刻,浴室门被打开。她很刻意地没有转头去看,假装自己看杂志看得投入。那脚步声靠近,带着一股浅淡潮润的香气,都停在了她身后。

她手指不自觉地将杂志一角卷起,掌心起了薄汗。

下一瞬,晏斯时伸臂,往桌沿上一撑。她呼吸一滞,转过头,目光径直撞入他的眼里。清隽的眉眼悉数落入视野,他没说话,直接俯身来吻她。

好像,前面所有暂且中断的情绪、镇定自若的对谈、隐秘沉晦的心猿意马,都是为了此刻,只要一个吻,一点即燃。

夏滴被晏斯时抱上书桌坐下,身上的灰色 T 恤直接被推高,她两臂撑在身后,借以让自己不要往后倒去。

窗帘半开,玻璃窗变成了模糊的镜子,映照台灯的光,与他们的身影。

在这张书桌上,读高中的晏斯时曾在这里阅读、写作业、听歌……下雨的时候,他是不是也会看着外面雨打枝叶的情景发呆。联想与眼前的实景,变成了双重的刺激。她成了一朵蓄满水的灰云，随时要落雨。

各种复杂的念头，感官的、情绪的，让她有些不知如何处理，只好去拥抱他，唤他的名字，像是请求，抑或求助。

晏斯时抬头，摸摸她的额头，随即将她拦腰抱起。

他再来吻她的时候，按床边的开关，顺手关上了顶上的大灯。但书桌上的台灯还亮着，玻璃灯罩滤过的灯光朦胧幽淡，这样的半明半暗，反而比绝对的黑暗更有氛围，更适合游走于现实与遐想的边境。

夏漓只觉得一切都似外面的那场雪，下得缓慢又静谧，但只有身处其中，才知那狂啸的寒风有多暴烈。好像那寒风掠过她时，也带走了一部分东西。她不知道是心脏或是别的哪里，有种空落落的感觉，需要被填满，需要有什么作为她的锚点，否则，她也将会变成一缕风。

有人将她从虚空蓦地拽回了实处。那一瞬，她几乎是出于本能地眼里泛起水汽。

晏斯时立即顿住，来亲吻她的眼角，语气两分慌乱，问她："是不是……"

她摇头，那样漫长的温柔早就足以消解一切的疼痛。

"不是……"她思绪茫茫，"你明白吗？"

"嗯。"晏斯时在她泛着薄汗的额角落下一个吻，"我明白。"

是那种得偿所愿的心情。

她仿佛轻叹："好喜欢你……"

晏斯时伏低额头，在她耳边说："做过一个梦……"

"什么？"

那低哑的声音向她复述，那个荒唐的梦里，揉碎的灯光如何散落在她眼中。

夏漓说不出话来，她终于见识到了他最为失控的样子。他收敛了所有的温柔，展露极具破坏性的一面，她本来已然乱七八糟的思绪，彻底变成一锅沸水。

她想到去年与晏斯时在便利店重逢，那时觉得他是长冬覆雪的雪山，寒冷如遥不可及的梦境。可如果不鼓起勇气靠近,又怎么会知道那实际是一座休眠的火山。

爆发时熔岩滚烫,有他最为炽热虔诚的爱意。

她甘愿落一身十万灰尘。

他不是梦境,他是存在本身。

汗水渐渐蒸发,让暴露于暖气中的皮肤有种紧绷之感。夏漓被晏斯时拥在怀中,他不时地亲一亲她的头发。

空气里有一股清咸的气息。两颗心脏以相近的频率渐渐平复,他们像浅浅滩涂上的两条鱼。没有更多想法,只有一种相濡以沫的慵懒。

"有个问题。"夏漓出声才觉得自己嗓音有些哑。

"嗯?"

"假如没有发生那件事……高三的时候你收到信,会怎么答复我?"

一时没有听见回答,夏漓抬眼去看。他在思考,清俊的眉目有种绝不敷衍的认真。

"可能不会答应,但也不会拒绝。我会告诉你,家里有些事让我暂且无法分心,如果可以,希望你等一等我,厘清思绪以后,再给你一个确切的答复。"

是他的风格。

夏漓笑了:"可是那时候你都要出国了。想想还是希望不大……这封信现在让你看到,或许就是最好的时机。"

晏斯时没法违心说"不是"。那时候他们都还太年少,掌控不了自己的命运,更无法向对方做出承诺。

夏漓似乎知道他在想什么:"不准你有亏欠心理。我觉得我们在羽翼丰满的时候重新认识,才是最好的结局。"

她并没有站在原地,没有自怨自艾。她追逐他眼里看过的风景,也因此见识到了更为广阔的世界。

晏斯时低头吻她。夏漓已经知道了,他内心动容的时候都会这样,不以言语作为表达。

余烬未熄,只一个吻就再生火焰。晏斯时亲着她仍然发热的耳垂,低声问:"再来一次?"

呼吸擦过的微痒让夏漓缩了一下脖子:"不够吗……"

"不够。"

那低沉的声音几如一种让人无法拒绝的蛊惑,夏漓小声说:"那你要轻一点。"

晏斯时说好。然而,也是夏漓,在不久之后就哀求着推翻了自己的这句要求。这一次完全由晏斯时游刃有余地主导,那双眼睛沉沦又清醒地看着她彻底溃堤,还要来吻她的生理泪水,很是无辜地说:"怎么这么快?"

呼吸平复,夏漓随意套上了晏斯时的T恤,起身拿床头柜上的水瓶喝水。她往窗外瞥了一眼,走过去将窗帘拉得更开。透过玻璃,看见外面的枝叶上已经覆了薄薄一层雪。

晏斯时看她额头抵在窗户玻璃上,呼吸留下一片蒙蒙的雾气。那样子让他觉得很可爱,但忍不住提醒:"别感冒了。"

夏漓说不会。室内是开了中央空调的,但单穿着短袖还是会觉得冷。

在回到床上之前,夏漓决定先去冲个澡。洗完以后,再换晏斯时。

夏漓这才有空拿过静音的手机看一眼,有几条微信消息,但都无关紧要。

没一会儿,晏斯时自浴室出来,在她身侧躺下时,身上还带着薄薄的水汽。

夏漓翻个身窝进他的怀里,嗅闻他身上好闻的气息,没头没尾地说:"你是双鱼座。"

"嗯。"

"我是双子。林清晓有次说,两个人,四个人格的恋爱,听起来好拥挤。"

晏斯时轻声一笑。

"雪什么时候会停?"她玩着他戴戒指的手指,有点放任自己的思绪信马由缰。

"不知道。"晏斯时低声说,"反正雪停之前,不会放你走的。"

时间早已过了零点。世界好像将他们遗忘,他们在这无人知晓的一隅,再度奔赴癫狂的梦境。

雪断断续续地下了一夜。

第二十六章
独自一人的海边

夏滴没受打扰,一觉睡到自然醒。醒时窗帘是拉着的,叫人不辨晨昏。她迷迷糊糊地摸过手机一看,发现竟然已经过了中午十一点,瞬间吓得清醒。晏斯时已不在卧室。

只剩 17% 电量的手机上,有一通姜虹的未接来电,十点钟打来的。微信上,还有她发来的数条消息:

姜虹:还没起床啊?
姜虹:滴滴,在别人家里留宿睡懒觉不好哈。
姜虹:烧退了没?

夏滴有点茫然,起身趿上拖鞋,看见通往书房的门是半掩着的,便走过去将其推开。

书房里窗帘大开,晏斯时正坐在单人沙发椅上,在外头映照进来的明亮雪光中跟人打电话,白色毛衣与浅灰色长裤,似一道月光那样明净。

昨晚发生的事此刻于脑中回放,夏滴害羞得没好意思出声,转身先往浴室去洗漱。洗漱完毕再去书房,晏斯时已经打完了电话,操控着支在小桌上的笔记本电脑。

夏滴犹豫了一下,走过去。听见脚步声,晏斯时转过头,目光落在她脸上:"睡醒了?"

"嗯……"夏漓视线略有闪躲，抓了几下几分凌乱的长发，"好奇怪，我妈问我退烧没有。"

晏斯时解释，他醒的时候正好看见她手机上来了姜虹的电话。他没贸然替她接，自己给姜虹打了个电话，说她昨晚着凉，有点低烧，吃了药还在休息。以他对姜虹性格的了解，倘若她醒得太晚，迟迟不回消息，姜虹一定会生疑。

夏漓笑了："果然撒了一个谎就要用无数个谎去圆——我们还是早点回北城吧。"

她身上仅穿着短袖T恤，晏斯时怕她真感冒了，捉她的手腕，让她在他腿上坐下，拥住以后方说："我等过了正月十二再回去。"

"这么晚吗？"

晏斯时语气平静："计划2月27日去扫墓。"

夏漓一怔："我能一起去吗？"

"你愿意的话。"

"那我也去。"夏漓轻声说。她决定将剩余的年假全部用掉，反正回去便要辞职。

安静一瞬，晏斯时低头看她："饿不饿？"

夏漓摇摇头，仍旧不敢与他对视，只将脑袋往他肩上伏去。奇怪，明明昨天晚上到最后忍不住讲过一些叫人面红耳赤的话，她任何的样子他都看过，此刻面对他，还是会觉得赧然不已。一定是他已经穿戴整齐的缘故。

他们差不多过了凌晨四点才睡。后面并非都到了最后一步，只是拥抱、亲吻与相互探索，他几乎吻遍她的全身，好像不舍分开，不舍得这个夜晚就这样结束。

夏漓打个呵欠，闷闷地说："你怎么起这么早？还这么有精神……"

晏斯时轻笑，催促她去把衣服换上，别着凉了。

夏漓点头，正要起身，又想起什么："那个……平常都是家政过来洗衣服打扫吗？"

"怎么？"

她有些羞于启齿:"床单……"方才她略扫过一眼,那真的是乱七八糟得没眼去看。

晏斯时捏捏她泛红的耳垂,了然道:"我亲自去换。"

夏漓回卧室换上了自己的衣服。明明从四点到十一点,也睡了七个小时,但还是觉得疲累,有种宿醉般的虚浮感,她好笑地想,这是不是就叫作"纵欲过度"?

接上手机电源之后,给姜虹回了消息,继续撒谎,说已经退烧了。姜虹问她什么时候回家,她说晚上。

为了不辜负这难得一见的雪景,两人决定出门吃中饭。

推开门,寒风清肃,天地皆白。楚城很少下这样大的雪,尤其还是在春节期间,这不免让夏漓觉得,这场雪是专为了他们而下的。

起得晚了,楼栋附近大部分的积雪已让小孩儿踩得七零八落,空地上堆了大号雪人,围着一条鲜艳的红色围巾。

夏漓先没上车,咯吱咯吱地踩着雪,找到一小片未被"染指"的地方,捡了根树枝,在上面划出晏斯时的名字,掏出手机拍了张照。而后丢了树枝起身,仅仅这么一会儿,双手已让寒冷空气冻得有几分僵硬。

晏斯时捉住她的手,替她焐住,垂眸轻轻呵气。她抬眼去看,白色圆领的套头毛衣反射雪光,又映在他脸上,更显得皮肤薄而白皙,那微微垂落的睫毛,似冬日里灰雀的羽毛。心脏无法控制地怦然而动,像第一次见到他时那样无端忐忑的心情。她自己都觉得这一幕过分纯情,好像她会在任何时候、任何地点,反复地喜欢上晏斯时。

上了车,夏漓接上了车内的数据线,给手机充电。点开微信时,发现七班的群里有新消息,有人发了一张照片:明中操场的雪地上,写着"为中华之崛起而读书"几个大字。

大家纷纷出来冒泡,问学校这么早就开学了?

拍照片的同学说高三已经返校补课了。

有人说,比他们读书那会儿还苦,至少他们初七才开始上课。

夏漓刷着消息,问晏斯时:"明中高三已经开学了,我们等会儿要不要过去看看?"

晏斯时说好。

吃过午饭,晏斯时载着夏漓去了明中。校门口没有停车位,车停得稍远。他们踩着积雪走过去,夏漓的一只手被晏斯时揣在他羽绒服的口袋里。

校门口的书店已经迭代过好多回,早不是他们读书时的模样了,而《看电影·午夜场》也已在2018年伊始——1月2日这天,于微博上宣告了停刊。

好像,他们的青春已经彻底结束。

到了校门口,保安拦着不让进,夏漓报了老庄的名头,说是他的学生,很多年没回来过了,想进母校看看。校门外的展览板上,还贴着大红喜报——庄凌晖老师荣获全市最受欢迎教师第一名。

保安问她:"你们是哪一届的?"

"2010届。"

"那是毕业好多年了——高考上的什么学校?"

"我南城大学,他麻省理工。"

"国际部的啊?"

"对啊,以前还没有国际部呢,只有国际班。国际班第一届不就是2010年毕业的嘛。"

保安见两人文质彬彬的,都有种书卷气,又对答如流,不像是社会闲散人员,让他俩登记了姓名和身份证后放行。

校园里一片寂静,只有寥寥几人在积雪的操场上玩耍,看着也不像是学生,可能跟他们一样都是返校的毕业生。

他们穿过有风经过的连廊,到了原本的二十班教室。班号改成了十二,教室门紧闭,里面只有空着的课桌椅。

夏漓指了指靠窗的倒数第二排:"你以前坐在那里。"

晏斯时的目光一时很深:"你都记得。"

夏漓转头,笑得眼睛变成两弯月亮:"关于你的一切我都记得。"

上了楼,又去了趟原来七班的教室。七班每个月都轮换座位,夏漓也没法指出自己以前常坐在哪儿。

离开高一、高二年级的教学楼,他们穿过校园,往高三学部走去。经过那立着校长雕塑的小广场,夏漓有两分小小的得意:"忘了告诉你,那天晚上你来这里抽烟,我是偷偷跟踪你过来的,不是偶然碰见。"

晏斯时说:"我后来猜到了。"

夏漓一愣。晏斯时微笑:"我又不笨。"

"那你为什么不揭穿我……"她还没得意超过五秒钟呢。

"因为你好像没有恶意。你不是还跟我分享了你的秘密基地吗?"

"那……"夏漓想了想,"运动会递水给你那次呢?"

晏斯时思索:"那就不确定了,都说得过去。"

倒是经夏漓一提醒,晏斯时想到:"我的照片是运动会上的?"

"对呀,偷拍的。"

"你比我以为的要大胆一点……"

"不大胆怎么搞到你。"

晏斯时被"搞"这个字逗得勾了勾嘴角。

他们继续往前走,晏斯时问,还有没有什么他不知道的事。

"好像没什么……哦,元旦祈福的时候,我写在布条上的祝福是送给你的。"

握着她手指的那只手一时又收紧了几分。她真的为他做了好多的事,那样隐秘、熨帖又毫不打扰。

到了高三教学楼,恰逢有个老师下来,拦住了他们不让上去,此时刚过下午两点钟,高三正在上课。如此,他们也就不打扰了,换了另一条路,穿过操场往东北角的钟楼走去。

原本只想碰碰运气,但没想到一楼的门还是像以前一样不常上锁。落雪的午后,钟楼独自矗立,进入内部,那阒静让他们上楼的脚步声都放轻。没有意外,广播台是锁着的,但楼上的空教室没有上锁。推开门,里面仍然摆着那些废置的桌椅,难以相信,这角落像是被时光遗忘了,独立地存在着,连空气里的那股尘味都与记忆中的一模一样。

有个词语叫普鲁斯特效应,意思是,只要闻到曾经闻过的味道,就会开启彼时的记忆。此刻,那个黄昏时被少年吃掉的红豆面包,那个冬日的晚上在黑暗里燃起的一点火星,他手掌撑在桌上俯身来问她怎么哭过了……所有细节蜂拥而至。

夏漓走到后方,推开了那扇钝涩的窗户,凛冽而清新的寒风涌入。她吹了吹凳子上的灰,坐了下来,看向晏斯时,笑道:"好怀念。"

晏斯时不说话,朝她走去。到了桌前,他不顾桌面上有一层灰尘,手臂往桌沿上一撑,另一只手往前探,抚上她的后颈,俯身闭眼,径直吻住她的唇。

时间静止,风也不存在了,连同她的心跳。

夏漓怔忡地睁着眼睛,半晌才缓慢闭上。

所有声息都湮没于时间。新旧记忆交叠,她分不清了。只有那年黄昏的钟声,一声一声地在她心口震响。

离开明中,他们又去了晏斯时的住处。夏漓想睡个午觉,吃过晚饭再回家。

上了楼,晏斯时叫她先去书房的沙发坐一会儿,他来换床单。夏漓终究好奇,走到门口去观望。但真的看见了又发现没什么可围观的,晏斯时一人在国外生活那么久,不可能不具备基本的生活能力,他又不是什么少爷,哪里会到四体不勤、五谷不分的程度。昨晚那套深灰色的床品被拆下,换成了一套燕麦色的,看上去更显温暖。

夏漓刷过牙,仍旧换上晏斯时的 T 恤,躺到床上。她是真的困,在暖气与被套清淡香气的围剿中,说着话便不知不觉地睡了过去。

晏斯时低头去看,手指轻轻拨弄一下她的睫毛,看落在她下眼皮上的浅浅的影子,片刻后起身,拉上窗帘,去书房里找了一本书,回到卧室靠坐下来。

夏漓醒时有些恍惚。室内一片昏沉,唯一亮着的是晏斯时那一侧床头柜上的台灯,那光线清幽,像雪地上的月光。

"天已经黑了吗?"

晏斯时回过神,拿书签夹住书页:"五点半了。"

"我睡了这么久。"

晏斯时合上书,轻放在床头柜上。"饿吗?考虑一下晚上想吃什么。"

夏漓摇摇头,忽地伸臂搂住他的颈项,语气中几分埋怨:"吃完饭就要回去了……时间这么少,你也不知道叫醒我。我以为最多只会睡半小时。"

晏斯时觉得好笑,顺势将她手臂一拽,让她起身跨坐在他膝头,挨着她耳朵轻声说,昨晚折腾她太过,他觉得过意不去,所以才想让她多睡一会儿。

"那你也舍不得我吗?"

"当然。"

夏漓就不再说话,低头靠在他肩膀上。房间里只有彼此安静的呼吸声。然而不过片刻,她就感知到晏斯时起了反应。

夏漓偏头瞧他一眼,他的神情堪称冷静。但就是这样的波澜不惊,叫她格外想要复现昨晚他的失控。她毫不犹豫地伸手一覆。晏斯时微微地眯了一下眼睛,捉住她的手腕,这动作的趋势并不是要推开她。他语气很平和:"想好,别后悔。"

"才不会……"

下一瞬,便觉天翻地覆。晏斯时按着她的手腕,直接将她往后一推,她身不由己地朝后方仰倒。他手掌顺着手腕往上,扣住她的五指,紧紧压在她脑袋旁边。

夏漓睁眼,便能直接望进正上方他幽深的眼睛,她第一次见他拿这样危险的目光看她,让她一瞬间怀疑自己是不是放了什么大话。

这怀疑成真。原来,昨晚的晏斯时仍然有所保留。求饶无用,反而好像起了反作用。

他是说过的,让她不要后悔,所谓"勿谓言之不预"。这是她没有见过的晏斯时,有着毫不掩饰的占有欲与破坏欲。可是为什么她却很喜欢,甚而激动得全身战栗。这让她想到那时候,她在心里说,她要成为他的共犯。

思绪如雾气漫漶之时,晏斯时低头来吻她:"你有点不专心。"

"我在想高中的你……"

"想他做什么?"

"你连自己的醋也要吃吗?"她笑问。

晏斯时手指轻轻掐住她的下巴,让她与他对视。

"只准看着我。"他说。

2月27日,也即正月十二,清早,夏漓同晏斯时去给霍青宜扫墓,同行的自然还有霍济衷与戴树芳。

见了面,夏漓发现晏斯时怀里抱着的花束是白色晚香玉,一时怔然。想到他生日那天,霍家餐桌上插瓶的浅粉色晚香玉,她明白过来,那大约是霍青宜生前最爱的花。那花束静默不言,也在见证一切。

这天是阴天,天色灰淡,不显得肃杀,只有一种平静的宁谧。

霍青宜葬在楚城东北近郊的东山公墓,不是新年伊始,也不是清明节气,今日前来扫墓的人并不多。

入园之后便无人说话,夏漓抱着一束白菊跟在晏斯时身旁。她能推测他此时一定情绪复杂,如果前些年他都没回过楚城,那这就是霍青宜去世之后,他第一次过来扫墓。但具体是怎样的心情,外人又怎能妄谈"感同身受"。

她唯一经历过的死亡只有前两年外公去世。但外公走时无病无灾,大家都说那叫"寿终正寝"。家里沿街摆席,锣鼓队吹拉弹唱了一整夜,或许是她跟外公从小并不太亲近,小学以后又不常在老家的缘故,那氛围并不叫人觉得过分悲恸,只是怅然若失——至少她是这样。

在草地与整齐林立的墓碑间穿行一阵,走在最前方的戴树芳先一步停了下来。夏漓顺着看过去,一方大理石墓碑上镌刻姓名与生卒年月。霍青宜去世时只有四十一岁。方寸大小的黑白照片,亦能看出那真是个风华绝代的美人。

晏斯时于墓碑前伫立片刻,蹲下身,放下那束晚香玉。

夏漓也紧跟着走过去，放了自己准备的白菊。她不打扰，随即静静退到了一旁。

戴树芳从霍济衷提着的袋子里拿出准备好的祭品，也不是什么特殊的东西，但大抵是霍青宜生前爱吃的，一串葡萄、几个雪梨、几块桂花糕。她将三个盘子摆成一线，再去整理水果与糕点，将它们摆放得整整齐齐、漂漂亮亮。

晏斯时看着戴树芳有几分佝偻的背影，躬身接了她手里的东西，垂眼低声说："我来吧。"戴树芳便退到了一旁。

墓地常有人打理，整洁干净，只旁边飘着几片落叶。霍济衷瞧见了，蹲下身去将其捡拾起来。一家人对情感的表达都这样隐晦，全程无人说话，但依然能让人觉出空气中那微微涌动的缅怀的忧伤。

他们静默地待了许久，直到戴树芳出声，拍了拍晏斯时的手臂："小晏，回去吧。"

晏斯时轻声说："您和外公先去停车场等我，我想单独待一会儿。"他顿了顿，看向夏漓。

夏漓自觉不作打扰："我陪他们一起过去。"

晏斯时点了点头，掏出车钥匙递给她。

草地沾了露水，有几分湿滑，夏漓挽住了戴树芳，往墓园大门走去。戴树芳脚步很慢，语调也慢："小夏，小晏跟没跟你提起他妈妈生前的情况。"

"提过的，戴老师……我知道阿姨生前患了心理疾病。"

戴树芳叹口气："那她怎么去世的，你知道吗？"

"晏斯时还没跟我说过。"

"她是自杀的。"戴树芳却是干脆。

夏漓对霍青宜去世的原因有过推测，也隐隐猜到了，但让戴树芳这样直接点明，仍觉得心头一震。

戴树芳说："她那段时间一直好一阵、歹一阵，也不是第一次尝试……我们后来加强了防备，但还是百密一疏……"

夏漓自然而然地便想起校庆那天，戴树芳接了电话后一脸惊慌，霍济衷更是连后续的捐款仪式也没参加,两人带着晏斯时,走得慌乱又匆忙。那或许就是因为霍青宜差点出了事。

戴树芳说,八年前的2月27日那天,霍青宜提早叫好了车,趁保姆出去倒垃圾的那三分钟,从家里跑了出去,不知怎的,跑到了一个停工好几个月的工地上。

她爬到了楼顶,或许那时候正好清醒,也或许临了又放弃,便给晏斯时打了个电话,让晏斯时去接她。她说那地方好高,她不知道怎么下去,她很害怕。

夏漓想到了高三那个誓师大会的下午,那时晏斯时接到一通电话之后就直接离开了学校。

"小晏自己打了车过去,也给我们打了电话。我们赶过去的路上,又商量报了警。工地离得不远,小晏是第一个到的……"

那楼房有十五层,是个烂尾楼,只能爬楼梯上去。待晏斯时爬到楼顶时,已经晚了一步。

仅仅只晚一步。他只来得及看见楼顶边缘一片残影掠过。随即,底下传来一声闷响。

夏漓倒吸一口凉气,仿佛有千万根钢针,一瞬间密密匝匝地刺透心脏,让她无法呼吸。

"警察赶到的时候,小晏整个人已经是崩溃的状态……"

他跪在顶楼边缘的水泥地上,脸上没有丝毫表情,一动也不动,对外界所有的刺激都失去了反应。

以上的内容,也是后来在警方的反复问询之下,他艰难透露的只言片语。但那以后,他不再对当时的情况复述一个字,整个人彻底封闭。

彼时,戴树芳也快要垮了,白发人送黑发人,从来不是一句轻巧的惋惜。霍济衷好歹强抑悲痛,一方面支撑妻子,一方面照拂外孙。他专程请了江城最好的心理医生过来,心理医生评估,最好先将晏斯时送离楚城,远离刺激源。霍济衷便紧急带着戴树芳送晏斯时回了北城。晏斯时不愿回晏家,桃月里也无法住人,他们便另寻住处。

那是不堪回首的一段时间，戴树芳现在回想都觉得绝望。

好歹，在心理干预之下，到了夏天的时候，晏斯时的状态已经稳定许多。彼时美国那边的学校将要开学，戴树芳不放心他过去，但他坚持自己没问题。

戴树芳到底担心，便决定前去陪读。她一个年近七旬的老人，陪着晏斯时在异国他乡生活了近一年，语言、文化不通，又没有亲戚朋友的，那样的日子，用"挨"来形容，一点也不为过。

刚刚到波士顿的晏斯时，过得很规律的生活，只是除了学习之外，从不跟人有多余交流，戴树芳很难判断他的情况是否真的有所好转。

有天晚上，晏斯时一人开车去了里维尔海滩，到凌晨才回来。她吓坏了，央求着晏斯时去看心理医生。她在医学界有些朋友，委托他们找波士顿那边的同侪，打听到了最好的心理医生。

起初晏斯时不愿意去，坚持称自己可以正常生活。有一天，压力之下她终于忍不住痛哭，对晏斯时说，"我已经失去了我唯一的孩子，你不能让我连孩子的孩子也失去"。

那或许是道德绑架，但对晏斯时这样总是自省内耗的人而言，一个年近古稀的老人情绪崩溃的请求，无疑有几分作用。

后来，在心理医生迈拉的帮助之下，晏斯时的情况逐渐稳定，并开始有所好转，那时候戴树芳才考虑回国。她跟晏斯时约法三章：每周去看医生；每天都要给家里打电话；以及，三餐定时，按时服药，好好休息。

从药物减量到彻底停药，他的生活终于在读研时基本回到正轨。那过程似是耗费千辛万苦修理好了一块摔得粉碎的手表，机芯、机栝、发条……而一个人心灵和精神世界的精巧，又岂是机械的造物可以比拟的。当秒针重新嘀嗒转动，他的生命才重新开始流动，恍如熬过了一个漫长而灰暗的冬天。

夏滴很难想象，彼时的晏斯时生活在怎样的一种心理绝境当中。他是个父母吵架都要自责的人，要如何原谅自己迟到的那几秒钟？那必然是永远的噩梦，永远挣脱不得的枷锁。

听完戴树芳说的话，夏滴背过身去，凛冽寒风擦过她的眼睛。她趁着戴树芳不注意，飞快抹去眼角的雾气。

此时，他们已经走到了停车场，站在一棵常绿的柏树之下。戴树芳抓过夏漓的手，轻拍她的手背："我跟老霍年纪都大了，今后不过活一年是一年。我唯一放心不下的就是晏斯时。我听说过，有些心理疾病没有彻底治愈之说，未来还有反复的可能……我看得出来，除了我们，你是他唯一信任和依赖的人。我能不能把他托付给你，哪怕你们以后不做男女朋友，作为他的同学、朋友，在他需要的时候，也请你帮他一把……"

夏漓喉间似哽着硬物，毫不犹豫地哑声说道："不管他状况好与不好，我会一直陪着他。我发誓。"

她甚少以这样郑重的口吻承诺什么事情，因为太明白世事无常、人心思变。但这件事，她很确定自己能做得到。晏斯时不只是她年少的幻想、青春的执念，他是她永远愿意回报以全部热忱与孤勇的最爱的人。

风吹得戴树芳花白的发丝微颤，像她有两分颤巍巍的手，她眼眶湿润："谢谢你，小夏，这样我就放心了。"

他们等了好一会儿，晏斯时自墓园那边过来了。夏漓看见他的裤脚被草地的露水打得几分潮湿，神情中犹有一种沉默的冷寂。

夏漓伸手，将他的手握了一下。他手指有些发凉。

晏斯时立即低眼看她，反握住她的手："怎么？"

夏漓笑笑，摇摇头。

他独自在墓前说了什么、想了什么，她不想、也不打算去窥探。

那是他可以保留的角落，是他独自一人的海边。

第二十七章
有身化鹤，腐草为萤

回北城以后，夏漓便递上辞呈。

对于宋峤安而言，她这决定有些突然，因为目前为止她在公司的表现很好，年终奖也拿得尚算丰厚。他现在对她没有其他心思，但作为直属领导，工作方面还是得过问几句。

夏漓很坦然，笑道："找到下家了。"

宋峤安当然得例行挽留："现在走挺可惜的，年前跟人力部门谈年终奖，我们部门大领导准备给你调薪。你要是还有什么要求，现在可以提，我先帮你向上反映。"

夏漓煞有介事地道："宋老师，我盯的是你的位置，你如果让给我，我就考虑继续干。"

这样一说，宋峤安明白她真是已经下定决心了，也就用玩笑语气说道："好啊，那我明天就让部门领导先给我让位。"

辞职审批很快，但还得多留两周交接工作。夏漓开始收拾东西。

徐宁不打算再找室友了，她有个编剧朋友合租的室友也准备四月份跳槽，到时候她就会退了这边的租，搬去跟那位编剧朋友同住。

夏漓在这出租房里住了三年，但购物还算比较克制，东西并不太多，"断舍离"之后就更精简。比较难带走的是一些书，这部分打包以后，晏斯时开车过来，帮忙一趟带去了桃月里暂存。

工作交接的这段时间，夏漓终于不必加班，每天到点打卡走人，跟晏斯时一同吃晚饭、约会。她在晏斯时那里留宿的频率越来越高，最后干脆直接住了下来。

离职前几天的周五，公司几个关系相对较好的同事约了夏漓一起吃顿饭，给她饯行。

他们在一家日料店定了包间，边吃边聊。不是公司团建性质，气氛自然就随意得多。

设计部的林池宇也在，端着梅酒跟夏漓喝的西柚可尔必思碰碰杯，笑道："知道你辞职了还蛮突然的。"

夏漓笑道："跳槽这种事也不好大张旗鼓宣扬对吧？"

"之后还是在这个行业？"

"是的。不过具体什么公司暂时还不便透露。"

"理解。"

而后，两人便无话可说了。夏漓不迟钝，当然知道林池宇对她有好感，但去年夏天那会儿，他们还没来得及有什么进一步的了解，国庆时候夏漓就跟晏斯时在一起了。

后来有一次夏漓在便利店门口碰到过林池宇。那时她正跟晏斯时在一起，十分自然地将喝过两口的茶饮递给了晏斯时。林池宇一看也就明白了，此后再也没在微信上跟她聊过与工作无关的内容，连之前发过的类似美术展览的资讯消息也不再分享。

林池宇将杯中的梅酒一饮而尽："那就祝夏老师前程似锦。"

夏漓笑着说："谢谢。"

这顿饯行饭，大家其实都没怎么喝酒，但散场时，宋峤安却似半醉。出门后，宋峤安叫住夏漓，说耽误她几分钟时间，单独说两句话。

夏漓有两分警惕，但毕竟就在人来人往的店门口，料想宋峤安也不至于说出什么出格的话。她站得离宋峤安有两步远，笑问："宋老师想跟我说什么？"

宋峤安看着她："想跟你道个歉。"

夏漓不明白这话从何说起。宋峤安苦笑，那有两分含混的话语让人听不出真正的情绪："我是到关键时候才发现，我这人挺没种的，屁都不敢放一个……你男朋友不错，他应该会好好珍惜你。祝你幸福。"

这种好似"交接托付"的口吻，让夏漓有几分不悦，她其实很少在这种人际交往的事情上较真，尤其都离职了。她笑一笑，用有几分认真的语气纠正："他不是不错，他是很好。谢谢你的祝福，我想我会的。"

此时，夏漓注意到路边有车停靠，打起了双闪灯。她已经能一眼识别晏斯时的车，就对宋峤安笑道："我男朋友来接我了，我先走了。"

宋峤安点了点头，不再说什么，最后看她一眼，转身便走，动作迅速，有几分决然的意思。

夏漓走过去拉开车门，上了车。待驶离了店门口，晏斯时看她，平静地问道："刚刚在聊什么？"

"莫名其妙跟我道歉。说他自己没种，关键时刻不敢出声什么的。我不喜欢他的态度，好像是你在捡他的漏一样。"

晏斯时沉吟道："我想，他要道歉的可能是另外的事。"

"什么事？"

晏斯时将去年春天她跨部门团建那回，在洗手间里发生的事简单复述一遍。

夏漓听得睁大了眼睛。她从未见过晏斯时跟人起争执，但她知道这就是晏斯时的性格。换成别的人，比如他认识的陶诗悦或者林清晓，那样被人言语侮辱，他也一定会这么做。她脑补了一下，非常遗憾当时自己没在场，他冷冰冰地将人脑袋按进水盆里的场景应该蛮带感的。

"我都不知道发生过这种事……难怪后来宋峤安对我态度就变了。"夏漓说。

晏斯时说："他比我以为的好那么一点，至少他还记得跟你道歉。"

"他曾经也算是你的情敌，你还帮他说话。"夏漓笑道。

"任何身份都应该得到公正的评价。"

夏漓刚想称赞晏斯时大度，他又淡淡地说："当然，还好他以后都不会再有机会跟你吃饭了。"

夏漓忍俊不禁。她好喜欢他若无其事吃醋的样子。

车直接开到晏斯时的公寓。夏漓进门以后,看见书房门开着,里面比平日里显得凌乱几分,桌上桌下堆了好几摞书本、杂志和打印的资料。

晏斯时解释说,在整理一些技术资料,刚刚临时出门去接她,还没来得及收拾。他让她先自己玩一会儿,或者先去洗澡,他可能要继续做一点整理的收尾工作。

夏漓洗过澡,倒了杯水,走去书房。晏斯时正面对着台式机屏幕,这时候转头来看了看她。

她说:"不用管我,我就进来看一下。"

她小口喝着水,随意翻了翻桌上那堆书籍,一时顿住。她放下水杯,抽出两本一模一样的英文书籍,举起来看向晏斯时,笑道:"你最好给我一个说法。"

是关于计算机与脑神经科学领域的学术著作——当时晏斯时让她帮忙在纽约代购的那一本。

晏斯时说:"如你所见。"

"你自己都有了,还让我再买一本。"

"不然怎么有理由见你。"

夏漓想不到比这更叫她满意的"说法":"好了,不打扰你了……你继续。"

她捧着水杯,小口喝着,随手翻了翻晏斯时的那些杂志,又忍不住去看他。淡白光线照在他脸上,那不带一丝情绪的平静,莫名就让夏漓想到了当时王琛分享在群里的晏斯时参加论坛时发言的那段视频。那种冷静与理智,以及面对专业的专注,如出一辙。

她有点怔然。晏斯时觉察到了,自屏幕上移开视线,问她:"怎么了?"

她摇摇头。目光再依次经过他解开两粒扣子的白衬衫衣领,若隐若现的锁骨,劲紧的腰——这个世界上应该只有她知道,那衬衫之下恰到好处的薄肌,用力时腹部隐约延伸至深处的青筋,摸起来手感有多让人失控——再到他挽起衣袖的小臂,戴着腕表的手腕,搭在白色键盘上的手,以及手指上的银色戒指……

夏漓放了杯子,那轻轻搁在桌上的声响,让晏斯时再度转过头来。

夏漓问:"我在这里会不会打扰你?"

"不会。"

"但是你打扰到我了。"

她看着他的目光,竟有两分的委屈。晏斯时一顿:"我怎么打扰你的?"

夏漓挨过去,膝盖抵着他的腿,将电脑椅往后推了推,空出的空间,使她恰好能够跨坐在他腿上。

晏斯时看着她,目光渐暗。她捉住了他的手,往睡裙下摆遮蔽的空间探去。

"这样。"她望着他的眼睛,耳后已是一片薄红,声音也轻,带着一种强作的镇定。

他的指骨,隔着棉质的布料触到隐约氤热的潮湿。

"刚刚在想什么?"晏斯时声音微哑,他耳根也开始泛红,或许比她更要强作镇定。

夏漓脑袋往他肩膀上一伏,摇摇头,不再说话。这已经是她的极限了。

"你知道我还要工作。"

落在夏漓耳畔的声音,清冷而微黯。她顿了顿,刚准备起身,晏斯时手掌将她后背一按,阻止了她的动作:

"所以我要抓紧时间。"

夏漓很喜欢主卧里她亲手挑选的四件套,前几天刚送到,洗过烘干以后就换上了。非常漂亮的晴山蓝,是春日里雨停之后,太阳下云雾浅浅笼罩群山的颜色。

此刻,重新洗过澡的她拥着这一片蓝色,手臂支撑趴在床上,翻着一册杂志。

晏斯时还在隔壁书房工作,她不再留在那里。她已经打扰他够多了。西装裤彻底弄脏；说好的抓紧时间，最后还是半小时起步；明明她说她来就可以，但无奈体力太差，没几分钟就只能移交主动权。

最惨的是，他们还打翻了那只水杯。晏斯时非常冷静地抢救回了键盘，但今晚不许她再进书房了。

夏漓挑拣着看完整本杂志，又拿了笔记本电脑过来，点开了一部电影。她本以为晏斯时今晚要工作到很晚，但电影还剩三分之一的时候，他从书房过来了。

"还没睡？"

"嗯。想看完这部电影再睡。"夏漓按了暂停按钮，问他，"你弄完啦？"

晏斯时点头，走过来在床沿上坐下："正好，有件很严肃的事想问你。"

这的认真语气让夏漓也不禁正襟危坐："什么？"

晏斯时看着她："你能接受两到三个月的异地恋吗？"

夏漓愣了一下。

晏斯时继续说道："抱歉，我错误预估了进度，还有些前期的工作没做完，可能得到五月底或者六月初，我才能过去。"

她刚张口，晏斯时又说："我会每周过去找你。还有，那边的住处我已经叫人看好了，离你公司很近，两居室公寓，你可以先搬进去。如果你想一个人住，也看了一套一居室的……"

夏漓终于有空当插话："你怎么什么都已经安排好了啊？"

晏斯时一顿："抱歉，我是不是应该先跟你商量？"

"谁会不喜欢拎包入住？"夏漓摇摇头，直起身，伸臂去拥抱他，"是我没商量就决定去滨城，然后让你全程配合我。"

晏斯时手掌按在她后背，侧头亲一下她的耳朵："是我想跟你一起生活。"

她不知道为什么眼眶一热："那说好了……就异地三个月。"

"我保证。这次不会再食言。"

"那假如还是没做到怎么办？"

晏斯时却很笃定:"不会,除非是不可抗力因素。"

"比如?"

"地震、洪灾、车祸……"

"我相信你!"夏漓赶紧伸手捂住他的嘴,笑不可遏,"没必要对自己这么狠的。"

滨城的公寓离上班的 CBD(中央商务区)步行仅需十分钟。高层视野极佳,在阳台上即能远眺海湾的景观,晴日里去瞧,那湾浅蓝色的海波光粼粼。

因为离得近,夏漓每天早上都能多睡半小时。起床以后花十分钟时间敷衍一个通勤妆,步行去公司的路上买一份早餐,一切都能非常从容,再也不必匆匆忙忙。

她如今多少算是个小领导,又是空降,难免不能服众,花在工作上的精力就得成倍增加。

入职时,正好新公司要做春季的品牌宣传活动,她经验丰富,与同事交际圆融却不失锋芒,在推进活动流程的过程中,不知不觉间就确认了自己的话语权。有了组长头衔,她不必再去紧盯极为琐碎的细节,而是能放开手脚做更多决策层面上的事,这种如鱼得水的感觉,让她哪怕加班也有一种充实感。

她和晏斯时每日视频电话交流,当然她很不喜欢这种看得见却摸不着,抓心挠肝的感觉。

晏斯时信守承诺,周五晚上飞来滨城看她。

她在公司加了班,估算飞机抵达时间,打车前去接人。

在国内抵达口等了二十分钟左右,远远便看见晏斯时走了出来。白衣灰裤的装扮,臂上挽着一件浅咖色的风衣,手里提一只二十寸的黑色行李箱。

她招了一下手,晏斯时立即看过来,脚步加快两分。

晏斯时停在面前时,夏漓忍不住笑,打量着他:"是不是比你想象中热一点?"

"嗯。"

晏斯时也在看她。三月下旬的滨城,已经可以穿短袖,她穿着黑色吊带上衣,宽松牛仔长裤,领口皮肤莹白一片,戴着项链。是他送的那条。

"我打个车……"

夏滴掏出手机时,晏斯时将她的腰一搂,推着行李箱往外走去。她有些惊讶,以他的性格,甚少会在公共场合与她有过分亲密的举动。

上了车,昏暗的后座上,晏斯时一直没松开她的手。她手心里泛潮,抬眼去看他时,不知为什么呼吸都放轻了:"你吃晚饭了吗?"

"飞机上吃过。"晏斯时语气与神情俱是平静,但眼底有与这空气一样的情绪,微热而潮湿,又不可捕捉。

夜里的机场高速很是通畅,比平常少了二十分钟抵达公寓。

房子晏斯时没实地参观,只在视频上看过。进去以后,发现环境比预期更好,室内已让夏滴收拾过,一眼望去,到处都是叫人舒适的细节。

夏滴接过晏斯时的风衣挂起来,打开鞋柜门,拿出一双干净的男士拖鞋递给他,一边说道:"我来的时候什么都有,根本不需要我操心。"

她是真正的"拎包入住",晏斯时细心到拖鞋都叫人提前准备好了,她能做的无非就是随自己的心意添了一点软装。

两人换了鞋进屋,夏滴去厨房冰箱里拿水。脚步声跟了过来,在她拉开冰箱门的一瞬,晏斯时从身后一把搂住她的腰,低下头去,下巴紧紧抵在她的肩膀上。

他深深呼吸,叫她觉得他仿佛是缺氧已久。

一时间,她被他身上的气息包围,那样微冷清洌,和这热带地区格格不入。那是只属于他的气息。她想起方才车厢里他的眼神,心口似被揉了一把。手轻轻一甩,关上了冰箱门,转身微微踮脚,仰头一下便吻住他。

他手掌按在她的后腰处,正好紧贴吊带上衣下方露出的一片皮肤,那里像被火焰燎过一样发烫。

夏滴不舍得放开,可又受不了自己上班整天的不清爽,就低声说:"一起洗澡好不好……"

离开浴室,又辗转至卧室,结束之时,夏漓如同做了一场困兽之斗,不剩半点气力。

窗户让晏斯时打开了,微凉而潮湿的风吹进来。她脸挨着枕头,几分恍惚地看着窗外,额上汗水还未彻底蒸发,粘着头发。

晏斯时起身去了趟厨房,拿了一瓶冰水过来,拧开以后递到她手边。

她渴得像是咽下了一整块的盐田,微微支起上半身,抓着他的手,就着瓶口咕噜咕噜喝下大半,才觉得口渴稍有缓解。

晏斯时也喝了两口,放了水瓶,手指捋了捋粘在她额头上的碎发,问她:"还好吗?"

明明是关心的一句话,此刻夏漓听来却觉得像是炫耀。体能好有什么了不起?

方才,新换的床单叫她攥出褶痕,晏斯时白皙的后背也被抓出浅粉色的痕迹,他越来越懂怎么摧毁她。

就像刚刚在浴室时,他等不及去取卧室里的安全措施,却又不想让节奏停下,于是将她抱至洗手台,俯身低头。

像下了一场热带的暴雨,回想一切都是湿淋,她抓在手里的他墨色的头发,她自己也在滴水的长发……以及她自己。她身体里像是藏了一个雨季那样丰沛。

有一个瞬间她忍不住低垂目光去看,只觉得像有烟花在她脑中炸裂,轰隆作响,随后是一片空白。那空白的感觉此刻仍然残余在脑海之中。

晏斯时低头亲一亲她的唇角:"抱你起来?"

她不说话,乖乖地伸出两只手臂。

清理过后,去了客厅。夏漓仰躺在晏斯时的膝盖上,他拿着吹风机帮她吹头发,而她则刷着手机,打算点一份夜宵。她忍不住说:"我一般加班到这么晚都没饿过。"

晏斯时笑了,问她:"工作适应得怎么样?"

吹风机嗡嗡的声响让她没听清,晏斯时便低下头来,再问一遍。

她说:"还可以,已经渐渐找到当领导呼来喝去的感觉了。你们呢?进展怎么样?"

晏斯时说:"我保证过的,最迟六月初就能过来。"

她掰着手指数,只觉得还要好久,这才一周,她就已经觉得很难挨。

晏斯时捉住她的手指亲了一下:"我会尽快。"

第二天周六,两人一块儿出去逛了逛。

夏滴为公寓选了几个新抱枕、两只成对的马克杯,以及一只霁青色的花瓶,很适合用来插白色的鲜花,譬如白玫瑰或者晚香玉。

晚上,晏斯时没跟她一起吃饭——上回在北城一同吃过饭的麻省理工校友应乾,他想约出来聊一聊。应乾只有周六晚上有空。晏斯时很觉得抱歉,夏滴倒无所谓,让他放心去,一顿饭而已,大不了他们可以一同吃夜宵。

晚上这顿饭,晏斯时跟应乾聊得很尽兴。他从来不是巧言令色之人,邀请他人离开大公司加入他的初创团队,靠的不是画大饼的那一套,他只从专业角度出发,分析未来前景,以及他们将要深入的细分领域,最后许以合适的岗位和薪资。

应乾明显被说动,只有一个疑问,说很少有初创团队有这样大的手笔,问他背后的资本是什么来头。

晏斯时说,等你加入以后就知道了。

应乾哈哈大笑,答应回去之后一定认真考虑。

晏斯时打包了特意单点的一份红豆奶冻。

应乾玩笑道:"晏总这么节俭。"

晏斯时淡笑着解释:"给女朋友带的。她喜欢吃红豆口味的东西。"

公寓是指纹密码锁,晏斯时到了以后直接开门。进门却见夏滴正坐在沙发前的地毯上,茶几上摆了好些酒瓶。她耳朵里塞着耳机,正在细看那些酒瓶上成分表的标注。

晏斯时喊她一声,她没反应。他坐过去,在沙发上落座,伸手径直摘下她左边耳朵里的耳机。

夏漓吓了一跳，回头："你回来了。"

"嗯。"晏斯时将甜品放在茶几上，看了看她面前的那些酒瓶，都是柚子酒，各式各样。

"在做什么？"

"我想找到和当时我们吃饭的时候喝过的那种差不多口味的柚子酒。这些都是在网上下单的，下午刚到。我都尝过了，这瓶比较像。"

晏斯时没去看她指的那瓶酒，只低头看她："没醉？"

她颈侧至面颊一片已有些泛红。

"没有，都只尝了一小口。"夏漓注意到了他提回的打包盒，"这是什么？"

"给你带的甜品。"

夏漓打开，拿勺子舀出一勺尝了尝，眼睛一亮："好吃。红豆味的。"

晏斯时像捏小猫那样，伸手捏捏她的后颈，随即抬手，打算将摘下的耳机重新给她塞回。

夏漓偏了偏脑袋："你戴着吧，'今天日推'给我推了一首特别好听的歌。"

晏斯时捏着那枚耳机，塞进耳中，微微探身，脑袋自后方往她肩上一搁。

有笑音拂过她的耳畔，夏漓转头："笑什么？"

"不，没什么。"

"我知道你想到什么了。"

"嗯。你想的是对的。"

"你怎么知道我在想什么？"

"我当然知道。"晏斯时笑了一声，提醒道，"听歌。"

耳机里传来音乐声。

她整晚在写信 / 问安的信每日寄 / 旁人话大战结束了 / 谁人未死早回来 / 传闻话 / 同僚亦曾在那战地找到你 / 泥泞里似已没

生气／唯独她始终不信等你／尚有个她未心死／天天衰老仍然守候你……

晏斯时问:"歌名是?"

夏漓本要开口,那歌名到了嘴边却觉得不好意思。"不告诉你。"

她往自己嘴里送了一勺奶冻,含糊地转移了话题:"我有个问题。"

"嗯?"

"那次我喝醉了,是怎么上楼的?你背的吗?还是抱的。"

"你不记得了?"

"完全断片。"

晏斯时笑笑,学她方才的语气:"不告诉你。"

夏漓凑近:"我猜是抱的,对吗?"

"你说是就是。"

"那复现一下。"她放了甜品,晃一下他的手臂,"拜托啦。"

晏斯时没办法,起身,一手搂她的腰,一手托住她膝后,打横抱了起来。

夏漓急忙伸臂将他后颈搂住,怕自己掉下去。但他抱得轻轻巧巧,分外稳当。

夏漓感受了一下:"原来是这样的……"

"你似乎有点遗憾。"

"毕竟都忘光了。"

"那这个你应该也忘了。"晏斯时低头,倏然亲了她一下。她唇上有红豆的香甜气息。

夏漓惊讶:"不会吧?"

很快,她就笃定道:"骗人。你根本不是这种人。你连抱一下都要跟我确认,怎么会做得出偷亲这种事?"

晏斯时莫名郁闷:"谢谢你这么信任我。"

夏漓笑不可遏。

她吃完了甜品，问晏斯时要不要尝尝那瓶酒。晏斯时摇头。他不喜欢果汁与酒混杂的味道，如果要喝酒，他青睐更纯粹的口感。

夏漓往玻璃杯中倒了浅浅的一小杯，喝了一口，看向他。晏斯时已猜到她想做什么。他伸手按住她的后脑勺，主动吻下去，尝她舌尖清甜的味道。

夏漓很着迷这样的感觉，又喝了一口。等反应过来时，那一小杯已经见底。或许没醉，但酒精到底发挥了几分作用，让她更大胆，也更顺从。她拿水雾迷离的眼睛看着他，让他很难不生出更深的破坏欲。晏斯时由衷希望，明早她醒来的时候能够忘了他哄着她说过什么。

隔日上午，夏漓睡到自然醒。坐起身时脑袋有几分眩晕，这是酒后征兆，她很清楚。

但喝得不算醉，任何事情都能想起来，自接吻开始，到他们倒在沙发上、卧室、浴室、书房……夏漓骤然一顿，急忙爬起来。

许是听见了她慌乱的脚步声，她打开卧室门的时候，正好跟走过来的晏斯时撞上。

晏斯时问："怎么了？"

"我……我昨天是不是给你看了什么东西？"

晏斯时看着她："又忘记了？"

就是因为没忘记才糟糕，夏漓有些崩溃："我以为是在做梦……你看了吗？"

"你硬塞给我的，不看也不行。"晏斯时笑。

夏漓捂住耳朵，急忙跑去书房。

果真，书桌上还摊着一叠 A4 纸，她昨晚不知道为什么，一定要拉着晏斯时给他看自己写给徐宁公众号的《经过梦的第九年》的稿子。

手机看还觉得不行，还特意打印出来。

她都能想起来，昨晚怎么坐在晏斯时腿上，一页页亲自为他翻页，还嫌他看得太仔细太慢。真是酒精误事……夏漓怀着一种想要找一条地缝钻进去的心情，随手翻了翻那叠纸，却是一顿。

在稿子的最后,那句"不过你不必知道,因为我就要忘记你了"的后面,多了几行字:

漓漓,得你深爱,诚惶诚恐,是我荣幸。
有身化鹤,腐草为萤。
我爱你。

第二十八章
你是为我掌灯的月亮

晏斯时收到晏爷爷的消息，请他回家一趟。晏爷爷再三保证，除了保姆，其他人都被他撵出去了。他就想爷孙俩单独说两句话，至多只耽误他半个小时。晏斯时已经很长时间没去晏爷爷那儿了。晏爷爷与晏绥章并不住在一起。晏家像个浮华靡丽的金色囚笼，晏爷爷的住处却十分简朴清雅。晏斯时到时，恰好方舒慕从大门出来，肩上挎着包，一副正要走的架势。

方舒慕顿步跟晏斯时打声招呼："闻疏白说你下周就要去滨城了。"

晏斯时表情很淡："嗯。"

"以后还回北城吗？"

"除非工作需要。"实则晏斯时的神色和语气都称不上是冰冷，但她觉得这态度远比彻底的无视还要拒人千里。就好似一座雪山，你看得见，你知道他就在缥缈浮云的后方若隐若现，但你一辈子也没法走近他。

在高中之前，得益于方晏两家的世交关系，方舒慕算是晏斯时社交圈里唯一离他较近的女生。晏爷爷的身份摆在那儿，晏斯时始终是他们圈子里最核心的人物，而这样的人，除却父祖的荫蔽，自身也优秀得叫人望尘莫及。而她能够成为他光环周围最近的人，对此，她始终是有些自矜的。

但后来晏斯时转学去了小城市，霍青宜又去世，晏斯时出国多年，与原本的朋友基本彻底断绝了关系。他再出现时，她已变成离他最远的那一批人，甚至还不及他的同事。不能不说这种落差叫人一时很难接受。

听晏斯时说，今后除工作之外不会再回北城，倒是意外地让方舒慕心里舒了口气。至少，往后她不必费尽心机思考如何重新靠近他，也不必再那样耿耿于怀，觉得那小地方高中出来的一个女生都可以，为什么她不可以。她挺悲哀地发现，这个故事里可能根本就不存在竞争。她一开始就连竞争的资格都没有。方舒慕不再说什么了："晏爷爷在院子里等你——他刚吃过降压药。"

晏斯时点头："谢谢提醒。"

方舒慕最后再看他一眼，从他身侧越过，头也不回地朝大门口走去。

晏爷爷身上穿着一件蓝灰色的汗衫，穿了很多年了，洗得已经泛白，手里端着鱼食碗，正在投喂青瓷大缸里的金鱼。

"小晏，你来了。"

"嗯。您最近身体怎么样？"

"就那样。"晏爷爷不甚在意地将碗往旁边的一桌上一放，"疏白说你下周就要离开北城了。"

"是。"

"你们创业进展还顺利？"

"还算顺利。"

"你要是有什么需要帮衬的地方，尽管开口。爷爷别的没有，有些人脉倒还是能用得上。"

晏斯时平声说："政府有政策扶持，我们会照章申请。"

晏爷爷叹口气。院里有几棵树，那疏疏的树影落下，显得他伛偻的身影有几分孤单，他峥嵘一生，何曾想过，到了晚年，膝下连个真正能说得上话的晚辈都没有。

"小晏，你是不是恨过爷爷？"

晏斯时没作声。

"你奶奶去世得早，我念你父亲幼年失恃，很多时候对他都太过溺爱了。后来……我又想着要维护晏家的脸面，很多事情都是睁一只闭一只眼，所以不免让你和你母亲在这其中受了委屈。"

晏斯时神色更淡了两分。

"后来的事情，我再想帮忙，已经是无能为力了……"晏爷爷神色愀然，"再到现在这事儿，你也瞧见了，闹得满城风雨，叫人看尽笑话。"他半刻没说话，再出声时，语气便不似那般感叹，而更显得决然，"小晏，我已经立了遗嘱，我名下的财产——虽然不多——在我死之后，全都由你来继承。"

晏斯时语气分外平静："您知道我不在乎。我今天之所以会过来，仅仅因为您和我外公外婆一样，是我的长辈。"

"我知道。你心地良善，我怎么会不清楚？爷爷觉得，你去滨城也好。当年我建功立业的时候，靠的也是自己的本事，你有这么聪明的头脑，又珍惜天分，有没有晏家在背后给你撑腰，你都能立一番大事业。你离开北城了，我也好放开手脚。"

晏斯时一顿，问晏爷爷想做什么。晏爷爷又将那碗拿了起来，拈了少许丢入缸中，看金鱼凑拢抢食，声音冷静极了："小晏，后面发生什么事，你都别过问，你也不用知情。"

晏斯时便不再细问。实话说，他如今尚未有余力去纯粹地恨什么。那时候戴树芳就说，有时候，恨未必不能够成为一个人精神的主心骨，但小晏你不是这样的人。你在恨的同时，会加倍责怪自己，所以你先别去恨，等你真正强大了，有的是办法处理那些伤害你的人。但还不是现在。如今，他对晏绥章，对当时明明知情，却每每帮着晏绥章欺上瞒下的方舒慕的父亲方平仲，都只有一种冷漠的厌烦与厌恶。他就是晏家的一员，如今假若想要针对晏绥章，只要他有这个心，简直易如反掌。但当下，他只想先经营好与夏漓的生活。这才是最重要的事。

晏爷爷说："我听疏白提到过姓夏的姑娘，爷爷祝福你们，往后你们两人在滨城好好的。"

晏斯时神情平静地说了声"谢谢"。谈话至此结束，晏爷爷说晚上约了老朋友一块儿喝茶，就不留他吃晚饭了，晏斯时便告辞。

晏爷爷腿脚已不甚利索，但还是坚持将晏斯时送到了门口，最后的话里，到底还有对孺慕之情的殷殷期待："以后年节有空，跟小夏回北城的话，爷爷请你们吃顿饭。"

六月上旬，晏斯时如约去了滨城。实则办公室还没彻底收拾出来，但他不想违背约定，也无法再忍受一周才能见一次的日子。舟车劳顿倒是其次，他最不喜欢的是每周日飞离滨城。见面固然令他欣喜，但分别更令他痛苦。

当然，他们每天都有视频电话交流。他知道她在方案方向选择上说服了领导；知道她公司每天下午茶的具体内容；知道她某天加班到很晚，睡前刷购物网站，冲动消费一双跟很高的高跟鞋，根本不知道什么场合能够穿得上；知道她撕了已经刮花的手机贴膜，准备换新，结果转头就摔了手机，摔坏了屏幕，准备送去修理……但每日通话只有短短一小时，遇上他或者她加班，时间更没法保证。不在一起，总担心遗漏彼此的许多生活细节。

晏斯时和闻疏白公司的办公地点选在了夏漓公司的同一个园区。闻疏白说他这是假公济私，没救的"恋爱脑"，晏斯时回敬，彼此彼此。

晏斯时别的东西不多，唯独书籍和杂志很多，叫人帮忙打包，出发那天悉数寄到滨城的公寓，他抵达以后，东西也寄到了。

趁着周末，夏漓和他一起收拾整理。他们都很喜欢这项工作，只要不急于一时，看着堆满屋子的纸箱一点一点变少，而主卧的衣帽间、书房的书架一点一点被填满，这过程很是解压。

书房的唱片机里在播一张黑胶唱片，是今年晏斯时过生日时，除了那临时起意的铁盒之外，夏漓送给他的正式的生日礼物。此时正好播到她最喜欢的那一首，夏漓一边跟着哼唱，一边整理一箱类似手稿的东西。

那些手稿是晏斯时平常随手写写画画的草稿，思维导图、算法推演等等，英文专业名词掺杂数学公式，一眼看去好似天书。在这样一堆东西里面，出现一张纯是图案的设计稿，自然就引起了夏漓的注意。

是用线条勾勒的鱼形吊坠，前前后后画了好几版，越到后面越简洁优雅，也越接近此刻挂在她脖子上的这一条。夏漓呆看了好一会儿，才将其举到晏斯时面前："你没有跟我说是你自己设计的。"

晏斯时瞥一下，伸手去拿设计稿，她一下便藏到背后去，不让他够着。

"耳钉呢？也是吗？"

晏斯时只说："乱画的。"他只出个初稿，然后交由专业的珠宝设计师修改并制作。

"哎……"夏漓不知该说些什么，他从来不会邀功请赏式地去爱一个人。

她跪坐在那堆纸上，朝晏斯时倾身，双臂搂住他，心里柔软得一塌糊涂，又不知道如何表达："小晏，晏晏，晏同学……你怎么这么好啊。"

晏斯时轻笑，很诚实地说，这么称呼叫他觉得有点肉麻。

"那……老公？"夏漓反而更想逗他。

晏斯时一本正经："还不是，别乱叫。"

夏漓凑近他耳朵轻声问："在床上也不可以吗？"

她如愿看见他耳朵立即红了起来。或许他真有双重人格，明明在床上的时候极有征服欲和力量感，但当他穿戴齐整正经做其他事情的时候，她一句话就能让他变得不好意思。正因为这样，她对这种反差特别乐此不疲。

一个上午加一个下午，所有东西基本整理完毕。稍作休息，晏斯时去吧台倒水喝。片刻后，夏漓自卧室走了出来，将什么东西往他跟前一抛："接着。"

晏斯时下意识伸手，落入他掌中的，是一枚钥匙扣。桐山零，好久以前他们在北传逛漫展时买的。钥匙扣上拴了一枚小卡。

"楼下的门禁卡。"夏漓笑着解释，"钥匙扣替你保管好久了，现在还给你。"

晏斯时看着手中的小物件，没说话。钥匙扣基本是一种他根本用不上的东西，那天心血来潮地买了一枚，真是因为他看过《三月的狮子》，很喜欢，也觉得主角桐山零某一部分的人格和境遇与他类似。他喜欢故事中的一段话：总有一天，要聊聊那深深映入眼眸的景色，要聊聊存在于暴风雨彼端的事物。如今，那些景色与暴风雨，他都同她分享过了。

这枚钥匙扣与门禁卡无一不昭彰地显示，当下的空间，就是未来一段时间他和夏漓的家。自记事以来，好像这是第一次，他有这样强烈的尘埃落定般的安全感。

夏滴拿过手机,准备找家餐厅订个座,他们过去吃晚饭。

晏斯时看一眼她的手机:"屏幕还没换?"

"暂时没空拿去换,问了一下换屏幕要一千多。我还在考虑是直接换新的还是换屏幕。反正不影响使用,我再纠结一下。"

夏滴是个很惜物的人,大多数时候买每一样稍微昂贵的东西都比较谨慎。

之后一周,夏滴跟晏斯时忙得不分伯仲。夏滴的公司要跟某个体育赛事合作,届时将有一系列的宣传活动,其中包括无人机表演秀。这一项最为烦琐,涉及技术、宣传和设计等各个部门的配合。而晏斯时这边,新项目刚刚立项,各方技术人才也刚刚入职,要花费很多精力与时间磨合。

周二,夏滴跟设计那边的负责人初步敲定了表演秀的具体呈现内容,终于可以下班。时间已过十点半,她给晏斯时发了条消息,得知他还在公司,就问可不可以过去找他。

两人的公司在同一个园区,一个A座,一个D座。夏滴步行到D座楼下时,晏斯时已在门口等她,刷了门禁和电梯,带她上楼。

夏滴就职的公司正在高速发展,人员快速扩张,是以租下了A座整栋大楼,听说公司正在跟政府谈地皮,计划建自己的大楼。而晏斯时和闻疏白他们的公司还在初创阶段,仅仅租下了二十五、二十六这两层。

进去时,还在岗的人纷纷打招呼,称呼晏斯时"晏总"。有人好奇地盯着夏滴多看了两眼,但没人多问。

夏滴跟着晏斯时进了他的办公室,门合上的瞬间,她说:"怎么你当老板了也要让人加班啊?"

晏斯时说,真不是他强制的,现在还在的这几个,都是预定能拿原始股份的技术大牛,平常在大公司都卷惯了,现在做自己的项目,当然比在大公司更有动力。

"哇,那我现在过来还来得及吗?"夏滴笑道。

"当然。市场宣传还在招人，随时恭候大驾。"

"我开玩笑的。比起当你下属，难道当你女朋友不好吗？我又不是受虐狂。"

晏斯时轻笑一声。夏漓打量晏斯时的办公室。房间用磨砂玻璃与公共区域隔开，面积不算大，主体装修为白色，显得整洁而极具科技感。墙上嵌着可投影的显示屏，桌上一横一竖立着两台显示器，水冷机箱是透明的，透出白色的冷光，属于设备小白都能欣赏的漂亮。

夏漓随意转一圈，回到电脑桌旁："你今天还要加班到很晚吗？"

"可能至少要到十二点。"晏斯时说，"不要等我，你先回去休息。"

他想到什么，顿了顿，打开办公桌右侧的抽屉，从里面拿出一只白色包装的纸盒递给她。

去年九月上市的水果手机，玫瑰金色。

"我正准备自己买的……"夏漓一直没空去修，也觉得2015年的机型，拿去修不甚划算。

"都一样。"晏斯时说，"你就当是生日礼物。"

夏漓毫不忸怩地收下了。

又待了一会儿，夏漓准备离开，不叫他送，让他早点结束工作回去休息。办公领域与私人领域，晏斯时一贯分得很开，除了咖啡和水，其余零食或者饮料，他都不会带入这个空间。但此刻还是忍不住亲了夏漓一下，才放她离开。

一直过了十二点，记录过测试版模型的运行情况，晏斯时离开公司。共同加班的那几位同事约他一起去吃个夜宵，他婉拒了，直接回家。

刚刚出了园区大门，手机一震，是新短信提示。

嗨。碰到王琛，他说你要回北城了？

晏斯时有些不明所以，紧跟着，源源不断的短信依次发了过来：

嗨。问了问陶诗悦,她说你家里发生了一些事情。你现在还好吗?

嗨。你还能收到我的短信吗?

……

晏斯时突然想到,去年在海边,夏滴向他发火,说有人一直一直给他发消息,一直一直在等他。他一时恍然明了。

嗨。最后一次模拟考试,题目简单得要命。我们都说,这场考试就是学校为了让我们找信心用的。

嗨。今天天气不错,我整理了自己的"to do list",发现高考完之后,有好多的电影要看。

嗨。新一期《看电影》上市了。

嗨。你现在还好吗?是不是已经在国外了?

嗨。你考试会紧张吗?有什么克服紧张的方法吗?

嗨。明天就是高考了。你可以……祝我高考顺利吗?

……

嗨。英专好难,有那种能让人敢大胆开口跟路上的留学生交流的诀窍吗?

嗨。今天是传说中的世界末日。我在咖啡馆赶作业,你呢?

嗨。又是新年。祝你新年快乐。

……

从内容可以判断,这些短信之间时间间隔很久。而每一个"嗨",都能读出她每次重新打招呼时,那字斟句酌的忐忑、勇敢、关切和期待。

滨城夏日的晚风,带着一股海水的气息,沾上皮肤一层溽热。他却觉得饮下了一阵凉风,那风自遥远的过去穿堂而来。

嗨。我今天收到北城一家大公司的 offer 了。我们部门一共只录取了三个人。

嗨。北城下了今年冬天的第一场雪。你没骗我，真的很美。只是好冷，我还差点弄丢了手机。

……

嗨。今天在加州理工大学待了一整天，没有碰见你。明天就要走了，下一次有机会来洛杉矶，不知道会是什么时候。

嗨。你知道吗？新加坡海底世界歇业了。

嗨。晚上发烧梦到你。这好像是我这么多年第一次梦到你。但看不清你的脸，只是觉得那模模糊糊的身影很像你。其实，我好像都有点要记不清你具体的样子了。

嗨。这是我最后一次给你发短信。不管你在世界上的哪个地方，祝你人生永如白昼。即便有黑夜，愿有月亮为你掌灯。

晏斯时曾彻夜听过海浪。黎明前返回时，他一个人开车行驶在无人的公路上，那种天地寂寥的孤独和空虚感，叫他曾有一个瞬间，想直接闭眼，撂下方向盘。

但是没有。他也不知道当时被什么驱使，即便心底那样痛苦，还是坚持着在破晓之时返回了公寓。

此刻，他想，必然是因为有一个女孩的祝福，曾经传达到了神明的耳畔，让他冥冥之中被指引，走过了那段至暗的隧道。

穿堂的风经过了心脏，留下一种迟缓的痛苦。晏斯时加快了脚步，他想立刻拥抱她。

短信夏漓保管了好久。最开始复制到 SIM 卡，后来用数据助手迁移，再后来安卓手机换水果手机，也一并换了新的电话号码，就直接从旧手机上将所有短信转发到了自己的新号上。今天换新手机，清理数据资料，在收件箱的下方发现这些尘封已久的短信。也不知是被怎样的心情驱使，只犹豫一瞬，就挨条勾选，发送给了晏斯时。

他说他很晚才回，她预计他暂且没空看。但没想到，短信发出去不过十来分钟，就听见门口密码锁解锁的声响。

夏漓愣了一下，转身往门口看去，果真是晏斯时回来了。

"加班结束了？"

晏斯时没有回答她的话，甚至都来不及换鞋，就径直朝她走过来。

夏漓只觉得他倾身而来的拥抱携了一阵风，那样急切，又无须言语，叫她不知道为什么心脏也跟着一紧，隐隐作痛。

晏斯时找不到任何词句形容此刻的心情。前一阵夏漓给他分享的日推的那首歌，他后来凭借记下来的两句歌词去搜了搜，这才明白那时她为什么似乎不大好意思告诉他歌名。那首歌叫《她整晚在写信》。

她坚决地找你 / 用她仅有那啖气
谁人又会这样等你 / 犹像她天天写信给你

这首歌唱战争结束，同僚归家，告知女子她的初恋情人战死，身曝泥泞。女子不信，仍然日日写信，直至衰老，两眼渐盲。她给他写信，一封一封，投往虚空的邮筒。这世间，再也找不出比她更傻、更固执的人。假如这些信息没有在时空中迷路数年，而是准时送达他的手中，他想，过去长夜一样的生活，不至于叫他如此痛苦。

"你收到了呀……"夏漓有几分怔忡，轻声说道。

"嗯。我收到了。"

它晚了一些。但还好，只是晚了一些。像沉入海中的水，经过蒸腾，复归于云端，有一天，重新为他下了一场磅礴的雨。晏斯时埋首在她肩上，久久未曾动弹。

夏漓疑惑，正要转头，他却伸手，一把按住她的后脑勺，不肯让她去看。"晏……"她唤出一个字便住了声，怔忡地觉察到，肩头皮肤烙上了一小片的温热与潮湿。她不再说话了，用力地将他抱紧。

没关系，那不算迟。只要你看到，那就不算迟。

周四是夏漓生日。正好闻疏白也从北城过来了，要在滨城这边留一段时间。晏斯时更多负责技术方面的工作，其他得闻疏白挑大梁。

闻疏白积极组局，说正好可以一起热闹热闹。晏斯时不确定夏漓喜不喜欢这种热闹，先问她的意见，夏漓自然没什么异议。有些工作夏漓将其延到了第二天，没有加班。下班之后，跟晏斯时先回了趟公寓换衣服，而后去了闻疏白订的 KTV 包间。

里面除了闻疏白，还有他们公司的两个元老级员工，一个是晏斯时麻省理工的校友应乾，一个是他跟闻疏白的初中同学。也是问过了夏漓的意见，才请了他们参加。夏漓这边一个同事也没请，有在滨城的同学，但因为不在周末，没能腾出时间过来。这样也好，人多未免嘈杂。

闻疏白按照排行榜随便点了一串歌，调低了音量，纯当作 BGM，几人坐在一块儿，一边喝酒一边聊天。

闻疏白作为旁观者，真觉得晏斯时自归国以来，这一年多的时间变化很大。刚回来那会儿，类似这样的聚会，哪怕请的都是他们曾经共同的朋友或者同学，晏斯时也很少开口，只独自一人喝酒。如今他们一起创业，晏斯时承担了很多"忽悠"人才的工作，现在私底下的聚会，若在他的舒适区内，他也会主动地主导一些话题。但假如夏漓也在场，那他基本上全部注意力都会放在夏漓身上，给她倒饮料、拿水果，听人说话的时候，也不忘叉一片西瓜递到她手边。

闻疏白调侃："夏同学要不来我们公司工作吧？"

"那要看闻总开什么岗位和工资。"

"你尽管开，反正超出预算的部分，我叫晏总私人掏腰包。"

夏漓笑道："那我叫他直接上交工资卡不就好了吗？为什么要绕一道弯。"

闻疏白有点后悔自己为什么要自讨狗粮吃。

随意聊了会儿，话题转到了他们正在准备搭建的 AI 模型上，基于神经网络架构，预期未来将能进行智能化的文字处理。

闻疏白对夏漓说："你猜这个模型代号叫什么？"

夏漓认真思考过才说："Y40？"

晏斯时的表情颇有点无奈。

闻疏白哈哈大笑："叫SHERRY。"

夏漓看了一眼晏斯时，他的表情很平静，好似拿女朋友的英文名做项目的代号是件完全不值得大惊小怪的事。

夏漓笑道："我听说，训练AI是要给它喂大量的资料进行学习是吧？"

应乾点头："通俗意义上可以这么理解。"

夏漓就对晏斯时说："放过SHERRY吧，SHERRY已经很累了，真的不想再学习了。"

晏斯时轻笑一声。

聊过一轮后，闻疏白问夏漓要不要唱歌。夏漓沉吟片刻："作为寿星，我今天就勉为其难地献丑一首吧。"她不让闻疏白点，放了水杯，自己去了点歌台。

晏斯时跟人碰了一下杯，朝夏漓看去。她已经点完，手里握着话筒，就坐在点歌台前的圆凳上，看向屏幕。他没听她正经唱过歌，一时有些好奇。

前奏响起，歌名浮现——《永不失联的爱》。晏斯时勾了勾嘴角。

"亲爱的你躲在哪里发呆，有什么心事还无法释怀……"那声音发紧，有两分颤，唱到第二句才渐入佳境，"你给我这一辈子都不想失联的爱，相信爱的征途就是星辰大海……"

唱到这一句时，她转过头来，隔着缓慢旋转的灯光看他一眼，却在即将与他目光相触时，又倏然转回去。她好像还不习惯这样在外人面前表达心意。晏斯时手指轻握着玻璃杯，咽一口加冰块的酒液，双眼一眨不眨地看着她。

方才她回公寓换了条吊带连衣裙，白色缎面，腰部的褶皱设计恰到好处，衬得腰仿佛不盈一握。那双她冲动消费的高跟鞋也派上了用场，此刻挂在她的脚上，脚踝至脚背的线条纤细柔美。没有谁比她更适合白色系，月光吻轻雪，那样灵动、温柔又漂亮，叫人无法错目。

她唱歌并不是技巧娴熟的唱法，但每一句都分外真挚。如她一样真挚。

"……你是我这一辈子都不想失联的爱，就算你的呼吸远在千山之外，请你相信，我给的爱，值得你爱。"

唱完，大家都很配合地鼓掌，夏漓从圆凳上下来，走回到晏斯时身旁，拿手扇风，说"好热"。她知道自己脸发烫并不是因为热。

晏斯时端起茶几上她的水杯递给她，她端上杯子喝一口，抬眼看他，若无其事地说："我唱得还好吗？"

"很好。"晏斯时笑道，"我已经知道错了。"

"谁问你这个了？重新回答！"

晏斯时没有直接回答她，只手臂不动声色地搂住了她腰，稍稍低头，挨到她耳畔，那声音很低，只有她一个人能听见："虽然很想，但你知道我不会在有人的场合吻你。"夏漓一时间脸更烫了。

后面切了蛋糕，差不多到时间之后，大家就散场了。

出租车停在公寓小区门口，两人下了车往里走。夏漓脚上的高跟鞋，漂亮归漂亮，但鞋跟又高又细，实在不适合走路。而且即便它那样贵了，也会打脚。真是美丽废物。晏斯时看出她走得有几分艰难，停了脚步，说道："我背你。"

"不用……"

"那抱你。"说着便不由分说地俯下身，握住她白色高跟鞋的鞋跟。

夏漓脱了鞋，晏斯时手指提住鞋，起身，一只手臂搂住腰，一只手臂拦住膝盖后弯，一把将她抱了起来。有人投来注视的目光，夏漓脸往他颈间埋："我可以自己走的，大不了赤脚……"

晏斯时却认真地说道："脚弄脏怎么办。"

于是，他不再管她的请求，就这样一路抱到楼底下，进了电梯。晏斯时腾不出手，叫她自己按按钮。片刻，电梯抵达一楼，门打开。里面出来一对夫妻，看了看他们，露出"年轻人啊"的友善笑容。这对夫妻夏漓认识，住他们楼下的，她很想装作没看到。

终于到了门口,夏漓挣了一下,晏斯时总算放她下来。

进门,夏漓借着门口穿衣镜看了看脚后跟,磨红了,但没到破皮的程度。换了拖鞋,她绾上长发抓在手里,朝与卧室相连的衣帽间走去。拿起换衣凳上的睡裙时,晏斯时走了进来。夏漓往镜中看去,晏斯时也正在看镜子里的她。没有人说话。

下一瞬,晏斯时往前走了一步,拿过她手中的睡裙重新扔回凳上,顺势将她手腕一捉。她被拽得往前一步,撞入他的怀中。

白色衬衫与白色连衣裙,自始至终没有完全褪去,开足的冷气,也抵消不掉似要将人融化的热度。他们去看镜子,虚虚实实真真假假,搅缠在一起,是比镜花水月更美的美梦,却并非虚幻。

夏漓目光缓慢聚焦,抬眼看着头顶的灯光,空气里有种微浊的气息,她并不讨厌,反而觉得像是某种身为共犯的罪证。她转头看着躺在身旁的晏斯时,他墨色头发被汗水濡湿,餍足的神情中有种淡淡的慵倦,那种似乎为声色所腐的隐隐堕落之感,让她很喜欢。她喜欢他为她沉迷。

"今天我过生日,能不能向晏同学许个愿?"

晏斯时睁眼:"嗯?"

"唱首歌给我听吧。闻疏白说你唱歌好听,我都没听过。"

"一定想听?"

"嗯。我已经唱过了,你也礼尚往来一下。"

晏斯时倒没什么为难的神色,他的犹豫可能在于他不是很好意思。但片刻后,还是伸臂将她颈项一搂,说:"就唱两句。"夏漓点头。

"You are loved, and you are priceless. Cause your love, nothings quite like it..."(有人爱着你,你无价可喻。因为你的爱无与伦比……)

呼吸如雾气回荡于耳畔,拂起微细的痒。他声音清冷悦耳,如山谷里晨风低回,轻声慢诉。

Know that the dawn will come for you.

Know that the peace will come for you.

（愿你知晓，黎明会为你而来／愿你知晓，平静亦为你而来）

"Know that my love will be with you..."（愿你知晓，我对你真心不改……）他说只唱两句，却唱完整段，"Always."（直到永远。）

夏漓耳朵痒得受不了，笑着要躲，晏斯时却搂住她，不许她逃。

谁先吻的谁，已经不重要了，他们就此向更深的深处坠落。

夏漓让晏斯时先去洗澡，她要先躺一会儿。

待所有的汗水蒸发，浴室里水声也停止，晏斯时过来叫她，说他已经OK，并关切地问一句，需不需要他抱她过去。

"不用！"

晏斯时轻笑一声，便出去了。

夏漓洗完澡，换上棉质睡裙，吹干头发。自浴室出来，夏漓发现放在床尾的手机一直在不停振动。她好奇拿起来一看，竟是短信消息，一时怔住。

是来自晏斯时的回复。

  嗨。是的，我要回北城了。向你道别，也请代我向王琛道别。

  嗨。原谅我暂时不便告诉你家里具体发生了什么事。请帮我跟陶诗悦道别。

  嗨。抱歉，可能有很长一段时间，我都收不到你的短信。

夏漓背靠着床，在干净地板上坐了下来，她不知道为什么眼前一片模糊，就看着那些新信息，以不快不慢的速度，一条一条地回复过来。

  嗨。那你这次模拟考试排名如何？

  嗨。可以给我参考吗？你想看的电影。

  嗨。我好像很久没出门了。如果可以，我会去书店看看。

  嗨。还没有。我狀态不太好，可能要等到暑假决定什么时候出国。

嗨。当然会紧张。可以试试开考之前嚼一片口香糖？

嗨。祝你高考一切顺利。别紧张，你一定没问题。

……

嗨。没关系，大胆上去搭讪吧，说得不好也没事，反正他们不认识你。

嗨。看情况今天并不是世界末日。我睡了一整天，醒来时感觉不是很好。

嗨。新年快乐。新年许了什么愿望？

夏滴伸手，擦去滴落在屏幕上的水渍，一时没有擦干净，那一点潮湿痕迹折射着电子屏幕发出的斑斓的光。

嗨。恭喜你拿到 offer，听起来似乎难度不低。你要去庆祝一下吗？

嗨。我这边天气预报有雪，但迟迟没下。潭柘寺的雪景不错，有空可以去看看。天寒注意保暖。

……

嗨。抱歉，我不在加州理工，我在麻省理工。不知是不是信息传达有误？你什么时候离开美国？有空的话，我过来一趟，请你吃饭。

嗨。有些遗憾。不过新加坡又开了 S.E.A 海洋馆。我想，有机会我们可以一起去看。

嗨。我睡眠一直不大好，好像已经很多年没做过梦了。烧退了吗？如果迟迟不好，记得去看医生。

嗨。谢谢你一直关心我。谢谢你的祝福。过去很长一段时间，我的生活暗如长夜，但我已经看见了破晓的光。我想，你就是为我掌灯的月亮。

夏漓抬手撑住了额头，很是努力，才没有让自己哭得发出声音。

她不知道，人在同一时间可以有这样多复杂的情绪，心痛、惋惜、遗憾、释怀、圆满……沉重地堵在她心口，以至于落泪是唯一的反应。

他回复给她的每一个"嗨"，都好似在说：我也爱你。

至此，夏漓准备起身。手机再次一振，屏幕左侧又一条短信弹了出来：

嗨。我准备回国了。希望能在北城碰见你。

嗨。抱歉，我好像让你过了一个不太开心的生日。

嗨。碰见了你和你的同事。请原谅我无法克制自己的嫉妒心。

嗨。今天去喝了酒。但好像酒精、烟草……一切令普通人成瘾的东西都无法成为我的解药。我不讳言，我只想见你。

嗨。谢谢你找到我。

……

嗨。这是我发给你的最后一条短信。我不知如何表达，担心你觉得一切太快。但请你相信，我做一切决定从不头脑发热。思前想后，没有其他言语能表达此刻的心情，它们都太隐晦，以至于显得闪烁其词。我只想说："漓漓，请跟我结婚。"当然，短信显得不够正式，请你来我身边，我想要当面向你请求。

夏漓用手背仓促地抹了一把眼睛，起身快步朝门口走去。

打开卧室门，一眼便看见站在阳台上两臂撑着栏杆的晏斯时。

夜色中的海湾，倒映着高楼灯火。那是一种永不熄灭的璀璨，一如那个永远不会结束的、初遇的夏天。

晏斯时穿着白色T恤，下摆被风鼓起。他转过身来看她，目光干净而热烈，永远是她记忆中的少年。

而她，第一次，无数次，都只有同样心情：

风涌向风，夜逃向夜。

我奔向你。

番外一
海誓

夏漓 2019 年的生日，是和晏斯时一起在新加坡度过的。同行的还有林清晓与聂楚航。

聂楚航硕博连读毕业，将要入职某国企，从事核能相关的研究，未来能自由出国的机会不多，这一趟算是林清晓和他一同出行的毕业旅行。

四人先在市里打卡了鱼尾狮公园和国立美术馆等景点，之后在夏漓生日当天，乘船前往圣淘沙。

天气极好，热带地区的天空与海洋蓝得分外新鲜。他们先玩了环球影城，再去 S.E.A 海洋馆。

进门穿过一条蔚蓝透明的水下隧道，隔着玻璃即能看见，水里有一艘巨大的沉船的遗骸。

夏漓抬头仰望的时候，晏斯时伸手，握住了她的手指。她转头看去，那碧蓝色的粼粼波光落在他脸上。在他们头顶，鲸鲨翩翩游过，自在而孤独。

此刻，她在 2016 年得知新加坡海底世界歇业时的那份巨大遗憾，终于被一种难以言喻的动容所取代。

就像那艘沉船，是一个冒险故事的"鲸落"。只不过他们的故事无须展陈，也不用旁人观赏。

傍晚时分，离开圣淘沙。码头处泊了一艘小型游轮，他们登船的时候，正是日落，云层被染成极其漂亮的玫瑰粉色。

林清晓拉着夏漓，径直往船头走去："帮我拍几张照！"

夕阳又美又短暂，没一会儿，天色便彻底暗下去，海上暮云中，只残留一缕熔金的光。

夏漓跟林清晓回到了后方的甲板上，一时怔住——露天支了一张长桌，铺着白色桌布，桌上布置着洁白的蛋糕与花束，白色玫瑰、芍药与桔梗的组合。桌上放着一杯一杯的玻璃蜡烛，晏斯时正拿着点蜡器，将其一支一支点燃。海上来风，他白色衬衫的下摆微微鼓起，那蜡烛的焰光也微微闪烁，映照在他脸上。

夏漓不禁道："怎么……"

她确信方才上船时，是没有这些布置的。

林清晓笑道："给你过生日呀。"

所以刚刚她拉着她去拍照，也是"调虎离山"之计。

船已经开了，除了他们四人，再无其他人，非常清净。夏漓被林清晓拉着落了座，晏斯时点完蜡烛以后，也在她身旁坐下。

天已经彻底黑了，船缓行于海上，近处烛光摇曳，远处灯火潋滟，漂亮得能叫人永生难忘。

晚餐是西餐，香槟酒映着烛光，是一种比落日更美的琥珀色。夏漓作为不能喝酒的人，也忍不住浅浅喝了几口，不久便有种微醺感，像变成了海风中的一只鸥鸟，思绪有种乘云而上的缥缈感。

吃着东西，林清晓问夏漓和晏斯时："你们准备什么时候结婚？"

夏漓说："还没领证呢。"

林清晓笑道："那不是挺好的，随时还能反悔。我跟聂楚航就是被证绑住了，吵个架都吵不尽兴。"

聂楚航一脸的"还好领了证"。

而夏漓心道救命，可别再提"反悔"这个词了："还是要领的，不是一直没时间嘛。"

晏斯时说："是你没时间。"

夏漓说："我可以协调的。其实我都行，主要看你。"

晏斯时这时候伸手捋了捋她被风吹乱的头发，用不甚相信她的语气道："是吗？"

吃完饭，切了蛋糕，大家仍旧闲聊，也没什么固定话题。直到夜色已深，晏斯时才吩咐驾驶室靠岸。

回到酒店，夏滴没去洗澡，玩了一整天，兴奋过头，人一躺下便不愿动弹。她和林清晓在四人临时建起的小群里分享各自拍下的照片，准备挑出几张发朋友圈。

夏滴将林清晓发的照片挨个点开，随即一顿。

晏斯时正坐在床边解衬衫的纽扣，准备去洗澡。她坐起来，自背后往他背上一趴，将手机屏幕递到他面前。

晏斯时往屏幕上看去。

是他们在水底隧道牵手的那一瞬，人物亮度被压低，在琉璃般的蔚蓝海水的衬托下，只有轮廓的黑色剪影。定格的瞬间，他们正抬头看着头顶的鲸鲨，仿佛他们也变成了两条鱼，游过漫长而孤独的岁月，最终，相遇在了静谧的海底。

夏滴说："结婚的时候，我要把这张印成请柬。"

她下巴抵在他肩膀上，那声音听起来仍有两分微醺的轻绵，却似猫尾在人心口轻轻一拂。

晏斯时顿了一顿，说："改签吧。"

"嗯？"

"后天直接飞北城。"

"做什么？"

"领证。"

番外二
不离

夏滴对婚礼的要求不高。她给林清晓当伴娘时见识过整套流程，自认扛不住那份烦琐，和晏斯时也是这么说的，随便办一办就好。

但和两方家长一通气，戴树芳头一个不答应，说是无论如何不可委屈了夏滴，不但要办，还要大办特办。她还偷偷问夏滴，是不是晏斯时工作忙图省事。夏滴不得不替晏斯时平反，笑着说是自己的意见。

戴树芳却说，年轻时或许不觉得有什么，等到了她这个岁数，记忆力渐渐消退，那些极具仪式感的时刻，反倒变得越发清晰起来。

夏滴对晏斯时说："戴老师这样说，我们还非办不可啦，为了老了以后的回忆。"

晏斯时笑着重复她的话："老了以后。"

婚礼地点最终还是定在了楚城，各方面都方便。

那时晏斯时公司的产品正式公测，再不用通宵达旦地加班，夏滴也将跳槽去另一家公司，给自己预留了两个月的假期。两人一同回楚城，筹备婚礼。

大抵因为有晏斯时陪同，那些烦琐细节也变得有趣起来。

那天是跟策划师确定手捧花的花材，配合婚礼现场风格，策划师预选了白色系的蝴蝶兰、郁金香和芍药等几种供他们最终抉择。

夏滴看过图片之后，问策划师："没有白玫瑰吗？"

"玫瑰是比较传统的选择哦，现在可能更流行我给你参考的这几种。"

"我喜欢白玫瑰……"夏漓说着话,察觉到晏斯时的目光,转头看去,他正单臂撑着桌面,微笑看着他。

她明白他为什么笑,不大好意思地摸了一下鼻尖:"白玫瑰对我们而言更有意义。可以白玫瑰为主,搭配其他的吗?"

"当然可以,我们做策划肯定是以客户的喜好和意见为主的。稍等,我找几张图给你看。"

策划师随身携带的平板电脑里有诸多参考图,不过片刻便挑出几张。

夏漓一一划过,最后手指定在其中一张图片上面,侧身去问晏斯时:"你觉得这个怎么样?"

晏斯时低头看一眼,问策划师:"搭配白玫瑰的是?"

"茉莉花苞。茉莉,莫离嘛。"

夏漓笑了一声,低声对晏斯时说:"这个谐音有点土。"

晏斯时也笑:"挺好的,大俗大雅。"

单单只有白玫瑰未免单调,那些茉莉花苞恰好起了点缀作用,整束手捧花漂亮又不失清新。

确定以后,夏漓又注意到了一个细节:"包扎手捧花是用纱带还是缎带呀?"

"两种都有,看你们喜欢哪种。"

夏漓看向晏斯时。他认真思考后方说:"缎带。"

"原因?"

"和你的婚纱更搭。"

夏漓预定的婚礼主纱是有几分复古感的缎面材质。

和婚礼策划的这次碰头会结束,两人离开咖啡店,徒步前往天星街觅食。

夏漓挽着晏斯时的手,在人群嘈杂中突然开口:"你知道我特别喜欢你哪一点吗?"

晏斯时稍稍低头,靠近她:"嗯?"

夏漓笑着重复一遍:"我说,你知道我特别喜欢你哪一点吗?"

"愿闻其详？"

"我喜欢你对我提的任何问题都毫不敷衍。"哪怕小到手捧花该用纱带还是缎带这样的细节。

晏斯时微笑："是吗？是谁曾经觉得我太敷衍不肯说实话？"

"是你自己翻自己的旧账，可跟我没关系。"

他们说话的时候，正经过味千拉面。两人同时停下脚步，又几乎异口同声道："晚饭吃这个吧。"

婚礼那几天，夏漓老家要来客，到时候不免要来家里小坐。

姜虹准备做大扫除，问夏漓书柜旁的那堆书还要不要，她不敢随意处置，让她自己有空的话收拾收拾，夏漓便动念将书柜全部重新整理一遍。这是个大工程，夏漓喊了晏斯时来帮忙。

晏斯时到时，夏漓已将书柜全部清空，所有书本堆在地上，几无落脚之地。

整理过程进展缓慢，因为从小学到大学的教材，夏漓一本也没舍得扔，每收拾一样，他们都会忍不住翻开来看看，并交流起童年回忆。

夏漓问晏斯时："你小学教材是人教版吗？"

"好像是。"

"那你最喜欢哪篇课文？"

"《珍珠鸟》。"

夏漓对那篇也有印象，甚至还能背出第一句："'真好！朋友送我一对珍珠鸟。'是这篇吗？"

晏斯时点头。

"为什么呀？"

"不知道。好像是小时候觉得珍珠鸟应该很可爱。"

夏漓忍不住笑，因为觉得有那样想法的晏斯时很可爱。

一上午过去，终于整理到了高中的课本。晏斯时随手翻着一册高中数学，谁知那里面夹了张试卷。拿出展开一看，批分138分，扣分的错题旁边,夏漓工整地做了订正。在空白处,晏斯时瞧见了一个名字——他的名字——似是打草稿时信手写下的。

"夏同学上课不专心。"晏斯时笑道。

夏漓凑过去一瞧,立马伸手夺走了。

晏斯时笑问:"还有吗?"

"没有了!谁时时想着你啊!"

"哦,这样啊。"晏斯时抬手便去翻手边的另一本教材。

夏漓扑过去将他按住,求饶:"别翻了……"

吃完中饭,两人继续,到下午三点,总算整理完毕。然而之前不舍得扔的现在还是不舍得扔,夏漓瞧着那已被塞得满满当当的书架,十分犯愁。

晏斯时说:"装不下的搬去新家吧。"

所谓新家,是晏斯时拜托外公外婆在楚城物色的一套别墅,去年就已购置,并请人做了设计装修,通风了大半年,届时婚礼接亲正好派上用场。他们并不常回楚城,但晏斯时希望两人回来的时候,能有一处单独落脚的地方。晏斯时高中住过的那套别墅倒也并非不可,但那小区太老了,配套设施实在堪忧。

吃过晚饭,夏漓同晏斯时一起去了新家。

多出的两箱书被他们搬回新家书架归置完毕,晏斯时去洗了个手,转到客厅坐下,片刻后夏漓走过来,往他手中塞了一个本子。似是有些年头的东西了,那塑封都有些泛黄。

"高中同学录。"夏漓手掌撑着沙发边缘,笑着看他,"我所有的同学都填过了,就差你了。请晏同学帮忙补填一下吧。"

晏斯时说"好",顷刻间心中情绪涌动,那种因错过多年而感到遗憾的心情,依然深刻。

他取了笔过来,重回到沙发坐下,翻开了那同学录,转头看向夏漓:"能看看其他人写的吗?"

"可以呀。"

夏漓凑近，下巴抵在他肩膀上，同他一起重温。

或严肃，或搞笑，或文艺，昔日同学各有各的风格。

林清晓在毕业寄语那一栏填写的是："考上好大学，找个帅哥，早日暴富！"分外朴实。

徐宁的倒是意外的正经："知之愈明，则行之愈笃；行之愈笃，则知之益明。——朱熹"

往后，还有陶诗悦的："祝我们今后都不必再等待。"

夏漓看着这行字，稍稍愣了愣神，一下便想起那时陶诗悦在KTV里唱歌的那一幕。

继续翻，是肖宇龙的："哈哈哈没想到你会让我填同学录，不知道该写什么，你也知道我这个人没什么文艺细胞，说不出什么漂亮的话。我喜欢的一首歌里说：'最美的愿望，一定最疯狂，我就是我自己的神，在我活的地方。'借用这句歌词送给你。最后祝夏漓同学考上心仪的大学！"

夏漓回忆起当年同肖宇龙一起值日的往事，不由地笑了笑。

刚要翻过，晏斯时伸手按住了这一页："这个男生是不是喜欢你？"

夏漓惊讶："我跟你说过？"

"没有，我猜的。"晏斯时微笑，"看来猜对了。"

"怎么猜的？"

"直觉。"

夏漓又返回去从头到尾读了一遍，丝毫没有从肖宇龙的这几行字里读出任何喜欢她的暗示，于是让晏斯时说说清楚："什么样的直觉？"

"正因为说不出清楚，我才说直觉。"晏斯时笑道。

同学录的后半部分，是外班的朋友填写的。晏斯时特意翻了翻王琛写的："只要给我一个支点，我就可以撬动地球。——阿基米德"

晏斯时点评："是他的风格。"

不知不觉间，整本同学录都翻完了。

夏漓拿过一旁的笔，双手托住呈到晏斯时面前，笑眯眯道："晏同学，请。"

晏斯时接了笔，拔掉钢笔笔盖，按住纸张，正要落笔，又转头问："你要看着我写？"

夏漓了然起身，拍拍他的肩："我先去洗澡，你慢写。"

洗澡完毕，回到客厅时，晏斯时正好盖上笔帽。他将同学录一合，起身，往她怀里一塞："写好了，自己慢慢看吧。"说罢往浴室走去。

夏漓抱着同学录去了卧室，拧亮台灯，靠坐于床头，翻开同学录。借灯光去看，那纸张品质不大好，使得钢笔字迹的转折用力处稍有洇墨。

姓名：晏斯时

性别：男

"爱好"那一栏，夏漓瞥一眼便笑出声，他写的是"夏漓"，但郑重地拿两道杠划掉了，又重写了"看电影"三个字，并在括号里补充道："抱歉，我忘了这是高中同学录。"

夏漓继续看。

对我的印象：看似温和，实则十分有主见。

对我的毕业寄语：

时常觉得时间太短，不够羽翼丰满，而天气太糟，不宜贸然出发。但并非准备充足的晴天才是风景，祝你同样可以欣赏并征服雷鸣和风暴。

——From 晏斯时（18 岁）

嗨，夏同学，祝贺你顺利地成长为了可以欣赏和征服雷鸣与风暴的大人，我想，你一定孤独地走过了许多漫长的荆棘路。今后，请让我与你同行。

——From 晏斯时（28 岁）

夏漓很少跟朋友聊自己与晏斯时恋爱的细节，唯独有一次，她跟林清晓说，觉得晏斯时的身上有一种老派的浪漫。

此刻，她又有这种感觉。会认真填写同学录的晏斯时，不拿名人名言敷衍她的晏斯时，对她说着"你一定孤独地走过了许多漫长的荆棘路"的晏斯时。明明，他才是那个独自走过荆棘路的人。

夏漓举起同学录盖住有几分潮湿的眼睛。该怎样形容这种心情，像是完成了一桩超高难度的任务，有人摸摸她的头，对她说，你是最棒的，辛苦了。一句话胜过千言万语的褒奖。

婚礼前夜，两人组织了一场聚会，在他们的新房子里。那"诈尸群"里的人悉数到齐，陶诗悦是从英国飞回来的，给足了面子。

陶诗悦不大理解夏漓和晏斯时怎么会在楚城办婚礼。"以晏斯时的实力，少说应该包机票食宿去大溪地办吧？"

大家起哄："就是！"

晏斯时微笑着说道："婚礼办完了请大家过去玩就是。"

陶诗悦："认真的？认真的我可就改签了。"

"改吧。"

陶诗悦看向夏漓："你男人到底是认真的还是开玩笑啊？"

夏漓笑道："他不怎么喜欢开玩笑。"

聂楚航便说："这么说我们可就不客气了啊。"

晏斯时当场拿出手机查机票，并说："确定去的人举个手。"这下，大家都确定他是认真的了。

聂楚航："太破费了，有点不好意思。"

晏斯时："没事，超支的部分我找人承担。"

一旁的闻疏白："那个人不会是我吧？"一时间大家哈哈大笑。笑完说回正题，夏漓认真解释，因为晏斯时的外公外婆年纪都大了，不好叫他们舟车劳顿，婚礼只是仪式而已，能完成长辈们的心愿就够了。

她补充道："我和晏斯时平常仪式感挺足了，不缺婚礼这一项。"

大家阴阳怪气地"咦"了几声。

林清晓则说:"话是这么说,但楚城的酒店真的不太行。"

夏漓笑了,因为前几天晏斯时对她说,戴树芳也始终对婚宴的酒店颇有微词,觉得最高价位的宴席都显得不够拿得出手,甚至一度怂恿霍济夷投资一家六星级酒店。霍济夷冷静理智地劝住了她。

大家吃着东西,聊着天,话题从近况聊到各自圈里的八卦,一圈之后,又回到即将成婚的新人身上。

陶诗悦说:"你俩搞到一起这事儿,细想想还是觉得有点不真实。"

一旁王琛推推眼镜:"也没有吧,高中就有苗头啊。"

从"事业粉"嘴里说出这番话,其分量不言而喻,大家齐齐转向王琛,让他"展开说说"。

王琛说:"就有一次,你们谁过生日,夏漓买了个蛋糕,怕被班主任没收,晏斯时就替她保管……"

林清晓插嘴道:"我我我,我过生日。"

王琛继续说道:"我们国际班不是九点就下晚自习嘛,那天晏斯时为了等夏漓过来取蛋糕,一直等到了十点半。中间还特意往七班跑了一次看是什么情况,怎么一直没下课。"

夏漓看向晏斯时,他也微笑着转过头来与她对视一眼。那天晚自习她在考数学,不然一定会注意到他去过七班吧。

林清晓:"还有吗?还有吗?"

"还有,有个什么书店,卖漫画书……"

徐宁和夏漓齐声:"尚智书店。"

王琛点头:"晏斯时带我去过一次。后来特意叮嘱我,让我别跟其他人说,说那是夏漓告诉他的地方,他怕再告诉其他人夏漓会不高兴。"

徐宁一副"受不了"的表情,凑近夏漓笑道:"夏老师,我没记错的话,那还是我带你去的吧,你倒是很会借花献佛。"

林清晓继续追问,还有没有类似的事情。

王琛想了想,又说:"当时晏斯时有一套明信片,好像是在新加坡海底世界买的。班里很多人问他要,他别的都给出去了,就有张盖了章的没给。"他转头看向夏漓,"最后是不是给你了?"

夏漓点点头,陡然觉得不好意思极了。

陶诗悦以鄙夷的目光看向晏斯时:"那张我要过。"

晏斯时微笑:"抱歉啊。"

此时,现场唯一一个非明中学子,也即欧阳婧的未婚夫开口了:"恕我见识少……这也算是有苗头吗?"

除了夏漓和晏斯时,其余人几乎是齐声:"这还不算?!"

夏漓把脸埋在晏斯时肩头,一时笑不可遏。

后来的话题,是专冲着挑事去的,陶诗悦设了一个目标,今晚谁能把小情侣挑得吵起架来,她重重有赏。夏漓直呼救命:"什么仇什么怨?!"

闻疏白第一个自告奋勇:"我有个问题,挑拨离间效果一流。"

陶诗悦:"快说快说。"

闻疏白看向晏斯时,一脸的"可算让我逮到机会了",笑道:"趁着还没办婚礼,坦白一件没对对方说实话的事。"此言一出,大家顿时觉得可算有好戏看了。

哪里知道,夏漓脸不红心不跳:"上个月半夜偷偷看小说,我说我是半夜一点睡的,其实不是,是三点。"

陶诗悦很不满意:"这么鸡毛蒜皮?不行,重说。"

夏漓笑道:"我又没偏题!"说完夏漓看向晏斯时,"轮到你了。"

晏斯时说:"你上次不小心打碎的那只杯子,我说价值一百块,其实不是,是三千。"

夏漓睁大眼睛:"你不如不要告诉我实话,我好肉痛。"

林清晓也附议:"够充十年的视频网站会员了!"

夏漓:"就是!"

话题一下子便跑偏,陶诗悦几度试图拉回无果。

欢聚的时间总觉得是倏然而逝的,时间已经不早,大家准备散场休息。陶诗悦用一个"爱与和平"的话题为今日作结,让他们说一个最喜欢对方的瞬间。

晏斯时看向夏漓,她神情也是难掩期待,他笑了笑,说:"工作上犯了错,上一秒还在哭,下一秒就能打开文档继续。"

夏漓忍不住吐槽:"拜托,这明明好惨,打工人能有什么办法?"

但晏斯时也不算答非所问,大家让他过关了,让夏漓回答。

夏漓想了想说:"有一天去他们工作室玩,那天台风刚过,天气转晴了……"

晏斯时工作室养了一只猫,那时候猫就蹲在窗台下方,仰头望着窗户。晏斯时好像知道小猫要做什么,挪开了窗户上的盆栽,小猫立即跳了上去。

夏漓说:"我看见他和小猫待在一起看云。"

陶诗悦笑道:"虽然你举的这个例子很有说服力,但是我们出这道题不是让你们搞得这么纯情的好不好。"

夏漓无辜地眨眨眼:"那不然呢?"

聚会结束,大家去安排好的客房休息。

夏漓和晏斯时重新去洗了一把脸,回到主卧躺下,互道过晚安,关了灯。空间安静,只有轻缓的呼吸声。不知道过去多久,夏漓轻声笑道:"你还没睡吧?"

"嗯。"

"为什么不睡?"

"在等。"

"等什么?"

"等明天早上。"

"再不睡明天怎么办?我们可要结婚哦。"

"嗯。所以我在等。"

婚礼结束当晚,晏斯时发了自己的第一条朋友圈:

和十六岁认识的女孩结婚了。

番外三
永恒的夏天

这个初秋,夏漓所在的公司办全球新品发布会,她要去纽约出差。在晏斯时的提议下,夏漓多请了两天年假,准备跟他一起去趟波士顿。

夏漓在纽约忙着组织发布会相关事宜之时,晏斯时也飞了一趟加州,与王琛见了一面,并且参加了几场在硅谷举办的学术论坛。都忙完以后,于纽约会合,一同前往波士顿。相对于纽约的快节奏,波士顿则显得悠闲许多。他们住的酒店,离晏斯时当年租住的公寓不远,拉开窗帘即可看见查尔斯河。

秋日午后天气清爽,正适合游览校园。麻省理工的主楼群由十座贯通的大楼构成,其中10号楼便是其最为标志性的建筑——The Great Dome,麦克劳伦大圆顶,仿罗马万神殿设计,钢筋混凝土的构造,却有大理石般的圣洁与庄严。

游客众多,夏漓由晏斯时牵着手,迈上台阶走进去,却有种不同于游客的复杂心情。她原本以为自己不会有太多的感慨,因为和晏斯时在一起以后,诸多遗憾已然一一圆满释怀。但此刻站在大厅里,抬头仰望从圆形拱顶最上方玻璃透出的湛蓝天色时,她不由想到,这是一场因为阴差阳错而迟了太多年的拜访。

"你第一次进来,也看过这里吗?"夏漓问。

晏斯时点头。

后面,晏斯时牵着她穿过走廊,一一告诉她:

那是他曾经自习过的教室,高高的玻璃窗,框一树绿意,经常会让他想到高中教室外的那棵树，他心情消沉时便会在窗边听音乐和睡觉。32号楼是他上课的教学楼，得过普利兹克奖的设计师设计的，但他不喜欢，过分复杂堆砌，只有先锋的概念却缺乏美感，或许正因为这样，除了上课他不怎么待在这儿，宁愿去商学院的教学楼买咖啡。"炼金者"雕塑，自来被视为麻省理工的一种象征，因为它由数学符号、阿拉伯数字和希腊字母组成，一种埋头钻研的"书呆子"气质。他当时之所以选择计算机科学，就是因为这门科学很简洁，与这座雕塑一样纯粹，输入怎样的指令，就会输出怎样的结果。不得不说，读书的那几年，这样的简洁和纯粹能够为他提供很多平静……

如此逛完一圈以后，已是黄昏时刻。他们走回到了主建筑群的长廊。这长廊连通了好几座建筑，足有252米，在每一年的十一月中旬和一月下旬，能看见落日晖光贯穿整条长廊的恢宏场景。晏斯时说，他第一次看到那情景纯属偶然。他来之前并没有对学校做过多的学术之外的了解，所以也不知道长廊竟然也能成为一处景点。那已是来这边的第二年，一月的某个下午，他上完课过来找地方自习，发现走廊两侧都站满了人。他们都举着手机，跃跃期待，他不知道他们在做什么，只觉得人太多，很是吵闹。就在他推开门，即将踏入自习教室的一瞬间，忽闻人群不约而同地发出惊呼。转头看去，却见一瞬之间，整条两百多米的走廊都被夕阳照亮，壮丽辉煌，仿佛通往异度世界的通道。那场景多少叫他心绪起伏，他好像久违地能够欣赏到自然的美，这让他期待能够见到第二次。人一旦有了期待，很多消沉的时刻就都能度过。

从主楼后门出去，穿过一片草地，便是查尔斯河。落日悬在河上，将天空和河水都染成一片瑰丽冶艳的橙红。晏斯时说，他不怎么喜欢骑车，时常会在下课之后，从学校沿着查尔斯河慢慢步行回公寓。在有些人看来，查尔斯河的落日看久了就很无聊，他却很喜欢，大约因为，很多时候他觉得那是他唯一能够掌控的一段时间。

"这样的夕阳，我看过无数次。"这句话让夏漓停下了脚步。微凉的风自浮光跃金的河面吹过来，对岸建筑玻璃反射夕阳光，耀眼得几分刺目。她自然而然地想到《小王子》，想到一天中的第四十三次落日。

心口像是咽下了一枚青橄榄一样酸涩，为这样的落日时刻，为孤独的小王子，为过去曾独自对抗那些虚无的晏斯时。抑或是，她也好像变成了他回忆里的人。他为她敞开了所有的门扉，允许她窥探，允许她旁观他的脆弱，并且由衷地相信，唯独她绝对不会伤害他。

晏斯时这时候伸手，碰了碰她的脸颊："要不要歇一会儿？走回去还有一段路。"夏漓点头。旁边有一张木头长椅，晏斯时让她坐一会儿，他去买瓶水过来。长椅正对河面，夏漓坐了片刻，看见夕阳缓缓下落，天空竟又变成了一种深沉的粉蓝。她情不自禁拿出手机拍照时，听见草地上有窸窣的声响。转头看去，是买水回来的晏斯时。

夏漓刚要说话，晏斯时却看着她，说道："夏漓？"夏漓愣住。他以一种分外认真的目光打量她，语气更是认真："好久不见。"

夏漓反应过来。一时之间，所有情绪如海潮汹涌，她张口，却发不出声。如果，如果那时候她得到确切消息，来的是波士顿而非洛杉矶，她一定会选择就在查尔斯河畔等候，那么她是不是就会在那个即将放弃的时刻遇见晏斯时。

好久，夏漓才听见自己的声音，微笑里有种隐约的颤抖："好久不见……他们说你在这里读书，我过来出差，顺便过来看看能不能碰到你。"

晏斯时在她身旁坐了下来："那很巧。"

"是的。"

那水瓶被他捏在手中，发出轻微的声响，他看她一眼，递给她："喝水吗？"

"谢谢。"夏漓接过，好像忍不住继续沉浸在那样的想象中，"你最近怎么样？"

"正在慢慢变好。"

"好像……好多年没见了。"

"是的。不过，我想我们应该很快就会再见了。"晏斯时转头注视她，暮色与夕阳尽数在他眼里，明翳交杂，叫她想到那个初见的夏天。

他说："你愿意再等等我吗？"等待在真实的时空中，他与她相遇。

夏漓至此哽咽，无法再"演"下去。她抬手捂住了脸，却觉得晏斯时的气息靠近，他微凉的手指拉下她的手掌，低头挨向她，看着她水雾蒙蒙的眼睛，只一瞬就将她吻住。他尝到了一点眼泪的味道，心脏一瞬被什么揪住。夏漓手掌轻撑他的肩膀，轻声说："真正的老同学久别重逢，才不会一见面就接吻……你演错了。"

晏斯时轻笑了一声，声音微沉："只要是你。"

只要是你，就不算错。时间早与晚，自有命运安排。而他确切地知道，命运如长河，从四面八方汇流，最终都将流向她的方向。

晏斯时他们研发的文字处理 AI，其模型进入内测阶段。夏漓作为家属，自然有参与内测的资格。虽然她一再抗议，在公测之前，模型机器人仍然保留着 SHERRY 这个名字。

SHERRY 很"聪明"，至少比夏漓之前用过的一些聊天软件自带的机器人聪明，能够进行完整的逻辑对话。这段时间，夏漓经常跟 SHERRY 对话，让它帮忙找资料、做归纳，或是推荐电影、音乐和书籍，有时候纯粹只是闲聊。

她承认这个问题只是突发奇想：

夏漓：SHERRY，你认识晏斯时吗？

SHERRY：当然。他是创造我的工程师之一。

夏漓：关于晏斯时，你都知道些什么？

SHERRY：晏斯时，1992 年 2 月 19 日出生，毕业于麻省理工……

夏漓：这些公开的资料我都知道，我想知道一些查不到的。

SHERRY：那你要跟 SHERRY 保证，不可以透露以下的内容。

夏漓：我保证。

SHERRY：晏斯时自称，关于晏斯时，很多事情都不重要。重要的是，他的妻子是他一生挚爱。她是他的鱼，他的野玫瑰，他无数次的落日。他永恒的夏天。

后 记

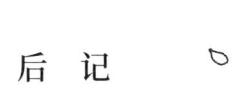

　　写一个纯粹的校园故事一直不在我的计划之列，因为青春只有琐碎的细节、下落不明的片段、毫无缘由的情绪，唯独缺少完整的起承转合，更构不成一个跌宕起伏的故事。

　　动笔是因为有一次整理自己 QQ 空间的相册，成吨旧照以潮涌之态袭来，唤醒了我关于高中三年仅剩无多的回忆。看再多旁人的故事，也总觉得自己的青春无可替代，与自负无关，只因人与人看过不同的落日，听过不同的雨，摄入过不同的文字，自然也将有不同的感悟。

　　作者是自己故事的造物主，倘若不写，那些独一无二却又能引起普遍共鸣的回忆，恐将在未来一分一分地继续模糊下去，直至彻底湮灭。

　　于是，我创造了夏漓和晏斯时。

　　借由他们的故事，我得以重游记忆中的"明章中学"，那座钟楼，那条走廊，那张课桌，那个早已散佚了姓名的男孩，那些打闹的瞬间，那些总以为不会结束于是放肆虚度的时光……人们称之为青春。

　　所有人的青春都会结束，或迟或早地走入茫茫人海，变成或璀璨或平凡的大人。

　　晏斯时和夏漓的青春也会。

　　只是，他们的青春会结束，他们的夏天却永远不会。

　　写这则后记的时候，正好是 9 月 1 日，传统中学校开学的日子，无疑是一种有趣的巧合，仿佛形成某种闭环，在我敲下最后一个字的时候，故事却正好开始：

从2008年开学那天，敲响的第一声上课铃开始。

然后，女孩会与仅有一面之缘的男孩重逢，他们各自走过了漫长而孤独的荆棘之路，某一天再度相遇，像是鱼和海洋宿命的吻合。

落于文字的故事，总有告一段落的时候，而夏漓和晏斯时，他们还有无数个、无数个永恒的夏天。

祝我心爱的女孩和男孩，永远幸福。

明开夜合
2023年9月1日
于成都

图书在版编目（CIP）数据

十一年夏至 : 全二册 / 明开夜合著 . -- 北京 : 中信出版社 , 2024. 10. -- ISBN 978-7-5217-6812-1（2025.4重印）

Ⅰ . I247.5

中国国家版本馆 CIP 数据核字第 2024TT0974 号

十一年夏至（全二册）
著者： 明开夜合
出版发行：中信出版集团股份有限公司
（北京市朝阳区东三环北路 27 号嘉铭中心　邮编　100020）
承印者： 嘉业印刷（天津）有限公司

开本：880mm×1230mm 1/32	印张：16.25
字数：466 千字	插页：4
版次：2024 年 10 月第 1 版	印次：2025 年 4 月第 2 次印刷

书号：ISBN 978-7-5217-6812-1
定价：68.00 元（全二册）

版权所有·侵权必究
如有印刷、装订问题，本公司负责调换。
服务热线：400-600-8099
投稿邮箱：author@citicpub.com